KB113151

일야서

日夜書

日夜书

by Han Shaogong (韩少功)

세계문학전집 346

일야서

日夜書

한사오궁

심규호, 유소영 옮김

민음사

차례

머리말

당대 한유는 「이익에게 답하는 글」에서 창작의 두 가지 목표에 대해 언급한 바 있다. 하나는 '입언(立言)', 즉 후세에 모범이 될 문장을 남기기 위함이고 다른 하나는 '승어인(勝於人)', 즉 남보다 뛰어나기 위함이다. 그는 전자의 목표가 후자보다 훨씬 중요하다고 생각했다.

이러한 구별은 당연히 상대적인 것이다.

나는 여기에 세 번째 목표, 또는 세 번째 상태를 덧붙이고 싶다. 바로, 어쩔 수 없이 쓰는 것이다. 이는 잡다하게 섞여 있는 감정이 가슴속에 쌓여 이를 발설하지 않으면 기쁘지 않으니, 반드시 말을 해야 하는 상태이다. 이런 식의 글쓰기가 반드시 성공적이라 할 수는 없으며 더더구나 '입언'을 실현하기 어렵다. 심지어 그저 혼잣말을 지껄이고, 사사로운 일을 사사롭게 행동에 옮긴 것일 뿐이라고 말할 수도 있다. 시장이 무엇을 원하는지, 혹은 사회가 어떻게 평가하는지는 크게 고려하지 않은 채 그저 자신에게 미안하지 않은 일을 했을 뿐이다. 다시 말하면, 이런 식의 글은 남이 아닌, 작가 자신의 필요에 의해 자신의 것을 풀어내고 그로부터 벗어나기 위한 것이다. 이는 나를 위해 쓴 것이니 성공이나 탁월함에 대한 기권을 의미한다.

『일야서』와 『산남수북』은 이런 작품이다. 두 작품은 작가 자신의 생활 속 소소한 일들을 좇아가 본 결과물로, 여기에는 내밀한 초조와 걱정, 놀라움, 우울함, 기쁨, 굴욕, 감회가 들어 있다. 비록 그 안에 허구가 약간 들어가 있긴 하지만 직접 겪은 현장의 기억이 주된 서술의 동력이다. 세월이 흘러 수십 년이 눈 깜짝할 사이에 흘렀다. 순식간에 천년의 변화가 있었다. 천지간에 오직 돌아갈 곳은 마음뿐이다. 눈부시게 반짝이던 그 숱한 사람들과 사물들은 희미해지고, 함께했던 날들은 점차 멀어졌으니 수혜자의 이런 회고가 쓸데없는 일이 아닐까? 진리의 다원화가 뉴노멀이 되고, 텍스트 소비 시대에 뭇소리들이 들끓는데 자신에 대해 질문하는 일에 좀 더 신경을 쓰는 것이 소리를 높여 영향력을 확대하고 타인을 정복하는 것보다 더욱 절박한 일이 아닐까? 이렇게 기교를 내려놓고, 풍격을 내려놓고, 혁신을 향한 야심을 내려놓고, 금기와 위험을 피하기 위한 노력을 내려놓고, 모든 것을 마음 깊은 곳에서 시작하는 것이야말로 홀가분한 일이 될 것이다.

누군가는 문학은 지극히 단순한 일이어야 한다고, 마치 숨쉬기와 같고 산책이나 꿈을 꾸는 것과 같으니 지나치게 난이도 높은 대결이 될 필요가 없다고 말하기도 한다.

　벗들의 보살핌 속에 책이 또 출간되었다. 류징린 선생의 기획, 허리웨이 선생의 삽화로 안후이 문예 출판사에서 『마교사전』 등 4권이 출간된 데 이어 2006년 작가 출판사의 『산남수북』 초판을 보완하였고, 『일야서』는 2014년 상하이 문예 출판사의 재판을 기본으로 좀 더 깔끔한 글이 나오도록 내용을 조금 첨삭했다. 벗들에게 감사의 뜻을 전한다.

2015년 1월 하이커우에서

먼 곳

그날의 일이 아직도 눈앞에 역력하다. 학교에 가서 진학 공고문을 본 후, 알탄을 만들러 집에 갈 생각을 하면서 잠시 평행봉에 걸터앉아 있었다. 정책상 만 열여섯이 안 된 아이들은 계속 진급을 할 수 있고 부모 곁에 자녀 한 명은 남아 있을 수 있었다. 많은 친구들이 이 두 규정 모두에 해당하는 나를 부러워했다.

예전이나 다름없이 평행봉에 앉아 종이비행기도 날리고, 돌멩이를 걷어차며 학교에도 가고, 학교 뒷문 쪽에 있는 가게에 가서 쌀국수도 먹고, 쑤안라탕[1]도 먹을 수 있는 시간이 계속될 것만 같았다.

비가 내리기에 잠시 집에 가려는 생각을 접고 학교 건물을

---

1) 酸辣湯. 시큼하고 매운맛의 중국 스프.

빈둥빈둥 돌아다녔다. 학교는 여행객들이 빠져나간 플랫폼, 글자가 적혀 있지 않은 흰 종이책 같았다. 전국 대란이 끝을 맺고 중고등학생들은 거의 모두 시골로 보내진 상태이다. 이곳저곳이 모두 텅 비어 있어 복도에서 기침만 한 번 해도 사방으로 메아리가 퍼지는 바람에 소름이 오싹 돋았다. 홍위병의 표어가 붙어 있던 흔적이 흰 벽 곳곳에 남아 있었다. 무장 투쟁의 돌멩이와 총탄 때문에 유리창은 거의 남아난 것이 없었다. 계단에 뚫린 커다란 구멍이 이곳이 바로 전쟁터였음을 말해 주고 있었다. 얼마 전 무모한 인간 하나가 파벌 간 다툼을 벌이는데 말싸움에도, 몸싸움에도 밀리자 수류탄 하나를 교실 건물에 던지는 사건이 발생했다. 그나마 다행히 주위에 사람이 없어 인명 피해는 없었고, 마루 두 쪽만 무너져 내리는 통에 그 밑에 살고 있던 쥐새끼들만 놀라서 뛰쳐나왔다.

202호를 열고 들어섰다. 얼마 전까지만 해도 우리 홍위병 사령부였던 곳이지만 지금은 창문 밖에 걸려 있던 현수막도 사라지고, 익숙한 철판이나 등사지, 등사판, 풀 통도 보이지 않았다. 그저 먼지 쌓인 책상과 의자만 덩그렇게 남아 있어 오합지졸 병사들이 줄행랑을 친 낭패한 전쟁터 그대로였다.

"오직 희생의 각오로 큰 뜻을 품어야 새로운 세상을 열 수 있으리."

누군가 떠나기 전 벽에 남긴 비장한 글귀였다. 나도 모르게 거의 반사적으로 208호, 209호, 311호…… 문을 끼익 열고 들어섰지만 그러면 그럴수록 오히려 스산한 느낌만 더할 뿐이었다. 하나 둘, 모두 텅 비어 있는 침대들은 목판이 그대로 드러나 있었다. 찢어진 창호지가 바람에 펄럭거렸다.

　나는 빈 종이 상자를 걷어차며 친구들의 숨결을 들이마셨다. 걸핏하면 해괴한 표정으로 비명을 지르던 여자애들 몸에서 풍기던 달짝지근한 냄새까지도 함께.

　사랑하는 그대들, 그대들에 의해 나는 버림받았다.

　바람소리, 빗소리를 가득 머금은 고통 속에 집으로 돌아가 과장된 어조로 시를 쓴 후, 진학을 포기하기로 결정했다.

　　골짜기 바람에
　　우리 홍기 펄럭이고
　　매서운 빗줄기에
　　우리 장막 씻겨 내리네
　　……

　당시 유행하던 노래다. 한 시대 소년들이 먼 곳을 향해 품었던 상상은 거의 모두 이런 유형의 작품으로부터 점차 형태를 갖추었다. 먼 곳이란 어디인가? 먼 곳이란 풍금 소리 가운데 어른거리는 초원이며, 액자 틀 안 석양 아래 집으로 돌아가는 유화 속 개간자이며, 클로즈업된 모닥불과 천막, 조각 같은 인체의 옆모습, 슬로우 모션 속 흐늘거리는 지평선을 의미했다. 또한 비행하는 갈매기를 하이 앵글로 회전하며 촬영한 모습, 수심 가득한 남자 하나가 트랙터에 기대 조용히 먼 곳을 바라보는 모습이었다. 수심, 수심이 가득하다는 말이 맞다. 가슴이 죄이는 듯 고통스럽다. 남자의 수심은 청동 빛깔의 찬란함이다.

교문을 나섰다. 여전히 비가 내리고 있었다. 그때까지 슬픔에 젖어 있던 나는 궈유췬을 만났다. 나보다 다섯 기수 위의 홍위병 우두머리이다. 그도 나처럼 일을 하다 다쳐 병상에 계신 아버지가 있기에 조건이나 이유로 볼 때 시골로 내려가지 않아도 되는 상황이었다. 그러나 그는 시골 행을 택했다. 이번에 도시로 돌아온 것은 다른 동료들을 인계받아 지도하기 위해서였다. 많이 바쁜지 얼굴이 땀으로 흥건했다. 사람들 부탁으로 물건들을 사느라 커다란 망대 두 개에 새 수건, 대야, 운동화가 하나 가득이었다. 물건들이 하나같이 반짝반짝 빛나 집을 나서 여행을 떠나는 기분을 느끼게 했다. 그의 어깨에 새 배드민턴 라켓 한 쌍도 걸쳐 있었다.

"나도 같이 갈래요."

나는 신바람이 나서 여행에 합류했다.

"거기 여자 친구 있어?"

"아뇨."

"집에 무슨 일이 난 건 아니지?"

"네."

"근데 왜 미친 짓이야?"

"모두 가 버리니 나 혼자 너무 재미가 없어서요."

"진학할 때는 진학해야지, 경거망동하지 말고. 시골 내려가는 일이 무슨 바둑 두는 것도 아니고 말이야. 호구는 한 번 옮겼다 하면 끝이야. 일수불퇴 몰라?"

그가 눈을 부릅떴다.

"그리고 매사에 조직의 기율을 생각해야 하고 말이야."

귀유췬은 당시 썰렁하고 낯선 학교가 얼마나 견디기 힘든지 잘 모르는 것 같았다. 수업은 무슨 놈의 수업? 영어 시간에 가르치는 것이라고는 'Long live Chairman Mao[2]' 같은 정치적 구호뿐이었다. 정말 웃기지도 않았다. 수학 과목 역시 계산을 할 때 예로 식량이나 비료가 등장했다. 하루는 일원방정식을 배울 때 소똥 이야기가 나오는가 하면 또 다른 날은 돼지 똥을 예로 들어 드는 바람에 교실 전체 가득 똥 냄새가 나는 것 같았다. 학생들은 인민공사의 가축들은 똥도 정말 많이 싸는구나, 하고 감탄을 금치 못했다.

"벌써 군 대표에게 가서 등록했어요."

나는 잔뜩 흥분해서 귀유췬에게 말했다.

이후 몇몇 사람들의 말마따나 나는 내 청춘을 앗아간 덫에 이렇게 자진해서 뛰어들었다. 소개서와 호구 문서를 품에 넣고 췬 형을 따라 기차를 탔다. 이후 이틀 넘게 몽롱한 정신으로 차를 타고 또다시 마차를 갈아탔고, 획획 지나치는 풍경을 뒤로 하며 마음이 설레었다. 우리는 도중에 현[3] 초대소[4]의 요리사와 시비가 붙기도 했고 지식 청년[5] 한 무리와 음식점에서 식사도 하고, 영화도 봤다. 그렇게 그날 저녁 무렵에야 바이마

2) '마오쩌둥 주석 만세'를 의미한다.
3) 중국 행정 단위의 하나로 지구, 자치구, 직할시 아래에 해당한다.
4) 중국 행정 단위 중 하나인 '현'의 기관에 소속된 숙소로 주로 출장 온 사람들에게 제공된다.
5) 1950년대부터 1970년대 말까지 자원 또는 강압적으로 마오쩌둥의 상산하향 운동에 참여해 농민이 된 젊은이들을 말한다. 대부분 중학교 또는 고등학교 교육을 받은 청년들이다.

후 호의 산등성이에 2열로 늘어선 단층짜리 흙집에 도착했다.

나는 나무 상자 하나와 배낭 하나를 그곳에 내동댕이쳤다. 환영식도 열리지 않았고(며칠 전 이미 열렸다고 한다.) 친구들이 뛰어와 덥석 끌어안는 일도 없었으며(이미 십여 일 전에 도착한 그들은 피곤해서 만신창이가 되어 있었다.) 더더구나 여행 야영지의 손풍금이나 모닥불 따위는 구경도 할 수 없었다. 그저 찬밥 한 사발을 쑤셔 넣느라 목이 막혀 가슴팍이 서늘해졌을 뿐이다. 아마도 쌀을 대충 일었는지 밥에 모래알이 섞여 있었다. 더욱 심각한 상황은 그 뒤에 이어졌다. 숙소인 흙집의 기름등이 콩알만 한 데다 바닥 높이가 균일하지 않고, 새로 바른 흙담이 아직 축축한 탓에 물기가 스몄다. 나무틀로 된 창은 고작 비닐 한 장으로 가려져 있어 마치 바람에 부푼 돛처럼 불룩해진 비닐이 바람 따라 자꾸만 펄럭거렸다. 밖은 함박눈이 쏟아지고 있었다. 기와 틈으로 간혹 눈송이가 푸르르 날아들었다. 천막 위 눈을 막는답시고 쳐 놓은 방수포가 쌓인 눈 때문에 하중을 이기지 못하고 무너져 내리자 깜짝 놀란 야오다자가 벌떡 일어나 고래고래 소리를 지르며 같은 방에서 자고 있던 사람들을 모두 깨워 사태 수습에 나섰다.

다음 날 호수의 흙을 나르기도 전에 나는 벌써 후회가 막심했다. 농촌에 산다는 것이 뭔지 알 것 같았다. 사실 열심히 노력할 준비를 하지 않은 것은 아니다. 심지어 일기에 '반드시', '꼭', '앞으로 ……하겠다.'라는 등의 호언장담하는 글귀를 적어 넣기도 했다. 철떡거리며 들러붙어 악취가 진동하는 진흙이 대수인가? 강인한 모습으로 희생하며 큰 뜻을 품은 비범한 기개도 좀 보여 줘야겠지? 진흙탕에 철퍼덕 앉았다고 큰일이라도 나겠는가? 마치 반신불수라도 된 양, 분명히 똑바로 서서 차분히 걸었다고 생각했는데 나중에 보니 이미 한 발은 장화가 진창에 빠지는 통에 발가락 사이로 흙탕물이 삐죽삐죽 삐져나오고 있는데도 전혀 감각이 없었다. 하지만 그게 뭐 큰일인가?

몸이 갸우뚱하더니 마치 누가 세게 밀친 것처럼 벌러덩 하늘을 향해 자빠지고 말았고 그런 내 모습에 몇몇 지역 농민들이 박장대소했다.

"소고기 먹게 생겼네!"

"소고기 먹게 생겼어!"

……

나는 그런 말들이 무슨 뜻인지 이해할 수가 없었다. 왜 그들이 조금 전 나를 향해 "대갈통 세 개."라고 말하고 "땜빵할 놈아, 빨리 와."라고 소리쳤는지 영문을 알 수가 없었다.

하마터면 눈물이 터질 뻔했다. 마지막으로 혼자 남아 할당량을 마쳐야 했다. 해가 진 후에도 혼자 작업장에서 차가운 부슬비를 맞으며 아무도 도와주는 이 없이 비틀거리며 일을 했다. 다행히 길에 검은 점 하나가 나타났다. 가까이 다가올수록 점점 사람 윤곽을 갖추더니 나중에는 안경알과 머리카락이 진흙투성이가 된 귀유췐이 모습을 드러냈다. 형이 무슨 말을 하는지 잘 들리지 않았다. 그저 그가 내 어깨에서 멜대를 넘겨받는 순간 콧물 한 줄기가 내 손등에 주르르 떨어지는 것을 느꼈을 뿐이다.

고맙다는 인사를 할 기운도 없었다.

여러 해가 지나면서 바이마후 호는 내 뇌리에서 멀어져 갔다. 그러나 그렇게 수 년이 흐른 후 휴대 전화를 통해 궈유췬이 목을 매 자살했다는 소식을 전해 들은 순간 나는 온몸에서 기운이 쭉 빠져 버렸다. 당시 나는 장거리 버스를 타고 있었다. 머리가 휑하게 비는 듯한 느낌이 들었고 나는 내 귀를 의심했다. 췬 형, 췬 형, 그러니까 궈유췬 말이야? 바둑 좋아하고, 농구 좋아하고, 음치, 박치로 노래를 부르던 제일 나이 많은 궈유췬 말이야? 2년 전 만난 자리에서 나랑 바둑도 두고, 헤헤거리며 농담도 지껄이고 다짜고짜 내게 술을 권하면서 들이붓는가 하면, 내 팔을 정말 아프게 비틀던…… 그런 형이 이런 식으로 갑자기 내 가슴에 못질을 하다니! 전화 한 통에 내 영혼을 이처럼 앗아가 버릴 수가 있단 말인가? 아니야, 형은 아직 살아 있어. 체온도 있고, 움직일 수도 있어. 아직 길고 긴 중년을 보내야 하잖아. 이렇게 서둘러 바람이 되어 내 곁에서 멀어지다니, 말도 안 돼! 절대 형을 잊지 않도록 날 꼬집어 비틀고, 내 뺨을 갈기고, 담배꽁초로 내 손을 지질 거야. 마치 피곤에 절었을 때 절대 잠들지 않게 몸부림을 치는 것처럼. 미안해. 나중에 내가 형이 어찌 살았는지 기억하는 것도 없이 형을 거의 잊게 된다고 해도 적어도 오래전 미끈하고 투명한 콧물 한 줄기가 내 손에 주르르 흘러내렸던 것은 기억하고 있어야겠지.

왈칵 눈물이 쏟아졌다.

나는 헉헉거리며 통곡하기 시작했다. 놀라서 이상한 눈초

리로 바라보는 기사나 승객들을 아랑곳하지 않고 뒷자리에
앉은 누군가가 내 어깨를 토닥이며 휴지 두 장을 건넬 때까지
그렇게 울고 또 울었다.

노름꾼

당시 팔천여 묘[6] 바이마후 호의 차밭은 작업장 네 곳에 있는 생산대 여덟 개에 각각 분배되었다. 금속 기계와 디젤이 부족한 상황에서 새벽에 일을 나서고, 날이 어두워져야 일이 끝나는 일상이 계속되었다. 황무지 개간, 경작, 김매기, 비료 주기, 수확, 침수 방지 작업, 나무 밑동 태우기 등 모두 몸으로 때우는 작업으로 체력이 많이 소모되었다. 이글거리는 태양 아래 사람들 모두 화상 일보 직전까지 몸이 벌겋게 달아올랐다. 줄줄 흘러내리는 땀이 눈썹을 지나 따갑게 눈을 찌른 후 까맣게 그을려 반질반질한 온몸을 뒤덮었다. 바짓단과 옷자락을 축축하게 적신 땀은 바람에 마르고 햇볕에 마르기를 반복하며 층층이 염분으로 엉겨 천에 동글동글 흰색 도안을 만들어 냈다.

---

6) 논밭의 넓이를 측정하는 단위로 한 묘는 99.174m²에 해당한다.

묵직한 소금 덩어리를 온몸에 얹은 채 집으로 돌아가는 길, 중심을 잡지 못하고 휘청대는 사람들의 모습이 마치 다 눌러 짠 치약 튜브 같았다. 뱃가죽은 등짝에 찰싹 달라붙고 혀는 길게 축 늘어져 있었다. 허겁지겁 밥을 먹는 남자들의 모습이 마치 머리통을 떼어 내 밥과 반찬을 한꺼번에 쏟아붓는 것 같았다. 다시 머리를 제자리에 돌려놓은 사람들은 아무 일도 없었다는 듯 서로를 바라봤다. 사발과 젓가락까지 한꺼번에 배 속에 쏟아붓지 않은 것만 해도 다행스러운 일이었다.

사람들은 개보다 더 코가 예민했다. 몇 리 밖에서 바람결에 전해지는 돼지기름 냄새처럼 공중에 무슨 냄새가 조금이라도 퍼졌다 하면 킁킁 정확하게 감을 잡았고 그와 동시에 놀라움과 함께 질투가 폭발했다.

당시 한 묘 당 평균 식량 생산은 삼사백 근 정도에 불과했다. 여기에 현이나 성[7] 전체 경작지 면적을 곱해 보면 식량이 부족한 것은 자명한 사실이었다. 그렇다면 계획적으로 분배를 할 수밖에 없었다. 남자는 한 끼에 다섯 량[8] 여자는 넉 량이 배급으로 주어졌다. 그 정도 양으로 배 한쪽 귀퉁이나 겨우 채울 수 있을까. 집에 다른 수확이 없거나 토란 뿌리, 누에콩, 목이버섯, 쇠비름 같은 것을 채취하지 못하면 기댈 것은 고구마밖에 없었다. 농장에서 주는 식권 한 장으로 쌀은 겨우 한 량, 그러나 고구마는 배불리 먹을 수 있었다. 단, 고구마를 먹으

---

7) 省. 중국 행정 구역 단위의 하나로, 중앙 정부 직속 관할의 1급 행정구를 말한다.

8) 兩. 한 량이 50g이므로 다섯 량은 250g이다.

면 장운동이 활발해져서 가스가 많이 생겨 문제였다. 고구마를 수확하는 계절이면 여기저기서 뿡뿡 울려 대는 방귀 소리에 정신이 없었다. 마치 은근슬쩍 서사곡이나 전통극의 빠른 리듬이 울리기 시작하는 것 같아 수시로 사람들의 얼굴 표정이 복잡하게 일그러졌다. 분노가 일거나 심각한 상황이 연출되어야 마땅한 엄숙한 비판 투쟁 대회[9]에서도 자주 길게 포선을 그리며 울리거나 피식피식 삐져나오는 방귀 소리에 장내가 웃음바다가 된 적도 있었다. 경험 많은 대회 조직자들은 고구마 수확 계절에는 군중을 모이게 하거나(회의 등), 격정적인 활동(구호를 외치는 등)은 걸맞지 않다는 것을 잘 알고 있었다. 물론 계급 투쟁 역시 자주 벌일 일이 아니었다.

작업장에서 사람들은 늘 먹는 이야기를 입에 올렸으니, 이는 짐작하고도 남음이 있다. 사람들은 기억들을 더듬으며 왁자지껄 먹거리 종류, 먹는 방법, 먹는 모습 및 과정, 체험까지 계속해서 총 복습에 들어갔다. 아니, 조금 전 끝낸 식사에 대해 이야기한다고 말해야 마땅할 것이다. 예를 들면 오전 10시 이전, 위장에 아직 뭔가가 남아 있을 때는 그래도 좀 우아하고 차원 높은 화제를 입에 올리며 상부 구조[10]를 생각했다. 예를

9) 중국 문화 대혁명 기간, 불만스러운 인물이나 사건에 대해 공론을 거쳐 해당 인물을 단상 위에 올리고 비판하던 대회.
10) 마르크스 유물 사관에서 비롯된 개념으로 사회 체제의 구조를 이원화한다고 할 때 사회 형성의 토대인 경제적 구조를 하부 구조라 하고 이 토대 위의 정치, 법률, 도덕, 예술 등의 관념과 이에 대응하는 제도, 기관의 총체를 상부 구조라 한다.

들어 지식 청년들은 나라 이름이나 원주율, 제곱표,『시월의 레닌』,『남정북전』,『꽃 파는 처녀』,『광활한 지평선』등과 같은 영화 속 명대사를 외웠다. 그러나 점차 배 속이 비어 갈 때면 '당과 국가를 봐서' 같은 말도 더 이상 농담거리로 삼지 않았고[11] '레닌 동지를 먼저 보냅시다.'[12] 같은 표현에 대해서도 더 이상 흥미를 느끼지 못한 채 위와 장이 사유를 지배하기 시작했다. 베이징의 탕바오[13]에서 산시의 파오모[14], 광저우의 허펀[15]에서 난징의 카오야[16]……. 지식 청년들의 입에 가장 많이 오르내린 것은 과거에 먹었던 음식들에 관한 것으로, 홍위병의 대관련[17] 당시 알게 된 각지의 유명한 먹거리였다. '가장 행복했던 순간'에 대한 내용 가운데 가장 많은 이의 공감을 얻은 일은, 엄청난 눈발이 날릴 때 이불 속에 꽁꽁 묻혀 있던 일이라던가 대소변이 급했을 때 화장실을 차지했던 기억이 아니라 두 눈알이 시퍼렇게 될 정도로 배고픈 순간 돼지 뒷다리

---

11) 영화「남정북전(南征北戰)」에 나오는 대사이다. 우세의 국민당군을 상대로 약세의 인민 해방군이 승리를 거둔 전투를 그린 영화로, 국민당 군대가 바로 이 대사를 외치며 지원군을 요청하지만 결국 지원군이 오기 전 섬멸되고 만다.
12) 소련 영화『10월의 레닌』의 명대사 중 하나이다. 1918년 어느 날, 극장에서 연설이 끝나고 무대를 내려온 레닌을 군중들이 에워싸는 바람에 레닌은 옴짝달싹할 수 없었다. 그때 누군가 이 대사를 외친다.
13) 湯包. 육즙이 가득 들어 있는 만두.
14) 泡饃. 딱딱하고 납작한 빵을 손으로 뜯어 소고기와 양고기를 푹 곤 뜨거운 국물에 넣어 먹는 회족의 전통 요리.
15) 河粉. 면이 얇고 넓은 쌀국수.
16) 烤鴨. 구운 오리.
17) 大串聯. 중국 중앙문혁소조(中央文革小組)가 문화 대혁명 기간 동안 베이징의 학생들이 각 지역으로 흩어져 혁명 연대를 이루도록 한 활동.

를 한입 베어 물었을 때일 것이다.

씹할! 그거 한입만 먹을 수 있다면 총살을 당해도 좋으련만!

그날 나는 시간이 벌써 위험천만한 오전 10시가 지났다는 것도 생각지 못한 채 여전히 내 복근 자랑을 하고 있었다. 그런데 내 뱃가죽을 유심히 살피던 야오다자는 내가 고깃덩어리 네 개를 여덟 개라고 사기를 치거나, 비계를 근육이라고 허풍을 떨도록 내버려 두지 않았다.

"너도 분명히 백열 근[18]은 아니야."

그가 말했다.

"무슨 근거로? 며칠 전에도 쟀어."

"잴 때 물을 엄청나게 마셨겠지."

"사흘 동안 똥, 오줌도 안 싸고 참았지?"

옆에 있던 사람들이 바람을 넣기 시작했다. 내기해! 내기해! 내기, 내기! ……정말 이상했다. 체중이 뭐라고 그걸 가지고 싸우자는 거야? 이기면 또 어떻고, 지면 또 어때? 야오다자가 신바람이 나 바닥에 식권 몇 장을 내동댕이치고 나서야 나는 음모란 원래 이렇게 이루어지는 것임을 불현듯 깨달았다.

이 무슨 볼썽사나운 짓거리들인지 비웃을 생각은 없었다. 나는 그냥 다음 날 일터에 나가 다시 도전장을 냈다.

"공용, 야 새끼야, 우리 번체자[19] 내기 하자. 식권 열 장 내기! 세 글자에 식권 한 장이야!"

---

18) 1근은 0.6킬로그램으로 110근은 66킬로그램이다.
19) 현재 중국에서 사용하는 간체자의 상대적인 개념으로 기존 한자를 이르는 말.

"그건 안 돼! 내기를 하려면 팔 굽혀 펴기로 해!"

"농구 슛 어때? 일반적인 거리에서 한 사람이 열 개씩 넣는 걸로!"

"역습을 하겠다, 이거야? 좋아. 이 몸이 동정심을 베풀어 기회를 주도록 하지. 그럼, 사람들 앞에서 해골을 먹어 봐."

그는 곁에 무더기로 쌓여 있는 허연 조각들을 가리켰다. 황무지를 개간할 때 파낸 것들이었다.

나는 해골 조각 하나를 들어 올렸다. 쾨쾨하게 곰팡이가 슬어 있고 생선 냄새가 났다. 오싹 소름이 끼쳤지만 그래도 나는 기죽지 않고 말했다.

"식권 열 장은 약한데!"

"못 먹겠으면 못 먹겠다고 이실직고해."

"내가 미쳤어? 네가 먹으라고 한다고 먹게?"

"스무 장 걸게!"

"오늘은 별로……."

"스물다섯 장!"

사람들이 구경거리라도 생겼다는 듯 몰려들어 손짓 발짓 다 동원해 소란스럽게 떠들며 내기를 부추겼다. 야오다자는 분위기에 휩쓸려 판돈을 높였다. 서른, 서른다섯, 마흔, 마흔다섯…… 그렇게 자꾸만 올라가던 식권 장수가 마지막 쉰 장에 멈췄다. 엄청나게 커져 버린 판돈에 흥분한 나는 숨이 잔뜩 차올랐다.

생사의 갈림길, 이기면 왕이요, 지면 역적이 될 것이며 한 판에 농노 해방의 길이 열리리라. 나는 얼굴을 쓱 훔친 뒤 큰 소리로 외쳤다.

"그까짓 것 뭐! 식권 가져와!"

식권 수가 정확한지 확인한 다음, 출전을 앞둔 운동선수가 된 것처럼 허리를 돌리고, 다리를 늘리고, 손으로 목을 누르며 한껏 입을 벌렸다. 눈을 감고 자신을 희생해 보루를 폭파하고, 총구를 향해 뛰어드는 영화 속 수많은 생생한 장면들을 떠올리며 마음의 준비를 끝냈다. 그리고 마지막으로 옷자락으로 해골 조각에 묻은 곰팡이를 꼼꼼하게 닦아 낸 다음 두 눈을 질끈 감고 큰 소리로 외쳤다.

"마오 주석 만세."

나는 깊이 숨을 들이마신 후, 아작아작 해골 조각을 씹기 시작했다. 정의를 위해 몸을 바친다는 것이 어떤 기분인지 느낄 수도 없었고, 대체 그게 무슨 맛인지 생각할 엄두도 나지 않았다. 위장으로 해골 조각이 넘어간 후 갑자기 위에 극심한 통증이 느껴지는가 싶더니 마치 고압 물총처럼 입안에 있던 해골 부스러기들이 '욱' 하고 솟구칠 것만 같았다. 그제야 나는 미친 듯이 근처 개울가로 달려가 머리를 박고 필사적으로 해골 조각을 토해 내 양치질을 했다. 그렇게 미친 듯이 달려가기 전에 바닥에 떨어진 식권을 모두 챙기는 것은 당연히 잊지 않았다.

그 순간부터 나는 황제가 된 듯한 행복을 만끽했다. 손아귀에 거머쥔 식권 한 다발은 마치 나라를 좌지우지하는 옥새 같았다. 저녁에 생산대 대장이 새끼 돼지를 사 가지고 돌아왔다. 대장은 성이 량 씨로 슈라오, 슈야포란 별명을 가지고 있는데 왜 그런 이름이 붙었는지는 모를 일이다. 우리 이야기를 들은 대장은 매우 위험하고 심각한 문제라고 여겼던지 생산대 구성원 전체를 풀밭에 소집한 뒤 기름등을 켤 새도 없이 컴컴한 사람들 그림자 속에서 욕을 퍼붓기 시작했다.

"죽은 조상들까지 괴롭혀야겠어? 누구야, 대체? 벼락 맞을까 봐 겁도 않나? 그러다 입안에 부스럼이라도 나면 어쩌려고 그래? 장이 썩어 문드러져 봐야 알겠어? 나중에 마누라가 똥구멍 없는 애를 나면 어쩌려고 그래?"

어둠 속에서 계속 욕지거리가 흘러나왔다.

"타오샤오부, 이 자식! 열일곱? 아니, 여덟, 아홉, 스물, 스물하나, 스물둘, 스물셋, 스물넷이나 처먹은 놈이 꼭 다리 하나 없는 고양이처럼 제대로 하는 게 없어!"

이거 너무 하지 않은가? 내가 무슨 풀이라도 된다는 말인가? 그렇게 쑥쑥 뽑아 올리게? 연거푸 숫자 예닐곱 개를 끌어 올려 어쩌자는 건데? 그렇게 나이를 올려 부르다가는 내가 자기보다 나이가 많아지겠네!

"네 놈이 김맨답시고 땅콩 모종을 다 죽였을 때도 난 아무 말도 하지 않았어. 호미만 손을 댔다 하면 땅콩을 반 근은 버려 놓은 것 알아, 몰라? 인정머리 없는 놈! 소를 치라고 했더니 너 어떻게 했어? 네 아비, 어미가 그렇게 가르치던? 넌 밥 먹고, 소는 풀을 먹어. 넌 침대에서 자지만 소는 땅바닥에서 잔다고! 소랑 무슨 원수라도 졌어?"

지금 상황에서 빗나간 문제일 뿐만 아니라 무슨 말인지 이해하는 데도 힘이 들었다.(그는 도시에 소가 없다는 것을 모르는 사람 같았다.)

이후 다른 농민들은 신바람이 나서 계속 고개를 끄덕끄덕 허리를 굽신거리면서 웃는 얼굴로 앞다투어 식권을 빌리러 나를 찾아왔다. 그리고 정말 궁금한 듯 이렇게 물었다. 해골 맛이 대체 어땠어? 조금 시큼하지 않았나? 좀 짜거나 씁쓸하지 않았어? 나이가 좀 있는 사람들 몇몇은 질문을 던진 후에도 마음이 개운치 않은 듯 내 눈빛이 뭔가 이상하다고 중얼거렸다. 내가 물을 마신 컵에는 입도 대지 않았고, 내가 사용한 대야는 다시는 건드리지 않았다. 깊은 밤, 한 방을 쓰던 노인 하나는 악몽을 꾸는 바람에 화들짝 놀라 깨어나 고래고래 소리를 질렀다. 얼굴에 진땀이 흘러내렸다. 그는 량 대장을 찾아가 방을 바꿔 달라고 강력하게 요구했다. 차라리 소 외양간에서 잘지언정 해골 바가지나 갉아 먹은 놈과 절대 한 방을 쓸 수 없다고 했다. 오직 식당에서 일하는 곰보 차오만이 나를 높이 평가했다.

"젊은 사람이 용기 한 번 끝내줘. 앞으로 문드러진 고기는 자네 것일세."

그는 '문드러진 고기'가 무엇을 말하는 것인지 말해 주지는 않았다.

량 대장은 벌 대신 나랑 야오다자를 산으로 보내 대나무를 사 오도록 했다. 중노동이었다. 멜대를 메고 칠십 리도 넘는 산길을 가자니 죽을 일은 아니었지만 살갗이 다 벗겨졌다. 집단을 위한 일이긴 해도 대나무 벌목 지표[20]를 가지고 오지 않았기 때문에 규정 위반에 속했다. 하는 수 없이 도중에 검문소

20) 행정 기관에서 발급한 벌목 제한량을 적은 것.

에서 걸리지 않도록 도둑질이라도 하는 사람처럼 낮에는 숨어 있다가 밤이 되면 행동했다. 대나무 산지에 가기도 전에 큰비를 만나 어느 목수의 집에 비를 피하러 들어간 적도 있다. 가지고 갔던 쌀 몇 근을 모두 먹어 버리는 바람에 남은 두 끼는 어디서 해결해야 할지 알 길이 없었다.

목수는 관 짜는 일을 했다. 공방에는 이제 막 칠을 끝낸 커다란 관 몇 개가 놓여 있었다. 나무 냄새, 칠 냄새와 함께 어두컴컴하고 음산한 기운이 엄습했다. 때로 나무판이 쩍쩍 갈라지는 소리가 들렸다. 아마도 나무판이 건조되면서 변형되어 나는 소리일 것인데 그럴 때마다 가슴이 쿵쾅거렸다. 야오다자는 을씨년스러운 이런 배경과 음향 효과가 마음에 들었는지 계속 싱긋거리며 기필코 여기서 자야하고, 여기서 등을 밝히고 카드놀이를 해야 한다고 말했다.

"이봐, 너 뒤에 있는 저 관에 왜 팔 한쪽이 나와 있지?"

'광양[21]'이라는 별명을 가진 자가 말했다.

"야오다자, 네 뒤에 여자 얼굴이 있어!"

"패가 좋은가 봐? 내 패 훔쳐보려고?"

"정말이야, 돌아봐 봐, 어서! 정말 커다랗고 허연 얼굴이 있다니까. 붉은 립스틱에 눈가에 피를 흘리면서 혀를 쭉 내밀고, 시퍼런 이가, 아이고! 무서워……."

나는 둘째 손가락으로 입을 막으며 말했다.

"가만, 뭔가 움직이는 것 같아."

---

21) '은전'과 같은 옛날 동전을 의미한다.

나는 숨을 멈췄다. 확실히 무슨 소리가 들리는 것 같았다. 그러나 귀를 쫑긋 세우고 다시 귀를 기울여 보니 창문 밖 빗소리, 흔들리는 나뭇가지 소리, 개울물이 터지는 소리, 옆방에 있는 주인의 간헐적인 기침 소리밖에 들리지 않았다……. 이런 것들은 '관'하고 관계가 없는데. 갑자기 손을 쓸 틈도 없이 문이 꽈당 열리는 순간, 우리는 일제히 놀라서 소리를 질렀다.

그냥 바람이었다.

불빛이 파르르 떨리며 더욱 약해졌다. 차마 더 이상 뒤를 돌아보지 못했고, 더더구나 문밖에 나갈 생각은 엄두도 내지 못했다. 밖으로 오줌을 누러 나갈 때도 서로 약속이나 한 듯 함께 행동했다. 우리는 서로 상대방을 자꾸만 쳐다봤다. 오줌을 눌 때도 더 이상 누구의 오줌이 더 멀리, 더 높이 떨어지는지 따위에는 신경을 쓰지 않았다. 그때 갑자기 발바닥이 얼얼해지면서 두 다리가 절로 공중으로 떠오르는 것 같았다. 나중에야 우리는 번개와 천둥이 동시에 몰려왔을 때의 공포가 어떤 것인지 깨달았다. 우리가 번개에 맞았나?

다시 기름등을 켰을 때 분노의 천둥소리가 잇달아 더 크게 울려 퍼지면서 창밖 어두운 밤하늘을 대낮처럼 환하게 밝혔다. 엄청난 물줄기가 미친 듯이 퍼붓고, 땅이 울리고 산이 요동쳤다. 세상천지 흑과 백이 서로 엇갈려 번뜩이며 영원히 한 방향을 향해 쏟아지고 있는 것 같았다. 또다시 힘찬 철 채찍 한 가닥이 내리쳤다. 불덩이 하나가 치직 하며 대문 밖에서 튀어 들어왔다. 화들짝 놀란 우리들은 소리 지르고, 고꾸라지는가 하면 미친 듯이 펄쩍펄쩍 뛰어다녔다. 모두 혼쭐이 났다.

정신을 차려 보니 불덩이는 없어졌지만 문 옆에 깨진 기와와 흙덩이가 한 무더기였다. 천장이 무너져 내린 것이다. 타는 냄새가 진동했다. 뭔가 많이 달라져 있었다. 불덩이가 지나간 곳인지 바닥 몇 군데가 지글지글 타고 있었다. 빗자루 하나는 잿더미가 되어 자루만 남았고, 빈 페인트 통은 쭈그렁 쪽박처럼 오그라져 폐품이 되어 있었다.

조금 전 재빨리 몸을 날려 번개가 선사한 '화륜차(목수의 표현)'를 피하지 않았더라면 아마 우리 모두 검게 그을린 고깃덩어리 신세를 면하지 못했을 것이다.

우리는 표정을 가다듬고 진정이 채 덜 된 상태로 서로 상대방을 비난하기 시작했다. 나는 그들이 조금 전 관을 보고 함부로 입을 놀려 염라대왕의 미움을 사는 바람에 이렇게 살벌한 경고를 당했다고 말했다. 야오다자는 당연히 내가 죽은 사람의 해골을 먹어 부를 얻었기 때문이라고 믿고 싶어 했다. 정의롭지 않은 수십 장의 식권에 화가 난 번개가 벌을 내려 카드놀이도 하지 못하게 만들었다는 이야기였다. 결국 나중에 그들은 합세하여 나를 빗자루 귀신, 화근 덩어리, 위험천만한 폭격 대상이라고 몰아세우며 절대 자신들과 함께 잠자리를 하도록 내버려 둘 수 없다고 했다. 나는 하는 수 없이 짚더미 하나를 끼고 분노에 찬 비난 속에 주방으로 쫓겨나 자리를 폈다.

공용 새끼

야오다자와 한 방에 살고, 한 침대를 공유한다는 것은 그다지 유쾌한 일은 아니었다. 그는 이불을 개지 않았고, 심지어 발도 씻지 않고 이불로 파고드는 바람에 침대에 모래가 득실득실했다. 그런 이야기는 관두기로 하자. 아침마다 대장 호루라기 소리에 놀라 자리에서 일어나 허둥대는 사이, 같은 방을 쓰던 사람들의 농기구는 모두 그의 손에 끌려 나갔다. 우리의 모자, 바지, 속옷까지 그의 몸에 걸쳐 있을 때도 있었다. 모기장으로 얼굴을 닦고, 바짓가랑이에서 양말을 끄집어내는 등의 상황은 다반사였다. 그나마 다행히도 당시 사람들의 행색이 변변치 못했기 때문에 다른 사람 것을 입으면 입는 대로, 잘못 가져가면 잘못 가져간 대로 별 신경을 쓰는 사람이 없었다. 어차피 모두 낡은 것들 아닌가. 공산주의 사회야 원래 나와 남의 구분이 없이 마구 가져다 쓰는 사회가 아닌가.

빨간색 조끼를 걸친 나는 옷자락에 '공용(公用)'이라고 두 글자가 적혀 있는 것을 발견했다. 그러나 사실 그 글자는 '공용'이 아니라 '대갑[22]'으로, 이를 예술적인 서체로 변형한 것이다. '대(大)'자를 둥글게 만들면 '공(公)'자와 비슷하고, '갑(甲)'자를 둥글게 굴리면 '용(用)'자와 비슷하다. 이처럼 눈에 띄는 서명이 거의 모든 그의 용품에 적혀 있었다. 노모가 보여 준 각별한 마음 씀씀이의 결과물이었다. 그가 여기저기 흘리고 다니기도 하고, 남의 옷이나 물건을 모르고 가져갈까 여기저기 바늘로 물주를 표시하고 물권을 주장해 놓은 셈이다.

그러나 노모는 아무리 여기저기 이름을 가득 박아 놓아도 바이마후 호 농장에서는 전혀 효과가 없으리라는 것을 생각지 못했을 것이다. 예술적인 글씨체가 역효과를 내다 보니 물권 보호가 도리어 물권 개방이 되어 버렸다. 사람들은 너 나 할 것 없이 그 두 글자를 '공용'이라고 생각했다. 그렇게 알 수밖에 없었고, 그렇게 이해해야 했다. 또한 아무리 봐도 그렇게 생각하는 것이 당연했다. 그 덕분에 사람들은 매우 편안한 마음으로 물건을 사용했다.

야오다자는 내가 걸치고 있는 빨간 조끼를 보고 그 위에 새겨진 '공용'이란 글자가 낯이 익다고 생각했다. 그러나 자기 몸에도 역시 누구 것인지 모를 옷을 걸치고 있으니 달리 따지고 들 수가 없었다.

그는 다만 다른 이들이 그를 '공용 형', '공용 자식' 또는 '공

---

22) 大甲. 야오다자의 '다자'에 한글로 독음을 단 것이다.

용 좆 새끼'라고 부르는 데 넌더리를 냈다. '공용'이라고 하면
'공중변소'같은 것을 연상할 수밖에 없어서 기껏해야 하병해
장[23] 정도의 역할밖에 못한다는 느낌을 주기 때문이다. 그의
말을 빌리면 그는 예술가였다. 지금은 곤경에 처해 있지만 언
젠가 구름을 헤치고 나가 빛을 보게 되면 총통을 만날 수도 있
어. 그러면 눈이 뒤집힐걸? 못 믿겠다고? 왜 사실을 인정 안
해? 대갈통 속에 구린 똥만 가득 차 있지? 그는 당장이라도 바
이올린으로 차이코프스키의 음악을 연주할 수 있고, 목을 길
게 빼며 위구르족의 춤을 선보일 수 있으며, 목청을 가다듬고
욕실에서 부비강을 통해 공명의 소리를 낼 수도 있으니, 어느
예술단에 소속된다 해도 전도유망한 인재라고 자부했다. 하
물며 그는 젖을 먹을 때부터 벌써 창작을 하고, 기저귀를 찰
때부터 영감이 충만하여 유화, 수채화, 펜화, 소조 등 모두 스
스로 터득하였으며 그 실력 또한 대단하다는 자화자찬을 늘
어놓았다. 고린내 풀풀 풍기는 발가락으로 그림을 그려도 어
느 유파의 대가보다도 훨씬 뛰어난 솜씨를 보여 줄 수 있다고
자랑했다. 이런 위대한 인물이 어떻게 네깟 놈들하고 '공용'을
할 수가 있어?

　각각의 흙벽돌집에는 대여섯 명이 함께 머물렀다. 집집마
다 모두 농민과 지식 청년들이 섞여 있었다. 농민들은 그의 천
재성을 믿지 않았다. 봉두난발 그의 낯짝에서 도무지 귀인의
상이라고는 전혀 느껴지지 않았기 때문에 그의 설득 작업은

---

23) 蝦兵蟹將. 새우 병사와 게 장군. 오합지졸 군대를 이르는 말.

험난하기 짝이 없었다. 그는 느낌을 생생하게 전달하기 위해 손짓 발짓을 모두 동원하고 예를 들거나 증인을 동원하고, 맹세를 하는 등 끊임없이 참을성 있게 설명을 되풀이했다. 이러한 그의 노력 덕분에 농민들은 '아래턱 악기(바이올린)'가 무엇인지 알게 되었다. 더더욱 중요한 것은 그로 인해 사람들이 왜 예술이 돼지 새끼나 고구마보다 더 중요하고, 위대하며, 귀한 것인지, 또한 화첩에 있는 라 씨(라파엘로), 다 씨(다빈치), 미 씨(미켈란젤로)가 왜 현의 왕 주임보다 더 쓸모 있는 존재인지 알게 되었다는 것이다.

그래도 정말 말이 안 통할 때면 그는 할 수 없이 주먹을 동원했다. 한 농가 젊은이가 그에게 인상을 쓰며 화학 비료나 구호 기금 결재를 해 주는 왕 주임에 비하면 당신의 그림 따위는 좆도 아니라고 우겼다. '좆'이라는 말에 순간 말문이 막힌 야오다자는 상대방을 번쩍 들어 그대로 바닥에 세차게 처박아 버렸다. 농가 젊은이가 죽는다고 비명을 질렀다.

"무식하기는!"

야오다자가 머리를 매만졌다. 아마도 뛰어난 인재가 푸대접을 받았다는 분노와 슬픔을 느꼈으리라. 간부에게 그를 고발하러 가는 젊은이를 그는 씩씩거리며 눈을 부릅뜨고 노려봤다.

"허세를 안 부리면 병이라도 나?"

"허풍 안 떨면 죽기라도 하냐!"

"열심히 일도 안 하면서 다른 사람들 방해나 하고, 아예 일을 망치게 하려고 작정했어?"

"야오다자, 이젠 사람까지 쳐? 왜! 불량배, 꼴통, 쪽발이, 악덕 지주 노릇까지 하게?"

작업 대열에 그가 빠지면 마치 소금이나 기름이 빠진 것처럼 무미건조했다. 작업장에는 노래를 부르는 이도, 춤을 추는 이도, 씨름을 하는 이도, 허풍을 떠는 이도, 떠들썩하게 식권 내기를 하는 이도 없었다. 그럴 때면 곡괭이와 똥통이 천근만 근처럼 느껴졌고, 사람들도 굼벵이처럼 동작이 굼떴다. '덜떨어진 놈 어디 갔어?' 누군가의 갑작스런 말에 사람들 모두 뭔가 마음이 허전한 듯 사방을 두리번거리며 그의 모습을 찾았다. 맞은편 좁쌀만 한 사람 그림자로 시선이 쏠렸다. 허이, 저기 저놈일 것이네. 혼자 일하니 편하겠지? 개조[24]를 하려해도 사람들 감독하에 개조를 해야지, 혼자 저렇게 한가하게 여유를 즐기게 하면 되겠어? 성토[25]를 하려 해도 놈은 들리지도 않을 테고, 폭로를 하려 해도 저놈이 앞에 보여야 하지!

사람들 모두 황당한 간부들의 처분을 비난하며 야오다자에 대한 특별 대우를 못마땅하게 생각했다. 봐봐, 또 가 버리잖아. 저거, 저거 봐, 또 바닥에 앉았네. 저것 좀 봐, 저 자식 저거, 또 자네. 오늘 오전만 해도 벌써 몇 번을 쉬었는지 몰라…… 저 녀석도 우리 쪽을 보고 있을 거야. 시도 때도 없이 즐겁게

---

24) 중국 문화 대혁명은 '프롤레타리아 문화 대혁명에 관한 결정안 16개조'의 발표와 더불어 인민 대중의 의식·문화 혁명을 통한 전면적 사회 개조를 주장하였다. 여기서 '개조'란 '인민의 사상 개조'를 뜻한다.
25) 중국 문화 대혁명의 의식·문화 개조 정신에 따라 반사회주의적 의식과 문화 행태를 보인 자에 대한 비판을 뜻한다.

휘파람을 불겠지. 휘파람 소리가 한들한들 계곡을 미끄러져 작은 나무다리가 있는 시냇가로 흘러내렸다. 사람들 모두 자유롭게 특권을 부여받은 사람처럼 홀가분하게 혼자 왔다 갔다 하며 여유를 즐기고 있는 그의 모습을 빤히 바라봤다. 그가 맡은 단독 임무는 대충 모두 인근 농가 아이들에게 넘어갔다. 아이들이 한창 열을 올리며 그의 일을 대신했다. 아이들에 대한 보답으로 그저 종이 쪽지에 되는대로 탱크나 비행기, 호랑이, 고대 장군 같은 그림을 그려 주면 끝이었다. 또한 아이들의 엄마들에게는 모란, 수련, 항아[26], 관음보살 같은 것을 그려주었다. 아주머니들은 그가 설계한 자수 도안을 거의 숭배하다시피 했으며 대신 찹쌀떡을 가져다주었다.

그림쟁이로서의 그의 명성은 순식간에 멀리까지 퍼져 나갔다. 인근 마을 간부들까지 농장에 와서 작업을 맞바꾸자고 제안할 정도였다. 그는 대신 해당 마을을 위해 벽에 지도자의 초상이나 어록을 써 주면 그만이었다. 그들은 야오다자를 선전의 거장, 정치 임무를 완성시켜 주는 구세주로 떠받들며 언제나 맛있는 생선과 고기로 그를 환대했다. 현의 문화관에서도 현성[27]의 축제 준비에 참여해 달라고 시골로 그를 찾아왔다. 그렇게 떠난 지 세 달이었다. 극단의 여자 배우들은 앞다투어 그의 신발과 양말을 빨아 주었다. 초대소 식당의 고깃국을 커다란 사발로 들이켰다는 이야기는 모두 그가 그때 나불거린

---

26) 嫦娥. 달에 산다는 전설 속의 선녀.
27) 중국의 행정 단위인 현(縣) 정부가 있는 도시.

것이다.

아마도 그쯤해서 그의 얼굴에 살이 붙고, 이마에 기름기가 흐르는 것을 발견했을 것이다. 우 농장장이 이를 갈았다.

"그자가 장제스의 거시기 좆도 잘라 낼 수 있어?"

옆에 있던 사람이 펄쩍 뛰었다.

"그건 아마 안 되겠지?"

"그러게, 절도범은 3차 세계대전이 터지기만 하면 감옥에 처넣어야지."

옆에 있던 사람이 다시 화들짝 놀랐다.

"그 사람이 물건을 훔쳤어요?"

농장장은 아무 대답도 하지 않았다.

"그게 그러니까…… 사람을 훔쳤나요?"

농장장이 자리를 뜨며 내던지듯 한마디 했다.

"좀 늦게 훔치나, 일찍 훔치나 훔치는 것은 마찬가지지."

3차 세계대전이 일어나기 전까지는 농장장의 선견지명을 증명할 길이 없었다. 또한 공산주의가 실행되기 전까지는 농장장이 말한 것처럼 식권 없이도 식사를 하고, 끼니때마다 향신료가 등장하고, 모든 사람이 지주가 되고, 집집마다 장화가 있다는 아름다운 예언을 증명할 길도 없었다. 우리에게 다가온 것은 그저 하루하루 지치고 피곤한 날들, 상처난 발, 두 눈의 실핏줄, 미친 듯이 물어 대는 모기, 아침마다 벌렁거리는 가슴으로 맞이해야 하는 호루라기 소리뿐이었다.

그러나 이처럼 피폐한 세월에도 꿈틀거리는 열정은 있었다. 항간에 한 지식 청년이 일을 할 때 절대 왼손을 쓰지 않는다는 이야기가 돌았다. 한쪽 손만 가지고 일하느라 노동 점수가 현저하게 낮아도 신경을 쓰지 않았다. 그가 말해 준 이유인즉, 왼손을 다치면 손가락이 말을 잘 듣지 않아 국제 파가니니 상을 받을 수가 없다는 것이었다. 이런 헛소리는 사람들을 경악하게 하기에 충분했다. 또한 어떤 지식 청년 하나가 중국이 첫 번째 인공위성을 쏘아 올린다는 말에 축하 모임에 가는 대신 집 뒤 대나무 숲으로 달려가 대성통곡을 했다는 이야기도 있었다. 후에 그의 설명을 들어보니 그 또한 참으로 아리송했다. 자기보다 먼저 그 일을 한 사람이 있다니, 이런 식으로 기선을 빼앗겨 처음으로 공을 세울 기회를 놓쳤으니 그의 과학 연구 계획은 모두 엉망이 되었다고 했다.

야오다자는 중학교 유급생에 불과했으니 이 정도까지 대단하진 않았다. 그의 과학 지식은 하늘에 대고 폭죽을 터뜨릴 수 있는 정도이지, 인공위성과는 거리가 멀었다. 그러나 이런 이력은 그의 아름다운 꿈을 펼치는 데 결코 방해가 되지 않았다. 그는 「위대한 야오다자 상상곡」을 쓴 적이 있다. 쾅쾅쾅 ── 쾅, 빵빵빵 ── 빵, 오케스트라 총보가 매우 복잡했다. 울림이 멋진 동관 악기와 청아한 하프가 함께 등장하여 때로는 빠르게, 때로는 느리게 박자를 바꾸고 독창과 합창이 어우러지며 자신의 미래를 다양하게 노래했다.

당시 그는 이미 차 농장을 떠나 인근 생산대에 가 있었다. 그곳의 서기는 성이 후 씨로, 마음이 여리고 착했다. 그는 이 도시 출신 젊은이가 항상 소외당하는 것을 보고 돼지를 훔친 것도, 소를 훔친 것도, 그렇다고 쌀이나 면화를 훔친 것도 아닌데 대체 왜 야오다자를 마치 대장균이라도 된 것처럼 엄격하게 통제 하는 것인지 의아해 했다. 그를 좋게 본 서기는 두 말 할 것 없이 그에게 짐을 챙겨 어깨에 들쳐 메고 자신을 따라오도록 했다. 정치적 난민을 보호하겠다는 강한 정의감의 발로였다. 이렇게 해서 야오다자는 후씨 집안의 가족이 되었다. 이 정체불명의 가족에게는 그가 뭘 해도 모범 노동자라는 타이틀이 주어졌다. 이후 그는 놀러 가는 곳마다 먹고 자면서 연이어 량씨 집 가족, 화씨 집 가족이 되어 더 많은 삼촌과 큰 아버지에게 둘러싸였다. 농번기가 되면 우리는 너무 바빠서 환한 하늘을 제대로 구경하기가 힘들었다. 그러나 그는 신수가 훤했다. 반듯한 양말, 신발 차림에 종이 모자를 삐딱하게 쓰고 들판에 바이올린을 들고 나타나 우리를 위로했다. 마치 친히 인도의 난민촌을 방문한 영국 황태자 같았다.

"아, 서쪽으로 향하는 열차 창문에서, 굽이굽이 황허의 상류에서……."

격정에 가득 찬 그의 낭송은 우리를 약 올리기 위한 것이 분명했다.

우리는 개울가에 누워 멀리 핏빛 석양을 바라보다가 그의 바이올린 소리를 따라 미래를 향한 꿈의 세계로 빠져들었다. 다른 사람에게 뒤지지 않도록 앞으로 꼭 고기만두 열 개를 한 입에 먹으리라, 단번에 영화 다섯 편을 줄줄이 보리라, 가장 번화한 중산 길이나 오일 길을 여덟 번 왕복하겠다고 철썩 같이 맹세했다……. 앞으로는 좋은 일이 너무 많을 거야. 우리는 갖가지 환상을 떠올리며 애써 청춘의 아픔을 달랬다.

여러 해가 지난 후 나는 다시 그 개울을 지나 당시의 자그마한 나무다리에 올랐다. 여전히 졸졸 흐르는 물소리에 백모가 어지럽게 길을 가로막고 있는 것을 보니 절로 예전의 기억이 떠올랐다. 도시로 돌아간 야오다자는 극단에 들어가기도 하고 그림 전시회를 열기도 했다. 또한 패싸움을 하기도 하고, 작은 공장을 하나 열기도 했다. 하마터면 석탄 광산에 투자를 할 뻔했던 적도 있고 그러다 다시 몇 년 동안 외국에서 살았다……. 그러나 대체 뭘 하고 살았는지 딱히 정확하게 알고 있는 것은 없다. 그러나 역시 마지막에는 예술계 쪽에 모습을 자주 드러내 베이징의 유명한 798[28]이나 쑹좡[29] 같은 곳을 어슬렁거리며 '설치'니 '행위'니 하며 무슨 옛 문 시리즈, 탁본 시리즈, 영아 시리즈 같은 행사를 벌였다는 소문이 들렸다. 얼마 전에는 창이랑 문에 복잡한 전깃불을 단 청화 항아리를 설치했다. 그의 말에 따르면 베니스 비엔날레를 한순간에 모두 날릴 원자탄을 준비하는 것이라 했다.

세상은 이미 크게 달라졌는데 날로 새로워지는 예술 세계에서 나는 완전히 촌놈이 된 것 같았다. 거대한 청화 항아리 앞에서 나는 짐짓 흥분한 듯 이지렁을 떨며 감상 포즈를 취했다. 요리조리 뜯어보며 연신 헛기침을 해 대고 괜히 아래턱을 매만지면서 눈앞의 예술 작품들이 날이 갈수록 마치 기술처럼 보이고, 화가가 엔지니어가 된 것 같다고 말했다.

---

28) 중국을 대표하는 최초의 예술 특화 지구.
29) 宋莊. 798을 벤치마킹하여 조성된 또 한곳의 예술 단지.

"맞아, 네 말이! 그게 바로 내가 추구하는 방향이야."

그가 내 코를 가리켰다.

"네 말은 예술이 기술이 되어야 한다는 거야?"

"그래. 정말 똑똑한 친구야. 너도 철저하게 붓을 잊어버리고 절단기와 크레인을 생각하면 미술 대학 교수가 될 수 있어."

그가 그렇게 말하니 이해가 될 것도 같았다. 물론 더 아리송하기도 했다.

내 기억이 틀리지 않다면 그는 세 살 때 머리를 잡아매고, 다섯 살에 꽃 바지를 입고, 아홉 살 때도 여전히 젖을 빨던 유급생 아닌가? 물론 옆집 아줌마가 불어나는 젖을 감당하지 못해 그를 부르는 바람에 따뜻한 아줌마 품에 안겨 꿀떡꿀떡 젖을 먹었다고는 하지만 말이다. 그렇게 오랫동안 젖을 먹었던 과거가 있는 놈이 어린 시절을 벗어날 수 있겠는가? 후에 그는 사방팔방을 들쑤시고 떠돌았지만 그의 울대뼈, 수염, 주름살, 넓은 어깨는 아이라는 것을 감추기 위한 위장술이자, 성인 틈에 섞여 들어가기 위한 생리적인 과장에 불과했을 뿐이다. 이런 생각에서 출발해야, 사람들은 그가 왜 솔선수범하여 도둑을 잡는답시고 고개를 넘고 넘어 끝까지 도둑을 쫓다가 결국 벌에 쏘여 고래고래 소리를 지르고야 말았는지 이해할 수 있을 것이다. 사실 그는 공동의 숲을 애지중지했던 것이 아니라 그저 도둑 잡기가 재미있었을 뿐이다. 또한 그가 왜 순식간에 생산대의 귤을 훔치러 갔고, 과수원지기를 피하느라 잠복과 우회는 물론 양동 작전을 펼쳤는가 하면, 고양이 울음소리까지 흉내 내다 결국 똥통에 빠졌는지 이해할 수 있을 것이다.

사실 그는 귤 같은 것엔 전혀 관심이 없었다. 그저 도둑 흉내를 내는 일이 재미있다고 느꼈을 뿐이다. 모든 것이 놀이를 위한 것, 그냥 그 이유가 전부였다.

그에게는 도둑 잡기나 도둑질 모두 high[30]할 수도 있고, high하지 않을 수도 있다. high야말로 불변의 진리이다. 예술은 다만 이따금 한순간 high하는 놀이일 뿐이다. 제발 부탁인데, 그와 사상적 의미, 예술적 풍격, 창조적 기법 및 무슨 ism[31] 따위에 대해 절대 토론하지 말 것이며, 더더욱 그가 무심코 내뱉는 무슨 '스키'니 '예프'니 하는 것에 귀를 기울일 필요도 없다. 그가 지껄이고 싶어 하면 그냥 지껄이게 내버려 두면 된다. 그가 만든 그 커다란 항아리는 짠지를 담을 수도 있고, 사료를 담을 수도 있다. 직공 여러 명이 일 년을 들여 만든 대작이지만 내가 보기에는 그저 그가 꿀떡꿀떡 젖을 빨아 먹고 나서 또다시 바닥에 엎드려 엉덩이를 높이 들고 강가 모래를 헤집으며 미궁을 만들 준비를 하는 것에 불과하다.

그는 아마도 오늘 숙제도 잊었을 것이고, 밥 먹으러 집에 돌아가는 것도 잊을 것이다.

그에게 집이 있던가? 나는 그에게 이메일을 보낸 적이 있지만, 그의 이메일은 마치 블랙홀 같아 단 한 번도 회답이 오지 않았다. 또한 그에게 휴대 전화 번호를 얻었지만 전화는 걸 때마다 꺼져 있었다. 내가 알고 있는 것은 다만 야오다자가 아

---

30) '흥분'을 의미하는 영어.
31) '주의(主義)'를 의미하는 영어.

직도 세상에 살아 있으며, 이따금 갑자기 불쑥 내 앞에 나타나 머리를 긁적이고 눈을 껌뻑거리며 남은 밥을 얻어 배를 채운 뒤 횡설수설 한바탕 지껄이다가 자기 휴대 전화를 놓아 둔 채 내 리모콘을 가지고 다시 바람 같은 길을 떠난다는 것이다. 가장 최근에 그가 지껄인 허풍은 샤오안쯔를 구한 내용이었다. 샤오안쯔는 우리 두 사람 모두 알고 있는 여자다. 그는 자기가 미국에서 지프차를 몰고 미제 M16을 끼고 흑인 형제들과 마약 판매자들한테 가서 꽥꽥꽥(그가 기관 단총 발사 소리를 흉내 낼 때는 언제나 도널드 덕 소리를 냈다.) 총질을 해 댔다고 말했다. 그가 허공을 향해 총을 발사했다.

"제기랄!"

멕시코에서 온 사람들이 모두 머리를 감싸 안고 벽을 마주한 채 꿇어앉았다.

"영화 촬영 이야기하는 것 아냐?"

내가 말했다.

"못 믿겠어? 그럼 샤오안쯔에게 물어봐. 지금 전화해 봐."

"샤오안쯔가 왜 미국에 있어?"

"이제 막 미국에 왔는데 내 말 안 듣고 함부로 들쑤시고 다닌다니까."

"뉴질랜드에 있는 것 아냐?"

"뉴질랜드 암흑가가 성에 차겠어?"

한 편의 폴리스 영화가 이렇게 또 한 편 만들어졌다. 전부 믿을 필요도 없고, 캐 볼 필요도 없는 농지거리였다. 그는 이렇듯 한 줄기 바람, 만화 같은 공공의 전설, 동에 번쩍 서에 번쩍하는 날렵한 유랑자, 안부를 물을 수도, 이별을 고할 수도 없는 투명 인간이다. 그는 고정적인 주소도 없을 뿐만 아니라, 본질적으로 남편, 아버지, 동료, 시민, 교사, 납세자, 계약자 갑측, 오피니언 리더, 법인 대표, 주식 보유자 등 그 어떤 성인의 신분도 갖기 힘든 인간이다. 아마도 이런 가짜 성인에게 각각의 도시는 블록이 되고, 열차의 칸 하나하나는 흔들 다리의 막대 하나, 창문은 요술 거울이 되어 그의 일생을 놀이공원으로 만들어 줄 것이다.

어느 날 문득, 그는 자신의 허풍처럼 휘황찬란한 업적으로 전 세계에 이름을 떨칠 수도 있고, 그의 전처와 아들이 말한 것처럼 알거지가 되어 거리를 떠돌 수도 있다. 그러나 처지가 어떻든지 간에 그는 낡은 기타 하나를 메고 사방을 떠돌며 자신의 위대한 생각을 연주할 것이다.

"공용 새끼!"

"공용 새끼!"

……

나는 길거리에서 들리는 시끄러운 아이들 소리에 문득 정신을 가다듬었다.

아리마

우리는 함께 술을 마셨다. 맞은편에서 술을 먹는 사람은 이가 듬성듬성 나 있고, 지팡이를 짚고 있었다. 이따금 그의 기침 소리가 정적을 깨고 울려 퍼졌다. 우리는 주름이 가득한 그의 얼굴을 곰곰이 들여다보며 옛날 모습을 파악한 후 머뭇머뭇 '어!' 소리와 함께 우리 생각이 틀리지 않았음을 재확인했다. 맞아, 저 사람 우텐바오 맞아!

분명히 그 늙은 농장장이었다.

그 낯선 지인은 당시 야오다자에 대한 지긋지긋한 기억을 다 잊은 상태였다. 마치 자기가 일찌감치 진주를 알아봤다는 식이었다. 생각해 봐, 그 새끼, 그 새끼가 어디 밭이나 갈고 있을 놈이었나? 벼를 베라고 하면 온통 논에 죄다 뿌려 놓고, 뭐 좀 심으라고 하면 종자를 모조리 밟아서 다 쓰러뜨려 놨잖아. 도무지 몸의 뼈가 다 비뚤어져 하나도 제대로 붙어 있는 것이 없는 놈 같았지. 또 그게 말이야, 누가 그놈 돈을 빌려 가도 기억을 못하고, 자기가 남의 돈을 빌려도 기억을 못했어. 제일 심각한 것은 그놈, 정말 지독한 놈이었다는 거지. 자네도 알걸, 여러 사람이 봤잖아. 언젠가 나무통에 사람 해골을 하나 가져왔어. 수염이 가득 달린 해골바가지 말이지. 들판에 버려진 시신 머리라고 했지 아마. 그러더니 솥을 하나 빌려 와서 연기를 폴폴 내며 물을 한 솥 끓이면서 무슨 해골 표본을 만든다고 했어. 아이고! 그게 사람이 할 짓이었나? 살점 발라내고, 뼈 깎아 내고, 수염 밀고, 콧구멍 후벼 파고, 귀 털까지 파내느라 비지땀을 찔찔 흘리면서 말이지. 조마자[32]가 설 음식을 마련하느라 돼지를 죽인 것처럼 심장을 찔렀을까? 사람을 죽였을까……?

우톈바오는 20년이 지났는데도 하마터면 다시 구토를 할 뻔했다.

그러나 그의 말은 비난이 아니라 오히려 찬사에 더 가까운 느낌이었다. 마치 비범한 사람은 비범한 행동을 하기 마련이라고 말하는 것 같았다. 큰일을 할 사람은 이렇게 미친 짓도 좀 하고, 흉악하고 잔인해야 되는 것 아닌가?

헤어지기 전에 그는 추수 이후 계란 한 광주리를 마련할 테니 자기 대신 야오다자에게 좀 가져다주라고 부탁했다.

"네, 알겠어요……."

---

32) 曹麻子. 곰보 조, 2대 팔대괴(八大怪) 중 한 사람이다. 팔대괴란 명대부터 형성되기 시작한 난장에 등장해 민간 기예를 선보인 기인들을 말한다.

나는 대충 얼버무렸다.

"즈투어도 좀 데리고 가. 보살 그림을 좋아해."

그가 자기 손자를 가리키면서 말했다.

"네……."

사실 우톈바오는 당시 야오다자와 샤오안쯔가 살을 발라 냈던 그 해골, 사방으로 뚫려 있는 시커먼 구멍들 때문에 화가 치밀어 탁자를 내리쳤고, 그 바람에 발밑에 구덩이가 패였던 일을 기억해야 했다. 그것도 예술이야? 빌어먹을 예술 같으니! 당시 그는 이렇게 욕을 퍼부었다. 왜? 매일 무덤에서 자빠져 자면서 예술 하시지? 아니면 자기 머리통도 잘라서 예술하는데 보태시던지! 왜 니들 아빠, 엄마 창자나 배때기까지 벽에 걸어 두고 미친 예술인가 뭔가 해 보시지! ……농장을 뒤죽박죽으로 만들어 지린내, 구린내가 진동하고 우귀사신[33]이 몰려와 난리를 치게 하지를 않나! 국민당에서 파견한 별동대라도 되나 보지?

그는 당시 직공 대회에서 야오다자의 한 달 식권을 압류한다고 선포했다. 어디 살이 열 근 넘게 줄어도 미친 짓을 할 수 있나 지켜보지!

야오다자는 씩씩거리며 그와 협상을 벌였지만 도무지 말이 통하지 않았다. 우 농장장은 배움이 별로 없었고, 아는 글자라고는 문맹 퇴치반에서 배운 몇 글자가 고작이었다. 그러니 소

---

33) 牛鬼蛇神. 소귀신과 뱀 귀신. 문화 대혁명 당시에는 온갖 악인, 수정 자본주의자를 일컫는 말로 쓰였다.

묘니 인체 구조니 하는 것들은 말할 것도 없었다. 전에 현에서 걸려온 전화에 어떻게 전화기를 사용해야 하는지도 모를 정도였다.

"잘 안 들려요. 지금 곧 짚신 신고 그곳으로 갈게요."

그는 현이 백 리도 더 떨어져 있다는 사실을 몰랐다. 그냥 전화 속 음성이 가까이 들리니 바로 옆 방도 아니고, 건너편 산 위에 있는 것도 아니라 짚신 한 켤레로는 어림도 없는 먼 곳에 있다는 것을 알지 못했다. 그는 심지어 기차가 무엇인지도 몰랐다. 어렵게 현에 가서 기차를 보게 된 그는 마을로 돌아온 뒤 뛰는 가슴을 이렇게 표현했다.

"온통 검은 가죽으로 에워싸인 물건에서 연기가 피어나더라고. 달음박질은 도둑보다도 빠르고, 크기는 또 얼마나 큰지. 하루에도 여물을 엄청나게 먹을 거야."

이렇게 흙에서 파낸 쇠한 채소 같은 자가 어떻게 야오다자 대사와 예술적 공감을 나눌 수 있었겠는가?

작업장에서 내기하다 식권을 빼앗긴 데다 농장장에게 벌로 압류까지 당한 야오다자는 설상가상 굶주림에 추위까지 겹쳐 다른 형, 누나들이 조금씩 그를 구제하러 나섰지만 그래도 화를 삭이지 못했다. 농장장이 식당에서 밥을 풀 때였다. 야오다자가 갑자기 끼어들더니 농장장 손에 들린 밥사발을 낚아채 달아났다.

"어이? 너 이 자식, 네가 비적이라도 돼? 어디서 흉측한 족발을 들이대?"

우톈바오는 자신의 두 손이 빈 것을 깨닫고 화가 치받아 이마의 힘줄이 툭 불거졌다.

그러나 야오다자는 벌써 멀찌감치 달아난 상태였다.

"날 굶겨 죽일 작정이면 당신도 밥 먹을 생각하지 마!"

"이, 이놈의 새끼가! 똥구멍에 대갈빡을 쑤셔 넣어 줄까 보다!"

"이 영감태기야, 어디 한 번 그렇게 해 보시지. 지난번으로 부족하신가 보지? 날 때려죽여도 우리 엄마, 아빠는 아들이 둘이나 더 있으니 상관없어. 하지만 내가 영감태기 때려죽이면 마누라는 과부가 될 거고, 딸린 세 아들은 엄마를 따라 외갓집에 가면 더 이상 당신 성씨가 아니지!"

"이 놈의 자식을! 꽁꽁 묶어서 공안국[34]으로 끌고 가야 정신을 차리지!"

"어차피 먹을 것도 없는데, 감방에 가면 밥도 있고 더 좋겠는데?"

우텐바오는 생전에 야오다자처럼 질기고 독한 놈은 본 적이 없었을 것이다. 아마도 야오다자의 위협이 통했는지 아니면 도저히 그의 강탈을 막을 수가 없었던지(야오다자는 나중에 농장장 것은 물론이고 손님 밥사발까지 빼앗기 시작했다. 농장장이 부른 목수, 죽세공, 미장이까지 수시로 습격해 생선에 고기까지 파렴치하게 손에 넣었다.) 결국 못 이기는 척, 회계 담당자 말대로 야오다자에게 식권을 돌려주면서 식권 압류는 흐지부지 끝이

---

34) 중화 인민 공화국 내에서 행정 집행 및 형사 사법에 관계된 업무를 담당하는 기관.

났다.

그러던 중 현 문화관에서 야오다자를 차출하겠다는 편지가 도착했다. 농장장은 짜증이 나서 차출 요구 서한을 내리쳤다.

"어디서 그런 꼴통을! 무산 계급의 모진 노력이 만들어 낸 이 강산에 제 놈이 갈 곳이 어디 있어? 장제스 바짓가랑이로 도망쳐도 내가 반드시 끄집어 내서 간장을 찍어 안주로 먹어 버릴 테다!"

욕은 그렇게 했지만 그는 차출 서한에 그 즉시 '결재 동이'라고 서명했다.

'결재 동이'란 '동의'의 뜻으로 그의 전지전능한 권력을 나타내는 표식이었다. 누가 그에게 이 네 글자를 가르쳐 주었는지 그 이후 그는 모든 문제를 이렇게 재무와 관련된 일로 처리했다. 항상 어질러져 있는 그의 사무 탁자에서는 입당 신청서에도 '결재 동이', 신고 자료에도 '결재 동이', 방충 및 질병 방지 긴급 통지에도 '결재 동이' 그리고 각종 상급 기관의 공문에도 '결재 동이'라는 서명이 이루어졌다. 량 대장의 말에 따르면, 얼마 전 결혼 보고서를 제출하자 그가 하품을 하더니 자신이 건넨 결혼 축하 담배 한 대에 불을 붙인 후, 마치 미꾸라지를 잡듯 붓을 잡고 붓대를 만지작거리다 허공에서 손을 부르르 떤 다음, 이리저리 획을 그은 후에야 겨우겨우 환희에 찬 잠언 네 글자를 적었는데 그중 '의' 자를 언제나 그랬던 것처럼 '이' 자로 잘못 적더라는 것이다.

량 대장이 머뭇거렸다.

"또 일이 남았소?"

"농장장님……."

"왜 그러쇼?"

"제가 돼지 새끼를 구입할 때도 이 네 글자, 치어를 살 때도 이 네 글자, 오줌통 띠를 살 때도 이 글자를 써 주셨는데, 오늘은 제가 결혼을……."

"나도 자네가 오늘 남녀 거시기를 하려고 한다는 것 알아."

"농장장님, 제 인륜대사인데 좀 더 예의를 갖춰 써 주시면 안 되겠습니까?"

농장장이 그를 힐끗 쳐다본 후 다시 서류를 살피더니 탁자를 내리쳤다.

"예의가 없다니! 이렇게 저렇게 써도 모두 매한가지 아닌가? 어디 그럼 자네가 한 번 말해 보게. 이렇게 아니면 또 어떻게 하라고?"

신랑은 그래도 자신의 혼사가 씨돼지를 사거나 치어를 사는 것과는 구분이 있어야 한다고 생각했다.

"제가 장가가는 일이 무슨 돼지 한 마리 사는 것도 아니지 않습니까. 이건 결산하고 안 하고의 문제가 아니라……."

"결산, 그거 좋은 일이지, 결산이란 지도자의 지지를 말하는 것이고 생산의 발전, 순조로운 일처리, 흐뭇한 상황을 말하는 것이지 않나. 그래도 모르겠나? 그럼 나더러 마오 주석 만세라도 한마디 써 달라는 거야? 괜한 생각 말고. 궈아이쯔에게 가서 말해, 내가 승인한 거라고!"

궈아이쯔는 공사의 민정 관리 사무를 맡고 있는 간부이다. 마치 그가 탁자를 내리치면 진짜 문서라는 보증이나 다름없고, 논쟁의 여지가 없는 권위를 갖게 되어 궈아이쯔가 결혼증을 발행해 줄 수밖에 없는 근거라도 되는 것 같았다.

후에 그는 왜 다른 사람들이 이 이야기만 꺼내면 웃음을 터뜨리는지 이유를 알 수가 없었다. 웃음소리에 대한 반격으로, 그는 의자 하나를 빼내 문 앞에 반듯하게 앉아 사람들이 오가는 길 앞에서 그럴듯하게 신문이나 문서를 펄럭거리며 넘겨보다가 펜을 들고 가끔 줄을 긋거나 동그라미를 치며 자신의 지도자적 소양과 문화 수준을 뽐냈다. 그러다가 눈에 띄는 부분이 나오면 그는 소리를 높이며 다음과 같이 말했다.

"잘 썼군!"

"정말 잘 썼어!"

"현의 동지들은 수준이 높아. 궈아이쯔 열 명을 한데 묶어 놔도 못 따라갈 거야."

그는 손가락에 침을 묻혀 종이를 넘기며 알고 있는 이야기를 폭발적으로 풀어 놓았다. 예를 들면 소련 사람들은 흑빵[35]을 먹지. 으이그, 더럽기는, 정말 불쌍해! 미국은 무인기가 있대. 아마 사람이 하도 많이 죽어서 조종할 사람이 없나 보지. 천안문 광장은 현 전체 인민이 모두 나라의 알곡을 말릴 정도로 커. 정말 대단한 건설이야, 정말 대단해! 공산주의의 일상이야말로 정말 끝내주지. 하루 종일 일을 할 필요도 없고 어찌나 잘 먹는지 살이 피둥피둥 쪄서 침대가 찌그러질 정도니, 편안함의 극치야. 그저 죽어서……. 모두 그가 후에 항상 입버릇

---

35) 초르니 흘렙. 100% 호밀로 만들어진 러시아 전통 빵.

처럼 달고 다니던 이야기들이었다.

물론 이상한 말을 할 때도 있었다.

"혁명을 위해서는 열심히, 그리고 23하게 일해야 해."

아무리 생각해도 이해가 가지 않았다. 사실 '23'이란 '교(巧)'를 잘못 이해해서 나온 말이었다. '열심히 일해야 할 뿐만 아니라 능률적으로 일해야 한다.'라는 뜻의 '고간가교간(苦幹加巧幹)'이란 문장 중 '교' 자를 둘로 쪼개 아라비아 숫자로 잘못 이해한 것이다. 또한 '세상에 알아주는 이가 있다면, 아무리 멀리 떨어져 있어도 5:0이야.'라는 그의 말도 한참을 생각한 후에야 의미를 이해할 수 있었다. 바로 '해내존지기, 천애약비린(海內存知己,天涯若比隣)'의 '약비린[36]'을 마치 구기 종목의 점수를 말할 때처럼 잘못 발음한 것이다. 어느 날은 개최된 대회 단상에서 저녁에 연설을 하던 중 흥분한 그가 엉덩이에 마치 스프링을 단 것처럼 자꾸만 들썩거렸다.

"동지 여러분, 위대한 지도자 마오 주석이 우리를 이끌고 계시니 세상에 어려운 일이 없습니다. 그저 산에 오르려는 마음만 있으면 됩니다."

그때 한 지식 청년이 나서 그의 말을 교정했다.

"산에 오르는 것이 아니라 그냥 오르고자 하는 마음이겠지요."[37]

---

36) 若比隣, 중국어 발음으로 '뤄비린'이며, '이웃과 같다.'라는 의미이다. 그런데 이를 '5:0'을 뜻하는 '우비링'으로 잘못 발음한 것이다.
37) 마오쩌둥의 '징강산에 다시 올라(重上井岡山)'라는 시의 한 구절로 '올라가고자 하면 세상에 어려운 일이 없다.'라는 뜻이다.

"올라가? 어딜?"

"그러니까…… 위로 향해 오른다는 뜻이요."

"그건 아니지."

농장장이 사람들에게 화를 내며 말했다.

"산에 오르는 것 아니겠어? 내가 뭘 틀렸는데? 어서 말해들 보시게, 내가 어딜 틀렸나?"

알려 준 지식 청년만 그저 억울한 생각이 들었을 뿐이었다.

농장장은 다시 사람들의 웃음소리를 들었다. 아마도 계속 그 일이 마음에 걸렸던지 그는 회의장을 빠져나갈 때까지 씩씩거리다 하마터면 바닥에 고꾸라질 뻔했다. 나중에야 자신이 나무통에 걸려 넘어질 뻔했다는 것을 알고 홧김에 통을 발로 냅다 걸어찼다.

"좆만 한 새끼가 씹하고 자빠졌네."

재미있는 사실은 이런 비속어를 할 때면 거침없이 능수능란하게 끊임없이 새로운 표현을 줄줄이 엮어 내는 바람에 사람들이 정신을 차릴 수 없을 정도라는 점이었다.

　—좆 됐네.(엉망으로 끝났다.)

　—좆같이 뭐하는 거야?(뭐하는 거야?)

　—좆 빠는 소리하고 있네.(꿈꾸고 있네.)

　—좆 비비고 왔냐?(뭐하러 갔다 왔어?)

　—좆도 아닌게.(아무것도 아닌게.)

　—기저귀도 안 뗀 새끼가.(이마에 피도 안 마른 새끼가.)

　—똥구멍 바짝 당겨.(정신 똑바로 차려.)

— 네미! 좆같이 빠른 자전거네.(자전거가 정말 좋네.)

— 좆 한 번 휘저으니 세상이 태평하네.(점점 갈수록 좋아지네.)

······

여성 지식 청년들은 이런 언어폭력에 강한 반감을 느꼈다. 욕만 나왔다 하면 얼굴이 벌겋게 달아올랐다. 곁에 있던 사람들이 폭소를 터뜨리면 사람들 앞에서 모욕을 당했다는 생각에 더욱 기분이 상해 나지막이 '저질!'이라고 중얼댔다. 어떤 의미에서 보면 청춘을 향한 그들의 이상은 이렇게 파괴되고, 인생의 신앙도 그로부터 흔들리기 시작했을 것이라고 확신한다. 이후 그들이 하나둘씩 어떻게 해서든지 허둥대며 시골을 도망치듯 떠난 것도 이런 청각적 피해와 큰 연관이 있을 것이다. 아마도 이 꽃망울들은 나와 마찬가지로 혁명은 시와 불꽃과 돛단배, 질주하는 준마로 가득하다고 생각했을 것이다. 혁명가가 홍군 제복을 입은 헨리 폰다[38]나 클라크 게이블[39]이 아니라면? 볼셰비키의 백마 탄 왕자는 아니라고 해도 적어도 영웅적인 기개가 느껴지고, 강직한 느낌이 좀 있어야지, 우톈바오처럼 좁쌀만 한 눈알에 참새 부리 같은 입, 난쟁이 똥자루 같은 키를 가졌을 리가 없다. 더더구나 그처럼 추잡한 욕을 아무 데서나 내뱉지 않을 것이다. 이런 못난이라면 어떤 영화에

---

38) Henry Jaynes Fonda. 1905~1982. 미국의 영화·무대 배우. 출연작으로 「분노의 포도」, 「전쟁과 평화」 등이 있다.

39) Clark Gable. 1901~1960. 미국의 영화배우, 출연작으로 「어느 날 밤에 생긴 일」, 「바람과 함께 사라지다」 등이 있다.

대입을 해도 기껏해야 도적단의 '갑'이나 건달 '을' 정도일 것이다. 한 시대의 신인류가 그런 자에게 '재교육'을 받을 수 있단 말인가?

물론 나도 살아 있는 염라대왕 우톈바오가 싫었다. 악랄한 임무 하달로 우리를 가축처럼 부려 먹는 그가 증오스러웠다. 그는 눈이 와도, 비가 와도 개의치 않았다. 하늘이 무너져도 작업 호루라기 부는 일을 잊지 않았다. 일을 나갈 때만 되면 또 어디 숨어 잠을 자고 있는지 사라져 버리는 그가 이가 부득부득 갈릴 정도로 미웠다. 그는 우리가 막 쉬려고 할 때면 기가 막히게 시간을 맞춰 작업장에 나타났다. 그 때문에 깜짝 놀란 생산대장은 휴식 명령을 내리지 못했다. 그는 일찍도, 늦게도 아닌 딱 제시간에 2미터 정도의 죽간을 측정 도구로 들고 나타났다. 아니, 측정 도구라기보다는 악행을 위한 무기라고 해야 적절한 표현일 것이다. 그는 작업장 이곳저곳을 죽간으로 측량했다. 2미터짜리 죽간이 손에서 한 번씩 재주를 넘으면서 이에 맞춰 일부러 잰 듯이 내달리는 그의 발걸음이 더해지면 2미터를 넘어 3미터까지도 거리가 늘어났다. 이렇게 측량이 이루어진 흙일을 누가 다 마칠 수 있단 말인가? 이런 식으로 설정한 면적 위의 잡초를 누가 다 뽑을 수 있단 말인가?

"염라대왕이 목숨을 앗아갈까 걱정하지 말고 '원숭이'의 몽둥이를 걱정해."

지역 농민들조차 이런 말을 입에 올렸다.

'원숭이'는 바로 그의 별명이었다.

하지만 나는 그의 저질스러운 비속어가 흥미로웠다. 우아한 표현은 아니었지만 우스꽝스럽고 오히려 속 시원하고 개운한 느낌을 받았다. 전형적인 생활 속 비유로, 매우 통속적이면서 형상적이고, 강렬한 인상을 남기기 때문에 쉽게 전파되곤 했다. 한번 터졌다 하면 그 폭발력이 대단했다. 미안하지만 나 역시 뒷간에 대해 그가 품고 있던 반감에는 대체적으로 동감한다. 특히 악취가 진동하던 뒷간 몇 군데는 절대 사절이었다. 그는 뒷간에서 가까운 곳에 있을 때도 차라리 좀 멀리 떨어진 수풀을 골라 바지를 내리고 엉덩이를 까느라 하마터면 고양이처럼 흙을 파거나 개새끼처럼 발을 들어 올릴 뻔했다. 아! 아름다운 대자연이여…….

그의 말에 따르면 이런 장소를 택할 경우 첫째, 뒷간의 구린내, 지린내를 맡지 않아도 되고 둘째, 똥거름을 운반해야 하는 수고도 덜 수 있고 셋째, 경치도 감상할 수 있다고 했다. 손닿는 대로 잡아 뜯다가 약초를 한 줌 구할 수 있을지도 몰라……. 너무도 실리적인 이유에 나도 할 말이 없었다. 그러다 나까지 한번 시도를 해 볼 것만 같았다.

나는 속으로 나 역시 도둑 '갑', 건달 '을' 같은 인물은 아닐까 자못 당황스러웠다. 나의 몰락이 저질스러운 비속어에서 시작되는 것일까? 물론 몇 년 지나지 않아 이런 저질스러운 비속어가 특정한 환경에서는 오히려 진기한 몸값을 지닌 존재로, 누군가의 눈에는 심지어 높은 수준의 전위적인 문화적 자산으로 간주되기도 했다. 물론 일반 사람들은 잘 이해하기 힘들지만 말이다. 야오다자가 미국에서 그림 전시회를 열었다. 전시회에는 난잡하게 변형된 남녀 누드화가 한가득 전시되었다. 관람객들은 마치 고기 냉동고에 들어간 것처럼 분홍색 육체 앞을 지나가야 했다. 작품 제목은 「좆 끼다」, 「좆 비비다」, 「좆 물다」, 「좆털」, 「시든 좆」, 「빵빵한 좆」 등으로, 당시 우텐바오의 입에서 줄줄이 엮어지던 저질스러운 욕을 집대성하여 그림으로 풀이한 도해가 분명했다. 작품 해설은 이런 표현에 담긴 의미, 상용법이 적혀 있었다. 전시회의 타이틀은 「아리마: 인민의 수사법」이었다. '아리마'란 기독교의 성모 이름을 뒤집어 놓은 것이며, 바이마후 호 사람들이 상대방 엄마를 입에 담으며 지껄이던 욕지거리의 음에서 따온 것이기도 했다.

야오다자는 이런 저질스러운 문화 행위가 아이들에게 해가 되지 않을까 생각했다.

흥미로운 사실은 야오다자가 그곳에서 열었던 과거 여러 번의 전시회는 비참할 정도로 관람객이 적었다는 것이다. 추상적인 완구들의 형상은 관객들에게 잘 먹혀들지 않았다. 라 씨(라파엘)니, 다 씨(다빈치)니, 미 씨(미켈란젤로)같은 거장들의 이름도 전혀 도움이 되지 못했다. 그런데 유독 걸쭉하고 충격적인 입담, 터무니없는 수사법을 동원한 당시의 전시회만 대박을 쳤다. 시장과 편집장의 파티 초대장이 도착했다. 쏟아지는 기자들의 취재 요청이 성가실 정도였다. 그와 어울려 술을 마시고 싶어 하는 서양 예술가들도 있었다. 흰 피부, 검은 피부, 긴 머리, 빡빡머리들이 바에서 그와 더불어 '해체'니 '현대'니 '반항'이니 하는 주제로 토론을 벌였다. 엉뚱하게 되는 대로 지껄이는 그의 대답에도 즐거워하며 어깨동무를 하고 동지라도 된 듯, 함께 어우러졌다. 그 자신까지도 이런 사랑과 관심에 조금 뜨악할 정도였다.

"그냥 고기 냉동고 아냐?"

나는 화첩과 사진들을 들춰 봤다. 대체 이런 전시회가 왜 그처럼 대단한지, 관람객들이 왜 그렇게 흥분해서 열을 올리는지 알 수가 없었다.

그는 희희낙락하며 침대에 고개를 박은 채 숨을 못 쉴 정도로 낄낄거렸다. 숨이 막혀 눈을 까뒤집은 채 흰자위만 드러낸 불쌍한 모습으로 그가 말했다.

"아리마, 정말 촌티 나……."

"내가 촌스럽다고? 욕은 촌티가 안 나고?"

"맞아."

그가 다시 허벅지를 내리치며 말했다.

"욕을 해야지, 똥 덩어리를 내리쳐 자산 계급을 모조리 까무러치게 만들어야지. 너 그 '레이디쓰[40]', '젠터먼[41]'들 알아? 그자들이 엉덩이를 실룩거리며 산해진미에 술을 퍼마시고 난 후 ni(나는 그에게 "nice[42]를 말하는 거야?"라고 힌트를 줬다.) 그래, nice, 바로 그 nice! 너 그자들이 nice한 모습을 연출하느라 얼마나 고통스러운지 알아? 하루 종일 반듯한 자세로 입만 열었다 하면 '쌩큐'를 연발해. 얼굴은 웃는데 속은 그렇지 않거나 속으로는 비웃으면서도 겉으로는 안 그런 척 하는 거지. 밤

40) 'ladies(숙녀들)'의 중국식 발음.
41) 'gentlemen(신사들)'의 중국식 발음.
42) '교양 있고 우아하다.'라는 의미의 영어.

이고 낮이고 교양을 떠느라 고통스럽고 암울한 시간을 보내
는 거야."

"네 말은 그러니까……."

"야, 이 돼지 새끼야, 아직도 모르겠어? 그 썩을 양반들이
too nice[43]하다 보니 쌍욕은 할 줄 몰라서 아드레날린마저 모
두 품절이야. 그러니 우리 혁명 인민이 나서서 그들에게 쌍욕
하는 법도 가르쳐 주고, 대신 욕도 해 줘서 마음이 후련하도록
해 줘야 하는 거야…….

나는 되는 대로 지껄여 대는 그의 이야기들이 미덥지 않았
다. 결코 제대로 자신의 관람객들을 이해하고 있는 것 같지 않
았다. 적어도 충분히 이해하지는 못하고 있는 것 같았다. 아마
상황은 그가 말한 것보다 더 복잡할 것이다. 그러나 그는 장
발을 휘날리며 곧장 먹을 것을 찾아 우리 집 주방으로 향했다.
나랑 토론할 만한 인내심은 없었다.

"어쨌거나 난 성공했어."

그는 차가운 족발에 의기양양하게 이빨 자국을 남겼다.

"솔직하게 말해 줄까? 지금 예술계는 내가 방귀를 뀌어도
향기롭다고 그래. 야단났어, 방법이 없어, 문짝으로도 막을 수
가 없어.

다음 날 아침, 그는 늦도록 일어나지 않았다. 커튼을 걷으러
갔을 때 평온하게 잠들어 있는 그의 모습이 눈에 들어왔다. 눈
가에 눈물 한 방울이 서서히 귓불 쪽으로 흘러내렸다. 분명히

---

43) '매우 교양 있고 우아하다.'라는 뜻.

무슨 슬픈 꿈을 꾸고 있으리라 생각했다. 나는 순간 가슴이 먹먹했다. 이 녀석도 눈물을 흘리나? 하마터면 소리를 내며 웃을 뻔했다. 그러다가 갑자기 어제 그가 벽에 걸린 그림 한 폭을 지긋이 바라보고 있던 모습이 생각났다. 그가 전에 내게 준 붉은 흙빛의 석양 그림이었다. 그는 한참을 멍하니 그림 앞에 서 있었다.

지금 그가 꿈속에서 흘리는 눈물은 그렇게 멍하니 서 있던 그의 모습과 관련이 없겠지?

그를 흔들어 깨워 물어보고 싶었다.

더 높은 차원의 것

우톈바오는 직책을 잃고 지역에서 노동 개조와 더불어 심사를 받았다. 계획 생육[44]을 여겼다는 것이 이유였다. 그는 아들을 셋이나 낳았다. 큰 애가 '공량[45]', 둘째가 '위량[46]', 셋째가 '량쿠[47]'이다. 모두 먹을 것과 관련이 있는 좋은 이름을 가진 아이들이었는데도 그는 '량퍄오[48]'나 '짜량[49]' 같은 아이를 하나 더 낳고 싶어 했고, 이는 계획 생육에 대한 정부의 신 정책에 대항하는 꼴이었다. 그는 아내가 위생원[50]에 루프를 시

---

44) 중국의 산아 제한 정책을 일컫는 것으로, 가구당 한 명의 자녀만 호적에 올릴 수 있다. 이러한 산아 제한법은 2015년 폐지되었다.
45) 公粮. 곡물로 내는 현물세.
46) 餘粮. 남은 식량.
47) 粮庫. 식량 창고.
48) 粮票. 식량 교환권.
49) 雜粮. 잡곡.

술하러 가지 못하도록 했을 뿐만 아니라 공산당이 세상 천지를 잡고 휘두르는 것도 모자라 남의 바짓가랑이까지 간섭하려 든다고 낯 뜨거운 말을 지껄였다. 샤오 서기! 그 지독한 발톱을 어디까지 뻗치는 거야?

우톈바오는 이렇게 욕지거리를 퍼붓다가 자신의 직함을 잃고 말았다.

대회에서 팻말을 목에 걸고 고깔모자를 쓰자 과거에 있었던 해묵은 죄목까지 모두 들춰져 비판의 대상이 되었다. 그는 전사한 해방군 장령의 무덤을 파헤친 적이 있다. 과거에는 비범한 행적이었지만 지금은 이야기가 달랐다. 그게 그냥 무덤을 파헤친 거야? 도굴을 했을지도 모르지. 장군을 묻었는데 옷 주머니에 있던 은전 네 개가 사라졌어. 이거 이자가 손댄 것 아니겠어? 예전에 한 재산가 집 주방 일을 도운 적이 있어. 한 솥 가득 고기를 삶는데 고기가 더디 익는 거야. 손님들은 모두 착석을 했는데 말이지. 그러자 그는 부뚜막 위로 뛰어 올라가 솥에 몰래 오줌을 갈겼어. 고기가 빨리 익도록 질산 칼륨 대신 민간 방식을 동원했다는 거야. 전에 그는 호랑이 굴로 깊숙이 들어가 적의 동태를 살폈고, 오줌 세례로 혁명 인민의 위엄을 높여 착취 계급의 기개를 확실하게 꺾어 놓은 데다 반동 군관 하나는 그 고기를 먹고 배탈이 났다고 했다. 그러나 그가 비판 투쟁 단상 위에서 고개를 숙이자 민병 대대장이 버럭 화를 내며 그의 죄상을 폭로했다. 왜 그때 독약을 쓰지 않았지?

---

50) 현이나 향의 행정 단위에 속하는 보건소.

왜 그대로 돌진해서 수류탄을 던지지 않았나! 게다가 반동파가 푹 익힌 맛있는 고기를 못 먹을까 왜 걱정을 했지? 저자의 계급 입장이 어느 쪽인지 불 보듯 뻔한 것 아닌가? 게다가 그 후 그 개 같은 군관이 저자에게 흰 비단을 선물로 주며 고기 요리가 정말 환상적이었다고 칭찬을 했다는데, 적과 은밀히 내통했다는 확실한 증거가 아니고 뭐겠소?

우톈바오가 해명을 했다.

"비단은 무슨! 따뜻하지도 않고, 땀 흡수도 안 돼. 기껏해야 만장, 상복에나 쓸 수 있소. 아무짝에도 소용이 없단 말이오."

량 대장이 탁자를 내리치며 추궁했다.

"왜 하필 다른 사람이 아닌 당신에게만 줬소? 당신 그 자들과 한통속 '한류(漢流)'인 것 아니오?"

'한류'는 홍문회[51]로, 혁명 영웅이라고 하더니만 또 언제 반혁명 죄인이 되었는지 모를 일이다. 이런 내력과 비판은 영 이해하기가 힘들다. 산아 제한과도 별로 관계가 없는 일이다. 그러나 어쨌거나 털 빠진 봉황은 닭만 못하다고 하지 않던가. 농장장 어른이 눈물 콧물을 흘리며 두 다리를 후들거리는 모습에 많은 사람들이 흥분을 감추지 못했다.

그는 우리처럼 온통 흙먼지를 뒤집어 쓴 채 일그러진 얼굴로 숨을 헐떡이며 우리와 같이 흙을 실어 날랐다. 낭패한 그의 모습이 우리는 즐겁기만 했다. 나는 일부러 그의 광주리에 흙

---

51) 洪門會. 청나라를 무너뜨리고 명나라를 재건한다는 뜻의 반청복명(反淸復明)을 위해 결성된 비밀 조직.

을 꾹꾹 눌러 담고 그가 젖 먹던 힘까지 짜내 흙을 나르느라 후들거리는 두 다리를 바라봤다.

우톈바오는 보복을 당하고 있는 것임을 알았지만 그래도 비굴한 웃음을 지은 채 살담배와 종이 조각을 건네며 '나팔통'이라 불리는 사제 담배를 권할 수밖에 없었다.

나는 담배를 피우지 않는다.

"남자가 되어 가지고 담배도 안 피우고, 술도 안 먹고, 먹는 것이라고는 고작 알곡 몇 개뿐이라니! 참새도 아니고 원!"

그는 돌돌 만 담배에 대고 조심스럽게 성냥을 그었다.

나는 담배 연기에 목이 막혀 큰 소리로 재채기를 했다.

그가 헤헤거리며 웃었다.

"좆 까네, 우리 집 다섯 살짜리 공량도 물 담배를 피우는데!"

그는 자기 허리랑 등을 툭툭 치며 아이고, 아이고 신음 소리를 냈다. 그리고 몰래 내게 게으름 피우는 비결을 알려 줬다. 작업을 나갈 때는 앞에서 걸어, 알았어? 사람들 눈에 제꺼덕 보이게 말이야. 흙을 담을 때는 헐겁게, 그래서 흙을 지고 일어날 수 있을 정도로 말이야. 그래야 멜 때도 보기 좋고 어깨 살이 집히지도 않아. 이것 말고도 그는 먹는 것 역시 어떻게 먹어야 하는지 그 예술적인 기술을 귀띔해 주었다. 예를 들면 커다란 그릇에 음식이 많이 줄어들었을 때에 맞춰 좀 늦게 식당에 가야 한다. 창구 저편의 요리사가 그래야 거의 바닥 부분의 탕을 떠 줄 수 있기 때문이다. 좋은 기름기는 모두 국물 안에 있으니까…… 이런 이야기들을 듣고 있으려니 우톈바오가 확실히 의심스러웠다. 장군의 은전 네 개도 정말 그가 착복

했을지 모른다는 생각이 들었다.

내가 그의 죄를 대대적으로 성토하는 내용으로 그의 반성문을 대필했다. 그는 내가 뭐라고 썼는지도 모르고 그저 놀라운 모양이었다.

"어떻게 글씨를 그렇게 자유자재로 쓰지?"

내가 글씨를 빨리 쓴다는 뜻이었다.

그는 반성문에 어려운 글자가 많다는 것과 함께 숫자에도 대문자, 소문자, 아라비아 숫자 등 쓰는 법이 여러 가지라는 것을 알고 절로 눈이 휘둥그레졌다.

"대단해, 정말 대단해, 학식이 정말 높아!"

"뭐 이걸 가지고 그래요? 전에 수학 경시 대회에 나갔는데 그때마다 항상 제일 먼저 시험지를 냈다고요."

"수학 경시 대회? 이기면 뭐가 어떻게 되는데?"

"뭐 별다른 것 없어요."

"곡물을 상으로 주나?"

"아뇨."

"그럼 고기 줘?"

"아뇨."

"그럼 무슨 재미로 해?"

나는 그에게 수학에 대한 설명을 해 주고 소년과학궁[52]과 인공위성에 대한 이야기도 해 주었다……. 그러다 문득 그가

---

52) 소년궁은 중국 소년과 아동에게 정치 교육과 문화 활동을 위해 마련된 학교 이외의 교육 기관으로, 그중 소년과학궁은 과학이 주된 교육 내용을 이룬다.

입을 반쯤 벌리고 고개를 삐딱하게 기울인 채 쿨쿨 잠이 들어 있는 것을 발견했다. 작업 재개 호루라기 소리가 나자 눈을 비비며 일어난 그는 조금 전 화제를 잊지 않고 말했다.

"학식이 정말 높아, 마구 지껄여도 다 그럴싸하네. 앞으로 감방 밥은 얼마든지 먹을 수 있겠어."

나는 놀라서 식은땀이 날 뻔했다. 그가 왜 그런 말을 했는지 알 수가 없었다. 학식과 감옥살이를 한데 엮다니. 그날 이후 타이완 라디오 방송을 몰래 듣다가 어떤 쩨쩨한 놈에게 고발을 당하는 바람에 그가 나를 찾아와 나눴던 엄숙한 이야기들의 저의가 대체 무엇인지 알 수 없던 순간과 마찬가지였다.

"이 도둑놈의 새끼, 적의 방송을 듣는 일이 잘못된 일이란 걸 알아, 몰라?"

이 말은 그래도 이해할 수가 있다.

"들으면 들은 거지, 말을 하는 것도 모자라서 들었다고 인정을 해? 잘못이 곱절이 된 거 알아, 몰라?"

나는 그저 어리둥절할 뿐이었다. 내가 사실대로 털어놓는 바람에 어쩔 수 없이 나와 이야기를 나누느라 한참 잘 수 있는 시간에 방해를 받았다고 화를 낸 것은 아니겠지!

'원숭이', 나는 지금도 그를 이렇게 부르곤 한다. 그날 '원숭이'는 나랑 기름을 짜러 갔다. 한 번 짜기 시작하면 정신이 아찔할 정도로 몇 날 며칠 동안 작업이 이어졌다. 땔감을 다 쓰고 나니 씨앗을 볶거나 정편53)을 만들 수가 없어 작업을 정지

---

53) 蒸紛. 쌀가루와 전분 가루를 섞어 만든 교자의 일종.

할 수밖에 없었다. 검불 더미에 웅크린 그가 자꾸만 몸을 뒤척였다. 아마도 막 짜낸 새 기름을 너무 많이 먹어서 활력이 지나치게 끓어올랐기 때문일까, 쉽게 잠을 이루지 못했다. 그는 자꾸만 일어나 앉아 담배를 피웠다. 어둠 속에 불빛 한 점이 타올랐다.

"알아? 올해 늦벼를 수확한 후에 타이완을 해방할 거야."

그가 신바람이 나서 말했다. 내가 아무런 반응도 보이지 않자 그는 다시 정중하게 내게 이야기를 전했다.

"다음 달에 베이징에서 오는 비행기가 북쪽 언덕을 지나갈 거야. 그때가 되면 자네 생산대 사람들에게 절대 방방[54]으로 비행기를 치거나, 더더욱 돌을 던져서는 안 된다고 전해. 알아들었어?"

그가 어디서 이런 국가 기밀을 들었는지 누가 알겠는가!

그가 여전히 자기가 농장장인 꿈을 꾸고 있는 것은 아니겠지? 여전히 요직에 앉아 국가 대사를 위해 온몸을 바치고 있는 꿈을 꾸고 있는 것은 아니겠지?

그는 베이징 비행기 이야기를 마친 후 사발을 하나 찾아 와 새 기름을 담아 나간 다음 한참이 지나서야 돌아왔다. 그가 인근 마을 잘 아는 누군가에게 기름을 주고 오는 것은 아닐까 의심이 들었다. 과연 검불 더미로 돌아온 그의 얼굴에 희색이 만연했다. 일어나 앉았다가 다시 누워 잠을 청하다 또 다시 일어나 앉아 나를 쿡쿡 찔렀다.

---

54) 단단한 잡목으로 만들어진 길이 약 50센티미터 정도의 티베트 민속 악기.

"젊은 여자애들과 자 본 적 있어?"

"무슨 말 하는 거예요?"

"음흉하긴! 뭘 내 앞에서까지 시치미를 떼고 그래?"

"마오 주석에게 맹세코, 손 한 번 잡은 것밖에는 없어요."

"참을 수 있어?"

"뭐, 괜찮아요!"

"딸딸이 안 쳐?"

그의 말뜻을 이해할 수가 없었다. 나중에야 나는 '딸딸이'가 자위 행위를 뜻한다는 것을 알고 얼굴이 화끈거리고, 가슴이 쿵쿵 뛰었다.

"딸딸이를 안 쳤으면 나는 벌써 일을 냈을 거야. 이봐! 딸딸이를 쳐야 범법자가 되는 것을 막을 수 있어. 기분도 좋고, 돈도 안 들고. 자고 싶은 사람 아무하고나 잘 수 있고. 바이마후호의 요정들 누구나 다 잠자리에 눕힐 수 있지."

"늙은이가 쌍스럽기는!"

"이봐! 오줌이나 질질 싸고, 좆에 털도 거의 없는 놈이 알긴 뭘 알아? 이빨 다 빠지고, 모기 하나 제대로 못 잡을 때가 되어서야 인생이 별다른 재미가 없다는 것을 알게 되지. 큰 진리 하나 알려 줄까? 솥 안의 고기, 사타구니의 절굿공이, 인생에는 이렇게 두 개 뿐이야."

"전에 뭐라고 했어요? 헐벗은 산을 양식이 넘치는 산으로 만들어 전 인류를 해방시키고, 당과 인민을 위해 바치고, 끝까지 혁명한다고 맹세…… 좋은 말은 자기가 다 갖다 해 놓고선!"

"그것도 틀린 말은 아니지. 전 인류의 해방이라는 것이 결국 사람들을 잘 지내게 하는 것 아냐? 끓일 것도 없고, 절굿공이도 없으면 어떻게 잘 살아? 자, 네게 현의 우두머리 감투를 씌워 주고 대신 좆은 없애 버린다면 재미가 있겠어?"

창밖 대지 위에 울려 퍼지는 율동적인 개구리 울음소리, 따스하고 촉촉한 봄기운에 새로운 일상의 시작을 알리는 생동감이 느껴졌다. 꽃이 핀 강가, 달빛 그윽한 아름다운 봄날, 먼 미래를 생각해야 하는 이런 날, 이처럼 저질스러운 화두가 말이나 되는가.

"아뇨, 삶에는 다른 것들도……."

나도 담배를 말며 말했다.

"분명히 더 높은 차원의 것들이 있을 거예요."

"더 높은 차원? 어디?"

나는 대답이 쉽게 나오지 않았다.

"너희 이 닭기 좋아하는 족속들은 말이 많아. 심장이 크면 허파에 바람만 들어, 사다리를 놓고 하늘로 올라가려고 한다고! 올라가려고? 타오샤오부, 너도 그중 하나야. 너희 같은 놈들이 몰래 뭘 하는지 내가 모를 것 같아? 그저 쓸데없이 영양가도 없는 일만 벌이면서 말이야. 어느 날 황제가 되면 다시 신선이 되고 싶어 하고, 신선 자리에 앉으면 또 반도회[55] 생각이 간절하지. 사람들이 지껄이는 전통극 대사는 그냥 감상이나 해, 진짜라고 생각하지 말고. 밥도 한 끼에 두세 그릇은 먹

---

55) 蟠桃會. 중국 신화에서 선녀들을 통제하는 여왕 서왕모(西王母)의 장수를 축하하는 모임으로, 초대장을 받은 신선 19명이 축하연에 참석한다고 전해진다.

을 수 있고, 임금도 적잖게 벌지 않나! 일찌감치 짝이나 찾아 배불뚝이 만드는 것이 진짜지."

그는 어둠 속 작은 불빛을 끄고 몸을 뒤집어 검불 더미 속으로 등을 활처럼 휘어 웅크리며 다시 몇 마디를 덧붙였다.

"다 자네를 위하니까 현실적인 이야기를 해 주는 거야. 내 말 들으면 틀림없어. 색시를 얻으려면 잠자리를 해야지. 우리 마누라도 내가 다 그렇게 해서 얻은 거야."

이어 금세 조용한가 싶더니 쿨쿨 코 고는 소리가 들렸다.

그 후 나는 자주 그날의 깊은 밤, 진한 채종유 냄새, 따뜻한 건초 더미의 느낌, 서리나 눈처럼 연자매 위로 쏟아지던 달빛 한 줄기를 떠올렸다. 나는 가만히 창밖의 개구리 소리, 검불 더미에서 들리는 쿨쿨 코 고는 소리에 귀를 기울이며 머리에 떠오르는 생각에 가슴이 뜨끔했다. 수십 년 후, 나 역시 이런 모습일까? 저처럼 요란하게 코를 골고, 오싹 소름이 끼치도록 이를 갈고, 이따금 꼬질꼬질한 속잠방이 사이로 피식거리며 방귀를 뀔 것인가? 눈앞에 펼쳐지는 삶이 따닥따닥 우리를 향해 다가오고 있다. 저자처럼 살고 싶지 않다면, 저자처럼 아귀같이 먹고 마시면서, '공량', '위량', '량쿠'를 낳고 살고 싶지 않다면 나는 또 어떻게 살아가야 할까? 이 세상에 또 다른 방식으로 살아가는 방법이 있고, 더 차원 높은 뭔가가 있다면 그건 어디에 있을까?

어릴 적 마음속으로, 수년이 지난 후 사람들이 내 일생을 돌아보면 아마도 영화 한 편을 보는 것 같다고 말할 것이라 추측했다. 지금 나의 하루, 한 달, 일 년은…… 관객들에게는 그저 모두 영화의 줄거리일 뿐이다. 그렇기에 내가 지금 미래를 향해 걸어가고 있다고 말하기보다는 정말 긴 영화 필름이 나에게 다가와 그 격식에 맞춰 이미 알고 있는 여러 가지 결과를 연기하고 있다고 하는 편이 옳다. 내가 극본을 무시한 채 그 내용을 거스를 수 있을까? 물론 가능하다. 동작과 대사를 내 마음대로 창작할 수 있을까? 물론이다. 그러나 영화 속 인물이 어쩌다 독단적으로 행동하는 것(지금 내가 이렇게 상상의 나래를 펼치는 것까지) 사실은 이미 정해진 줄거리의 일부분으로, 이미 영화 제작자가 일찌감치 예측하고, 연출하고, 조종하고 있는 것일지 모른다. 이에 인생은 당사자에게 연장 방송되는 영화이다. 우리는 스크린 앞에서 창문을 닫고, 등을 끄고, 시계를 맞추어 누구보다 먼저 현장감을 느끼고 첫 번째 이를 방영할 수 있는 권한을 확보한다. 그러나 다른 곳에서, 우리의 후대나 하느님 쪽에서 보면 이미 촬영이 끝난 똑같은 영화로 이미 입고가 된 작품이다. 우리의 미래를 그들은 모두 알고 있으며, 그저 그들에게는 팝콘을 씹으며 동정의 미소를 보내거나 고개를 내저으며 탄식을 하도록 제공되는 이야기일 뿐이다.

누가 내게 좀 더 일찍 결과를 알려 줄 수 있을까?

시간 속에서 빠져나와 앞으로 몇 년, 몇 달 아니 며칠만이라도 뛰어넘어 하느님의 필름 창고로 뛰어 올라가 내 자신의 미래, 바꿀 수 없는 미래를 볼 수 없을까?

지금 이 순간에 나는 이미 미래에 서 있으며, 이미 내 자신의 영화를 충분히 보고 있다. 아마도 지금 이 순간이 엔딩곡과 출연진과 스텝의 이름이 나오기 직전일지 모른다. 출연진과 스태프로 어떤 이름들이 나올 것인지, 내 이름은 볼 수 있을지 알 수가 없다. 더욱 중요한 것은 줄거리는 분명하고 미래는 이미 과거가 되었는데, 나는 뭘 믿고 이 고리타분한 한 무더기 필름이 '더 높은 차원'의 무엇이라고 말한단 말인가?

요정들

우톈바오는 직위가 강등된 후 조금 의기소침해져 더 이상 죽간을 들고 설치면서 소리를 지르거나 회의를 여는 적이 없었다. 그는 머리가 아프다거나 다리나 허리가 아프다고 핑계를 댔다. 만약 누군가 살짝 물어보면 그는 씩씩거리며 다음과 같이 말했다.

"열긴 무슨 회의를 열어? 이 몸이 지난번에 회의에 갔는데 고기 껍질 하나도 입에 대지 못했어. 주방 요리사는 능력도 좋아, 나타뇨해[56]를 만들었어."

그는 간부 회의 식사가 갈수록 엉망이라며 이름이 좋아 4첩 반상이지, 그중 세 개가 멀건 국이라 먹을 것이 없다고 했다.

---

56) 哪吒鬧海. 명대 소설인 『봉신연의(封神演义)』에 나오는 신화 고사로, 동해 용왕에 맞서 세상의 행복을 구현한 나타라는 소년의 이야기다. 여기서는 멀건 국만 가득한 밥상을 바다에 비유하기 위해 인용되었다.

"아마 호숫가에 살다 보니 샤오 서기가 물 긷는 데 중독이 됐나 봐."

공사 지도자가 기름기라고는 보이지 않는 멀건 국으로 회의 참석자들을 우롱하고 있다고 비난하는 소리였다.

그는 그보다는 차라리 사람들을 몇 명 데리고 가서 물고기랑 새도 잡고, 구멍을 내서 뱀도 잡고, 심지어 들판의 벌집에 불을 질러 벌꿀을 파낼 수 있을까 궁리했다. 어느 날 밤, 그는 어디서 구했는지 민병들이 쓰던 79식 소총 두 자루를 구해 우리들을 데리고 멧돼지를 잡으러 갔다. 그러나 밤새도록 계곡을 지켰지만 멧돼지 털끝도 발견할 수 없었다. 작업장으로 돌아왔을 때는 이미 날이 밝기 직전이었다. 밤새도록 아무런 수확도 없는 데다 아무것도 안 한 것이 조금 미안했는지 그는 산등성이에서 우리에게 '우피린'이란 권법을 가르쳐 줬다. 자기도 소장수에게 배웠다고 했다. 우리는 배운 자리에서 즉시 겨루기를 하는 바람에 '우피린'에 '개구리 권법'에 '거북이 권법'까지 모두 동원되면서 몇몇은 묵사발이 되도록 얻어터졌다. 모두 생생하게 떠오르는 동쪽의 붉은 태양을 바라보며 소리를 고래고래 지르면서 그래도 실한 밤을 보낸 셈이라고 생각했다.

찻잎 수확의 계절이 다가왔다. 여인의 계절이었다. 근처 마을의 여자들 즉, 우톈바오가 말하는 '요정들'이 바구니를 끼고 찻잎을 땄다. 수확기에만 차 농장의 부족한 인력을 대신하는 셈이었다. 일기일창[57]이면 일등급으로 한 근에 4편[58], 일기이창이면 2등급으로 한 근에 3편이고…… 찻잎은 이렇게 등급에 맞춰 따는 무게에 따라 돈을 매겼다. 그러나 여자들이 많이 모이자 행동이 거칠어지고 목소리가 커지면서 여성 해방 운동이라는 명목으로 살벌한 분위기가 형성되었다.

"마오 주석 말씀이 여성이 하늘의 반쪽을 받치고 있다고 했어. 당신 같은 사람이 마오 주석 말씀에 비교가 돼?"

여자들이 남자들에게 항의할 때 입버릇처럼 달고 다니는 표현이었다. 여자들이 갑자기 폭소를 터뜨렸다. 대체 왜 웃는 건지 이유를 알 수가 없었다. 그리고 다시 또 터뜨리는 폭소 역시 여전히 그 의미를 알 수 없었다. 제아무리 거친 남자라 해도 여자들이 무더기로 모여 있으면 뿜어 대는 밑도 끝도 없는 폭소에 그저 안절부절 할 뿐이다.

이런 분위기를 파악한 여자들은 더 화들짝, 더 과장해서 미친 듯이 웃어 댄 다음 미처 상대방이 준비를 하기도 전에 이미 무게를 단 찻잎을 다시 또 올려놓거나(두 배를 받는 셈이다.) 찻잎에 몰래 돌덩이를 몇 개 섞어 놓기도 하고(무게를 늘린다.) 일기일창이든, 일이이창이든 잎이 세 개, 네 개 달리든 그런 규정과 상관없이 차나무 가지를 한꺼번에 훑어 버렸다.(찻잎의 품질은 고사하고, 차나무조차 제대로 살아남을지 모를 지경이었다.) ……여자들이 한바탕 엉망진창으로 작업에 열을 올렸다. 그들은 얼마 전 나무판을 목에 걸고 비판을 당했던 우톈바오도 아랑곳하지 않았다.

---

57) 一旗一槍. 새순이 올라와 옆으로 잎 하나가 펼쳐진 것.
58) 分. 중국의 화폐 단위로 1펀은 100분의 1위안이다.

"'원숭이'!"

"'원숭이' 아저씨!"

"누나에게 차 좀 주지 그래?"

"아저씨 셋째 이모네 맞은편에 사는데 제게도 식권 한 장 안 줘요?"

여자들은 언제나 이렇게 왁자지껄 떠들어 댔다. 메이옌이라는 젊은 새댁은 아마 현역 군인인 자기 남편 배경을 믿고 그러는지 배짱 좋게 여러 차례 소란을 주동했다. 메이옌은 앞장서 오이와 박을 서리하기도 하고, 농장에서 불을 지펴 떡을 구워 먹기도 하고, 농장의 저울추를 빼내어 가격을 더 매겨 주지 않으면 추를 강에 던져 버리겠다고 으박질렀다.

그날따라 무슨 비밀스러운 방법을 동원했는지 '원숭이' 탓에 메이옌이 머리를 산발한 채 부모상이라도 당한 것처럼 눈이 시뻘겋게 달아올라 엉엉 목 놓아 울었다. 여자 둘이 말렸기에 망정이지 그렇지 않았다면 흥건한 피를 뚝뚝 흘리며 곁에서 슬피 울고 있는 새끼를 남겨 두고 금방이라도 전신주에 머리를 박을 것 같았다.(어느 누구든 이런 상황이 벌어질 거라고 생각했다.) 내가 현장에 갔을 때 그 여자는 눈물 콧물 범벅이 되어 옆에서 말리는 사람들 사이로 '원숭이'의 얼굴을 가리키며 말했다.

"영감태기가! 어디서 뭘 믿고 중상모략이야? 누가 그래?"

'원숭이'가 눈을 끔뻑거렸다.

"강간당한 적 없으면 됐어! 그럼 좋고, 됐다고!"

"어디서 시치미야? 당신이 그랬잖아! 어디 오늘 이 자리에서 이야기해 보자니까! 증거를 대지 않으면 당신 혓바닥을 잘라 버리겠어.”

“내가 그랬다고?”

“그래 당신!”

“내가 언제 그랬는데?”

“당신이야, 당신 맞아, 셋째 동생이 말해 줬어…….”

‘원숭이’가 한숨을 내쉬었다.

“좋아, 내가 말했다 쳐. 어쨌거나 내겐 달리 방법이 없었어. 정말!”

그가 손가락 두 개로 앞을 가리키며 말했다.

“메이옌, 그렇게나 해야지 널 혼줄내지 않겠어? 그렇게 창피함을 당해야 추를 돌려줄 것 아니겠어?”

“이 영감태기가! 죽여 버릴 거야!”

메이옌이 절망한 듯 눈을 질끈 감더니 앞으로 돌진하여 ‘원숭이’를 향해 머리를 박았다. ‘원숭이’가 비틀거렸다. 순식간에 농장에 날카로운 비명 소리가 울려 퍼지는 가운데 대광주리, 흙덩이, 나무 걸상이 공중에 날아다니고 흙먼지가 일었다. 사람들이 대거 몰려들어 메이옌을 말렸지만 ‘원숭이’가 농장 언덕을 내려갈 즈음 그의 목에는 선홍빛 손톱자국이 길게 두 줄로 나 있고, 옷자락은 뜯기고 머리에는 가래침이 더덕더덕 붙어 있었다.

그러나 그는 득의양양했다.

“이걸 뭐라고 하는 줄 알아? ‘흉악한 개는 두꺼운 몽둥이로 내리쳐야 하고, 뱀 귀신은 번개를 맞아야 한다.’라고 하는 거야. 농장 저울추가 얼마나 중요한 건데! 치사한 방법을 쓰지 않으면 세상 무서운 줄 모른다니까!"

메이옌은 화가 치밀어 병이 나고 말았다. 며칠 동안이나 농장에 나오지 못했다. 우텐바오는 더욱 의기양양하여 온종일 여자들 사이를 쑤시고 다녔다. 시퍼렇게 면도한 얼굴로 청동 호루라기를 가슴에 걸고 피픽 바람 새는 소리를 내며 사방을 돌아다녔다. 자주 지독한 술 냄새가 풍기기도 했다. 관리 감독에 나선 그는 오지랖도 무척이나 넓었다. 채취한 찻잎의 품질 뿐만 아니라 밀짚모자는 똑바로 썼는지, 코는 잘 닦았는지도 살펴보고, 내의가 삐져나와 풍기문란하지 않도록 허리 옆 바지 단추도 잘 잠그라고 지시를 내렸다. 권위를 높이기 위해 수시로 명령을 날조하여 중앙 정부의 각종 최신 강령을 선포했다.

"46호 문건에 뭐라고 쓰여 있는지 알아? 생산할 때는 싸움을 불허한다!"

"중앙 군사 위원회 최신 규정에 따르면, 여성은 함부로 말참견을 해서는 안 되며 땅콩 싹을 밟아 죽인 경우, 싹 하나에 1위안의 벌금형에 처한다!"

……이처럼 가짜인지 진짜인지 정체를 알 수 없는 조항으로 여자들은 찍소리도 낼 수가 없었다.

물론 유방 밀집 지역, 엉덩이 밀집 지역, 꽃무늬 두건 밀집 지역, 오일 밀집 지역에 섞여 다니다 보면 알게 모르게 느껴지는 낯선 체취에 술꾼은 정신이 더욱 혼미해졌다. 어느 날 밖으로 나서던 그는 발걸음이 꼬여 하마터면 바닥에 곤두박질 칠 뻔했다. 그는 사람인 줄 알고 미소를 지었는데 나중에 알고 보니 커다란 물 항아리였다. 물을 긷던 차오마즈가 회계 담당 왕 씨를 부르느라 외친 소리에도 그는 혼란에 빠졌다. 이어 갈팡질팡 농장 건조실 앞에 이른 그는 뚱뚱한 아줌마 하나가 허리를 굽히고 뭔가에 열중하고 있는 것을 발견했다. 건조용 깔개 앞에서 펑퍼짐한 엉덩이를 높이 쳐들고 있는 아줌마의 모습이 자꾸 눈에 걸려 시선을 가로막았다. 분명히 술기운 때문이었을 것이다. 엉덩이만 눈에 들어왔다. 그는 둥둥 기분이 떠서 자기도 모르게 멜대를 팽개치고 앞으로 나가 둥글둥글한 큰 엉덩이를 덥석 껴안고 자신의 하반신을 들이댔다. 그리고 바지 사이로 하반신을 부딪치고 비비대며 큰 소리로 히히거렸다.

"뜨끈뜨끈하네, 아이고, 폭신해라. 아까운 것 같으니……."

건조장에 있던 사람들은 모두 얼이 빠져 버렸다. 공기마저 숨을 죽인 듯 정적이 감돌았다.

그렇게 잠시 정적이 흐른 후, 우톈바오까지도 자신의 행동에 당황스러움을 감출 수 없었다. 설사 상대방이 아무리 잘 아는 사람이거나 생명이 없는 낡은 행주라 해도 대낮에 장난도 도가 지나치지 않은가?

뚱보 아줌마가 화들짝 놀라 뛰어오르며 뒤를 돌아보더니 얼굴이 벌겋게 달아올랐다.

"이 돼지 좆 같은 새끼, 어디다 대고 오입질이야, 돼지 좆 같은 새끼……."

높은 옥타브의 여자 목소리가 포선을 그리며 거의 숨이 막힐 때까지 이어졌다.

대체 단숨에 '돼지 좆'이란 말을 얼마나 퍼부었는지 아무도 정확하게 셀 수 없을 정도였다. 자리에 있던 사람들은 그저 극도로 날카로운 소리만을 기억할 뿐이었다. 골수를 빨아들이고 힘줄을 뽑아내며 머리 가죽을 벗겨 내는 것 같은 소리에 사람들은 머리가 쭈뼛거리며 소름이 돋았다. 이어 사람들은 '원숭이'의 간헐적인 외침을 들을 수 있긴 했지만 그는 어디론가 모습을 감춘 뒤였다. 다만 뚱보 아줌마만 온몸을 부들부들 떨며 탱크처럼 벽을 향해 육탄으로 돌격했다. 마치 벽이 자신에게 큰 죄를 지은 것 같았다.

"더러운 자식, 완전 저질 새끼!"

육탄 탱크가 덮친 벽면 틈새로 '그만!', '사람 살려!', '그냥 웃자고!' 등의 외침이 순간순간 새어 나왔지만 전체적으로 말다운 말은 제대로 이을 수 없었다.

"그래도 어디서 주둥이를 놀려!"

뚱보 아줌마는 화가 가시지 않았는지 다시 엉덩이를 깔고 올라탄 후 작심하고 가슴을 드러내더니 커다란 유방을 꺼내 젖을 쭉쭉 짜기 시작했다. 아쉽게도 싸움을 하다 보니 위치를 잡기가 쉽지 않았던 아줌마는 사타구니 밑에 있는 사람에게 마구잡이로 젖을 뿌렸다.

"썩을 놈의 '원숭이', 내 젖을 먹었으니, 이제부터 내 새끼야. 그러고도 앞으로 버르장머리 없이 구는지 두고 보자!"

아줌마가 파안대소했다.

"자, 이제 너는 내 새끼야, 아니야? 어서 솔직하게 말해 봐……."

주변을 에워싼 구경꾼들이 요절복통 웃느라 정신을 차리지 못했다. 입을 가리고 웃는가 하면 요란하게 발을 구르는 사람도 있었다.

"난리가……."

그래도 육탄 탱크 아래에서 이따금 소리가 삐져나왔다.

'나', '어이쿠', '바지' 같은 말들이 더 힘없이, 찌그러져 나왔다.

여자들이 그 즉시 입방아를 찧기 시작했다.

"바지를 벗겠다고? 그런다고 우리가 놀랄까 봐? 좋아, 벗으라고 그래."

"오늘 반드시 벗기고 말거야!"

"잘 됐어. 거세시켜 버려!"

"사십 돈짜리 저 구역질나는 고깃덩어리를 아예 잘라 버려."

젊은 아낙들과 아가씨들은 도저히 더 이상 볼 수가 없는 듯 얼굴을 붉히며 밖으로 뛰어나갔다. 나이 든 몇몇 여자들은 구경이라도 난 듯 왝왝대며 못된 장난에 합류했다. 그들은 한 치의 망설임도 없이 민첩하게 농장장의 바지를 찢더니 벌목용 칼이나 밧줄을 구한다고 법석을 떨었다. 인민을 위해 악을 제거하고, 인민 정부의 법을 위해 아예 근절을 시켜야 한다고 말했다. 그때 드디어 복수할 기회가 왔다고 생각한 메이옌은 소똥 한 덩어리를 집어 와 상대방의 사타구니를 향해 내리치는 것도 모자라 힘껏 그의 입에 쑤셔 넣었다.

여자들은 진짜 거세를 하진 않았지만 그래도 악랄한 장난을 서슴지 않았다. 그들은 엉덩이가 모난 '원숭이'를 의자에 묶어 놓고 밧줄로 사타구니 아래 넉 냥짜리 그 덩어리를 단단히 묶은 후, 밧줄의 다른 한 쪽은 나무 걸상 아래로 돌려 '원숭이' 등 뒤 멀지 않은 곳에 서 있는 벽돌에 묶어 두었다. 풀스위치인 셈이다. 장난에 가담하지 않은 사람들은 한참이 지나고 나서야 여자들이 목숨줄을 가지고 '원숭이'가 얼마나 지독한지 시험을 하는 것으로 벌을 대신 내리고 있다는 것을 깨달았다. 언제라도 사타구니 사이 살덩이가 단단한 막대기가 되어 밧줄이 팽팽하게 당겨지면서 뒤쪽에 있는 벽돌이 넘어지면 그제야 여자들이 바지를 돌려 준다. 이것은 여자들이 선포한 규칙이었다.

"썩을 놈의 여편네들⋯⋯."

'원숭이'가 돼지 먹따는 소리로 울부짖었다. 그러나 아무리 머리를 이쪽, 저쪽으로 마구 흔들고 부딪치며 발버둥을 쳐도 마치 쭝즈[59]처럼 묶인 신세라 올가미에서 빠져나올 수가 없었다.

아마도 누군가 부 농장장을 동정한 것인지 아니면 천하의 모든 남자들을 동정한 것인지 조금 후 우톈바오의 어머니를 모셔왔다. 평소 차 농장에 잘 오지 않던 할머니는 하필 그 날 푼돈이라도 벌까 생각하고 걸음을 했는데 때가 좋지 않았던 것이다. 멀리서 아들을 모습을 본 할머니는 헉 하고 울음을 터트렸다. 허연 백발에 작은 발, 듬성듬성한 치아에 눈가에는 누런 눈곱이 덕지덕지 붙어 있고, 검버섯이 가득한 쭈글쭈글한 목과 손등을 가진 할머니의 등장에 여자들은 혓바닥을 길게 내뽑고 혼비백산 흩어져 버렸다.

---

59) 粽子. 찹쌀과 대추를 대나무 잎에 싸서 만든 중국 전통 음식.

"내가 어쩌다 죽지 않고 이런 꼴을 다 보나!"

할머니는 아들에게 가까이 다가갈수록 제대로 걸음을 떼어 놓을 수가 없어 결국 바닥에 풀썩 주저앉아 자신의 따귀를 후려치기 시작했다.

"우리 우씨 집안 하나밖에 없는 기둥을, 40년을 공들여 키웠건만 저런 개 같은 여편네들에게 이런 수모를 당하다니! 양심도 없는 년들이 이 늙은 과부를 우롱해도 분수가 있지! 하늘이 있다면, 하늘에도 눈이 있다면 저년들 보지에 염병이 들고, 저년들 채소는 뿌리가 썩어 문드러지고, 저년들 집은 불에 시커멓게 타 버리고, 사타구니 사이에서 뱀 알이 나오게 해 주소. 어디 칼 없어? 도끼라도 가져와, 이년들아! 이렇게 나이가 먹도록 살아 있는 이년이 죽어 줄 테니! 그게 너희들이 쌓을 선행이야. 내가 살아서 뭐하겠나, 내가 게을러서 죽지 않는 것이 아니……."

"엄마……." 늙은 아들은 콧물 방울을 터뜨리며 다시 울기 시작했다.

"내가 또 잘못을 저질러서……."

작은 군모

원숭이가 가고 나니, 양 한 마리가 왔다고 사람들이 말했다. 신임 농장장은 양씨 성의 젊은 사람이었다. 사실 '양(羊)'이 아니라 발음만 같은 '양(楊)'이다. 그는 외지에서 군인 생활을 했고 농구도 잘 하고, 이를 열심히 닦았다. 민병 대대장은 당시 지식 청년들과 자주 어울리며 반쪽짜리 표준어를 쓰면서 마음속으로 항상 입을 삐죽이며 지역 농민들을 '촌닭'이라고 불렀다. 마치 자기는 도시 사람이라고 생각하는 듯 했다.

그는 두루 돌아가며 사람들의 어깨를 토닥거리면서 민병이 곧 예비역으로 개편되면 중소 변경 지역으로 가서 전쟁에 투입될 거라고 큰소리를 쳤다. 이를 위해 상부에서 모든 민병에게 진짜 총을 배급하고 반나절 노동, 반나절 군사 훈련을 실시하며 매주 일요일에는 휴식과 함께 구기 종목을 즐기고, 식당에는 후이궈러우[61]가 공급될 것이다. 또한 영화가 상영되는 밤에는 국수가 나올 것이고……. 우리는 한동안 이런 미래를 그리며 상상의 나래를 폈다.

뜻밖에도 농장장 자리에 오른 그는 바로 안면을 바꿨다. 후이궈러우나 영화는커녕 걸핏하면 지식 청년들의 서신과 일기를 무작위로 뽑아 반동적인 표현이 없는지 살폈다. 또한 밤이면 지식 청년들의 방 밖에서 혹시 적의 방송을 듣는 자가 없는지 엿듣기 일쑤였다. 그가 가장 즐기는 일은 여자 지식 청년을 불러 이야기를 나누는 것이었다. 그는 이런저런 이야기로 상대방을 쩔러보면서 수시로 자기 공책을 펼쳐 당사자와 관련된 밀고 자료들을 들춰내 상대방에게 공포감을 주는 것을 즐겼다. 그럴 때면 그는 쥐를 가지고 노는 고양이처럼 자못 흥미로운 모습으로 말을 길게 늘이다가 중간에 말을 끊거나 갑자기 웃음을 멈추면서 혀뿌리 어딘가에 이어지는 여운을 감춘 채 날카롭게 기이한 웃음소리를 냈다.

그 때문에 여자 지식 청년이 몇 명이나 겁을 먹고 울었는지 모른다.

농사일이라면 '농' 자도 모르는 그였지만 제일 작은 크기의 군모나 맞는 그 작은 새대가리로 비판 투쟁 대회에 동원한 온갖 새로운 형식 즉 적에 대한 대응 방법과 관련해 끊임없이 새로운 방식을 모색했다. 예를 들면 죄인을 높은 걸상에 서거나 잡석 위에 무릎을 꿇게 한다든가 목에 거는 검은 팻말을 점점 크기를 키우다 못해 나중에는 아예 문짝 크기만 한 것을 동원

---

60) 回鍋肉. 중국 사천 지역의 삼겹살 두루치기 요리.

해 죄인의 목을 기중기 삼아……. 대체 어디서 그런 이상야릇한 고문 방법을 봤는지 모를 일이었다. 죄인을 나무 사다리에 묶은 다음, 사다리를 거꾸로 세우고 이를 '물구나무 해저 탐험'이라 불렀다. 또한 죄인의 엄지손가락 두 개를 나무 기둥에 묶은 후, 기둥 꼭대기 틈에 나무쐐기를 박고 자기 졸개에게 망치를 휘둘러 쐐기를 박게 했다. 쐐기가 조금씩 아래를 향해 나무 기둥에 박히면서 팽팽하게 조여진 밧줄이 죄인의 엄지손가락을 옥죄었으니, 이를 또한 '복숭아 바치는 원숭이'라 불렀다. 어쨌거나 그의 직급이 한 단계 올라가면서 비판 투쟁 대회에는 울부짖는 곡소리가 더욱 크게 울려 퍼졌다.

제3작업장에 새로 온 농민 한 사람이 집으로 몰래 목재 세토막을 가져갔다가 체포되었다. 농민은 포박을 당한 채 단상 위에 올라가 잡석 위에 무릎을 꿇었다.

"사실대로 말해. 자네 집안 '청편[61]'이 대체 뭐야?"

양 농장장이 큰 소리로 다그쳤다.

"'천편'?"

목재를 훔쳐간 농민은 땀을 삐질삐질 흘렸다.

"무슨 '천편[62]'요? 생산대에서 매달 집에 와서 몇 수레씩 퍼 가면서 똥통을 다 쓸어 가는데."

"헛소리는! '청편' 몰라? 청편 그러니까 '제지[63]' 말이야!"

---

61) 成分. 계급이나 신분을 뜻하는 중국어.
62) 陳糞. 썩힌 분뇨를 뜻하는 중국어.
63) 階級. 계급을 뜻하는 중국어.

"'제지'[64]라고요? 우리 집은 두 칸짜리 초가라 문지방도 없는데, 무슨 계단이 있어요?"

"이 자식이 어디서 미친 척하는 거야? '제지'는……."

"알아요, 알아!"

"알긴 니 똥구멍을 알아? 그러니까 다시 말하면 당신하고 류 씨하고 가깝게 다니면 바로 한 통속이라는 거야. 대체 무슨 생각들을 하고 다녀? '강링'[65]이 뭐야?"

"'강링'요?"

"그래, 너희들 정치적 '강링'."

"'강링'요? '강'[66]은 하나 있긴 하지요!"

"누가 그랬어? 당신이야, 류라오쓰야?"

"물론 류라오쓰죠. 내가 아니라고 했는데 한사코 고집을 피우더니만, 그게 나무통보다 좋다고 우기면서 내게 5마오[67]까지 빌려 갔다고요. 근데, 그러면 뭐합니까? 류 씨네 애새끼들이 어찌나 짓궂은지 집안에 남아나는 것이 없어요. 그만 돌로 확, 깨 버렸다고요."

"못쓰게 됐어도 내놔. 증거를 없앴단 말이지?"

"류 씨네 뒷마당에 있습니다. 이젠 술도 못 담아요. 가서 보시든가!"

"무슨 말을 하는 거야? 항아리 말하는 거야? '강링' 물어본

---

64) 階級. 계급뿐만 아니라 계단의 의미도 가지고 있다.

65) 綱領. 강령을 뜻하는 중국어.

66) 缸. 항아리를 뜻하는 중국어.

67) 毛. 중국의 화폐 단위로, 1마오는 1위안의 10분의 1이다.

거잖아? 지금 나랑 말장난하자는 거야? 혼쭐나 봐야 알겠어? 오늘 어디 피똥 싸도록 혼나 봐야 상황 판단을 할 수 있다, 이 거지?"

"지금 항아리 말씀하신 것 아닙니까? '강' 말한 건데."

"'강'은 '수이강[68]'도, '주강[69]'도 아니야. 귓구멍에 모기를 쑤셔 넣었나!"

완전히 소귀에 경 읽기였다. 양쪽 모두 실랑이를 벌이느라 비지땀을 흘렸다. 많은 사람들이 웃음을 참을 수가 없었다. 야오다자는 박수를 치고 발을 구르며 요란하게 웃어 대다 그만 삐끗해서 앉아 있던 걸상이 뒤로 넘어가고 말았다. 순간적으로 양 농장장의 얼굴이 일그러지며 호루라기를 세차게 불었다.

"야오다자, 똑바로 서! 이렇게 치열한 계급 투쟁 앞에서 감히 웃음이 나와? '복숭아 바치는 원숭이'라도 해 보고 싶다는 거야?"

야오다자는 숨을 꾹 참고 겨우 웃음을 삼키면서 적절한 구실을 생각해 냈다.

"죄송합니다. 저 사람들이 방귀를 뀌는 바람에요. 글쎄, 고구마를 어찌나 많이 먹었는지. 못 믿겠으면 한번 맡아 보시라고요……."

단상 위에 더 요란하게 웃음소리가 울려 퍼졌다.

신임 농장장은 행여 우스꽝스러운 상황이 더 심해지지나

---

68) 水缸. 물 항아리를 뜻하는 중국어.
69) 酒缸. 술 항아리를 뜻하는 중국어.

않을까 더 이상 캘 수가 없었다. 아마도 그 때문에 앙심을 품고 있었나 보다. 얼마 후 그는 야오다자가 헌 신문지로 붓을 닦느라 신문에 나온 위대한 지도자의 사진을 훼손시킨 것을 발견했다. 그는 그 즉시 흥분해 날뛰기 시작했다. 두 손을 계속해서 비비다가 군모를 벗어 탁자에 세차게 내동댕이치더니 그날 밤, 야오다자를 꽁꽁 묶어 비판 투쟁을 위해 단상 위에 올렸다.

"뭣 때문에 마오 주석을 증오하는 거지? 어디 감히 마오 주석님의 얼굴에 ×를 그은 거야? 마오 주석은 우리를 이끌어 커다란 산 세 개를 허물고 신중국을 건립하셨는데, 당신네들은 왜 몰래 이를 갈고 있는 거야?"

마오 주석 이름과 관련된 일이라니, 문제가 심각했다. 상황을 자세히 모르는 지역 농민 몇 명은 그의 말에 화들짝 놀라 씩씩거리며 단상 아래에서 고함을 질렀다.

"매달아 버려!"

"매달아!"

"매달아!"

도리에 묶으라는 말이었다. 사람들 말에 야오다자는 너무 당황해서 그 큰 눈을 끔뻑거릴 뿐이었다. 이번에야말로 꼼짝없이 죽은 목숨이라 생각하는 것 같았다.

"너 잘 웃잖아? 웃어! 왜 안 웃어?"

양 농장장이 더 득의양양하게 말했다.

"똑똑히 들어! 난 우톈바오 같지 않아. 네 녀석이 밥을 빼앗아 가는 것도, 포악을 떠는 것도 아무렇지 않아. 네가 호랑이면 오늘 네 이를 몽땅 다 두들겨 뽑아 주고, 독사라면 껍질을 홀라당 다 벗겨 주지. 너 같은 자산 계급 개자식이라면 단숨에 일고여덟 명을 죽여도 개미 한 마리 밟아 죽이는 거나 마찬가지야! 장제스의 팔백만 군대를 무너뜨린 우리야! 대갈통이 다 부서져도 역적질을 할 거야?

갑자기 단 아래에서 불쑥 이런 소리가 들려왔다. 여자 목소리였다.

"양 공장장, 말 한번 잘했네! 하지만 자기 세숫대야 사건도 한번 말해 보시지?"

고개를 돌린 사람들은 목소리의 주인공이 샤오안쯔라는 것을 발견했다. 샤오안쯔는 젖은 머리를 정리하고 있었다. 사람들은 밑도 끝도 없는 샤오안쯔의 말이 이해가 가지 않았다.

"무슨 말인지 몰라요? 난 그 세숫대야 보고 어찌나 놀랐는지 식은땀이 나던데. 심장이 터지는 줄 알았다고요. 내일 입원해야겠어."

샤오안쯔가 가슴을 쳤다. 그러나 사실 샤오안쯔는 땀도 나지 않았고, 눈을 감고 기절하지도 않았다. 그녀는 자리에서 거들먹거리며 몸을 일으키더니 사람들을 비집고 입구로 다가가 곧장 밖으로 쌩하니 나가 버렸다. 샤오안쯔에게 무슨 일이 있는 걸까 생각하는 사람도 있었지만 한참동안 그녀가 돌아오지 않자 그제야 정말 가 버린 것을 알았다. 오늘 간이 배 밖으로 나온 것 아냐?

고인 물처럼 고요하던 장내가 갑자기 소란스러워졌다. 이게 무슨 일이야? 세숫대야라니, 무슨 말이지? 사람들이 여기저기에서 여기저기를 긁적대며 구시렁댔다. 그들은 세숫대야와 관련된 무슨 일이 있었던가 곰곰이 생각했다. 사람들이 단위로 시선을 옮겼다. 그래, 양 농장장에게 세숫대야가 하나 있었지? 맞아, 그거! 부대에서 가져온 에나멜 세숫대야, 그 안에 '마오쩌둥 사상 만세'라고 빨간 칠로 글이 적혀 있었어. 별 생각이 없으면 아무 일도 아니지만 일단 그렇다고 생각하면 정말 그런 것 같이 느껴지기 마련이었다. 세상에! 마오 주석에게 반기를 드는 야오다자도 가증스럽지만 양 농장장까지 거리낌 없이 신성하기 그지없는 마오쩌둥 사상이 적힌 대야로 세수하고, 발 씻고, 팬티 빨고, 고린내 나는 양말까지 아무렇지도 않게 빨아? 게다가 입에 담기 뭐하지만 당신네 애새끼 배탈났을 때 오물을 그 대야에 토했잖아? 당신 마누라 농장에 와서 밤샘할 때는 그걸로 엉덩이도 씻고, 여자 그 달거리용 그것도 거기에 빨고…….

작은 군모의 주인공은 주위의 시선이 자신을 압박해 오자 붉으락푸르락 낯빛이 변하면서 다급하게 팔을 휘두르며 소리를 질렀다.

"혁명 군중들은 반드시 눈을 똑바로 뜨고……."

그러나 단 아래에서 그를 따라 외치는 사람들은 거의 없었다.

비판 투쟁 대회는 이렇게 다시 한 번 용두사미가 되었다. 이어 며칠 동안 농장장의 모습은 보이지 않았다. 이후 몇 번 대회에 나와 무슨 문건인가를 전달할 때 보니, 사람이 많이 마르고 연신 담배를 피우며 기침을 해 대기만 할 뿐, 고개를 잘 들지 않고 자꾸 눈빛을 피했다. 어디까지 말했을까, 그가 갑자기 말을 멈추고 기침을 했다. 이어 다시 한 번 기침을 하더니 더 이상 아무 말도 하지 않았다. 단상 아래 사람들은 뭔가 잘못 되었다고 생각하고 고개를 들었다. 농장장이 입을 반쯤 벌린 채 멍하게 앞을 바라보고 있었다. 마치 들보와 뭔가 씨름을 하고 있는 것 같았다. 일 분이 지났지만 그는 아무 말도 하지 않았다. 다시 이 분이 지났다. 그래도 입을 열지 않았다. 삼분, 사 분이 지났는데도 그는 멍하니 저만치 물체를 바라보고 있을 뿐이었다……. 곁에 있던 사람이 그의 잔에 물을 따르고, 그의 옷소매를 잡아끌기도 했지만 하염없이 먼 곳을 멍하니 응시할 뿐이었다.

결국 그는 다른 사람에 이끌려 단에서 내려왔다. 얼굴은 멍했지만 전신이 모두 축축하게 젖어 물에 빠진 걸 건져 낸 것 같았다. 금방이라도 머리카락에서 물이 뚝뚝 떨어질 것만 같았다.

그는 병원에 다녀왔다. 식당에서 한약재 달이는 냄새가 진동했다. 그는 서서히 건강을 회복했고, 지도자 업무를 다시 시작했다. 다만 두 가지 소소한 문제가 생겼을 뿐이다. 하나는, 샤오안쯔만 보면 낯빛이 하얗게 질린다는 것, 또 하나는 한밤중에 자기도 모르게 비명을 지른다는 것이었다. 비명을 지르는 문제는 별로 큰일이 아니었다. 의사들 역시 보지도 듣지도 못했던 현상이었지만 그래도 별로 중요하게 생각하지는 않았다. 낮에는 평소처럼 식사도 하고, 양치질에 세수도 하고, 작업장도 순시하고, 전화도 걸었다……. 그런데 다만 깊은 밤만 되면 예외 없이 악몽을(아니 꼭 악몽은 아니었을지도 모른다.) 꾸는지 목구멍에서 까닭 없이 이상한 소리가 터져 나오며 작은 소동을 일으켰다.

소문에 듣자 하니, 어느 날 그가 현의 초대소에 묵었을 때 한 방에서 잠을 자던 젊은이가 한밤중에 날카로운 비명에 놀라 깨어나서는 얼굴이 하얗게 질려 애원을 했다고 한다.

"아저씨, 아저씨 때문에 잠 못 자는 건 괜찮은데 내 목숨줄 짧아진다고요. 제발요!"

그러더니 베개와 이불을 옆에 끼고 복도로 나가 잠을 청했다고 한다. 또한 그가 이웃 현의 한 여관에 묵었을 때의 일이다. 여관 주인이 한밤중에 경찰을 대동하고 문을 두드렸다. 주인과 경찰은 방으로 들어서자마자 침대 아래, 문 뒤, 이불 속을 샅샅이 수색했다. 분명히 어딘가에 핏자국이 있을 것이라 생각했다. 그렇지 않다면 여관 투숙객들이 모두 질겁할 정도로 그렇게 참담하게 비명을 지를 일이 뭐가 있단 말인가?

그는 여러 가지 방법을 시도했다. 잠이 들기 전에 수건으로 입을 틀어막아 보기도 했다. 그러나 잠만 들었다 하면 수건을 잡아 빼고 비명을 질렀다. 완전히 무의식적인 행동이었다. 어쩔 수 없이 그는 사죄의 방법을 선택했다. 특히 외부에 출장을 나갈 때면 언제나 미리 같은 방 투숙객들에게 웃는 얼굴로 담배를 하나씩 돌리면서 말했다.

"죄송합니다. 정말 죄송합니다. 오늘 저녁 아마 좀…… 그렇더라도 당황하지 마시고, 두려워하지도 마시고! 별 일 없을 겁니다."

그는 연거푸 굽실거리며 고개를 숙였다.

"죄송합니다. 제게 별것 아닌데 괴벽이 하나 있어서. 오늘 밤 아마도…… 창문을 꼭 닫으십시오."

그는 숙박 장소 부근의 낯선 사람들에게까지 일일이 당부를 잊지 않았다.

흥미로운 일은 차 농장에서는 이처럼 한밤중에 울려 퍼지는 비명을 듣는 일이 습관이 되어 버렸다는 것이다. 마치 세관 근처에 사는 사람이 시계탑의 시계 종소리를 듣거나, 철로 옆에서 사는 사람이 기차 기적 소리를 들을 때 아무런 부담을 느끼지 않는 것처럼 밤새도록 얼어붙은 정적은 오히려 뭔가 허전한 느낌을 주었다. 한동안 내가 야생 동물로부터 농작물을 보호하기 위해 산골짜기로 야간 근무를 하러 갔을 때의 일이다. 처음 며칠 동안 한밤중에 깨어나 쉽게 다시 잠을 이룰 수가 없었다. 곰곰이 생각해 보니 나는 귀신이나 야생 동물을 무서워하는 것이 아니라 확실히 깊은 밤 산골짜기의 정적이 가져다주는 을씨년스러움에 수면을 방해받고 있었다.

그땐 그 옛날 자지러지던 비명 소리에 잠이 들고 싶은 생각이 정말 간절했다.

아름다운 가극

만약 야오다자가 후에 허풍을 떤 것이 아니라면 그가 총을 들고 마약 범죄자들에게서 샤오안쯔를 구했던 장소는 미국의 루이지애나였을 것이다. 샤오안쯔는 본명이 안옌이다. 안옌은 지도책 보는 것이 가장 큰 즐거움이었으므로 늘 지도를 펴고 먼 이방의 땅을 떠돌아다녔다. 피렌체, 퐁텐블로[70], 밀라노, 살라망카[71]…… 물론 루이지애나도 있었다. 사랑과 시적 정취가 충만한 지명은 충분히 매력적이었다.(중국의 외래어 번역가들에게 감사해야 할 것이다.)

샤오안쯔는 전에 수영을 좋아해서 얼음이 얼고 눈이 올 때

---

70) Fontainebleau. 파리 남동쪽 지역에 위치하며 중세 이후 왕족과 귀족들의 사냥터였던 숲이 자리하고 있다.
71) Salamanca. 현재 솔린이라 불린다. 스페인, 레온 지방 살라망카의 중심지로 13세기에 창립된 대학 건물이 유명하다.

도 호수로 뛰어들어 기가 센 남자들을 모두 따돌렸다. 이렇게 수영복 차림으로 숙소로 돌아오면 사람들은 이곳저곳 창문 밖으로 얼굴을 내밀고 그녀를 구경하느라 정신이 없었다. 지역 농민의 눈에 샤오안쯔의 이런 모습은 미풍양속을 해치는 선정적인 모습으로, 그야말로 눈엣가시였다. 그녀는 두 넓적다리를 그대로 드러낸 채 물통을 들고 식당에 가서 뜨거운 물을 받아 와 샤워를 하기도 했다. 주방장 차오마즈가 놀라서 국자를 떨어뜨리고 밖으로 뛰어나가 한참을 숨어 있는 바람에 냄비의 요리가 다 타서 눌어붙은 적도 있었다.

차오마즈가 더 열을 받았던 이유는 이 망할 놈의 계집애가 뻔뻔스러운 것도, 샤워를 하느라 뜨거운 물을 너무 많이 쓰는 것도 아니었다. 얼마나 입맛이 요란한지 고양이도, 쥐도 마다하지 않는가 하면 전에 한 번은 피가 덕지덕지 붙은 기다란 뱀을 주방으로 들고 들어와 식칼에 도마까지 더럽히며 국가의 땔감을 허비했다. 게다가 어찌나 부산스러운지 도무지 밥이 넘어가지를 않았다.

"나를 물잖아요, 그러니 열 번을 깨물어 줘야지!"

샤오안쯔의 설명이었다. 농장에서 뱀에게 물리자 화가 치밀어 단숨에 몇 십 보를 달려가 괭이를 잡을 새도 없이 그냥 닥치는 대로 돌로 내리찍고, 나뭇가지로 두들겨 패다가 나중에는 아예 발뒤꿈치로 밟아 짓이겼다고 한다. 뒤를 따라간 야오다자는 그 광경에 눈이 휘둥그레지면서 헉 하고 숨을 몰아쉬었다. 샤오안쯔가 잡아온 뱀은 살덩이에 피가 범벅이 된 데다 흙이랑 모래가 잔뜩 묻어 있어 먹기가 쉽지 않았다. 그러나 샤오안쯔는 먹어야 한다고, 먹지 않으면 안 된다고 이를 갈며 바드득바드득 뱀을 깨물어 먹었다.

샤오안쯔에 관한 또 다른 일화로 돼지 도축에 관한 것이 있다. 설을 앞두고 칼로 돼지 잡을 준비를 하던 량 대장은 샤오안쯔가 옆에서 호기심 어린 눈초리로 구경하는 것을 보고 손을 내밀어 밧줄을 잡도록 했다. 그러나 천성이 일 벌이기를 좋아하는 샤오안쯔는 어느새 돼지 귀를 잡아당기고 있었다. (돼지 귀를 잡다니, 돌이킬 수 없는 상황이었다.) 이 지역 사람들 사이에는 '귀를 잡은 사람이 작업을 한다.'라는 규칙이 있었다. 대장은 하는 수 없이 날카로운 칼을 샤오안쯔에게 밀어 주었다.

"찔러, 자네가 찔러야겠구만."

그제야 자신이 손을 잘못 대는 바람에 더 이상 물러설 곳이 없음을 알게 된 샤오안쯔는 눈을 질끈 감고 칼을 든 채 돌진했다. 첫 번째도, 두 번째도 헛손질, 세 번째는 찌르긴 찔렀는데 비스듬히 칼을 찔렀다……. 그러나 원래 포기라는 것을 모르는 그녀는 이를 악다문 채 계속해서 살벌하게 달려들었다. 연거푸 수십 번씩 마치 마늘을 찧듯이 칼을 찔러 대자 피로 범벅이 된 살덩이가 딸려 나오며 그제야 피가 쏟아졌다. 얼마나 역겨웠을지 말하지 않아도 알 것이다. 비참하게 울려 퍼지는 돼지 먹따는 소리와 함께 피가 샤오안쯔의 온몸에 튀었다.

누군가 피를 뒤집어쓴 채 흥얼거리며 숙소로 돌아오는 것을 발견한 사람들은 아연실색, 혼비백산하여 사방으로 달아나 버렸다. 그러나 샤오안쯔 본인은 자신만만한 모습으로 거울을 찾아 자신을 비춰 보더니 아예 피를 뭉개 얼굴을 온통 시뻘겋게 칠해 버렸다.

그 후 샤오안쯔가 어딜 가든 지역 농민들은 그녀를 손가락질했고 그녀의 남자친구인 궈유췐이 안쓰럽다는 듯 말했다.

"절름발이도 아니고 장님도 아닌데 누군들 못 만나겠어?"

그들 말인즉 젊은 사람이 어찌 하필이면 골라도 돼지 잡는 여자를 골랐냐는 뜻이었다.

그러나 "앞으로 어떻게 지내려고 그래. 저 여자가 기분 나빠지면 칼을 들이대서 자네 머리통을 수박처럼 가를지도 몰라, 무섭지도 않나?"라고 말하는 사람도 있는 반면 그보다는 "궈유췐, 자네 정말 대단해. 끝내줘."라고 말하는 사람이 더 많았다.

궈유췐은 배시시 웃으며 대답했다.

"할 수 없죠, 마누라 따라 저도 변하는 거죠."

그는 이렇게 말한 뒤 계속해서 바둑판과 기보를 번갈아 보며 바둑을 두었다.

원래 샤오안쯔와 야오다자는 고등학교 같은 반 친구였으며 문학과 예술에 둘 다 조예가 깊었다. 그러나 둘은 주민들을 괴롭히는 일이나 쓸데없는 일을 저지르는 데에도 천생배필 선남선녀였다. 두 사람은 일을 마치면 호숫가에서 바이올린을 켜고, 방공호에서 목소리를 다듬고, 김이 폴폴 나는 솥을 걸어 둔 채 해골 표본을 만들기도 했다. 두 사람은 항상 서로 어울려 미친 짓을 했기 때문에 궈유췐과는 별개인 것처럼 행동했다. 그러나 너무 붙어 있는 사이가 오히려 위험한 사이였다. 야오다자와 샤오안쯔는 싸우기도 가장 많이 싸웠다. 걸핏하면 야채 탕을 끼었고, 탁자를 뒤집는 바람에 궈유쿤이 와서 중재를 해야 했다. 궈유쿤은 항상 웃는 얼굴로 샤오안쯔에게 밥을 퍼 주었고 그럴 때면 야오다자에게도 한 그릇을 퍼 주려 했다. 그러나 여자 친구인 샤오안쯔는 한사코 이를 가로막으며 저 자식은 은혜도 모르는 배은망덕한 놈이라고 욕을 퍼부었다. 궈유쿤은 샤오안쯔의 빨래나 바느질도 해 주었는데 그러다가 야오다자의 빨래도 거들어 주려고 하면 샤오안쯔가 끼어들어 온통 기름때투성이어서 부뚜막에서 튀어나온 것 같은 저놈 옷을 빨려면 비누 반 조각을 써도 모자랄 것이라며 방해했다……. 이번에 야오다자가 양 농장장에게 혼쭐이 날 때는 궈유쿤과 샤오안쯔가 함께 도와줄 방법을 찾았는데 사실 처음에 샤오안쯔는 그리 달가워하지 않았다고 한다.

"저 자식은 한번 혹독하게 손을 봐 줘야 해. 내가 몇 번이나 경고했거든. 조심하고, 조심 또 조심해서 지뢰 밟지 않도록 하라고 말이야. 그런데 욕이나 하고!"

"너한테 뭐라고 욕했는데?"

"나더러 백골정[72]이라는 것 있지?"

"그럼 나는 우마왕[73]이 되겠네?"

"과부라고도 욕했어!"

"나더러 죽으라고 저주하는 거나 마찬가지잖아? 기다려

---

72) 白骨精. 『서유기(西遊記)』에 등장하는 귀신 중 하나. 원한을 품고 죽어 환생하지 못하는 혼귀.
73) 牛魔王. 『서유기(西遊記)』에 등장하는 7대 마왕 중 하나로, 백골정을 사랑해 아내로 맞이한다.

봐. 이 자식 죽여 버릴 테니!"

두 사람은 불구경이나 하기로 했지만 막상 정말 야오다자가 들보에 매달리기 일보 직전이 되자 샤오안쯔가 세숫대야 일을 들고 나선 것이다. 그러나 야오다자가 풀려나와 머리를 긁적이며 생산대로 복귀하자 '백골정'은 분이 풀리지 않았는지 야오다자에게 풀 300여 미터를 대신 뽑고, 삼십 분 동안 이를 닦고, 한 시간 동안 머리를 감고, 더럽고 퀴퀴한 냄새가 풀풀 나는 옷이랑 신발을 세 대야나 빨도록 했다.

여러 해가 지난 후, 야오다자와 샤오안쯔가 모두 해외로 떠났다. 누군가 궈유쥔에게 두 사람의 관계가 수상한 것 같다고 소곤거렸다. 이미 사람들 사이에 스캔들이 파다하다는 말에 궈유쥔은 대수롭지 않은 듯 웃음을 지었다.

"이봐, 샤오안쯔가 문 앞에 놓인 눈사람과 좋아지낸다면 그래도 조금 믿겠지만 말이야."

그러나 궈유쥔은 결혼에 대해 사실 그렇게 자신이 있는 것은 아니었다. 샤오안쯔의 얼굴은 소름이 끼칠 정도로 상큼하고 아름다웠다. 그녀의 긴 속눈썹은 어딜 가든 남자들의 눈을 사로잡았다. 어디 그 말상인 궈유쥔의 차지가 되겠는가? 홍위병 당시에는 가정 환경이 열악해서 늘 몸에도 맞지 않는 옷을 입기 일쑤였다. 원래는 바닥 청소, 물 긷기, 전등 달기 같은 잔심부름을 맡아 했고, 입담이나 싸움 모두 별로 잘 하는 것이 없었다. 그러다 사람들이 후에 그를 사령에 추천하고, 군 대표가 학교 혁명 위원회에 가입하도록 주선했다. 사람들은 노동자라는 집안 배경과 학생 당원이라는 신분에 점수를 주면서,

머리에 빨간 모자를 얹게 되었으니 이는 권력의 합법성과 조직의 정통성에 적합하다는 표식이라고 말했다. 그는 이 표식 덕택에 적지 않은 기관에서 소홍서[74]를 가슴에 받친 채, 마오 주석의 저서를 선전하면서 숱한 여학생들의 눈길을 얻었고, 샤오안쯔도 이런 그에게 한눈에 반하게 되었다.

하지만 미인을 품에 안는 일 역시 부담이 뒤따르는 일이었다. 그는 원래 정책에 따르면 도시에 남아 아버지를 돌볼 수 있었지만 샤오안쯔가 바이마후 호로 온 그날, 샤오안쯔가 우는 바람에 당당한 영웅으로서 미녀를 구할 수밖에 없었다. 샤오안쯔가 고생을 두려워한 것은 아니었다. 도마단[75]이 때로 농가의 여자보다 더 뛰어난 기개를 자랑했으니, 그녀는 쟁기나 멜대에도 전혀 겁을 먹지 않았다. 샤오안쯔는 다만 구더기, 송충이, 선충, 이, 모기, 파리, 무당벌레, 말거머리, 거미, 눈에놀이 같은 작은 곤충들, 몸에 불긋불긋 돋아난 뾰루지를 견딜 수 없었고, 구역질 나는 구린 똥들은 더더욱 견딜 수 없었다. 그녀가 시골에 내려온 이후 첫 번째 울음을 터뜨린 것은 바로 뒷간을 보고 까무러쳤을 때였다. 웽 하고 벌떼처럼 일어나는 파리 소리에 얼이 빠져 위장이 다 뒤집히고 눈알이 시퍼렇게 돌아 하마터면 숨이 넘어갈 뻔 했다. 숙소로 돌아온 샤오안쯔는 도무지 밥을 넘길 수가 없었다.

그날, 샤오안쯔는 먹을 수도 마실 수도 없었다. 입을 꼭 다

---

74) 小紅書. 마오쩌둥 어록.
75) 刀馬旦. 중국 전통극에서 무예에 뛰어난 여자 역.

문 채 아무것도 먹지 않는다면 다시 뒷간에 갈 일은 일어나지 않을 것처럼 말이다. 그녀는 그 순간부터 공기만 마시고 살지 못하는 것이 안타까울 뿐이었다.

이후 분뇨에 관한 임무는 대부분 궈유쥔이 대신 나서거나 샤오안쯔가 마스크를 두 겹, 세 겹으로 쓰고 해결했다. 때로 위생 관련 업무만 나타나면 대장은 먼저 '마스크(샤오안쯔의 또 다른 별명)'를 생각했다. 그는 샤오안쯔를 배려해 김매기, 탈곡, 찻잎 세척, 새 쫓기 같은 일들을 시켰다.

순식간에 날이 어두워졌네
아빠, 아빠, 비참하게 돌아가신 아빠.
마을 사람들, 마을 사람들이
빌린 돈을 갚지 못하자 우리 아빠를 때려죽였네.
……

샤오안쯔가 가장 좋아하는 작업은 새를 쫓는 것이었다. 그녀는 현대 가곡인 『봉기를 일으킨 자』, 『비둘기』, 『유랑자의 노래』 또는 『모스크바 교외의 밤』 등을 잘 불렀다. 손에 대나무 장대를 들고, 장대 끝에 매단 빨간 천을 펄럭이는 그녀의 모습은 깃발을 흔들며 영혼을 부르는 무녀의 모습 그대로였다. 파종을 한 지 얼마 되지 않은 땅콩 밭과 녹두밭 곳곳을 돌아다니면 새를 쫓는 효과가 탁월했다. 어느 누구도 그녀만큼 이 일을 잘하지 못했다. 아마도 그녀의 노랫소리가 새들의 귀에 거슬리거나 그녀의 하모니카나 바이올린 소리에 새들이 질색을 했을 수도 있다. 아니면 그녀의 기이한 모습에 경악했을지도 모른다. 샤오안쯔는 머리에 들꽃을 꽂고 허리에 연잎 몇 개를 달고, 등에 커다란 빨간 천을 두르고 때로 직접 그린 빨간색 혹은 검은색 가면을 썼다.

샤오안쯔가 무슨 노래를 부르는지 알 수 없었던 지역 농민들은 그저 그녀가 무슨 주문을 외우고 있다고 생각했다.

"귀신 소리가 무슨 아빠, 엄마를 부르며 울먹이는 소리처럼 쉽다고 생각합니까? 집단 생산에 대한 강한 책임감이 없다면 누가 이런 정신을 발휘할 수 있겠소? 누가 이런 수고양이 주문 소리를 배울 수 있겠습니까?"

우 대장은 후에 대회에서 샤오안쯔에게 이렇게 찬사를 보냈다.

"귀신 소리? 수고양이 주문 소리? 웃기고 있네!"

샤오안쯔가 눈을 흘겼다.

"내가 부른 건 오페라라고요. 콜로라투라[76] 벨칸토[77] 창법의 '지옥의 오르페우스'예요."

대장은 샤오안쯔가 무슨 말을 하는지 도통 알아들을 수가 없었다.

그날은 비가 내렸다. 궈유쥔은 밥도 다 되고, 뜨거운 물도 준비했는데 샤오안쯔가 돌아오지 않자 녹두밭으로 나갔다. 밭에는 새를 쫓는 헝겊 달린 장죽만 바닥에 꽂혀 있고 사람은

---

76) 기교적으로 화려하게 장식된 선율을 이른다.
77) 18세기에 확립된 이탈리아의 가창 기법으로 아름다운 가락과 소리가 특징이다.

온 데 간 데가 없었다. 그는 어쩌나 초조한지 진땀이 다 났다. 작업장 전체를 모두 돌아본 후 바이마후 호 수문에 이르렀을 때에야 그는 비를 맞으며 천천히 산책하고 있는 샤오안쯔를 발견했다. 머리를 풀어헤친 모습이 꼭 물에 빠진 귀신 꼴이었다. 손에 밀짚모자를 들고 있으면서도 구태여 빗줄기 샤워를 즐기고 있었다.

"괜찮지?"

그는 상대방이 무슨 억울한 일이 있다거나 가족으로부터 마음 괴로운 일이 적힌 편지를 받지 않았나 싶어 순간 답답하기 이를 데가 없었다.

샤오안쯔가 안개비가 내리는 하늘을 향해 두 팔을 벌리고 환하게 웃고 있었다. 그는 깜짝 놀랐다.

"감정이 나를 뒤엎었을 때 나의 눈물이여, 슬픔에 못 이겨 고무나무가 수액을 흘리듯이 눈물이 하염없이……."

서양 오페라 대사 가운데 하나인 것 같았다. 궈유쥔은 들어본 느낌이 들었다.

"화난 것 아니야?"

"화는 무슨! 산보하려고."

"산보? ……언제는 산보를 못했나?"

"빗속에서 거닐면 또 다른 기분을 느낄 수 있어. 당신은 아마 모를걸."

"발에 흙 좀 봐."

"보통 때 싸악싹 이런 빗소리를 들을 수나 있어?"

"그럼…… 우산 받아."

"우산? 바보 같긴!"

그녀는 귀유췬이 건네 준 찢어진 종이 우산을 던져 버렸다. 초라한 도구는 사절이었다.

"비 맞다 병 날 수도 있어."

"짜증 나! 이렇게 날 따라오면 내가 어떻게 산보를 해?"

"그냥 가고 싶은 대로 가. 방해하지 않을게."

"멍청이! 혼자 산보하는 것하고, 둘이 산보하는 것하고 느낌이 완전히 다르단 말이야, 그것도 몰라? 그러지 말고 아예 부대를 데리고 와서 행진을 하지 왜?"

"그…… 그럼 나 저쪽에 가서 기다릴게."

"그럼 내가 뭐가 돼? 네가 모는 소야, 아니면 양이야?"

"괜찮아. 나 없는 셈 쳐."

"내가 목석도 아니고, 어떻게 네가 없는 셈 쳐?"

"그래, 그럼 말이야, 넌 목석 아니고, 아가씨……."

"너 앞으로 가."

"갈게."

"돌아보면 안 돼……."

"안 봐, 안 볼게."

귀유췬은 먼저 걸을 수밖에 없었다. 그런데 잠시 후 샤오안쯔가 씩씩거리며 따라왔다. 아마도 빗속에서 느낄 수 있었던 고독도, 우울도, 비장하고 뭔가 세상을 초월한 느낌도 다시 되돌릴 수가 없었나 보다. 아라비아 고무나무가 수액을 흘리듯 쏟아지는 눈물에 대한 감흥도 가셔 버린 채 그저 평범하기 그지없는 숙소 방문을 향해 걸어갈 수밖에 없었다.

샤오안쯔는 정말 병이 났다. 열과 함께 구토를 하는가 하면 정신이 혼미한 가운데 헛소리를 중얼거렸다. 궈유쥔은 샤오안쯔를 위해 생강 탕을 끓이고, 찜질 팩을 만들고 밤에 그 길로 등을 들고 의사를 모시러 갔다. 산 고개 두 개를 넘어가다 실수로 헛발을 내딛는 바람에 가파른 비탈길 아래 풀밭으로 고꾸라지면서 돌에 부딪쳐 머리가 깨지고 피가 나 병원에서 다섯 바늘이나 꿰매야 했다. 그 소식을 들은 나는 샤오안쯔의 빗속 감성에 감탄을 금하지 못하는 반면 오싹 소름이 끼쳤다. 누가 피를 흘리고 다섯 바늘이나 꿰매 가며 그 감성을 받아 줄 수 있단 말인가?

염

    귀유쿤은 자신의 출신 배경 덕에 시골에 내려온 지 일 년 만에 사람들을 모아 현성에 가는 일이 잦았다. 그렇게 종종 해외 무역 회사 일로 홍콩에 파견되어 기차로 돼지들을 운송했다. 이처럼 충성스러운 기사, 부지런한 노예를 잃은 안 공주[78]의 하루하루는 엉망이 되었다. 그녀는 늘 뜨거운 물을 받아 오는 것을 잊어버려 찬물을 마실 수밖에 없었고, 밥 타 오는 것도 잊어버려 무나 고구마를 씹을 때도 많았다. 여자 친구들이 도와주거나 귀유쿤이 며칠에 한 번씩 가족 방문이란 명목으로 샤오안쯔를 방문하지 않으면 샤오안쯔의 침대는 거의 개집처럼 이불이랑 옷은 한데 뒤엉켜 있고, 팬티 같은 것도 전혀 정리가 되지 않았다. 그 지역의 남자 농민들은 감히 그녀의 방에

---

78) 샤오안쯔를 가리킨다.

들어가지 못했다.

샤오안쯔는 종종 세탁이나 이불보 바느질 때문에 도움을 청하러 친구들을 찾아갔다. 그러나 마난에게 간다는 것이 차이하이룬네 문을 밀고 들어가고, 차이하이룬 이름을 부르며 구위자네 문을 여는 등 언제나 번지수를 잘못 찾아 들어가서 '미안!' 하고 다시 되돌아 나오기 일쑤였다.

어느 날 밤, 샤오안쯔는 몸을 뒤척이다가 침대 한 끝이 뚝 하고 무너져 버렸다. 그런데 날이 너무 추워서 이불 밖으로 나가 등을 찾아 침대를 고치기가 귀찮았던 것 같다. 그녀는 그냥 고개를 내밀고 밖을 살펴보더니 다시 이불 속으로 웅크리고 들어가 잠이 들었다. 그렇게 머리 부분은 낮고 다리는 높이 들어 올린 채 날이 밝을 때까지 잠을 잤다.

"물구나무서기도 연습하잖아? 평형 감각도 기를 수 있어."

후에 해명을 한답시고 그녀가 늘어놓은 말이었다.

빨래 역시 항상 그녀를 심란하게 했다. 언젠가 샤오안쯔는 시냇물을 잠시 바라보다가 기발한 신식 세탁 방법을 생각해 냈다. 밧줄로 옷을 하나씩 묶은 다음 물가에 늘어뜨려 흐르는 물결을 이용하는 방법이었다. 이렇게 하면 비벼 빠는 수고를 덜수 있었으니 자동 세탁법을 개발한 셈이다. 불행하게도 이 기발한 생각은 큰 위험 부담도 안고 있었다. 어느 날 아침, 신바람이나서 세탁물을 수거하러 시냇가에 간 그녀는 밤새 비가 너무많이 쏟아진 탓에 시냇물이 불어 세탁물 대부분이 쓸려간 것을 발견했다. 다급해진 그녀는 고래고래 소리를 질렀다. 그리고 이웃 사람들이 가르쳐 준대로 하류 쪽으로 물길을 따라 한두 리를 내려갔다. 세탁물 몇 점을 건지기는 했지만 양말 한 짝과 바지 한 벌은 잃어버렸고 누런 흙이 질척하게 묻어 있는 더러운 옷들은 새로 빨아야 했다. 소 치는 젊은이 하나가 그녀의 브래지어를 주웠는데 뭐하는 물건인지 몰라 마치 커다란 헤드폰처럼 머리에 차고 다니는 바람에 그녀는 할 말을 잃고 말았다.

이런 그녀도 도무지 지칠 줄 모르는 일들이 있었다. 시간이 밤이든 끼니를 걸렀든 상관없이 사람들에게 수영을 가르치거나 바이올린을 가르치는 일, 또는 노래 친구를 데리고 방공호에 가서 복강, 흉강을 통한 공명 연습을 하는 일이었다. 성 가무단이 현에서 공연을 했다. 수준이 높아 표를 구하기 힘들다는 소식이 전해지자 그녀의 두 눈에 생기가 돌면서 비명과 함께 공연 구경을 하러 간다고 사라졌다. 차도 얻어 타지 않고 오로지 두 다리로 걸어 현에 공연 구경을 하러 떠난 후 몇 날 며칠 동안 돌아오지 않았다.

대장인 우메이쯔는 화가 나서 참을 수가 없었다.

"그년은 산에서 살다 왔어? 도무지 규정이란 걸 몰라! 차 농장을 뒷간으로 생각하질 않나, 자기 맘대로 아무 곳에나 가질 않나!"

파메이쯔, 건메이쯔, 페이메이쯔 같은 다른 여자들도 투덜거리며 이런 년은 남아 있어도 화근이니 차라리 떠나 버리는 것이 낫다고 말했다.

그들의 성에 모두 '메이쯔[79]'란 호칭이 붙은 까닭은 이 지역

---

79) 妹子. 여동생 혹은 여자아이를 뜻하는 중국어.

사람들 생각에 호칭은 모름지기 천박해야 오래 산다고 생각했기 때문이다.

수령이 오래된 차나무를 옮겨 심을 때가 되면 여자들은 매일 예순 개의 구멍을 파야 했다. 샤오안쯔는 흐느적거리며 육중한 삽을 휘둘렀다. 몸이 이리 비틀, 저리 비틀 꽈배기가 되기 일보직전이었다. 아무리 안간힘을 써서 바닥을 내리쳐도 땅이 얼마나 단단한지 삽이 튕겨 나가기만 할 뿐, 땅을 팔 수가 없었다. 기껏해야 쥐가 갉아 댄 모양처럼 약간의 삽 자국만 남을 뿐이었다. 다른 사람들이 줄줄이 깊은 구덩이를 파고 멀어져 가는 사이, 얼굴이 온통 시뻘겋게 달아오른 샤오안쯔만 뒤에 남았다. 금방이라도 눈물이 터질 것만 같았다. 열에 치받친 그녀는 매번 삽질을 할 때마다 '니 어미', '니 할미' 등 천한 욕지거리를 계속해서 중얼거렸다.

"우메이쯔, 저년 조상들을 다 파내 버릴 거야!"

대장을 향한 그녀의 분노 역시 하늘로 치솟았다.

피식 웃음이 흘러나왔다. 나는 그녀에게 뒤로 물러나라고 한 다음, 수십 번 세차게 삽을 내리쳤다. 단단한 토층을 헤치고 나자 샤오안쯔가 잔 흙을 정리하고 구덩이 모양을 만들기가 훨씬 수월했다.

그녀는 내 옆에 서서 아무 말도 하지 않았다. 아니, 너무 피곤해서 아무 말도 할 수 없었을지도 모른다.

나 역시 아무 말도 하지 않았다.

저녁 무렵, 그녀가 바늘과 실을 가지고 날 찾아왔다.

"옷들이 너무 낡았어. 내가 꿰매 줄게."

정말이지 해가 서쪽에서 뜰 일이었다. 나는 깜짝 놀랐다.

"너도 옷 기울 줄 알아? 반창고밖에 못 붙이는 것 아니고?"

"바느질이 뭐 대단해? 그냥 재미가 없어서 안 배운 것뿐이야. 나 똑똑한 여자잖아. 배우려고만 하면 누가 안 가르쳐 줘도 다 잘 할 수 있어."

"소매 두 개를 하나로 붙여 놓는 것은 아니겠지?"

"너! 사람 마음을 그런 식으로 무시할 거야?"

사실 옷을 깁는 여자가 훨씬 더 여성스럽다. 빨랫방망이로 빨래를 두드리는 여자, 쌀을 이는 여자, 쪼그리고 앉아 옆집 아이와 이야기를 하는 여자처럼 말이다. 나 같은 촌뜨기 눈에는 이런 모습이야말로 여자가 반드시 갖춰야 하는 자세였다. 내가 우산을 받쳐 주고 싶은 여자는 이런 여자였다. 그런데 지금, 시도 때도 없이 발을 동동거리고 목을 비틀고 있는 그녀를 보니 극성 맞은 모기에게 당하고 있는 것이 분명했다.

풀 태우는 연기로 자욱한 주황빛 황혼이 유난히 길게, 그윽하게 느껴졌다. 마지막 실을 뜯어 자른 후 그럴 듯하게 옷을 기운 자신이 자랑스러운 듯 고개를 갸우뚱 기울인 채 날 바라보며 웃는 그녀의 표정이 무슨 의미를 담고 있는지 알 수 없었다. 그녀는 신이 나서 휘파람을 불었다. 그 역시 무슨 의미인지 알 수 없었다.

그녀는 복은 함께 나눠야 한다며 나에게 고기를 먹으러 가자고 했다. 나중에야 나는 고기를 먹으러 간다는 것이 농민들이 말하는 소위 '썩은 고기 먹는 일(상갓집 초대)'이라는 것을 알았다. 인근에 살던 한 여자가 죽었다. 상갓집에서 배짱 두둑

한 샤오안쯔가 왕성한 양기와 센 팔자로 저승의 사악한 기운을 누를 수 있을 거라고 생각해 그녀에게 염을 부탁했다. 이런 재미를 놓칠 수 없잖아? 해골 표본 만드는 일하고 비교나 할 수 있겠어? 말로만 듣던 무당의 나희[80]를 직접 볼 수도 있는 일이었다.

나는 내 말라 버린 위장에 기름칠을 하고 꺽꺽 행복에 겨운 트림을 하고 싶은 생각이 간절했다. 그러나 시신을 닦는다는 말에 심장이 쿵쾅거리기 시작했다. 시신을 닦는 일이 재미있다고? 시신에서 썩은 냄새가 진동할지도 모르고, 똥오줌이 줄줄 나올지도 모르고, 무슨 병에 감염된 시신일지도 모른다. 아무리 좋은 산해진미라 해도 저승에서 가장 가까운 곳, 사신의 입가에 차려진 음식이라면 목구멍으로 잘 넘어가겠는가? 무엇보다도 더욱 죽은 시신도 두렵지 않다면서 밤길 가는 것이 두려워 나를 동반자로 삼겠다는 그녀의 말이 의심스러웠다. 분명히 거짓말일 것이다. 야오다자도, 귀유췐도 없으니 대신 열심히 일해 줄 일꾼으로 나를 데려가는 것이 분명했다.

"나 안 갈래, 잘 거야."

"정말 겁도 많네, 내가 다 창피하다!"

그 말에 기분이 상한 나는 하는 수 없이 마음을 모질게 먹고 그녀를 따라 집을 나섰다. 뜻밖의 전염병에 대해 너무 오랫동안 논쟁을 벌이다 보니 출발 시간이 늦어 시간을 어기고 말

---

80) 儺戲. 중국 민가와 궁중에서 음력 섣달 그믐날에 묵은해의 귀신을 쫓아내려고 베풀던 의식.

았다. 상갓집에서는 그녀가 오지 않는 줄 알고 다른 사람을 불러 염을 했다. 이것은 우리가 아무것도 못하고 그냥 집으로 돌아간다는 것을 의미했다. 그저 상제가 주는 차 한 잔으로 끝인 것이다.

초조해진 샤오안쯔가 눈을 까뒤집으며 말했다.

"안 돼요, 아무 일도 안 했는데."

"염 끝났어요. 이미 입관했다고요……."

상제가 질겁했다.

"다시 해요!"

"왜요?"

"염이 얼마나 중요한데요. 잘 해야 한다고요."

샤오안쯔가 얼버무렸다.

"댁이 말하는 싼싸오라는 분 어떤 사람이에요? 비누는 썼어요? 뜨거운 물로 했어요? 닦아야 되는 부분은 다 닦았어요……?"

"정말 미안한데요. 늦게 와서 더 이상 기다릴 수가 없었어요. 그래도 싼싸오가 재봉을 배우신 분이라 정말 친절하게, 꼼꼼하게 했어요. 살살 해야 하는 곳은 살살 하고, 세게 해야 하는 부분은 세게 하고요. 분명히 저희 어머님도 편안하셨을 거예요……."

상제가 머뭇거리는 우리를 보며 깨달았다는 듯 갑자기 '아' 하고 말했다.

"이왕지사 이렇게 오셨으니 손님이나 마찬가지네요. 그냥 가시지 말고 남아서 두부라도 드세요."

샤오안쯔가 얼굴이 온통 새빨개졌다.

"아뇨, 아니에요. 저 사람만……."

"도시 분들이잖아요, 마오 주석께서 파견한 지식 청년들인데! 이렇게 오셨으니 우리 어머니 체면이 사네요. 안 그래요? 이대로 가면 안 돼요, 아무 말도 하지 마세요. 우리 어머닌 평생 현에도 한 번 나가본 적이 없으신 분이에요. 여러분들이 이렇게 먼 곳까지 오신 것을 알면 죽어서도 면이 설 거예요. 아마 저승길도 신나서 가실 거고요."

나중에야 우리는 '두부를 먹고 가라.'는 표현이 말만 그렇지 얼마나 큰 대접인지 알 수 있었다. 한밤중에 우리는 고기에 생선까지 어찌나 잘 먹었는지 기운이 넘치다 못해 나중에는 다리도 천근만근이고, 숨이 차올라 자꾸만 헐떡거렸다. 창피하게도 우리는 아무것도 한 일이 없었다. 샤오안쯔가 가져온 화장 도구 역시 전혀 손도 대지 않았다. 우리는 노래를 부르지도, 나희를 공연하지도 않았고 향이나 폭죽, 만장 같은 것도 들고 가지 않았다. 그렇게 배불리 얻어먹을 이유가 하나도 없었다. 우리는 밥값을 하기 위해 슬픔으로 무장한 다음, 뭔가를 하기로 했다. 나는 갓난아기 하나를 끌어안았다. 그런데 어설프게 아기를 거꾸로 안아 올리는 바람에 아기 머리가 바닥을 향하고 말았다. 초조해진 아기 엄마가 옆에서 당황해서 어찌할 줄을 몰랐다. 샤오안쯔는 처마 밑에 가서 상갓집 사람들을 도와 두부를 갈았다. 그러나 샤오안쯔 역시 긴 자루를 돌리는 일이 서툴기만 했다. 위 손잡이를 돌릴 때도, 아래를 잡아당길 때도 자꾸만 걸리는 바람에 세차게 한꺼번에 힘을 주려다가 그만 손잡이 기둥을 부러뜨리고 말았다. 사달만 만든 셈이었다. 다행히 주인은 그녀를 탓하지 않았다.

"괜찮아요, 괜찮아. 다시 나무 하나 잘라 박으면 돼요."

숙소로 돌아오는 길에 샤오안쯔는 성가신 일만 만들어 준 자기 모습을 돌아보며 폭소를 터뜨렸다. 그녀의 목소리에 숲 속 새들이 파드득 날아가 버렸다. 산등성이에 올라 대나무 숲을 지나게 되었다. 늦가을 풀벌레 소리들이 우리를 에워쌌다. 모래 길이 조금 미끄러웠다. 그녀가 손을 내밀며 잡아 달라고 했다. 어둠 속에서 그녀의 손이 조금 차갑게 느껴졌다. 그러나 단단하고 굳센 그녀의 손은 억센 남자 손 같았다. 뜻밖이었다.

"타오샤오부, 이러고 있으니 사랑의 야반도주를 하는 것 같지 않아?"

그녀가 멈칫하더니 손을 놓으며 불쑥 이렇게 농을 건넸다.

"누나, 궈유쥔…… 쥔 형에게 날 목 졸라 죽게 할 일 있어?"

"얘 좀 봐, 무섭구나? 목소리까지 떨리네?"

"난……."

순간 뭐라고 대답해야 할지 적당한 말을 찾지 못해 조금 당황스러웠다.

"어이, 애송이! 너 사랑의 도피를 할 때 어떤 복장을 하는지 알아?"

"내가 어떻게 알아?"

"생각해 봐."

"잘 모르겠어."

"알려 줄까, 말까?"

"알았어. 머리를 꼿꼿이 들고 가슴을 쭉 펴고 당당하게 만면에 미소를 띠고…….”

“흥! 오늘 옷도 기워 주고 고기도 먹였는데. 정말 배은망덕
이네! 사랑의 도피인 척 위장 한번 한다고 죽기라도 한대? 다
음에는 너 데리고 안 놀러 나올 거야!”

“사랑의 도피…… 도굴을 하는 것만 못하겠네. 정말 갑부
무덤을 도굴하면 금은보화를 파낼 수 있을지도…….”

“헤이!”

그녀가 내 말을 끊었다.

“손 좀 잡아 줘.”

“미끄럽지도 않은데 못 올라와?”

“방금 아무것도 안 먹었더니 꼼짝도 못하겠어.”

나는 지팡이 한쪽 끝을 내밀었다.

그녀가 지팡이를 툭 내려친 후 어둠 속에서 깔깔거렸다.

“……얘는! 너무 놀라서 손까지 사라져 버렸나 봐, 바지에
오줌은 안 지렸어? 다리에 쥐라도 난 거야? 왜? 걸음아 날 살
려라 머리카락이라도 거머쥐고 도망치지?”

“너…… 벌써 올라왔잖아?”

“어이구, 애송이! 못났기는!”

후기

오랜 세월이 흐른 후 샤오안쯔의 딸 단단이 천 보따리 하나
를 보냈다. 보따리 안에 그녀의 어머니가 아프리카로 가기 전
에 준 일기 몇 권이 들어 있었다. 길을 떠난 후 세 달 안에 소

식이 없으면 이 보따리를 타오샤오부 삼촌에게 주라고 부탁했다고 한다. 이런 부탁을 한 이유가 그 옛날 가을밤과 관련이 있는지, 왜 보따리를 받을 사람으로 나를 지목했는지 모를 일이다.

나와 그녀 사이에 무슨 일이 있었던가? 아니, 말도 별로 많이 나눈 사이가 아닌데. 그런데 왜 내게 이런 걸 맡겼을까? 평생 자신의 마음에 담아 두었던 말을 준다는 것은 몸을 내주는 것보다 더 중요한 일이다. 한 여인이 먼 길을 떠나기 전에 했다는 부탁을 듣고 나는 순간적으로 조금 당혹스러웠다. 그녀의 일기가 마치 가을밤 내밀었던 그녀의 손처럼 느껴졌다.

잊어버린 일은 없어. 그래, 분명히 아무것도 잊지 않았어. 그럼, 물론이지.

그녀가 이런 말을 한 적이 있다.

"내가 가장 하고 싶은 일이 뭔지 알아? 그냥 기타 하나 둘러 메고, 검은색 긴 치마 차림으로 전 세계 여기저기를 떠돌며 높고 높은 거대한 산 너머 저쪽에 있을 내 사랑을 찾아가는 거야."

미안, 사실 말할 필요가 없는 말이야.

샤오안쯔는 아무것도 말할 필요가 없었다.

내 판단이 틀리지 않다면 서양 책을 읽은 세상 모든 여자들 가운데 사랑의 꿈, 예술의 꿈, 영웅의 꿈, 구미식 도시나 전원에 대한 꿈을 꿔 보지 않은 사람이 몇 명이나 되겠는가……? 가난한 나라의 몽상은 아마도 더욱 진지하고 뜨거울 것이다.

표정은 차갑지만 가슴은 뜨겁게 달아오른 소자산 계급[81]은 대를 이어 계속해서 드높은 구름 위를 떠다니며 현실을 봐도 못 본 척할 것이다. '미(米)'를 보면 쌀보다는 먼저 미켈란젤로의 '미'를 떠올리고, '차이(柴)'라고 하면 땔감보다는 차이코프스키를 떠올릴 것이다. '위(雨)[82]'라고 하면 관개나 침수, 물통이니 도랑 같은 것을 떠올리는 것이 아니라 퍼시 비시 셸리[83]나 하이네[84]의 아련한 시 세계, 아니면 낭만적인 남자들이 귀 기울이는 쏴쏴 빗줄기 소리, 그들이 손길을 내미는 흩날리는 빗방울을 생각할 뿐이다. 그녀는 이렇듯 꿈결 같은 몽유의 세계를 걸어왔다. 문제는 이처럼 끝없는 몽유의 길에 함께할 남자가 없는 현실이다.

생활을 하는 데는 먼저 쌀이 있어야 하고, 땔감이 있어야 하고, 당장 쓸 수 있는 동전이 있어야 한다……. 이런 점에서 샤오안쯔 같은 초특급 환상주의자와 비교하면 제아무리 영웅의 기백을 지닌 남자도 모두 평범하기 짝이 없는 존재였다.

그녀의 아버지도 그랬다. 그녀의 일기를 통해 나는 그녀의 아버지가 소련에서 유학한 오케스트라 지휘자이며, 여행과 수영을 좋아하고, 낭송을 즐기며 산책을 광적으로 좋아했음을 알 수 있었다. 빗속을 거니는 것 같은 일에도 흥이 넘쳤

---

81) 생산 수단에 대한 사적 소유에 기초하여 주로 자기 자신의 노동으로 생활하는 계급.
82) 비를 뜻하는 중국어.
83) Percy Bysshe Shelley. 1792~1822. 영국 낭만주의 3대 시인 중 하나.
84) Heinrich Heine. 1797~1856. 독일 낭만파의 서정 시인.

을 것이다. 그러나 이런 모든 개성에도 불구하고 그는 세상의 시비를 견뎌 낼 만한 배짱이 없었다. 그는 아내에게 우파 딱지가 붙었다는 말에 정치적으로 연루되지 않기 위해 그 즉시 그녀와 이혼하고 될 수 있는 한 멀리 숨어 버렸다. 딸은 어머니와 외할머니 몰래 천 리 밖에 떨어져 지내는 생부의 얼굴을 보기 위해 혼자 찾아 나서곤 했다. 그러나 그는 딸아이를 음식점에 데리고 가서 그녀가 허겁지겁 국수 두 그릇을 해치우는 것을 지켜본 후 약간의 돈을 쥐어 준 다음, 집에 그녀를 들일 의사가 없다고 했다.

"안즈샹……."

마지막에 샤오안쯔는 아버지를 대놓고 그냥 이름으로 불렀다.

"이제껏 당신 사진을 간직하고 있었어요. 잘 들어 둬요. 이제 돌아가면 그 사진을 찢어 버릴 거예요."

또한 그녀의 일기를 통해 그녀의 어머니는 미술 선생으로, 주말이면 교외에 나가서 스케치를 하고 아이들에게 나비를 잡거나 버섯을 따 주고 『안데르센 동화』 같은 이야기를 많이 해 줬다는 사실을 알았다. 그러나 어머니는 역경을 겪은 후 대머리 관리와 재혼하여 전보다 훨씬 더 실속 있는 새 삶을 시작했다. 어느 날 남편의 성화에 못 이긴 어머니는 하나밖에 없는 방도 너무 비좁아 아들을 얼러 베란다에서 자도록 했다. 무장 투쟁 시기라 뒤죽박죽이었던 도시 전체에 밤새도록 멀리서 총소리가 그치질 않았다. 다다다 하는 기관단총 소리, 탕탕탕 하는 중기관총 소리, 카악 하는 소리의 일본의 구닥다리 38보병

총까지, 옆집 할머니나 아이들도 모두 구분이 가능할 정도로 익숙한 소리였다. 그런데 갑자기 슝 하고 이 집 베란다를 향해 날아든 유탄 한 발이 아이의 반질반질한 머리를 정통으로 맞췄다. 당시 집안사람들은 아무도 이 사실을 알지 못했다. 찰나의 순간, 어머니의 세상은 양극으로 갈라지고 말았다. 총성이 간간이 이어지던 그날 밤, 남방의 여름 별빛이 하늘을 가득 메운 그날 밤, 숱하게 많은 비밀스러운 일들이 은밀히 이루어지던 그날 밤, 벽 안쪽에서 부모는 운우지정을 불태우고 있을 때 벽 바깥쪽에서는 아들이 사경을 헤매고 있었으며, 문 안쪽은 성욕의 광풍에 휩싸여 있을 때 문 반대쪽에는 조용히 죽음이 찾아들고 있었다. 어머니는 침대 위 헐떡이는 신음 소리로 아들을 송별했다. 피가 한 걸음, 두 걸음, 세 걸음 흘러내려 점점 더 멀리 그리고 점점 더 빠르게 붉은 색의 긴 뱀처럼 대나무 의자 아래 배수관으로 흘러들었다……. 다음 날 아침에야 어머니는 아들의 온몸이 싸늘하게 굳어 있는 것을 발견하고 그 자리에서 기절해 버렸다.

샤오안쯔는 홀로 동생의 옷을 갈아입히고, 화장을 시키는 등 입관 의식을 비롯한 장례를 모두 처리했다.

그녀는 일곱 살 난 남동생의 턱 아래와 귀 뒤에 엉킨 피를 깨끗이 닦아 내고, 작은 두 손과 발을 닦아 주었다. 마치 서양 인형 하나를 마주하고 있는 것 같았다. 장난감을 가지고 소꿉놀이를 하고 있는 것 같이 기분이 이상했다. 바로 그녀가 그 후 다시는 서양 인형을 쳐다보지 못하게 된 이유이다. 그녀는 해골을 만져도 무서워하지 않았고, 농민 여성의 시신을 닦겠다고 나서기도 했지만 오동통 천진난만한 플라스틱 조그만 얼굴 앞에서는 낯빛이 백지장처럼 하얗게 질려 걸음아 날 살려라 도망쳤다.

서양 인형 하나도 제대로 쳐다보지 못하는 여자라면 환상적인 몽유의 세계에라도 빠져들어야지, 그렇지 않고서야 어떻게 하루하루를 보낼 수 있단 말인가?

날로 달라지는 뜻

궈유췬이 성으로 거처를 옮긴 시기는 '문화 대혁명'이 끝난 이후였다. 대학은 다시 학생을 모집하기 시작했다. 그가 대학에 떨어진 것은 기초가 모자랐기 때문도(시골로 내려가기 전에 그는 이미 고등학교 3학년 진도까지 학습했다.) 준비할 시간이 없어서도 아니었다.(이미 자신만만하게 까다로운 문제와 기이한 문제를 적잖게 준비했다.) 다만 수학 시험 감독 선생님이 큰 소리로 '시작'을 외치는 바람에 순간 당황하여 눈앞이 까매지고, 머릿속이 하얗게 백지가 되면서 연필로 시험지만 콕콕 계속해서 찍어 댔다고 한다. 그놈의 선생이 '시작'을 너무 크게 외치는 바람에 놀라서 그랬어.(그 후 그는 항상 이런 식으로 투덜거렸다.)

그는 또한 샤오안쯔가 그날 아침 그에게 타 준 커피 탓을 했다. 정신을 맑게 해 주기는커녕 오히려 배만 아팠다고 했다.

이듬해, 그는 인사이동 때문에 분주했다. 가구를 챙기고, 집에 페인트칠을 하고, 딸에게 분유를 타 주고, 한 공장 농구팀에 용병으로 참여하고, 이 집 저 집 자전거를 수리해 주고, 공장의 석탄 구입 업무를 처리하기 위해 산시로 파견을 나가는 등…… 그 결과 아예 시험장에는 갈 수도 없었다.

"대학은 무슨 대학? 나중에 과장으로 발탁해 주면 되는 것 아냐?"

지도자의 이런 백지 수표를 그는 곧이곧대로 믿었다. 상대방이 당원의 기율을 가지고 이야기하면 어쩔 수 없이 따를 수밖에 없었다. 게다가 구매 담당 직원으로서의 생활 역시 그리 나쁘지 않았다. 고객으로부터는 술을 얻어먹을 수 있고, 물품을 검사할 때는 조금만 융통성을 발휘해 주면 양질의 담배니 술이니 구운 닭 같은 음식을 대접받을 수 있었다. 때로 사람들이 낚시나 사냥에 초청하기도 하고 심지어 베이징이나 시안을 한번 놀러갔다 올 수도 있었다. 그런 대도시에 다녀오면서 공장 친구들에게 귀한 물건들을 구해다 주면 모두 은혜에 감지덕지하니 제법 체면이 서는 일이기도 했다.

공장장의 말이 맞기도 했다. 대학이 대수야? 이처럼 윤택한 일상이라면 대학 졸업장 세 장을 한데 묶어서 바꾸자고 해도 모자라지 않는가?

국영 공장에서 열심히 일한 그는 공장이 파산하고 나서야 자리를 약속했던 공장장은 오간 데 없이 사라지고, 자신은 갑자기 폭삭 늙어 깊은 주름살이 가득 패인 것을 발견했다. 동료 노동자들이 대거 자리를 떠난 상황에서 이런 노인네가 퇴직 명단에 들어가지 않았다는 것은 말이 되지 않는 일이었다. 이미 시대가 변해 당원의 재적 연수도 더 이상 중요하지 않고, 집안 배경 역시 별 쓸모가 없어지면서 '노동자 만형'의 최신 호칭은 '막벌이꾼'이 되었으니 사람들은 더 이상 그에게 눈길을 주지 않았다. 마치 씹던 껌에게 가장 어울리는 위치가 신발 밑바닥 정도인 것과 비슷한 신세였다.

찻잎도 돈을 주고 사야 하는 것이 현실이 되었다. 작은 술병이 비어 가는 것을 보고 현실을 실감할 수 있었다. 그는 퇴직 후 노점을 차리기도 하고, 물건을 나르거나 가옥을 수리하고 심지어 의료 쓰레기 수거 일을 하기도 했다. 통조림 공장에서 생선 배 가르는 일도 해 봤지만 돈은 얼마 벌지 못했다. 때로 체면 때문에 할 수 없는 일도 있었다. 아는 사람의 담벼락을 칠해 주고 돈을 받는다면 그 사람의 얼굴을 때리는 일이 아니겠는가? 때로 노느라 정신이 팔릴 때도 있었다. 길가에서 장기 두는 사람들을 구경하느라 반나절을 허비하는 바람에 장사를 그르친 적도 있었다. 어느 날 그는 공중화장실에서 나오다가 아는 사람을 만났다. 상대방이 무심코 말을 건넸다.

"어디 가요?"

이 질문이 매우 중요하다고 생각한 그는 해야 될 일도 접어 둔 채 상대방이 급한 일이 있든 말든 가던 길을 멈추고 차근차근 하나씩 자신이 가는 곳, 그곳에 가야 하는 이유, 그 이후에 가야 할 곳 그리고 그날 아침 줄자와 전기 드릴, 절단기 및 끓여서 식힌 물을 가지고 나온 이유까지 설명했다. 결국 상대방은 주위를 두리번거리며 길게 한숨을 내쉬고 하품을 하기에 이르렀다. 그 자리를 벗어나고 싶었지만 딱히 좋은 생각이 떠오르지 않아 곤혹스러운 표정이 역력했다. 아마도 조금 전 왜 괜히 말을 걸었나 후회막심이었을 것이다.

그가 대체 무슨 말을 잘못한 걸까? 성심성의껏 자세하게 말을 해 줘야하는 것 아닌가? 상대방에게 지금 자신의 일이 구매 담당 일이나 마찬가지로 중요하다는 것을 알려 줘서는 안 된단 말인가? 그러나 그는 나중에야 자신이 지나치게 자세하게 답변을 하는 바람에 길옆에 세워 뒀던 자전거가 사라져 버렸다는 사실을 발견했다. 아마도 도둑맞은 모양이었다.

그가 잃어버린 네 번째 자전거였다. 화가 난 나머지 그는 순간적으로 만용을 부려 석공용 칼로 길가에 세워져 있던 다른 자전거 열쇠를 비틀어 연 다음 이를 타고 달아났다.

그는 훔친 자전거를 위장해야 했다. 그러나 바구니를 떼어 내려던 그는 그 안에 든 시험지 두 묶음을 발견했다. 시험지의 필적으로 보니 여자아이 것으로 보였다. 자전거 앞에 달린 사탕 종이로 만든 나비 역시 자전거의 주인이 누구인지 암시하고 있었다.

아이가 자전거를 잃어버렸으니 지각을 하거나 수업에 빠지지는 않았을까? 급한 나머지 울며 거리를 헤매고 있지 않을까? 부모에게 욕을 먹거나 매질을 당한 후 어딘가 밖에 숨어 집에 돌아가지 못하는 것은 아닐까? ……여기까지 생각이 미친 궈유췐은 마음이 초조해졌다. 자기보다 어린애를 괴롭게 하다니 이건 남자가 할 일이 아니야. 그는 자전거를 원래 장소에 돌려 놓기로 마음먹었다. 그런데 공교롭게도 그가 막 자전거보관소에 이르렀을 때 뒤에서 누군가 고함을 질렀다.

"도둑 잡아라! 저거야, 저 자전거!"

알고 보니 아이의 부모가 그곳에서 자전거를 찾고 있던 중이었다. 몇몇 행인까지 합세하여 우르르 몰려든 사람들이 씩씩거리며 그를 잡아당기는 바람에 옷깃은 흐트러지고 단추가 뜯겼다. 그들은 궈유췬을 파출소로 끌고 갔다. 새로 마련한 자전거 열쇠는 그가 자전거를 훔쳤다는 확고한 증거였다. 꾀죄죄하고 더러운 먼지투성이 모습 역시 인간쓰레기라는 인상을 주기에 충분했다. 그래도 다행인 것은 당직 경찰이 아는 사람이었다는 것이다. 경찰은 자기 노모가 길거리에서 중풍으로 쓰러졌을 때 그가 병원에 데려다줬던 것을 기억했다. 그 인연으로 인해 상대방은 궈유췬에게 가벼운 처벌을 내렸다. 이에 그는 큰 글씨로 반성문을 작성해 거리에 붙이는 사태는 피할 수 있었다.

샤오안쯔가 파출소에서 그를 데려왔다. 그러나 이 얼간이를 탓할 마음은 아예 사라진 상태였다. 성격이나 대인 관계, 장모에 대한 효도, 그가 과거에 베푼 여러 가지 편의를 생각하면 궈유췬 같은 자도 매우 경제적이고 유용한 남편감이라 할 수 있었다. 그러나 샤오안쯔가 화를 내는 부분은 그야말로 전혀 화를 낼 이유가 아니었다. 정확하게 설명할 길은 없었지만 그녀의 마음은 완전히 다른 일 때문이었다.

샤오안쯔는 이상한 괴벽을 가지고 있었다. 예를 들어, 그녀는 남편과 잠자리를 하기 전 침실에 커다란 정치 지도자의 사진을 걸어 놓았다. 마치 신을 모독하는 변태적 심리를 드러내는 것 같았다. 그게 아니면 침대 곁에 각종 두상을 잔뜩 붙여 두었는데 그중 최고의 선택은 지인들의, 그것도 여성 지인들의 모습이었다. 그들이 두 눈을 빤히 뜨고 지켜보고 있다는 느낌을 한껏 살려, 마치 사람들 앞에서 음탕한 행위를 할 때와 비슷한 광적 희열을 느꼈다. 때로 그녀는 유행하는 혁명 가곡, 가장 열광적이며, 치열하고, 시끄러운 종류의 음악을 크게 틀어 놓았다. 마치 붉은색 공포의 기억이 정욕을 유발하는 가장 훌륭한 환경이라고 여기는 듯 했다.

이후 그녀가 보여 준 자학적인 성향은 더더욱 뜻밖이었다. 그녀는 남편에게 계속 강간을 요구했다. 마치 심한 구타와 저항, 욕을 퍼붓는 상황(언젠가 그녀가 정말 남편의 어깨를 물어 피가 난 적도 있다.)에서만 약자가 된 느낌을 받는 모양이었다. 참담할 정도로 가혹한 강요를 당하거나 박해를 받는 느낌이 들어야만 자신을 완벽하게 내려놓고 서서히 오르가슴을 느낄 수 있었다. 그렇지 않을 경우 그저 차가운 고무 인간처럼, 온몸이 꽁꽁 얼어붙어 기계적으로 상대를 대했다. 양식 대신 겨로 허기를 채우는 바람에 아무리 먹어도 굶주린 사람같은 그녀의 모습에 남편은 정말 고민스러웠다.

정신 착란 같은 것은 아닐까? 정신과 의사에게 가 봐야 하는 것 아닐까? 남편은 의사를 찾아가 약을 처방받아 비타민이라고 속여 아내에게 먹이려 했다. 그러나 안타깝게도 아내는 이를 단번에 간파하고 약을 병째로 창문 밖을 향해 내던져 버렸다. 방법이 없었다. 그는 그저 용감하고 난폭한 성정을 키우기 위해 술을 몽땅 마시고, 고기도 마구 먹고 온몸에 기운을 불어넣은 다음, 마치 오랑우탄처럼 거칠게 가슴을 치며 호탕하게 결사의 일전을 치룰 각오를 했다. 하지만 그래도 도저히 강간은 할 수 없었다.

정말 때려야 돼? 정말 할퀴고, 발로 차야 하는 거야? 상대방의 머리를 움켜쥐고 마구 흔들어야 하고? 뻑 하는 소리가 나도록 팔도 비틀어야 하고, 아내가 뱉은 침을 쓱 닦으며 따귀를 날려야 하고? ……그는 도저히 이런 행동을 할 수 없었다. 생각만 해도 땀이 줄줄 흐르고 가슴이 마구 방망이질을 했다.

"당신이 일본 쪽발이라고 상상할 수 없어?"

다급해진 아내가 물었다.

"멀쩡한 내가 무슨 쪽발이? 아무리 그래도 너무 천박한 것 아냐?"

"나 천박한 것 이제 알았어?"

"정말 감당이 안 되네."

"감당이 안 된다고? 이런 머저리, 녜샤쯔랑 똑같아. 정말 무능력해!"

녜샤쯔는 같은 생산대에서 일하는 지식 청년이었다. 도시로 돌아간 녜샤쯔가 아내를 얻었는데 오랫동안 아내가 임신을 하지 못했다. 둘은 병원을 찾아가 검사를 받았다. 검사 결과 의사는 아내가 아직도 처녀라는 것을 발견했다. 정말 웃지 못할 놀라운 일이었다. 부부 두 사람 모두 뭐가 잘못 되었는지 알지 못했다. 의사가 암시를 주자 그때서야 결혼을 하면 그런 '도덕적으로 타락하고', '망측하며', '천박한' 행위를 해야 한다는 것을 알았다. 두 사람은 너무 놀라 식은땀을 흘렸다.

"넌 사람도 아니야⋯⋯."

샤오안쯔가 그 뒤 한 말은 더욱 이해하기가 어려웠다.

"날 강간하지 않는 것이야말로 날 정말 강간하는 거야. 그건 진짜 범죄라고, 알아?"

그녀의 사고방식에 따르면, 자신은 결혼 이후 대부분의 경우 미소 짓는 천사 같은 남편에 의해 은밀하게 차근차근, 계획적이며 순차적으로 모해의 대상이 되었으며, 그 폭력의 악과로 추한 딸을 남겼다고 했다. 그렇게 본다면 이후 그녀가 달랑 트렁크 하나를 들고 멀리 떠나기로 결심한 이유는 돈을 벌어 전 세계를 주유하기 위한 것뿐만 아니라 기약 없는 합법적인 폭력을 참을 수 없고, 끝없는 심신의 시달림과 갈래갈래 찢어지는 고통을 참을 수 없었기 때문이라는 식으로 해석해야 옳을 것이다.

그녀는 얼어붙은 자신을 해동시킬 방법을 찾아야 했다. 그녀의 마음은 생생한 느낌 속에서 불타올라 하루하루 새롭게 탄생해야만 했다. 도저히 어둠 속 평범한 나날에 갇혀 영원히 부뚜막과 수도꼭지를 끌어안고 살 수 없는 일이었다. 생명은 쉼 없이 꿈틀거리며 움직여야 한다. 후에 그녀는 다른 남자를 하나 알게되었다. 소등 댄스 파티에서 만난 유랑 시인이었다. 그 남자는 적어도 그녀의 치마가 검은색인지, 회색인지 구분할 줄 아는 사람으로 남편 같은 장님은 아니었다. 얼마 전에는 또 다른 남자가 생겼다. 넥타이를 매고, 서양식 요리를 먹고, 재즈를 들으며, 볼링을 칠 줄 아는 기품 있는 남자였다. 적어도 그 남자는 담을 넘어 훔친 꽃을 감상할 줄 아는 사람이었다. 남편처럼 기율을 엄수하는 가련한 인간은 아니었다. 그녀의 마음은 여전히 계속 비상하고 있었다. 꿈틀대며 불타는 심장으로 독특한 여행길에 접어들었다. 그녀는 언젠가 타지에서 고등학교 동창을 만난 적이 있다. 학창 시절 댄스의 왕자, 배드민턴 우상이었던 동창이었다. 과감해야 할 때는 과감하게 행동할 필요가 있다. 그녀는 기쁜 마음으로 그를 침대로 유혹했다. 그런데 뜻밖에도 이미 중견 의사였던 그는 지나치게 위생을 강조했다. 그는 일을 치르기 전 그녀에게 샤워하고, 양치질하고, 손톱을 깎고, 겨드랑이를 제모하고, 향수를 뿌리고, 그것도 모자라 양치질을 한 후에는 치실을 하고, 사용한 비누는 알코올로 한 번, 다시 또 한 번 소독하고, 각종 수건은 용도별로 사용할 것을 요구했다. 그래도 그 정도면 다행이었다. 엄격한 절차를 모두 마치고 두 사람이 겨우 헉헉거리며 육체 노동에 열을 올렸을 때 위생 전문가인 그는 바닥의 휴지를 알루미늄 대야에 모아 집게로 집어 조금씩 불에 태웠다. 샤오안쯔의 기억에 따르면, 당시 휴지 뭉치가 세상에서 가장 역한 냄새를 풍기며 타오르는 바람에 그녀는 수많은 화살이 가슴을 관통하는 것처럼 식은땀이 솟아올라 하마터면 구역질을 할 뻔했다고 한다. 후에 그녀는 꼬박 한 달 동안 생리통에 시달렸는데 아마도 그때의 자극이 너무 강했던 것 같다고 했다.

세상에! 왕자이자 우상이었던 그가 어찌 이런 재수 없는 인간이 되었을까?

"자기, 치실 해야 돼."

"자기, 겨드랑이 털이 너무 많아."

"자기, 과산화 수소수의 효력이란 게 말이야⋯⋯."

그는 바보 같지도 우스꽝스럽지도 않았으며, 더더욱 난폭하고 거친 태산의 기세로 달려들어 그녀를 욕조와 부뚜막에 들이박아 한입에 날름 삼키지도 않았다. 이와 반대로 상대방은 향긋한 냄새를 풍기며 부드럽게 미소를 지었다. 여자보다도 세심하고 부드럽고 더 살갑게 성생활을 지도, 관리했으며, 그녀보다 더 많은 지식과 책임감을 가지고 생식 시스템을 조정하고, 정자와 난자의 순간적인 충동을 처리했다. 그와 성행위를 한다는 것은 수업 시작종이 울렸을 때 선생님이 학생들을 수학 시간으로 이끌어 가는 것이나 마찬가지였다. 정말 힘들었다. 영화 배우처럼 잘생긴 수학 선생님도 부담 백배의 압박감을 주는 것은 마찬가지였다. 하물며 출제 문제까지 엄청나게 어렵고, 문제 하나하나가 모두 세균, 바이러스 같은 것에 대한 정밀한 상상으로, 서로의 신체 건강에 대한 합리적인 기획이자 반드시 그래야만 하는 엄격한 규율이라면 어떻겠는가. 비누와 알코올, 치실, 과산화 수소수, 면도기, 콘돔 등으로 조직된 복잡한 운산 과정이 이 의사가 심리적 긴장을 풀고(숨이 거칠어지고 땀이 나기 시작한다.) 사랑을 하기 시작하는 조건이었다.(연속 두 번의 사랑 결과, 기쁨으로 충만한 그의 모습이 이를 증명했다.) 그러나 샤오안쯔에게 이는 사람을 완전히 녹아 웃시키는 한 무더기 다원 고차 방정식일 뿐이었다.

그녀는 허겁지겁 그 집의 문을 벗어났다. 이는 다만 다시 한 번 혐오스러운 수학을 벗어나고, 자신의 애정에 대한 환멸을 벗어난 것에 불과했다.

"중국 남자들은 모두 죽었어?"

그녀는 길목에서 분에 못 이겨 발을 동동 구르며 욕을 퍼부었다.

"겨드랑이 털이 어쨌는데?"

그녀가 야멸차게 한마디를 내뱉었다.

"이 아가씨는 겨드랑이 털을 좋아해, 겨드랑이 털, 겨드랑이 털……."

곁을 지나가던 여자 두 명이 화들짝 놀라 빠른 걸음으로 멀어져 갔다.

아마도 그녀가 이 이야기를 나중에 야오다자에게 해 주었는지, 이후 야오다자의 입을 통해 퍼져 나간 이야기는 그와 한 미녀 간호사의 이야기가 되었다. 판본 두 개는 이렇게 해서 각기 여자 친구들과 남자 친구들 사이에 몰래 퍼져 나갔는데 어느 쪽이 진짜고, 어느 쪽이 표절이자 허풍인지 알 길이 없다. 한동안 두 사람은 절대 승복할 수 없는 토너먼트를 치루는 선수처럼 친구들 앞에서 정사에 대한 이야기를 자랑삼아 늘어놓았다. 의심에 가득 찬 사람들의 눈초리 따위는 신경 쓰지 않았다.

모두 최고가

귀유췬의 딸 단단은 광대뼈가 튀어나오고 인상이 험상궂은데다 덩치가 산만큼 컸다. 도무지 엄마의 모습은 찾아볼 수가 없었고, 그렇다고 아빠를 닮은 것도 아니었다. 부모의 결점만 모아 놓으니 하나 더하기 하나는 마이너스 둘이나 마찬가지로, 아마도 이는 잘못된 결혼의 부작용이었던 것 같다. 그러나 아무리 서양 인형 같은 외모가 아니라 해도 귀유췬에게는 눈에 넣어도 아프지 않은 행운의 귀염둥이였다. 특히 엄마가 외국으로 떠나 버린 뒤, 귀유췬은 엄마 없는 딸이 가여운지 자신은 삼시 세끼 차가운 빵 조각을 물고 지내는 한이 있더라도 딸을 위해서는 주머니를 모두 털었다. 그는 언제나 미소를 지은 채 보조 의자 맞은편에 앉아 딸이 주말 특별식으로 한 번에 햄버거 두 개, 닭다리 여덟 조각, 삼색 아이스크림을 즐기는 모습을 지켜봤다.

"귀 형, 나만 보고 계시지 말지! 뚫어져라 바라보고 있는 모습이 꼭 변태 같잖아. 엄마나 하나 더 찾아봐. 우리 엄마는 분명히 더 이상 귀 형 찾아오지 않을걸?"

딸이 어른이고 뭐고 상관없이 막말을 하며 아버지의 손등을 내리쳤다. 그러면서 언제나 그렇듯 장유유서고 뭐고 완전히 무시한 채 개망나니 같은 말을 퍼부었다.

"얘가 뭐라는 거야?"

"우리 엄마 분명히 밖에 남자 생겼을걸?"

"그게 네가 신경 쓸 일이야?"

"내가 모른다고 생각하지 마. 괜히 내 앞에서 정색할 필요 없어. 식사 초대도 하고, 손금도 봐 주고, 유머 연습도 좀 하고, 혁명가 집안의 역사도 좀 풀어 놓고, 인생무상에 대한 탄식도 좀 하고…… 여자 꼬드기는 방법이 이런 것 아냐? 아빠도 멍청하긴, 이런 것도 안 배웠어? 소인이 좀 가르쳐 드릴까요?"

"무슨 헛소리야? 그러다 한 대 맞는다!"

변태가 손을 높이 치켜 올리자 딸이 놀라 고개를 낮추었다.

물론 그는 감히 손을 댈 수 없었다. 이런 아버지를 간파한 딸은 계속 아버지를 놀려 대며 웃음을 터뜨렸다. 단단의 웃는 모습이 조금 보기 역겨울 정도였다. 어찌나 먹어 대 뚱뚱해졌는지 얼굴 살이 미어져 표정을 짓기가 힘들었다. 놀라거나 화가 날 때는 눈가를 찢듯이 손가락으로 입 양끝을 잡아당겨야 웃음을 지을 수 있을 정도였다. 이런 동작은 시간이 갈수록 익숙해지긴 했지만 얼굴 표정이 굳어 버린 초대형 인형께서는 그래도 아직 충분히 먹질 못했는지 귀가 후 전자 오르간을 몇 번 두드리다 무료해지자 만화책을 뒤적이고, 그것도 재미가 없다고 느꼈는지 화장실에 쪼그리고 앉아 인생의 비애를 늘어놓았다.

"……에이! 오늘은 리치를 안 먹었네. 초콜릿도 안 먹고, 토란말이도, 야생 블루베리 주스도 없고……."

귀유쥔은 문밖에서 딸이 줄줄이 늘어놓는 음식 이름을 듣고 말했다.

"단단, 안에서 뭘 그렇게 중얼거려? 먹고 먹고 또 먹고, 그저 먹는 것밖에 몰라! 그렇게 먹다가 돼지가 되면 나중에 시집은 어떻게 갈래?"

딸이 뭔가 문을 향해 내던졌다.

"짜증 나! 귀 씨 저리 꺼져!"

잠시 침묵이 흘렀다.

잠시 후 화장실에서 다시 번민으로 가득한 혼잣말이 흘러나왔다.

"아고, 오늘은 장미 젤리도 안 먹었고……."

세상에, 어찌 저놈의 식탐은 끝이 없을까? 예전에는 젤리가 한 근에 몇 푼 안 했지만 요즘은 다양한 모양에 색깔을 집어넣으면서 가격이 몇 배가 뛰었는지 모른다.

많은 물건이 값비싼 물건이 되기 시작했다. 마치 엄마가 출국 전 그렇게 요란을 떨던 것처럼, 피아노, 불어 배우기, 티베탄 마스티프[85] 키우기, 창장 강 여행하기 등 그 무엇 하나 엄청

_____

85) 티베트 원산의 대형견.

난 출혈이 필요치 않은 것이 없었고, 모두 귀유췬이 가산을 탕진하게 만드는 것들이었다. 그런데 이제 좀 살 만하니 딸이 쾌락이라는 중독, 이 사악한 악마에 사로잡히기 시작했다. 딸이 내미는 명세서에 아버지는 방귀가 절로 피식피식 나오고 오줌이 줄줄 흐를 지경이었다. 문제는 장사치들이 끊임없이 개발하는 고가의 쾌락 덩어리를 구매할 능력이 없다는 것이다. 끊임없이 업그레이드되는 새로운 먹거리가 없다면 생활이 무슨 의미가 있겠는가? 그걸 생활이라고 할 수 있는가? 많은 사람들 눈에 현대의 생활이라는 것은 쾌락을 위한 원가가 끊임없이 상승하는 생활, 그런 이유로 인해 쾌락도 상대적으로 줄어드는 생활이 아니겠는가?

우울한 아버지는 몇 번이나 딸에게 일러 주고 싶었다. 왜 그렇게 이를 악물고 자신을 즐겁게 하려고 하는가? 언제부터 이렇게 매일 반드시 먹어야 하는 음식에서 쾌락을 찾았는가? 미친 듯이 날카로운 비명을 지르지 않으면 개, 돼지만도 못한 삶이 되는 것, 이것은 또 어느 집의 법이란 말인가?

우울한 아버지는 더더욱 딸에게 이렇게 알려 주고 싶었다. 사실 말이지, 바둑도 재미있고, 농구도 정말 재미있어. 모래알에도 기쁨은 있단다……. 그렇지만 그는 이런 말을 할 용기가 없었다. 자신 역시 그렇게 할 이유도 충분치 않다고 생각했고, 떳떳하다는 느낌도 들지 않았다. 그렇잖아? 하와이나 발리의 모래는 끝내주지, 하지만 집 앞 왕 씨 아저씨가 담을 쌓고 남은 모래는? 호화 유람선과 보잉기를 타고 가서 가지고 노는 모래가 아니라면 그걸 모래라 할 수 있는가?

단단의 학업 성적이 좋을 리가 없었다. 수업 시간에 단단은 자기 곰 인형을 가지고 놀거나 만화를 그리다가 잠시 후 잠이 들었다. 대신 잠이 들기 전에 종이에 수업을 열심히 경청하는 커다란 눈 두 개를 그려 이마에 붙였다. 선생님은 단단에게 신경 쓰지 않았다. 정말 단단이 만든 그림에 속은 것인지, 아니면 단단이라는 흙탕물에 발을 디밀고 싶지 않았던 것인지 알 수 없었다.

선생님이 상담을 하기 위해 아버지를 학교로 불렀다. 딸은 아버지가 왜 학교에 왔는지 전혀 관심이 없었고, 상담을 마친 후 귀까지 시뻘겋게 달아올라 땀을 질질 흘리는 아버지 모습에도 개의치 않았다. 단단은 확실히 수업 시간에 잠을 잤고, 학년 전체 학생 가운데 꼴찌에서 세 번째 등수였다. 그렇지만 어쩌란 말인가? 삶 자체가 지겹고 재미가 없는데 왜 거기에 짜증 나는 시험까지 보라고 하는가?

단단이 입을 삐죽거렸다.

"원래 뒤에서 1등인데, 편입생이 두 명 오는 바람에 등수가 올라간 거야."

"지금 아빠 때문에 공부하는 거야?"

귀유진이 버럭 소리를 질렀다.

"아빠가 와서 해 봐."

"아빠 어렸을 때는 아무리 시험을 못 봐도 반에서 10등 안에는 들었어."

"누가 믿어? 그렇게 공부를 잘 해 놓았는데 지금은 왜 이 모양이야?"

"왜 아빠가 못났어?"

"나이키도 못 사 주는 주제에 무슨 낯짝으로 할 말이 있어?"

딸이 브랜드 이름을 들먹거렸다.

아버지는 할 말이 없었다. 딸이 그를 발로 걷어차고 책가방과 롤러스케이트를 바닥에 내던졌다. 그에게 메고 가란 뜻이었다. 바로 그때 여자아이들이 그들을 빙 에워쌌다.

"외할아버지 와서 봐!"

단단이 음료수를 마시며 여자아이들에게 이렇게 소리를 지르더니 돌아가며 아이들 머리를 쓰다듬고는 어깨를 토닥거리며 말했다.

"외할아버지 엄청 사나워. 인색하기로는 둘째가라면 서운하지. 나 신발도 안 사 주는 것 있지? 그렇지만 아무리 인색해도 너희들 외할아버지잖아?"

외할아버지! 외할아버지! 외할아버지! ……여학생들이 모두 한데 어울려 이렇게 외치기 시작했다. 귀유췐은 얼굴이 뻘게져서 딸을 잡아당겨 그 자리를 떠났다.

"으이그! 쟤들 부모들이 화낼까 걱정도 안 돼?"

"내가 보호해 주지 않으면 저 애들이 불쌍하지."

"너도 이 모양인데 누굴 보호해 줘?"

"나에게는 신문13검[86], 수마보장[87]이 있거든."

---

86) 神門13劍. 중국 무협 소설의 대가 진융(金庸)의 소설에 등장하는 검법의 일종.

87) 樹魔寶杖. 신문13검 모두 손목의 신문혈(神門穴)을 공격하는 무당파 무예.

아버지는 듣고도 무슨 말인지 이해할 수가 없었다. 이해하려면 아마도 영화관이나 바에 더 많이 들락거리거나 유행에 민감한 사람들과 어울려야 할 것이다. 현대 사회의 화젯거리들은 사실 모두 돈이라 말할 수 있다.

단단은 고등학교 2학년 때 남자 친구들 몇 명과 어울려 술을 마시고 몰래 운전도 배웠다. 언젠가 추돌 사고를 내는 바람에 3만 위안이나 배상금을 내야 했다. 단단은 무서웠는지 밖에 숨어 집에 돌아오지 않았다. 어찌나 초조한지 시뻘겋게 달아오른 귀유췬의 두 눈에서 금방이라도 불길이 솟을 것만 같았다. 함께 상의할 아내도 없고, 친구나 친척들에게 구원을 요청하기도 쑥스러웠다. 최근 들어 자꾸 바둑에서 수를 물리고 우기는 바람에 사람들 사이에서 그의 위신이 추락해 더 이상 사람들을 만나기가 난처했다. 이런저런 생각을 하다 그는 보통 때와 달리 백주를 반병이나 마신 후 벽돌 하나를 종이로 싸들고 문을 나섰다. 그는 거리를 따라 나이트클럽을 하나씩 다뒤져 드디어 딸이 노래를 부르고 있는 가라오케 룸으로 들어갔다. 딸 앞에 선 그는 아무 말 없이 손에 들고 있던 벽돌을 들어 올리는가 싶더니 포물선을 그리며 자기 이마를 내리쩍었다. 퍽하는 둔탁한 소리와 함께 선혈이 솟구치더니 코와 입술을 타고 흘러내렸다. 룸에 있던 소년 소녀들이 놀라서 비명을 질렀다. 축구에서 골인을 하거나 달리는 차가 절벽으로 떨어지는 광경을 목격할 때나 나오는 비명, 3D영화에서 검이 갑자기 관중의 미간을 향해 날아들 때 지르는 비명 같았다.

"어차피 너 때문에 화가 치밀어 죽느니 나 스스로 가는 편이 나아…….”

이 말을 할 때는 이미 눈앞이 컴컴해지며 앞에 누가 다가오는지조차 제대로 볼 수 없었다.

“네게 책임지라고 안 할 거야. 그저 네 엄마에게 그리고 네 할아버지에게 아빠가 어떻게 죽었는지 알려 줘…….”

궈유쥔이 가까스로 다시 벽돌을 이용해 일격을 가했다. 그러나 엉망진창 혼잡스러운 상황에서 벽돌은 다른 사람에게 향하고 말았다.

“아빠, 다시는 안 그럴게요, 다시는요…….”

딸이 달려들어 아버지의 두 다리를 끌어안고 큰 소리로 울음을 터트렸다.

그녀는 집으로 돌아와 밤새도록 부들부들 몸을 떨었다. 다시는 감히 눈을 까뒤집으며 침을 뱉거나, 귀를 틀어막고 ‘아무것도 안 들려.’, ‘난 귀 같은 것 없어.’라는 말을 하지 못했다. 또한 다음 날 일찍 아침 뜀뛰기도 하고, 자발적으로 아침을 사오고 물도 끓였으며, 그날 바로 한 영어 숙제도 좋은 평가를 받아 왔다.

그러나 단단은 아버지가 살 수 있는 날이 얼마 남지 않았다는 사실은 모르고 있었다. 그러던 어느 날 궈유쥔은 사람들이 말한 것처럼 자기 얼굴이 자꾸만 홀쭉해지고, 늑골 몇 개가 뾰족하게 튀어나오는 것을 발견했다. 그는 딸에게 아픈 증상을 말하지 않았다. 위가 문제인 것 같기도 하고, 간 쪽인 것도 같고, 시도 때도 없이 전해 오는 통증 때문에 삐질삐질 땀이 났다. 아버지를 모시고 병원에 간 딸은 그냥 간염, 간에 결절이 있다고만 말했지만 그는 그렇게 둔한 사람은 아니었다. 그는 딸의 눈시울이 벌겋게 달아오르는 것을 보고 대충 상황을 감지했다. 그는 간호사실로 가서 몰래 진료 기록을 뒤져 봤다. 과연 간암, 그것도 말기였다.

옛 동료나 학교 친구들이 나타난 것도 당연하리라. 여러 해 동안 얼굴을 보지 못한 이들도 나타났다. 모두 순번으로 열이라도 지은 듯 오늘 한 무리, 그 다음 날 한 무리가 각종 위문품을 보냈고, 함께 바둑을 두고 산보를 하며 화기애애하게 이야기를 나누었다. 물론 그는 사람들에게 다 드러내고 말을 할 필요가 없었다. 그냥 그들과 함께 웃었다.

"병 다 낫고 나면 자네들에게 생선 요리 한번 해 주지. 아마 반평생 웬 개똥만 먹고 살았나 생각할걸?"

그는 미래의 즐거운 만남을 약속했다.

아내는 직접 방문하는 대신, 달러와 함께 특급 우편으로 주사제를 보냈다. 아마도 가격이 엄청난지 딸은 매번 간호사에게 링거에 주사제가 단 몇 방울만 남아 있어도 안타까워하며 절대 주사를 뽑지 못하도록 했다. 같은 병실의 환자가 말실수를 했다.

"아깝게, 한 방울에 수십 위안짜리를!"

궈유췐은 대충 무슨 말인지 감은 잡았지만 한편으로 도무지 이해할 수가 없었다. 세상에! 무슨 금싸라기라도 되나? 주사 한 번에 우리 딸 1년 치 학비가 날아가? 아내 자동차 타이어 두 개 값이라니! 몇 개월 심지어 몇 년 동안 노역을 해야 버는 돈을 주사 한 번에 날린다니 말이 돼? 이놈의 시대는 즐거움의 대가만 비싼 것이 아니라(예를 들면 나이키 같은 것) 불쾌한 일에도 값비싼 대가(고가의 약 따위)를 치러야 하다니, 어느 쪽이든 그의 지불 능력과는 천지 차이가 났고, 그를 난처하게 만들었다.

그는 주사제가 들어 있는 상자를 한참동안 들여다봤다. 마치 서양 글자를 하나하나 연구하듯, 이 폐물의 목숨을 되살릴 길이 서양 글자 어디에 숨어 있는지 연구하듯 말이다.

그날 그는 의사로부터 며칠 집에 돌아가 쉬어도 된다는 허락을 받았다. 그는 게가 먹고 싶다며 딸에게 북문 시장에 가서 게도 사고, 음식을 만들어 줄 아주머니도 불러오도록 했다. 혼자만 남자 그는 목욕하고 옷을 갈아입고 충분히 대소변을 봤다. (추잡하지 않도록 좀 깨끗이 가고 싶었다.) 그가 시간을 정확하게 계산했기 때문에 딸과 아주머니가 집에 왔을 때는 모든 것이 끝나 있었다. 그는 갈아입은 옷을 깨끗이 빨아 나란히 베란다에 널어 두었고, 덮고 잔 이불은 가지런하게 개어 두고, 커다란 낡은 구두도 깨끗하게 닦아 놓았다. 그는 이 세상에 깔끔한 고별식을 하고 싶었다. 어느 누구도 힘들지 않게 끝을 맺고 싶었다. 카세트 녹음기의 음량을 최대로 키워 구기 시합 전에 항상 울려 퍼지던「운동원 행진곡」[88]을 틀었다. 그가 소년 시절 가장 많이 듣던 곡이었다. 웅장하고 약동적인 선율이 세상 천지에 울려 퍼지면 기운이 넘치며 다시 한 번 운동복을 걸

---

88) 1971년에 창작된 행진곡. 당시 중국 인민 해방군 군악대에서 일하던 세 명의 음악가가 함께 창작했다.

치고 운동장에 입장하고 싶었다.

단단은 포효에 가까운 음악 소리를 듣고 뭔가 불길한 예감을 한 듯 들고 있던 시장 바구니를 떨어뜨렸다. 그녀는 문 안팎으로 사방을 샅샅이 살펴봤다. 그리고 결국 화장실 문만 굳게 닫혀 있는 것을 발견했다. 아무리 두드려도 안에서는 아무런 움직임이 없었다.

"아빠!"

"아빠!"

딸의 목소리에 금방이라도 터져 버릴 것 같은 두려움이 담겨 있었다.

아주머니가 이웃을 불러와 발로 문을 찼다. 문 아래쪽 곰팡이 슨 나무판 부분이 부서지자 그 틈으로 안을 들여다봤다. 문 뒤쪽에 공중에 매달려 흔들거리는 커다란 발이 보였다.

단단, 더 이상 쓸데없는 돈 쓸 필요 없단다. 나도 피곤하구나.

유서에 적힌 내용 중 일부이다. 공책에 비뚤비뚤한 글씨체로 몇 가지 소소한 일들이 적혀 있었다. 누가 돈을 줬고, 누가 그에게 약을 달여 줬고, 누가 병문안을 왔는지, 누구 기침은 조심해야 한다는 등의 내용이 적혀 있었다. 그 중에는 물론 딸에게 보내는 당부의 말도 있었다.

배추를 볶을 때는 먼저 줄기 부분을 볶고 잎을 함께 넣어 볶아야 돼.

국수는 물을 많이 넣고 끓인 국수가 맛있어. 냄비에 물을 조금 더 넣어.

홍사오러우[89]는 설탕을 조금 넣으면 맛이 더 좋아.

실내에서 탄으로 불을 붙일 때는 반드시 문을 열어야 돼. 저녁에는 화로를 밖으로 내놓아야 하고. 절대 잊지 말 것!

머리는 되도록 단발로 자르렴. 매일 머리를 땋고 다니려면 시간이 너무 걸려.

날이 추워지네. 전기 담요랑 찜질 팩은 침대 밑의 나무 상자에 있단다.

......

---

89) 紅燒肉. 돼지 고기를 살짝 익힌 후 간장을 넣어 다시 졸인 중국 요리.

두루뭉이

그해 샤오안쯔는 마난을 '여우'처럼 만들어 놓아야지 그렇지 않으면 삶이 너무 퍽퍽해질 거라고 말한 적이 있다. 평생 분유를 마시고, 손가락이나 빨며 외할머니 이야기 속에 살 수는 없지 않은가? 여자로 태어나 이렇게 자신에 무책임한 채 남자에게 모욕이나 당하며 살 수는 없는 일이라 했다.

가르치는 일이 버거웠는지, 마난은 샤오안쯔와 제법 오랫동안 한 방을 썼지만 아둔하기가 여우는커녕 쥐새끼만도 못했다.

그녀는 언제나 조릿조릿한 모습을 벗어나지 못했다. 식당 주방에 가면 쌀을 재고, 재료를 자르고, 불을 피우기도 하고 조금 비틀거리긴 하지만 물도 길었다. 다만 접대를 하느라 생선 배를 가르고 닭을 잡을 일이 있으면 멀찌감치 달아나 숨어 버렸다. 일이 다 끝나고 난 후에야 숨을 죽인 채 살금살금 돌아와 행여 바닥에서 핏자국이라도 발견하면 얼굴이 하얗게 질리며 금방이라도 쓰러져 버릴 듯 비틀거렸다. 차오마즈는 이런 걸 알고 언제나 그녀가 돌아오기 전에 핏자국을 말끔히 치웠다. 그런 배려 때문인지 그녀는 이후 차오마즈의 죽음에 특히 마음 아파했다.

젊은 공사 간부 한 사람이 그녀에게 진심으로 자전거 타기를 가르쳐 주고 싶어 했다. 그러나 그녀는 정말 자전거 타기를 무서워했다. 간부가 백방으로 노력한 끝에 그녀는 눈을 질끈 감고 이를 악 문 후 가까스로 자전거에 오르긴 했지만 첫 바퀴를 나아가는 데도 온몸에 땀을 흘리며 야단법석을 떨었다. 전방 도로에 콩알만 한 사람 그림자만 나타나도 마치 금방이라도 누군가를 다치게 할까 봐 손잡이를 놓으며 미친 듯이 소리를 질렀다.

"앞에 사람 있어요?"

이렇게 말한 후 잽싸게 가장 가까운 곳에 있는 나무 기둥이나 전신주로 달려가 구세주라도 만난 것처럼 꼭 껴안았다. 그럴 때마다 두 손이 오그라들어 펴지질 않는 바람에 옆 사람이 주무르고, 비비고, 쥐고 내리치는 등 난리를 쳐야 손가락을 서서히 펴면서 관절을 움직일 수 있었다.

그런 그녀가 뜻밖에도 기관 일로 공급 합작사[90]에 폭죽을 사러 간 적이 있었다. 그녀 입장에서 보면 호랑이 쓸개라도 먹은 것처럼 용기를 낸 일이었다. 자기 자신조차 믿을 수가 없었

---

90) 농촌 경제 발전, 농민 문제 해결을 목적으로 세운 중국의 정부 기관.

다. 처음에는 아무런 느낌도 없었다고 한다. 그런데 폭죽을 품에 안자 절로 폭죽이 열을 받아 폭발하는 상상, 폭발할 때 자신의 살갗이 터지고 살이 튀는 상상이 시작되었다. 그녀는 나무 그늘을 찾아 햇빛을 피하고, 잠시 걷다가 밀짚모자로 한바탕 부채질을 했다. 행여 품에 넣고 가면 열을 받지 않을까 걱정하다가 다시 손에 쥐고 가도 열을 받을까 걱정스러웠다. 그결과 왼손, 오른손을 번갈아 가며 마치 연기가 타오르는 원자탄이라도 가져다 놓으러 가는듯 집으로 돌아왔다. 집에 도착했을 때는 스웨터까지 모두 흠뻑 젖어 있었다.

그녀는 왜 폭죽이 사람 신체 온도에 의해 폭발할 수 있다고 생각했을까? 자신의 왼쪽 팔이 오른쪽보다 조금 길고(재 봐도 전혀 그렇지 않은) 산의 들풀도 암수가 있고(관찰의 근거를 찾을 수 없는) 사람의 꿈은 흑백, 칼라, 주황색 세 종류가 있으며(최면을 거는 여자 무당은 아닐 것이다.) 나무통에 냉수를 채웠을 때가 뜨거운 물을 채웠을 때보다 더 무겁다(온도계가 저울보다 중량을 더 잘 측량한다는 것 같은) 등등…… 이런 희괴한 생각들이 시도 때도 없이 자주 그녀의 머릿속을 맴돌았다. 그녀는 마치 모든 이의 지능 지수를 짚신벌레 상태로 정돈하려 작심한 사람 같았다.

마난은 토끼띠이다. 언제나 삶에서 거대한 위험을 감지하는 토끼, 때로 깜짝 놀랄 만한 행동으로 사람들을 어리둥절하게 만드는 토끼띠이다. 그날, 마난은 식당에서 무 잎을 삶기 위해 물을 끓이고 있었다. 어디서 나타났는지 온몸이 더럽고 추한 시커먼 미치광이 하나가 소리를 지르며 부엌으로 뛰어들더니, 부엌칼을 휘두르며 사람들을 베려고 했다. 그가 차오마즈의 팔을 그었다. 시뻘건 피가 부뚜막에 튀었다. 다른 동료하나가 솥뚜껑을 방패 삼아 문을 박차고 달아났다. 뜨거운 물을 받으러 온 사람도 있었는데 그는 순간적으로 너무 놀라 다리에 힘이 풀리며 바닥에 주저앉았다. 마난은 어리둥절한 모습으로 대체 눈앞에서 무슨 일이 벌어지고 있는지 감을 잡지못했다. 그녀는 살기등등한 모습으로 자신을 가리키며 '요괴'라고 부르짖는 미치광이의 모습에 화가 치밀었다. 난장판을만들어 놓고 지금 무슨 말을 하는 거야?

"너야말로 요괴 아냐?"

그녀는 바가지에 뜨거운 물을 받아 미치광이를 향해 끼얹었다. 미치광이가 참담하게 비명을 지르며 얼굴을 감싸고 뛰어나갔다.

그녀는 바닥에 떨어진 부엌칼과 차오마즈 손에 피가 난 것을 보더니 그제야 상황을 짐작한 듯 두 무릎이 꺾이면서 기절해 버렸다.

사람들이 인중을 누르고, 찬물로 문지르고, 뺨을 때려 가까스로 그녀를 깨운 후 미치광이가 이미 잡혔으니 더 이상 위험하지 않다고 알려 주었다. 그녀는 사람들이 무슨 말을 하는지알지 못했다.

모두 용감한 그녀를 칭찬하며 그녀가 뜨거운 물을 붓지 않았다면 미치광이는 더 많은 사람을 요괴로 생각하고 상처를입혔을 거라고 했다. 그녀는 사람들을 돌아가며 자꾸만 쳐다봤다. 모두 무슨 이야기를 하는 건지 이해할 수가 없었다. 웬 농담이세요? 그런 건 불가능해요. 그녀에게 쏠개가 열 개나 있다 해도 그런 행동은 도저히 상상도 할 수 없었다.

"내가 언제 뜨거운 물을 뿌렸어요?"

그녀가 차오마즈에게 시선을 돌렸다.

"책임을 내게 미루려는 거죠?"

"자네 공인데, 겸손 떨 필요가 뭐 있어?"

"헛소리 하지 마세요."

"마난, 왜 그래? 다 칭찬하고 있는 거잖아?"

그래도 그녀는 여전히 불쾌함을 감출 수 없었다.

사실 그녀는 샤오안쯔가 말한 것처럼 그렇게 초등학생처럼 유치한 것만은 아니었다. 그녀는 해군에 복무중인 남자 친구가 있고, 그와 자주 서신 왕래를 하고 있으니 이미 성년이라고 말할 수 있을 것이다. 이렇게 보면 그녀야말로 아주 잽싸게 손을 쓰고 있는 셈이다. 다른 사람들 눈에 그녀는 이미 결혼 적령기에 속했지만 나는 그냥 지나쳤고, 아마 다른 친구들도 아무 생각없이 그냥 지나쳤을 가능성이 크다. 언젠가 우리 두 사람이 인민공사에 차출된 적이 있었다. 우리는 자오라는 선전 간부를 따라 시골에 파견되어 농민들의 문예 행사 편성을 지도했다. 그녀는 공연을 지도했고, 나는 각본을 수정하며 전체 인민공사의 합동 문예 공연을 준비했다. 당시 우린 매우 가까이 붙어 지냈지만 내 눈에 그녀는 그저 옷을 걸쳐 놓은 그림자나 움직이는 나무 인형 정도로만 생각이 되었다. 우리는 성별을 초월한 업무 파트너였을 뿐이다. 우리는 시도 때도 없이 서로를 바라봤지만 그냥 데면데면하게 서로를 대했을 뿐 전기가 통하는 그런 사이는 아니었다.

물론 아직 우리같이 여물지 않은 어린 푸르대콩은 절연체나 반절연체로, 체내의 전기량이 극히 미비했을 뿐인지도 모른다. 이후 그녀가 분개한 목소리로, 하늘에 맹세코 농촌에 와서 한참 시간이 흐른 뒤에도 여자의 아름다움이나 남자의 멋이 무엇을 의미하는지 몰랐고, 그런 화제는 너무 심오하게만 느껴졌을 뿐이라고 말한 적이 있다. 그녀의 말이 맞을지도 모른다. 자기 셔츠의 가슴이 너무 꽉 끼기 시작했다고 생각했을 때도 씨돼지가 암돼지 등을 타고 오르면 이상하다는 듯 구경꾼들 사이에 끼어 옆 사람에게 다그쳐 물었다.

"쟤네 왜 저래요? 왜 싸워요?"

그리고 계속해서 량 대장에게 이렇게 재촉했다.

"왜 다리가 하나 더 나왔어요? 빨리 손 좀 써 봐요, 어서 수의사 불러와야죠."

그녀의 물음에 대장은 얼굴이 온통 시뻘겋게 달아올라 고개를 내저으며 이렇게 말했다.

"아이고, 이 도시 누이는 정말이지 '두루붕이'네."

'두루붕이'는 바보, 얼간이라는 뜻이었다.

'두루붕이' 두 사람은 이렇게 10여 개의 시골 마을을 돌아다녔다. 마을 소학교 하나를 빌렸을 때 우리는 직접 밥을 해 먹었다. 그녀가 채소를 다듬고 자르면 나는 불을 피웠고, 그녀가 설거지를 하면 나는 물을 길어 왔다. 그러나 그냥 먹기만 할 뿐 달리 별로 할 말이 없었다. 어느 날 문밖에서 기어 들어온 뱀을 발견하고 그녀가 혼비백산하여 냅다 소리를 질렀다.

나는 재빨리 다가가 문을 닫았다. 문짝과 문틀에 끼어 납작해진 뱀이 피범벅으로 두 동강이 났다. 그러나 그날도 그저 소리를 지르는 그녀와 납작해진 뱀이 있었을 뿐 다른 일은 아무 것도 일어나지 않았다. 우리는 등을 켜고 각자의 방으로 갔다. 너무 피곤해서 조금 일찍 자고 싶은 생각뿐이었다.

만약 그렇게 일찍 자고 싶지 않았다면 화로 옆에 앉아 주인 할머니가 베를 짜는 모습을 지켜봤을지도 모른다. 이따금 물레가 가볍게 흔들릴 때마다 끼익끽, 윙 윙 소리가 났다. 마치 잠을 부르는 흥얼거림처럼 물레 소리가 처마 밑을 따라 스멀스멀 밖으로 흘러나갔다. 가뜩이나 조용한 시골 밤, 물레 소리가 유난히 크게 아주 멀리까지 미끄러지듯 퍼져 나갔다. 추위로 몸서리 치던 밤, 그렇게 몸을 떨다 보면 뭔가 생각이 날 듯도 하지만 우리는 아무 생각이 없었다. 몽롱한 기분에 젖어 있다 말고 고개를 돌려 보니 언제 나갔는지 그녀의 자리가 비어 있었다.

아침에 일찍 잠에서 깼다면 아마 마을을 한 바퀴 산책했을 수도 있다. 어린 백정이 공터에서 돼지를 잡고 있었다. 마난은 차마 쳐다보지 못하고 귀를 막은 채 멀리 도망쳐 버렸다. 그러나 돼지 잡는 일이 끝나자 호기심 가득한 모습으로 이런 저런 질문을 쏟아 놓았다. 겨우 여덟 살짜리가 어떻게 저런 육중한 고깃덩어리를 다루고, 형이나 삼촌들은 아이의 조수가 되어 털을 뽑고 돼지 오물을 처리하는 것인지 알고 싶어 했다. 그녀는 소년이 어떻게 밧줄을 다뤘고, 연장자들을 어떻게 호령했고, 무슨 말을 했는지, 그 작은 코와 눈썹이 좀 기이하게 느껴지지는 않았는지 등에 대해 관심이 많았다……. 그녀의 질문에 귀찮아진 나는 짜증 섞인 한 마디를 던졌다.

"눈은 뒀다 뭐 해? 자기가 직접 보지 않고!"

울적해진 그녀는 히뜩 두 눈을 위로 치켜뜨더니 한숨을 내쉬고 자리를 떠났다.

시간이 지나자 짝이 하나 둘 늘어나면서 조금씩 상황이 변하기 시작했다. 여자들 대부분이 지하에 묻힌 광물이나 다름없는, 그래서 서서히 발굴할 필요가 있는 존재였다. 특히 마난 같은 '두루뭉이'들은 그렇게 분방하지 않은 돌 속 옥석(보석이 아님.) 혹은 차의 하향 전조등(상향 전조등이 아님.)으로, 사람들 무리에 섞여 있으면 눈에 잘 띄지 않았다. 이들은 모두 시간이 충분히 지나야 엷게 미소를 짓기 시작하고, 살짝 고개를 돌리고, 가볍게 뛰어오르고, 화가 날 때면 입을 살짝 삐죽거리고, 수줍은 모습으로 아리따운 허리의 곡선이 살짝 드러나게 옷자락을 잡아끌고, 쪼그려 앉을 때 허벅지가 눌리면서 풍만한 라인이 드러나는 등 이렇게 서서히 남자의 마음속으로 들어왔다. 이처럼 내력이 불분명한 성별 어법, 내포된 의미가 모호한 신체적 언어는 단번에 아름다움을 선사하는 뛰어난 글귀가 아니라 장편 소설을 읽듯 서서히 조금씩 매력이 쌓여 갔다.

아마도 어느 날 문득 가슴이 아리기 시작하면서 흐릿했던 상대방의 그림자로부터 강한 충격이 느껴진다면 마음속에 자리한 미확인 비행 물체가 드디어 모습을 드러낸 것으로 상대는 이미 마음의 상처가 되어 있을 것이다.

이렇듯 형식이 오히려 내용을 결정하는 일들이 많다. 용좌에서 성지를 내린 사람은 황제가 아니어도 황제이다. 비밀 전보로 정보를 보낸 사람은 스파이가 아니어도 스파이다. 신분이 없는 행위 자체가 신분이며, 내용이 없는 형식 자체가 바로 내용이다. 고독한 현대 남녀가 함께 바에서 만나 영화를 보고, 인생에 대한 이야기를 나누며, 해변을 거닐고 서로 상대방의 아픈 배나 넥타이 디자인에 대해 관심을 가졌다면……. 이렇게 연애의 모든 형식을 갖추었다면 연애가 아니고 또 무엇이겠는가? 길거리 노점에서 가격을 깎듯이 양측이 그렇게 마음대로 연애하다 헤어질 수 있는가? 영화 감독들은 분명히 다음과 같은 줄거리에 주목할 것이다. 나는 마난과 함께 밥도 먹고, 함께 힘을 합쳐 뱀도 잡고, 마을 어귀에서 빨래도 하고, 달빛 아래 여러 번 야행도 했다……. 이것이 애정 영화가 아니고 무엇이겠는가? '카메라! 오케이?'인 상황을 애정 영화 이전의 상황으로 되돌릴 수 있단 말인가?

내가 조금 생각이 깊지 않은 사람이긴 하지만 그래도 파바로티 같은 아름다운 저음이 입에서 흘러나왔다.

"미안, 바늘이랑 실 좀 빌려줘……."

바늘과 실 한번 빌리는데 웅혼하고, 묵직하며, 비애가 담긴 무게 있는 힘이 자리하고 있다면 문제가 크지 않을까? 이미 뭔가 속내를 감추기는 그른 것 아닌가?

"사람들이 모두 그러는데 넌 못 들었어?"

나는 참다못해 이렇게 말했다.

"뭘?"

"우리 둘에 관한 것 말이야."

"우리 뭐?"

"우리…… 우리가 좀 그렇다고."

"좀 그런 게 뭔데?"

"연애 말이야."

"뭐? 이런 걸 연애라고 한다고? 연애라는 게 이런 거야?"

그녀는 놀란 것 같았다.

"내가 보기에는 그런 것 같아. 요즘 우리 하루하루가 꼭 부부가 사는 모습 같잖아……."

그녀의 얼굴이 붉어졌다.

"아니야, 이런 말을 네가 할 수는 없지."

그러나 그녀의 붉어진 얼굴이 이미 뭔가를 말해 주고 있었다. 그녀는 차곡차곡 갠 깨끗한 세탁물을 가만히 내게 건넸다. 뒤이어 자신의 방문을 꼭 닫아걸고 나무 빗장을 요란하게 채우긴 했지만 빨래를 건네는 그녀의 모습은 더 많은 것을 인정하고 있는 것 같았다.

며칠 후 몇몇 청춘 남녀에게 음악 공연 각본을 수정해 준 후 강으로 나가 수영을 했다. 뜻밖에 상류에 누군가 파두[91] 물을 흘려보내 물고기를 잡고 있었다. 수면에 허연 배를 드러 낸 작은 물고기들이 떠내려오자 불로 소득을 올리게 생겼다고 생각했다. 그런데 상류에 있던 사람들이 나를 향해 고함을 질렀다. 그제야 나는 강물에 독이 들어 있어 이를 만져서도 더더욱 마셔서도 안 된다는 것을 알았다. 그러나 이미 엎질러진 물이

---

91) 巴豆. 대극과의 상록 활엽 관목으로 맵고 독이 많다.

었다. 언덕에 올라서자 머리는 무겁고 발은 가볍게 느껴졌다. 이어 제방으로 올라갔을 때는 하반신에 이미 화끈화끈 불이 붙은 것 같았다. 아마도 마을 입구에 이르렀을 즈음에는 이미 얼굴이 창백하고, 입술은 시퍼렇게 변해 비틀거리고 있었을 것이다.(그렇지 않았다면 커다란 나무 옆에 그런 식으로 고꾸라지지 않았을 것이다.) 나이 든 농부 한 사람이 황급히 달래를 오동유에 버무려 내 입에 부어 넣고 속의 것을 토하게 했다. 얼마나 지독하게 토했는지 죽었다가 다시 살아난 것 같았다. 그는 똥통의 구린내 풀풀 나는 똥을 퍼서 솥에 덥힌 후 그것 역시 내 입에 부어 넣었다. 인체 상하 기관의 구분을 완전히 무시한 해독법이었다. 또 다른 남자 하나는 뜨거운 참기름 한 사발을 가져다 독이 들어 있는 물에 담갔던 부분, 붉은 반점이 나타난 부위에 발랐다. 그중에는 바지 속 은밀한 부분도 포함되었다. 그사이 마난은 위생원의 의사를 불러와 내게 주사를 놓게 하는 등 분주하게 움직이고 있었다.

벌겋게 퉁퉁 부어오른 내 음경에는 터진 참깨가 잔뜩 붙어 있어 마치 낭아봉[92]처럼 되어 버렸다. 좋아, 상황이 이 지경이 되어 은밀한 부분까지 다 드러나도록 온몸을 벌거벗었으니 그야말로 포르노 영화나 다름이 없었다. 이것이야말로 가장 강력한 영화 플롯이 아닌가. 마난이 이런 줄거리에 참여했다니 나와의 친분도 대대적인 변화가 생긴 것 아닌가? 만약 이

---

92) 狼牙棒. 타격 무기로 방추형 머리 부분에 무수한 가시가 있는 것이 특징이다.

것이 한 편의 영화라면 촬영이 이쯤 이르렀을 때 요란하게 배경 음악이 울려 퍼지며 우르르 장미와 이리, 밝은 달, 붉은 색 두건, 갈매기가 쌍으로 날아오르는 몽타주가 만들어지지 않겠는가?

내가 깨어난 것을 보고 죽을 권하는 그녀의 모습이 즐거워 보였다.

"죽지 않을 거라고 생각했어. 먹어. 좀 많이 먹어 봐. 나도 머리 감으러 가야겠다."

김이 샜다. 머리를 감으러 간다니, 좀 더 멋진 대사를 찾진 못한 걸까? 그냥 잠시 놀랐을 뿐, 별 위험은 없었지만 어쨌거나 요행히 목숨을 건졌는데. 달려와 날 껴안으며 울음을 터뜨리진 않는다 해도 '살아나서 정말 다행이야.'라든지 '하늘이 정말 파랗다.' 아니면 '이거 꿈 아니지?' 같은 탄사는 하지 않는다 해도 그처럼 요란한 상황이 벌어진 뒤라면 적어도 좀 부드럽게 나와야 하지 않는가?

그녀는 정말 머리를 감으러 갔다. 정말 오랫동안 물을 끓이고 붓기를 반복하는 바람에 나는 별수 없이 후룩후룩 실컷 죽을 먹을 수밖에 없었다. 빈 그릇을 탁자에 세게 내려놓았다.

"한 그릇 더 줄까? 장아찌도 있어."

그녀의 대사는 여전히 평범하기 그지없었다.

"됐어."

"뭐라고?"

"됐다면 된 줄 알아. 내가 무슨 밥버러지도 아니고!"

"뭐라고?"

"아냐, 아무것도 아니라니까."

그로부터 한참 시간이 지난 후 나는 멋도, 말주변도 없는 그녀를 비웃었다. 마난은 이런 내 말을 인정하면서 무디기 그지없는 구제 불능이라고 연거푸 자신을 탓했다. 그녀는 자신이 분위기라고는 전혀 없는 말솜씨에다 툭하면 말실수를 하고, 입만 열었다 하면 문제를 일으켜 많은 이들의 미움을 사는 바람에 아예 오랫동안 사람들을 피했고, 별일 없을 때면 차라리 방에 틀어박혀 잠을 잤다고 했다. 이상하게도 이런 그녀가 무대에 올라가기만 하면 춤을 추고 연극을 하는 데 무리가 없었고, 심지어 무대 화장을 하면 물 만난 고기처럼 거침없이 고개를 쳐들고 가슴을 내민 채 당당하게 무대에 올랐다. 그러나 그런 그녀에게 단상에서 말을 하라고 하면 마치 살인을 하라고 시키기나 한 것처럼 온몸을 부들부들 떨었다. 본질적으로 언어가 없는 종족을 보는 듯 했다.

말실수 하나를 예로 들면 다음과 같다. 마난은 둘째 언니에게 선물하려고 목도리 하나를 짰다. 그런데 그만 언니에게 "어차피 필요 없는 거니까 가져."라고 말했다.

언니가 냉소를 지었다.

"난아, 필요 없는 물건이 너무 많구나. 빈민 구제라도 하는 거야?"

아차, 실수를 깨달은 그녀는 어떻게 뒷말을 이어야 할지 한참을 고민하다가 다시 말을 꺼낸다는 것이 오히려 더 상황을 난감하게 만들고 말았다.

"그게 아냐. 정말이야. 언니가 빈민이라니? 난 정말 언니 같은 선생님들 말고는 부러워하는 사람이 없는데."

이렇게 말하던 그녀는 다시 입을 막았다. 쥐구멍이라도 있으면 들어가고 싶은 심정이었다. 왜 그런 말을 했을까? 둘째 언니 비위를 맞추려고 한 말이었는데, 그 옆에 앉아 있던 이웃이 그만 기세등등한 혁명 위원회 부주임이었다. 부러워하는 사람이 선생뿐이라니, 그럼 부주임 체면이 뭐가 되겠는가?

힐끗 옆을 보니 과연 그의 얼굴에서 웃음기가 가시며 신문을 내려놓고 자리를 뜨려 하고 있었다.

"쉬 선생님, 왜 가세요? 이렇게 함께 모이기도 어려운데 이렇게 가시면 안 되죠. 식사 시간이 다 되었어요. 여기서 식사하고 가세요. 어차피 식사하실 곳도 없는데."

그가 헛웃음을 지으며 말했다.

"식사할 곳이 없다고?"

"아니, 그 뜻이 아니라 제 말은……."

그는 그대로 문을 열고 나가 버렸다.

'식사할 곳이 없다니' 대체 이런 말이 어디에 있는가? 어쨌거나 부주임인데, 대접받을 곳이 없어서 이곳에서 한 끼를 기대했겠는가? 식사를 하고 가라고 잡으려 했다면 그냥 식사하라고 말하면 될 것을 뭐하러 말주변머리도 없는 사람이 괜히 군더더기를 붙여 사람 오장육부를 뒤집어 놓는단 말인가?

둘째 언니가 놓고 간 목도리랑 멀어져 가는 쉬 선생의 뒷모습을 바라보던 마난은 갑자기 현기증을 느끼며 그대로 의자에 주저앉아 얼굴을 가린 채 흑흑 울기 시작했다.

국제가

　마난과의 관계 때문에 나는 그녀의 오빠인 마타오를 알게 되었다. 마타오는 궈유췬의 친구이기도 했다. 이 두 형은 시골에 내려오기 전 홍위병의 한 파벌에 속했기 때문에 서로 전우애 비슷한 감정을 가지고 있었다. 마타오의 아버지가 자신의 반대파 학우에게 붙잡혀 비판 투쟁의 대상이 되자 궈유췬이 나서 교섭 끝에 노인을 데리고 돌아왔다. 마타오가 자기 누이는 관절염이 있어 밭에 나가서 일을 하기 힘들다고 하자 그 역시 궈유췬이 나서 마난을 W현에서 바이마후 호로 옮겨 줬다.

　누이와 달리 마타오는 달변가였다. 궈유췬 말에 따르면 중고생들이 여기저기서 파벌 전투를 벌일 당시 마타오는 그들 파벌의 강력한 변론가였다고 한다. 그만 나섰다 하면 격언이면 격언, 논거면 논거, 풍자면 풍자, 시적 정취면 시적 정취 등 그의 입담에 상대는 맥을 못 추고 그대로 참패를 당했다. 전우들이 기뻐하며 일제히 '마르크스 타오'를 외쳤다. 그의 별명이었다.

그가 바이마후 호로 누이를 만나러 온 적이 있다. 마침 이른 벼 수확 시기라 그를 따로 대접할 수 없었기에 그가 우리와 함께 일을 나갔다. 우리는 온몸이 진흙투성이가 되어 뜨거운 태양 아래 새카맣게 그을리며 일을 했다. 말거머리에 물려 다리에 핏자국이 여러 군데 생겼다. 마타오와 팔씨름에서 이긴 궈유췐은 마타오가 씩씩거리자 주량으로 시합을 하자고 제안했다. 그러나 궈유췐이 마을의 추수 자원 봉사자용으로 나온 곡주를 단숨에 다섯 잔이나 큰 사발로 들이키자 마타오는 창피해 어쩔 줄을 몰랐다. 이어 다시 멜대 들어 올리기 시합을 했다. 마타오는 물이 뚝뚝 떨어지는 벼를 네 광주리나 멜대에 실었다. 그리고 이리 비틀, 저리 비틀대면서 놀란 사람들의 고함 소리가 울려퍼지는 가운데 단숨에 벼 건조장까지 실어 날랐다. 2대1, 마타오의 얼굴에 그제야 웃음꽃이 피어올랐다.

하지만 그는 장기에 관한 한 궈유췐의 적수가 되지 못했다. 특히 궈유췐의 장기인 맹인 장기[93]는 도저히 대적할 수가 없었고 이 때문에 불만을 감추지 못했다.

이번에 차 농장에 온 마타오는 장기는 두지 않을 작정이었다. 하지만 몸을 안 씻을 수는 없었다. 호숫가에 이른 그의 눈앞에 2대1이라는 기록이 어른거렸다. 궈유췐은 어쨌거나 호숫가에서 오랜 시간을 보낸 사람이었다. 그는 둑을 다이빙대

---

93) 눈을 가리고 입으로 수를 두는 장기.

164

삼아 잠시 도움닫기를 한 후에 호수에 몸을 날렸다. 날아가는 제비처럼 또는 물 위로 튀어 오르는 물고기처럼 동작을 취하기도 하고, 그대로 몸을 굽혀 마치 '막대 아이스크림'을 거꾸로 꽂아 넣는 것처럼 곧바로 입수를 하기도 했다. 옆에서 이를 지켜보는 마타오의 표정은 웃고 있었지만 왠지 쓸쓸해 보였다.

"마타오, 왜 안 들어와?"

길쭉한 그의 얼굴에 음흉한 미소가 떠올랐다.

마타오는 자기 옷을 비벼 빨면서 살짝 웃으며 대충 얼버무렸다.

그렇게 상대에게 뒷모습을 보여 준 그는 그날 밤, 바람을 쐬러 나오지도 않았고 일찍이 잠자리에 들지도 않았다. 그는 혼자 다시 둑으로 나갔다. 둑 쪽에서 계속 풍덩풍덩 물소리가 들렸다. 분명히 울분을 삭이지 못하고 다이빙 입수 자세 연습을 했을 것이다. 자정 무렵 북두성이 머리 꼭대기에서 서서히 기울어졌다. 우리는 달빛 아래 커다란 벌집이랑, 갈림길 귀신, 미국 최고의 보총인 M1 개런드 등에 대해 잡담을 나누고 있었다……. 그런데 갑자기 뭔가 잘못 되었다는 느낌이 들었다. 곰곰이 생각해 보니 둑 쪽에서 아무런 소리가 들리지 않았다.

마타오가 아직 안 돌아왔어. 우리는 황급히 둑으로 그를 찾아 나섰다. 손전등을 비추던 우리는 경악을 금할 수 없었다. 그가 둔덕에 누워 있었다. 몸의 반쪽은 아직 물속에 잠긴 상태였다. 이마를 누르고 있는 손의 손가락 사이로 선혈이 흘러내렸다. 얼굴 전체가 피범벅이었다. 다만 이따금 두 눈을 껌뻑거리는 모습에 아직 목숨이 붙어 있다는 것을 알 수 있었다.

"세상에!"

"다쳤어요?"

"어서, 여기 좀 봐요⋯⋯."

그는 우리 소리에 반응할 힘이 없었다.

나중에야 우리는 둑 양단에 배관과 더불어 누수를 막기 위한 나무 기둥이 하나 설치되어 있다는 것을 알았다. 이곳 수로 상황을 잘 알 리 없었던 그는 낙차가 가장 심한 곳을 골라 다이빙 연습을 하던 중 뜻밖에도 머리부터 입수하는 순간, 물속에 설치된 나무 기둥에 그대로 머리를 박고 정신을 잃었다.

다음 날 그는 머리에 붕대를 감고 차 농장을 떠났다. 차에 오르던 그는 갑자기 뭔가 생각난 듯 마중 나온 두세 사람에게 말했다. "가서 귀유줜에게 전해 줘. 내 입수 난이도가 분명히 더 높았다고 말이야."

모두 어안이 벙벙했다. 그리고 한참이 지나서야 그의 말뜻을 알아차릴 수 있었다. 그는 오직 다이빙에 대한 생각뿐이었다. 조금 전 주위 사람들과 이런저런 이야기를 나누면서도 마음은 딴 곳에 가 있었던 것이 분명했다.

그의 이마에 난 상처는 수년 동안 서서히 제 모습을 되찾았다. 흥미롭게도 상처 자국이 사라져 더 이상 손에 만져지지 않은 다음부터 그는 당시 일을 완벽하게 잊은 듯 했다. 그의 기억 속에서는 단 한 번도 다이빙을 한 적이 없고, 다이빙을 좋아한 적도 없다. 그 일 때문에 자기 대가리가 쪼개졌다는 사실은 터무니없는 황당무계 스토리였다. 아마도 그런 식으로 많은 기억들이 삭제되었을 것이다. 이런 일에 비하면 그는 물수

제비 뜨기나 부메랑 날리기, 탁구, 바둑, 브리지, 어려운 수학 문제 풀이, 화학 원소 주기율 암기, 서양 철학 학파 같은 이야기나 옥중에서 폭력에 대항하여 벌인 정의로운 투쟁에 대한 이야기에 더 흥미를 느꼈다. 스스로가 생각하기에 더 의미가 있다고 느껴지는 이런 일에 관한 한 그를 앞설 수 있는 사람이 얼마나 되겠는가? 물론 빨래나 취사 같은 이야기마저도 이에 관련된 이론을 한가득 펼칠 수 있을 때면 그는 성취감을 느끼고, 시범적으로 이야기를 늘어 놓을 수 있었다. 그러나 다른 사람들이 이런 이야기에 동참하지 않거나 그의 이론에 관심을 보이지 않고 지나가면 그는 기운이 빠져 표정이 굳은 채 손가락을 만지작거리며 그 자리를 떠나거나 아니면 신문을 펼쳐 읽었다.

사실대로 말하면 나 역시 나중에야 이러한 옛 이야기들을 떠올리면서 최초에 느꼈던 흥분이나 앙모가 오버랩되었다. 당시 그는 어딜 가나 나같이 그를 우러러보는 사람을 만날 수 있었다. 현실이 불만스러운데 야심은 많아 언제나 일을 벌일 궁리를 하는 이들이었다. 생각해 보면 그의 주위의 젊은 남녀들이 몰래 세력을 규합하였다. 그들은 순수하면서도 장중한 모습으로 볶은 누에콩이나 차가운 누룽지를 씹으며 입만 열었다 하면 이후 30년에서 100년에 걸친 중국과 세계에 관한 이야기들을 늘어놓았다. 동남아는 어떻게 되어야 하는가, 유럽과 아프리카는 어떻게 변화해야 하는가, 위대한 지도자가 '다시 정강산에 오른다.[94]'라는 말은 대체 무슨 의미인가에 대

---

94) 重上井岡山. 정강산은 중국 홍군의 혁명 근거지이다. 마오쩌둥은 1965년

해 이야기하며 눈을 반짝이지 않을 수 있었겠는가? 제3인터내셔널의 교훈은 무엇인가, 북대서양 조약 기구와 바르샤바 조약 기구의 고민은 무엇인가, 중국 정부와 군대는 어떻게 다시 일어서야 하는가, 공업과 농업, 교육, 문화 예술은 어떻게 개혁하여 바로 세워야 하는가……. 기개를 품고도 아직 뜻을 펼치지 못한 영웅호걸의 호방한 기상, 앞으로 광장에 위대한 동상으로 세워질 기개에 어찌 피가 끓지 않았겠는가?

각종 혁명이 이곳에서 뒤엉켰다. 혁명이 유행처럼 번졌던 시기, 지하 혁명은 청년들을 분노하게 하는 향긋한 술이었다. 이런 분노의 출발점이 빈곤이든 실연이든 또는 가족과 나라의 원한, 책을 읽은 후 빠져들게 된 생각이든 간에 혁명이라는 틀로 인해 손을 꼭 잡고 악수를 한다거나 이별에 앞서 시를 주고받고, 엄숙한 논쟁을 벌이기도 했으며 거대한 폭풍이 몰려오기 전의 깊은 생각은 사람을 도취시키고 황홀한 기분에 빠져들게 하기에 충분했다. 게다가 이는 청년들의 사교에 매우 효과적인 매개가 아니었던가. 마르크스가 말했던 것처럼 광활한 대지 위에서 「국제가」[95]를 듣는다면 누구나 어떤 곳에서도 동지를 찾을 수 있었다. 우리 시각에서 보면 이는 물론 허기를 채울 밥 한 끼, 싸구려 담배 몇 개비, 다른 이

에 다시 정강산에 올랐고, 그때 쓴 사(詞)가 1967년 『시간(詩刊)』에 최초로 발표되었다. 옛 것에 대한 기억을 떠올리며 숭고한 이상과 위대한 실천 정신을 통해 혁명을 위해 나아가는 영웅의 기개를 표현하고 있다.

95) 인터내셔널 가. 국제 무산 계급 혁명가로 노동자 해방과 사회적 평등에 관한 내용을 담고 있다.

가 기꺼이 내주는 헌 고무창 운동화를 의미하기도 했다. 이처럼 「국제가」와 교환한 물건, 격상된 가치가 여정에 온기를 더해 주었다.

누군가 문을 들어설 때 오른손 주먹을 들어올렸다.

"파시스트를 박살내자!"

다른 사람들이 오른손 주먹을 들어 올리며 똑같은 예로 화답했다.

"자유는 인민의 것!"

작은 태양들은 이런 예의를 갖췄다.

솔직하게 말해 만약 이런 호기 어린 동경을 품지 않았다면 내 청춘은 무척 고되고 힘들었을 것이다. 사람이란 참으로 기괴한 동물이다. 동상이나 석상을 세울 열정이 생기면 아무리 힘든 날들도 별로 힘겹게 느껴지지 않으며 오히려 영롱한 빛을 낼 수 있다. 이후 일부 관찰자들의 눈에 비친 종교가 이런 모습이 아닌가? 종교가 없던 시대에는 혁명이 늘 이런 역할을 대신하지 않았던가? 혁명이 물러간 자리에는 상업적 소비가 이를 채우지 않았던가? 지금은 오락, 스포츠, 다단계 판매, 엄청난 투자와 함께 만들어지는 수많은 스타들이 종교 또는 정치적 우상을 대신하여 수많은 팬들이 죽기 살기로 달려들고 심지어 자학적인 수준까지 이르는 것도 사실 별스러운 일이 아니다. 그런 사람들을 통해, 시커멓게 몰려들어 미친 듯이 고함을 외치는 사람들 속에서 인류의 격정이 다시 한 번 이성을 잃고 자신을 불태우는 것에 불과하다.

나는 낫에 긁힌 다리 상처를 다른 시각으로 보기 시작했다.

게바라[96] 숭배자로서 나는 더 이상 내 자신을 처량하게 생각하지 않았다. 오히려 나는 상처를 자랑스러운 훈장처럼 생각하며 단정한 옷차림의 수준 높은 인재들 곁을 지나갔다. 심지어 내 몸에 남은 훈장을 과시하며 기생충들 사이를 당당하게 걸어갔다.

나는 다시 내 앞의 구불구불한 산길을 가늠해 봤다. 간디의 숭배자로 나는 당연히 더 이상 한숨을 내쉬는 일이 없었으니, 고되고 힘든 일이 내 자격이나 업적이 된 양 흥분했다. 나는 이런 산길에서 비 오듯 흐르는 땀에 두 다리를 부들부들 떨며 밤새도록 무거운 짐을 실어 날라 봐야 체력과 정신력이 정말 강인한 인간이 될 수 있다고 믿는다.

나는 다시 번화한 시가지를 가늠해 보기 시작했다. 마르크스, 파리 코뮌[97]을 마음에 간직한 채 거리 곳곳에 전해지는 '다시 정강산에 오른다.'라는 밀칙을 가슴에 품고서 어찌 질투를 할 여유가 있겠는가? 자괴감에 빠질 여력이 어디 있겠는가? 미적미적 거리에 나가 물건이나 고를 시간이 어디 있단 말인가? 해야 할 일도 다 못 끝내는데 말이다. 반동파가 절로 알아서 무너질 리는 없으며 아마도 거리전이 이 시가지에서 벌어질 가능성이 컸다. 봉기의 초연과 탱크의 찌든 기름 냄새가 이미 어렴풋이 느껴지는 것 같았다. 그렇다면 봉기군들은 어디에서 공격을 저지하고, 추가 지원을 하고, 어디 가서 전화

---

96) Guevara, Ch. 1928~1967. 아르헨티나 출생의 쿠바 정치가이자 혁명가.
97) 1871년 파리 시민과 노동자들의 봉기에 의해서 수립된 혁명적 자치 정부.

선을 끊고, 어디에 지휘부를 차릴 것이며 정치적 공세를 강화하는 고음의 나활은 어디에 가설해야 하는지…… 이러한 것들을 사전에 다 계획해야만 하지 않을까? 거리에 보이는 백발의 거지를 구제해야 하고, 길옆 신음하는 병든 여자 역시 손을 내밀어 부축해 줘야 한다. 인민 대중은 혁명의 든든한 방패이니 이러한 아저씨, 아주머니들이 장차 소중한 견인차이자 요긴한 밀정이 되어 때가 되었을 때 우리 측이 포위망을 뚫고 구사일생 목숨을 건지도록 도와줄지도 모를 일이다……. 인민 만세!

그날 밤, 나는 트랙터 화물칸에 누워 마타오가 보낸 편지를 품에 안고 있었다. 편지에는 국내 혁명에 대한 상황 분석이 적혀 있었는데 그것을 읽고 잠을 이룰 수가 없었다. 편지 내용에 따르면 후베이의 상황도, 쓰촨의 상황도 괜찮은 편이었고, 광둥 쪽에는 이미 혁명 위원회에 들어간 사람도 있다고 했다. 상하이 쪽은 매체 부분과 철학계에 들어간 친구도 있었다. 더욱 중요한 것은 47군이 가장 희망적이라고 평가된다는…… 어쨌거나 작은 소동이 전체로 확산되어 바스티유 감옥을 함락시키는 위대한 날이 바로 눈앞에 펼쳐지고 있었다. 꿈이 아닌지 내 자신을 꼬집었다.

차창 뒤로 밀려가는 어두운 산봉우리들에 시선을 보내며 대나무 장대가 요란하게 들까불리는 소리를 들으면서 나는 아직 좀 더 곰곰이 따져 봐야 할 문제들이 많다는 생각이 들었다. 농민 운동이 중요한 것은 맞지만 과연 어디서부터 손을 대야 하는 것인가? 슈야포, 우메이쯔, 차오마쯔 같은 사람들이 내 외침을 귀담아 들을까? 그들이 불평불만이 아무리 많아도 집안의 노인과 어린애, 마누라와 자식 새끼를 놓아두고 나를 따라 유랑을 하겠는가? 그대로 날 묶어 관아에 보내거나 미친 놈 취급하며 바닥에 눌러 앉히고 약을 들이붓진 않겠는가? 더욱 이해가 되지 않는 부분은 고위층에서 이미 분열이 나타나고 있다는 것이다. 신문, 잡지 등의 기사에 이미 조짐이 여기저기 엿보이는데 색깔이 애매한 영수들은 대체 뭘 하고 있는가? 많은 이들이 잔뜩 기대를 걸고 있으면서도 또한 논쟁이 끊이지 않는 그 위대한 인물은 결국 어떤 모습을 보일까……? 이 모든 것들이 우리 내부의 열띤 논제가 되고 있긴 하지만 또한 오리무중이라 혼돈스럽기만 했다.

생각이 끝 간 데 없이 한없이 이어졌다. 중난하이의 합종연횡[98]에서 사고의 맥락을 잡아 낼 수 없는 가운데 갑자기 폭죽 소리 같은 폭발음이 들리면서 뭔가가 등과 엉덩이를 연속해 가격하고 있다는 느낌이 들었다. 잠시 후 정신을 차리고 몸을 뒤집어 보니 하늘에 별이 총총하고, 길가의 어두운 나무 그림자가 눈에 들어왔다. 두 손을 뻗어 더듬어 보니 그제야 내가 화물칸 대나무 장대 위가 아니라 길가 도랑에 앉아 있다는 사실을 알게 되었다. 다시 약간의 시간이 흐른 뒤에야 차가 덜컹거리면서 칸막이 고리가 풀려 차에 실려 있던 대나무 장대가

98) 마오쩌둥은 대약진 운동이 실패로 끝난 후 당시 경제적 부흥을 주장하던 그의 후계자 류사오치 등의 실권파를 경계했다. 이에 1966년 중앙위 회의에서 '사령부를 포격하라.'라는 대자보를 발표했고, 이 대자보가 중난하이에 내걸리면서 홍위병 운동에 불을 지폈다.

절반이나 와르르 무너져 내렸고, 그 위에 누워 있던 나까지 덩달아 떨어졌다는 사실을 깨달았다.

"이봐요, 차 멈춰요!"

애타게 부르는 나의 목소리는 기계 돌아가는 소리, 철판 부딪치는 소리, 대나무 장대들이 뒤흔들리는 소리에 묻혀 나 자신도 정확하게 들을 수 없을 정도였다. 먼지를 일으키며 떠나가는 트랙터를 따라 방향등 불빛도 흔들흔들 멀어지더니 결국 끝을 알 수 없는 어둠 속으로 사라져 버렸다.

"이봐……."

울고 싶어도 눈물도 나오지 않을 지경이었다.

나뭇가지 하나를 지팡이 삼아 절뚝거리며 라오징팡까지 걷기 시작했다. 길가 농가에서 화장지를 조금 빌어 재를 태운 후 상처 부위에 발라 지혈을 하고 나서야 얼굴을 향해 비치는 두 줄기 빛줄기가 눈에 들어왔다. 기사는 트랙터를 차 농장까지 몰고 간 후에야 차가 반은 비어 있고, 차에 타고 있던 사람도 사라진 것을 알고 급히 다시 돌아왔다. 차 안에 타고 있던 두 사람은 기의를 위해 모인 이들이 아니라 죽간 나르는 일을 도와주러 온 사람들이었다.

"썩을 놈의 새끼, 귀가 멀었어? 천천히 몰랬지, 천천히! 이 골동품 트럭이 산산이 부서지지 않은 게 이상하군!" 나도 모르게 욕지거리를 퍼부었다.

"그게 왜 내 탓이야? 그러기에 앞에 와서 앉으라고 했더니 한사코 위에 가서 자빠져 자느라 왜 땀띠는 나고 그래? 내가 뒤에 눈이라도 달려 있는 줄 알아? 널 어떻게 항상 살피겠어?"

기사 역시 잔뜩 화가 나서 나를 미래에 기의할 지도자로 보지 않았다.

그렇게 근시안적인 시각으로 눈앞의 것만 보려하지 말라고 그를 타이르고 싶은 생각이 간절했다. 그러나 그가 내민 삶은 고구마 두 개를 받는 순간 눈앞의 배고픔이 더 먼저라는 말이 진리임을 실감했다. 어지러운 현기증을 해결해 주는 데는 혁명보다 고구마가 주효했다. 고구마의 등장이 기쁘기도 했지만 또한 아련히 서글픈 생각도 들었다.

그림자 인물

붉은 중국이 전 세계에 혁명을 수출하면서 이 도시는 신비한 기지 가운데 한곳이 되었다. 도시에서 70~80킬로미터 떨어진 언덕 위의 수풀 속 문패도 없는 이층집에 철탑 안테나가 설치되었고, 그곳을 병사가 지켰다. 동남아 한 국가의 공산당 라디오 기지국이었다. 이러한 사실은 여러 해가 지난 후에야 사람들에게 알려져 여행객들이 들고 나는 역사 유적지가 되었다. 몇몇 동남아 국가에서 온 공산주의 간부의 자제들, 열사의 유족이 먼 외곽에 위치한 한 학교에 안식처를 마련하였다. 우리는 그곳에 가서 친선 농구 경기를 갖고 상대방 선수들에게 마오 주석의 배지를 선물로 주기도 했다. 그중엔 나이 많은 학우 한 명이 있었다. 정확하게 기억이 나진 않지만 성이 뤄씨였을 것이다. 그곳에서 여자 친구를 사귀었는데 들리는 소문에 필리핀 공산당 수뇌의 딸이었다고 한다. 눈이 크고 보조

개가 깊었던 그 여학생은 중국어를 정말 빨리 배웠고 탁구를 가장 좋아했다.

그녀를 데리고 학교에 들른 뤄는 얼마 전, 몰래 국경을 넘어 미국을 상대로 베트남 전쟁에 참여했다가 재수 없게도 해방군의 영공 방어 사령부에 잡혀 압송되었는데 정말 끔찍했다고 말했다. 하지만 그래도 그는 다시 가겠다고 했다. 동남아 전체가 해방되는 날이 오면 동지들이 모두 여단장, 사단장이 될 것이고 그럼 반드시 나를 초청해 여행도 시켜 주고, 그곳 바나나와 파파야도 실컷 먹게 해 주겠다고 약속했다.

함께 밀항했던 자는 미국 B-52의 무차별 폭격 아래 이미 저세상 사람이 되었다는 것도 그가 해 준 이야기였다.

나는 시골로 내려간 후에도 뤄를 본 적이 있었다. 왜 베트남에 가지 않았는지 그 이유도 알 수 없었고, 공산주의의 공주와도 더 이상 인연이 닿지 않는 것 같았다. 그러나 그는 한없이 우러르면서도 직접 대면할 인연이 없었던 대사상가, 지식 청년들 사이에서 그 명성이 날로 높아가는 그림자 같은 인물, 모 홍위병 신문의 주필이었던 마타오에 대한 이야기를 꺼냈다.

"마타오 말하는 거요? 나 아는데."

그는 두 눈을 동그랗게 뜨고 날 마치 공룡처럼 위아래로 훑어봤다.

"허풍은! 지금 누구를 속이려고 그래요?"

"허풍이라니요? 그 사람 여동생이 앞으로 내 그러니까…… 짝이 될지도 모르는데."

그는 금방이라도 눈알이 튀어나올 것처럼 두 눈이 휘둥그레졌다.

"허! 내가 당신을 속여서 뭐하겠소?"

"정말…… 정말 그를 알아요?"

"정말이라니까."

"나 놀리는 것 아니오?"

"자꾸 이야기하기 짜증 나네!"

"친애하는 동지, 사실이라면 나도 꼭 인사를 시켜 주시오."

그가 내게 묻은 재를 털어 주며 막대 아이스크림 하나를 사 가지고 왔다.

그러더니 그는 서랍에서 신문 스크랩을 가져왔다. 마타오의 글이 많이 있었다. '신공공[99]', '잠복 초소', '소인물' 같은 필명으로 모두 홍위병 타블로이드판에 시론으로 발표된 글이었다. 그는 다시 노트 한 권을 꺼냈다. 그는 마타오의 격언들을 빼곡하게 베껴 적은 노트를 소중하게 간직하고 있었다.

혁명은 흉악범의 외과 의사와 같은 것

승리의 최대 비밀은 상대가 잘못을 저지르길 기다리는 것과 같다.

청춘, 그것은 나이와는 관계없는 열정

……

---

99) 新共工. 공공(共工)은 고대 전설에 등장하는 물의 신으로 홍수를 다스렸다고 전해진다.

"들어 봐요, 얼마나 기가 막힌 말이에요? 정말 심오합니다. 중학생이 대체 머리가 얼마나 좋았는지! 사람들 말이 중학교 때 혼자서 고등학교 수학을 다 뗐고, 물리 교과서가 재미없어서 아예 자기가 한 권을 다시 썼다는군요. 정말 그런가요? 수많은 글을 초고도 없이 곧장 등자지 위에 새긴다고……."

그는 잔뜩 흥분한 모습으로 내게 여러 가지 세세한 것들까지 이것저것을 물어본 후 다시 페이지를 넘겨 다음 격언을 되새겼다.

소문을 검증해 줄 방법도 그 격언들이 모두 마타오에게서 나온 것이라고 확신할 방법도 없었다. 마타오가 언제 그토록 사람의 마음을 절절하게 만들었나 생각하니 경이로운 느낌이 들었다. 아마 오랫동안 자주 만나는 사이다 보니 별로 신비할 것도 없는 데다 마난과의 관계도 있고 해서 별스러운 느낌을 받지 못했나 보다. 그는 담뱃대를 쓰지도, 바바리코트를 걸치지도 않았고, 모직 베레모 차림도 아니었으며, 타자기를 두드리거나 벽에 걸린 지도 앞을 서성이지도 않았으며 파리나 페테르부르크에서 온 혁명당의 우두머리도 아니었다.

"트로츠키[100] 동지……."라고 중얼거리지도 않았다.

"아브로라[101]는 어디에 있지……?"라고 전화를 걸지도 않았다. 콧날이 오뚝하고, 때로 세찬 기운도 느껴지는 두드러진 눈썹 뼈의 소유자이지만 장대한 기골은 짐이나 지어 나르거

---

100) Leon Trotsky. 1879~1940. 볼셰비키 혁명가.
101) Аврора. 오로라라고도 한다. 러시아 순양함으로, 1, 2차 세계대전, 10월 혁명 등에 모두 투입되었다.

나 어딘가에 박혀 쇠를 두드리거나 땅이나 다지면 알맞을 것 같은 사람이었다. 한마디로 말하면 그냥 보통 사람, 민간에서 운영하는 중고등학교을 다녔던 고등학교 졸업생 아닌가. 당시 집안 환경이 좋지 않은 학생이나 지주 또는 자본가의 자제들은 은밀히 골목에 박혀 있던 학교, 운동장도 없는 이런 학교밖에 갈 수가 없었다.

게다가 마타오는 조금 둔하고 바보스럽기까지 했다. 자기가 빠져 있는 책에 대해서는 한 번 보면 단 한 글자도 빼 놓지 않고 그 내용을 기억했으며 심지어 정확하게 쪽수까지 짚어 냈다. 소설이나 영화 속 줄거리도 생생하고 정확하게 묘사할수 있었다. 그런 그가 사람에 대한 기억력은 영 엉망이라, 말 그대로 '대자선생[102]'이었다. 사람들은 그가 시골에 온 후 마을의 왕 씨 성을 가진 사람은 류 씨로 부르고, 도축 업자는 솜 트는 사람이라고 하고, 남의 집 셋째 이모를 넷째 아가씨라 부르는 바람에 마을의 항렬과 성씨를 온통 뒤죽박죽 만들었다고 했다. 사람들이 옆에서 수정을 해 줘도 어김없이 다음에 또 호칭을 헷갈렸다. 그는 301번 국도 변의 한 지식 청년 집에서 며칠을 머물며 먹고 마신 데다 차비로 그 사람 돈까지 들고 나가 사라졌다. 그랬던 그가 이후 그 지식 청년을 다시 만났는데 기억은커녕 힐끗 쳐다본 후 더는 상대도 하지 않고 계속 침대에 엎드려 책을 봤다. 상대는 어찌나 화가 났는지 얼굴이 시뻘겋게 달아오르고 목에 핏대가 섰다.

---

102) 大字先生. 농민들이 덜렁거리는 사람을 지칭하던 표현.

"대체 어떻게 생겨 먹은 놈인데 이렇게 파렴치할 수가 있어? 받들어 모셔야 할 조상이라도 되나? 물 한번 길어 온 적이 있어, 아니면 땔감 한번 베 본 적이 있어? 젓가락은 한번 차려 놓아 봤나?"

누군가 이러한 분개의 목소리를 마타오에게 전했다.

마타오는 이상하다는 듯 말했다.

"그런 일이 있었어? 왜 난 전혀 기억이 없지?"

하늘에 대고 맹세코 그는 아마도 모두 잊어버렸을 것이다. 그의 주변 사람들은 잘 알고 있었다. 빗자루가 바닥에 엎어져 있고 그 옆을 몇 번이나 지나쳐도 그는 한 번도 이를 세운 적이 없다. 밥이 다 타고 있을 때도 마찬가지였다. 단 한 번도 불을 끈 적이 없다. 평소 그냥 그런 모습이었다. 다시 말하면 그의 세계에 빗자루나 밥솥 같은 자질구레한 것들은 존재하지 않았다.

설을 보내러 도시로 돌아갈 때였다. 그와 몇몇 지식 청년들이 돈을 아끼기 위해 몰래 기차에 무임승차했다. 승무원이 차표 검사를 하러 돌아다니자 그들은 제각기 화장실에 숨기도 하고, 의자 밑으로 들어가기도 하고, 역에 멈췄을 때 앞 칸과 뒤 칸을 오가며 상황을 모면하기도 했다. 또한 꽥꽥 소리를 지르며 벙어리 흉내를 내거나 스카프로 얼굴을 감싸 나병 환자 흉내를 내고 서로 짜고서 도둑을 맞은 것처럼 상대의 뒤를 쫓는 고육지책을 생각해 내기도 했다. 이렇듯 모두 온갖 수작을 부리는 사이 역무원은 사람들 상대하기에 급급해 제대로 일을 처리하지 못했다. 그 결과 모두 얼렁뚱땅 위기를 모면하는

데 비해 유독 마타오만 나리 마님이나 된 것처럼 멍하니 의자에 앉아 기적이 일어나길 기다렸다. 그러다 결국 속수무책으로 무임승차가 발각되면 그냥 돈이 없어 무임승차했다는 사실을 시인했다. 이에 화가 난 다른 친구들은 모두 짜증을 내며 불평불만을 털어놓았다.

"세상에 저런 머저리가 어디 있어? 그냥 차표를 도둑맞았다거나 실수로 잊어버렸다고도 못 해?"

"저놈 같은 머저리는 아마 적의 헌병대에게 잡히면 첫 번째로 총살당할 거야."

누군가 그의 지능 지수를 의심하는 사람도 있었다.

그는 거리낌 없이 자백을 한 후 역무원에게 붙들려 종점에서 '무임승차범'이란 종이 팻말을 목에 걸고 다른 도둑, 사기꾼 등과 함께 광장에서 3일 동안 벌을 섰다. 무임승차에 대한 처벌인 셈이다. 몇몇 친구들이 그를 데리러 갔다. 어디서 자면서 어떤 작자들이랑 굴러먹었는지 머리는 질끈 묶고 몸에서는 지린내가 진동을 했으며 얼굴 이곳저곳이 붉게 부어올라 있었다. 아마도 벼룩의 작품인 것 같았다. 하지만 그는 이런 모습에는 별로 개의치 않는 듯 동료들을 보자마자 한다는 말이 "비트겐슈타인[103]의 오류가 어디에 있는지 알았어."였다.

"뭐라고?" 모두 무슨 외계어를 듣는 것 같았다.

"허팡즈는 전혀 이해를 못 해. 화이트헤드[104]에 대한 해석

---

103) Ludwig Josef Johann Wittgenstein. 1889~1951. 오스트리아 태생의 영국 분석 철학자.
104) Alfred North Whitehead. 1861~1947. 영국의 수학자이자 철학자.

도 순 엉터리 헛소리야!"

그는 가방을 친구들에게 던져 두고 곧장 허팡즈를 찾아갔다. 그는 화학 공장 보일러공인 허팡즈와 유럽 현대 철학에 대해 승부를 낼 작정이었다. 누군가 하나 포기하지 않는 한 대결을 끝낼 생각이 아니었다.

"먼저 집에 가서 좀 씻어!" 그의 누이가 울상이 되어 말했다. "냄새도 안 나? 다른 사람까지 냄새가 밸 것 같단 말이야!"

잠시 어리둥절한 표정을 짓던 그가 자기 상태를 살폈다. 그제야 그는 자기 몸 상태가 독가스탄 그 자체라는 것을 깨닫고 더 이상 아무 말도 하지 않았다.

여러 해가 지난 후 멀리 태평양 건너편의 그는 소식이 감감했지만 시도 때도 없이 어렴풋이 내 기억에 떠올라 마음의 가장 여린 구석을 흔들었다. 부모 모두 수감되어 검열을 받았던 내 인생의 가장 암담했던 시절, 많은 지인들이 모두 나를 피했던 그 시기에 그는 늘 나와 더불어 거리를 산보했고 마치 형처럼 친절하게 다독거리며 이야기를 해 주었으며 내 주변의 공백을 메워 줬다. 감동이었다. 나를 지식의 길로 이끌어 준 것 역시 감동이었다. 적잖은 견해가 난공불락의 진리인 것은 아니었지만(예를 들어 나는 한때 당시 사회의 오랜 폐단이 '자산 계급의 부활'과 '수정주의 전제 정치'라고 확신했다.) 또한 그가 흥미로워했던 화제들 중 의심이 가는 것들도 있었고(예를 들면 그와 함께 별 관계도 없는 47군 또는 38군에 관심을 기울였던 것.) 점차 나에 대한 그의 인내심이 줄어들고 참기 힘들 정도로 그의 언사가 각박해져 갔음에도 불구하고('어떻게 이런 것도 몰라?',

'가서 머리 박고 죽지 그래?' 같은) 그야말로 망망하고 어두운 밤 처음으로 성냥을 그어 내 창문의 등불을 밝힘으로써 내 소년 시절을 환하게 비춰 준 사람이라는 것을 인정한다.

책이란 좋은 것이다. 적어도 또 다른 세계, 더 큰 세계, 더 많은 기쁨의 원천이 자리한 세상으로 이어져 물질적 결핍을 보상해 줄 수 있기 때문이다. 역사 속에 몸을 숨기고 한가로이 유람을 다니고 철학의 세상에서 직접 탐험을 하고, 시골 기름 등 아래 작가들의 펜 끝에서 탄생한 장발장, 마슬로바[105]를 위해 슬픔의 눈물을 흘리면서 마음을 가득 채우고, 더욱 가치 있는 것을 얻는다. 마치 가난한 사람이 남몰래 또 다른 금광, 현금 인출기, 보험 증서를 얻고 지나친 마음의 동요를 겪지 않아도 되는 것과 같다. 이렇게 마오쩌둥의 『실천론』에서 마르크스의 『프랑스 내전』, 공산주의 열사 게바라에서 우파 호걸인 질라스[106]까지 모두 마타오가 밝혀 준 성냥 하나하나의 불빛 아래 나는 한 걸음씩 청춘의 길을 나아갔다. 빌려 오거나 베끼거나 훔친 책이 머릿속을 가득 채운 후 나는 우리와 뜻을 같이하는 다른 친구들과 마찬가지로 마치 마타오의 입이 그대로 내 입이 된 듯 걸핏하면 '내 생각은', '가령 그렇다면'이란 표현에, '로고스'니 '부르주아'라는 단어가 튀어나와 마치 단숨에 구식 축음기 시대, 번체자와 긴 두루마기 시대로 돌아간 것처럼 말을 하면서 내 교양과 학식이 대단하다는 것을 은연중

---

105) 톨스토이의 소설 『부활』의 여주인공.
106) Milovan Djilas. 1911~1995. 유고슬라비아의 정치가이자 작가. 유고슬라비아 공산당 간부였으나 이후 마르크스 이론을 거부했다.

에 드러냈다.

모든 사람의 비웃음을 샀던 쑥스러운 일도 있었다. 나는 마타오가 『공산주의 운동에서의 좌파 유치병』이란 책을 추천하자마자 곧바로 서점으로 달려가 문을 열고 들어서며 큰 소리로 외쳤다.

"유치병 하나요."

미처 길고 긴 제목을 외우지 못했던 것이 분명하다. 나이 든 점원이 어리둥절한 표정으로 말했다.

"진찰받으러 왔어요? 여기 병원 아니에요."

"아뇨, 책 살 건데."

"그럼 2층에 가 봐요. 병에 관련된 책은 거기 있어요."

"유치병은 병이 아니라 좌파를 말한 건데."

"좌파? 우리 모두 좌파 아니오? 어느 구석에 처박혀 있다가 나왔는데 감히 우리 좌파가 병들었다고 하는 거야?"

정말 내 기억이 틀렸을지도 모른다. 그렇다면 좌파의 유치병이었을까, 아니면 유치한 좌파병이었을까? 청년 근위군의 유치병이었을까, 아니면 철도 유격대의 좌파병?(막 전쟁과 관련된 소설 몇 권을 읽었던 때였다.) ……한참을 생각했다. 하지만 시간이 갈수록 더욱 혼란스러웠다. 노인은 아동 도서 몇 권을 가져왔다. 물론 주제하고는 완전히 동떨어진 책이었다. 나는 애꿎은 머리만 긁적이며 씩씩거리면서 자리를 떴다. 내 속을 알 리가 없었던 점원들은 빤히 서로의 얼굴만 쳐다봤다.

서점 문을 나서자마자 샤오안쯔를 만났다. 그녀가 폭소를 터뜨리더니 내 눈앞에서 손가락 하나 흔들었다.

"이게 몇 개로 보여?"

"한 개지 몇 개야?"

그녀가 다시 손가락 하나를 더해 흔들었다.

"그럼 이건 몇 개야?"

"무슨 말이 하고 싶은 거야?"

"뇌에 물 찬 건 아닌지 보려고."

"너야말로 뇌수종에 걸렸나 보네."

"참새 따위가 어찌 기러기나 고니의 뜻을 알까라는 말 모르지? 멍청아! 마타오 같은 미치광이는 불을 향해 뛰어드는 나방이야. 기껏해야 나방의 뜻을 품은 거지. 될 수 있으면 좀 멀리해."

그녀가 눈을 희뜩거리며 쌩하고 사라져 버렸다.

고자질 편지

　당시의 '향[107]'은 모두 '공사(公社)'라고 불렸다. 이곳 공사
의 지식 청년은 산난 지역 북쪽에 흩어져 거주하다 장이 설 때
나 마을에 나타났다. 외지 억양에 걸음걸이가 씩씩하고 옷깃
에 레이스 장식이 있지만 얼굴은 아주 새카맣게 그을렸거나
흰 고무창 운동화를 신고, 몸에 걸친 솜저고리가 가장 낡았다
면 어김없이 그는 지식 청년이었다. 그들은 도시의 고귀함(레
이스 옷깃, 흰 고무창 운동화 등)을 고수하면서도 향촌의 순박함
(아주 새카만 얼굴, 가장 낡은 솜옷 등)을 한껏 과장하는 바람에
귀족과 동시에 거지의 모습을 모두 보여 줬다. 모순적인 외모
가 마치 어떤 차림을 해야 할지 잘 모르는 것 같았다.
　매번 음력 3, 6, 9일이 되면 농민들이 모여들어 토산품을 거

---

107) 鄕. 중국의 행정 구역 단위로 현(縣)이나 구(區) 아래의 단위.

래했다. 남은 것을 부족한 것으로 바꾸는 물물 교환 방식이었다. 대부분 돼지나 소 아니면 대나무 시장으로 사람들이 몰렸다. 지식 청년 대부분은 먹을거리가 필요했다. 그들은 감주, 당면, 선지국, 찹쌀떡, 만두, 밤, 마름, 양매 열매 같은 것들을 보면 거의 환장했다. 지역 상인들은 이 외지인들을 별로 좋아하지 않았다. 누군가 이 껄렁패들은 규정이라는 걸 지킬 줄 모르는 자들로 자석을 저울에 몰래 붙여 실제 가격보다 두 배나 물건을 가져가는 지독한 놈들이라고 말했다. 또한 더 멋쩍은 일도 서슴지 않는 청년도 봤다고 말하는 사람도 있었다. 만두 하나를 사서 반쯤 먹다가 실수인 척 슬쩍 기름 솥에 떨어뜨리는 통에 화가 난 여주인은 기가 막혀 눈물도 나오지 않았다.

"이 새끼가! 만두를 먹을 거면 곱게 먹을 것이지 내 기름까지 못 쓰게 해."

전국 각지에서 모인 지식 청년들이 이곳에서 안면을 트면서 서로 자연스럽게 왕래가 이루어지기도 했다. 그들은 함께 모여 장기를 두거나 공놀이를 하면서 「삼두마차」나 「산사나무」 등을 부르고 셜록 홈즈 이야기를 나누었으니 그런대로 상큼한 문화 성찬이라 할 수 있었다. 마타오가 섞여 있는 무리는 벼루 쟁반 쪽에 서 있다가 시장에서 베이징 말씨를 쓰는 지식 청년 무리를 만났다. 대부분은 외교부 자제들로 이유는 잘 모르겠지만 특별한 관계를 통해 이곳에 정착했다고 한다.

천하의 지식 청년은 모두 한 가족이라 했다. 역경에 처한 청년들이 서로 다른 지역에 살다가 인연을 맺자 이제야 만난 것이 아쉬운 듯 작은 식당에서 쌀국수로 식사를 한 후 옥신각신 서로 자신이 계산을 하겠다고 예의를 차렸다. "아, 인생이여!" "운명이란 건 쓴 술 한잔에 지나지 않아." "침묵 속에 폭발하는 것이 아니라 침묵 속에 사라지는 거야." 등 귀에 익숙한 말들이 그럴듯하면서도 가슴을 아프게 했다. 마치 강호의 접선 암호처럼 우리는 이런 말을 듣는 순간 곧바로 상대 역시 지식 청년임을 알 수 있는 표식이 되었다.

"마타오 쪽이야?"

"옌샤오메이랑 같은 부대?"

"일찍부터 너네 마타오 형 글을 잘 보고 있지."

"너희 옌샤오메이의 시를 앙모한지 오래됐어."

"알게 되어 정말 기뻐."

"네 표준어 정말 듣기 좋다……."

우편국 앞에서 만난 한 소년과 소녀가 잠시 서로 상대를 검증한 후 손을 꼭 쥐며 악수를 했다. 두 사람의 눈빛이 강렬했다. 그들은 그 즉시 등에 멘 광주리를 내려 두고 시냇가로 가서 진지한 대화를 나누었다. 둘이 버드나무 숲을 지날 때 감정의 불꽃이 튀었는지, 눈짓을 나누다 결혼에 대해 이야기를 나누었는지 그건 모두 다른 동료들 상상 속의 일이다. 뜻밖에도 사람들이 겨우 시장을 반쯤 돌았을 즈음 두 사람이 씩씩거리며 자기 부대로 돌아왔고 그렇게 줄거리는 급반전했다.

소녀가 고개를 돌리며 욕을 했다.

"사기꾼!"

소년 역시 고개를 돌리며 한마디 내뱉었다.

"웃기고 있어, 가짜 주제에!"

나중에야 우리는 그들이 서로에게 기대가 너무 컸던 탓이었을 거라고 생각했다. 친근할수록 사실은 가장 원수가 되기 쉬운 법이다. 그들은 조금 전 그저 소련 영화 한 부분에 대한 생각이 서로 맞지 않는다는 이유로 뼈아프게 실망하고 그 화를 누를 수가 없어 심한 욕을 퍼부었다고 한다. 지식이 한편으로 매우 위험할 수 있음을 이런 에피소드에서 엿볼 수 있다. 공부를 한다는 것은 좋은 일 아닌가? 당연하다. 그러나 서로를 인정하는 문제에 관한 한 자칫 잘못하면 서로 트집을 잡고, 의심하고, 가르치려 들면서 관계가 무너지고 심지어 지식이라는 무게 아래 감정이 찌그러지며 상대의 지능 지수와 품격에 관한 악담이 쏟아져 나올 수 있다.

얼마 후 공부하는 사람들 사이에 다시 한바탕 설전이 벌어졌다.

"너희『스파르타쿠스』읽어 봤어?"

"야, 여기서 통속 문학을 꼭 읽어야 될 필요는 없겠지?"

"그럼 딜라스의『신계급』은 읽었어?"

"그거야 두세 번은 읽었지. 그리 잘 알지 못하지만."

"『자본론』에 대해 말해 봐."

"미안한데. 그러니까 어떤 판본을 말하는 거야? 인민출판사 아니면 삼련 쪽 것? 아니면 중역국[108]의 내부 번역본을 말하는 거야? 먼저 판본부터 정하고 시작하는 편이 좋을 것 같군.

---

108) 中譯局. 중앙 번역국.

말하다가 헷갈리지 않게."

"솔제니친이 누군지 알아?"

"『이반 데니소비치의 하루』를 말하는 거야 아니면『마뜨료나의 집』을 말하는 거야? 듣고 싶으면 뭐든지 다 말해 줄 수 있어."

"그럼…… 너희는 오웰의『1984』는 어떻게 생각해?"

……

이런 식의 대화에서 사람들은 마치 포커를 하는 것처럼 어떻게 해서든지 상대방을 누르고 로열 스트레이트 플러시나 로열 플러시같이 모두 다투어 더 큰 패를 내놓는다. 상대방이 이미 읽은 책은 재미가 없고, 안 읽은 책이야말로 그의 약점, 결전을 치를 수 있는 기회를 잡는 것이니 비로소 입을 열 만하다. 반드시 단번에 세차게 몰아붙이며 가격하여 상대방이 정신을 차리지 못하게 해야 한다. 그에 비하면 변증법, 휘그당[109], 한(漢)나라의 토지 제도 같은 주제는 우열을 구분하기 힘들고 괜히 힘만 빼는 대국이 될 것이니 영특한 사람이라면 되도록 휘말리지 않는 편이 상책이다. 게다가 그들이 영어나 불어를 조금 아는 사람이라면 각종 판본을 들먹이며 판을 뒤섞는 바람에 정작 본론은 들어가지도 못할 것이 뻔하다.

뭔지 모를 적대감이 공기를 휘감는다. 지식 대결은 대충 결과가 무승부로 끝이 나고 양측의 공방전은 결국 더욱 이상한

---

109) Whig party. 17세기 후반 상공업 계급을 기반으로 성립한 영국 최초의 근대적 정당.

대결로 이어진다. 너 밭 쟁기질 해 봤어? 기와는 만들어 봤나? 벽돌은 구워 봤고? 묘종은 심어 봤는지? 돼지 불까 봤어? 수차로 물도 퍼 보고? 도리깨질은? 트랙터는 몰아 봤어? 하루에 모를 얼마나 심을 수 있는데? 벼락은 맞아 봤나? 한 번에 곡물을 얼마나 낼 수 있어? 우산뱀, 살모사는 때려죽여 봤어? 간러우[110]와 롄산[111]이 무슨 뜻인지 알아? 너 솜저고리 기운 곳, 나만큼 많아……? 이처럼 치열한 공방전은 부와 자산을 자랑하는 설전과는 정반대의 내용이었지만 마찬가지로 도발과 침입, 순위 경쟁, 체면과 과시욕이 앞선 살벌한 투쟁, 혁명성에 대한 불공대천의 경쟁, 독불장군식의 영웅 자리 다툼 등이 이어졌다.

"누굴 욕하는 거야?"

누군가 탁자를 세게 내리쳤다.

누가 욕을 시작했지? 사람들이 두리번거리며 목표물을 찾았다.

"도가 다르니 더불어 길을 모색할 수 없지."

또 다른 사람 하나가 자리에서 일어나 씩씩거리며 휑하니 식당 문지방을 넘어가 버렸다. 그를 따라 몇몇 사람들이 너도나도 자리에서 일어나는 바람에 몇몇 중재자들이 어쩔 줄 몰라 했다. 이번에는 서로 계산을 하겠다고 나서기는커녕 대부분 불뚱거리며 무안한 모습으로 작별 인사도 하지 않았다. 그

---

110) 赶肉. '사냥하다.'라는 뜻의 중국어.
111) 炼山. '산에 불 놓기'라는 뜻의 중국어.

나마 옌샤오메이만 나서서 큰 소리로 이렇게 외칠 뿐이었다. 이거 누구 밀짚모자야? 모자도 놓고 갈 거야?

이후 강을 중심으로 한쪽 사람들은 '빌어먹을 세도가'라고 욕을 했고, 반대쪽 사람은 '개새끼'라고 욕을 하는 등 각자의 가족 배경을 들먹이며 감정적으로 상대편을 대했다. 사실 양측의 가장들은 당시 모두 문화 대혁명으로 인해 재수 없이 타격을 받은 사람들이었다. 그러나 이쪽은 지주, 자본가, 과거 행정직 직원들의 이야기이고 저쪽은 대부분 사회주의 정부 관료들의 이야기였으니 양측 모두 어려움이 있는 것 같지만 성격은 달랐다. 재산가와 거지가 모두 치통을 앓을 경우 아픔의 성격이 다른 것일 뿐이니 그렇게 깊이 생각할 일은 아니다.

마타오가 체포당한 일에 대해 누군가 상대측이 다른 사람의 손을 빌어 그를 처리했다고 의심했다. 이렇게 생각한 근거중 하나는 마타오의 오만방자한 변론 태도에 샤오메이가 열을 받아 울었던 사건이다. 설상가상 며칠 뒤 샤오메이가 먹을 것을 사 가지고 돌아오던 길에 깨진 도자기 파편에 발을 다쳐 짚신이 반이나 홍건해질 정도로 피가 났다. 심한 통증을 참느라 이를 악다물고 길가에 앉아 땀으로 얼굴이 범벅이 되었는데 그때 마침 마타오가 그 곁을 지나갔다. 그런데 그는 피로 홍건한 그녀의 짚신을 본 데다 워낙 외진 곳이라 주위에 아무것도 없다는 것을 알았는데도 불구하고 가만히 웃으며 "어쩌다 그랬어, 파상풍 조심해야겠네."라는 말뿐이었다니 정말 이해가 가지 않았다.

그는 선글라스를 벗었다가 다시 쓴 후 광주리와 멜대, 피로 물든 짚신을 성큼 넘어서 한 걸음 한 걸음 멀어졌다. 등에 멘 가방이 흔들거렸다. 그의 모습이 현성으로 향하는 길을 따라 사라져갔다.

"어서 위생원에 가 봐."

그가 마지막에 덧붙인 말로, 그가 보여 준 최대의 은혜이자 가장 큰 관심, 가장 상냥한 말이었다.

자기가 뭐라도 된 줄 아나 봐?

거의 냉혈 동물 아닌가? 길가의 개들조차 핏자국에 놀라 당황스러운 듯 짖어 대는데 사람이라고 혼자뿐이었던 그는 가던 길을 멈춰 쪼그리고 앉아 상처를 잡아매 주지도 않고 심지어 상처를 입은 그녀의 동료들에게 말을 전하지도 않은 채 철면피 같은 낯짝으로 그 자리를 훌훌 떠나 버렸다. 과다 출혈로 사람이 죽을 수도 있다는 것을 몰랐을까? 그는 침천파[112]로 보선파[113]와 관점을 크게 달리하지만 어쨌거나 사람, 그것도 남자, 세상을 품고 있는 남자가 아닌가. 여자를 위할 줄 아는 남자는 아니라 해도 적어도 은혜를 알고 보답을 하려고 해야 하지 않을까. 아니 이건 모른다 해도 적어도 사람으로서 측은지심은 가지고 있어야 한다. 그렇게 자주 만나고 걸핏하면 샤오메이가 사 주는 단술이랑 쌀국수, 선지국을 먹었는데⋯⋯. 이런 것들은 그렇다 치자. 언젠가 강을 건너 식량을 빌리러 간 적이 있다. 그가 침을 튀기며 장황한 이론을 늘어놓자 상대방

---

112) 배가 가라앉으려 할 때 배 떠날 준비를 하며 먼저 자기 이익을 챙기는 사람.
113) 배가 가라앉으려 할 때 배의 결함을 수선하려는 사람.

사람들 모두 열렬한 박수를 보냈다. 그때 갈아입은 옷을 샤오메이와 다른 여자 지식 청년이 빨아 줬고, 베이징에서 가져온 책도 샤오메이가 그를 위해 선별해 줬다. 그런데 어떻게 그처럼 안면을 몰수할 수 있단 말인가? '개새끼'라는 계급 배경으로 생각하지 않는다면 이런 파렴치한 사실을 어떻게 이해해야 한단 말인가?

키가 커서 자주 농구에서 중앙 공격수를 맡곤 하는 샤오메이의 남자 친구는 장군의 아들이다. 그가 마타오에게 결투를 신청했다. 일대일, 맨손으로 강변 숲속에서 죽음을 불사하고 혈전을 벌이자는 소식을 전했다. 양측 중재자들이 아니었다면 한바탕 끔찍한 혈전을 피할 수 없는 상황이었다. 일이 이쯤 되자 도저히 만회가 불가능할 정도로 집단이 심각하게 분열되었다. 웅장한 뜻을 펼쳐 대업을 이루지도 못했거늘, 오랑캐의 군대가 나라를 패망으로 이끌기도 전에 먼저 내부의 반목으로 혼란이 빚어지다니 어찌 미래를 기대할 수 있겠는가? 여자 지식 청년 하나는 이런 일을 생각할 때마다 남몰래 눈물을 흘렸다. 주위 사람들은 그 후로 그녀가 입을 다물고 끼니도 별생각이 없는 것 같아 보였다고 한다. 우연히 고대의 형식으로 쓴 그녀의 시 세 수와 유서 한 통을 발견하지 않았더라면 그대로 비분강개한 가슴을 안고 강에 몸을 던지도록 내버려 둘 뻔했다.

대략 한 달 후, 누군가 마타오의 위험한 언행을 밀고하였다. 밀고를 받은 경찰은 금방이라도 피비린내 나는 사건이 터질 상황이라고 예상했는지 분위기가 야릇한 지프차 두 대를 끌고 나타났다. 성에서 온 경찰은 민간인 복장이었고, 경찰용 차량 번호판을 달고 있지 않았다. 아마도 불필요한 소동을 불러 일으키고 싶지 않았는지 곧장 들이닥치지 않고 마을에서 멀찌감치 떨어진 길목에 자리한 채 공사 간부 한 사람을 먼저 보내 마타오를 유인하도록 했다. 간부는 공사에서 수리 지도를 제작하는 데 협조하라는 핑계로 그를 유인했다.

물론 당시의 비밀 체포는 더 큰 포석을 위한 것이었다. 내막을 모르는 마을 사람들은 마타오가 공사 심부름을 갔다고 생각하고 한동안 계속해서 마타오에게 노동 점수를 주고 식량도 배급했다.

그가 언제 돌아오는지 물어보는 사람은 그리 많지 않았다.

연이은 흉조

마타오 때문에 계속 걱정이 되었다. 워낙 이곳저곳을 쑤시고 다녀 아는 사람도 많고 말도 거침이 없기 때문에 밀정이나 반혁명 분자를 만날 가능성이 높았다. 그는 당 건설을 제안하고 당 강령의 초안을 잡은 적도 있다. 그의 주변에 사람들이 너무 많고 출신도 복잡한 것을 생각하면 일이 벌어질 위험이 매우 높았다. 나랑 많은 사람들이 모두 석연치 않아 하며 그의 활동에 반대 입장을 밝혔다.

신중하다는 것은 달리 말하면 나약하고 겁이 많은 성격이라고 할 수 있다. 그의 용기에 비하면 우리가 그보다 훨씬 더 겁이 많았다. 나는 줄곧 이런 내 모습이 창피했고 이런 내 자신이 줏대가 없다고 생각했다. 소설이나 영화에 등장하는 호랑이 의자[114], 고춧가루 물, 인두 같은 고문 기구가 동원되면 나는 분명히 자백을 하고 말 것이다. 아마 창피하게도 바지에 오줌을 지릴지도 모른다. 맙소사, 난 영웅이 되고 싶은 생각이 간절하지만 어려서부터 주사 맞는 것도 무서워하던 사람이었다. 너무도 영웅이 되고 싶었지만 고문은 절대 사절이었다. 죽어야 된다면 빨리 죽으리라. 총알을 맞거나 지뢰를 밟아도 상관없이 그저 호랑이 의자에만 앉지 않는다면…… 내 영원한 비밀이었다.

일이 터질 뻔했던 적이 한두 번이 아니었다. 설 명절에 도시로 돌아와 집회를 열었을 때였다. 마타오가 안으로 들어서더니 마스크를 벗으며 큰 소리로 사람들을 부른 후 바로 이어서 재빨리 이렇게 속삭였다.

"나 미행당했어."

나는 감전된 사람처럼 한참동안 두 눈이 휘둥그레진 채 아무 말도 하지 못했다.

상황은 다음과 같았다. 그는 갑자기 자기 아래층 입주자가 바뀐 것을 발견했다. 부부였는데 그중 여자가 자신의 소속 직장이나 업무에 대해 분명하게 대답을 못하고 말을 자꾸만 더듬는 등 표정이 부자연스러웠다. 첩자가 분명했다. 더욱 수상한 일도 있었다. 쓰촨에서 온 편지를 두 통 받았는데 우체국 소인에 찍힌 날짜를 보니 모두 예전에 비해 이삼일 늦게 도착했다. 이런 상황은 무엇을 의미하는가? 몰래 우편물을 검사하느라 시간이 걸린 건 아닐까? 조금 전만 해도 그랬다. 밖에 나

---

114) 중국 구사회의 형구로 두 다리와 무릎 관절 부분에 압박을 가하도록 만들어진 의자.

갔던 그는 누군가가 멀리도 가까이도 아닌 일정한 간격을 유지하면서 자신을 따라오고 있다는 것을 알았다. 그는 시험삼아 휴지를 동그랗게 뭉쳐 길목 쓰레기통에 버린 후 벽 뒤에 숨어 몰래 동정을 살폈다. 과연 청색 재킷을 입은 사람이 쓰레기통 안을 살피고 있었다. 그가 버린 휴지 뭉치를 찾고 있음이 분명했다.

우리는 모두 당황했다. 순간적으로 문밖에 위험이 잔뜩 도사리고 있다는 느낌이 들었다. 경찰의 눈과 총구가 포진해 있을 것이다. 누군가 실수로 찻잔만 넘어뜨려도 사방이 떠나가라 소리를 질렀다.

마타오는 아무 일도 없다는 듯 손을 내저었다.

"카드 하자."

그는 상하좌우를 가리킨 후 다시 귀를 가리켰다. 이곳에 도청 장치가 있을지도 모른다는 뜻이었다. 이렇게 그는 카드를 나누고 패를 외치는 등 소란스러운 상황을 만드는 가운데 종이에 자신의 말을 써 내려갔다. 첫째, 며칠 동안 서로 연락하지 말 것. 둘째, 함께 문을 나서지 말 것. 만약 심문을 당할 경우 오늘은 카드놀이를 하러 왔다거나 일꾼 모집에 관한 일을 의논하러 왔다는 식으로 둘러댈 것. 셋째, 돌아간 후에는 골치 아픈 문제를 일으킬 수 있는 문건, 특히 편지나 일기 등을 모두 없앨 것. 넷째, 앞으로 만날 때는 휘파람을 불어 안전한 상태를 전달할 것 등이었다. 그는 이 종이를 모두에게 보여 준 후 성냥을 그어 종이를 태워 버렸다.

우리는 도청을 염두에 두고 시끌벅적하게 카드놀이를 한

후 삼삼오오 조금씩 짝을 이루어 그 위험 지역을 벗어났다. 나는 걸어가는 내내 가슴이 벌렁거렸다. 사람만 나타났다 하면 바짝 긴장이 되었고 경찰과 군인을 보면 당황스러움에 다리가 후들거렸다. 그 바람에 상점에 두 번, 공중화장실에 한 번을 들렀고, 길가 벽보를 읽기도 하고 마타오처럼 일부러 종이를 구겨서 떨어뜨린 후 누군가 종이를 줍지 않나 살피기도 했다. 다행히 가장 의심스럽게 보였던 우산 쓴 여자는 종이 뭉치를 무시한 채 그냥 제 갈 길을 갔다.

그렇게 심각한 상황은 아닐지도 모른다. 아마 조금 전 그 방에 도청기가 없었을 수도 있다. 나는 잔뜩 긴장한 채 그렇게 생각했다.

어떤 묘한 느낌이 있었던 것이 분명하다. 대략 반년이 지난 어느 날, 한밤중에 깨어났다. 분명히 침대에 누워 있는데 창밖으로 바람 소리, 빗소리, 천둥소리, 나뭇가지 부러지는 소리에다 기차역 쪽에서 기적 소리가 들려왔다. 어렴풋이 누군가를 부르는 소리도 들려왔다. 나랑 관계가 있는 것 같았다. 그래, 분명히 나랑 관계가 있어. 나는 전등을 켜고 옷을 입고 문을 연 뒤 아래층으로 내려갔다. 그러나 정문 열쇠 보관자인 라오왕터우를 찾을 수가 없었다.

여전히 멀리서 어렴풋하게 무슨 소리가 들렸다. 그런데 이상하게 소리가 점차 가까워지는 것이 아니라 점차 멀어지는 것 같더니 우편 통신국 건물 쪽으로 사라져 버렸다.

할 수 없이 대문을 뛰어넘어 우산 하나를 들고 거리로 나갔다. 우편 통신국 건물 쪽으로 향했다. 사람은 보이지 않고 광장 고인 물에 가로등 그림자만 비치고 있었다. 다시 둘러보고 있으려니 농기구 공장 쪽에서 소리가 들렸다.

"타오……샤오……부……."

진짜 내 이름을 부르잖아? 정말 이상한 일이었다. 누가 날 찾는 거지? 누가 이런 식으로 날 찾는 걸까?

재빨리 다가가 보니 어두운 가로등 등불 아래 사람 그림자가 보였다. 얼굴이 방수 모자에 반쯤 가려 있었는데 그 모습이 매우 낯설었다.

"타오샤오부 찾아요?"

"당신이 타오샤오부?"

"누구요? 당신."

"당신이 모르는 사람입니다."

"무슨 일로 날 찾습니까?"

"마타오 알지요?"

"물론, 물……."

"그가 들어갔어요."

순간 뜨끔하면서 등줄기를 따라 한기가 쭉 올라왔다. 올 것이 왔구나! 그렇게 생각하니 마음이 차분히 가라앉았다. 난 아직 괜찮다고 생각하며 침착하게 담배를 꺼냈다.

"별로 놀라지 않는 것 같군요?"

"들어가면 들어간 거죠, 뭐."

염탐을 하러 왔을지도 모른다는 생각이 들자 함정일 수도 있겠다는 생각과 함께 신중을 기했다.

사실 상대방 역시 구체적인 상황은 몰랐다. 그는 자신이 좀 도둑이라고 했다. 정말 그렇게 보였다. 마타오와 감방에서 오다가다 만난 사이였을 뿐이었다. 오늘 석방이 될 예정이었기 때문에 마타오가 그에게 소식을, 그것도 좀 급하게 전해 달라고 부탁했다는 것이다. 그런데 그는 어떻게 날 찾아야 할지 알 수가 없었다. 마타오로부터 얻은 정보에 따르면 그저 내가 최근 현의 영화 공사로 차출되어 슬라이드 영화 각본을 쓰고 있다는 것뿐이었다. 구체적인 주소도 몰랐다. 그는 하는 수 없이 모래사장에서 바늘 찾기식으로 밤 열차를 타고 이곳에 도착한 후 차에서 내려 거리를 따라 날 찾기 시작했다. 가로등 불빛과 가지고 있던 라이터 불빛에 의지해 간판을 하나씩 훑기 시작했는데 라이터 가스가 다 닳을 때까지도 영화 공사를 찾을 수 없었다. 밤은 깊고 빗줄기는 거세지고 라이터, 손전등, 성냥을 살 곳도 찾을 수가 없었지만 그렇다고 아무 곳이나 문을 두드려 길을 물을 수도 없었다. 그는 하는 수 없이 거리를 하나씩 지나치며 미친 듯이 고함을 질렀다. 운이 그렇게 나쁘지는 않을 것이라고 생각했다.

지나치게 대책 없는 방법이 아닌가? 그러다 그날 내가 자다 죽었다면 어쩔 뻔했는데? 그날 출장이라도 갔다면? 일찌감치 차출되어 하고 있던 일을 마치고 고향으로 돌아갔다면? 아니, 그의 외침을 듣고도 쫓아 나가 보지 않았더라면? ……마타오와 친척이나 친구도 아닌데 왜 그렇게 애써 돈까지 들여 가며 이런 발걸음을 했을까. 더더욱 설득력이 없는 말이었다. 그가 정치범을 높이 사지 않았더라면, 좀도둑 출신인 그가 살아 있는 레이펑[115]이 아니라서 감방 문을 나서자마자 그 일을 하늘

저 멀리 던져 버린 채 까맣게 잊었더라면 어찌할 뻔했는가? 그 순간 나는 정말 기적을 믿지 않을 수 없었다. 눈앞의 이 좀 도둑이 바로 하느님의 손이며, 하느님의 또 다른 손이 조금 전 비바람 속에서 나를 흔들어 깨웠다고 믿을 수밖에 없었다.

"그 사람이 그랬어요. 당신에게 이 소식만 알리면 바로 뭘 어떻게 해야 할지 당신이 알거라고요."

"그럼, 그럼요. ……너무 고맙습니다."

나는 라이터로 그의 담배에 불을 붙여 주며 말했다.

"다 젖었네요. 내가 있는 곳으로 가서 옷을 갈아입어요. 분명히 배도 고플 테고."

"안 돼요. 바로 가야 돼요. 내일 또 급한 일이 있어요."

그는 한사코 그날 밤 성으로 돌아가겠다고 고집했다. 다만 떠나기 전 내게 남은 담배 반 갑을 달라고 한 후 잠시 주저하는가 싶더니 다시 라이터까지 자기 주머니에 쑤셔 넣었다.

나는 영화 공사의 작은 방으로 돌아왔다. 알람을 보니 날이 밝을 때까지 네 시간 정도가 남아 있었다. 나는 먼저 방문을 꼭 잠그고 커튼을 닫은 후 성가신 일의 빌미가 될 만한 종이쪽지를 모두 태웠다. 시침 돌아가는 소리가 유난히 너무 빠르게 들렸다. 당시 많은 일이 시시각각 날 향해 다가오고 있다고 믿었다. 예를 들어 비오는 그날 밤, 갑자기 사람들이 들이닥쳐 심문을 하고, 체포 명단이 확대되고, 감시 전화가 사방팔방에

---

115) 雷鋒. 1940~1962. 인민 해방군 사병으로 모범 병사였으며 22세에 사망했다. 노동자·인민 영웅을 필요로 했던 마오쩌둥이 1963년 '레이펑을 배우자.'라는 범국민 운동을 전개했다.

서 울려 퍼지며 경찰들이 긴급 출동하여 단잠을 자던 사람들을 덮칠 것이고……. 비밀스러운 체포 작전의 의도가 원래 이처럼 미처 대처할 여유를 주지 않고 급습을 하기 위한 것이 아닌가? 저 멀리 여전히 서너 개의 방에 불이 밝혀진 현의 공안국 건물 모습은 더더욱 의심스러웠다. 그곳 사람들은 왜 아직도 깨어 있는 걸까? 무엇을 하고 있을까……?(흥미롭게도 이후 당시의 내 짐작이 다 맞았다는 사실을 알게 되었다. 그날 밤, 성의 전담팀이 내게 소식을 전했던 그 좀도둑보다 한발 먼저 우리 현성에 도착했다는 것이다. 다행히도 그날 비가 억수로 쏟아지는 바람에 길이 진흙탕이 되어 지프차가 꼼짝달싹 못한 데다 현에서 나온 동행들이 한사코 대접을 하겠다는 바람에 그날 밤 바로 시골로 내려오지 못했다고 한다. 그렇게 해서 내게 귀한 시간이 주어졌던 셈이다.)

아침 8시 정각, 나는 바로 우편 전신국에 가서 가장 먼저 영업국에 들어가 장거리 전화 신청서를 작성했다. 당시 장거리 전화를 거는 유일한 방법이었다. 직원은 분명히 허겁지겁 버둥대는 내 모습이 이상했을 것이다. 그러나 이것저것 생각할 틈이 없었다. 먼저 차 농장에 전화를 걸어 왕 회계에게 그 즉시 마난과 통화해 '셋째 고모가 그녀를 보러 올 것.'이라고 전하도록 했다. 이는 내가 그녀와 정해 둔 암호로 최고 등급의 위험 경보였다. 이런 암호를 들으면 그녀는 뭘 어떻게 해야 할지 알고 있었다.

두 번째 전화도 걸었고, 세 번째, 네 번째 전화도 걸었다……. 마지막 전화의 주인공은 광련 공사 중고등 학부의 모엔징이었다. 그와 마타오는 매우 가까운 사이로 지하당의 열혈 당원이었다. 그는 무쟁 투쟁 당시 54식 권총을 숨겨 둔 적이 있다. 비록 총알은 다 쓰고 총은 강에 버렸지만 지금이라도 이런 사실이 발각되면 그는 심한 고문을 받을 것이고, 마타오 역시 죄가 한층 더 무거워질 것이다.

전화를 했지만 그는 학교에 있지 않았다. 그의 동료 말이 오전에는 병원에 간다고 했고, 그 후 교장을 따라 현성 회의에 갔다고 한다. 그가 아직까지는 위험에 빠지지 않았음을 말해 주는 것 같았다. 하지만 미심쩍은 부분이 있었다. '선글라스'가 무슨 관직에 있는 것도 아닌데, 그냥 일개 병사가 무슨 회의에 참석한단 말인가?

'회의'라는 말이 자꾸만 마음에 걸려 버스 정류장으로 가서 조치를 취해야 할 것 같았다. 운행 시간을 살펴보니 광롄에서 현성으로 오는 첫 번째 버스가 정오에 도착이었다. 너무 늦어, 너무 늦어. 그 시간이면 문제가 있어. 여긴 아니야. 그가 차에 타기 전에 막아야 한다.

하지만 그 시간 광롄으로 가는 버스는 없었다.

하는 수 없이 큰길로 나가 화물차를 잡기로 했다. 도로 위를 헤집고 다니다 보니 내가 화물차 기사의 마음을 울렁거리게 할 만큼 어여쁜 처녀라면 얼마나 좋을까, 주머니에 돈이 두둑해서 큰돈 한 장 내밀 수 있는 처지라면 얼마나 좋을까, 하는 생각이 들었다. 하지만 모두 불가능했다. 더더욱 길 한가운데서 기관총 세례를 퍼붓는 식으로 겁을 주어 차를 세울 수도 없었다. 그러니 그저 두 눈 빤히 뜨고 쌩쌩 지나가는 화물차들을 바라볼 수밖에. 경험이 풍부한 기사들은 고개를 쑥 내밀어 길가에 서 있는 사람을 보면 더 재빨리 지나쳐 버렸다.

　마지막 남은 방법은 하나, 달리는 차량에 올라타는 것 뿐이었다. 가장 먼저 목표로 삼은 차량은 윙 하고 마치 날아가는 포탄처럼 눈 깜짝할 사이에 지나가 버려서 차 그림자에도 손이 닿지 못했다. 그저 온몸에 진흙탕 세례만 안겼을 뿐이었다. 얼굴에 튄 흙탕물을 닦고 다시 눈의 초점을 맞췄을 때 길은 텅 비어 있었다. '350km' 팻말이 있는 곳까지 걸어가서야 조금씩 감이 잡히기 시작했다. 화물차들이 속도를 줄이는 상황은 첫째, 언덕을 오를 때 둘째, 모퉁이를 돌 때 셋째, 적재량이 많을 때였다. 나는 언덕길 굽이진 곳에서 잠시 기다렸다가 마침내 휘청거리며 식량을 싣고 가는 대형 트럭에 올라탈 수 있었다.

　마지막 승부수였다. 차량이 낑낑거리며 감속을 하는 낌새가 보이면 그 즉시 길가에서 트랙의 결승 지점을 통과할 때처럼 미친 듯이 몸을 날려 가지고 있던 자루를 먼저 차 안을 향해 던진다. 이는 한판 거하게 판돈을 건 도박이나 마찬가지였다. 차 안으로 골인을 하면 좋겠지만 그렇지 못할 경우 철저한 패배나 다름없기 때문이다. 자루 속의 열쇠, 식량 배급표, 손전등, 비옷을 모두 기사에게 바치니 남 좋은 일 한번 해 주는 셈이었다. 궁지에 몰려 선택한 이 마지막 한 수는 확실히 효과가 있었다. 도박꾼들은 일단 최후의 승부수에 모든 것을 걸면 머리가 멍하니 아무 생각도 할 수 없는 상태에서 그저 두 눈이 시뻘겋게 충혈된 채 상상할 수 없는 폭발력을 발휘한다. 내 다리는 더 이상 내 다리가 아니었다. 순간적으로 정신을 차려 보니 내가 차량 적재 칸의 철판을 움켜쥔 상태였고 컹, 컹, 발밑에서 바람 소리가 난다고 느끼는 순간 바로 가볍게 몸을 날렸다. 길바닥이 순식간에 내게서 저만치 멀어져 있었다.

천지신명께 감사드리나니, 내 가방을 잃었다가 다시 찾은 셈이었다.

광롄에 도착하자 나는 언덕 구간을 골라 차에서 뛰어내렸다. 길가에서 차를 기다리는 사람들 틈에서 '선글라스'가 한눈에 들어왔다. 한 중년 남자와 이야기를 하고 있었다. 그가 나를 발견했다. 그는 왜 내가 이곳에 나타났는지 조금 이상하게 보는 눈치였다. 그의 옆에 있던 중년 남자는 어느 학교 교장인지, 무슨 일인지도 모르고 그저 자신의 동행자가 지인을 만났다고 생각하고 나를 향해 고개를 끄덕였다.

"알려 줄 일이 있는데, 내 말에 당황하지 말고."

나는 '선글라스'를 한쪽으로 끌어당겼다.

"지금 누군가 우리를 지켜보고 있는 사람이 있을지도 몰라……."

상대방은 이미 긴장하여 얼굴이 딱딱하게 굳기 시작했다.

"날 봐, 어서 날 보면서 계속 미소를 지으며 편안하게, 아무일도 없는 것처럼……."

멀리 버스가 경적을 울렸다. 어느 새 장거리 버스가 가까이 다가왔다. 상대가 이제 곧 버스에 올라야 한다는 이야기였다. 그러나 내 뜻을 전하고 공모를 하는 데는 그리 많은 시간이 필요치 않았다. 일 분, 아니 삼십 초만으로도 충분했다.

혼비백산 호들갑을 떤 열 시간 남짓한 시간이 이렇게 지나갔다. 나중에 안 사실인데 그날 모두 일곱 명이 현 공안국에 가서 심문을 당했다고 한다. 그중 세 명은 주거지도 수색당했다. 경찰이 전하는 말의 내용이나 말투로 볼 때 마타오의 일들이 아직 드러나지 않은 것 같았다. 다행이 소환되어 갔던 이쪽 사람들이 모두 준비된 상태였고 별로 털어놓은 것들도 없었다. 특히 권총에 대한 말은 아무도 꺼낸 사람이 없어서 대충 그렇게 얼렁뚱땅 넘어갈 수 있었다. 이들은 이후 모두 영화 공사를 다녀갔다. 그들은 내 땅콩 한 봉투, 말린 두부 한 그릇, 백주 두 병을 해치웠다. 나는 이런 대접으로 놀란 그들을 위로하고 무사함을 축하하고 싶었다.

마난은 오빠가 대체 지금 어떤 상황에 처해 있는지 알 수가 없자 애가 타서 울음을 터뜨렸다. 차이하이룬은 옆에서 그녀를 위로하기 위해 갖은 애를 썼다. 이야기를 나눈 끝에 우리는 만일에 대비하기로 결정을 내렸다. 앞으로 상황이 더 악화될 것을 대비해 몇몇은 가능한 한 위험을 피해 외지에 한동안 숨어 있는 편이 나을 듯 했다. 그중에는 마난도 포함되었다.

"난 안 가!"

그녀가 연신 고개를 내둘렀다.

"넌 오빠를 믿는다고 해도 동일한 사건에 연루된 다른 사람들이 버틸 수 있을까?"

나는 열심히 그녀를 설득했다.

"생각해 봐. 증거들을 연결 짓는 고리가 몇 개 끊어져 버린다면 사건을 증명할 단서들이 없어지는 셈이지. 이렇게 하는 편이 모두에게 좋아."

"그러니까 와서 날 잡아가라고 해. 난 두렵지 않아."

"마난, 지금은 영웅 흉내를 낼 때가 아니야. 모든 일에 대해

최악의 경우를 대비해야 돼. 모르겠어? 이번에 등장한 경찰은 평범한 부류가 아니야. 적어도 성 단위에서 나왔을 거야. 그 사람들이 괜히 거기 사람들이겠어?"

"그자들이 날 어쩔 건데? 그래 봤자 감옥에 처넣거나 총살 아니겠어? 우리가 나쁜 일을 한 것도 아니고 말이야. 이런 사람까지 죽어야 한다면 그냥 죽으면 돼. 우리 오빠 따라 죽지 뭐. 추진[116], 자오이만[117] 장주쥔[118]처럼 말이야. 목이 잘려나가 봤자 상처라고는 고작 사발 정도 흉터가 남을 텐데."

대담무쌍한 마난을 보면서 난 나 자신이 정말 작게 느껴졌다. 간이 콩알만 하고 목숨을 애지중지하는 소인 역할은 과감하게 내가 맡을 수밖에 없었다. 다음 날 아침 일찍, 고향 가는 여자들을 전송한 후 나는 침대 앞에 동전을 세 번 던졌다. 앞이 나오면 길하고, 뒤가 나오면 흉한 징조라 생각하며 던졌는데 모두 뒤만 세 번 나왔다. 나는 등골이 오싹해졌다. 더 이상 지체할 수 없었다. 소인 열 명을 합친 것 같은 쪽 팔림도 너끈히 단숨에 소화했다. 나는 결근계 한 장을 남기고 기차표 한 장을 산 후 Z현에 사는 한 친구에게 몸을 의탁하기로 했다.

---

116) 秋瑾. 1875~1907. 중국 청나라 말기의 민족 혁명가이자 여성 혁명가. 일본에서 유학한 후 반청(反淸) 혁명에 적극적으로 참여했으며 무장 봉기를 계획했다가 비밀이 누설되어 처형당했다.
117) 趙一曼. 1905~1936. 중국 항일 민족 영웅으로 항일 운동을 벌이던 중 일본군에게 체포되어 희생당했다.
118) 江竹筠. 1920~1949. 중국 공산당의 혁명가. 1948년 국민당에 체포되었으나 모진 고문 속에서도 공산당 지하 활동 정보를 누설하지 않았다. 그 후, 감옥에서 처형당했다.

영원히 빈 액자들

대체 누가 밀고했을까? 아는 사람은 없었지만 모두 암암리에 이를 알아봤다. 마타오가 하방되어[119] 생산대에 들어간 W현은 내가 있는 Y현에서 200킬로미터 정도 떨어져 있었다. 그때 나는 신문을 통해 W현에 엄청난 폭우가 쏟아졌다는 사실을 알게 되었다. 강 상류 저수지 관리원이 직무에 태만하여 술에 취해 잠이 드는 바람에 급격하게 몰려드는 홍수 상황을 제때 파악하지 못했다고 한다. 한밤중에 둑은 만수위까지 물이 불었고 그대로 무너져 버렸다. 수만 톤의 고체 같은 흙탕물이 와르르 쏟아져 사방 수 리 안에 살던 소, 개, 쥐, 닭, 오리, 새들이 일제히 비명을 질렀다.

---

119) 下放. 중앙 또는 상급 기간의 인원을 지방 또는 하급 기관에 내려보내는 것.

한 고상 가옥[120]에서 자고 있던 여자 지식 청년 다섯 명은 동물들의 외침이 무슨 의미인지 알지 못했다. 그들은 그렇게 가옥과 함께 송두리째 물길에 휩쓸렸다. 칠팔 일이 지난 후에야 사람들은 하류의 길고 긴 언덕에서 진흙과 함께 범벅이 된 시신 다섯 구를 차례로 발견했다. 그 가운데 옌샤오메이도 있었다.

W현에 갔을 때 그녀를 본 일이 있다. 몽고족의 피가 흐르는지 기골이 장대하고, 말도 거침없이 시원스러웠으며, 때로 특히 토론 같은 일이 벌어질 때면 남자들처럼 담배 한 개비를 꺼내 들곤 했다.

현에서 영령들을 추모하고 공로에 대해 표창을 하기 위한 성대한 집회가 열렸다. 들자하니 샤오메이의 아버지가 집회에 나왔다고 한다. 과거 해외에서 대사를 지낸 바 있는 위풍당당했던 모습의 그는 직무에 태만했던 젊은 저수지 관리인을 대신해 이를 가볍게 판결해 달라고 사정했다. 그는 자신과 아내는 아이를 잃었지만 또 다른 부모까지 아이를 잃게 하고 싶지 않다고 했다. 그는 딸의 유일한 유품인 거울 하나만 가지고 자리를 떠났다.

여러 해가 흐른 후 지식 청년 사이트에서 누군가 당시의 일을 회고하고 있는 것을 발견했다. 그 네티즌은 샤오메이에 대한 글에서 그녀의 별명이 '부처'였으며 베이징의 한 중고등부 홍위병 대장이었다고 적었다. 그녀는 시골에 내려갔을 때 아이들을 정말 좋아했다고 한다. 일단 마을에서 배우지 못한 아

---

120) 산간 지대에 원두막처럼 생긴, 나무 또는 대나무로 만든 집.

이가 있으면 여자 지식 청년들을 그 아이의 집으로 보내 그 아이의 부모에게 왜 교육을 등한시하고 있는지 다그쳤는데 어찌나 살벌한지 마치 비판 투쟁 대회를 여는 것 같았다. 또 다른 지식 청년 한 사람도 샤오메이가 당시 대단한 재능을 지닌 여성이었다는 글을 올렸다. 언젠가 기차에서 그녀에게 반한 한 남자 교수가 목적지에 도착했는데도 한사코 그녀가 들려주는 몇 편의 프랑스 영화 이야기를 다 듣고 내리겠다고 고집을 피웠다. 그는 다음 역에서 다시 기차표를 구매해 돌아갔다. 그러나 당시 강 양편 지식 청년들의 왕래에 대해 이야기하는 이는 아무도 없었고, 더더욱 마타오가 밀고당한 일에 대해서는 일언반구 언급이 없었다. 위험천만했던 당시의 고발이 샤오메이에 의한 것인지 아니면 샤오메이의 남자 친구에 의한 것인지 그것도 아니면 다른 사람이 주범이었는지 아무도 정확히 말할 수 없을 것이다. 정말 그런 밀고가 있었는지에 대한 문제 역시 아마 영원히 미지수로 남을 것이다.

사람들은 지나간 과거의 일은 따뜻하고, 밝은 색채를 띤 깔끔한 기억이길 희망하리라. 청명[121] 시절, 지식 청년들은 사이트에서도 추도식을 치른다. 세상을 떠난 친구들의 사진, 간단한 소개, 추도문과 추모자들이 가져온 디지털 화환을 차려 놓는다. 우리는 이 사진들 속에서 홍수에 휩쓸린 다섯 명의 꽃다운 소녀들의 모습도 발견했다. 만면에 순박한 모습이 가득한

---

121) 4월 5일 전후. 24절기의 5번째. 날이 풀리고 화창하여 나무를 심기 좋은 시기이며 성묘를 한다.

소녀들은 싱싱하게 물을 머금은 배추처럼 순박하고 해맑은 모습이었다. 요즘 볼 수 있는 카툰녀, 엽기녀, 커리어우먼, 귀요미, 럭셔리걸과 선명한 대조를 이뤘다. 소녀들은 화장품이 없거나 화장품을 좋아하지 않던 시대, 정교함을 추구하던 시대가 아닌 조금 더 흙에 가까운 시대에 살았다.

엔샤오메이의 이름 아래에는 사진도 없이 그저 검은 테두리의 빈 틀만 있었다. 조금 뜻밖이었다. 이 의식을 준비한 사람에 따르면 당시 사진기가 드물었던 시대라 사진이 많이 남아 있지 않는 데다 그녀의 부모가 딸의 사진을 보고 매우 상심할 것이라 생각해 흑백 사진을 모두 없애 버렸다고 했다.

이렇게 한 소녀는 영원히 빈 액자틀로 남게 되었다.

정치범

미안해. 우리 둘은 잘 맞지 않는 것 같아. 이쯤에서 그만두는 편이 좋겠어.

쪽지가 눈에 확 들어왔다. 이 쪽지와 함께 내가 그녀에게 선물했던 하모니카, 그리고 그녀에게 맡겨 두었던 내 식권 전부를 돌려받았다. 뜻이 분명했다. 이 일은 마타오가 판결을 받고 그녀가 도시에 돌아가 오빠에 관한 일을 처리한 후 막 바이마후 호로 돌아왔을 때 벌어졌다.

내 눈을 믿을 수가 없었다. 나는 씩씩거리며 단걸음에 식당으로 향했다. "이게 무슨 뜻이야? 뭐가 안 맞는데? 내가 안 맞으면 누가 맞는다는 거야?"

커다란 나무통 앞에서 채소를 자르고 있던 마난이 나를 힐끗 보더니 고개를 숙이고 다시 계속해서 호박을 잘랐다.

"그냥 내 생각에 안 맞는 것 같아. 여기 있지 말고 어서 나가."

"……오빠 사건에 내가 연루될까 봐 그러는 거야?"

"다른 사람이 생겼어."

"거짓말하지 마!"

"난 계속 널 속이고 있었어."

그녀가 냉랭한 시선을 보냈다.

"그래도 모르겠어? 어서 가. 다시 와서 귀찮게 하면 지도자에게 네 속에 나쁜 사상이 가득 들어 있다고 보고할 거야."

나는 화가 나서 기절할 것만 같았다. 눈앞의 그녀가 정말 낯설었다. 그럴듯한 멜로물이 왜 갑자기 비판 투쟁 대회로 변질되었단 말인가?

그녀는 자신이 누군가를 속일 수 있다고 생각했지만 사실 그녀야말로 속이기 쉬운 상대였다. 그녀는 쉽게 걸려들었다. 아무리 말을 해도 소용이 없자 나는 가짜 유서 한 통을 작성했다. 그래봤자 모두 책에서 베낀 '죽느니, 사느니' 등의 표현들, 실연당한 사람이 여기저기 들쑤시며 전생, 내세를 들먹이는 식의 과장된 말투였고 눈물 없이는 못 보는 장렬한 글귀들이었다. 나는 일부러 유서를 베개 밑에 넣어 두었다.(마치 아직 다 쓰지 못한 것처럼.) 또한 일부러 같은 방에 있는 얼마오가 뒤져(그는 자주 내 담배를 뒤져 갔다.) 그 즉시 마난에게 전달할 수 있도록 했다.(그 두 사람은 제법 친한 사이였다.) ……예상대로 그녀는 정말 큰일이라도 나는 줄 알고 그대로 달려와 내게 주먹을 날렸다. 그리고 오만상을 찌푸리며 목 놓아 울기 시작했다.

그녀가 얼굴을 가린 채 단숨에 숨은 사정을 털어놓았다. 사실 나는 그런 이야기들이 듣고 싶지 않았다. 또한 그 후에도 계속 내가 왜 그리 힘들여 내막을 알려고 노력했는지 후회되었다. 삶에는 여러 가지 비밀이 있기 마련이며, 그중에는 땅 밑에 들어 있는 지구의 핵처럼 깊고 어두컴컴한 곳에 자리해 영원히 빛을 보지 못하는 것들도 있다.

별똥별이 머리 위로 날아갔는데 계속 글을 써야 하는 걸까? 별빛 가득한 하늘이 서서히 돌고 있는데 계속 글을 써야 할까? 달빛 아래 산 저쪽이 세상의 끝이며, 이 지구의 마지막 사선인 것을, 주저하는 내 펜의 끝은 어디를 향해야 하는 걸까? 마난, 용서해 줘. 네 이야기를 끌어내지 말았어야 했어.

이 이야기는 사실 그다지 복잡하지 않다. 때로 좀 따분하다고 느낄 정도이다. 이야기인즉, 마난의 오빠가 한 노동 개조 농장에서 형을 치르는데 몇 번이나 집으로 편지를 보내 가족들이 나서 그의 상황을 알리며 하소연을 해 달라는 말과 함께 돈도 좀 보내 줄 것을 요구했다고 한다. 노동 개조 지역은 호수가 있어 겨울이면 너무 춥고 습했다. 그는 모피 이불과 솜 신발이 필요하다고 했다. 옥중의 식사도 형편없어 분유와 소시지, 수용자들이 자비로 구매하는 '추가 식권'도 필요하다고 했다. '현행 반혁명범'인 그는 문화 대혁명 기간에 시내를 돌며 조리돌림을 당할 때 워낙 심하게 구타를 당해 그때까지도 자주 허리가 아프고 왼쪽 눈의 시력이 좋지 않았으며 몸 여기저기에 내상이 있었다. 그는 감옥 안에서 문화 교원을 맡아 중노동은 조금 피할 수 있었지만 건강한 몸을 찾을 희망은 요원했다. 달리 방법이 없자 그는 되도록 빨리 체력을 되찾고 사고력을 회복시키기 위해 서양삼, 프로폴리스, 로열 젤리, 스콸렌, 그중에서도 특히 호주산 스콸렌이 좋다는 말을 감옥 담당 의사에 듣고 이를 구해 달라고 했다.

어머니는 돈을 모두 털고 상자 깊숙이 넣어 둔 옥팔찌와 금반지도 내다 팔고, 그나마 몇 개 안 되는 멀쩡한 가구도 전당포에 맡겼다. 마난은 몇 번이나 매혈을 했다. 단기간 내에 지나치게 자주 매혈을 하지 못하도록 한 병원 규정을 피하기 위해 그는 매번 병원 서너 곳을 돌아다녔다. 가짜 이름을 대고 끓인 물을 많이 마신 다음 의사에게 자꾸만 피를 더 뽑으라고, 아무런 상관도 없으니 많이 뽑으라고 부탁했다. ……피를 너무 많이 뽑아 머리가 띵하고 눈앞이 어지러워 문을 나서다 허공을 내딛는 바람에 병원 문 앞에 쓰러지기도 했다.

그래도 돈은 부족했다. 얼마 전 마난이 분유 등을 가지고 면회를 갔다. 부족한 것이 많았다. 마타오가 눈을 동그랗게 뜨며 스콸렌이 없는 것을 보고 말했다.

"너도 알아야지. 어떤 의미에서 보면 난 사회 전체를 위한 인물이야."

"오빠, 정말 미안한데……."

"너희 연민 따윈 필요 없어. 알아?"

초조해진 마난은 목을 이리저리 돌린 후 위로 들어올렸다.

"다시 말하지만 너희가 날 어떻게 대해도 돼. 난 쌀겨를 먹어도, 썩은 채소 잎을 먹어도 되고, 굶어 죽어도 별것 아냐. 다만 안타까운 것들이 있어. 예를 들면 사상계의 도태 같은 거지. 아마도 십 년, 아니 이십 년은 도태될 거야."

216

"오빠. 우린 최선을 다했어. 우리도 애가 타."

"네가 그렇게 말할 줄 알았어."

"오빠. 다시 방법을 생각해 볼게."

"가 봐."

"오빠. 용서해 줘. 내가 다 준비하질 못했어. 국산 간유구도 품질이나 효과가 좋다는데 어떨지 몰라서……."

"그만 하고 돌아가. 사실 앞으로 다시 안 와도 돼. 날 잊어도 돼. 그냥 자기 생활들이나 잘 해."

"오빠, 정말이야. 우리 집 형편을 오빠도 알 거야. 찾아갈 수 있는 사람은 모두 찾아갔어……."

그녀는 어머니의 팔찌와 반지도 팔았다고 이야기를 하려다 말고 그냥 입을 다물어 버렸다.

"그만 해. 됐어. 네가 누구를 찾아다녔는지 알아."

상대는 단단히 화가 나 있었다. 그는 화를 억누른 다음 참을성 있게 계몽에 나섰다.

"마난, 너 노력했어? 물론 노력했겠지. 힘들었지? 물론 힘들었을 거야. 하지만 내가 거의 수천, 수만 번은 말한 것 같아. 그 부르주아 서생들은 아무것도 아냐. 인민을 떠나 자기 혼자 고결한 척하는 자들은 아무것도 할 수 없어. 인민이야말로 진정한 힘을 지닌 자들이고, 진정한 지혜의 소유자야. 그들이 모든 방법 중 가장 큰 방법이고, 아무리 써도 고갈되지 않는 재부의 원천이며, 누구도 막을 수 없는 거대한 물결이지. 네가 고립무원의 처지라고 생각하는 것은 인민의 문제가 아니고 너 자신의 문제야. 알겠어?"

비록 더러운 수의 차림에 수염도 길고 조금 수척한 모습이었지만 오빠는 여전히 형형한 눈빛과 힘찬 어조로 말하는 내내 웅혼하고 침착한 모습을 보여 줬다. 조리정연한 말 한마디, 한마디는 모두 기록하고 녹음하고 동영상으로 촬영하여 역사적인 자료로 간직하기에 적합했다.

그는 상체를 뒤로 젖힌 채 실눈을 뜨고 다시 한 번 모호한 냉소를 짓더니 철커덕 족쇄 소리를 내며 망연자실한 누이에게서 멀어져 갔다.

"145호, 아직 시간 남았네."

문 옆에 서 있던 경찰이 그에게 알렸다.

그는 고개도 돌리지 않았다. 족쇄가 철 문턱에 부딪치며 철컹 소리를 냈다.

"145호, 물건 가지고 가."

경찰은 검사를 마친 보따리를 던졌다.

불쌍한 정치범은 어머니 안부는 물어보지도 않을 셈인가? 여자 형제들이나 친구들 상황도 관심이 없나? 모든 이들이 그 때문에 얼마나 초조해하면서 동분서주하고 애를 쓰고 있는지 알고 싶지도 않나? ……십 분 동안의 면회는 이곳에서는 사실 권리를 내세우는 빚 독촉 현장에 가까웠다. 구금의 장소와 자유로운 장소, 고난을 겪는 곳과 그렇지 않은 곳, 부상을 당한 자와 온전한 자 그 양쪽 자리는 높이가 두드러지게 차이났다. 평등이란 찾아볼 수 없었다. 이곳의 수갑과 족쇄가 확고한 증거였다. 이는 고귀함과 위엄, 감정에 대한 최대의 채권을 스스로 증명하는 것으로 다른 수많은 증거를 능가했다. 이에 마타오의 어떤 비난도 반박할 수 없도록 만들었고, 어떤 요구도 거절할 수 없게 했으며, 그가 아무리 고약하게 성질을 부려도 반드시 이를 참고 따라 주어야 했기에 마난은 그저 당황하며 자책할 수밖에 없었다. 만약 누이가 그의 면전에서 조금이라도 억울한 기색을 보이며 변명을 늘어놓고, 의논할 때 어긋난 의견을 내놓았다면 불난 집에 부채질을 하고 가해자에게 붙어 그를 학대하는 꼴이 아니겠는가? 일단 시간이 흐르고 상황이 바뀌면 억울함을 호소한 그녀를 포함해 그들과 무관한 사람이나 후손들까지 모두 채권을 무시한 파렴치함을 인정하게 되지 않겠는가?

그녀는 쓰디쓴 눈물을 삼키고 떨리는 두 팔을 감싸 안은 채 차가운 면회실을 나올 수밖에 없었다.

그녀는 오빠의 지시에 따라 인민으로 방향을 돌리기로 했다. 그러나 사방을 둘러봐도 막막하기만 했다. 누가 인민이란 말인가? 인민은 어디에 있는가? 누가 손을 내민 거지? 인력거를 끄는 아주머니? 넝마를 줍는 늙은이? 아니면 알루미늄 주전자로 끓인 물을 나르던 정류장 종업원? ……정류장 대기실을 이리저리 둘러보던 그녀의 시선이 한 남자에게 멈췄다. 이가 희고 피부가 새카만 그 자는 낡은 옷을 걸친 모습이 육체노동을 하는 하층민 같았다. 키가 크고 긴 얼굴에 뒤통수를 반삭하고 입술이 두꺼운 모습이 마치 흙이 덕지덕지 묻은 울퉁불퉁한 마를 보는 것 같았다. 이런 사람은 '얼순즈(二順子)'나 '다바오거(大寶哥)'라 불러야 하지 않을까.[122] 하지만 마난이 말을 걸자 상대방은 눈을 껌뻑거리며 암시장에 나온 천이나 설탕을 사는 배급표가 필요하지 않은지 물었다. 이런 그를 보며 마난은 잔뜩 놀랐다. 그에게 줄 뜨거운 물 한 잔을 가지러 갔던 마난이 돌아와 보니 사람은 온데간데없고 가방도 보이지 않았다. 처음에는 장난인 줄 알았지만 대기실 안팎을 모두 뒤진 후에야 그녀는 장난이 아님을 알았다. 세상에, 멀쩡하게 시골뜨기 감자 같은 얼굴을 하고서 어떻게 이럴 수가 있는가? 이처럼 벌건 대낮에 견물생심의 속내를 그대로 드러내 나쁜 짓을 하는 사람이 있다니.

화를 누를 길이 없었다. 그녀는 마음을 단단히 먹고 가방을 찾아 나섰다. 역 주위 골목 곳곳을 찾아다녔다. 한데 촌뜨기는 그림자도 찾아볼 수 없고, 어디서 우락부락하게 생긴 남자 하나가 그녀를 노려보다 허름한 다리 구멍으로 그녀를 몰고 갔다. 그 절체절명의 순간, 도망갈 곳이 없는 사각지대에서 그는 섬뜩한 미소를 지었다. 이에 그녀가 지지 않고 그를 째려보자 상대는 조금 당황하는 낯빛으로 침을 뱉고 자리를 떠났다.

그제야 그녀는 온몸에 땀이 흐르며 전신이 후들거려 발걸음을 떼어 놓을 수가 없었다.

다시 한 번 전에 이웃이었던 사람에게 도움을 청할 수밖에 없었다. 사실 그녀가 가장 만나기 두려웠던 사람이 바로 그 부주임이었다. 그는 관청에 인맥이 있기 때문에 그녀의 오빠를 조건이 좀 더 나은 노동 개조 농장으로 보내 줄 수 있었고 돈도 빌려 줄 수 있었다. 그녀의 하소연이 그에게 통할까? 그러

---

122) 시골 사람 같은 투박한 이미지를 주는 이름을 의미한다.

나 부주임은 매번 악수를 할 때마다 시선은 항상 그녀의 가슴과 허벅지에 가 있었고 그녀의 손을 잡은 채 한참동안 놓아 주지 않았다. 게다가 언젠가 한번은 음탕한 눈빛으로 "마난, 오빠 사건은 중범죄에 속해. 이렇게 다니면 정말 위험하다고!"라고 말했다.

"아저씨, 알아요. 아저씨야말로 우리 집의 큰 은인이에요."

"넌 똑똑한 아이니까 어떻게 내게 보답해야 하는지 알겠지?"

그가 웃으며 눈을 찡긋하더니 그녀의 속을 꼭 쥐었다.

"아저씨. 아저씨는 왜 매번 악수를 이렇게 하세요?"

"왜?"

"좀 무서워요. 손바닥에서 땀이 다 나요."

"마난, 정말 순진하긴! 열여덟 나이에 어째 이렇게 아직도 어린애 같아?"

부주임이 껄껄 웃으며 그녀의 뺨을 살짝 치더니 그녀에게 열쇠를 던졌다. 그녀는 나중에야 그 열쇠가 부주임이 평소 안 쓰고 따로 챙겨 둔 집으로, 그의 집에서 그리 멀지 않는 곳에 위치해 있다는 것을 알았다.

열쇠의 의미가 무엇인지 알 수가 없었다.

"때로 좀 가볍게 생각할 수 있잖아, 좀 즐겁게 말이야……."

그는 이렇게 말하며 윙크를 보냈다. 그 뒤로 그녀는 자기 뒤통수를 자꾸만 내리치며 일을 하다가 말고 자주 멍하니 넋을 빼앗겼다. 그리고 마침내 그의 말이 무엇을 의미하는지 깨닫자 온몸에 식은땀이 났다. 마난이 다시는 그를 만나고 싶지 않은 이유였다. 그의 이름만 들어도 온몸이 부들부들 떨렸다.

그런데 이제 어떻게 한단 말인가? 더 이상 어머니를 추궁할 수 없었고, 큰언니나 둘째 언니에게 말할 수도 없었다. 더구나 친구들에게 손을 벌리거나 상점에 들이닥쳐 물건을 부수고 훔칠 수도 없는 노릇이었다. 돈 한 푼 때문에 영웅이 무너지다니, 완전히 궁지에 몰린 꼴이었다. 거리에 트럭이 한 대씩 천천히 지나갔다. 트럭마다 포승을 목에 걸어 팔을 뒤로 꽁꽁 묶은 범죄자들이 실려 있었고 모두 목에 '반혁명 분자', '도둑', '매점매석 투기범', '불량 분자' 등의 나무 팻말을 달고 있었다. 트럭 위 고음의 확성기를 통해 천지가 떠나갈 듯 구호가 울려 퍼졌다. '우귀사신을 모두 쓸어버리자.' 등의 구호가 들려왔다.

갑자기 고개를 숙인 한 죄인의 모습이 꼭 오빠같이 느껴졌다. 그녀는 낯선 사람들의 어깨를 밀치며 겨우겨우 길목 하나를 따라잡아 트럭에 가까이 다가갔다. 다행히도 마타오가 아니라 생면부지의 사람이었다.

하지만 오빠도 살벌한 총이랑 칼 아래에서 목에 팻말을 걸었겠지? 그리고 저렇게 흉악한 민병들에게 머리채를 잡혔겠지? 또 다른 장소에서는 살벌한 손아귀에 얼굴이 뒤로 젖혀진 채 입이 크게 벌어졌겠지? ……또다시 울려 퍼지는 큰 소리에 그녀는 화들짝 놀라며 정신을 가다듬었다. 끔찍해서 더 이상 생각할 수가 없었다. 문득 자신의 자유가 너무 사치스럽게 느껴졌다. 자신이 타락하고 파렴치한 인간 같았다. 내 멋대로 하는 방관은 죄악이다. 내 멋대로 주저하고, 두려워하고, 불평하고 따지는 것은 죽음을 보고도 구원의 손길을 뻗지 않는 냉혈한 인간이나 할 짓이다. 왜 이렇게 되었을까? 그래 봤자 죽는 거잖아. 죽음도 두렵지 않다면 내려 놓지 못할 것이 있겠는가? 조금 전 그 다리 구멍에서 그에게 당했더라면 마찬가지 꼴이 되지 않았겠는가?

갑자기 모든 걱정이 사라지고 마음이 가벼워지면서 아무것도 거리낄 것이 없다는 생각이 들었다. 상점 유리창 앞에서 머리를 가다듬고 단숨에 부주임이 있는 사무실로 달려가 3층 문을 두드렸다.

비서로 보이는 사람이 나와 오늘 부주임은 자리에 없다고 했다.

"왜요?"

"아마 출장 가셨겠죠? 나도 잘 몰라요."

"안 돼요. 안 돼! 꼭 만나야 돼요."

무척 다급해 보이는 말투였다. 한밤중에 막차를 놓치지나 않을까 전력 질주하는 느낌이었다.

상대방이 그녀를 훑어보더니 전화기 옆으로 데려간 후 연이어 번호 몇 개를 돌렸다. 그리고 마침내 연결이 되었는지 수화기를 그녀에게 건넸다.

"아저씨. 저 마난이에요…… 저 열쇠 가지고 왔어요."

수화기 너머로 잠시 침묵이 이어지더니 가벼운 웃음소리가 들렸다.

고요한 산골짜기

환각이 보였다. 한눈에 그들의 늑대 같은 야심을 간파했다. 그들은 물론 서로 짜고 날 손봐 줄 생각이었다. 그들은 밥을 먹을 때 평소처럼 웃고 떠들었다. 당연히 일부러 뭔가를 숨기려는 의도였다. 내 세숫대야가 보이지 않았다. 아마도 처마 밑에 있는 두 마대와 관련이 있을 것이다. 마대는 뭘 담으려고 준비했을까? 물건을 담은 후 강에 버릴 건가? 다음 날, 처마 밑의 마대는 보이지 않고 새끼줄들만 보였다. 더욱 의심이 가는 상황이었다. 뭘 묶으려고 새끼줄을 준비했을까? 잡아매거나 꽁꽁 묶지 않으면 안 되는 물건이 뭐가 있을까?

마침내 나는 단번에 샤오아이즈의 진면목을 간파할 수 있었다. 노래를 부르지 않았는데 왜 내가 노래를 불렀다고 중상모략을 했을까? 잠을 안 잤는데 그는 왜 내가 잠을 잤다고 모략했을까? 그것도 왜 잠자는 척을 했다고 했을까? 또한 내가 잠자는 척할 때 코를 긁적거렸다고 거짓말을 했을까? 격분한 그가 막 손을 들려는 찰나 나는 그가 내리치려는 가래 위로 멜대를 떨어뜨렸다. 그는 엉금엉금 일어나 걸음아 날 살려라 언덕 위로 줄행랑을 쳤다.

"이 잡종 새끼, 어딜 도망가?"

나는 멜대를 휘두르며 쫓아갔다. 그런데 갑자기 눈앞에 까매지면서 정신을 잃고 말았다.

깨어나 보니 침대 위에 누워 있었다.

사람들의 말에 따르면 당시 나는 하느님이 도왔는지 부서진 돌들을 밟아도 아무 탈이 없고 넓은 도랑도 건너뛰며 두 사람 높이의 낭떠러지를 마치 한 마리 새가 된 듯 날아서 내려갔다고 한다. 다리 부분이 크게 찢어지고, 발가락의 발톱이 뒤집어진 채 핏덩이가 엉겨 붙어 있었다.

그러나 사람들은 그렇게 심하게 넘어지는 바람에 내 몸에 달라붙은 죽음의 신이 반은 떨어져 나가 다행이라고 했다. 량 대장은 말랑말랑한 소똥을 가져다 내 가슴에 문지르고 오래 묵은 진한 식초를 가열한 다음 침 몇 방울을 더해 내 뒷덜미를 뜨겁게 달궈 줬다. 그는 또 아주머니 한 사람에게 내 속옷을 들려 호숫가로 보낸 후 징을 울리며 사방에 내 이름을 외치도록 했다. 그리고는 '동풍××', '남풍××', '서풍××', '북풍××' 등의 주문을 외우게 했다. 듣자하니 나의 '혼을 불러 준 것'이라 한다. 우톈바오도 왔는데 내 목 뒤에 달아오른 상처를 보고 이제 이 자식은 멜대도 못 지고, 수차도 돌리지 못하니 수가파에 가서 '수추(守秋)'나 하라고 했다.

나는 그것이 나에 대한 그의 배려라는 것을 알았다. '수추' 란 땅에 한참 물이 올라 열매를 맺는 고구마, 땅콩, 조생 벼 등을 야생 동물이 먹어치우지 않도록 지키라는 이야기였다. 비교적 가벼운 작업이기 때문에 평소 노인들에게나 시키는 일이었다.

이렇게 해서 나는 수가파에 오게 되었다. 자주 낙뢰가 발생하는 곳이었다.

이곳 사람들 눈에 벼락을 맞은 사람은 가장 불쌍한 사람이었다. 작은 목숨 하나 보전하지 못하다니, 됨됨이가 의심스럽다며 무슨 악한 일을 했기에 천벌을 받느냐는 눈치였다. 여러 해 전, 세 사람이 동시에 낙뢰에 목숨을 잃은 사건이 있었다. 그 사건으로 이곳 농민들은 모두 이사를 가 버리고 잡초가 무성하게 자란 허물어진 담과 텅 빈 계곡만 덩그러니 남았다.

이만 평 이상 되는 밭을 그냥 낭비하지 않으려고 차 농장에 비입지로 나누어 줬다. 가장 가까운 작업 지역으로부터 일고여덟 리 정도 떨어진 곳이었다. 항상 좋은 기운이 넘치는 추수철만 되면 야생 토끼, 꿩, 여우, 멧돼지, 원숭이가 단골손님이 되어 이곳으로 찾아들었다. 그중 멧돼지의 긴 코가 가장 영민해서 땅속 죽순, 감자, 고구마, 띠의 냄새까지 잘 감지했다. 사람들 눈에도 잘 띄지 않는 것들이었다. 멧돼지들의 단단한 주둥이는 마치 쟁기처럼 순식간에 땅을 뒤집는 중장비였다. 그들은 밭두둑과 담벼락을 단번에 무너뜨리고 한바탕 난장판을 만들어 놓았다. 차려진 밥상이 풍성한 탓인지 점점 입맛도 까다로워져서 거친 껍질은 벗겨 내고 알맹이만 먹는 법을 배웠다. 이렇게 멧돼지들이 뱉어 놓은 곡식 찌꺼기와 고구마 껍질이 무더기로 여기저기 쌓이는 모습을 보면 정말 후안무치라는 생각이 들었다.

나의 가장 중요한 임무는 사방에 볼일을 보는 것이었다. 되도록 곳곳에 땀과 침을 흘려 놓아 갖가지 사람의 자취를 남겨 둬야 했다. 이곳에서는 사람의 흔적이 방어선이자 경고였다. 신선한 기운은 독가스탄이나 지뢰와 같아 야생 동물들은 이런 인류의 위협과 강력한 힘을 감지하듯 손발이 오그라들어 감히 경계를 넘지 못했다.

내 또 다른 작업은 밤에 징을 두드리거나 두세 개의 폭죽을 터뜨리고 남자 소리와 여자 소리, 경극 창하는 소리, 사투리 등을 돌아가며 큰 소리로 외쳐 사람이 많이 모여 있는 상황을 연출해 각 길을 통해 침범하는 적들을 위협하는 일이었다. 일반적으로 멧돼지들은 방어에 뛰어나 대부분 나뭇가지를 얽어 만든 우리에 살았다. 멧돼지들의 보루처럼 견고한 소굴은 정말 감탄이 절로 나올 정도였다. 그들은 공격에도 뛰어났다. 특히 유격전 경력이 풍부해 성동격서의 계략을 펼칠 줄 알았다. 그러나 어쨌거나 이 저팔계들은 덩치는 큰 데 비해 머리가 작았으니 냄새는 한 사람의 것이 분명한데도 때로 자기 귀에 속아 이곳에 주둔병이 많다고 오인했다. 낯선 보통화[123]나 외국 노래를 들으면 더더욱 멀찌감치 떨어져 다시는 경솔한 행동을 하지 못했다. 아무리 배고파 눈이 돌아갈 지경이라도

---

123) 중국의 베이징에서 주로 쓰는 언어로 흔히 중국의 표준어를 이른다.

참고 또 참으며 풀숲에 웅크리고 앉아 그르릉대는 소리는 마치 '니너니너니너'[124]처럼 들려 마치 남에게 안부를 묻는 것 같았다.

원래 있던 막사에 잡초를 올리고 해먹을 걸고, 부뚜막에는 솥을 올려놓는 것으로 이곳 생활이 시작되었다. 새 소리와 나비가 가득한 골짜기를 지키면서도 시선은 앞을 향해 등성이를 따라 높이 날아올라 세상을 향해 펼치니 푸른 하늘 하얀 구름 아래 이어져 있는 가을의 빛을 거머쥐어 내 상상은 구오지존의 제왕이 될 수 있었다.

바다의 항해는 조타수에게 의지하고
외할머니 나와 햇빛을 쪼이네.(원래 구절은 '만물의 성장은 태양에 의지하네.'였다.)

또 다른 구절은 다음과 같다.

나는 대로를 걷는다. 손에 막대 아이스크림 하나 들고(원래 구절은 '왕성한 의지, 날아오르는 투지'였다.)

제멋대로 개사를 해도 여기서는 한껏 소리를 높여 노래를 부를 수 있었다. 평소 감히 입 밖으로 내놓지 못하던 말도 여기서는 쩌렁쩌렁 메아리가 울려 퍼지도록 고래고래 소리를

---

124) 你呢. '당신은요?'라는 의미의 중국어이다.

지를 수 있었다. 눕고 싶으면 눕고, 소리 지르고 싶으면 지르고, 욕을 하고 싶으면 욕을 하는 시간들 덕분에 오장육부의 탁한 기운을 모두 토해 낼 수 있으니 확실히 기분이 좋았다.

힘든 일은 후에 벌어졌다. 먼저 산거머리가 골칫거리였다. 그곳은 산거머리가 특히 많아 언제나 살금살금 풀잎에 거꾸로 서서 목표가 눈에 들어왔다 하면 몸을 활처럼 구부리고 높이 뛰어올라 목표를 덮쳐 몰래 피를 빨았다. 성냥개비처럼 작은 이 잡것들은 한껏 피를 빨고 나면 마치 젓가락 크기 정도로 통통해졌다. 이들이 남긴 상처는 잘 아물지 않았다. 땔감용 낫으로 초소 주변 열 걸음 안의 잡초를 모두 베어 버려도 몸에는 항상 혈흔이 남았다.

다음은 뱀이다. 지역 사람들 표현을 빌리면 '장충(長蟲)'이다. 가을밤 날씨가 추워지니 '장충'들은 모두 따뜻한 기운을 찾아다녔다. 나는 밤에 잠자리에 들기 전 반드시 요와 이불을 뒤적거렸고, 아침에 일어난 후에도 행여 똬리를 틀고 앉아 온기를 모으고 있을 우산뱀에 물리는 일이 없도록 신발을 거꾸로 털었다. 한번은 등 뒤 가까운 곳에서 슥 하는 소리가 들려 손전등으로 비춰 보니 코브라 한 마리가 풀숲에서 몸을 쑥 내밀고 나를 째려보고 있었다. 다행히 쪼그라진 그 큰 얼굴도 놀라긴 했는지 잠시 후 어디론가 사라져 보이지 않았다. 코브라가 숨어 있던 곳에서 뱀 알을 발견했지만 먹을 용기는 나지 않았다.

그보다 더욱 두려운 것은 비바람이었다. 작업장에 있을 때는 잠 잘 빌미를 찾으려 매일 비가 오길 바랐는데 이젠 먹구름만 보였다 하면 긴장이 되고, 천둥 소리만 들었다 하면 고달픈 생각이 밀려왔다. 말 그대로 간이 막사여서 한 번 광풍이 불면 위에 덮어 둔 풀이 벌러덩 뒤집어지면서 모기장은 날아가고 이불에 베개, 요까지 모두 물구덩이에 잠겼다. 특히 밤에는 천지사방이 모두 컴컴한 가운데 번갯불이 번뜩이면서 일단 폭우가 쏟아졌다 하면 풀로 만든 덮개는 있으나 없으나 마찬가지였다. 또한 비닐도 몸에 걸치고 있으나 마나 마찬가지였다. 나는 짙은 어둠 속에서 아무 것도 볼 수 없었다. 그저 상하좌우도 가늠하지 못하는 어둠 속에서 한없이 추락하며 육중한 어둠이 숨도 못 쉴 정도로 온몸을 엄습했다. 그러나 희뜩하게 번갯불이 쩍 갈라지면서 사방의 산과 나무 그림자가 허옇게 번뜩이며 갑자기 타오르면 도깨비, 산속 외발 귀신, 요괴가 모두 출동할 것만 같아 실성한 듯 날카로운 비명을 질렀다.

그저 나무 기둥의 촉감이나 진흙 또는 풀잎을 더듬으며 손의 감각에 의지해 내가 아직 살아 있음을 느낄 수밖에 없었다. 아직 살아 있어, 아직 지옥의 어느 한 귀퉁이에 살아 있어. 무슨 짓을 해도 다 체력 낭비였다. 이 하늘이 어찌 무너지는지, 어디까지 무너질 수 있는지, 천 번을 무너진들 대수인가라는 심정으로 그저 마음을 굳게 먹을 수밖에 별 도리가 없었다. 아! 그저 이 몸은 오늘 아무것도 안 하는 거야. 어디 한번 이판사판 붙어 보자. 비 오는데 바닥에 대자로 뻗게 해 줄까?

날이 밝을 때까지 가까스로 버텼다. 상큼하고 촉촉한 햇살이 다시 찾아들었다. 비 갠 후의 고난이 시작되었다. 막사를 다시 만들고 옷가지를 말려야 했고, 또한 무용지물이 된 독가

스탄과 지뢰밭 때문에 골치가 아팠다. 사람의 똥, 오줌, 땀 냄새가 억수 같은 빗줄기를 따라 모두 흩어져 버려 중요한 길목이 모두 위험에 처했다. 한 사람의 배설만으로는 이 공백을 메울 수가 없었다. 그 순간 눈이 빠져라 기다린 것은 첫째도 손님, 둘째도 손님, 셋째도 역시 손님이었다. 심마니 한 사람, 진 씨였던 것으로 기억하는데 그자가 자주 그곳에 들렀고, 두 세 명의 소 장수도 이따금 각자의 소떼를 몰고 이곳을 지나가곤 했다. 나의 가장 큰 바람은 이런 위대한 구세주들이 산 어귀에 나타나 그곳에 더 많은 냄새를 남겨 주는 것이었다. 겸연쩍 긴 하지만 그래도 소들이 고맙게도 꼬리를 쳐들고 똥을 한 무더기 싸 줄 때까지 뚫어져라 소 똥구멍을 바라봤다. 한 마리가 시작하면 다른 소들도 전염이 되듯 줄줄이 반응을 보이면서 수가파의 명절은 그렇게 시작되었다. 멧돼지들은 사람과 우마가 얼마나 끈끈한 관계인지 알기 때문에 우마의 분뇨 냄새가 풍기면 의심을 품고 이를 피해 가려 했다.

"내게 돼지 기름이랑 고추, 쓰과[125]도 있는데, 밥이나 먹고 가요."

나는 심마니가 행여 자리를 뜨지나 않을까 자꾸만 그를 잡았다.

"오늘 외손자 보러 가야 하는데."

"식사 하고 가도 괜찮잖아요."

"아냐, 벌써 시간이 많이 됐어."

---

125) 쓴 맛의 오이과 야채.

나는 하는 수 없이 멀어져 가는 그의 뒷모습을 바라보며 조금 전 내 땅콩이랑 고구마를 먹어 치우고 담배도 피우고선 아무런 냄새도 남기지 않고 떠난 그를 원망했다.

노인네, 그래도 침이라도 한번 뱉고 가겠지?

너무 외진 곳이었다. 기침 소리, 발소리만이 벗이 되어 사방에 고독하게 울려 퍼졌다. 금원보[126]를 길가에 떨어뜨린다 해도 주워 갈 사람이 없었다. 막사에서 내가 백번 죽는다 해도 날 둘러볼 사람도 없었다. 나는 그제야 적막, 한도 끝도 없는 적막, 무한대의 적막이 사람을 병들게 할 수도 있다는 사실을 알았다. 막사 주위를 몇 바퀴나 빙빙 돌아도 뭘 해야 할지 막막하기만 했다. 언제부터인가 칠성무당벌레 한 마리를 수십 번 바라보고 있다 보니 그놈이 더 이상 무당벌레가 아니라 오색찬란한 비단 치마를 입은 엄연한 요부로 날 유혹하고 있다는 생각이 들었다. 긴얼룩다리모기 역시 몇 번을 바라보고 있으려니 더 이상 모기가 아니라 전투복을 입은 거대한 기병으로 태권도나 펜싱에 능하며 30마하 이상의 비행 능력을 가지고 있는 존재가 되어 씽씽 '갈 지(之)'자로 날아다니다가 내 손등에 앉아 마치 커튼콜에 대한 감사의 발레 동작을 선보이는 것 같아 황홀한 기분이 들기도 했다. 이쯤 되면 내가 미친 것 아닐까?

비 갠 후의 공기는 청명했다. 별똥별이 쏟아졌다. 마치 예광탄이 아무도 없는 진지에 쏟아져 내리는 것 같았다. 끝없이 펼

126) 金元寶. 금으로 만든 고대 화폐.

쳐진 별빛 하늘이 대지를 향해 자꾸만 쏟아져 내려 내 온몸을 깊숙이 파묻을 것 같았다. 가장 먼저 반짝였던 별 하나가 평소 부피보다 배나 더 큰 모습으로 잡초 지붕 한 귀퉁이에 걸린 모습이 커다란 다이아몬드 형상 같았다. 별빛이 내 모기장을 비추며 눈썹 위로 쏟아져 내렸다. 이렇듯 뭇별들이 부둥키며 쏟아 놓는 빛에 눌려 제대로 숨도 쉬지 못하고 있을 때 꿈 하나를 꿨다.

꿈속의 내가 조금 흩날리는 것 같기도 하고 문득 눈이 부신가 싶더니 조금 흐릿하게 보이기도 했다. 어느 도시의 광장을 걷고 있는 것 같았는데 누군가 내 손등을 살살 긁었다. 돌아봤지만 아무것도 보이지 않았다. 다만 한 남자의 뒷모습이 보였는데 심마니의 굽은 허리 같았다. 자세히 다시 들여다보니 그제야 남자의 겨드랑이 아래 큰 가방이 끼워져 있고, 열린 가방 덮개 사이로 작은 머리통이 하나 불쑥 나와 있는 것을 발견했다. 포시시한 털이 어설프게 나 있는 모습이 다람쥐 같기도 하고, 코알라 같기도 하고, 토끼 같기도 했다.

세상에, 내가 잘못 본 건 아니지. 그 두 눈은 분명히 아는 눈이었다. 맑고 촉촉한, 바로 마난의 눈이었다.

조금 전 그녀가 자기도 여기 있다는 것을 알려 주려고 작은 발톱으로 날 긁었던 거야. 날 알아봤다고, 그래서 인사를 했던 거야.

바짝 긴장이 되었다. 마난, 마난, 당신이 왜 여기 있는 거지? 왜 다람쥐가 됐어? 왜 얼굴, 몸에 온통 털이 났지? 어쩌다 범포 자루에 들어가는 신세가 되었어? 왜 늙은 남자 허리춤에 끼어 나에게서 멀어져 갔지? 당신이 몰래 날 긁었던 건 날 알아봐서 그런 거였지? 하지만 당신은 이미 말을 할 수도, 말을 하기도 원하지 않잖아? 우리는 사람들의 이목을 피해 몰래 연락을 하고, 지난 일을 잊지 못하고 있지만 운명을 받아들일 수밖에 없고, 그저 남들 멋대로 팔려 가는 날들을 돌이킬 수 없는 거잖아? 우리 사이에는 수십 년, 수백 년, 수천 년, 수만 년의 세월이 가로놓여 있어 벌써 아득히 먼 사이가 되었어. 우리가 스쳐 지나갈 때, 재회할 희망이 없을 때, 사람들이 떼지어가고 차들이 줄을 잇고 온갖 꽃들이 화사하게 꽃을 피운 이 거리에서 당신은 정말이지 더 이상 참을 수가 없었을 거야. 그저 거의 흔적도 없는 안부 인사로 당신이 예전에 사람이었다는 것, 사랑을 했고, 굴욕을 당했고, 새까만 당신의 눈동자 속에 이런 전생의 시간들이 깊숙이 담겨 있다는 것을 알려 줄 수밖에…….

잠에서 깼다. 얼굴이 눈물로 범벅이었다.

나는 그냥 그렇게 이 이야기가 과거가 되었다고 생각했다. 그녀는 이미 하모니카와 식권을 돌려줬고, 나 역시 오랫동안 그녀를 다시 만나지 못했다. 길에서 우연히 만나도 우리 둘 모두 그저 고개를 끄덕였을 뿐이다. 식당에서 창구를 사이에 두고 음식을 담을 때도 서로 눈빛을 나누지 않았다. 그러나 얼굴을 뒤덮은 꿈속의 쓰고 차가운 눈물은 내게 아직 상황이 끝나지 않았음을 말해 주었고, 뼛속 깊숙이 내 핏속에 감추어져 있던 고통이 내 생각을 훨씬 뛰어넘는 것임을 알려 주었다.

"마난…….“

나는 벌떡 일어나 하늘 가득 쏟아져 내리는 뭇별과 맞은편으로 보이는 굽이진 산 그림자를 향해 고함을 질렀다.

고함을 지르며 알게 되었다. 마난, 용서해 줘. 나의 마난, 그
대의 짧게 땋은 머리, 그대의 검은 눈, 내가 어찌 당신을 떠나
보낼 수 있겠어? 어떻게 당신이 한 마리 다람쥐가 되도록 내
버려 둘 수 있겠어? 당신은 내 아내, 아내, 아내가 되어야 해.
알아? 난 당신과 잘 거고, 당신에게 내 아이를 낳게 할 거고,
내 아이의 엄마가 되게 할 거야. 당신이 평생 날 따르게 할 거
야. 알아? 마난, 앞으로 당신은 매일 집에 오는 나를 기다리고,
매일 내게 밥을 해 주고, 매일 날 위해 설거지를 하고, 매일 날
위해 빨래를 개고, 매일 날 위해 양말을 빨고…….

난 내가 뭐라고 외쳤는지 알지 못했다.

미친 듯이 징을 두드렸다. 아마 골짜기의 야생 동물이 기겁
하고 사방으로 놀라 달아났을 것이다.

첫날밤

골짜기에서 성대한 의식이 열렸다. 후대까지 멀리 영향을 끼칠 위대한 사업이 시작되고 있었다. 그녀는 더 이상 내 손길을 거부하지 않았다. 나는 미친 듯이 손을 뻗어 그녀의 매끄러운 어깨를 어루만지고, 그녀의 브래지어 버클을 풀고 그리 크지 않은 가슴으로 향했다. 탄력 넘치는 풍만한 다리(남자애 같은), 그 다리 사이 체모(마치 없어야 하는 존재라 조금 당황스러움을 느끼게 하는)를 향해 손을 뻗었다. 땅콩과 고구마가 익어 가는 냄새 속에 달은 우리의 것이었고, 숲과 군산도 우리의 것이었으며, 하늘에서 눈짓을 하는 별들도 모두 우리의 것으로, 일순간 우리 아래로 쏟아졌다가 다시 일순간 우리 위로 떠오르며 황홀한 광경을 연출했다.

중요한 순간, 문제가 생겼다. 내 하체가 솜방망이처럼 아무런 반응을 보이지 않았다.

"괜찮아. 너무 긴장해서 그럴 거야……."

그녀가 날 위로했다.

"어떻게 이럴 수가 있지?"

다급해진 나는 진땀이 났다.

"피곤해서……."

"그럴 리가 없어. 아무것도 안 했고, 오늘은 특별히 밥도 두 그릇이나 더 먹었어."

"그럼 내가 잘못한 거야."

그녀가 머리를 내 어깻죽지에 묻었다. 목소리가 조금 이상했다. 두려움과 절망이 느껴졌다.

"넌 아무 상관도 없다고 하지만 넌……."

땀이 더 많이 났다.

"헛소리! 이게 너랑 무슨 관계가 있어?"

"분명히 관계가 있을 거야, 분명히……."

"웃기지 마. 할 수 있어. 안 되면 안 돼. 오늘 꼭 해야 돼……."

하지만 인생은 종종 이렇듯 급할수록 엉망이 되고, 엉망이 될수록 상황은 일그러진다. 나는 젖 먹던 힘까지 짜내며 내 자신에게 계속해서 명령을 내렸고, 온몸을 동원해 힘찬 기백으로 떨쳐 일어나 결전을 벌이려 했지만 그 녀석은 여전히 보들보들, 아무리 비비고 애를 써도 아무런 효과가 없었다. 정말 체면이 말이 아니었다. 나는 길게 한숨을 쉬고 울상이 되어 일어나 앉아 담배를 피웠다.

"괜찮아. 이렇게 해, 이래도 좋아……."

이제 그녀가 날 위로할 차례다. 그녀가 내 한 손을 잡아 자신의 가슴으로 가져갔고 그녀의 하복부를 향해 미끄러지도록 했다. 그녀가 혀로 내 어깨를 위, 아래로 가볍게 애무했다. 내 초조함과 자책감을 핥아 내기라도 할 것처럼 말이다.

수치스러운 첫날밤이 이렇게 조용히 지나갔다. 우리는 서로를 어루만지며 위로했다. 그 때문에 그녀의 몸에 피멍이 많다는 것을 알았다. 그냥 부딪치기만 하면 퍼렇게 멍이 들었고 쉽게 흔적이 사라지지 않았다. 일을 하기 시작하면 구제불능이었다. 몸 전체가 마치 깨지기 쉬운 청화 자기 같았다. 그녀의 왼쪽 복부 쪽에 상처가 있다는 것도 알았다. 다섯 살 때 생긴 상처라고 했다.

당시 남자아이들 셋이 그녀의 큰언니를 괴롭혔다고 한다. 그녀가 돌진해 큰언니 앞을 가로막자 한 남자애가 그녀를 잡아당겨 세게 밀치는 바람에 그대로 언덕에서 굴러 떨어지다 깨진 술병에 배를 찔렸다. 그렇게 큰언니 이야기가 시작되었다. 큰언니는 그녀가 언제나 숭배하던 여왕이었다. 그녀가 대학을 졸업하고 외지로 보내진 후 큰언니는 거의 그녀에게 편지를 쓴 적이 없고 심지어 편지를 보내도 회신이 없었다는 이야기를 듣고 조금 답답한 생각이 들었다. 잊지 못할 일도 있었다. 언젠가 설 명절에 가족이 모두 함께 모였는데, 큰언니와 큰 형부가 신혼 준비 이야기를 꺼냈다. 그들이 마련한 자전거, 재봉틀, 손목시계 등에 대한 이야기가 나왔다. 당시 유행하던 '삼전[127]'은

---

127) 三轉. 1980년대 중국의 결혼 필수품 삼전일향(三轉一響)에서 나온 말로 삼전은 자전거, 재봉틀, 손목시계를 의미하고 일향은 라디오를 가리킨다.

대충 모양을 갖췄지만 유일하게 남들이 말하는 '일향' 즉 라디오가 빠져 섭섭했다. 큰언니가 그녀를 안으며 웃었다.

"마난, 네 라디오 나 줘. 넌 시골 농부로 살 거니까 어차피 국가 대사 같은 건 알 필요 없잖아."

"그래."

마난은 별로 생각해 보지도 않고 대답했다.

그녀는 큰언니가 결혼한다니 기분이 좋았다. 여왕의 요구를 거절할 수 없었다. 그러나 큰언니 두 식구가 라디오를 받아드는 순간 서로 마주 보며 웃는 모습이 이상하게 느껴졌다. 그들은 무슨 눈빛을 주고받는 걸까? 뭔가 미리 공모를 한 걸까? 무슨 뜻을 담고 있는 걸까? 그렇지 않다면 왜 몰래 성공의 기쁨을 주고받을까? 오랜 시간이 흐른 후에야 마난은 항상 그렇듯이 한 박자 늦게 뜻밖의 사실을 알게 되었다. 큰언니 부부가 각자 받는 대학 졸업생 임금이 마난 자신의 열 배에 가까웠다. 마난은 또한 그들이 호사스럽게 사진기를 사고 초원 여행을 즐기는 모습에 그제야 마음이 조금 쓰렸다. 그래, 여동생은 천한 농민이니 사진기나 초원 여행 따위는 어울리지 않지. 심지어 라디오에서 흘러나오는 뉴스를 들을 자격도 없어. 그렇다고 동생이 영악하게 주고받는 당신들의 눈빛을 봐야 감을 잡을 정도로 그렇게 바보 같다는 건가? 당신들이 몰래 입술을 삐죽거리거나 눈썹을 찡긋거려야할 정도로? 동생은 그냥 그렇게 당신들 옆에 앉아 당신들끼리 왁자지껄 즐겁게 주고받는 혼사 이야기를 들으면 안 된다는 것인가?

길고 긴 밤, 둘째 언니에 관한 이야기도 이어졌다. 둘째 언니는 최근 계속 한창 열을 받은 상태였다. 마타오가 감옥에 들어간 일에 대해 어찌나 분노하는지 아예 공개적으로 관계를 끊겠다고 난리를 피울 정도였다. 사실 집에서 이런 난리는 자주 겪는 일이다. 마난의 아버지는 생전에 자녀들에게 대의멸친하는 자세로 '혁명의 입장'에 서서 절대 반동파를 동정하거나 예의를 갖추거나 존중하는 대상으로 삼지 않도록 공개적으로 선언했다. 아이들에게 지주(地主)였던 고모를 가까이하지 못하게 했던 것도 그런 이유 아니었던가? 거인[128]이었던 할아버지에 대한 언급을 하지 못하게 했던 것 역시 마찬가지 아니었는가? 나중에 마타오가 학교에서 대자보를 붙여 '구 관료'였던 아버지를 통렬히 비판하고 적극적으로 당원 조직에 빌붙자 이에 대해서도 그는 한참을 매우 즐거워했다고 한다. 아마도 자녀들이 인민대중이 있는 장소에서 아버지를 발로 차고, 침을 뱉고, 따귀를 몇 대 때렸다면 아버지는 더더욱 기뻐했을지 모를 일이다. 자신의 상처와 아픔으로 자식이 정치적 점수를 더 얻고 그로 인해 영광스러운 혁명의 길로 나아갈 수 있다면 눈물을 머금고 아버지가 마다할 것이 뭐가 있었겠는가?

집안의 원망과 다툼은 날이 갈수록 심해졌다. 아버지가 기대하는 이러한 대항이 아무런 결과물도 얻지 못한 데다 아들이 성적은 아무리 좋다 해도 결국 별 볼 일 없는 학교를 갔기 때문이다.

---

128) 擧人. 청나라 과거 시험의 1차 합격자.

이제 둘째 언니는 마타오를 원망한 데 이어 마난을 원망했다. 마난이 조금만 세상 이치에 밝았다면, 그렇게 잘 알지도 못하면서 난리를 피우지 않았다면, 옆에서 좀 말리기라도 했다면, 마타오가 그렇게 막 나가지는 않았을 것이라는 이야기였다. 그래 잘됐네! 전부 엉망이 되었으니! 하늘은 무너지고 감옥에 갇힌 반혁명 분자 한 놈 때문에 온 가족이 연루되어 둘째 언니가 학교에서 고개도 들지 못하고, 상을 받거나 진급을 하는 일도 모두 물거품이 되었기 때문이다.

염장 지르는 이야기만 하던 둘째 언니는 이번에는 또 집안 꼴이 말이 아니라고 푸념을 했다. 노인이고 애들이고 할 것 없이 모두 해만 끼친다는 말이었다. 집에 들어섰다 하면 마치 얼음집에 들어간 듯 음습한 분위기가 냉동 생선들만 가득한 것처럼 느껴진다고 했다. 얼마 전 둘째 언니 생일에 가족 중 누구도 축하 인사를 건네는 이가 없었다.(마난은 이 일 이후 어설프게 생각해 보니 자기도 생일에 둘째 언니의 인사를 받지 못했다는 생각이 들었다.) 게다가 둘째 언니는 어머니가 자기 혼자만의 어머니냐고 말했다. 다른 사람들은 언제 어머니를 마음에 두고 있기나 했어?(마난은 생각해 보니 자신이 별로 힘을 쓰지 않은 것만은 확실했다. 그러나 어머니의 솜옷, 솜 신발, 솜이불은 모두 자기가 시골에서 마련하지 않았던가.)

그날, 둘째 언니는 마난의 친구 아버지가 기차에서 매표 관리를 하고 있다는 사실을 알고 그녀에게 침대칸 표를 하나 사 오라고 했다. 기차표가 매우 귀하던 시절이었다. 마난은 가까스로 언니 심부름을 완성하고 신바람이 나서 집으로 발길을 재촉했다. 그런데 뜻밖에도 언니는 기차표를 보자마자 얼굴이 딱딱해졌다.

"왜 제일 위 칸이야?"

"그것도 겨우 구했어."

"안 돼. 이거 교장 선생님 드릴 거란 말이야. 이걸 어떻게 내밀어?"

마난은 어리둥절했다.

"어서 가서 바꿔 와."

"언니, 그 친구 아버지가 이 표도 겨우 빼낸 거랬어."

"그 사람이야 당연히 그렇게 말하겠지, 그걸 믿어?"

"맨 아래 침대는 6일 후 열차나 가능하다고 했어."

"6일 후라고? 교장 선생님 회의 때문에 출장 가서. 원숭이 쇼 보러 가는 게 아니라고!"

마난은 이렇게 해서 다시 한 번 크게 빚을 지게 되었다.

문제는 시간이 없다는 것이었다. 내일부터 휴일이라 고향에 가는 날인 데다 지금은 밤이 깊지 않았는가? 버스도 모두 끊기고 친구 아버지도 집에 가셨을 텐데, 어떻게 사람을 찾아간단 말인가? 또 찾아간 후에는 어떻게 기차역 창구에 가서 표를 구한단 말인가? ……그러나 둘째 언니는 침대 위 칸을 구해 온 것에 대해 화가 머리끝까지 나서 이런 모든 상황을 생각할 여유가 없었고 더더욱 이제야 겨우 집에 온 누이동생의 식사 따위는 관심 밖이었다.

"못 바꾸면 가서 물러. 어차피 네가 가야 되잖아. 내가 쪽 팔릴 수는 없지!"

심지어 발 씻을 물을 뜨러 가던 언니는 마난을 향해 이렇게 소리질렀다.

"못 하겠으면 일찍 말을 했어야 다른 사람에게 부탁하지. 이건 완전히 날 골탕 먹이려고 작정한 거잖아?"

일이 이 지경까지 되었으니 마난은 옴짝달싹 못하는 상황이었다. 벗어날 길이 없었다. 그녀는 하는 수 없이 솜저고리를 입고 스카프를 질끈 동여맨 후 장화로 바꿔 신고 성큼성큼 밖으로 나갔다. 인적이라고는 찾아볼 수 없는 버스 정류장을 지나, 사람 그림자가 거의 보이지 않는 강 위 대교를 지나, 불빛이라고 희미한 가로등 하나만 겨우 켜져 있는 거리와 광장을 지나갔다. 가로등 불빛 아래 자신의 그림자가 길게 늘어났다 다시 짧게 쪼그라들었다. 마지막엔 거의 도시의 반을 지나 철도국 기숙사의 한 방문 앞에 이르렀다. 그녀는 용기를 내어 문을 두드렸다. 그 시간에 누군가를 찾아간다는 것은 정말 지나친 실례라는 것을 잘 알고 있었다. 그 자리에서 자기 뺨이라도 한 대 후려갈기고 싶은 심정이었다.

하지만 어떻게 하겠는가?

가련하게 온몸을 벌벌 떨며 눈물을 흘리고 있는 그녀의 참담한 꼴에 문을 연 사람은 측은지심이 발동했을지도 모른다. 거의 날이 밝았을 무렵, 그녀는 침대 아래 칸 표를 가슴에 품고 기차역에서 걸어서 집으로 돌아왔다. 어머니가 그때까지 길목 가로등 아래 서서 외롭게 그녀를 기다리고 있었다. 마난은 어머니가 울고 있는 자신을 볼 수 없도록 가로등 불빛을 살짝 피했다. 그대로 어머니 품으로 뛰어들어 한바탕 울음을 터뜨리고 싶었지만 그렇게 하지도 않았다.

날이 더 밝아졌다. 마난은 짐을 꾸려 집에 갈 채비를 했다. 전송 같은 건 한 번도 하지 않던 어머니가 언제 갈아 신었는지 장화를 신고, 우산을 가지고 문을 나서려 했다.

"엄마, 나올 필요 없어요."

"어차피 콩국 사러 가야 해."

어머니는 한사코 외출을 하겠다고 우긴 후 그녀를 기차역까지 바래다줬다. 버스는 그리 붐비지 않았다. 그러나 두 사람 모두 버스가 붐빈다는 핑계로 정거장 하나하나를 전부 걸어 갔다. 별로 이야기도 나누지 않았다.

"엄마, 이제 가."

"응."

"너무 멀리 왔어. 엄마 갈 때는 버스 타고 가. 또 걸어가지 말고."

"응."

"어서 가. 비 올 것 같아."

"괜찮아. 앞에 가서 콩국 어디서 파는지 찾아봐야겠어."

마난은 어머니의 평온한 표정, 어머니의 흐트러진 머리카락, 헤진 소매를 바라보며 자기도 모르게 마음이 쓰렸다. 어머니가 무슨 생각을 하는지 알았다. 하지만 어머니는 아무 말도 하지 않을 것이다. 어머니 마음속에 차마 털어놓을 수 없는, 분명하게 설명할 수 없는 말들이 얼마나 많이 쌓여 있는지 잘 알았다. 그래서 그 길고 길었던 어머니의 전송은 그녀의 기억 속에 가장 따뜻한 순간의 기억으로 남아 있다. 장녕가 거리,

중산로, 소무문, 계화원, 영빈로……. 이후 그녀가 자꾸만 자기도 모르게 추억하는 명절의 순례길이 되었다. 집에서 나오기 전 어머니가 그녀의 머리핀을 정리해 줄 때 가슴 속에 치밀던 기분을 잊을 수가 없다. 어머니의 서늘한 손가락에 더더욱 마음이 철렁 내려앉았다. 일찌감치 알았더라면 밤새 허덕였던 고생이 뭐 그리 대수겠는가? 만약 매번 이런 기분을 느꼈다면 백 번이라도 둘째 언니를 위해 기꺼이 뛰어다닐 수 있었을 것 아닌가.

그녀는 차마 뒤를 돌아볼 수 없었다. 검표소 쪽에서 어머니가 손을 들고 뒤돌아 그 자리를 떠났다. 그러나 사실 아직도 북적대는 사람들 틈에서 몰래 이곳으로 시선을 모은 채 계단을 오르고 있는 그녀의 뒷모습을 보고 있을 것이다. 그녀는 참고 또 참았다. 고개를 돌릴 수가 없었다. 등에 가득 찬 시선을 느끼며 애써 고개를 숙이고 얼굴을 한쪽으로 돌린 채 등 뒤로 일어나는 모든 상황을 알지도 못하고 또한 관심도 없다는 듯 행동했다. 그렇지 않으면 금방이라도 마음이 허물어져 내리는 순간, 홍수처럼 밀려드는 눈물이 앞을 가려 기차 역사의 모습까지 자꾸 흔들릴 것만 같았다.

마침내 마지막 계단을 올라 모퉁이를 돌자 조금씩 따가운 등 뒤의 시선에서 벗어날 수 있었다. 그녀는 갑자기 둥근 기둥을 꼭 잡은 채 홀가분해진 등을 느끼며 실성한 듯 통곡했다.

붉은 달

"타오샤오부, 왜 말이 없어?"

"아냐, 아무 것도."

"난 조금 후회가 돼."

"왜?"

"그 말을 하지 말았어야 하는 것 아닌가······."

"왜?"

"내가 어떻게······ 이 일들을 잊지 못하고 있는 거지?"

"못 잊으면 못 잊는 거지, 뭐."

"내가 너무 소심한 것 아닐까? 너무 따지고 들고?"

"나라도 그랬을 거야."

"두려워."

"두려워하지 마."

"내가 나쁜 사람이 된 거지?"

"나쁜 사람이 된다는 게 뭔데? 설사 변했다 해도 그게 뭐 어때서."

"두려워."

"너 나쁜 사람 아니야."

"내 말 뜻은 그 사람들처럼 되고 싶지 않다는 거야."

"그럴 수 있어. 심각하게 생각하지 마."

"할 수 없을까 봐 겁이 나."

"우린 할 수 있어."

"견딜 수 없을까 봐, 후회할까 봐 겁나."

"잠시 참으면 돼. 마난, 누군가 우리를 속여도 우리는 속이지 않아. 우리를 모욕 주는 사람이 있다 해도 우린 그런 사람이 아니야. 누군가 우리를 해치려 해도 우리는 그렇게 되지 않아. 이건 간단한 일이야."

"문제는 너무 어렵다는 거지."

"조금 어렵긴 하겠지. 아마 한 사람을 이기는 건 어려운 일일 거야. 하지만 가장 큰 승리는 그들처럼 되지 않는 것, 그들과 다른 것이야. 그게 더 어려워."

"타오샤오부, 날 도와줘야 해."

"내가 도움이 될까?"

"넌 이미 내 사람이잖아. 넌 반드시, 꼭 그렇게 해야 돼."

"해 볼게."

"날 도와줘야 해."

"그럴 거야."

"사실 난 그들이 원망스럽지 않아. 이런 이야기 하고 싶지 않

앉어. 생각하고 싶지도 않았어. 전에 생각해 본 적이 있어. 만약
다음 생이 있다면 그래도 그들과 한 가족이 되고 싶다고."

"그래?"

"응. 생각해 봤는데 그렇더라."

"왜?"

"몰라, 이유는."

"알아. 그들을 아끼기 때문이지."

"아마 그럴 수도 있어. 만약 내세가 있다면 그래도 그들을
찾아갈 거야. 세상을 모두 뒤져서. 이유가 뭔지는 모르겠어.
하지만 그들을 알고 있으니까, 그것도 아주 잘. 그들의 모습에
아빠의 모습, 엄마의 모습 그리고 내 모습이 있어. 그들 모두
우리 집의 모습이니까, 쉽게 알아볼 수 있어."

"마난……."

"타오샤오부, 너 울었어?"

"……"

수년이 흐른 후 사실 내가 그녀랑 이런 대화를 나눈 적이 있
는지 확신할 수가 없었다. 또한 산골짜기에서 이런 첫날밤을
치렀는지에 대해서도 확신할 수가 없었다.

그날 밤, 내가 혹시 귀신에 홀린 건 아니었는지도 확실히 말
할 수가 없다. 온몸이 서늘해지고 다리와 발이 마비되고 음경,
음낭이 심하게 쪼그라들어, 바짓가랑이 속에서 아무리 해도 잡
히지가 않고, 정상으로 되돌릴 수가 없었다. 이것이 바로 지역
사람들 사이에 전해 내려오는 '축양[129]'이라는 걸까? 다행히
마난은 무슨 일이 일어났는지 알지 못했고, 그저 어둠 속에서

내가 다른 이유 때문에 두려워했다는 사실을 알지 못했다.

나는 일찍부터 그 지역 사람들을 통해 이런 괴이한 일에 대해 들은 적이 있다. 기이하게도 그 일은 언제나 집단적으로 발생했다. 한두 반의 남학생들이 아연실색하며 바짓가랑이를 움켜쥐고 교실을 뛰어나가 펄쩍펄쩍 뛰며 소란을 벌였다. 어른들이 나서서 계속 잡아당기고 틀어쥐고 한바탕 야단법석을 떨며 천지신명께 기도를 한 후에야 귀신의 도움 탓인지 소년들의 생식기는 점차 정상을 회복했다. 나 역시 어떤 사악한 악마가 예의주시하는 대상이 된 것은 아니겠지? 난 쉽게 미신을 믿는 사람이 아니었고, 축양설을 그저 우스갯소리 정도로 여기며 단 한 번도 염두에 둔 적이 없다. 그러나 정말 뜻밖에도 바이마후 호의 유행성 공포가 하필이면 내 첫날밤에 찾아들어 인륜대사에 처음부터 검은 그림자를 드리웠다.

이런 밤은 무엇을 의미하는가? 이런 밤 하늘가에 털이 보송보송한 붉은 달이 뜬 것은 또 무슨 의미인가?

---

129) 縮陽. 음경 소실 공포증.

술주정뱅이

그때 검은 그림자 하나가 살며시 우리 곁으로 다가오는가 싶더니 뜨끈뜨끈한 지린내가 엄습해 왔다.

이야기를 해도 되겠지? 생각이 났으니 말을 하지 않을 필요도 없다는 생각이 들었다.

쌍꺼풀이 진 눈에 움푹 파인 눈자위, 뒤집어진 콧구멍에 양쪽으로 벌어진 거대한 조개 같은 입, 성년은 아닌데도 입가에 허연 수염이 자라난 모습이 마치 두크원숭이의 잡종처럼 보였다. 새나 개의 눈에는 아마도 털이 송송 솟아 있는 사람의 얼굴같이 보였으리라. 그러나 그건 원숭이였다. 어느 날 우연히 무리를 벗어났고, 어느 날 우연히 여기저기를 뛰어다니다, 어느 날 우연히 굶주리고, 어느 날 우연히 그렇게 실내에 침입해 음식물을 훔친…… 량 대장이 이 원숭이를 붙잡았고 후에 다시 얼마오가 수가파의 새 작업장에 데려와 나와 인연을 맺게 되었다. 마타오에게 불행이 찾아온 후 나와 마난까지 사건에 연루되어 암울한 나날을 보내던 시절, 원숭이는 조금이나마 내게 웃음과 기쁨을 주었다.

오랫동안 사람들 틈에서 뒹굴다보니 그 원숭이도 사람의 모습을 닮기 시작했다. 사람들이 모두 식사를 하면 그것도 같이 음식을 먹었다. 사람들이 차를 마시면 그것도 차를 마셨다. 사람들이 침대에서 자니 그것도 침대에 끼어들어 잠을 청했다. 나중에는 사람들이 화장실에 갈 때면 그것도 그럴 듯한 모습으로 엉덩이를 치켜든다. 다만 남녀 변소를 구분하지 못해 때로 여자들이 기겁을 하며 소리를 질렀다.

"이 주정뱅이가! 오사리잡놈 아냐?"

"주정뱅이! 너 소년범 될 거야? 사상도 건전하지 않지?"

모두 그를 '주정뱅이'라고 부르는 까닭은 어느 날 몰래 돌피주를 너무 많이 마신 까닭에 꼬박 이틀 밤낮을 깨어나지 못하고 잠든 적이 있기 때문이다.

똑같은 소리를 워낙 많이 듣다 보니 자기 별명이 주정뱅이라는 걸 알게 된 그것은 언제든 주정뱅이라는 소리만 들리면 반응을 했다. 언제나 귀를 세우고 반드시 고개를 돌렸으며 눈을 껌뻑거렸다. 그것의 첫 번째 주인이라 할 수 있는 얼마오는 훈련을 통해 부르면 즉각 달려오고 성냥, 비누, 모자, 신발을 가져오도록 훈련시켰다. 심지어 성냥을 그어 담배에 불을 붙이는 고난이도의 동작까지 훈련했다. 이렇게 해서 그럴 듯한 당번병 하나가 탄생했다. 그런데 어느 날, 동작이 서투른 탓에 성냥을 긋다가 하마터면 손에 화상을 입을 뻔했던 사건이 일어났다. 불이 실내에서 매트 대신 쓰던 건초에 옮겨 붙는 바람에 큰불이 났다. 놀란 그것은 곤두박질을 치며 밖으로 뛰어나가 한참만에야 돌아왔다. 그 후로 얼마오가 아무리 명령을 내려도 언제나 사방을 두리번거리며 안 들리는 척, 벙어리 흉내를 내고 다시는 성냥을 긋지 않았다. 게다가 성냥만 보면 사납게 얼굴을 일그러뜨리고 잽싸게 공격을 한 후 바로 뒤로 물러서기를 서너 번, 성냥갑이 완전히 찌그러질 때까지 난리를 피웠다.

그것을 서열 12위라고 한 것은 새로운 작업방에 남녀가 모두 열한 명이었기 때문이다. 이 까만 새끼는 사람들을 따라 확실히 뭔가 일을 했다. 조금만 시범을 보이고 훈련을 시키면 이삭이나 모종도 줍고, 새끼도 꼬고, 잎가지 등을 태운 재도 치우고……. 비록 조금 흘리고 다니기도 하고, 우선순위를 구분하지도 못했지만 대충은 다 흉내를 냈다. 땅을 파는 등의 중노동은 못하지만 허연 엉덩이를 실룩거리며 논밭 가장자리를 뛰어오고 다시 기어오르며 매우 서둘러 열심히 힘을 보태는 모습을 보면 정신적으로 참여를 하는 셈이었다.

물론 일을 한다는 것이 무엇인지 알지 못했겠지만 인류의 노고는 상상 이상이라고 느꼈을 것이다. 놀이는 놀이 같지 않고(나무 위를 이리저리 뛰어다니는 식의 낭만이 없었고), 먹이를 구하는 것도 시답지 않으니(새알을 훔치거나 야생 과일을 따고, 옥수수를 뜯는 것 같이 실속 있는 일이 아니니) 정말 재미가 없었다. 형제 같은 의리 역시 어쨌거나 한계가 있는 놈이었다. 일단 고단한 생각이 들면 말도 안 하고 집에서 나가 나무 그늘

아래 엎어져 늘어지게 잠을 청하며, 부르는 소리에도 못 들은 척한다.

우리가 어르며 밥을 먹으라고 해도 여전히 깨어날 줄을 몰랐다. 고기를 먹자고 해도 역시 일어나지 않았다. 그러나 '술 마시자!'라고 말하면 벌떡 일어나 두 눈을 껌뻑이고 커다란 콧방울을 벌렁거리며 사방에서 뭔가를 찾았다.

모두 배꼽을 잡고 한바탕 웃음을 터뜨렸다.

자기가 속은 것을 알고 놈은 웃음 속에 화가 난 듯한 소리를 내며 몸을 훌쩍 날려 나무로 올라갔다. 그날 숙소로 돌아온 우리는 이불은 바닥에 널브러져 있고, 의자는 뒤집혀 있고, 옷은 찢어져 있고, 주방의 단지는 모두 엎어져 짠지가 바깥에 흩뿌려져 있는 것을 발견했다. 식사 당번이었던 마난이 바닥에서 소리를 고래고래 질렀다. 그녀의 손이 가리키는 곳을 바라보니 '주정뱅이'가 지붕 한 구석에 쪼그리고 앉아 어깨에 체크무늬 옷을 걸친 채 뒤집개를 휘두르며 옥상 위의 기와를 두드리고 있었다.

"주정뱅이! 뒤집개 내놔."

마난은 금방이라도 울 것 같은 표정이었지만 눈물은 흘리지 않았다.

"밥해야 돼. 너도 밥 먹어야지……."

놈이 거만하게 시선을 다른 곳으로 돌리더니 멀리 석양을 지긋이 바라봤다.

화가 난 우리는 진흙덩이를 집어 던졌다. 뜻밖에 놈은 매우 민첩하게 좌우로 몸을 움직여 침착하게 쏟아지는 포탄을 피해 전혀 상처를 입히지 못했다.

"간이 배 밖으로 나왔구나, 환장하겠네. 썩을 놈이! 발을 잘 근잘근 자르고 네 털을 다 뽑아……."

얼마오는 체면을 구겼다고 생각했는지 계속 욕이 심해졌 다. 하지만 그래도 놈은 내려오지 않았다. 아마도 욕이 재미있 다고 느꼈는지 자기도 어느새 흉내를 내기 시작했다. 놈은 옥 상 다른 쪽 끝으로 달려가 아래쪽의 양 두 마리와 닭 몇 마리 를 향해 노발대발 눈을 부라리며 '큭큭' 하는 분노의 외침을 질러 댔다. 우리의 분노를 받는 즉시 그대로 덥석 다른 쪽으로 전달해 자신을 향한 욕을 씻어 낸 셈이다.

우리는 그냥 놈을 내버려 두는 수밖에 없었다. 분명히 배고 픔을 참을 수가 없을 것이다. 그날은 지붕에서 내려오지 않았 고 다음 날도 얼굴을 내밀지 않았지만 셋째 날은 도저히 참을 수가 없었는지 어느새 몰래 바닥으로 내려와 먼저 모서리를 어물쩍거리다가 물독 옆에서 또 한동안 꾸물거렸다. 사람을 똑바로 쳐다보진 않았지만 이미 우리에게 점점 더 가까이 다 가오고 있었다. 마지막엔 몰래 바닥 위 옥수수 쪽으로 접근하 더니 사람들이 소홀한 틈을 타 냅다 낚아채 달아났다.

돌피주를 먹은 놈은 드디어 술기운이 돌기 시작한 것 같았 다. 꿀꺽꿀꺽 술을 한 사발 들이켠 후 두 눈이 벌겋게 달아오 르더니 정신이 빠진 듯 표정이 멍해졌다. 그리고 곧이어 이쪽 저쪽으로 비틀거리기 시작했다. 놈을 붙잡았다. 아무런 반항 도 하지 않았다. 우리는 이불, 베개, 옷, 뒤집개 등을 휘두르며 단단히 놈을 혼내 주기로 했다. 밧줄을 찾아와 놈을 꽁꽁 묶고 살기등등한 모습으로 놈의 목에 식칼을 댔다. 바야흐로 사형 집행이 시작되려는 순간이었다. 그 순간 놈은 술이 깼는지 온 몸에 땀이 송골송골 맺히며 눈빛에 두려움이 가득했다. 놈이 갑자기 몸부림을 치며 우리 쪽으로 허리를 구부리더니 다시 털썩 소리와 함께 무릎을 꿇고 마치 마늘을 빻듯 바닥에 머리를 내리쳤다.

어디서 저런 동작은 배웠지?

비판 투쟁 대회 모습을 훔쳐본 거겠지? 비판 투쟁을 받는 죄인들이 고개를 숙이고 머리를 찧는 모습을 알고 있는 거겠지? ……우리는 순간 정신이 멍해졌다.

그것이 모두를 바라보더니 다시 한 번 눈치를 살피며 머리를 바닥에 내리쳤다.

결국 우리는 요절복통 웃음을 터뜨렸다.

효과 만점이라는 것을 알았는지 그 후 그것은 우리 기분을 맞추고 싶을 때, 특히 술을 먹고 싶을 때면 바보같이 고개를 숙여 머리를 땅에 조아렸다. 마치 당황해서 어쩔 줄 모르는 옛 지주들처럼 말이다.

이후 '주정뱅이'는 탁자 높이를 넘어갈 정도로 점점 더 키가 커졌다. 사춘기와 성년기의 지린내가 너무 심해서 때로 온 천지에 진동을 했다. 그러다 음경이 너무 커져 뒤집히면서 빨간 덩어리가 보였다. '주정뱅이'는 창피한 것을 모르고 막무가내로 이리저리 덩어리를 흔들고 다녔다. 그 빨간 덩어리가 불편했는지 박박 긁기도 하고 고개를 숙이고 미친 듯이 핥기도 하고 이렇게 한참동안 발광을 한 후에야 서서히 진정이 됐다.

목욕을 시키는 횟수도 늘어날 수밖에 없었다. 그것은 목욕을 좋아했다. 특히 여자가 씻겨 주면 더 좋아했다. 그럴 때 입가가 살짝 들리는 모습을 보면, 웃고 있음이, 행복을 느끼고 있음이 분명했다. 분명히 우쭐거리는 심정이 그대로 드러났다. 그렇게 목욕을 하고 나면 손과 팔을 한껏 펼친 채 풀밭에 큰 대 자로 누워 배와 음경을 맘껏 드러냈다.

"저게 웃을 줄 아네, 정말 웃어……."

마난이 화들짝 놀랐다. 우리는 그녀가 잘못 봤다고 생각했지만 확실히 비뚤어진 입은 웃는 모습 그대로였다.

밤이 되어 곁에 있던 남녀들이 조금 끈끈한 모습을 보이면 뭔가 답답하고 초조해했으며, 심할 경우 고통으로 표정이 일그러졌다. 자기 털을 곤두세우고, 자기 손을 물기도 하고 두 눈에 불을 켠 채 벽에 부딪치며 자해를 하거나 칼이라도 들어 누군가를 찌르는 위험천만한 행동을 할 가능성도 있었다. 옆에 있던 여자들은 이런 '주정뱅이'의 모습을 보면 우습기도 했지만 한편으로 무섭다는 생각도 들었기 때문에 잠시 애정 행각을 멈췄다. 그리고 고개를 돌려 '주정뱅이'에게 말을 걸며 머리를 쓰다듬어 줘야 놈의 자해 행위를 멈출 수 있었다.

더욱 심각한 이야기는 그 뒤이다. 그날 차이하이룬이 빨간 바지를 입었다. 아마도 빨간색이 너무 화려하고 선정적이며 황홀했는지 갑자기 색욕이 발동한 듯 놈이 손을 뻗어 바지를 찢었다. 꽃무늬 내의가 적나라하게 드러나자 차이하이룬은 놀라서 날카롭게 비명을 지르며 속옷을 가린 채 미친 듯이 뛰어갔다. 그 비명 사건 이후, 작업장에 있는 여자 네 명은 불안해서 감히 더 이상 빨간색 또는 다른 화려한 색의 옷을 입지 못했다. 특히 차이하이룬은 매일 폭력에 대한 방어 태세에 들어갔다. 그녀는 '주정뱅이'만 봤다 하면 온몸을 덜덜 떨면서 놈의 코를 가리키며 소리를 질렀다.

"꺼져! 어서 저리 꺼지라고!"

"내 말 안 들려……?"

불쌍하게도 그녀는 그 후 한동안 잠도 잘 못 자고 한밤중에 자주 악몽에 시달리며 비명을 질렀다. 그녀의 비명이 적막한 골짜기 너머로 멀리멀리 울려 퍼졌다.

달리 방법이 없었다. 우리는 하는 수 없이 '주정뱅이'를 산 너머로 보내기로 했다. 그곳에 원숭이 한 마리, 그것도 암컷을 기르는 농가가 있었다. 짝을 지을 수 있을 것이다. 그러나 신랑이 간 지 겨우 보름 만에 그곳 아주머니가 산을 넘어왔다. 그 아주머니가 인상을 쓰며 하는 말이, 우리 보살 성격이 얼마나 까칠한지 그 집 방장이 비위를 맞추지 못한다고 했다. 그곳에 도착한 '주정뱅이'는 자기보다 훨씬 큰 원숭이 누나를 보고 전혀 흥미를 느끼지 못했다. 커다란 우리에 함께 넣어 억지로 혼사를 치르게 하려고 해도 멀찌감치 떨어져 십여 일 동안 끼니도 거르는 바람에 몸이 비쩍 말랐다. 하루 종일 구석에 웅크리고 앉아 기운이 하나도 없다고 했다.

우리는 할 수 없이 파혼을 결정했다. 그런데 정말 웃기지도 않게 놈은 우리를 보자 눈물이 그렁그렁 맺혀 폴짝폴짝 뛰고 소리를 지르더니 식사를 하기 시작했다. 말라서 꼴이 말이 아니었지만 마치 닭 피 주사를 맞은 것처럼 우리를 보자마자 한 사람씩 돌아가며 품에 뛰어들어 그 큰 콧구멍으로 냄새를 맡다가 마지막에 마난의 어깨로 달려들더니 그녀의 머리를 감싸고, 땋은 머리를 잡아당기고, 입을 크게 쩌억 벌려 얼굴을 핥았다. 몇날 며칠을 씻지 않아 지린내와 악취에 숨이 막힐 것 같았다. 후에 마난이 물을 두 통이나 써서 씻긴 다음에야 겨우 제 모습을 되찾았다.

이때 허이민이 수가파에 왔다. 시에서 무슨 잘못을 저질렀는지 시골로 몰래 몸을 피한 눈치였다. 그는 도시 사람들의 고귀한 위장을 티내듯 매일 호박과 가지가 번갈아 나오는 식단을 지겨워하며 우리에게 '주정뱅이'를 내다 팔자고 제안했다. 소 두세 마리 가격은 쳐 줄 테니 기름기 도는 음식을 먹을 수 있을 것이라고 했다. 신기하게도 '주정뱅이'는 사람 말을 알아듣는 것 같았다.

다음 날 허이민이 잠자리에서 일어나 보니 이불이 원숭이 오줌으로 흥건하게 젖어 있었다. 모자도 어디로 갔는지 보이지 않았다. 바지는 계곡에 던져져 있었다. 축구화 한 켤레가 보이지 않았다.(이것 역시 나중에 개울가에서 발견되었다.) 다른 사람들 침상을 보니 별다른 하자는 없는 듯 했다. 그제야 그는 자신만이 공격 대상이었음을 알았다.

"이 좆같은 술주정뱅이?"

그는 옷도 제대로 입지 않은 채 밖으로 달려 나갔다.

"외지인을 괴롭혀? 네가 뭐 잘났는데?"

밖에 있던 사람들 몇 명이 껄껄 웃음을 터뜨렸다. 얼마오가 귀띔을 했다.

"무슨 말을 그리 오지게 했기에 우리 원숭이 나리 비위를 건드렸나?"

"그냥 동물원에 보내서 편안하게 살게 하라고 했지. 나라 밥 먹으면서 말이야. 남들보다 잘 살면 조상의 영광이잖아. 도살장에 보내자는 것도 아니고. 그래도 영장류인데 왜 이렇게 교양이 없어?"

얼마오에게 바지 한 벌을 빌린 후 개울가에 가서 세수하고 양치질을 하던 그는 그 옆 풀숲에서 자기 축구화를 발견했다.

그 후 어느 날 '주정뱅이'가 불쌍하게도 중독 증상을 보이고 말았다. 북쪽 언덕에서 '주정뱅이'를 찾았다. 그것은 커다란 바위 아래 무릎을 감싼 채 웅크리고 앉아 두 눈을 부릅뜨고 거품을 토하고 있었으며 하체에는 더러운 배설물이 묻혀 있었다. 지역 사람들이 '거우이'라고 부르는 애집개미가 거의 몸의 반을 뒤덮고 있었다. 아마 그 사건은 허이민과 관련이 있었을 것이다. 그는 그즈음 위장에 고기가 부족하니 사냥을 나가자고 떠들어 대면서 농약 한 병을 가지고 야생 동물을 잡는 덫을 놓으러 나갔다. 우리는 일정한 장소를 정해 미끼를 놓고 낮에는 덮어 뒀다가 밤에 내놓으라고 당부했다. 그러나 그 인간이 우리 말을 얼마나 귀담아 들었는지는 아무도 모를 일이었다.

그의 탓을 해 봤자 이미 물 건너간 일이었다. 우선 '주정뱅이'를 수의사에 데려가는 것이 급선무였다. 비가 내리기 시작했다. 당장이라도 엄청나게 퍼부을 기세였다. 번개가 번쩍이더니 바로 두세 걸음 앞밖에 보이지 않았다. 그 너머는 온통 물벼락이라 어른어른 앞이 잘 보이지 않았다. 인간 세상은 갈

피를 잡지 못하고 주위에는 온통 야생 동물들의 당황스러운 포효만 가득 울려 퍼질 뿐이었다.

"비가 너무 많이 오는 것 아냐?"

나는 하늘을 올려다봤다.

"많이 오긴! 언제는 세상에 무서울 것이 하나도 없다며? 비가 억수로 쏟아질 때 혼자 잤던 적도 있다고 큰 소리 치지 않았나……?"

마난이 내 등을 갈겼다.

나는 마난과 조심조심 어둠 속을 뚫고 하늘이 무너져 내리고 땅이 꺼질 것 같은 앞을 향해, 한낱 희망도 사치일 것 같은 절망의 궁지 속으로 내달렸다. 쓰러진 커다란 나무를 지나, 허물어진 흙더미를 돌아 언덕을 굴러 떨어졌다가 다시 올라가기를 반복하며 시커먼 천지에 나뭇가지가 요란하게 흔들리는 세상을 뚫고 앞을 향해 전진했다. 가는 내내 '주정뱅이'는 모든 것을 아는 것처럼 희미한 의식 속에서도 나를 꼭 의지했다. 행여 잠시 두 손을 놓았을 때도 마치 흔들거리는 그네라도 되는 듯 내 목을 꼭 껴안고 떨어지지 않았다.

우리가 자신을 구하러 가고 있다는 것을, 믿을 수 있는 얼굴이 바로 그곳에 있다는 것을 분명히 알았을 것이다. 우리가 있는 한 모든 것이 좋아지리라고, 아무리 거센 비바람 속에서도 좋아질 것이라고.

우리는 개 짖는 소리를 들으며 마을로 들어섰다. 공교롭게도 수의사는 딸의 집에 출타를 하고 없었다. 우리는 다시 수의사 딸의 집을 찾으러 다른 마을로 갔다. 마을의 개들이 요란하게 짖었다. 다행히 중독을 치료한 경험이 있는 의사라 파라티온 중독임을 한눈에 알아봤다. 그는 곧바로 '주정뱅이'에게 소금물, 비눗물을 들이부어 독을 토하도록 했다. 신기하게도 '주정뱅이'는 평생 처음 주사를 맞는 것인데도 말귀를 잘 알아들었다. 우리가 아트로핀을 주사하겠다고 하자 자진해서 두 팔을 내밀었다. 수의사가 원숭이 털 사이로 주사 자리를 잡았다.

겨울이 왔다. 마난은 일꾼 모집 일을 '대행'할 기회를 얻었다. 어머니 퇴직이 조건이 되어 어머니가 다니던 기관에 출근했다. 당시 지식 청년들에게 이는 또 하나의 출로였다. 떠나기 전 그녀는 여러 차례 울음을 터뜨렸고, 마지막에 '주정뱅이'에게 맛있는 음식을 차려 줬다. 삶은 달걀에 기름 지짐이까지 내놓았다. 그러나 '주정뱅이'는 뭔가 의심스러운 눈초리였다. 아마도 주방의 시끌벅적한 분위기가 조금 이상하게 느껴졌나 보다. 우리가 식탁에서 밥을 먹기 시작해 거의 다 먹을 때까지도 '주정뱅이'는 맛있는 음식을 마다하고 옴짝달싹하지 않았다.

"아는 거야."

마난이 자기 입을 틀어막았다.

'주정뱅이'는 여자의 눈물에 민감한 것이 분명했다. 뭔가 있다고 확신한 놈은 다급한 마음에 자꾸만 주위를 빙빙 돌며 밀짚모자를 잡아 머리에 걸치는데도 웃음기 없는 우리 모습을 바라봤다. 또한 '꽥꽥' 소리를 지르며 자기 주둥이를 치는데도 아무런 요동도 없는 우리를 보고 마지막에는 눈치 빠르게 마난 앞으로 다가가 깊이 고개를 조아렸다. 그래도 우리는 아무런 반응도 하지 않았다.

웃을 수가 없었다.

'주정뱅이'가 뺨을 긁적거렸다. 자기 공연이 그리 성공적이지 못하다고 생각했는지 털썩 바닥에 주저앉아 마난쪽으로 바닥에 머리를 찧은 후 서둘러 사람들마다 돌아가며 머리를 조아리느라 숨을 헐떡였다.

나는 '주정뱅이'를 붙잡으며 말했다.

"친구들, 오늘은 우리 이런 것 하지 말고 술 먹읍시다."

나는 '주정뱅이'에게 법랑 잔을 건넸다. 놈이 망설이는 모습으로 한입을 홀짝거리더니, 다시 한입, 다시 한입을 마셨다. 입을 어찌나 크게 벌렸는지 머리통이 양쪽으로 쩍 벌어졌다. 놈이 못내 아이처럼 섭섭하고 슬픈 마음을 드러냈다.

"아우⋯⋯."

'주정뱅이'는 술이 거나하게 취했다. 얼굴이 온통 벌겋게 달아오를 무렵, 휘청거리며 술기운을 뿜었다. 콧물과 침이 한꺼번에 흘러내렸다. 쫘당 소리와 함께 법랑 잔을 내던지고 쌀밥 한 줌을 집어 자기 머리 위에 문지르고, 식탁 아래에 아무렇지도 않게 오줌을 퍼지르고 북을 치듯 가슴을 쿵쿵 내리쳤다. 자신의 격정을 한껏 풀어 버린 '주정뱅이'가 갑자기 식탁을 정리하던 마난에게 달려들었다. 지금껏 한 번도 그렇게 거칠고 세차게 달려간 적이 없는지라 마난은 그대로 바닥에 고꾸라졌다.

"주정뱅이⋯⋯."

우리는 일제히 마난을 구하러 달려갔다. 내 오른쪽 손목에 있는 두세 줄의 긁힌 상처도 그때 난리 통에 생긴 것이다.

결국 '주정뱅이'는 꽁꽁 묶이는 신세가 되었다. 심하게 몸부림쳤다. 머리에 밥풀과 반찬, 국물이 덕지덕지 묻어 꾀죄죄한 데다 벌건 주정뱅이의 모습으로 사납게 우리를 노려보는 놈의 눈에는 분노와 원망이 서려 있었다.

여러 해가 지난 지금까지도 나는 당시 원망에 찬 이별, 그 후 얼이 나갔던 마난의 모습도 선명하게 기억한다. 마난은 제법 오랫동안 느닷없는 환청과 환각에 시달렸고, 가로등에 비친 집 벽의 나무 그림자만 봐도 '주정뱅이'라고 말을 했으며, 창문을 열고 하늘가에 떠오른 깃털 구름만 봐도 '주정뱅이'라고 했다. 발코니에 물 한 대야를 뿌리면 더더욱 깜짝 놀라며 내게 빨리 나와 허물어진 맞은 편 담장의 무늬가 '주정뱅이'의 그림자는 아닌지 살펴보라고 돼지 멱따는 소리를 질렀다. 쪼그려 앉은 '주정뱅이'의 실루엣이라고 생각하고 있는 것이 틀림없었다. 둥근 머리, 양쪽 작은 귀, 꼼짝하지 않고 기다리는 검은 색채의 형상이었다. 우리는 전에 밖에 나갔다가 늦은 시간 귀가할 때면 길목 흐릿한 별빛 아래 언제나 이런 실루엣을 볼 수 있었다. 아침에 일찍 일어날 때면 문밖 나무, '주정뱅이'가 가장 즐겨 올라가던 '기쁨의 나무' 위 젖색 서광 속의 이런 실루엣이 우리에게 문을 열고 인사해 주길 기다렸다. 마난에게 너무도 익숙한 실루엣이었다.

그녀는 '주정뱅이'의 새 주인에게 편지를 썼다. 답신에는 새 주인이 한눈판 사이 어느 날 갑자기 '주정뱅이'가 집을 나갔다고 적혀 있었다. 아마도 산으로 도망간 것 같다고 했다.

다시 바이마후 호를 찾은 우리는 배를 타고 칭양허 강을 거슬러 내려갔다. 다왕링 고개에서 원숭이 한 무리가 손에 손을 잡고 우르르 절벽 밑으로 낙하한 후 원숭이 고리를 만들어 강가에서 물을 마시고 있었다. 마난이 갑자기 두 눈을 반짝거리며 뱃머리로 달려가 고함을 질렀다.

"주정뱅이?"

원숭이 무리가 너도 나도 우리 쪽으로 고개를 돌렸다.

"대답했어. 빨리 들어 봐, 분명히 '주정뱅이'야……."

그녀가 날 주먹으로 내리치며 기쁨에 넘쳐 펄쩍 뛰어올랐다. 그러나 나는 선상의 기계 소리, 배 밑의 물결 소리, 희미하게 전해지는 새 울음소리 이외에는 아무것도 듣지 못했다.

"정말이야, 대답했어. 저기 있어."

그녀가 다시 강가를 향해 소리를 질렀다.

"주……정……뱅……이……."

나는 아무런 소리도 들리지 않았다.

배가 푸욱 소리를 내며 재빨리 나아갔다. 순식간에 물굽이를 돌아 조금 전 광경에서 멀어져 갔다. 짙푸른 낭떠러지의 모습도 산 저쪽으로 사라져 버렸다.

두 개의 손가락

허이민이 당시 수가파로 몸을 피한 것은 아랫사람이 한 군인의 문서 가방을 훔쳤기 때문이다. 고급 군사 기밀로 시 전체의 경찰들이 미친 듯이 포위망을 좁혀 들어가며 수사를 하는 통에 이 어린 도둑왕은 멀리 피신을 올 수밖에 없었다고 했다. 그는 귀유쿤의 아우로 그의 형을 찾아 시골로 왔지만 형은 이미 일찌감치 바이마후 호를 떠난 후였고, 그렇게 우연히 날 만났다.

나는 다시 한 번 그가 내 초등학교 동창이란 사실을 확인했다. 전에 잘 알던 사람이 지금은 건달이 되었다니 냐도 모르게 진땀이 났다.

"앞으로 어떻게 할 건데?"

"몰라."

"이렇게 하는 건 어쨌건 방법이 아니야."

"마음 놓아. 너까지 다치지 않게 할게."

"너…… 그래도 자포자기는 하지 마."

"나더러 착해지라는 거야? 나리, 나의 나리, 알아서 받들어 모셔야겠네. 하지만 내가 착해진다고 이 세상 누가 관심이나 있대? 그리고 대체 뭐가 좋은 건데? 너 정확하게 이야기할 수 있어? 어떤 노인네가 내게 이렇게 말한 적 있어. 은행 직원이 누군가는 1000위안을, 누군가는 1위안을 저금하러 왔는데 그걸 보면서 사람은 참 다르다고 생각했다는 거야. 그러나 똥 푸는 일을 하는 이는 이 세상 사람이 모두 똑같다고 생각하지. 바지를 내리면 모두 똥 싸고 오줌 싸는 게 일이거든. 황후나 공주의 것도 지독한 냄새에 봐줄 수가 없다는 거야. 이 세상은 그래."

그럴듯한 그의 화장실 이론에 나는 순간적으로 어떻게 답변을 해야 할지 몰랐다.

작업장 동료들은 그의 거리 이력에 호기심을 보이기는 했지만 그를 그다지 좋아하지는 않았다. 게으른 데다 놀고먹는 주제에 음식을 가리고, 입을 열었다 하면 쏟아 놓는 저질스러운 말이 귀에 거슬렸다. 예를 들어 거리의 여자들을 말할 때 '마자[130]', '누자[131]'라고 불렀는데 그 뜻이 분명하진 않지만 추잡하고 더러운 공간이 연상되는 표현에 여자들이 치를 떨

---

130) 馬子. 원래 밤에 소변을 볼 때 사용하는 요강을 지칭하는 단어이나 이후 건달들에 의해 여성을 지칭하는 속어로 사용되었다.

131) 樓子. 일반적으로 다층 건물을 표현하는 말이지만 여기서는 성적인 이미지를 연상시키는 단어로 사용되었다.

었다. 우리가 기르던 원숭이를 팔아 치우자고 했고, 독이 든 미끼를 놓아 하마터면 원숭이를 죽일 뻔했기 때문에 엄청나게 화가 난 마난은 그와 사이가 틀어져 빨래를 해 주지 않았을 뿐만 아니라 그의 면전에서 얼굴을 찌푸린 채 쿵쾅거리며 거칠게 찬기를 정리하곤 했다.

"저 사람 건달이지?"

마난이 차이하이룬에게 감이 온다는 듯 물었다.

"은행 턴 것 아냐?"

"황금을 밀수한 것은 아닐까?"

"그래도 살인은 하지 않았겠지?"

다른 사람들도 쑥덕거리며 자기 물품 관리에 더 신경을 썼다. 더욱이 밤에 잠자리에 들 때면 방문을 꼭 걸어 잠갔다.

나는 그곳에서 유일한 그의 지인이었기에 한껏 그를 위해 사람들을 다독이며 그와 장기를 두거나 카드놀이를 하고, 그를 데리고 가서 '취초'를 보여 주기도 했다. '취초' 또는 '수초', '나파초'라고도 부르는 이 풀은 냄새를 맡으면 금방 잠을 잘 것처럼 정신이 혼미해진다고 했다. 이런 것은 본 적 없겠지? 별로 관심이 없는 그의 표정에 나뭇가지 하나를 잡아 풀잎을 헤치며 일단 먹으면 웃음을 그치지 않는다는 '소균', 목초액이 묻으면 피부가 짓무른다는 '마수'를 소개했다. 예전에 농민들이 무기를 가지고 투쟁에 나설 때 이런 독초액을 화살 끝에 바르기도 했고, 사냥을 할 때도 종종 창끝에 발랐다고 한다. 처음 물설고 낯선 곳에 왔으니 이런 기이한 것들을 보면 그래도 좀 뜨끔하겠지?

나는 그를 데리고 땔감을 하러 나섰다. 내친 김에 야생 산사나무, 키위 같은 것들을 찾아다녔다. 황혼이 내려앉자 빨간 단풍나무, 황금빛 자작나무, 백옥 같은 갈대꽃에 나비떼들이 날아들어 하늘을 뒤덮었다. 나뭇가지 사이로 삭삭 바람이 불었다. 초목을 태우는 연기가 언덕을 타고 올라와 사방으로 퍼졌다. 산꼭대기에 서 있으려니 멀리 군산들이 단단하게 굳어 버린 바다와 같고, 발밑 골짜기들의 오색찬란한 가을빛이 서로 어우러져 더욱 선명한 빛으로 다가왔다. 시인들이 이 광경을 봤다면 아마 혈압이 오르며 동공이 커다랗게 확대되면서 연달아 탄성을 지를 광경, 그러나 그 모든 광경에도 그는 별로 관심이 가지 않는 모습이었다.

"여긴 모기도 너무 많지? 그래 가지고 사람이 살겠어?"

그는 장작더미를 던져 놓고 힘껏 두 팔을 긁었다. 이마랑 귀 뒤도 몇 곳이 붉게 달아올랐다. 하마 같은 얼굴에 경멸의 빛이 가득했다

"좋은 일을 하라고? 제발 부탁이야! 이런 곳이 너희들의 드넓은 천지야? 이런 황량한 산야에서도 견딜 만하다고? 여기서 금을 캐? 아니면 은을 캐! 착하기도 하지. 나라면 벌써 농약 먹고 죽었겠다!"

"고된 환경은 사람을 단련시키잖아……."

내 변명이 별로 통하지 않을 것 같았다.

"웃기고 있네. 그래서 단련해서 뭘할 건데?"

"적어도 땔나무는……."

"그래서 땔나무를 마련할 줄 알면 뭐하는데?"

"······"

그가 껄껄 웃었다.

"나도 일 년 내내 생쌀 먹고 살지 않아. 당시 주민 위원회에서 시골에 내려 보내려 날 찾아왔어. 그 사람들에게 그랬어. 수갑을 채울 수도 있고, 묶어서 데려갈 수도 있지만 내 스스로는 가지 않겠다고."

"너희 엄마는 견디셨어? 그 할머니들에게 시달리지는 않으셨어?"

말을 하는 순간 내가 실언을 했다는 사실을 깨달았다. 그의 어머니가 예전에 돌아가셨다는 생각을 미처 하지 못했다. 사진 한 장밖에 남아 있지 않았다. 그저 희미하게 그 모습을 상상할 뿐이었다.

"미안해······."

그는 무표정한 모습으로 고개를 숙이고 바닥에 앉았다. 등을 구부린 채 머리를 두 무릎 사이에 묻고 한참동안 아무 말이 없었다. 어깨가 거의 느끼지 못할 만큼 파르르 떨렸다. 나뭇가지 하나를 힘껏 부러뜨렸다. 다시 하나, 또다시 하나, 거의 박살을 냈다.

"미안해······."

나는 그의 어깨를 다독거리며 그와 함께 땔나무를 메고 산을 내려왔다.

그날 밤, 나는 그의 말에 마침내 마음을 열었다. 더 이상 이 궁핍한 산골짜기에서 멍하니 기회를 기다리지 않기로 했다. 사실 마타오 사건의 진상이 밝혀진 후 나무가 무너지니 나무

위 원숭이가 흩어진다는 식으로, 큰 재난이 임박하자 각자 살길을 찾는 와중에 나 역시 조용히 내 살길을 모색하고 있었다. 병을 핑계로 돌아가는 방법이 비교적 실현 가능한 첫 번째 수였다. 많은 남녀들이 모두 이렇게 돌아갔다. 그러나 나는 잘 먹고, 잘 자며 백여 근이나 나가는 건강한 육체 때문에 고민이었다. 어떻게 의사의 눈을 속일 수 있을까? 곳곳의 경험담을 널리 알아봤다. 흉부 엑스레이를 찍을 때 몰래 폐가 있는 부분에 은박지를 붙이거나 신검 때 에페드린(혈관 수축을 일으킨다고 한다.)과 피임약(혈압을 올리는 작용을 한다.)을 많이 씹고, 거기에 혈압을 잴 때 엉거주춤하게 앉아 몰래 힘을 주며 이를 악다물어 혈압 수은주를 힘껏 올리는 방법이 있다고 했다. 그러나 유감스럽게도 은박지가 드러나거나 수은주를 힘껏 올리지 못해 잔뜩 풀이 죽어 병원을 나왔다. 병원 문을 출입하는 병자들, 행복한 폐결핵, 고혈압, 류머티즘, 위궤양, 밭장다리 환자들을 보면서…… 너무 질투가 나 하마터면 눈물도 나오지 않는 울음을 터트릴 뻔했다.

더 이상은 호쾌하게 고난도, 죽음도 두렵지 않고 와신상담도 달갑게 받아들일 수 있다는 말을 할 수 없었다. 이런 말들은 내가 듣기에도 허망했다. 이렇게 한 해, 한 해를 허비하고 있다니, 결단을 내려야 했다.

"그거야 간단하지."

허이민이 담배 연기를 뿜었다.

"내가 뼈 하나 분질러 줄게. 호구를 옮긴 후에 뼈는 다시 붙이면 돼. 접골 솜씨가 기가 막힌 의사를 한 사람 알아."

"만에 하나 안 붙으면? 만에 하나 말이야."

"절면 저는 거지, 뭐. 여기서 죽는 것보다 낫지."

"그걸 지금 방법이라고 얘기해?"

"구더기 무서워 장 못 담가? 알지도 못하면서."

절름발이가 되고 싶지 않았다. 그러나 길게 고통을 받느니 잠시 아프고 마는 편이 낫다. 도시 호구를 다시 찾기 위해, 합법적으로 문명과 진보의 세상으로 돌아가기 위해, 이왕지사 취업을 하거나 학교에 들어갈 희망이 없고, 관리에게 선물을 줄 돈도 없다면 달리 무슨 방법이 있겠는가? 그래 봤자 겨우 뼈 하나가 아닌가? 홍위병 무장 투쟁 당시 총알에 맞은 적이 있다. 왼쪽 종아리뼈도 정상이 아니었다. 한 번 더 수술대에 올라간다고 뭐 대수겠는가? 다시 한 번 전쟁터에서 부상을 당해 상처투성이의 영광스러운 모습으로 고향에 돌아가는 것이 제대로 묻히지도 못하고 시신이 전쟁터에 널브러져 있는 것보다 훨씬 낫지 않겠는가?

그날 밤 나는 몸을 뒤척이며 잠을 잘 이루지 못했다.

다음 날, 허이민을 데리고 땔감을 하러 촌락 유적지 한 곳을 찾았다. 흙담 몇 곳, 돌길 그리고 뭔가 이야기를 담고 있을 것 같은 '주감취와'[132]라는 글자가 새겨져 있는 허물어진 비석 등을 돌아봤다. 하늘도, 땅도, 너도, 나도 알고 있는 외지고 적막한 곳이라 손을 쓰기 편했다. 그는 멜대로 내 다리를 내리치겠다고 말했다. 나는 옛날 상처 부분을 또 다치면 나중에 치료가

---

132) 酒酣醉臥. '술을 즐기다가 취해 눕다.'라는 의미이다.

쉽지 않을까 봐 거부했다. 그가 바위로 발을 찧겠다고 했지만 나는 그가 지나치게 세게 내리치면 너무 아플까 봐 그것도 거부했다. 결국 나는 왼손(오른손처럼 중요하지 않으니까.), 그중에서도 중지와 식지를(적어도 손가락 두 개는 부러져야 최소한의 장애 기준이라는 말을 들었다.) 두꺼운 나무 문 사이에 끼게 하기로 했다. 양문이 닫혀 쩍 하고 단번에 손가락뼈가 부러지도록 그가 세차게 문을 걷어차기로 했다. 참담한 비명 소리와 함께 한 번에 우리 계획은 성공을 거두는 거야. 이어 진짜 엑스레이를 찍어 당당하게 간부에게 가져다주고 내가 꿈에도 그리던 오색찬란한 도시, 도시로 나가는 거야.

그가 내 입에 수건을 틀어막으며 말했다.

"준비됐어?"

"응."

"안심해. 운은 기대하지 말고. 운이 좋으면 잘 부러지지 않으니까."

"아무렇지도 않아……."

사실 나는 벌써 땀이 삐질삐질 났다.

"빌어먹을, 뭘 그렇게 떨어?"

"잡소리 집어치우고, 빨리 차 줄래?"

"벌벌 떠는 얼뜨기 같은 꼴이 정말 우습네!"

"썩을 놈, 잽싸게 끝내. 안 그러면 오줌통에 처넣어 버릴 테니까."

나는 다시 눈을 감았다. 그가 담배꽁초를 던지고 목표를 조준한 채 심호흡을 했다고 생각하는 순간 갑자기 온몸이 앞으

로 돌진했다. 어찌된 일인지 정말 귀신이 곡할 노릇으로 그가
철퍽 하고 문 앞에 나자빠졌다. 다리를 들려고 하던 순간 내가
다리를 걸어 중심을 잃은 것이다.

"미친 놈!"

그가 눈을 껌뻑이며 엉덩이를 어루만지면서 이미 문틈에서
빠져나온 내 왼손을 바라봤다.

"아무 짝에도 쓸모없는 놈! 좀도둑 감도 안 되는 녀석이 무
슨 큰일을 하겠다고. 목을 내놓으라는 것도 아닌데……."

나는 땅바닥에 털썩 주저앉아 그를 마주보며 입안의 수건
을 꺼내 이마에 맺힌 땀을 닦았다.

"미안해, 다시 생각해 봐야겠어, 다시……."

"허풍쟁이, 너 허풍쟁인 줄 알았어. 이제 다시는 네 일 상관
하지 않을 거야. 공산주의 만만세까지 계속 여기서 호박국이
나 드시지."

그는 벌떡 일어나 휭하니 가 버렸다.

숙소로 돌아와 그에게 담배 한 개비를 주고 싶었는데 담뱃
갑 안이 텅 비어 있었다. 각자 '개 후리기' 자세로 엉덩이를 쳐
들고 바닥의 담배꽁초를 찾기 시작했다. 우리는 평소처럼 구
역을 나누었다. 현관, 침실, 식당을 그의 구역으로 내주고 나
는 문 바깥쪽 평지만 찾았다. 그에 대한 미안함을 이런 식으로
라도 보상하고 싶었다.

"화내지 마. 다시 생각해 볼게……."

나는 그를 향해 계속 웃는 얼굴로 말했다.

그날 저녁, 내 머릿속에는 다시 수년 전과 같은 상상이 떠올

랐다. 인생은 당사자에게 지연되어 방영되는 한 편의 영화와 같다는 생각이었다. 내가 미래를 향해 나아가는 것이 아니라 긴 영화 필름 가운데 지금 한순간이 나에게 이르렀고, 나는 한 치의 오차도 없이 그 틀에서 이미 알고 있는 여러 가지 결과를 연기하고 있었다. 내가 시나리오를 벗어날 수 있는가? 물론 가능하다. 내가 스스로 동작을 결정하거나 대사를 만들 수 있는가? 그러나 극중 인물이 이따금 자기 생각대로 취하는 행동 역시 사실은 이미 알려진 스토리로 영화 제작자가 자신의 예측에 따라 구성하여 꾸며 놓은 부분일 뿐이다. 문제는 아무도 내게 일 분 후, 일 초 후의 장면을 알려 주지 않는다는 것이다. 그 장면이 바로 내 두 손가락을 다시 한 번 문틈에 넣는 것일까?

나는 내 손가락 두 개를 만지작거렸다.

소인들

마타오가 출소한 것은 육 년 후이다. '문화 대혁명'은 이미 막을 내린 때였다. 그날은 정말 추웠다. 비가 부슬부슬 내리던 그날, 나는 마난과 그를 맞으러 갔다. 멀리 호수 지역 쪽에 있는 제3감옥이었다. 꽈당 소리와 함께 철문을 나오는 그는 시커멓고 여윈 모습이었다. 마치 늙은 추장처럼 수염을 길게 길렀고 여전히 죄수복 차림이었다. 나중에야 그가 출소하는 대신 그런 모습으로 나가겠다고 고집했다는 사실을 알았다. 감옥 측에서는 수염을 깎고 가라고 했지만 그는 수염을 깎으면 나가지 않겠다고 했다. 감옥 측에서는 죄수복을 벗고 나가라고 했지만 역시 마찬가지였다. 그가 계속 고집을 피우는 바람에 감옥 측에서는 할 수 없이 그렇게 하라고 타협을 할 수밖에 없었다.

그는 내 육 년 전 기억 속에서 걸어 나왔다. 여전히 위엄이 넘치고, 반듯하며, 무죄로 판결이 바뀌었지만 이에 대해 전혀 기쁜 기색이 없었다. 그는 사람들과의 재회에도 별 느낌이 없는 듯 계속 아무 말도 하지 않고 그저 차례로 악수만 했다. 그는 부근에 있는 밭을 한 바퀴 돌아보고 철망 앞에서 잠시 앉아 있더니 높은 초소 쪽을 둘러보고, 강 맞은편 풍경을 멀리 굽어보며 우리를 한참 동안 기다리게 했다. 그저 막연히 그의 흔적과 이야기가 담긴 곳을 이렇게 갑자기 떠나려니 조금 섭섭한 생각이 드는 것이리라 생각했다.

마침내 차에 올랐다. 7인용 미니 봉고였다. 그는 사람들이 왁자지껄 새 소식을 주고받는 것을 듣다가 불쑥 끼어들었다.

"내 공책은?"

마난에게 하는 말 같았다.

"무슨 공책?"

"검은 가죽으로 된."

"검은 가죽? 물건은 모두 여기 있어. 옷 몇 벌하고, 축구화 한 켤레. 다른 건 못 봤는데……."

마난은 그가 감옥 측에서 돌려준 개인 물품을 말한다고 생각했다.

"아니. 내 원고 말이야. 검은 가죽으로 된 공책 두 권, 너한테 잘 보관하랬잖아."

"어, 그거, 미안해. 그때 타오샤오부를 시켜서 태워 버렸어……."

"뭐라고? 그게 무슨 말이야? 너 다시 한 번 말해 봐."

사태가 심각함을 깨달았다. 과연 뒤이어 나를 낚아채는 그의 낯빛이 시퍼렇게 질리면서 마치 내 살갗이 금방 치익 타 들어갈 듯 사나운 눈빛으로 노려봤다.

"아……."

그가 두 주먹으로 세차게 머리를 때리며 천지가 빠개질 듯 큰 소리로 울부짖더니 차문을 열고 뛰어내려 미친놈처럼 큰 소리로 외쳤다.

"감옥으로 돌아갈래. 감옥으로 보내 줘!"

"마타오!"

옆에 앉아 있던 사람들 몇 명이 당황스러운 모습으로 그를 덮쳤다.

"차라리 감옥살이를 하겠어……."

마타오는 이미 문밖으로 뛰어나가 소리를 지르고 있었다.

마난이 겁에 질려 울기 시작했다. 나도 머리가 온통 하얗게 질려 어찌해야 할지 알 수가 없었다. 이 일을 어떻게 하지? 당초 경찰 수사에 대비해 사건 확대를 막으려면 모조리 태워 버리는 것 말고 달리 방법이 있었겠는가? 목숨을 지키는 일이 급선무였던 그 시절, 누가 그깟 공책이 그의 목숨줄이라고, 석방의 기쁨이 치명적인 재난이라고 생각했겠는가?

우리는 화산 같은 그의 성깔을 막을 수가 없었다. 차에서 내린 후 우리는 돌아가며 앞서거니 뒤서거니 그를 온갖 감언이설로 설득했다. 한두 리를 더 간 후 강변에 이르러서야 그는 걸음을 멈추었다. 우리 둘은 그가 머리를 박고 피를 줄줄 흘리지 않도록 그의 손을 꼭 붙들었다. 살을 에는 차가운 바람 속에 한 시간을 넘게 걸었으니 너 나 할 것 없이 모두 콧물과 재채기가 나왔다. 하지만 아무리 똑같이 재채기를 한다 해도 무슨 소용이 있겠는가? 그가 후에 말한 것처럼 공책 두 권에 빽빽하게 들어찬 글은 다시 쓸 수 있지만 그 영감을 다시 되찾는다는 것은 힘든 일이었다. 육 년 전 썼던 것과 오 년 전 쓴 것은 그 가치가 다르다. 마치 당대의 도자기와 청대의 도자기가 전혀 다른 것과 마찬가지이다. 지식 청년들이 나서서 그가 글을 쓴 시점을 분명하게 증명한다 해도 법률적으로 그의 글들은 전혀 의미가 없으며, 역사가들이 이를 믿을 거라는 보장도 없다…… 휘황찬란한 역사의 기적, 『자본론』과 견줄 만한 『권력론』이 정말 장작 한 개로 인해 재가 되고, 연기가 되어 날아가 버렸단 말인가.

나와 마난이 어찌 오늘 같은 날을 예상했겠는가? 경찰이 그 공책을 가져가 그를 형장으로 보내면 어찌한단 말인가?

마타오가 형장 따위 전혀 무서워하지 않고 차라리 목숨을 버릴지언정 자신의 명예와 절개를 지켜 신성한 학술적 생명과 사상적 명예를 보호하겠다고 했다면 문제될 것이 뭐가 있겠는가?

그는 정말 그렇게 말했다.

"정말 감옥 따위는 개의치 않아. 죽어도 괜찮아. 이 나라를 깨우치는 것이 내 삶의 유일한 의미야. 너희는 몰라. 난 병이 들어 바닥에 그대로 고꾸라졌을 때도 후회하지 않았어. 밥을 먹을 때 모래나 구더기가 씹혀도 후회한 적 없어. 설사 밧줄에 꽁꽁 묶여 형장으로 끌려가 참수된다 해도 절대 후회하지 않았을 거야. 그들에게 뺨을 맞아 피가 나고 그들의 구둣발에 뼈가 으스러질 것처럼 요란하게 소리가 났지만 나는 이를 악물고 내 자신을 다그쳤어. 참자, 참자, 참아야 해. 나는 이날을 고대했어, 이날이 올 거라고 믿었…….

그가 흐느끼며 쪼그리고 앉아 머리를 감싸 안더니 엉엉 소리를 내어 울었다.

나는 눈가가 촉촉해졌다.

이어 며칠 동안 아마도 이 일 때문인지 그는 기분이 썩 좋지 않았다. 한 기자가 차이하이룬을 통해 그를 찾아와 육 년에 걸친 수감 생활을 취재하기로 했다. 입지전적인 철창의 영웅에 대한 이야기를 보도함으로써 개혁 개방을 외치는 새로운 전국적 정치 흐름에 부응하기 위해서였다. 그런데 뜻밖에도 기자는 처음 시작부터 잘못 인용한 성어 때문에 마타오에게 지적을 받는가 하면 껌을 씹다가 혼쭐이 났다. 또한 당시 판결문에 적힌 '반 당, 반 사회주의, 반 무산 계급 사령부' 3대 죄상이 사실이 아니라는 기자의 말에 얼굴이 험악해졌다.

"뭐라고요? 아닙니다. 내 3대 죄상은 말 그대로요. 판결문의 판결이 정확하오. 그것도 잘 모른단 말씀이오?"

분노에 찬 그의 거친 말투에 기자가 화들짝 놀랐다. 아마도 사상이 맞지 않는 듯 계속 머리를 긁적이며 연신 땀을 흘릴 뿐 말도 제대로 하지 못했다.

이어 기자는 마타오를 한껏 추켜세우며 '독학으로 인재가 되었다.'라는 말을 했고, 그 말에 마타오의 분노 지수는 최고조에 이르렀다.

"무슨 헛소리요? 내가 독학을 했단 말이오? 게다가 인재가 되었다니?"

"조금 전 당신 입으로 말하지 않았습니까? 고등학교밖에 못 나왔지만 철학, 정치 경제학을……."

기자의 두 눈이 휘둥그레졌다. 대체 자기가 무슨 말실수를 했는지 알 수가 없었다.

"내가 『삼자경』을 읽었다고 생각하는 거요?"

"미안합니다. 제 말 뜻은……."

"비판과 창조의 사유를 이해할 수 없고, '육경주아[133]'와 '아주육경[134]'을 구분하지 못하는 사람은 기자가 될 자격이 없지."

그는 어머니와 큰누나의 만류에도 불구하고 씩씩거리며 기자를 내쫓았다. 그제야 근시인 차이하이룬은 그의 얼굴에 겸허한 기색은 전혀 찾아볼 수 없고 농담이 아니라 정말 화가 나 있다는 것을 발견했다. 그녀는 더듬거리며 당황하다가 그만 뜨거운 물병을 넘어뜨렸다. 병 조각과 뜨거운 물이 여기저기로 튀는 바람에 자리가 더 어수선해졌다. 조금 전 부인과 웃고 떠들며 빚은 만두로는 무마할 수 없는 상황이 되었다.

밖으로 뛰어나가 집으로 돌아간 후 병이 난 그녀는 며칠 동안이나 두문불출 바깥 출입을 하지 못했다고 한다.

대체 그녀가 무슨 잘못을 했는지 이해가 가지 않았다. '독학으로 인재가 되었다.'라는 말은 좋은 말 아닌가? 아무리 생각해도 그건 사람들이 주로 상대를 칭찬할 때 쓰는 말이었다.

---

133) 六經注我. '육경의 말을 이용해 자신의 사상을 해석한다.'라는 의미이다.
134) 我注六經. '역사적 관점에서 육경의 본뜻을 해석한다.'라는 의미이다.

아니, 너무 자주 쓰기 때문에, 선생 없이 스스로 터득한 어린 요리사, 솜씨가 좋은 기술공, 학력이 낮은 우수한 교사, 수많은 기술 발명을 한 병사 등에게 자주 사용되기 때문에 마타오는 오히려 이를 욕이라고 생각했다. 그가 이런 소소한 인물들이 귀한 존재라는 것을 부인하는 것은 아니었다. 그러나 그는 마타오였다. 철창에서 나온 사상가, 톨스토이가 말한 것처럼 "맑은 물에 세 번 몸을 담그고, 핏물에 세 번 목욕하고, 짠물에 세 번 끓여지는" 고통을 당한 자를 이런 오합지졸들과 한데 엮어 표현하다니, 이게 무슨 뜻이란 말인가? 그를 신문의 '청춘 스케치', '5월의 꽃', '창업편' 같은 란에 실어 선전하고, 화환을 둘러 주며 의지를 북돋우는 격언으로 장식하다니, 이건 대체 무슨 뜻이란 말인가?

몇 날 며칠 동안 그는 집에 처박혀 손님도 만나지 않고, 친구를 찾지도 않고, 거리에 나가지도 않고, 신문을 보지도 않고, 검진을 받으러 병원에 가지도 않고 심지어 식사도 별로 입에 대지 않은 채 그저 방 안 가득 연기를 내뿜으며 담배만 피웠다. 나는 그에게 수가파와 '주정뱅이'의 일화를 이야기해 줬지만 그를 웃게 할 수는 없었다.

다행히 이제 막 출옥하여 복직 대기 중인 노 장관이 그의 명성을 듣고 그와 이야기를 나누고 싶다고 차를 보내 왔다. 장관은 그의 경력과 견문, 지식을 높이 평가하며 교수이자 자기 친구인 대학 총장에게 본과를 건너뛰어 직접 대학원에 입학할 수 있도록 배려했다. 그는 그제야 조금 마음이 풀렸는지 환한 얼굴로 집에 돌아왔다. 그는 어머니의 바늘 침을 넣어 주고,

누이에게 사회 상황에 대해 설명하고, 둘째 누나와도 잔을 부딪치며 술을 마시고 한잔 가득 백주를 따랐다. 정치학과 대학생들의 전망이 그날 밤 식탁 머리맡 유일한 화제였다.

그 후 그는 대학원 1학년도 채 끝내지 못했다. 관점의 차이 때문에 그는 교수와 사이가 틀어져 하마터면 퇴학을 당할 뻔했다.

걱정스러운 마음에 그에게 제발 좀 참으라고 말했다. 처마 밑에서는 고개를 숙여야지.

"참긴 뭘 참아? 이런 책들은 사람을 멍텅구리로 만들어."

"졸업 증서는 그냥 출세 수단 정도로 생각하면 돼."

"자기에게 자신이 없는 사람은 사회 활동을 하지 말아야지."

"네가 그……."

졸업 증서가 중요하다고 강조했던 그였다. 그러나 갑자기 그이기에 이런 표현을 할 수 있지, 나는 할 수 없다는 생각이 들었다. 내가 한다면 자신을 지도하려 든다고 생각할 것이다. 그는 다른 사람의 지시에 끌려 다니는 일에는 익숙지 않은 인간이었다.

"그렇지, 그렇기도 해. 양루진은 대학원 갈 생각이 없었지. 해외 초청도 거부하고 황허 강으로 가서 조사에 착수했어."

나는 방향을 바꿔 옥살이를 한 민주 영웅을 예로 들었다.

"그 사람이 누구야? 관리 자제라고! 누군가 길을 깔고, 다리를 놓고, 가마를 준비해 주는데 무슨 졸업 증서 따위가 필요해? 그 사람이 출세 수단이 왜 필요하겠어? 에워싸인 담이 있다 해도 사람들이 다 무너뜨려 줄 텐데."

"물론, 넌 네 실력으로 일어섰으니 그자와 완전히 다르지."

"실력? 지금 누가 실력을 인정해 줘?"

그는 더 화가 난 것처럼 보였다.

"그 작자들이 실력을 중시했다면 그렇게 연합으로 날 압박하지 않았을 거야. 베이징 대학, 중국 사회 과학원이 실력을 중요하게 생각했다면 내 전학을 막았을 리도 없지. 이 사회는 똥파리가 들끓는 곳이야. 일찌감치 알아봤지."

"교수가 널 인정한 것 같은데 내 말은 그러니까…… 네게 회신을 할 거야."

"고맙다고? 웃기는 일이지. 현대 권력 구조에 대한 내 새로운 해석을 그는 거의 이해하지 못했어. 자연 변증법에 대한 나의 독특한 견해, 종교 기능에 대한 새로운 사고…… 그는 단한 글자도 언급하지 않았어. 그렇게 많은 것을 이해할 수 없는 건 양해할 수 있지. 하지만 염가에 그처럼 큰 직함을 차지한 사람들은 사기꾼들이지."

"네 사상이 너무 전위적이고, 고상해서 이해하는 사람이 드문 건지도 몰라."

"아냐. 내 이론은 한 글자, 한 글자가 모두 상식이야."

"수감 경력이 평범한 건 아니잖아. 네게 좀 더 관심을 가져야 맞지."

"그만해. 지금 무슨 말을 하는 거야?"

화가 나서 그의 얼굴이 일그러졌다.

"감옥 이야기가 제일 싫어. 감옥에 안 갔으면 어떻고, 갔으면 또 어때? 내가 이런 걸로 가산점을 얻을 필요가 있어? 네

말뜻은 내가 이런 금빛 팻말을 내걸어 사람들을 현혹시킬 필
요가 있다 이거야?"

"그럴 리가! 물론 아니지. 내 말은⋯⋯."

"타오샤오부, 네가 날 따라 다닌 지가 몇 해인데, 슬프다, 슬
퍼! 오늘에야 정확하게 알겠네. 넌 날 전혀 이해 못 해. 너희들
중 누구도 날 이해하는 사람은 없어."

내시 노릇을 더 못할 것만 같았다. 군왕은 모시기가 너무 힘
들다. 대체 어디에 문제가 있는 건지 알 수가 없었다. 귀까지
시뻘겋게 달아오르고 어찌해야 할지 알 수가 없었다. 내가 무
슨 말을 해도 틀렸다고 하니, 아무리 날 굽혀 그를 따르려 해
도 자꾸만 그의 화를 돋울 뿐이었다. 노 장관을 만나 고관대
작의 집을 드나들고, 그의 억울한 이야기와 영웅적인 경력이
매체를 통해 전해지면 전해질수록 그의 성격은 날로 괴팍해
졌다. 그에 대한 관심은 오만한 모습으로 비춰졌고, 그에 대
한 친절은 경박하고 무례함으로 해석되었으며, 그에 대한 권
고는 남을 가르치려 든다는 오해를 불러왔다. 또한 그를 회피
하면 비열하고 쌀쌀맞은 무정한 놈이라고⋯⋯. 아부를 하는
것도 기분을 상하게 할까 봐 겉으로만 칭찬을 할 뿐, 속으로
는 비난을 한다거나 속 알맹이는 없이 겉만 그럴싸하게 비위
를 맞춘다고 하니 대체 누가 이런 것을 참고 넘길 수 있단 말
인가? 모든 길은 로마로 통한다더니 모든 화제는 분노로 이어
졌다. 그는 눈을 게슴츠레 뜨고, 턱으로 손님을 가리키며, 잘
뻗은 콧대를 따라 눈빛을 아래로 얄팍하게 흘러내리며 조심
스럽게 행동하는 모든 내방객들에게 경계심을 가지고 엄정한

심사를 내리면서 차갑게 굽어봤다.

이처럼 다방면에서 쏟아지는 시선에 소인들의 못된 심보는 여지없이 모두 드러났다. 분노의 망치가 볼 때 도처에 아직 덜 맞은 못들이 있었으니 반드시 맹공격을 해야 한다. 이어 식사 문제도 마찬가지였다. 궈유췬이 한사코 그에게 술대접을 하겠다고 하고서 내게 먼저 전화를 건 후에야 그에게 전화를 했다. 그 일로 인해 마타오는 기분이 상했다. 게다가 궈유췬이 옥루둥 호텔로 장소를 정했는데, 그곳은 마타오가 별로 달가워하지 않는 광둥 요리집이라 더더욱 그의 기분을 잡치게 만들었다. 궈유췬은 양루진에, 뤄 씨, 가오 씨 등 몇 사람을 더 초대했는데 상석을 누구에게 내줘야 할지 순서가 아리송한 상황이 연출되는 바람에 마타오는 속으로 이를 갈았다는 후문이다. 무엇보다 치명적인 실수는 집을 나설 때 내가 그만 그에게 "궈유췬이 요즘 직장 장기 대회에서 1등을 차지했다."라는 말을 하고만 것이다. 무슨 비위가 상했는지 그는 이미 문턱을 넘어선 발 한쪽을 들여놓으며 가지 않겠다고 고집했다. 별다른 이유는 없었다. 그냥 가지 않겠다고, 절대 가지 않겠다고 말했다.

결국 그는 차라리 집에서 차가운 밥이나 볶아 먹겠다고 선언했다.

나는 마난과 야채 요리 몇 가지에 좋은 술 한 병을 남겨 왔고, 궈유췬이 특별히 챙겨 준 것이라고 말했다. 차라리 그 말을 안 했다면 좋았을 텐데, 우리 말을 듣자마자 그는 야채 요리와 술을 모두 쓰레기통에 버려 버렸다.

"궈유췬이 정말 좋은 뜻으로 초청한 거야. 오늘도 네가 정

말 피곤해서 안 나온 줄 알고 자전거에 널 태워 데리고 오겠다
고 하더라고…….”

“좋은 뜻?”

그는 한껏 내 말을 비웃었다.

“가만히 있는 게 나아. 그 작자가 이렇게 할수록 뭔가 제발
저려서 그런 건 아닌지 의심하게 되니까.”

나와 마난은 깜짝 놀랐다. 무슨 뜻이지?

“나 마타오가 이렇게 다시 돌아올 수 있으리라고 생각지 못
했을 테지!”

그는 다시 냉소를 지었다.

나중에야 나는 그가 출옥한 후 당초 밀고자가 누구였는지
궁금해했고, 의심의 대상 가운데 궈유췐도 포함되었다는 사실
을 알았다. 마타오가 어느 해 설 명절 기간 동안 과거 홍위병
지도자였던 사람들 예닐곱 명을 모아 당시 상황에 대한 좌담
회를 열었던 적이 있는데 그중 몇 되지 않는 지식 청년 가운데
궈유췐이 있었다고 한다. 그런데 당시 상황을 경찰이 모두 환
하게 알고 있었으니 궈유췐이 갑자기 매우 의심스럽지 않았
겠는가? 어쨌거나 궈유췐은 집권당의 당원으로 성공의 기선
을 잡을 수 있는 상황이었다. 두려움에서건 아니면 야심에서
건, 그것도 아니면 남자들 사이의 선망과 질투 때문이라도 걸
어차 버리고 싶은 심정이 옌샤오메이보다 더 컸을 것 아닌가.

“계속 그런 척하라고 해. 계속 말이야. 난 상관없어.”

마타오는 쓰레기통에서 술병을 다시 꺼내 와 마치 전리품
을 바라보듯 자꾸만 어정쩡한 표정으로 병을 살폈다.

나는 온몸에서 식은땀이 흘렸다. 그날 밤 오랫동안 잠을 이루지 못했다. 조금 전 술자리에서의 모든 광경이 떠올랐다. 궈유췬이 마타오에 대해 꼬치꼬치 물어보던 것, 마난에 대한 그의 지나친 친절, 병을 열고, 음식을 권하고, 외투를 벗던 하나하나의 동작, 술에 취했을 때는 가벼운 한숨 소리 등……. 그중 뭔가 실마리는 없었는지, 밀고자의 흔적은 남아 있지 않았는지 생각했다. 그가 한사코 마타오에게 가격도 꽤 나가는 우량예[135]를 보낸 것도 조금 과한 것처럼 생각되었다.

한데 왜 마타오는 이제 와서야 그 말을 했을까?

더 일찍, 더 늦게도 아닌 지금 그 말을 한 것은 요즘 들어 새로운 단서를 얻었기 때문일까, 아니면 찬밥 한 사발이 그의 인내를 폭발하게 만든 것일까?

삶이란 그야말로 심각하게 훼손된 LP판 같다. 이미 그중 많은 정보를 읽을 수가 없고, 복구할 가능성이 있는지조차 알 수가 없다.

---

135) 五粮液. 중국 전통 증류수의 한 종류.

근본 문제

샤오팅은 외모가 정말 빼어나다. 본인도 이를 잘 알고 있기 때문에 거의 매일 옷을 갈아입었다. 마치 옷걸이가 왔다 갔다 하는 것 같아 손님들의 시선을 한 번에 끌어 모았다. 그녀는 자기 집 거실의 고정된 자리에 머물렀다. 주변에 정성스럽게 사물을 배치하고 배경을 만든 다음 가장 매혹적인 표정을 짓고 앉아 손님들이 가장 좋은 각도에서 자신을 바라볼 수 있도록 했는데, 또한 측광이나 역광 아래 목과 가슴, 허리의 아름다운 라인을 드러낸 모습이 마치 고전 예술 감상 수업을 듣고 있는 것 같았다.

마타오의 또 다른 숭배자인 그녀는 손쉽게 그의 전처 자리를 넘겨받아 연락 책임자를 자처했고, 옷자락을 휘날리며 살롱을 출입하면서 인맥들, 특히 영어를 하는 서양인들을 만났다. 매번 대화는 매우 멋지게 이루어졌다고 하는데 그저 담 너머 꽃구경하듯 단 한 번도 구체적인 대화 내용을 들어 본 적은 없다.

"에이! 모두 가장 혁신적인 학술 사상이라 전부 정말, 정말……."

그녀가 작은 손을 내저으며 "중국어로는 표현할 수가 없어. 중국어는 너무 조악해."라고 말했다.

그리고 마지막에는 항상 "이 이야기들 절대 밖에 나가서는 하면 안 돼."라고 끝을 맺었다.

그런데 문제는 그녀가 별로 한 말이 없다는 것이다.

그녀가 입에 올린 내용은 어떤 작가의 연애와 결혼 이야기였지만 후반 부분이 다 잘려 나갔다. 또한 모 철학가의 소송에 대한 이야기가 다시 시작되었지만 그 역시 다 잘려 나가 화두만 남았으며 얼마 전 방문한 기공 선생의 이야기는 그가 집에 들어온 후로는 단 한 마디도 하지 않았다. 어쨌거나 그녀는 모든 명인의 친구였고, 상류 사회에 대해 모르는 바가 없었으며, 모르는 기밀도 없었다. 그런데 깊은 관계에 있는 그들과의 신뢰 때문에 또한 말을 모두 얼버무릴 수밖에 없었다. 이렇듯 주춤거리는 그녀가 마치 비밀 정보국의 적임자 같았다.

몇 년 후 그들이 해외에 나가고 나자 샤오팅의 의붓딸만 남게 되었다. 마타오 전처 소생이었다. 친구들은 이를 거의 당연한 상황처럼 받아들였다.

오랫동안 그들의 소식을 알지 못했다. 이후 연거푸 몇몇 해외에서 들어온 사람들을 만나고 나서야 그곳 상황이 샤오팅이 전에 말한 것처럼 그리 순조롭지 않다는 것을 알게 되었다.

그곳에 도착한 두 사람을 위해 공항에 누군가 레드 카펫을 깔아 주지도, 앞다투어 그들을 취재하려는 언론 매체 기자들도 없었고, 심지어 의원이나 장관을 만날 기회도 없었다. 이것만으로도 그는 곤혹스러움을 감출 수 없었다. 더욱 현실적인 부분은 그래도 마타오가 제법 이름이 나 있는데도 불구하고 기껏 대접을 한다는 것이 초라한 식사 몇 끼에 불과할 뿐, 영양을 채워 줄 만한 화려한 식탁도 아니라는 것이었다. 샤오팅의 아버지는 대학 총장으로 그곳에 오랜 지인이 많이 있었지만 그들의 후원에도 한계가 있었다. 여러 달이 흐르면서 비축해 온 자금도 순식간에 줄어들자 두 사람은 슈퍼마켓의 특가 식품이나 빈곤 계층의 식품 쿠폰에 주의를 기울이기 시작했다. 몇몇 유학생들이 주는 정보에 따라 그들은 때로 교회에 가서 한두 끼니를 때우거나 그것도 힘들 때면 대학 캠퍼스를 기웃거리며 무슨 심포지엄의 다과회에서 회의 참석자인 양 가장하고 비스킷을 먹거나 운이 좋을 때면 와인을 마시기도 했다.

거주지에 관한 한 보호를 요청한 난민으로서 그들은 주거 혜택을 받을 수 있었다. 하지만 이웃과 비교하면 부아가 치솟았다. 가오라는 성을 가진 젊은 뚱보 하나는 마타오보다 명성도 높지 않은데(적어도 감옥에 간 적은 없다.) 집은 그보다 두 배나 크고 제법 괜찮은 발코니도 있었다. 대체 뭐가 잘 났다고? 전에 편집장 자리에 있었기 때문이란 말인가?

마타오는 난민처의 닉을 찾아갔다. 대사관 제2비서관을 지낸 청년으로 이전부터 알고 지내던 사이였다.

"중국인이 권력에 눈이 어둡다고 당신네들까지 그러기야?

중국의 간부 대우가 여기에서도 적용이 돼?"

상대방이 어깨를 으쓱했다.

"직위 같은 건 따지지 않습니다. 여긴 그런 것 없어요."

"그럼 왜 그 사람 집은 큰 거야?"

"미스터 가오 말하는 겁니까? 미안해요. 좀 늦게 왔네요. 그런 곳은 한곳뿐이라서."

"마타오 씨!"(그는 일부러 '욕쟁이'라는 뜻이 되도록 마타오의 이름을 말할 때 성조를 바꿔 말했다.)

그는 눈꺼풀을 찌푸리며 말했다.

"여긴 중국이 아니에요. 내 앞에서 담배 피우면 안 됩니다."

마타오는 순간 난처한 모습으로 담뱃불을 눌러 꺼서 주머니에 쑤셔 넣고 웃는 얼굴로 사죄했다. 상대가 왜 저렇게 몰인정하게 나오는지, 그래도 중국에서 자신에게 밥을 얻어먹기도 했는데 왜 이렇게 면전에서 창피를 주는지 영문을 알 수 없었다. 설사 그가 흡연을 혐오한다 해도, 또한 손님의 흡연을 제지하는 것이 그의 권리라고 해도 '정'이 먼저여야 하지 않는가? 그래도 얼굴에 미소는 띠어야 할 것 아닌가? 물론 더더구나 그가 대충 어벌쩡 일을 처리하는 인물이라고 생각하진 않았다. 양코배기들(그는 이제 개인적으로는 서양 사람들을 이렇게 불렀다.)은 그 뚱보 편집장에게는 초청장을 주면서 그에게는 줘 본 적이 없다. 또한 여러 번 그 뚱보 편집장을 회의에 초대했지만 그를 초청한 적은 없다. 이런 식의 대접 역시 모두 권력에 굽실거리는 모습이 아닌가? 속물들의 시야로 사람을 우습게 보는 것이 아니겠는가? 제국주의의 구린내 나는 비도덕적인 모습이 아니고 무엇이겠는가? 그는 자칫 홍위병때 목소리가 튀어나올 뻔했다.

그 역시 몇몇 모임에 초대를 받은 적이 있다. 중국 정치와 사회에 대한 연구와 토론의 장이었다. 그러나 영어 실력이 모자라 그런 회의에 가는 일이 매우 조심스러웠다. 때로 상대방이 줄줄 발언을 쏟아 놓을 때 어휘 몇 개밖에 들리지 않아 바보처럼 연신 고개만 끄덕일 뿐이었다. 금발에 푸른 눈, 멋진 분위기의 열정적인 여기자를 만난 적이 있다. 유명한 칼럼니스트라고 했다. 그는 가까스로 전자 사전을 두드려 자신의 상황에 대해 서두를 열었다. 그런데 돌연 상대방이 매우 곤혹스러운 표정을 지었다.

"중국인이에요? 이다 씨 아니에요? 세상에, 죄송해요."

그러더니 가방을 들고 나가 버렸다. 그는 한참 후에야 조금 전 칼럼니스트가 동양인의 얼굴을 잘 구분하지 못해 사람을 잘못 봤다는 것을 알게 되었다.

그날, 주최 측의 실수로 회의 일정표에 식사 장소가 누락되었다. 밖에서 한참동안 담배를 피우고 돌아온 그는 당황스럽기 그지없었다. 모두들 어디로 갔을까. 회의실 주변에 있던 사람들에게 모두 물어봤지만 아무 정보도 얻지 못했다. 그는 하는 수 없이 자비로 햄버거를 먹으러 갈 수밖에 없었다.

패스트푸드점을 막 빠져나올 때였다. 한 흑인이 그를 따라 가게 문을 나서며 그를 향해 소리질렀다. 그가 가방을 놓고 나왔기 때문이었다. 그는 가방을 받아 들고 연신 황급히 감사의 인사를 했다. 하지만 아마도 너무 열심히 인사를 했는지 아니면 마음속에 수많은 욕이 억눌려 있었기 때문인지 그만 입을 열자마자 "Thank you."[136] 대신 "Fuck you."[137]라는 말이 튀어 나왔다. 그것도 연거푸! 그는 상대방의 표정이 험악해지는 것을 보고 어렴풋이 그의 괴이한 표정이 자신과 관련이 있다고 느꼈지만 이미 엎질러진 물이었다. 상대방이 눈을 부릅뜨고 마치 그가 패티 속의 구더기라도 되는 듯 요리조리 째려보더니 얼굴을 일그러뜨리며 맥주 반병을 그대로 그의 머리에 뿌려 버렸다.

"Shit!"[138]

그래도 그의 주먹이 날아오지는 않았다.

그보다 더 비통한 일은 회의의 기조 발언자인 싱 교수가 중국의 뛰어난 재야 사상가를 거명하는 자리에서 11번째로 그의 이름을 말하고 '등등'이라고 말을 끝낸 일이었다. 겨우 '등등' 앞이라니, 하마터면 '등등'에 포함되는 신세가 될 뻔했다. 너무 모욕적인 일 아닌가? 그런 식의 배열은 분명히 다른 꿍꿍이가 있을 것으로, 최근 그가 수상할 가능성이 높은 상에서 이름을 배제하기 위한 것일지도 모른다. 그는 원래 자리에서 일어나 반박을 하려 했다. 그러나 얼핏 눈에 띄는 사람이 몇 사람밖에 되지 않았다. 그렇지 않아도 상대방 입에서 줄줄이 쏟아지는 영어를 들으면서 조금 겁이 났던 터라 결국 손을 들지 못했다. 그는 침울한 얼굴로 집으로 돌아와 온갖 화를 샤오

---

136) 영어로 '고맙습니다.'라는 의미이다.
137) 영어로 '빌어먹을.'이라는 의미이다.
138) 영어로 '제기랄.'이라는 의미이다.

팅에게 쏟아 부었다.

"대체 일을 어떻게 한 거야? 그렇게 만나고 떠들어 대더니 결국 결과가 이거야? 아직도 싱 교수를 진실하고 박식하다느니, 예지 능력이 있다느니 두둔할 거야? 내가 볼 때 그는 날사기꾼이야. 양쪽에서 받아 처먹으면서 세상을 기만하고 명예를 챙기는 놈이라고!"

샤오팅은 병원에서 퇴근하고 돌아와 어찌나 피곤한지 식탁 위에 엎드린 채 잠이 들어 있었다. 마타오의 고함에 놀라 깨어난 그녀는 얼굴이 하얗게 질려 한참동안 가슴을 쓸어내렸다.

"그 사람에게 전화해서 다시 잘 말할게요."

"지금 걸어!"

샤오팅이 황급히 전화기 옆으로 다가갔다.

"그자에게 말해. 이건 단지 순위 문제가 아니라고! 역사가 진상을 되찾을 수 있는가, 역사관을 근본적으로 바로 잡을 수 있는가에 대한 중요한 시비가 걸린 문제라고!"

길고 긴 전화 회담이 이렇게 시작되었다. 남편의 지시에 따라 샤오팅은 싱 교수와 심각한 대화를 시작했다. 다시 한 번 남편의 업적을 상세히 늘어놓았다. 예를 들어 수감 생활 십 년(그녀는 영어로 말할 때 '육칠 년'이라고 조정했다.)과 비밀리에 이루어진 당 건설(영어로는 '비밀리에 이루어진 당 건설 준비 작업'이라 조정했다.)과 무장봉기(영어로는 '일부 무기를 가지고'라고 조금 모호하게 표현하여 여러 가지 해석이 가능하도록 조정했다.), 탁월하고 독특한 이론 건설로 중국에서 최초로 개혁 개방을 제안했고, 민주와 법제를 제안했으니 덩샤오핑의 것보다 시기적으로 더 빠르다는 것(유명한 '검은 가죽 공책'이 그 증거이지만 다만 이를 발표할 수 없었을 뿐이라고 덧붙였다.) 등, 그녀는 남편이 순간적으로 화가 치밀면서 과장한 표현을 살짝 수정하고, 듣기 거북한 표현을 삭제했지만 기본적인 그의 뜻은 모두 전달했다.

"교수님, 교수님을 매우 존중합니다. 다만 유감스럽게도 교수님 곁에 있는 사람들이 완전히 잘못된 정보를 전달해 사실을 왜곡하고, 여론을 오도하여 제 남편의 정치적 미래에 나쁜 영향을 주었습니다. 귀국의 법률에 따라 저희는 그 사람들에게 사죄를 강력히 요구하고, 경제적으로 배상을 요구하겠습니다."

그녀가 공격 대상을 싱 교수의 배후에 자리한 소인들에게 돌린 것은 싱 교수가 그들에게 자금 지원을 해 주고 있었기 때문이다. 그는 매월 1000달러의 지원금을 이미 1년 넘게 주고 있었다.

"부인, 당신네 중국인들은 정말 이상하네요."

"중국인이 이상하다니요? 교수님, 인종 문제는 너무 민감한 화제라고 생각하지 않으십니까?"

"미안합니다. 전 마 선생이 이상하다고 말하는 겁니다."

"이상한 건 우리라고 말씀하셔야죠."

"그래요. 맞아요. 두 분 정말 이상합니다."

"우린 전혀 이상한 사람들이 아닌데요."

"아, 조금 전 두 분이 이상하다고 말씀하지 않았습니까?"

결국 말이 이상하게 얽혀 이야기가 흐지부지 되고 말았다.

전화는 한밤중까지 이어졌다. 결국 끼니를 놓쳐 중국식 햄버거를 배달시켰다. 샤오팅은 남편의 재촉에 음식을 먹을 겨를도 없이 급하게 관련 매체와 사람들을 무마시키기 위해 편지를 썼다. 남편이 달가워하지 않는 표현이 있으면, 읽고 다시 읽고 고치기를 반복하다 보니 버려진 종이 뭉치가 쓰레기통으로 금세 하나 가득이었다. 그동안 마타오 역시 전화를 걸어 몇몇 중국인 친구들에게 한바탕 싱 교수가 얼마나 파렴치한 사람인지 중국어로 거침없이 털어놓았다. 거짓 군자, 이중인격, 간악한 유태인, 아무것도 아니라는 듯 어깨를 툭툭 건드리며 수표에는 금액을 적는 노련한 음모가, 미국 중앙 정보국의 비밀 요원, 중국 국가 안전부의 이중간첩일지도……. 싱 교수에 대한 욕은 그대로 옆집 사람, 자신보다 순위가 몇 단계 위에 있던 뚱보 편집장에 대한 욕으로 이어졌다. 그를 통렬히 비난했다. 겉으로는 위엄 있는 척하지만 홍등가를 자주 들락거리며, 여자 유학생에게 사기를 치는 등 구린내 나는 생활을 한다고 비난했다. 겉으로는 의협심이 가득한 격앙된 언사를 달고 살지만 기껏해야 여색과 재물을 밝히는 장사꾼에 불과해. 그런 인간이야.

"그건 그 사람의 프라이버시잖아."

한 화교 신문사의 여기자가 그에게 주의를 줬다.

"프라이버시? 그럼 정의는?"

"너 말투가…… 꼭 공산당 기율 위원 같아."

그녀가 웃기 시작했다.

마타오가 화가 나서 얼굴이 새빨갛게 달아올랐다. 그가 전화를 내동댕이쳤다.

"쪽발이보다 더 극악한 놈! 그래 봤자 네가 서양 물 몇 년 더 먹은 것 아냐? 내 눈에는 그야말로 잡⋯⋯."

그가 뒷말을 삼키며 막된 표현을 자제했다.

이런 식으로 욕을 하다 아마 마지막에는 마난과 나까지 욕을 했을 것이다. 그는 우리가 당시 그의 원고를 불태우는 바람에 이 엄청난 결과가 빚어졌다고 원망했다. 한 줌의 불길이 역사의 진상을 불태워 버렸고 그는 자신이 누려야 할 지위를 증명할 방법이 없자 소인배들이 모두 입을 다물었다고 말했다.

유언

다시 문을 열고 들어갔을 때 마난의 어머니는 이미 세상을 떠난 후였다. 어머니의 베개, 어머니의 침상, 어머니의 방이 텅 비어 있었다. 어머니의 자질구레한 낡은 옷가지, 물건에 스며 있던 친숙한 온기는 이미 돌돌 한 보따리에 묶인 채 황혼 속 쓰레기장에 내던져져 순식간에 파리와 개미가 들끓는 바람에 차마 시선을 둘 수가 없었다. 이후 매번 쓰레기장을 지날 때면 가슴이 두근거리며 정신이 몽롱해졌다.

이성적으로 생각하면 잘된 일이었다. 내가 어머니라고 해도 좀 일찍 그 상황을 벗어나고 싶었을 것이다. 병상에 누운 지 이미 여러 해가 지났다. 매번 병원 측에서는 병세가 호전되고 있다고 했지만 밥맛도 없고, 정신도, 예지력도 많이 사라져 바지와 이불에 실례를 하는 경우가 다반사였다. 정말 고통스러운 시간들이었다. 매번 잠에서 깨면 텔레비전을 쳐다보고는 있지만 사실 잘 보이지 않고, 잘 이해도 안 가고, 다만 멍하니 오랫동안 앉아 호화찬란한 브라운관을 마주하는 쓰디쓴 형벌과 같은 시간이었다. 큰 처형 집에도 살았지만 익숙해지지 않았다. 매일 밤 침대 머리맡에 앉은 채 잠을 이루지 못했다. 둘째 처형 집에서도 살았으나 그 역시 마찬가지였다. 하루 종일 발코니에 서서 밖을 보는 사이 또다시 기침과 천식이 시작되었다. 나는 마난과 상의해 어머니를 모셔오기로 했다. 어머니를 업고 5층을 올랐다. 당시에는 몰랐지만 그때가 어머니의 마지막 귀가였다. 어머니는 살아서 그 문을 나가지 못했다.

어머니는 단 한 번도 내가 당신을 업고 올라갔던 사실을 기억하지 못했다. 매번 병원에 가고, 공원에 갈 때면 어머니를 늘 업고 다녔는데 이에 대한 어머니의 반응은 "마타오가 힘이 세서 계단 오르내릴 때마다 너무 마타오만 고생을 시키네."였다.

마난이 참다 못해 말했다.

"외국에 나가 있는 오빠가 영혼이라도 돌아와서 엄마를 업어 줬겠어요?"

어머니는 나, 바로 당신의 사위를 가리켰다.

"무슨 소리냐? 타오 서방이 업어 줬잖냐?"

어머니는 이렇듯 내가 업어 준 사실을 아는 것 같기도 했지만 나중에 다시 이야기를 꺼내면 또 헷갈리는지 "응, 마타오 힘이 세지."라고 말했다.

어머니는 확신했다. 마난이 사 온 생일 케이크도 아들이 사 온 것, 마난이 사 온 솜 신발과 전열기도 아들이 사 온 것, 마난의 큰언니, 둘째 언니가 사 온 옷과 침대 시트도 모두 귀한 아들이 하는 효도라고 말했다. 세 딸은 이 이야기만 나왔다 하면 기분이 상해 노인네가 남존여비 사상이 너무 강해 편애가 심하다고 말했다

"어서 전화해. 마타오 와서 밥 먹는다고 하지?"

어머니는 때로 이렇게 물어보기도 했다. 수 년 동안 돌아오지 않는 아들이건만 이렇듯 마치 곁에 있는 것처럼 효도를 받고, 그 아들을 만질 수 있고, 냄새도 맡을 수 있는 실체로 상상하는 듯했다.

입맛이 조금 좋아진 것 같았다. 죽, 국수, 꿀물, 생오이를 조금씩 먹었다. 기분도 좋아 보였다. 말도 더 많이 하고 심지어 농담을 하기도 했다. 어머니는 큰딸이 외모는 뛰어난데 남편을 너무 홀대하고, 매정하게 군다고 말하다가 다시 자기 역시 젊었을 때는 남편에게 사납게 굴었는데 지금 돌이켜 보면 미안한 생각이 든다고 했다. 이어서 한숨을 내리쉬며 길어 봤자 이삼 년밖에 살지 못할 것 같으니 이제 남편 성묘를 가기도 힘들게 되었다고 말했다.

나는 또 무슨 걱정이 있는지 물어봤다.

어머니가 고개를 흔들다가 갑자기 인상을 쓰며 불평을 늘어놓았다.

"그 애가 내게 잘하질 않아."

"어머니에게 약도 부쳐 주잖아요?"

어머니는 마치 내 거짓말을 아는 것처럼 아무 소리도 하지 않았다.

"너무 바빠서 어쩔 수가 없어요. 아마 가을이면 기회를 봐

서 올 수 있을 거예요.”

“오늘은 정말 덥네.”

어머니가 화제를 돌렸다.

사실 어머니는 거짓말이라도 좋으니 내가 계속 그런 말을
해 주길 바라고 있었다.

“편지 보내잖아요? 전화도 오고요. 전보다 더 잘해요. 어제
는 어머니가 잠이 드셨다는 말을 듣고 제게 어머니를 깨우지
말라고……”

“내게 못하는 것 없어. 그럼!”

어머니가 마침내 고개를 끄덕이며 눈을 감더니 스웨터를
더듬거리며 알아듣지 못할 소리로 중얼거렸다.

“샤오, 그 애 꿍꿍이가 많아……”

며느리 이야기를 하는 것이리라.

언제부터인지 어머니는 마치 아이처럼 나를 빤히 바라보고
있었다.

“이번에는 왜 병이 잘 안 낫지?”

나는 어머니 눈동자 속에서 실망과 불안을 읽을 수 있었다.
예전에는 나와 마난만 앞에 있으면, 그리고 나와 마난이 어머
니 몸이 괜찮다고 말하면 고개를 끄덕인 후 안심하고 색색 코
를 골며 잠이 들었다. 그러나 아닌 게 아니라 이번에는 조금
느낌이 달랐다. 방법이란 방법은 다 궁리하고, 찾아갈 수 있는
의사는 다 찾아가 봤다. 그런데 그들은 하나같이 말을 아꼈다.
아마도 어머니는 우리 눈빛이 예전처럼 확신에 차 있지 않고,
말투도 예전처럼 시원스럽지 않다고 여겼는지 더 이상 입을

열지 않은 채 한숨만 내쉰 후 브라운관 속 영상으로 시선을 옮겼다.

"저 닭은 왜 털이 없어?"

어머니가 텔레비전을 가리키며 깜짝 놀란 표정으로 물었다. 화면에 비키니 차림의 여자가 나왔는데, 아마도 어머니는 흐릿하게 잘 보이지 않았나 보다.

약과 주사제 치료가 계속되었지만 기껏해야 기침만 조금 줄어들었을 뿐이었다. 그날 탕위안[139] 하나, 귀리죽과 제비집 수프를 조금 먹었다. 다음 날은 죽 몇 숟가락, 귀리죽 약간, 사과 두 쪽밖에 먹지 않았지만 정신은 그래도 맑아 보였다. 마난이 좀 더 드시라고 권하자 화를 내기도 했다.

"안 먹는다고 하면 안 먹는 줄 알지. 왜 자꾸만 물어봐?"

셋째 날 이른 아침, 숨이 조금 약해지는가 싶었는데 어머니는 다리가 아프다며 마난에게 다리를 주물러 달라고 했다. 별로 말씀은 없었다. 10시 10분, 마난은 어머니 이마에 땀이 나기 시작하는 것을 발견했다. 10시 25분, 어머니의 호흡이 가빠졌다. 10시 50분, 호출한 구급차가 도착하고 의사가 들어왔다. 어머니는 눈을 크게 뜨고 뚫어져라 침대 옆 벽을 응시했다. 이미 손목의 맥박은 멈춘 상태였다. 11시 22분, 응급실에서 응급 조치가 시작되었다. 호흡기, 심장 박동기 등이 동원되었다.

나는 연차를 신청하고 일찍 퇴근해 병원 응급실로 발걸음을 재촉했다. 의사가 이미 응급 조치를 멈추고 흰 천으로 어머

---

139) 湯圓. 중국 정월 대보름에 먹는 음식.

니의 얼굴을 덮었다. 11시 50분이었다. 둘째 처형과 동서가 도착해 있었다. 큰 처형과 동서도 뒤이어 도착했다. 마난과 큰 처형이 재빨리 꽃과 수의를 구입하고 장례 준비를 서둘렀다. 둘째 처형이 한 할머니와 말다툼을 벌였다. 염과 미용 비용이 너무 비싸다고 말했다.

어머니는 생전에 아무런 추도식도 열지 말고 심지어 외부 사람들에게도 전혀 부고를 알리지 말라고 당부했다. 아들의 전보를 받아 이를 어머니의 품에 넣은 후 우리는 병원 영안실을 출발했다. 영구차가 서서히 움직이기 시작했다. 자동차 여러 대가 우리를 앞질렀다. 대교에 이른 영구차가 갑자기 움직임을 멈췄다. 기사는 차 밑으로 들어가 수리를 시작했다. 급히 수리를 하느라 온통 땀으로 범벅인 기사의 모습을 보고 있으려니 무척 초조했다. 나중에 돌이켜 보면 어머니가 아쉬움에 강변의 풍경을 좀 더 보고 싶었던 것은 아닐까, 혹은 전보가 잘 전해지지 않은 것은 아닐까, 왜 유족 중에 한 사람이 보이지 않나 그곳에서 기다리고, 기다리고, 또 기다린 것은 아닐까, 하는 생각이 들었다.

화장터가 개축 중이라 도처에 석재와 콘크리트, 벽돌과 기와가 널려 있어 공사판처럼 혼잡했다. 모든 수속이 끝난 후 화장 담당자가 어머니를 수레에 옮겨 시키면 화로 한가운데에 집어넣었다. 스위치를 당기자 화로의 거대한 철문에서 꽈당 하고 굉음이 울려 퍼졌다. 수레 궤도와 함께 수레까지 덜컹거리면서 어머니의 흑발 한 가닥이 흰 천에서 떨어졌다. 마난이 다가가 정돈을 하려 하자 담당자가 이를 제지했다. 어머니는 흰 머리가 별로 없었다. 흰 천 아래로 안타깝게 삐져나온 흑발한 가닥이 마치 번개 한 줄기, 채찍 한 가닥, 갈라진 상처가 되어 지저분하고 난장판인 화장장을 향해 고집스럽게 버틴 한 여인의 청춘을 보여 주려는 것 같았다.

송풍기가 요란하게 울리기 시작했다. 밖으로 달려 나갔다. 굴뚝에서 피어오르는 푸른 연기 한 줄기가 자꾸만 날아오르며 점점 투명해지다가 푸른 하늘에 이르러 완전히 사라져 버렸다.

마난이 끝내 참지 못하고 얼굴을 가린 채 그대로 자동차 안으로 달려가 대성통곡했다. 어머니가 사라져 버린 그곳이 너무 누추해서, 육중한 용광로의 녹슨 철문 소리에 가슴이 무너져서, 용광로의 벽과 바닥이 지저분하기 짝이 없어서, 용광로 앞에 어지럽게 복작거리며 놓인 여러 구의 낯선 시신들 때문에, 화장장 앞에서 끝까지 버티지 못한 자신 때문에, 그리고 평생 딸의 머리를 수만 번 다듬어 준 어머니의 머리카락 한 가닥을 어찌하지 못해 눈물을 흘렸을 것이다. 물론 십수 년 간 밤낮으로 수없이 눈물을 흘렸고, 어머니가 사라진 후 도시 곳곳을 수도 없이 샅샅이 뒤졌고, 속옷에 실례를 할 때마다 온몸을 씻겨 주었고, 부엌 취사 도구를 잘못 쓰는 바람에 치솟은 불길을 잡은 후 난장판이 된 부엌을 정리하느라 애를 썼으며, 밤새도록 기침을 하는 노인을 돌보느라 초조하게 잠을 이루지 못했지만……. 그래, 더 이상 불도 나지 않을 것이고, 기침하는 사람도 없을 것이며, 모든 번뇌와 시달림도 끝이 났으니 이제 자유롭고 편안해진 환경에 기분이 좋아야 하는데…….

왜 그렇게 눈물이 홍수를 이루는 것일까?

그렇다면 아마 어머니가 사랑을 가져갔기에, 고통을 준 만큼 꼭 그만큼의 사랑을 가져갔기에 그토록 외롭게 울고 있을지도 모른다.

어머니의 마지막 말 때문에 우는 거겠지?

"마타오, 엄마 다리 좀 더 주물러 주렴."

어머니가 남긴 마지막 말이었다.

페미니즘 교수

마타오가 차이하이룬의 청춘을 망가뜨렸는지에 대해 사람들은 서로 생각이 달랐다.

그녀는 기독교 집안 출신이라 이런 서양식 이름을 갖게 되었다.[140] 마난은 그녀의 친한 친구로 한때 차이하이룬이 자기 올케가 되었으면 좋겠다고 생각하면서 그녀에게 오빠가 왜 별로 관심이 없는지 이해하지 못했다. 그녀는 마르크스 옆에 예니 베스트팔렌이, 레닌 옆에 크룹스카야가 있었듯 오빠 옆에는 차이하이룬같이 독서광인 재인이 있어야 한다고 생각했다. 차이하이룬의 큰 손, 큰 발, 큰 코, 큰 입, 큰 앞니…… 이런 말을 하며 웃는 사람들이 있었다. 하지만 뭐가 우습단 말인가? 이런 것을 보고 아름답다 하지 않으면 대체 뭘 보고 아름

---

140) '하이룬'은 '헬렌'을 한자로 표기한 것이다.

답다 한단 말인가?

마난은 또다시 한 박자 늦게 남자의 마음을, 샤오안쯔가 왜 그녀를 보고 괴상한 소리를 지르며 파안대소를 했는지 깨달았다.

아마도 이 일은 차이하이룬에게 상처를 주었을 것이다. 도시로 돌아간 후 차이하이룬은 여러 해 동안 소식이 없었다. 다시 그녀를 만났을 때 그녀는 여전히 싱글이었고 넓은 이마가 보이는 단발 그대로의 모습이었지만 전보다 조금 안된 모습이 얼핏 아줌마 분위기가 느껴졌다. 그녀는 교수가 되어 있었는데 어린 여자애들처럼 판다 백팩을 메고 있어 뭔가 서커스단 같은 기분이 들었다. 고도 근시 안경을 걸치고 생각에 잠길 때마다 이따금 담배를 꺼내 드는 모습이 이과 남학생 같았다. 조금 가슴이 철렁했던 부분은 얼굴이 거의 마비될 정도로 지나치게 요란한 웃음이었다. 마치 평생 몇 번 웃어 본 적이 없는 사람 같았다.

아마도 오랫동안 수업에 전념하고 살아온 탓인지 말을 할 때마다 거의 매번 한 번씩 반복하는 습관이 있었다. 핵심어가 아니라 문장 뒷부분을 반복했다. 마치 눈앞에 열심히 필기를 하고 있는 학생들이 있어 그 학생들이 정확하게 듣고 기억하여 자신의 지식이 잘 전수될 수 있도록 배려하는 모습 같았다. 이런 말투가 습관이 되는 바람에 혀가 절로 알아서 말을 되풀이하는 그녀의 모습은 요란스럽거나 번잡하다는 느낌을 주지 않았다. 예를 들면, 어머니에게 약을 먹도록 권할 때도 그녀는 다음과 같이 말했다.

"······약 안 먹는 건 잘못된 거예요. 그건 엄마 자신에게 너무 무책임한 행동이에요. 무책임, 무책임하다고요. 지금까지 나온 약 중에서 혈압을 낮추면서도 부작용을 최소화한 약이에요······."

아무리 맞는 말을 해도 소용이 없었다. 집의 일하는 아주머니 말이, 할머니가 약을 거부하는 것은 사실 약의 중요성을 몰라서가 아니라 이렇게 작은 소동을 벌이면 자식들이 좀 더 관심을 가져 줄 거라 기대하기 때문이라고 했다.

그러나 교수는 이런 논리를 이해하지 못했다. 그녀는 자신이 어머니를 충분히 잘 모시고 있으며 치료를 위해 약을 복용하는 것이 당연한 이치라 생각했다. 과학적인 보살핌은 전혀 문제될 것이 없다고 생각했다. 첫째, 어머니에 대한 '보험을 다섯 개', '보험을 다섯 개' 들었다. 둘째, 매주 '두 번씩 어머니를 방문', '두 번씩 어머니를 방문'하고, 셋째, 갈 때마다 '100위안 이상의 선물', '100위안 이상의 선물'을 가져가고······. 여기에 대체 무엇을 더 어떻게 한단 말인가? 무엇을 더 어떻게 한단 말인가? 아주머니가 자신의 책임을 회피하기 위해 노인네의 심리 상태를 과장해서 말하는 거라고 생각했다. 좋아, 그렇다면 정신과 의사에게 가서 심리 치료를 받아 보자. 몇 시간 동안 그림도 보고, 게임도 해 보고, 최신 심리 테스트 기기도 모두 동원했다. 노인네는 즐거워하면서도 어리둥절한 생각이 들었다. 마지막에 의사는 각종 지표에 따르면 어머니는 지극히 정상이라고, 데이터에 다 그렇게 나와 있다고 말했다.

그녀는 어머니와 깊은 대화를 시도해 봤지만 번번이 기분이 좋지 않은 상태로 끝이 났다. 어머니는 그녀 말고 또 다른 마 씨 성의 남자를 원했다. 떠도는 영혼, 야인 같지 않은, 솥 없는 솥뚜껑 같지 않은 마 씨를 원했다. 이 세상에 성이 마 씨인 사람이 하나밖에 없는가……. 그녀는 그 즉시 어머니의 남존여비 사상을 반박했다. 여자는 솥뚜껑이 아니며 더더구나 남자를 솥이라고 생각하는 건 말이 안 된다고 했다. 유명한 서양 이론으로『제2의 성』[141]에서 이렇게 말했어, 이렇게 말했어. 이렇게 말했어……. 서양 사람들의 무슨 '성' 어쩌고 하는 말을 이해할 수가 없었던 어머니는 화가 나서 눈을 감고 물건을 마구 던지고 부서뜨렸다. 그러다가 나중에는 아예 비가 오는데도 밖에 나가더니 언덕을 내려갈 때 넘어지는 바람에 오른손 뼈가 두 개나 부러졌다. 아마도 골절 사건을 통해 돼먹지 않은 딸의 '제2의 성' 이론을 공격해서 교수랍시고 내뱉는 파렴치한 말들을 까부수고 싶었는지도 모른다.

　　그러나 여자의 권리는 차이하이룬이 포기할 수 없는 원칙이었다. 그녀가 썩어 빠진 그릇된 관념을 비판하지 않고 그냥 넘어갈 수 있겠는가? 애써 설득하고 차근차근 설명을 하지 않을 수 있겠는가? 사실과 도리를 늘어놓으며 이론적으로 설명을 하려 애쓰지 않겠는가? 맞는 건 맞는 거고, 틀린 건 틀린 것이다. 곁의 가족조차 설득할 수 없다면 무슨 자격으로 학생과

---

141) 프랑스의 실존주의 작가 시몬 드 보부아르의 1949년 작품. 제1의 성인 남성에 대해 여성은 부차적인 성이라는 뜻에서 붙여진 서명이다.

대중을 계몽할 수 있겠는가? 수천 년 이어진 중국의 봉건주의 사상 전통에 도전할 방법이 있겠는가? 내 어머니를 사랑하긴 하지만 그보다 진리를 더 사랑한다. 현대의 지식인으로서 차이하이룬은 자신의 학술 도덕의 최저 기준을 허물어뜨릴 수 없었다.

그녀의 어머니는 가을에 병사했다. 울화와 관련이 있는지는 알 길이 없다.

옛 친구 몇 명이 추모 행사에 동참했다. 추모회 식사 자리에서 '요강'이란 별명을 가진 사람이 문득 '여편네'라는 여성 폄하 호칭을 썼다가 차이하이룬에게 된통 비난을 들었다. 나 역시 망신을 당했다. 비록 민감한 신분이라 줄곧 언행에 조심을 했건만 무의식중에 입에서 '부인'이란 말을 썼다가 여권주의의 지뢰를 건드리고 말았다. 젓가락이 떨어지고 식기가 부딪치는 등 소란이 벌어졌다. 소리가 나는 곳을 바라보니 차이하이룬이 입술을 꼭 다물고 있었다. 금방이라도 토할 것 같았다.

"그만 좀 해 줄래?"

그녀가 손을 내젓더니 물을 한 모금 마신 후 길게 한숨을 내쉬어 사람들에게 자기가 토할 것 같은 기분을 겨우 참고 있다는 티를 냈다.

"그건 무슨 말투야? '집사람'이란 말도 하려던 참이야? '소첩'이라는 말도?"

그녀가 던진 냉소가 나를 겨냥하고 있었다.

"내가 뭐?"

"'부인'이라는 말 네가 했잖아?"

"응? 그래 내가 한 것 같긴 하네. 그거……."

나는 영문을 알 수가 없었다.

자못 점잖은 단어라고 생각하며 여자들 비위를 맞추려 한 건데. 뜻밖에 차이하이룬에게 그 말 때문에 비난을 받다니. 그녀가 어깨를 으쓱거리며 고개를 저었다. 아마도 나 같은 속물은 이해할 수 없을 테니 더 이상 지껄이는 건 낭비라고 생각했는지 자리에서 일어나 잡지를 보러 다른 방으로 가 버렸다.

그녀가 자리를 떠난 후 다른 사람들은 모두 그 자리에 얼어붙었다. 모두 서로 얼굴을 마주보며 '부인'이 대체 왜 잘못된 말인지, 또한 이곳에 여주인의 심기를 건드려 자리를 뜨게 만드는 어휘들이 얼마나 되는지 알 길이 없었다. 상황을 확실하게 파악할 수는 없었지만 어쨌거나 오늘은 추모 행사를 위해 모인 자리 아닌가? 모두 입을 모아 고인의 지난 일을 회고하며 지난날 시골에 올 때마다 가져오던 돼지 피 이야기, 우리를 위해 빨래하고 이불을 꿰매던 이야기, 마난을 도와 배추를 수확하던 중 하마터면 호수에 빠질 뻔했던 이야기 등, 노인을 그리워하며 이런 이야기를 나누는 자리에서 왜 꼭 학술적 토론을 벌여야 하는가? 모든 심포지엄에서 여권주의와 여성주의(하이룬은 이 두 가지가 큰 차이가 있으니 절대 혼용해서는 안 된다고 했다.)를 매년, 매달, 매일 말해야 하는가? 조금 전 차이하이룬이 '요강'을 대할 때처럼 영어를 쓰다가 다시 인용문을 들먹거리다가 때로 두 손을 들어 그중 한 손가락을 구부리거나(작은따옴표) 또는 두 손가락을 구부리고(큰따옴표), 흥분이 극에 달하면 집게손가락을 뻗어 허공을 향해 계속 앞쪽을 가리켰다. 정확하게 손가락으로 '요강' 같은 과일 노점상을 겨냥해 갈팡질팡 정신을 차리지 못하게 만들고 싶었던 것일까?

우리 못난 남성들은 확실히 온몸이 결점투성이이다. 그렇다고 모공 속속들이 남성적 음모만 가득 들어차 여자를 노리개로, 들러리로, 노예로 생각하는 것은 아니지 않은가? 아무리 큰 죄라고 해도 추모 행사 같은 곳 말고 다른 장소에서 청산을 해도 되지 않겠는가?

모두 답답한 심정으로 식사를 마치고 뿔뿔이 흩어졌다. 나는 원래 우리 농장장이었던 우톈바오의 죽음에 대해 말하려 했다. 얼마 전 바이마후 호에서 들은 이야기였는데 결국 말할 기회를 잡을 수 없었다.

정으로 가득한 세상

부모가 이혼할 때 법원은 여자 측 요구에 따라 그들의 딸 샤오웨를 아버지에게 보냈다. 그러나 샤오팅은 새엄마의 역할을 감당하지 못하고 줄곧 샤오웨가 혀가 커서 표준어, 아니 영어는 더더욱 하지 못할 것이라고 했고, 샤오웨가 이를 닦을 때 옷을 지저분하게 만들고, 국을 먹을 때도 요란하며, 걸음걸이도 꼭 사마귀 같은 것을 보면 어디서 이(虱)를 묻혀 가지고 올지도 모른다고 했다.

언젠가 서랍에 넣어 두었던 10위안이 없어진 적이 있다. 아이가 훔친 것인지 새엄마의 기억이 잘못되었던 것인지 계속 오리무중이었다. 그러나 한바탕 난리가 벌어진 후 두 여자의 사이는 도저히 회복 불가능한 상태가 되었다. 샤오웨의 눈은 금방이라도 불을 뿜을 것 같았다. 탄약을 장전하고 방아쇠를 당겨 계속해서 새엄마의 향수병, 거울, 실크 치파오, 각종 장

신구를 조준했다. 샤오팅은 해외에 나가자고 강력하게 요구했다. 자기 물건이 언제나 흔적도 없이 사라지거나 훼손되는 등 사악한 어린 여자애의 음모를 감당할 수가 없다는 이야기였다. 그렇다고 아이를 행방불명된 생모에게 내팽개칠 수도 없는 노릇이었다.

마타오는 출국하자마자 거의 소식이 없었다. 여덟 살 난 여자아이에게 아버지의 전화가 어떤 의미인지 전혀 모르는 것 같았다. 그 기간 동안 샤오웨는 미친 아이처럼 언제나 머리를 산발하고 모든 친척과 아버지의 친구들, 아버지가 전에 출입하던 장소를 전부 찾아다녔다. 심지어 아버지가 전에 데리고 갔던 공원에 가서 다음 날 해가 뜰 때까지 꼬박 하룻밤을 기다리며 숲 쪽 가로등 아래 기적이 나타나리라 생각하기도 했다.

나는 샤오웨에게 아버지는 항상 딸을 궁금해하고 있고, 선물도 보내 줬다고 했다.

"거짓말!"

아버지가 얼마 안 있으면 데리러 올 거라고 했다.

"거짓말이에요."

우리도 요즘 들어 아버지로부터 새로운 소식을 받지 못했다고 했다.

"모두 거짓말이에요. 징징네 엄마에게도, 옌옌네 아빠에게도, 쏴이퉈 아빠에게도 전화를 했는데 내게만……."

샤오웨가 엉엉 울기 시작했다.

"고모부, 아빠는 내가 필요 없는 거죠. 그렇죠? 날 미워하죠, 맞죠? 아빠에게 말해 주세요. 제발요. 다시는 집 물건도 안

314

부수고, 손가락도 안 깨문다고요. 안 돼요? 다시는 아이스크림도 안 사 달라고 하고, 교과서도 찢지 않을게요…….”

나는 아이를 품 안에 꼭 껴안아 줄 수밖에 없었다.

“매일 새로운 한자 백 번씩 쓰고, 매일 제일, 제일, 제일 어려운 수학 문제도 풀게요. 네 자릿수에 네 자릿수 더하고, 다시 네 자릿수 빼고, 네 자릿수 곱하기까지요, 그럼 안 돼요?”

“샤오웨, 착해! 여긴 고모부랑 고모도 있고, 큰 고모, 둘째 고모, 셋째 고모도 있잖아.”

“싫어요. 난 아빠가 필요해요.”

울다가 토하기 시작했다. 그날, 샤오웨는 다시 거리를 미친 듯이 쏘다녔고, 길바닥에서 유리조각을 주워 다리를 그었다. 아버지를 향한 시위였다. 다시 또 한 번 그었다. 그건 생모를 향한 것이었고, 그리고 또 한 번, 자신에 대한 오기로 다리를 자해했다. 나중에 그 애 말이 두 사람에게 피로 복수를 하고 싶었다고 했다. 물론 그들의 죄악의 씨인 자신을 벌하기 위한 행동이기도 했다. 세상에 존재해서는 안 되는 가족 모두를 고통스럽게 하리라. 샤오웨는 마치 전승을 거둔 것처럼 희열을 느끼며 자신의 살이 갈라지고, 새빨간 피가 흘러내리는 모습을 바라보며 마타오라는 작자가 속수무책으로 무기력함을 느끼는 모습을 상상했다.

샤오웨는 재난을 자축하며 웃기 시작했다.

샤오웨는 셋째 고모의 딸이 되었다. 의식주는 문제가 아니었다. 하지만 자기를 위해 아빠를 찾아 줄 수 있는 사람이 없었다. 언젠가 큰 고모 집에서 천 인형을 가지고 즐겁게 놀고 있었다. 그런데 침대에 누워 있던 큰 고모부와 두 사촌 언니가 무슨 재미있는 이야기를 나누는지 까르르 웃음을 터뜨리더니 어른 애 할 것 없이 신바람이 나서 침대 위에서 뒹굴었다. 그 모습을 본 샤오웨가 갑자기 창백한 얼굴로 다른 방 침대로 달려가 엎어져서 이불로 두 귀를 꼭 막았다. 큰 고모부가 샤오웨를 발견했을 때는 이미 자기 오른손을 핏자국이 선명할 정도로 두 번이나 힘껏 물어뜯은 후였다. 큰 고모가 만든 '스쯔터우'[142]는 샤오웨가 가장 좋아하는 요리였지만 그 뒤로 다시는 큰 고모 집에 가고 싶어 하지 않았다.

세 가정에 어른이 여섯 명, 그들의 가정 내 규칙도 모두 제각각이었다. 이런 환경은 아이 교육에 큰 문제가 되었다. 아이의 시각이 날로 혼란스러워지는 이유의 하나이기도 했다. 어떤 사람은 해도 된다는 일을, 어떤 사람은 안 된다고 했다. 어떤 사람은 가능하다고 하는 일을 어떤 사람을 불가능하다고 했다. 그림 한 점을 유화, 파스텔화, 수묵화 등 여러 가지를 동원해 그린다면 이상한 작품이 나오지 않겠는가. 용돈에 관한 문제만 가지고도 마난과 얼마나 많이 입씨름을 벌였는지 모른다. 나는 고대 소년 영웅의 에피소드 세 가지를 이야기해 주며 가까스로 용돈을 요구하지 않도록 아이를 설득했는데 웬걸, 그러자마자 마난이 지폐를 아이 주머니에 쑤셔 넣으려 해서 울화가 치밀었던 적이 있다. 마난은 "모두 용돈을 주는데 어떻게 우리만 안 줘요? 우리가 아껴 주지 않으면 누가 그 애

---

142) 獅子頭. 뚝배기에 배추와 고기 완자를 넣고 끓인 중국 요리.

를 아끼겠어요?"라고 말했다.

내 예상대로 그 애는 무단 결석에 성적은 떨어지고, 시험에서 부정을 저지르는 것도 모자라 은닉과 도주까지 배웠다. 예를 들어 시험만 봤다 하면 복통에 두통까지 호소하는데 진짜인지 거짓말인지 알 수가 없었다. 어린 나이에 몰래 눈 화장, 입술 화장에 머리를 말고, 매니큐어를 바르고, PC방이나 술집을 드나들면서 외국에 유산을 받으러 나갈 거라고 허풍을 떨었다.

아이를 찾아가 진지하게 이야기를 나눠 봐야 할 것 같았다. 그러자 마난이 또다시 내게 눈을 부릅떴다.

"당신이 뭘 알아? 당신은 그 애를 전혀 몰라."

"당신은 알고? 그럼 한 번 말해 봐."

"그 애가 공부하기 싫어한다고 생각하지? 고생 같은 건 생각도 안 하고, 동정심도 없고……? 당신이 생각하는 것처럼 그런 애 아니야."

"세 살 버릇 가지고 어른 되고, 일곱 살 버릇 가지고 노인 된다고 했어. 그 애는 싹수가 별로 보이지 않아……."

"그만 해. 그런 식으로 그 애에 대해 이야기하지 마."

"마난, 못 봤어? 그 애가 이웃에게 어떻게 하는지? 집배원이나 청소부를 어찌 대하는지 말이야. 어른들 때문에 벌써 버릇이 나빠지……."

"헛소리 그만 하라니까."

마난은 억울한지 얼굴이 일그러지며 눈시울이 벌겋게 달아올랐다. 그녀는 아이 방으로 달려가 블록이랑 책을 정리했다. 여기저기 물건을 내던지고 부딪치는 소리가 요란했다. 왜 자기가 아이를 다 안다고 생각할까? 말로 표현할 수도 없고, 꼬치꼬치 캐물을 수도 없는 둘만의 비밀이 있는 걸까? 출산과 양육이라는 마음의 병 때문에 그 애를 자기 아픈 상처처럼 생각하다 보니 그토록 애지중지하다 머리가 어떻게 된 것이 아닐까?

특히 타오제라는 이웃집 여자에 대한 언급은 내게 절대 금기시되었다. 그녀는 신문에도 기사가 났던 최우수 교사였다. 때로 나는 그저 이웃의 합리적인 건의에 대해 이야기를 했을 뿐이었다. '장난감, 간식 같은 것을 너무 많이 주지 말고, 어른들의 행동 양식, 의견은 통일되어야 한다.'와 같은 말이었을 뿐인데도 마난은 불같이 화를 냈다.

"입만 열었다 하면 타오제! 타오제! 그 여자가 당신 뭐라도 돼?"

"그게 무슨 말이야?"

"둘이 성이 같잖아, 원래 한 집안사람이지. 그 여자랑 같이 살지 그래? 저리 꺼져요."

그래서 더 이상 그 여자 이야기는 할 수가 없었다.

마난은 인공 유산을 위해 복용했던 약의 부작용으로 불임이 되었다. 끊임없이 그녀를 위로했다. 이미 지나간 일이고 우리 부부가 그냥 '절대가인[143]'이 되는 것도 나쁘지 않다고 했다. 그러나 오랫동안 그녀는 마음의 부담을 벗어나지 못한 채 예전에 만났던 남자(우리가 수년 간 건드리지 않은 상처)를 이를

---

143) 絶代佳人. '비할 데 없다.'라는 의미의 절대(絶對)를 '절대(絶代)'라고 표현한 언어유희로 '대를 끊은 가인들'이란 의미이다.

갈며 저주했다.

아이가 없기 때문에 남는 시간이 오히려 마난에게는 열등감을 부추기고, 심란한 마음에 자꾸만 사로잡히게 하는 환경이 되었던 것 같다. 그녀는 결혼 생활에 대해 조금 신경질적이었고, 우리 이웃 여자들, 동료, 학우들 모두에게 신경을 곤두세웠다. 여자들이 전화가 오면 시도 때도 없이 소리를 높이고 답답해했다. 대범해지고 싶어도 대범하게 행동할 수 없는 눈치였다. 잡지 표지를 장식한 여자 연예인 사진에만 몇 번 더 눈길을 줘도 바짝 신경을 곤두세웠다. 일단 이런 내 모습을 발견하면 연예인들의 탈세, 거짓 기부, 교통 법규 위반 등의 스캔들을 끊임없이 늘어놓거나 하다못해 가짜 속눈썹, 코 성형 같은 일들을 비난하곤 했다. 마치 내가 마난을 버리고 순식간에 잡지 속으로 들어가 바람을 피울 것처럼 말이다. 내가 며칠 동안 별로 말이 없으면 의심이 가득한 눈초리로 날 바라봤다. 내가 너무 피곤해서 그런 거라고 말해도 믿지 않은 채 다른 사람이 생긴 건지, 유행가나 드라마와 같은 상황이 벌어진 건 아닌지 캐물었다. 내가 아무리 결백을 주장해도 지겹지도 않은지 계속 결백하다는 증거를 요구했다. 예를 들어 자기 생각은 하는지, 어떻게 생각하는지, 언제, 어떤 것들에 대해 생각하는지 등에 대해 물어봤다. 그럴 때마다 나는 당장이라도 내 두개골을 열고, 뇌전도라도 보여 주며 자세히 대조 연구를 하라고 말하고 싶은 심정이었다.

"바람을 피워도 좋고, 날 싫다고 해도 좋아. 따지지 않을게. 대신 사실대로만 말해."

마난은 매번 이렇게 굳게 닫힌 내 입을 열고 자백을 들으려 했다.

"지겹지도 않아?"

"아니, 그러니까 말해 봐, 대체 날 사랑하긴 해?"

"사랑 전쟁을 하는 사람처럼 그렇게 매일 사랑을 두고 때리고, 파괴하고, 약탈해야겠어?"

"그래, 사랑은 그런 거야."

전에 '사랑'이라는 표현이 어색하다는 표현을 한 적이 있다. 지나치게 서구적인 단어가 아닌가? 서양 영화에 나오는 그런 단어, 영화 대사에서나 나오는 단어 같았다. 나는 그보다는 '좋아하다', '정' 같은 단어가 더 좋았다. 나는 애정, 가족 간의 정, 우정, 열정을 모두 한데 통틀어 생각하는 편이다. 그런데 마난은 이 수입된 대사를 더 좋아했다. 마치 동양에 잘못 태어난 서양 여자처럼 하루에도 몇 번이나 'I love you'[144]로 실컷 포식을 하지 않으면 안심이 안 되는 모양이었다.

마난은 당장이라도 고춧가루 물 고문이나 '호랑이 의자'를 동원하지 못함이 아쉬운 사람처럼 날 꼬집고, 붙잡고, 때리고, 낚아채 수입한 서양식 대사를 들은 후에야 고문을 끝냈다.

"두고 봐, 언젠가 우리 두 사람 절대 갈라질 수 없게 실로 꿰매 놓을 테니까."

마난은 이렇게 중얼중얼 미래를 그리다 잠이 들었다.

주머니 두 개 달린 전대처럼 인육을 꿰매기라도 하겠다는

---

144) 영어로 '당신을 사랑합니다.'라는 의미이다.

것인가? 핏물이 뚝뚝 떨어지는 이런 식의 미래에 나는 가슴이 다 벌렁거릴 정도였다.

언제부터인지 그녀는 완전히 다른 사람이 되었다. 수년 전 수소가 암소 등에 올라타는 것만 봐도 호들갑을 떨던 '순진이'가 아니었다. 동료가 한 사람 온 적이 있다. 지극히 정상적인 사람이었다. 그러나 그녀는 상대가 무슨 말을 하는지 관심도 없고, 알지도 못했다. 그가 말하는 주택 개혁이 무슨 말인지 관심도 없고 알지도 못했다. 그저 단번에 "그 사람은, 아내와 관계가 비정상적이야, 분명히 그럴 거야."라고 단정했다. 또 언젠가 길에서 아는 사람을 만났는데 상대방과 말 한마디도 나누지 않고 불과 십에서 이십 분 정도 만났을 뿐인데도 대체 뭘 근거로 그런 말을 하는 건지 이마를 잔뜩 찌푸리며 말했다.

"창피한 줄을 알아야지!"

"왜 그래?"

"자위 행위 할 때 난잡한 생각을 할 거야, 더러워!"

"어떻게 알아……."

"그 사람 눈 안 봤어요?"

"그 사람 눈이 왜?"

"그 사람이 어디 쳐다보는지 못 봤어요……? 당신이랑은 말이 안 통해! 장님이나 다름없어."

마난의 엄청난 관찰력에 비교하면 나는 장님이나 다름없었다. 나는 평소 한눈에, 아니면 냄새 한 번에 상대가 얼마나 색욕이 강한지, 실연한 사람인지, 음흉한 사람인지, 불륜을 저지르고 있는 사람인지, 어려서부터 연애를 시작했는지, 성에 냉담한지, 짝사랑에 빠져 있는지, 변태 성욕자인지, 어린 상대만 좋아하는 사람인지 등에 대해 전혀 감을 잡을 수가 없었다. 그녀의 눈에 세상은 사람으로 구성된 사회가 아니라 성호르몬으로 이루어진 것처럼 보였다. 클린턴의 이라크 전쟁 따윈 존재하지 않았고 오직 바람둥이 대통령이 누구랑 바람이 났는지에만 관심을 가졌으며, 푸틴의 경제, 국가 정책 따위는 안중에 없고 잘생긴 대통령과 여자 팬들의 이야기에만 관심을 가졌다. 비행기라고 하면 비행기의 속도, 소재, 배치, 추진력과 자체 중량의 비율, 터보제트 엔진 같은 것에 대해서는 아예 개념 자체가 없고, 그저 비행기를 타고 신혼 여행을 가는 아름다운 그림만이 존재할 뿐이었다. 요컨대 세상 천하 모든 것이 다 '사랑'이었기에 분홍빛 감성이 진리요, 모든 것이 이 감성을 통해 이루어진다고 생각했다.

그녀가 방탕한 바람둥이라고 말하는 것은 아니다. 그와 정반대로 마난의 성적 취향은 지극히 보수적이었다. 잠자리가 최고조에 이르러 온몸이 달아오를 때면 새로운 자세를 해 보고 싶어 하기도 하고 심지어 숨을 헐떡이며 정력제나 섹스 도구, 세 명이 함께 하는 단체 섹스에 관심을 보이다가도 금세 태도가 돌변하여 바지를 끌어올렸다. 그 순간 그녀는 성녀가 되고, 머리를 묶으며 고등학교 담임 선생님이 되었다.

"꿈 깨. 절대 당신을 타락하게 내버려 둘 순 없어."

그녀가 나를 사납게 노려봤다.

"당신 입으로 말한 거잖아."

"그게 가능한 일이야? 온갖 추잡한 생각을 전염시킬 생각은 꿈도 꾸지 마."

"왜 그게 추잡한 생각이야?"

"남자들이 오죽이나 하겠어!"

계속 논쟁을 이어가려고 하면 마난은 또다시 옆집 여자를 등장시키려고 했다.

다시 정치적 계절이 왔다. 텔레비전 앞에 모인 사람들이 모두 브라운관에 등장한 군대 차량과 탱크에 가슴을 졸였다. 이처럼 모두가 사상의 물결 앞에서 가슴이 미어지는 순간이면, 그녀 역시 다른 이들과 마찬가지로 가슴을 졸이며 두 눈을 가리고 손가락 틈 사이로 힐끗힐끗 화면을 보긴 했지만, 마치 초등학교 고학년 아이처럼 가끔 입에서 쏟아 내는 감탄이 영 주제와 딴판이었다. 화면에 까맣게 그을린 젊은 군인, 그들의 생전 사진이 나오면 금세 상심하여 눈물을 흘렸다.

"불쌍하기도 하지. 저렇게 젊고 순수한데! 분명히 연애도 안 해 봤을 거야……. 누가 저런 젊은이한테 몹쓸 짓을!"

그러다 조금 후 다시 정부에서 지명 수배를 당한 여자가 나오면 금세 눈물을 그치고 발을 동동 구르며 가슴을 쳤다.

"웃기지도 않아. 어떻게 저 여자가 나쁜 사람이야? 저 분위기, 태도, 얼음처럼 차갑고 영특한 눈매를 봐……."

당시에는 텔레비전이 드물던 때라 몇몇 이웃들이 우리 집에 텔레비전을 보러 왔다. 그중 한 사람이 마난을 놀렸다.

"저 여자 숨겨 줄 거야?"

"왜, 안 돼요? 저 여자를 만나면 분명히……."

"간이 부었어?"

"난 할 수 있어요."

"어이, 늑대를 집안으로 들인다고? 저 여자가 자네보다 훨씬 더 예쁜데? 그러다 남편 꼬드기면 어쩌려고? 남편이랑 정이 통해 도주라도 하면 어쩔 거야?"

사람들 웃음소리에 마난은 잠시 어리둥절해하다가 조금 난처한 표정을 지었다.

"남편이 정말 저런 여자랑 바람이 난다면 저도 그냥 인정하겠어요."

이런 마난의 이야기를 그냥 우스갯소리로 받아들이지 않는 사람도 있었다. 며칠 후 경찰이 제보를 접수했는지 집으로 조사를 나왔다. 대체 누가 수배범, 당에 반대하는 사람을 숨겨주려 하는지 이것저것을 묻고, 기록하고, 사방을 둘러보며 소동을 피웠다. 이웃 사람들이 목을 길게 빼고 구경을 하러 몰려들었다. 수년 후 내게 기관에서 번거로운 일이 생겼을 때 누군가 이 일을 문제 삼기도 했다.

마난은 자기가 조금 어리석었다는 점을 인정하고 내 의견을 받아들여 앞으로 멜로드라마는 자제하기로 했다. 그녀는 붓글씨를 쓰고, 하모니카를 꺼내 불기도 하고, 심지어 어릴 때 읽던 『조야와 수라』, 『청춘의 노래』[145]까지 끄집어내 정좌한 채 몇 쪽을 읽더니 아예 인문 경전으로 방향을 돌려 정신이 몽롱할 때까지 책을 읽었다. 그런데 그날 허둥지둥 달려와 나를

---

145) 靑春之哥. 양모(楊沫)의 1958년 작품. 학생 운동을 배경으로 혁명 지식인의 성장을 그린 장편 소설.

마구 흔들며 소리를 질렀다.

"쉰 살에 어떻게 할머니가 되지?"

깜짝 놀라 텔레비전을 보니 지진이나 전쟁 보도가 아니라 한 지역의 위생 작업에 대한 소소한 뉴스가 흘러나오고 있었다. 다만 기자가 현장에서 보도를 할 때 갑자기 '쉰도 채 안 된 할머니'라는 말을 하자 마난이 마치 전기 충격이라도 받은 것처럼 호들갑을 떨었다.

중년 여성이 심리적으로 그렇게 나약한 존재는 아니지 않은가? 젊은 청년 눈에는 쉰 살 정도의 사람이라면 나이 들어 보이지 않겠는가?

"텔레비전 방송국은 당과 정부의 혀잖아, 그런데 어떻게 헛소리를 할 수 있어?"

"예전에는 삼십 대도 할머니가 될 수 있었어."

"예전은 예전이고, 지금은 지금이야. 중국 중앙 방송국은 국가를 대변하지 않나? 어떻게 역사를 되돌려 봉건주의적 발언을 할 수 있어? 예전에야 며느리 될 어린애를 미리 데려다 키우기도 하고, 전족을 하기도 했지만……. 방송국까지 이 모양이니 사회적으로 사기에 방화, 살인까지 엉망이 된 것도 당연하지 않겠어? 당연히 그런 일이 많이 일어날 수밖에."

마난의 이야기는 점점 더 엉뚱한 곳으로 흘러갔다.

이어 마난은 텔레비전 시청 금지에 열을 올렸다. 썩어 빠진 고약한 프로그램은 시청을 금지해야 한다고 말했다. 내가 텔레비전을 켜면 아직 화가 가시지 않았는지 언제라도 투쟁에 돌입하려는 듯 옆에서 감시에 들어갔다. 텔레비전에서 상품 경제를 표방하면 즉시 항의했다.

"상품 경제? 말은 그럴싸하지. 그저께 신발을 샀는데 이틀 만에 바닥이 망가졌어. 안에 온통 종이가……."

텔레비전에서 기업 하청 제도에 관한 보도가 나와도 씩씩거렸다.

"도급 웃기시네. 전부 개인 텃밭이 되었는데, 뭘 믿고? 8동 공장장 자오 씨 봐. 그 사람이 하루 한 병 오량액을 자기 돈 주고 마셔……?"

텔레비전에서 위성을 쏘아 올리는 실황을 중계하면 거국적으로 모두 경축해야 할 좋은 소식이 아닌가. 뭐 할 말이 있겠는가? 하지만 그럴 때도 마난은 얼굴이 심하게 일그러졌다.

"정말 이상해. 끼니도 잘 못 챙겨 먹는 사람이 얼마나 많은데 국가는 뭐 한다고 돈을 저렇게 태워 버려? 하늘에 올라가면 뭐 하는데? 불꽃놀이가 훨씬 예쁘지 않나?"

어쨌거나 어린 기자의 입을 통해 쉰 살이 청춘의 가름선이 된 이후 텔레비전은 한 중년 여성의 비위를 단단히 거슬렀다. 그녀는 속으로 이를 갈며 반드시 복수를 하고야 말겠다는 심정으로 기타 모든 내용에 대해 악담을 퍼부었다. 마난은 적의 방송국을 감시하듯 화면에 나오는 모든 장면에 트집을 잡고 비난을 퍼부었다. 텔레비전의 모든 부속품은 배은망덕한 존재였다. 그녀는 이 뚱뚱한 녀석과 끝까지 투쟁을 벌일 작정이었다.

"마난, 좀 말이 되는 소리를 해. 그렇게 신경질적으로 반응하지 말고!"

나는 어이가 없었다.

"어찌되었거나 당신 통신 대학 졸업생이잖아. 회사의 업무 팀장이……"

"타오샤오부, 내 말이 틀려요?"

"어쨌거나 입 밖으로 내놓는 말은 수위 조절을 해야지. 생각을 해서 말하라고!"

"당신도 내가 할머니라고 생각해?"

"그건 당신이 한 말이지."

"당신 그 뜻이었구나."

"당신 약 먹어야겠네."

"지금 악담하는 거지?"

"악담이 아냐. 심리적 장애를 없애기 위해 약의 도움을 받는 것은 지극히 정상적인 일이야. 타오제가 그러는데 당신 사촌 언니……."

말을 채 끝내기도 전에 건드려서는 안 되는 것을 건드렸구나 하는 생각이 들었다. 그러나 이미 엎질러진 물이었다. 나는 그저 그녀의 얼굴이 점차 일그러지더니 주섬주섬 되는 대로 자기 옷을 챙겨 우앙 눈물을 터뜨리며 밖으로 뛰어나가는 모습을 빤히 바라볼 수밖에 없었다. 그날 밤, 마난은 솜옷도 입지 않고, 스카프도 매지 않고, 강변 광장까지 달려가 오밤중까지 덜덜 떠느라 온몸이 꽁꽁 얼고 입술이 시퍼렇게 질렸다. 나는 차를 몰고 한참을 찾아 헤맨 끝에 겨우 그녀를 찾아 어르고 달래며 갖은 변명을 늘어놓았다. 그녀를 아무렇게나 내팽개칠 생각은 전혀 없음을, 하늘에 맹세코 그럴 생각이 없다는 믿음을 줘야 했다. 내 생각을 다 전할 수가 없네. 그래, 관두자. 불 위에 올려 두고 나온 물 주전자가 바닥이 다 타 버려 불이 나기 일보직전이었다.(허둥대다 불 끄는 걸 잊고 나왔다.), 내 가방은 어디에서 잃어버렸는지(아마도 어디에선가 차 문 잠그는 것을 잊고 마난을 찾아다녔을 것이다.), 안에 있는 신분증, 운전 면허증, 신용 카드 등 모두 귀찮게 새로 발급을 받아야 했다. 엉망진창이 된 이 모든 결과가 그녀식 처벌 방법이었을까? 그럼 속이 후련해지는가? 그녀의 완강한 사랑을 이런 식으로 표현하는 걸까?

하마터면 고함을 지를 뻔했다. 마난! 마난! 평생 당신을 위해 바퀴벌레를 잡고, 평생 당신을 위해 병뚜껑을 열고, 평생 당신을 위해 하수구를 파내고, 평생 당신을 위해 가방과 트렁크를 메고, 평생 당신을 위해 매듭을 풀고, 평생 당신을 위해 자전거를 고치고, 평생 당신의 가려운 곳을 긁어 주는(당신의 손이 닿지 않는 등을 긁어 주는) 이런 남편으로 부족하단 말인가? 나더러 뭘 더 어떻게 하라고? 이웃 여자에 대해서도 그만 편안하게 생각해 주면 안 되는 건가? 자전거도 잘 못 타고, 텔레비전 리모콘도 잘 다룰 줄 모르는 여자가 남편 바가지 긁는 방법은 어찌 그렇게 다양한 거요?

마지막에는 그래도 약물 치료가 효과가 있었다. 고맙게도 클로나제팜과 아미트리프틸린 덕분에 신경질적인 반응이 조금 줄고 오랜만에 얼굴에서 미소를 볼 수 있었다. 화학적 치료로 오랜만에 되찾은 평온한 주말, 혼외 연애를 다룬 미국 영화 DVD를 봤다. 어찌나 울었는지 휴지가 한 무더기 쌓였다. 그녀가 길게 한숨을 내쉬었다.

"혼외 연애 내용으로도 이야기가 이렇게 아름다울 수 있네. 정말 뜻밖이야. 타오샤오부, 내가 너무 생각이 좁았나? 내가 너무 사납고 기가 센 아내였나?"

"그 정도는 아니야."

"정말?"

"그럼!"

그녀가 잠시 말을 멈췄다.

"정말 저 영화처럼 당신도 좋은 여자를 만났다면 난 당신을 탓하지……."

"그래? 당신이 저 영화처럼 정말 좋은 남자를 만났다면 나도 당신을 탓하지 않았을 거야."

"날 도와줄 수도 있지?"

난 순간 말문이 막혔다.

"말, 말해 봐."

"아마도……."

"아마도 뭐? 날 도와줄 수도 있다는 의미야?"

"꼭 그렇게 날 숭고하게 만들어야겠어? 바람 피우는 것까지 앞을 다퉈야 돼? 당신……."

"날 사랑한다면 좀생이처럼 굴 순 없지. 당신은 절대 속이 좁은 사람이 아니야. 하지만 당신이 날 도와준다면 난 분명히 당신을 더 사랑하게 될 거야. 타오샤오부, 그런 일이 생긴다면 내가 어떻게 할 것 같아? 날 두 개로 쪼갤 수는 없잖아? 한 손은 당신과 한데 꿰매 이어 두고, 다른 한 손은 다른 사람에게 잘라 줄 수는 없는 일이지 않아?"

나는 그녀가 손을 꿰맨다는 둥 하는 끔찍한 상상을 하지 못하도록 그녀를 꼭 껴안아 줬다. 그녀는 후에 샤오안쯔의 일기를 읽었다. 어떤 감동적인 부분을 읽었는지 모르지만 그녀가 다시 내 어깨를 흔들었다.

"타오샤오부, 샤오안쯔를 찾아봐. 해외에 있는 친구 많잖아. 방법이 있지 않겠어?"

"단단도 못 찾는데 내가 어디 가서 찾아?"

나는 샤오안쯔의 딸을 가리켰다.

"일기를 당신에게 준 뜻을 당신도 알잖아? 그녀가 당신을 믿는다는 거야. 당신에게 기대를 했다는 거지. 아마 마음속으로 당신을 좋아했을지도 몰라. 모른 척 하지 마. 언젠가는 샤오안쯔를 위해 뭔가 해야 돼. 여자 몸으로 해외를 떠도니 얼마나 괴롭겠어? 방법을 생각해 봐. 적어도 일기를 정리해서 사람들에게 보여 준다던가 그런 거 말이야. 모두 더 이상 그녀를 오해하지 않게……. 그녀는 사실 나쁜 사람이 아니잖아. 이봐, 친구! 지금 내 말 듣는 거야? 당신마저 그녀를 모른 체하고 그녀를 웃음거리, 미친 여자로 만든다면 그녀는……."

나의 땋은 머리, 나의 검은 눈동자가 다시 눈시울을 붉혔다.

"진정해. 찾아볼 거야, 그럴 거야……."

나는 그녀에게 수건을 내주며 또다시 타오제 말을 꺼내어 농담을 하려다가 그냥 입을 다물었다.

루 씨

루슈에원은 샤오웨에게 관심이 많았다. 그는 자주 그의 고향 친구인, 샤오웨가 다니는 고등학교 담임에 대해 말했다. 그의 말에 따르면, 샤오웨가 담임의 외제 손목시계를 훔친 적이 있다고 했다. 당시 퇴학 조치를 취할 생각이었지만 그가 고향 친구에게 말해 처벌을 감해 줬다고 했다. 샤오웨는 몇몇 남자 친구들과 사귀었는데, 그중 한 남자애가 자살을 할 뻔했다. 그때도 그가 사촌 남동생에게 말해 샤오웨를 다른 반으로 옮겨 일을 무마시켰고 그 덕분에 남자 쪽 부모도 잠잠해졌다.

이런 이야기를 하는 루슈에원의 얼굴에 야릇한 웃음이 떠올랐다. 마치 뭔가 흡족한 계략을 꾸미고 이에 대한 공로를 보고하는 것 같기도 하고, 약점을 손에 쥐었을 때의 득의양양한 모습 같기도 했다.

나는 다시 한 번 애써 끓어오르는 분노를 억누르며 고맙다는 인사를 전했다.

샤오웨가 언제 저자의 시야에 들어가게 되었을까. 뭔가 순차적으로 일이 벌어지고 있는 것 같았다. 언젠가 그가 내게 식사 대접을 한 적이 있는데 갑작스레 마난의 큰언니가 등장하는 바람에 깜짝 놀랐던 적이 있다. 이자가 언제부터 우리 처형과 친해졌지? 또 한 번은 그가 배시시 웃으며 내게 휴대 전화를 내밀면서 나랑 통화하고 싶어하는 사람이 있다고 말했다. 전화를 받은 나는 더더욱 놀랐다. 샤오팅이었다. 멀리 해외에 있기 때문에 나랑 평소 자주 연락을 주고받지도 않던 상황이었다. 더구나 그와는 아무런 관계가 없는 아주머니가 어떻게 그와 직접 연락을 주고받는 걸까?

"우리 형수네 큰오빠는 언제 돌아와?"

그가 전화를 끊으며 히득거렸다.

그의 형수네 오빠가 누구지? 그 순간 그가 자신을 내 아우로 자처하고 있음을 깨달았다. 그렇다면 내 아내가 자기 형수고, 내 아내의 큰 오빠는 당연히 그의 형수의 큰 오빠가 되는 셈이다. 돌고 돌아 참으로 기이하게 관계를 얽었지만 그렇게 말하니 또 관계가 그럴 듯하게 이어졌다.

"마타오 말하는 거야?"

그제야 불현듯 그의 말뜻이 이해가 되었다.

"오슬로에서 돌아왔지?"

"그런 말 못 들었는데? 넌 어떻게 알았어?"

"우리 조카가 올해 대학 들어가지?"

"조카?"

"샤오웨 말이야. 형도 참!"

"미안해. 머리가 빨리빨리 안 돌아가서."

내 조카까지 모두 자기 친족을 만들다니, 그는 이미 내 친족을 모두 하나씩 들춰내 자기 쪽으로 끌어들이고 있었다. 뭔가 내가 포위당해 조준 대상이 되고 있다는 느낌이 들었다. 마치 시커먼 총구가 내 뒤통수를 겨냥하고 있는 것 같았다. 대체 이 자식은 뭘 하겠다는 거지?

사실 나는 그와 얽히는 것이 싫었다. 부청장인 그는 출근해서 하는 일이 오직 한 가지뿐이었다. 각종 인사 소식, 즉 누가 승진하고, 누가 누구랑 친하고, 누가 어떤 배경을 가지고 있는지, 누가 어떤 자리를 마음에 두고 있는지, 어떤 여자가 누구의 아내와 자주 산책을 나가는지, 누구의 손아래 처남이 누구 사촌 누이와 오랜 친구 사이고, 누구 할아버지가 병이 들어 어떤 병원에 들어갔는지 등에 관한 것을 알아보고 이를 전하는 일이었다. 그는 명사들과 그 친족의 이름, 경력, 취미, 인맥, 가족 상황을 속속들이 잘 알고 있었다. 마치 정보국의 걸어 다니는 파일처럼 엄청난 기억력의 소유자였다.

그러나 정식 업무에 관한 한 그는 별 볼 일 없는 존재였다. 문서 결재, 서명에는 오직 '동의'라는 두 글자 또는 '열람'이라는 글자밖에 쓸 줄 몰랐다. 구체적인 생각이나 구체적인 건의는 생각지도 못했다. 오직 '동의'나 '열람'이라는 글자로 먹고 사는 인간으로, 양방향 무탈하게 문서만 전달하는 고액 연봉자 역할을 하기로 단단히 마음을 먹은 모습이었다. 내부 회의에서 단 몇 분 동안 해야 하는 발언도 모두 아랫사람에게 대리 작성을 시켰다. 원고대로 읽을 수 없는 상황이 되면 떠듬떠듬, 갈팡질팡, 십중팔구는 주제에서 완전히 엇나간 흰소리와 상투어만 늘어놓을 뿐이었다. 그가 일을 그르치지 않도록 나는 온갖 머리를 짜내 무능한 그에게 그저 '회의 참석'만, 즉 내실은 없는 형식적인 행사만 참여하도록 배정했다. 그저 귀만 달고 자세히 들을 필요도 없는 별로 중요치 않은 자리만 가도록 했다. 또는 시나 현에 의례적인 행사에 참가했는데 그런 자리의 경우, 상대방이 요구하는 건 그저 지도자의 얼굴일 뿐, 실질적으로 해야 하는 업무는 없었다. 그러나 시간이 흐르다 보니 여러 부분에서 모두 그를 지도자처럼 느끼는 바람에 단상에 앉아 있기 매우 적합한 인물이 되었다. 그러다 보니 나마저도 목후이관이라는 말처럼 오랫동안 지도자 역할을 하면 진짜 지도자가 된다는 생각이 들었다.

이런 식의 은근슬쩍 이루어지는 변화가 조금 이상했다.

사실 이자의 몹쓸 취향은 한계가 없었다. 동료들 말에 의하면 시, 현에 가서도 술잔만 들었다 하면 윗선과의 인맥을 미친 듯이 자랑했고, 자신의 시와 사[146] 작품이 절대적인 평가를 받으면서 각 대학 중문과의 연구 과제가 되었다고 허풍을 떨었다. 이 모든 것이 말도 안 되는 말이니 함께 간 동료들은 그 자리에서 어디든 증발해 버리고 싶은 심정이었다. 기관 정책의 세부 사항을 항상 틀리게 말하는 바람에 수행 동료들이 이후

---

146) 중국 운문의 한 형식. 시형에 장단구가 섞여 장단구라고도 하며, 민간 가곡에서 발달하여 당나라 이후 오대(五代)를 거쳐 송나라에서 크게 성행했다.

에 벌어질지도 모를 화근을 없애기 위해 사후 처리를 하고 다녀야 했다. 언젠가 사무실의 한 여자 과장이 회의장을 배정하면서 원래 우측 두 번째에 놓아야 할 그의 명패를 우측 세 번째에 놓는 바람에 그의 체면이 깎였던 적이 있다. 그런데 이런 일에 관한 한 그의 언변은 신기할 정도로 뛰어났다. 그는 탁자를 내리치며 한참동안 욕을 퍼부었다. 조상에서 외모 문제에 이르기까지, 원고가 없는데도 불구하고 어찌나 욕을 신랄하게 퍼붓는지 여자 과장은 두 손으로 얼굴을 가린 채 엉엉 울며 달려 나갔다.

자리에 있던 사람들 모두 지나치다고 느꼈지만 감히 아무도 입을 열지 못했다.

그 후 동료들은 아무도 그와 함께 출장을 가고 싶어 하지 않았다.

"대장, 부탁이에요."

누군가 이렇게 애원했다.

"다른 사람 보내요. 대신 가는 사람에게 식사 낼게요. 고생하는 값 대신요."

"잘못한 것도 없는데 이런 식으로 나를 골탕 먹일 수 있어요?"

그러나 우리 존경하는 루 씨께서는 관운이 엄청났다. 성의 환경 보호청으로 자리를 옮긴 후에도 그는 계속해서 이목을 끌었다. 그가 어디서 대학생 몇 명을 데려와 베이징의 높은 인물을 위해 『×××생태문명 사상에 대해』라는 책을 엮었는데 그냥 여기저기서 표절을 했을 뿐인데도 불구하고 학술 대작으로 인정을 받았다.('편집'인지 '저술'인지 모호한 표현을 썼다.) 게다가 영문판도 출판하면서 퇴직한 영감에게 큰 기쁨을 선사하자 영감은 곧바로 편집자들을 베이징으로 불러 집에서 연회를 열고 함께 기념 촬영을 했다. 텔레비전과 신문에서도 이를 '획기적인 우수 서적'이라고 대대적으로 선전했다.

이러한 명성에 쑤 부성장도 호기심이 일었는지 ×현에서 나를 만나자 구석진 곳으로 불렀다.

"슈에원 동지가 펴낸 그 책…… 대체 어때?"

"주절주절 말이 많죠? 누구나 할 수 있는 말이에요. 높은 인물들 모두에게 한 권씩 다 만들어 드리려는 건 아닌지!"

"자넨 그렇게 생각하나?"

"면전에서도 이렇게 말했어요."

"모레 오전이 출판 기념회네."

"초청했는데 전 안 갈 생각입니다."

그가 가만히 웃었다.

"사실 많은 사람들이 알고 있어. 말을 하느냐, 안 하느냐는 또 다른 문제지."

부성장은 바보는 아닌 것 같았다. 후에 출판 기념회에 참가해 위아래 모두 체면을 살려 줬지만 이 일에 대해서는 더 이상 언급하지 않았다. 설사 누군가 그 일에 대해 언급해도 내가 함께 그 자리에 있으면 대부분 그저 날 힐끗 쳐다보며 은밀히 속내를 전할 뿐이었다.

하지만 루슈에원은 그 정도로도 부족했는지 주위 반응이 조금 냉랭하다고 생각되면 으스대는 몸짓과는 상관없이 조금 화가 나는 눈치였다. 그는 출근하면 일부러 사무실 문을 열어

놓고 안에서 큰 소리로 전화를 걸었다.

"중앙 군사 위원회요?"

"국무원입니까?"

"재정부 왕 장관이십니까?"

"×사무실입니까?"

……

행여 다른 사람이 듣지 못할까 봐 때로 휴대 전화를 들고 복도를 걸어가며 말을 하기도 했다.

"노 형, 뭐하는 겁니까? 우리 성의 빈민 구제금 30억 빨리 해 줘야지. 이런 일은 미루면 안 되는……."

이 같은 순회 방송은 물론 그에게 존경심을 드러내지 않는 동료들을 향해 엄포를 넣기 위한 것이었다.

"타오 청장."

또 다른 부청장이 쓴웃음을 지었다.

"우리 가운데 중앙 지도자가 한 분 나오셨네."

"우리 환경 보호청이 언제 빈민 구제 부서가 되었지?"

또 다른 사람이 말했다.

"어디 그냥 빈민 구제 사무실뿐이야? 중앙 군사 위원회 지부가 되었는데?"라고 말하는 사람도 있었다.

그날 마침내 나는 마음을 단단히 먹고 부성장을 찾아갔다. 그를 좀 손봐 줘야 할 것 같았다. 이런 고름은 짜내지 않으면 안 된다고 생각했다. 그가 전화비나 비행기 표에 공금을 좀 더 쓰는 것은 오히려 사소한 일이었다. 더 큰 문제는 이렇게 소란이 계속되다가는 기관의 정상적인 업무를 처리하는 데 지장이 되리라.

"규정대로 하게나."

상대방이 묵묵히 내 말을 다 들은 후 차분하게 말했다.

"규정은 고압선이야. 규정에 따르지 않으면 분명히 잘못이 나올 걸세."

그의 말을 들으며 그가 작은 찻주전자에 물을 따르는 모습, 공책을 넘기는 모습, 비서를 부르는 모습을 지켜봤다.

"자네 환경 평가 사업이 언제로 정해졌지? 샤오리에게 적어 두도록 해. 그때 내가 참가……."

계속해서 기다렸다. 계속 손을 비비며, 귓불을 긁고, 상대방의 눈을 빤히 바라보며 차 한 모금 마시고 싶은 충동을 애써 눌렀다. 뜻밖에 마지막에 내게 돌아온 건 그의 웃는 얼굴뿐이었다. 그가 벽을 가리켰다.

"타오샤오부, 이 사진들 어떤가?"

세상에! 조금 전까지 아무것도 안 들은 거야? 설비 구매, 계획에 대한 심사 비준 등과 관련해 그의 중대한 혐의점을 근거를 갖춰, 조리 있게, 논리 정연하게, 충분히 준비해서 강한 어조로 분명하게 보고했건만 이에 대해 아무것도 할 말이 없다는 거야? 그가 희생을 감수하고 모든 어려움을 배제한 채 결연한 자세로 아무런 의사 표시를 하지 않기로 결심했다는 것, 그건 어떤 의미일까?

벽에 풍경 사진 몇 장이 걸려 있었다. 붉은 태양, 노랗게 물든 가을 숲, 장 노출로 찍은 강변 불빛, 두 장의 해저 풍광 사진이었다. 문외한의 눈으로 봐도 해상도도 높고 구도도 좋은, 핫

셀블라드 H시리즈 DSLR로 찍은 사진이었다.

"직접 찍으셨어요? 요즘 작품인가요?"

나는 대충 입에서 나오는 대로 말했다.

"좋은데요? 전시장에 내놓으면 새로운 작가 탄생을 알리겠어요."

"뭘 그 정도씩이나. 촬영 기자재가 새롭게 탄생한 덕분이겠지. 하하!"

"사진 촬영은 체력전이잖아요."

"그러게 말이야."

그가 벽에 걸린 석양 사진을 가리켰다.

"광선이 가장 좋을 때를 기다리느라고 윈샤오링 산에서 족히 두 시간 넘게 기다렸으니까. 벌레에 물려 온몸에 물집이 생겼지. 대가가 정말 참담했다고!"

우리 대화는 그 후 다시 본론으로 돌아오지 못했다. 사무동을 나갈 때 그 전의 상황을 다시 머릿속으로 그려 본 나는 다음과 같은 추측을 할 수밖에 없었다.

첫째, 그는 내 참언을 전혀 믿지 않는다. 이는 내가 속 좁게 전혀 근거도 없이 동료를 헐뜯지 말아야 했음을 암시한다.

둘째, 이미 루슈에윈에게 매수되었다. 설비 수입상과 모종의 이해 관계가 있을지 모른다.

셋째, 그 역시 루슈에윈에게 비리가 있다는 것을 알고 있지만 내가 뇌물 수수, 부정에 관한 확증을 내놓진 않았기 때문에 부청장 급을 내치기가 그리 쉽지 않을 것이다. 인사 관리는 그의 업무 소관이 아니다. 게다가 그의 인맥이 복잡하게 얽혀 있는 것을 생각하면 아무리 머리가 어떻게 되었다고 해도 흙탕물에 발을 집어넣으려 하는 사람은 없을 것이다.

넷째, 어떤 사람들처럼 그 역시 부하 직원들 사이의 갈등을 즐길 수도 있는 일이었다. 서로 헐뜯느라 업무에 지장을 준다 해도 하급이 철판처럼 든든하다거나 상급 기관의 제약을 받지 않는 독립 왕국이 되려고 애쓰지 않는다는 것이 꼭 나쁜 일만은 아니었다. 서로 밀착 수비하면 많은 경우 균형을 잡을 수 있어 부패를 줄이거나 부패가 쉽게 드러나기 때문이다.

다섯째, 물론 또 하나의 가능성이 있다. 날 도와주기 싫어서가 아니라 그저 내가 더욱 저자세로 나가지 않아서이다. 이는 물론 그가 자신의 가방을 들어 주고, 우산을 받쳐 주고, 문을 열어 주는 식의 아부를 좋아하는 사람이라는 뜻은 아니다. 다만 생전 한 번도 차 앞에 서서 전송이나 마중을 하지도 않았고, 지도자가 휘두르는 서체나 시, 사 같은 작품에 찬사를 보내지도 않았으며, 설사 상사의 말이 두서없는 잡담에 불과하다 해도 항상 공손한 태도로 노트를 꺼내 상사의 지시를 적은 적도 없는 사람이라면……. 그런 자가 청렴하고 고상함을 표방한다는 것이 너무 지나치지 않겠는가? 자기 무덤을 팠다는 느낌이 들지 않는가? 날 보호하려는 의도에서 출발한 반응이라고 해도 내게 지금 이상의 뭔가를 기대한다는 것은 그의 지나친 바람이다. 사람, 모두 사람 아닌가. 일이란 것도 모두 사람이 하는 것이다. 장관들이 사리사욕을 탐하지 않는다 해도 적어도 그들에게 조금 예의를 갖추고 다정한 모습을 취해야 하지 않겠는가? 가진 애를 쓰며 고충을 호소하고, 격분하여 해명을 늘어놓고 눈물, 콧물 짜내며 하소연을 하고, 거듭 은혜에 감사하며 고마운 마음으로 충성을 다함이 그저 립 서비스에 불과하지만 그렇다고 해도 공적인 일에 개인적 감성을 얹으면 상대의 마음을 따뜻하게 해 줄 수 있다. 어찌 이런 것도 모른단 말인가? 감성으로 다가가는 노력이 부족하다면 상대가 뭘 믿고 중요한 순간 당신의 일을 특별히 급하게 처리해 준단 말인가?

문제의 심각성이 느껴졌다. 직속상관의 지지를 받지 못한다면 어떻게 농익은 고름을 짜낼 수 있을까? 회계 감사로 증거를 확보할 것인가? 외지로 인사 이동을 할 것인가? 상황을 잘 아는 사람을 찾아 일일이 이야기를 나눌 수 있을까……? 물론 가능하다. 문제는 나 혼자 이 일을 다 처리할 수 없으며, 동시에 수하가 매수되지 않았으리라는 보장도 없다. 봉투 앞에서 흔들리지 않을 사람이 얼마나 있단 말인가. 설사 그렇다할지라도 한 차례 대거 사람을 동원해 조사하면 그중 두세 건은 잡을 수 있지만 모든 건수를 확실하게 처리하지 못한 채 나역시 상처를 입을 수도 있다. 아무리 진실하게 접근해도 내가다쳤을 때 사람들이 달려와 날 보호해 주리라고 기대할 수는없다. 미드필드에서의 드리블은 진퇴양난이니 무엇보다도 가장 힘든 일이다.

정말 이상한 일이 벌어졌다. 조직 부서 감찰팀이 와서 청장인선을 추천해 달라고 했다. 민주적인 추천이 이루어졌다. 나역시 투표를 하게 되었다. 후보에 네 명의 부청장 급이 들어있었는데 기이하게도 추천 대상은 오 년 이상 부청장 경력이있어야 하고(그중 한 명 탈락), 그 급에서 두 개 이상의 직위를 맡았어야 하고(또 한 사람 탈락), 오십 세 이하여야 한다(또 하나 탈락)는 규정이 있었다. 이렇게 해서 표면적으로는 네 명이 후보자였지만 조건에 부합하는 사람은 루슈에원 한 사람뿐이었다. 속이 빤히 보이는 추천이었다.

회의장 안에 정적이 흘렀다. 모두 이런 식의 투표에 적잖이 놀라는 눈치였다. 모두 두리번거리며 순간적으로 어찌해야 할지 모르는 듯했다. 누군가 손을 들어 의혹을 제기했다.

"아니, 답이 이미 나와 있는데 우리더러 무슨 투표를 하라고 합니까?"

"돋보기를 안 가져와서 잘 안 보이네."

"이 투표 용지의 표제와 설명이 어법에 맞지 않는 부분이 있네요. 이거 너무 심각하지 않습니까?"

"예전에는 갈고리 모양으로 체크를 했는데 이번에는 동그라미를 치나요? 동그라미는 숫자 '0' 하고 같아 불길한 표식인데."

사람들은 루슈에원도 함께 자리한 것을 보고 공개적으로 반대 입장을 표명하기가 난처하자 짐짓 아무것도 모르는 척 여러 가지 다른 방식을 동원해 생트집을 잡았다. 감찰팀 팀장이 서너 번 설명을 한 후, 어떤 사람은 그래도 용지를 잘못 적었다고 바꿔 달라고 하길 여러 차례, 마치 글자도 잘 모르는 사람처럼 행동했다. 어밖에 옆에서 담배를 피운다고 항의하는 사람도 있었고, 옆 사람이 방귀를 뀐다고 항의하는 사람도 있었다. 엄숙한 회의장이 폭소와 소란으로 가득 찼다. 이런 식으로라도 불만을 토로하고 있음이 분명했다.

나는 계속 고개를 들지 않았다. 수많은 시선이 날 향하고 있었다. 강한 실망과 분노, 경멸이 마치 작은 벌레처럼 무표정한 내 얼굴을 오르락내리락 기어 다니고 있는 것처럼 느껴졌다. 할 말이 없었다. 심지어 어느 누구도 똑바로 바라볼 수가 없었다. 이런 황당한 일을 막을 수가 없다면 나는 이곳에 앉아 있는 사람 중 제일의 사기꾼, 가소로운 파렴치한이었다. 평소 얼마나 요란하게 청렴한 정치, 민주를 외치고, 헌혈이니 빈민 구제니 하는 것들을 주장하고 강좌와 시험에……. 이 모든 것이 양두구육이 되고 말았지 않은가? 어떤 수를 대도 여기서 곱하기 0을 하면 0이 될 수밖에 없다. 이번 투표는 최저 한계선을 넘은 거대한 0이었다. 사람들 모두 이후에 벌어질 어떤 일에 대해서도 자포자기를 하고 말 것이다.

회의가 끝날 무렵 나는 감찰팀장을 불렀다.

"할 말이 있습니다."

"물론, 여기 수장이시니 시간을 내서 의견을 물을 겁니다."

"아니, 지금 이야기하십시다."

"지금요?"

"감찰팀 전원 자리할 것을 요구합니다."

"전원요?"

날은 이미 어두워져 창밖이 컴컴했다. 팀장이 손목 시계를 들여다보더니 한 여자 처장에게 눈짓을 했다. 조금 곤란해하는 눈치였다. 그러나 내 태도를 살핀 그들은 그냥 입을 다물었다. 모두 텅 빈 회의실에서 구석 자리를 찾아 앉았다. 팀장이 도시락을 사 오라고 사람을 보냈다. 여자 처장이 기록장을 펼치고 내가 입을 열길 기다렸다.

아이의 오색 꿈

계속해서 걸려 온 수십 통의 전화가 모두 그자에 대한 부탁 건이었다. 인사 문제가 보안 상황에 속한다는 것은 형식적인 규정에 지나지 않음을 말해 주고 있었다. 내가 감찰팀장에게 한 말은 보안 기록장에 기록이 되었지만 이제 거의 모든 사람들이 알고 있었다.

전화를 건 사람들 중에는 옛 동창, 전 동료, 상관의 비서, 기사, 처장, 신문사 기자, 베이징에 있는 친구 심지어 차이하이룬과 최근 각별해졌다고 스스로를 소개하는 옛 이웃까지 등장했다. 그러나 그중 몇몇은 그다지 호소력 있게 선처를 부탁하지 않았다. 다소 인정상 어쩔 수 없이 말을 꺼내는 수준에 불과했다. 그들은 내 설명을 듣고 나면 그저 '네, 네.' 하며 더이상 말을 잇지 않았다. 그들 입장에서 보면 전화를 했다는 사실 자체가 중요할 뿐, 통화의 결과는 그리 중요한 것 같지 않왔다. 그저 누군가의 부탁을 들어줄 필요가 있었던 것뿐이다.

마난이 최근 며칠 동안 집에 계속 이상한 전화가 걸려 왔다고 했다. 수화기에서 아무 소리도 들리지 않고 그저 거친 숨소리만 흘러나와 모골이 송연해졌다고 했다. 어떤 말에도 상대방이 아무런 반응도 보이지 않는 것을 보면 악의적인 전화가 분명했다. 마난은 신고를 하려고 했다. 나는 쓸데없는 짓은 하지 말라고 말했다. 그깟 공중전화 부스 몇 개 조사한들 무슨 소용이 있겠는가? 상대방이 숨소리밖에 내지 않았는데 무엇으로 고발을 한단 말인가?

지역 경비가 황급히 달려와 내 차가 훼손되었다고 말했다. 현장에 가 보니 앞 유리가 박살이 나 있었다. 커다란 벽돌 하나가 차 안 운전석 위에 떨어져 있었다. 유리 조각, 낙엽, 빗물, 흙이 차 안 가득 뒹굴고 있어 너저분하기 그지없었다. 자초지종을 아는 이가 없었다. 높은 건물에서 물건이 떨어졌나? 아이들이 장난을 한 것일까? 아니면 나쁜 놈들이 보복을 한 것일까? 아니면 더 큰 보복이 있을 거라는 경고일까……? 아직 감시 카메라가 없는 주택지였다. 경비는 별다른 목격자를 찾을 수 없자 현장 옆 아파트의 입주자들을 일일이 방문해 봤지만 아무런 소득이 없었다.

권력 중심부에서 일하는 판 씨는 오래된 지인이었다. 나와 오랫동안 일을 했던 그가 몰래 전화를 걸었다.

"이봐, 아우, 괜찮아? 요즘 몇 가지 일이 있었네. 그걸 자네에게 말할 수는 없지만 그렇다고 추측할 필요도 없어……. 그래, 내가 기율을 위반할 수는 없는 일이니. 하지만 자넨 똑똑한 사람이잖나. 난 자네에게 관심이 많아, 알아듣겠지……?
앞에서 말한 '일'이라는 것들은 나중에 때가 되면 자연히 알
수 있을 거야. ……이렇게 말하는 것만으로도 이미 규정을 어
긴 거야. 하지만 우린 친구지 않은가……? 무슨 일인지 알 필
요는 없어. 절대 알아보려고 하지도 말고. 난 아무것도 말 안
한 걸세……. 모든 일이 정상적이야. 그래, 매우 정상적이지.
조직에서는 절대 나쁜 사람을 가만 놔두지 않아. 그리고 절대
좋은 사람을 억울하게 만들지도 않고. 안 그래?"

그는 최대한 비밀스러운 방법으로 전혀 내용이 없는 쓸데
없는 소리를 잔뜩 늘어놓았다. 귀를 쫑긋 세우고 들었지만 아
무런 수확이 없었다. 나는 할 수 없이 그의 말을 가로막았다.

"그러니까 누군가 날 고발했다는 것 아니에요?"

"어, 그건 자네가 직접 한 말……."

"첫째, 내가 윤락가에 들락거렸다고 밀고했죠? 그렇죠? 둘
째, 대학 재학 시절 학생 운동을 했다고 했고요? 셋째, 기관에
서 당원을 배제하고 당원이 아닌 사람을 처장으로 앉혔다고
고발했고요, 그렇죠……?"

"감정적으로 대하지 말고, 조직을 믿어……."

"괜찮아요. 내가 이미 말했잖아요. 문제를 밝혀내는 사람에
게 상금을 준다고요. 반드시 사람을 파견하세요. 좋기로는 아
예 한 팀이 오면 좋아요. 전체적으로 군중을 동원해 신고 자료
를 공개하고 대대적으로 수사하세요. 안 그러면 내가 끝까지
물고 늘어질 테니까요. 그쪽에서 괜찮다면 고발자를 베이징
으로 보내세요. 위로 중난하이까지 아래로는 성의 당위원회,

정부, 인민 대표 대회, 정치 협상 회의까지 하나하나 모두 보고하라고 해요. 한곳도 빠지지 말고요."

나는 불쾌한 심정으로 전화를 끊었다.

둘째 처형도 날 찾아왔다. 우리는 커피숍에서 만났다. 커피와 딸기 우유를 시키고 텔레비전 기자 시험을 보는 샤오웨에 대해 이야기를 시작했다. 관련 양식은 모두 작성을 마쳤다고 했다.

"좀 그만 하고 놔줘. 그럼 이번 일을 그가 처리해 줄 거야."

누구를 말하는 건지 알았다.

"그 사람 어떻게 알았어요? 원래 뻥쟁이에요. 입으로는 중앙 군사 위원회도 지휘할 수 있는 사람이라고요, 그자 말을 믿어요?"

"안심해. 나도 그렇게 만만한 사람은 아니야. 그 사람에게 놀아날까 봐?"

"그자 정말 보통 아니라고요."

"타오샤오부, 이번이 기회야."

"상황을 잘 모르고 계세요."

나는 대충 상황을 설명해 주었다.

"내가 손을 놓고 싶지 않아서가 아니에요. 여긴 거대한 똥통이고, 함정이에요. 처형도 알아야 해요."

처형이 놀라서 선글라스를 벗더니 나를 한참 빤히 바라보다가 손가락으로 툭툭 내리쳤다.

"너무 지나친 것 아냐? 어디 아픈 것 아니지? 샤오웨의 고모 부잖아. 자네가 신경을 안 쓰면 누가 써? 그런 식으로 나가면

마난 그리고 나중에 마타오는 어떻게 볼 건데? 자네 같은 관리
는 명성도, 자리도 지켜야 하니 그렇게 아웅다웅 서로 속고 속
이면서 이권 다툼을 하는 것도 이해는 가. 하지만 절대로……."

다행히 처형의 휴대 전화가 울렸다. 전화를 하나 끊고 나자
다행히 또 다른 전화가 왔다. 이렇게 전화가 이어지길 대여섯
통, 나도 숨을 돌릴 여유가 생겼다. 처형은 증시 이야기를 하
는가 싶더니, 세무 관련 이야기를 하다가 그다음엔 다시 헤어
숍을 예약했고, 아들 저녁 식사를 부탁하는 등 이런 이야기들
사이사이에 나와 논쟁을 이어 갔다. 만능인 처형에게는 지금
당장 워크맨과 만보기, 헤어 스티머, 한두 대의 컴퓨터를 대령
해도 모자랄 것 같았다. 처형은 머리 셋, 팔 여섯 개가 달린 사
람처럼 온갖 일을 모두 한꺼번에 처리했다.

처형에게 실컷 당하고 나니 기분이 말이 아니었다. 처형과
헤어진 후 정신을 차리고 보니 경찰관 하나가 차 앞을 가로막
고 서 있는 것을 발견했다. 그가 엄숙한 얼굴로 나를 향해 팔
을 들어올렸다. 차에서 내린 후에야 나는 역주행을 해 일방통
행 길로 들어섰다는 것을 알았다. 경찰이 운전 면허증을 가져
다 벌금 통지서를 작성했다.

다음에는 신호등을 어기는 것은 아닌지, 심지어 그대로 학
교 버스 같은 것을 들이받는 것은 아닌지 걱정이 되었다. 나는
차를 주차한 후 길옆 공원에서 담배 한 개비를 꺼냈다. 공원에
아이들이 있었다. 키가 들쑥날쑥한 세 식구로 이루어진 가족
도 보였다. 풍선을 가지고 놀거나 어린이 자전거를 타는 그들
의 모습에서 경쾌하고 행복한 주말 분위기가 느껴졌다. 옥수

수 굽는 냄새도 났다. 사실 별로 보고 싶은 장면이 아니었다. 그 이유는 당연히 말할 필요도 없다. 우리 집에는 샤오웨 하나뿐이다. 거의 우리 자식이나 다름없었다. 상황이 이 지경이 되다 보니 샤오웨는 그냥 우리 집 아이, 우리 집안의 혈육이 되었다. 그렇다면 조금 전 거절했던 상황을 어떻게 그 애에게 설명할 것인가? 기자, 사회자, 텔레비전 방송국…… 늘 그 애가 입에 올리던 화젯거리로, 그 애의 찬란한 꿈이었다. 어떻게 설명을 하지? 그 애 아버지 마타오에게 그 애의 꿈을 깨뜨린 건 내가 이기적이어서가 아니라 바로 그 애의 진짜 안전과 건강한 삶을 위해서라고 말할 것인가? 아이가 어떻게 해야 사람들이 내미는 이 달콤한 파이, 주위의 성인이라는 사람들조차 화들짝 놀라며 한껏 반기는 경우가 많은 이런 커다란 파이 안에 사실 독약이 들어 있다는 것을 이해할 수 있을까?

내가 너무 상황을 과장하는 걸까? 둘째 처형이 말한 것처럼 나란 사람이 변태적이며, 비뚤어졌으며, 쓸데없이 일을 만들고, 아무것도 아닌 일에 아무런 의미도 없는 내기를 하고 있는 것일까?

나는 다시 담배 한 개비를 꺼냈다.

집으로 돌아온 나는 어떻게 마난에게 입을 열어야 할지, 어떻게 설명을 할지 갈피를 잡지 못했다. 둘째 처형이 물어 온 이번 일은 말이 좋아 '파격', '특채'이지 사실 분명히 황당한 부정부패에 해당한다. 아이를 시비의 진흙탕 속으로 밀어 넣는 것이나 마찬가지였다. 그런데 뜻밖에도 마난은 내가 말을 끝내기도 전에 둘째 언니의 쓸데없는 참견을 비난하기 시작했다.

"대체 언제나 정도를 갈지 모르겠네. 언니네 하오위도 언니 때문에 직장을 열 곳도 넘게 바꿨잖아. 완전히 애 신세 망치는 것 아냐?"

그녀는 자진해서 자기 언니를 설득하러 가겠다고 했다. 그리고 다음 학기에는 자기가 방도 빌리고 함께 공부도 돌봐 줘더 좋은 학교에 들어가게 하겠다고 말했다. 친구 하나가 그곳에 교무처장으로 있다고 했다. 온가족이 투자해 전 과정을 감독하면서 전 방위적으로 샤오웨를 도와준다면 수능이라는 난관을 넘어서지 못할 것이 없다고 했다. 마난이 나서 이 모든 계획을 순식간에 확정했다.

감동한 나머지 나는 곧바로 그녀의 앞치마를 벗기고, 바나나 껍질을 벗겨 주었다.

그런데 정말 뜻밖의 일이 터지고 말았다. 학교에 전화를 건 마난이 비틀거리며 내 방으로 들어섰다.

"샤오웨, 샤오웨가……."

"왜요?"

"건물에서 뛰어내렸대요……."

"뭐라고?"

머리를 한 대 얻어맞은 것 같았다.

"그 애가……."

마난의 눈이 뒤집히더니 손으로 벽을 잡고 그대로 넘어가고 말았다.

온몸에 소름이 돋았다. 털이 모두 곤두섰다. 어떻게 마난을 깨웠고, 어떻게 문을 나서 택시에 올라 단숨에 미친 듯이 병원으로 달려가 응급실로 직행했는지 기억이 나지 않는다. 찻잔 뚜껑을 계속 쥐고 있던 것도 모를 정도였다.

둘째 처형은 눈물이 그렁그렁했다. 그녀가 내게 삿대질을 했다.

"자네가 다 망쳐 놓은 거야."

동서도 마치 뜨거운 솥 위의 개미처럼 손을 비비며 갈팡질팡했다.

"이거 어떡하지? 그 애 아빠에게 뭐라고 말하지? 자식이, 지독한 놈, 정말 지독해……."

그가 전화를 받기 시작했다. 불같이 화가 난 남자 목소리가 수화기 너머로 간간이 이어졌다. 아마도 제정신이 아닐 샤오웨의 아빠가 전화 너머에서 놀라움과 분노에 치를 떨고 있을 것이다.

큰 처형네 부부도 달려왔다.

나중에야 알게 된 사실에 따르면, 텔레비전 방송국에 가지 못하게 되었다는 소식을 들은 샤오웨가 집에 처박힌 채 입도 뻥긋하지 않고 텔레비전 앞에 앉아 있었다고 한다. 밖에서 돌아온 둘째 처형은 아이가 보이지 않자 밖에 돌아다니거나 큰 고모 또는 셋째 고모 집에 갔을 것이라고 생각했다. 어쨌거나 이제껏 미리 말을 하거나 쪽지를 남기는 일 없이 제멋대로 돌아다녔기 때문이다. 하지만 둘째 동서는 신경이 쓰였다. 아이 낯빛이 좋지 않았는데 무슨 일이 난 것은 아닐까. 얼마 전 학생 하나가 철로 위에 드러누웠다던 소문도 있고 해서 그는 아이를 찾아보러 밖으로 나갔다. 건물 아래 뒤쪽에 사람들이 모여 있었고 분홍색 등산화가 길가 풀숲에 떨어져 있었다. 그는 한눈에 신발의 주인을 알 수 있었다. 숨이 막혀 죽을 것만 같았다. 그는 곧바로 '속효구심환'[147]을 꺼내 들었다.

목격자 말에 따르면 아이가 3층 복도 창문에서 몸을 날렸다고 한다. 다행히 3층 이상 창문에는 철책이 있었고, 또한 천만다행으로 나뭇가지에 한 번 걸리고 다시 임시로 만들어 둔 지붕에 걸린 후 그대로 쓰레기통을 향해 떨어졌다. 병원 검사 결과 생명에는 지장이 없지만 뇌진탕에 무릎과 발목, 가슴 다섯 군데에 골절상을 입었다.

이 모든 사실이 밝혀졌을 때 나는 병상 앞에 서 있었다. 샤오웨는 아직 깨어나지 않은 상태였다. 얼굴이 반쪽밖에 보이지 않았다. 오른쪽 얼굴이 왼쪽으로 돌아간 것 같았다. 사실 정확하게 말하면, 왼쪽 얼굴이 너무 붓는 바람에 한쪽 눈을 가려 오른쪽 얼굴 반쪽이 보이지 않았다. 수술에 관해 복잡한 토론을 벌이고 있는 가족들 앞에서 이 반쪽자리 외눈박이 소녀는 경악스러운 표정을 한 채 전혀 자기와 상관이 없는 일인 것처럼 냉담한 태도를 보였다. 피가 아직 엉겨있는 다리를 간호사가 간단하게 고정시켜 매달아 두었다. 마치 금방이라도 큼직하게 발걸음을 내딛어 몸 전체가 하늘을 향해 걸어갈 것처럼 보였다.

---

147) 速效救心丸. 중국 의약품 중 하나로 '효과가 빠른 구심환'이라는 뜻이다.

"샤오웨……."

나는 너무도 낯설게 느껴지는 얼굴을 향해 다가갔다. 내 자신이 너무나 나약하게 느껴져 벽을 짚고서야 똑바로 몸을 세울 수 있었다.

도태

지식 청년의 시골 전근에 근무 연한을 적용한다는 정책 규정으로 나는 퇴직 신청권을 얻었고, 바로 신청서를 냈지만 상부에서 거절당했다. 그런데 이제 와서 내 뜻을 존중한다고 나선 것은 정말 뜻밖이었다. 위에서는 내 의견을 존중할 뿐이지, 다른 일과는 전혀 관계가 없다고 강조했다.

물론 예의상 하는 말이다.

사실, 내가 받은 타격은 엄폐할 수도, 해명의 여지도 없었다. 내 앞에 사진 한 무더기가 놓였다. 식당 앞, 카바레, 리조트에서 찍은 사진들이었다. 하나같이 공관 차량의 번호가 선명하게 드러나 할 말이 없었다. 두 번의 차량 사고 보고에 대해서는 더욱 할 말이 없었다. 혼자 잘난 척 밀어붙였던 공관 차량 제도 개혁의 실패를 인정할 수밖에 없었다. 원래 지도자급이 자가 운전을 시행하면 열 명 남짓 기사들을 줄일 수 있고 연료 소비도 반 이상 줄일 수 있었으며 배기가스 배출까지 감소시킬 수 있었다. 또한 일부 장관들이 기사를 마치 자기 집 심부름꾼처럼 부릴 수도 없으니…… 장점이 많아 보였다. 그러나 일부 사람들의 자율 의식을 지나치게 높이 평가한 것이 나의 실수였다. 한쪽 일을 챙기다 보면 다른 쪽에서 일이 터질 수 있다. 절약이 되긴 했지만 공관차를 개인적으로 사용하는 습성은 뿌리 뽑지 못했다. 일단 누군가 고발을 하면 이를 추적해 사진을 촬영하고 누군가 이를 언론 매체에 찔러 주는 일이 다반사였다. 또한 나는 일부 동료들의 능력을 과대평가했다. 예를 들어 법률 연구를 책임진 시찰 담당관은 어찌나 운동 신경이 둔한지 한번 핸들을 잡았다 하면 그러다가 과잉 활동 중에 간질 발작까지 하는 건 아닌가 싶을 정도였다. 이미 세 번 넘게 그에게 핸들을 잡지 말라고 했건만 한사코 운전을 하겠다는 그의 고집에 부하 직원들도 속수무책이었다. 그러니 그의 차가 남의 잡화점을 들이받는 것쯤이야 예상되는 일이 아닌가?

다만 자신의 늑골 두 대가 부러지는 데 그쳤을 뿐, 초등학생 일고여덟 명을 치어 죽여 어린 새싹을 모조리 쓸어 버리는 일이 일어나지 않은 것만 해도 내 사정을 많이 봐준 셈이었다.

'바퀴 위의 부패', '개혁이 낳은 킬러' 같은 글귀가 언론에 대서특필되었다. 인터넷에 들어가면 어디서나 볼 수 있는 표현이었다. 상부의 문책도 당연했다.

정식으로 이야기를 마치고 돌아오니 이미 점심 쉬는 시간이었다. 사무실이 텅 비어 있었다. 여자 당직 하나만 삐쭉 고개를 내밀고 날 바라보며 도울 것이 없는지 물었다. 나는 고맙다고 인사한 다음, 마지막으로 탁상 달력을 정리하고, 마지막으로 문서에 서명하고, 마지막으로 찻잔을 닦고, 마지막으로 서랍을 닫고 장에 열쇠를 채우고, 마지막으로 탁자 앞에 앉아 건물 전체에 감도는 적막함에 귀를 기울였다. 나는 키보드 키 하나를 눌러 컴퓨터 안 모든 문서들, 내가 심혈을 기울였던 그 문서들을 삭제해 내 공무 생활 십이 년을 정리하며 그 안에 담긴 달콤하고 씁쓸했던 모든 감정을 말끔히 비워 버렸다. 어지러운 공간, 분쇄를 기다리는 여러 개의 폐지 상자 등 이 모든 것을 떠나고 싶어 해 왔지만, 막상 그 순간이 다가와 방 열쇠와 차 열쇠를 탁자 위에 올려 놓자 마음이 심란했다. 열쇠 두 개를 만지작거렸다. 너무도 익숙한 키보드, 마우스, 스테이플러, 필통, 탁상 달력, 전화 등 이 모든 구닥다리 물건이 어느 구석진 어둠 속에 내팽개쳐질지, 어디에서 먼지를 뒤집어쓴 채 망가져 갈지 알 수 없는 일이었다. 내 자신의 피와 살이나 다름없는 이 물건들이 이제 모두 어느 곳엔가 흩어져 버릴 것이라는 생각이 들었다.

사무실을 나오니 동료들이 모두 들어와 있었다. 그들이 복도로 나와 내게 악수를 청했다. 송별의 의미였다. 아마 컴퓨터에서 이미 새 청장이 부임한다는 통지를 받은 것인지 표정이 조금 어두워 보였다. 그들의 눈빛에서 심란함이 느껴졌다. 특히 여자 동료 중에는 눈시울이 벌개져서 코를 훌쩍이며 휴지를 뽑는 이도 있었다. 마음이 울컥했다. 다시는 여자 동료들에게 고맙다는 인사를 할 수 없을 것이다. 입을 열면 마치 드라마의 감동적인 장면에라도 빠져든 듯, 최루탄이 터진 것처럼 눈물이 왈칵 쏟아질 것 같았다.

재빨리 나쁜 생각을 떠올려 겨우 마음의 평정을 되찾았다. 눈물은 무슨! 괜히 정이 넘치는 사람처럼 굴지 말아야지! 어느 날인가, 이렇게 내가 꺼져 버린 것에 쾌재를 부를지도 몰라. 예를 들면 여성의 날 홍콩 여행 신청이 통과되면 인색하기 짝이 없던 전임 청장이 사라져 준 데 대해 환호성을 지르겠지? 해바라기 씨껍질을 뱉으며 서로 손바닥을 탈탈 털면서 즐거워할 거잖아?

어느 날 내가 나간 자리에 웬 소인이 하나 앉으면 이를 갈며 내게 화풀이를 할지도 몰라. 괜히 고결한 척, 성실한 척하다 결국 상의할 사람도 없게 만들어 놓았다고 말이야.

사람들과 일일이 악수를 했다. 가장 많이 눈물을 보인, 루슈에원에게 욕을 먹고 달려 나갔던 그 여자 과장도 있었다. 나는 그녀의 등을 도닥거렸다.

그들은 아마도 컴퓨터에 올라온 소식을 통해 루슈에원 역시 동시에 전근이 이루어졌음을 알고 있을 것이다. 듣자하니 모 학교 제4부교장으로 갔다는 소문이었다. 나와 동시에 아웃되었으니 그래도 괜찮은 승부 결과라 할 수 있었다. 적어도 잠정적으로는 그랬다.

집으로 돌아오는 길, 휴대 전화가 계속 열을 받아 뜨거웠다. 동료들이 보낸 문자 메시지가 계속해서 들어왔다.

나중에 돌이켜 생각해 보니 그 가운데 샤오두의 문자는 없었다. 전에는 하루가 멀다 하고 낯간지러운 메시지를 보내고,

내가 사무실로 들어서면 등을 구부린 채 절대 먼저 자리에 앉지 않았던 녀석인데. 그는 내가 앉으라고 지시를 내려도 마치 엉덩이에 긴 가시가 돋아난 사람처럼 의자가 닿는 순간, 벌떡 일어나 계속 고개를 끄덕이며 허리를 굽실거렸다. 그는 내 탁자를 닦고, 때로 몰래 담배 한 보루를 넣어 두기도 했다. 아무리 말을 해도 이런 행동을 막을 수가 없었다. 그의 집이 가난하다는 것을 알았기에 큰 선물을 할 거라고 생각하진 않았다. 하지만 홍보 과장으로서 그가 생각하는 최대의 충성은 주제가 뭐든 간에 기사마다 자기 수장이 최고라는 허풍을 떠는 것이었다. 그가 이런 식의 글로 내 화를 돋우는 바람에 내가 그 자리에서 펜을 휘둘러 당장 글을 삭제시키도록 하려는 것은 아닐까 의심이 날 정도였다. 그럴 때마다 그는 배시시 웃으며 내가 진짜 화를 내는 거라고 믿지 않아 나는 더 화가 났다. 그러나 이처럼 평생 아부를 하기로 단단히 마음먹은 불쌍한 인간을 내가 어찌 진지하게 대할 수 있겠는가?

판 씨 역시 메시지가 없었다. 재무 결산 책임자인 그는 최고의 고집불통이었다. 그는 루슈에원의 영수증을 처리해 주지 않아 몇 번이나 보복을 당했다. 그가 순조롭게 부과장, 과장으로 승진하도록 나는 적잖게 마음을 썼다. 그런데 이상하게도 조사 평가가 이루어질 때마다 루슈에원을 제외하면 그는 여러 번 내 점수를 가장 많이 깎았다. 이런 투표는 무기명으로 이루어졌다. 하지만 각각의 점수를 주의 깊게 살펴보면서 확실한 사람 것을 빼고 비교하면 대충 누가 어떤 표를 던졌는지 알아내는 건 어렵지 않았다. 그가 왜 내게 불만이 많은지 이해가 되지 않았다. 내 점수를 깎을 때 대체 마음속으로 무슨 생각을 했던 걸까? 위가 아픈지, 간이 아픈지도 구분을 못해 함부로 약물을 복용하는 바람에 점점 더 통증이 심해진 그를 보고 내가 강제로 병원에 데려가 검사를 받게 한 적이 있다. 설마 그 일 때문에 수치심을 느낀 걸까? 그가 아내에게 맞아 머리가 터지고 피가 나는 상황에 돌아갈 집에 없자 사무실에서 두 달 정도 잠을 잔 적이 있다. 내가 사람을 보내 계속 조정을 했는데 이런 내 행동이 행복한 자신의 가정을 깼다고 생각하는 걸까……? 아니면 근본적으로 자신의 과장 승진이 좋은 일이라고 생각하지 않고 그저 내가 독하게 마음을 먹고 그에게 올가미를 씌워 일을 번거롭게 만들었다고 생각했던 걸까? 심지어 내가 루슈에원과 다투면서도 암암리에 서로 짜고 선량한 충복을 괴롭혔다고 믿고 있는 것일까?

십이 년이 흘렀다. 갖가지 상황을 목격하고 여러 부류의 사람을 만났으며 다양한 수단과 방법이 난무하는 것을 목격했지만 사실 별로 말할 것이 없다. 주위의 평범한 사람들도 난해하기는 마찬가지이다.

퇴직한 후 오 일째 되는 날이었다. 초인종이 울렸다. 문을 열자마자 쪼글쪼글한 넥타이와 양복이 눈에 들어왔다. 잠시 후 그가 연구실 류 과장임을 알아볼 수 있었다. 거짓 보고를 하는 바람에 내게 처분을 받아 월급이 1급 강등되고 대회에서 공개적으로 비판을 받았던 자였다.

"댁에 계시네요……."

그의 입술이 떨렸다. 탁자에 종이 봉투 하나를 내려놓더니 아무 말도 하지 않고 입구로 향했다. 마치 떨리는 가슴으로 폭약 덩어리를 던진 후 황급히 위험을 벗어나는 사람 같았다. 자기가 가져온 종이 봉투에 저렇게 놀랄 필요는 없을 텐데.

"어이, 왜 그냥 가요?"

"방해 안 하려고요, 그냥 번거롭게 해 드리고 싶지 않아서, 청장님⋯⋯."

"잠깐만⋯⋯."

나는 재빨리 물건 하나를 집어 뒤를 쫓아 나갔다. 나중에야 그가 준 담배 두 보루 모두 곰팡이가 쓸어 있는 것을 발견했다. 아마 그도 미처 몰랐을 것이다. 반면에 내가 들고 달려 나간 물건은 값비싼 XO 양주였다. 마누라는 물론이고 나 역시 이렇게 손에 잡히는 대로 XO를 집어들었던 일에 대해 후회막급이었다.

나는 마당을 지나 문밖의 버스 정류장까지 달려 나가 그의 손에 선물 봉투를 밀어 넣었다. 이렇게 해서 가까스로 긴급 교환이 성사되었다. 전날 허리를 삐끗하는 바람에 더 빨리 달릴 수가 없었다.

"류 씨, 너무하군. 차도 한잔 안 마시고."

"변했어요, 변했어."

그가 도로 끝을 바라보더니 무슨 일인지 길게 한숨을 내쉬었다.

"뭐가 변했다는 겁니까?"

"방법이 없어요, 방법이."

그가 고개를 내저었다. 여전히 그가 무슨 말을 하는 건지 감이 잡히지 않았다.

"집은 별일 없죠?"

"타오 청장님, 있는 그대로 말하는 걸 용서해 주십시오. 이 집 풍수가 좀……."

버스가 한참 동안 오지 않았다. 나는 정류장에 서서 두서없이 말을 늘어놓았다. 대부분 서로의 물음에 대한 답이 아니었고 그저 각자 자기 말을 지껄일 뿐이었다. 나는 그의 서예 솜씨를 말해 주고 싶었고(확실히 솜씨가 뛰어났다.) 기관의 청년 서예 강좌 개설에 대해 이야기를 하고 싶었다.(전에 그에게 업무 이외의 임무를 줬던 적이 있다.) 그가 날 찾아와 선물을 준 이유가 그건 아니었겠지? 그가 여러 곳에 물어 우리 집을 찾아온 이유도 그건 아니었겠지? 확실히 그는 자신의 서예 솜씨에 대한 말을 하고 싶었던 것은 아니었다. 그는 입을 열 때마다 고질병을 고치지 못하고 계속 속으로만 중얼거렸다. 우물우물 대체 무슨 말을 하는 건지, 이 말 저 말을 두서없이 갖다 붙이는 바람에 이해를 할 수가 없었다. 조금 전까지만 해도 아내의 성질이 이상하다고 했다가 내가 미처 그의 말을 이해하기도 전에 이백의 명시가 격률에 맞지 않다고 했다가 또다시 광물 자원 부족에 대한 신문 기사 이야기를 했다. 그러다 또다시 내가 반응을 보이기도 전에 기관에 귀신이 나온다는 둥……. 그의 말에 따르면 정부 건물 앞 계단이 아래에서 위쪽으로 세면 서른여섯 개인데, 위에서 아래로 세면 서른다섯 개가 분명하다고 했다. 홀에는 명인의 그림 여덟 폭이 있는데 매일 밤 한 폭이 사라지고, 아침이 되면 다시 원래대로 돌아온다는 것이다. 여러 사람들이 밤을 샌 결과 밝혀낸 일이라고 했다. 그가 두 눈을 휘둥그레 뜨고 이번에 환경 보호청 간부의 자제 두명이 대학에 낙방했는데 분명히 건물 앞에 있는 화단 모양이 '0'과 닮아서 그럴 거라고 했다.

자리에서 물러난 것이 천만다행이었다. 보름 전이었다면 불같이 화를 내면서 그의 헛소리를 가로막고 머리가 돌았다고 욕을 퍼부었을 텐데. 화가 난 나머지 다시 그의 월급을 깎지 않았겠는가?

그러나 아마도 당시 그가 내게 말하려 했던 이야기는 분명히 풍수에 대한 것은 아니었으리라. 그는 분명히 다른 일 때문에 그날 밤 내게 달려왔을 것이다. 다만 입술을 부르르 떨며 침만 튀었을 뿐, 결국 진짜 하고 싶은 말은 꺼내지 못했다.

나는 손을 휘두르며 버스에 오르는 그를 전송했다.

이후 다시 만날 기회가 많지 않음을 떠올리며, 이 이상한 친구와 그저 스쳐 지나갈 인연임을 떠올리며, 더 이상 그와 다툴 기회는 없으리라는 생각을 하며 나는 정류장에 조금 더 서 있다가 천천히 집으로 발길을 돌렸다.

"청장님은 안팎을 두루 갖춰 날로 발전하십시오."

오래전에 그가 마치 윗사람이라도 된 것처럼 내 어깨를 도닥거리며 이렇게 말해 깜짝 놀랐던 일이 떠올랐다.

가족 모임

마타오가 귀국한 때였다. 딸을 만나지 못한 상태에서 겨우 딸과 휴대 전화로 연결이 되었다. 그러나 그가 아무리 다정하고 자상하게 말을 걸어도 딸은 아무런 대답도 하지 않았다. 다시 전화를 걸었지만 휴대 전화가 꺼져 있었고 며칠 지난 후에는 아예 없는 전화번호가 되었다.

"이 아이는 어째 이 모양이야?"

샤오팅이 입을 삐죽거렸다.

"부쳐 줄 돈 다 부쳐 줬잖아? 옷들도 다 정품이었어. 길거리 물건을 산 줄 아는 것 아냐?"

"이런 교육 제도는 사람을 망칠 뿐이야."

마타오는 또 다른 해석을 했다.

내 휴대 전화로 몇 번이나 통화를 시도했지만 역시 통화는 불가능했다.

친구들과 모임이 있을 때면 샤오팅이 없는 틈에 몰래 샤오웨에 대해 묻는 이들이 있었다. 아마도 조금 많이 마셔서일까, 아니면 사회 풍조에 관한 화제 때문이었을까, 마타오의 대답은 더욱 예상 밖이었다.

"그게 뭐가 이상해? 이 모든 것에 익숙해진 지 오래야. 내 딸은 그렇다 쳐도 너희도 나를 가까이하면 조심해야 돼. 언제 너희들 컴퓨터에 이상이 생길지 몰라. 언제 낯선 사람이 야밤에 문을 두드릴지도 모르고, 언제 너희 가족이나 이웃이 실종될 지도 몰라…… 전부 대충 감이 잡히지? 너희 휴대 전화도 조심해야 돼. 잘못하면 도청에 이용될 수도 있으니까."

그의 말에 모두 화들짝 놀라 한참동안 아무도 입을 열지 않았다. '요강'이 나중에 화장실에서 더듬거리며 내게 물었다.

"마타오, 저, 저 사람 마, 말 무슨 뜻이야?"

"나도 몰라."

"마타오…… 그쪽과 관련이 있나?"

"그건 아냐."

상대방이 뭘 말하는지 알고 있었다. 내가 아는 바에 따르면, 마타오는 일찍 정치판을 떠나 왁자지껄한 강호를 벗어났다. 심지어 과거의 수많은 친구들에 대해서도 석연치 않은 생각을 가지고 있었다. 가장 최근에 그에게 붙은 명함은 '철학 왕자의 귀환'이었다. 그 어떤 파벌과도 관계가 없이 민간에서 탄생한 사상의 달인이었다. '신(新)인문주의'가 바로 그의 창작품이었다. 적어도 이 표현은 그가 처음 만든 것으로, 확실한 증거를 통해 다른 이들이 공을 가로챌 일이 없도록 했다. 그의 말에 따르면 자신의 '신인문주의'는 여러 각도에서 전투를 벌인다고 했다. 적의 공격에 몸을 한쪽으로 비키는 동시에 왼손으로는 종교의 폭정에 타격을 주고, 오른손으로는 과학의 폭정을 공격하면서 모든 정당, 교과, 재단, 학벌에 대해 철저한 발본색원의 대응 자세를 취한다……. 이에 그는 고독한 존재가 될 수밖에 없었다. 압박은 배가 되고 위험이 도처에 도사리고 있었다. 그는 원고를 짐에 넣어 부친다거나 길거리 가게에서 자료를 복사하지 않았다. 될 수 있는 한 휴대 전화와 일반 전화도 사용하지 않았다. 일반적인 상황에서 그는 언제나 휴대 전화를 멀리 떨어진 곳에 두었다. 수건으로 싸고 대야로 덮어 도청을 방지하는 등 필요한 경계 태세를 취했다. 그는 최근 정체를 알 수 없는 사람이 온라인에서 그를 공개적으로 또는 암암리에 공격하고 있다는 사실을 알았다. 평소 그의 상황에 대해서도 많은 것을 알고 있는 것을 보면 뭔가 수상했다.

둘째 처형은 이런 기이한 이야기에 귀를 기울이는 대신 오빠와 새언니 두 사람에게 자기 별장 독채를 보여 줬다. 열정을 족쇄와 수갑으로, 겸손을 총구로 그들을 호송해 방을 하나하나 구경시켰다. 대리석 바닥과 북유럽식 벽난로, 화리목 가구, 호주 양모 카펫, 스파 욕조 등……. 아주 작은 저장 공간도 빼놓지 않고 안내했다. 객실도 모두 정돈해 두었다. 벽에 걸린 유명 서예가의 작품은 산타나[148] 한 대 가격과 맞먹었다. 가족 파티가 빠질 수 없었다. 요리 솜씨가 가장 좋은 큰 동서에게

---

148) Santana. 독일의 자동차 회사 폭스바겐이 출시한 자동차의 한 종류.

주방을 맡기자 순식간에 그럴 듯한 요리가 한 상 가득 채워졌다. 초를 여러 개 밝히고, 사진기를 들고 네 가족이 즐거운 자리를 가졌다.

마타오는 당당하고 여유 있는 모습이었다. 자신이 주인공임을 느끼며 식탁을 둘러싸고 여전히 자연스럽게 뛰어난 솜씨로 대화를 이끌었다. 둘째 처형은 여러 차례 해외 부동산가격, 금 가격, 명품 백 가격 등을 물었지만 서너 마디 이야기가 나온 뒤에는 어느새 마타오의 '신인문주의'로 주제는 되돌아가 있었다. 모든 강물은 바다로 흐른다고 했던가. '세계 상위 500대 기업'[149] 알지? 클라우드 컴퓨팅, 반물질 알지? 뉴 에이지는? 얼마 전 오슬로에서 고위급 회담이 열렸다는 소식 들었을 거야……. 그의 새로운 사상은 이 모든 것을 다 담고 있는 것 같았다. 적어도 이 모든 것들과 관련이 있었다. 전 세계의 근본적 문제에 대한 해결 방안, 지구 생명의 여섯 번째 멸종을 피하기 위한 근본 대책인 '세계 상위 500대 기업' 같은 것들은 그것과 비교하면 아무것도 아니었다. 그는 또한 시기적절하게 휴대 전화의 문자를 들춰 한 친구가 보낸 메시지를 보여 줬다. 그 친구 말이 '신인문'이란 이념이 이미 남아프리카에서 꽃을 피우고 열매를 맺어 그곳의 마약 중독자 비율이 60퍼센트나 떨어졌다고 했다. 60퍼센트라는 수치는 무엇을 의미하는가? 만약 모든 인종, 모든 지역의 악행이 60퍼센트씩 줄어

---

149) 미국 경제 전문지 포춘(Fortune)이 매년 발표하는 매출액 기준 세계 최대 기업 500개의 명단.

든다면 이 세상은 어떻게 될까?

나는 반쯤 취기가 오른 상태에서 아름다운 미래를 그려보기 시작했다. 그런 세상이라면 빈곤과 오염, 탐욕, 시비와 자살 테러가 어떻게 존재하겠는가? 모든 사람이 별장 독채에 살며 촛불 파티를 즐길 수 있겠지?

모두 다시 한 번 그의 전망을 위해 건배했다.

그는 다시 집단 자살이나 바이러스 변이 같은 소식을 끄집어내 지구 생명의 여섯 번째 대 멸망이 이미 코앞에 다가왔음을 증명했다. 그러나 이러한 지구 멸망이라는 말 앞에서도 둘째 처형은 아무런 느낌이 없는 듯 연신 하품을 하고, 계속 기지개를 켜며, 자꾸만 눈이 뒤집히다가 휴대 전화를 들여다보거나 텔레비전으로 눈길을 돌리는 것을 보고 일찍 자리를 파했다. 둘째 동서 역시 눈꺼풀이 무거워지는가 싶더니 마치 닭이 먹이를 쪼듯 자꾸 머리를 박다가 갑자기 코를 골기도 했다. 비록 가끔 화들짝 놀라 정신을 가다듬고 계속 마타오 말에 집중을 하려 노력했지만 이미 흥이 깨져 버린 마타오는 더 이상 이야기를 이어 갈 마음이 생기지 않았다.

둘째 동서가 애써 상황을 무마하려 했다.

"처남 저작권료도 적지 않겠지?"

"저작권료요?"

마타오는 조금 어리둥절한 눈치였다.

"그렇게 좋은 이론이면 평가를 잘 받아서 그럴싸하게 포장한 다음 시장에 내놓아야지."

분위기를 맞추는 둘째 동서의 모습은 예전이나 여전했다. 그는 명함 케이스를 꺼내 홍콩의 자산 평가 회사를 소개해 주겠다고 나섰다. 그곳 친 사장이 매우 믿을 만한 사람이라고 했다.

"농담도 잘하시네요……."

마타오가 고개를 저었다. 그의 입가에 미소가 피어올랐다.

상황이 묘하게 돌아가는 것을 보고 나는 재빨리 말을 가로챘다.

"둘째 형님, 아직 술이 남았네요. 술을 이렇게 마시는 법이 어디 있어요? 술을 한 모금 마시는 간부는 다른 곳으로 보내야 하고, 술을 반절 남기는 간부는 철저히 조사해 벌을 받게 해야 한다는 말 못 들어 봤어요? 자, 한잔 더, 한잔 더 합시다."

바로 그때 옆방에서 갑자기 큰 소리가 들려왔다. 사람들이 깜짝 놀라 달려갔다. 샤오팅이 언제 자리를 떴는지 그새 옆방에서 다음 여정을 위해 짐을 정리하던 중, 포도주 한 병이 트렁크에 들어가지도 않고 그렇다고 백에 넣자니 깨질 것 같아 둘째 처형에게 형님에게 드리라고 포도주를 건넸나 보다. 샤오팅의 말에 둘째 처형 표정이 어두워지더니 술병을 만지작거리며 피식하고 웃었다.

"이봐 동생 댁, 자네더러 뭐라고 하는 게 아니라. 세상 물정을 모르는 것도 아니고 어떻게 말솜씨가 그래?"

샤오팅이 무슨 말인지 이해를 못하고 자신을 향해 눈만 깜빡거리자 둘째 처형은 더욱 화가 치밀었다.

"요즘 며칠 동안 여기서 레드면 레드, 브랜디면 브랜디에 온갖 특산품, 양주까지 충분히 마셨잖아? 우리가 술이 모자라서 그러겠어? 오랫동안 만나지 못했고 두 사람도 그 먼 길을 건너 귀국한 셈이니 우리에게 술 한 병 줄 수도 있는 일이지, 그렇지? 그런데 왜 트렁크에 들어가지 않고 나서야 술을 줄 생각이 났을까?"

샤오팅의 얼굴이 시뻘겋게 달아올랐다.

"미안해요. 제 뜻은 그게 아니라……."

"내가 자네 말뜻을 잘못 이해했다는 거야? 영어를 했어 아니면 일본어를 했어? 달나라 말, 아니 태양 말이라도 했다는 거야? 내 귀가 돼지 귀라 알아들을 수가 없다는 거야?"

"정말 둘째 언니 맛보시라고……."

"금이 들었나, 옥이 들었나? 무슨 귀한 술이라고 가져가려다 말고 맛을 보래?"

둘째 동서가 황급히 다가와 샤오팅을 끌고 가면서 고개를 돌려 힘껏 눈짓을 했다.

"무슨 말을 그렇게 해? 해외에서 오래 살다 보니 선물 주는 습관에 익숙지 않아서 그렇지……."

"해외? 선물 주는 습관에 익숙지 않다고요? 그럼 선물 받는 것엔 익숙하고?"

"그 입 그만 좀 닫아 줄래?"

"저 인간 잘못한 건 왜 아무 말도 못 해? 분명히 말해 두겠는데, 몇 년 서양 물 좀 먹었다고 자기가 꽤나 잘난 줄 아는 사람들 정말 꼴불견이야. 금의환향을 한 것도 아니면서 다른 사람은 모두 거지인 줄 아나? 대체 뭐가 그리 대단해? 그래 봤자 허름한 두 칸짜리 집에 후진 차 한 대 몰고 마켓 다니며 보급형 저가 상품이나 건지러 다녔을 주제에! 가죽 주머니에 동전

몇 개 모으는 것도 마다 않고 말이야. 파티에 초대라도 받으면 무슨 설 명절 지내는 것처럼 굴고. 웃겨, 몇 주 전부터 지도를 뒤지고 메뉴를 보면서 생각하고 또 생각하고……. 그래, 오늘 술 한 병 얻었으니 그 은혜가 산과 같아 감동이 파도처럼 밀려오네. 이걸 어째, 너무 고마워서!"

그런데 누가 알았겠는가. 둘째 처형이 그 술을 그대로 쓰레기통에 내던져 버렸다.

그 때문에 뒤 이어 많은 일이 벌어졌다. 원래 마타오 부부는 둘째 처형 집에 머물기로 되어 있었는데, 갑자기 우리 집으로 거처를 옮기게 되었고 그 바람에 우리도 정신이 없었다. 원래 네 가족이 같이 부모님 성묘를 가기로 했지만 둘째 처형이 가지 않겠다는 바람에 모두 답답하고 우울했다. 계속 입장이 거북하고 불안했던 샤오팅은 산소에서 돌아온 후 세수를 하다 말고 급기야 젖은 수건에 눈물을 쏟았다. 이번 귀국이 명목상으로는 심포지엄에 참가하는 마타오를 따라 왔다고 하지만 사실 한의사 두 명과의 약속이 중요했다. 얼마 전 마타오가 폐암 진단을 받았다. 수술이 성공적으로 끝나 종양은 깨끗하게 제거되었지만 암이 재발하거나 전이될 가능성이 있다고 했다. 한의 치료가 얼마나 효과가 있을지는 하늘만이 알 일이었다.

샤오팅이 이 말을 했을 때 마타오는 집에 없었다. 설마 동정을 얻기 위한 건 아니겠지? 이 상황을 만회하려고 이야기를 꾸며 내진 않았을 거야. 어쨌거나 그녀 입을 통해 밝혀진 비밀은 충분히 충격적이었다. 나는 수척해진 마타오의 얼굴, 머리의 가발, 그리고 전과는 사뭇 다른, 마치 메이크업을 한 것 같은 회백색 낯빛이 떠올랐다. 저녁 내내 사람들 모두 별로 입을 열지 않았다.

다음 날, 두 식구가 떠났다. 마타오는 이른 아침부터 일어나 마당이랑 바닥을 쓸고, 탁자를 닦고, 흩어진 신문이나 책을 정리하고, 알코올 솜으로 전화기를 닦았다. 어디서 찾아냈는지 고무 호스를 가져다 못으로 호스에 구멍을 내 발코니 화분까지 연결해서 급수 시스템을 만들었다. 부지런하게 움직이는 그의 모습이 낯설어 당황스럽고 마음이 더 심란해졌다. 얼마 후 큰 처형 부부가 왔다. 둘째 동서도 왔다. 둘째 처형만 나타나지 않았다. 그래도 배웅은 하러 오겠지? 출발은 했겠지? 어딘가에서 교통이 막혀서 그렇겠지? 여행 도중 먹을 것을 사오느라고 늦는 걸까……? 마난이 몇 번이나 전화를 걸었지만 통화가 되지 않았다.

다시 괘종시계의 종이 울리자 마난이 손목시계를 맞춘 후 어색하게 웃음을 지었다. 그리고 심호흡을 하더니 트렁크를 끌고 집을 나섰다.

"고마웠어요. 몇 년 동안 엄마도, 샤오웨도 돌봐 줘서……."

차에 오르기 전 마타오가 한 말은, 내가 기억하는 한 평생 그에게서 처음으로 들은 상냥한 말이었다. 잠시 머뭇거리더니 그가 큰형 같은 온화하고 겸허한 표정을 지었다. 청천벽력과 같은 느낌이었다. 한참만에야 나는 정신을 가다듬었다.

"그저 미안할 뿐……."

그가 중얼거렸다. 소리가 어찌나 작은지 거의 들리지 않을 정도였다.

너무 의외의 모습, 그 저음의 풀 죽은 목소리, 청천벽력과도 같은 그의 모습이 거대한 의미로 다가왔다. 중요한 의식의 선포, 중요한 순간에 대한 암시, 만 리의 이별, 백 년의 고통에 대한 전환점 같이 느껴졌다. 이에 대해 말하는 사람은 없어도, 그의 눈빛이 자꾸만 흔들리며 시선을 피한 채 머뭇거려도, 그것만으로 이미 모두 말문이 막혔다. 가족들이 한꺼번에 모두 눈시울을 붉혔다. 마난은 악수도, 손을 흔들지도 못한 채 가슴이 무너져 내리는 듯 입을 감싸고 문 쪽으로 달려가 버렸다. 마치 다급하게 가스나 수돗물을 잠가야 하는 주부처럼 허둥대는 뒷모습이 조금 어이없이 느껴지기도 했다.

차를 움직이기 시작했다. 마타오가 물끄러미 백미러를 통해 서서히 멀어져 가는 사람들을 바라봤다. 다시 가족들 앞에 설 기회가 있을까? 모르는 일이다. 나는 그가 좀 더 오래 백미러를 통해 가족들을 볼 수 있도록 일부러 천천히 차를 움직였다. 이후 점차 속도를 올려 강 위를 가로지르는 대교의 가장 높은 곳에 이르자 멀리 맞은편 시내가 보였다. 그가 다시 이렇게 대교를 건널 수 있을까? 다리 밑으로 금빛 물결이 반짝거렸다. 그가 다시 고향의 강을 건널 수 있을까? 배의 나지막한 기적 소리가 강 언덕을 맴돌았다. 그가 다시 고향의 기적 소리를 들을 수 있을까? 현수교의 현수가 차창 앞으로 획획 지나갔다. 그가 다시 아홉 번째, 일곱 번째, 여섯 번째, 다섯 번째, 네 번째, 세 번째, 두 번째, 첫 번째 현수를 볼 수 있을까……?

DVD를 틀었다. 솔로 남자의 목소리가 우렁차게 울려 퍼졌다.

망망한 대초원

길은 멀고

……

눈을 감는 그의 모습을 눈여겨봤다.

갑자기 코끝이 시큰해졌다. 러시아 초원에 사는 한 마부의 임종 이야기가 마음을 울렸다. 내가 마타오를 바래다줄 수 있어서 다행이었다. 설사 영원히 이 길이 끝나지 않는다 해도, 돌아올 기약이 없다고 해도, 이 순간이 영원히 이어진다고 해도 말이다. 가만히 손을 내밀어 그의 손등에 얹고 싶었다. 갑자기 방향을 틀어 몸이 기우뚱하는 순간에 오래 전에 맡았던 그의 숨결을 더욱 가까이 느끼고 싶었다.

자동차가 대교를 미끄러져 내려가자 높이 솟은 고층 빌딩이 앞창에 모습을 드러냈다. 빌딩이 자꾸만 눈앞으로 솟구쳤다. 한꺼번에 솟아오른 빌딩들이 우리 자동차를 한입에 집어삼켰다. 새 빌딩들은 지나치게 윤이 나고 반듯반듯했다. 마치 눈 깜짝할 사이에 변신하는 환상 속의 광경 같았다. 특히 벽면 마감재가 유리인 마천루가 태양빛을 반사하면, 이 도시에 거대하게 생긴 날카로운 검을 꽂아 놓은 것 같아 현실감이 전혀 느껴지지 않았다. 그냥 평면에 붙여 놓은 것 같았다. 제멋대로 오려 붙인 것 같은 이런 하늘 아래 장막 속을 태연히 오가는 수많은 행인들이 이상하게 느껴졌다.

"마치 벼락부자들이 된 것 같아요. 이 빌딩들 너무 새것인데요?"

샤오팅이 화젯거리를 찾은 듯 했다.

"이렇게 모든 것이 새로울 필요는 없잖아요? 사실 옛날 낡은 건물들이 운치가 있는데, 어떻게 하나도 남아 있질 않아요? 모두 미친 것 아니에요?"

마타오는 아무런 대답도 하지 않았다.

"오 마이 갓! 자동차가 거리 가득이에요, 정말 끔찍해요. 여기서 한 달만 운전했다가는 심장에 지지대 서너개를 대지 않는 한 못 견딜 것 같은데요?"

마타오는 여전히 아무 말이 없었다.

기념 셔츠

그들을 데리고 Y현으로 갔다가 다시 W현으로 갔다. 샤오
팅이 마타오의 전기(傳記)에 필요한 영상 자료를 준비하기 위
해 예전에 살던 곳에 가서 사진을 찍고 싶다고 말했다. W현
은 마타오가 문화 대혁명 기간에 농촌 생산대에 들어가 일하
던 곳이자 체포된 곳이기도 하다. 아쉽게도 나무로 얼기설기
만든 판잣집이나 마석가 거리는 이미 사라지고 강변의 오래
된 포구도 면모를 일신하여 완전히 달라졌으며, 용왕묘 자리
에는 자그마한 잡화 도매 시장이 들어섰고, 안후이나 저장 지
방의 사투리도 적잖게 들렸다. 시내를 한 바퀴 돌았지만 렌즈
에 담을 만한 소재는 그리 많지 않았으며, 전기에서 흔히 찾아
볼 수 있는 특이하고 낭만적이며, 신비하고 뭔가 파란만장한
느낌이 드는 장소도 찾을 수 없었다. 역사는 모든 것을 빠르
게 씻어 내 버렸다. 천편일률적인 오피스 빌딩이 밉살스럽게

느껴졌다. 건물 모양이 비슷비슷한 큰 공장들도 혐오스럽기는 마찬가지였다. 촌스럽게 화려하기만 하고 사람들로 붐비는 슈퍼마켓은 아예 폭파시키는 것이 나을 듯했다. 이곳 사람들은 마치 플라스틱으로 만든 사람들 같았다. 서로 낯설면서도, 서로를 모방해 만든 듯한 무정한 사람들은 고향이 사라진 사실도, 큰 길가의 추악한 조각품들도 그러려니 받아들였다. 샤오팅의 말에 따르면, 그 조각들은 항아를 닮은 것 같기도 한데, 사실 그보다는 호스티스에 더 가까웠다. 조각의 손에서 나풀거리는 리본 형상은 무지개를 본떴다고는 하나 수타면 가게 주방장이 밀가루 반죽을 흩뿌리고 있는 것 같았다. 샤오팅은 재미삼아 친구에게 보내려 그곳에서 사진 한 장을 찍었다.

조금 전 사진을 찍을 때만 해도 렌즈에 예전의 풍광을 담겠다고 설쳐 대던 그녀는 숙소를 고를 때가 되자 그런 의지는 온 간 데 없이 사라지고 가장 모던한 호텔을 선택했다. 4성급으로 이곳에서 가장 비싼 곳이라고 했다. 과연 수정으로 만든 샹들리에 조명이 시선을 압도했고, 국화 문양의 석판이 벽면을 호화롭게 장식하고 있었다. 붉은 유니폼 차림의 종업원들이 거의 뛰다시피 재빨리 우리 앞으로 다가와 몸을 숙이며 여행 가방을 건네받았다. 손님들은 자신도 모르게 자신의 위상이 격상되는 느낌을 받겠지. 샤오팅은 프런트로 가서 스위트룸 하나를 신청했다. 980위안이라는 가격에 나는 놀라 자빠질 뻔했다. 현금이 부족할 것 같아 급히 현금 인출기가 어디에 있는지 알아봤다.

그들이 돈을 물 쓰듯이 쓴다고 말하고 싶은 생각도 없었고,

나 역시 마난과 여행할 때 이처럼 호사를 부리지는 않는다고 말할 생각은 더더욱 없었다. 설사 내가 그렇게 말한다 해도 그들이 믿지 않을 것이란 예감이 들었기 때문이다. 샤오팅이 짐짓 눈썹꼬리를 치켜뜨며 별일 아니라는 듯 시치미를 떼는 것 말고 달리 무슨 표정을 지을 수 있겠는가?

나는 그냥 일반 객실로 정했다. 방에서 간단하게 씻고 로비로 나가니 그들은 이미 피부샵에 드러누워 얼굴에 팩을 하고 있었다. 아마도 요 며칠 동안 햇볕에 그을린 피부를 진정시키고 싶었을 것이다. 나는 늘 하던 대로 계산을 하러 갔다가 또 한 번 놀라고 말았다. 아이코! 겨우 산소 마스크 팩 하나 가격이 300위안에, 스킨이나 로션 가격까지 모두 완전히 칼 든 강도나 다를 바 없었다.

"같이 할래요?"

커다란 마스크 팩 아래 샤오팅의 목소리가 들렸다.

"괜찮아요."

"며칠을 먼지 구덩이에서 보냈으니 얼굴이 악어 가죽처럼 다 텄을 텐데."

"촌놈한테는 안 어울려요."

"걱정 말아요! 내가 무슨 기율 검사 위원회도 아니고! 당신 부정부패를 조사하고 다니는 사람도 없어요."

"이게 기율 검사 위원회와 무슨 관계야?"

"헤헤."

흰 마스크가 눈을 끔뻑였다.

"그만하죠. 하지만 이건 당신네 언론 매체에서 말한 것이지

내 헛소리가 아니에요."

지난번에 나온 부정부패에 관한 보도를 말하는 건가? 아니면 천태만상인 관리들의 공금 횡령을 말하는 건가? 나는 그제야 문득 깨달았다. 그들이 왜 스위트룸을 고르고 얼굴에 마스크 팩을 했으며, 그들이 왜 태연하게 내가 계산하도록 내버려 둔 채 미동도 하지 않고, 보고도 못 본 척 했는지를 말이다. 보아하니 이번 여정에 그들 대신 해 준 계산은 그들을 감격시키기는커녕 오히려 경멸만 샀으며, 이런 그들의 마음 밑바닥에는 부정부패에 반대하고 악을 뿌리 뽑자는 확고부동한 결심과 기세등등한 투지가 도사리고 있었다.

내가 무슨 말을 할 수 있겠는가? 내가 어떻게 내 돈이 깨끗하다는 것을 증명할 수 있겠는가? 내가 온갖 말을 주절주절 늘어놓으며 사정을 이야기한다고 해서 이번 여행이 더욱 유쾌해질 수 있겠는가? ……나는 하는 수 없이 신문지를 찾아 사회면에서 연예면까지, 일기 예보에서 삼행광고까지 하나도 빼놓지 않고 읽었다. 신문을 읽는 내내 아무 말도 하지 않았다. 밖으로 나가 호텔 밖 주차장을 몇 바퀴 돌고 연못 속의 금붕어를 이리저리 살펴봤다. 여전히 아무 말도 하지 않았다.

저녁 식사를 할 때가 되어서야 샤오팅은 날 잠시 가만히 바라보더니 너무 지나쳤다는 생각이 들었는지 처음으로 시원스럽게 자기 돈으로 싱싱한 복숭아를 샀다. 그때 샤워를 마친 마타오가 정장 차림에 환한 얼굴로 레스토랑으로 들어왔다. 그가 샤오팅에게 유니폼 한 벌이 보이지 않는다고 말했다.

그제야 나는 미국 모 축구 스타의 기념 셔츠가 생각났다. 세

런되고 진귀한 셔츠였다. 우텐바오 막내아들네 집에서 하룻 밤 지낼 때 내가 그 옷을 빨아서 베란다에 걸어 놓은 다음 그 만 잊어버리고 걷지 않은 것이 분명했다.

이 일을 어쩐다?

샤오팅이 나를 쳐다보더니 다시 마타오를 바라보며 이야기 했다.

"아쉽네. 하지만 괜찮아요. 다른 옷도 몇 벌 있잖아요."

마타오의 표정이 침울했다.

"당신은 그게 무슨 걸레인 줄 알아?"

내가 끼어들어 말했다.

"내 잘못이야. 내가 걷는 걸 깜빡했어. 이렇게 하면 어때? 두 사람 떠난 후에 돌아가서 부쳐 줄게."

"우편으로 보냈다가 잃어버리면 어떻게 하고?"

마타오가 나를 쳐다보며 말했다.

"그러기야 하겠어?"

"국내 우편 행정을 어떻게 믿어?"

나는 그 순간 뭔가 상황이 조금 복잡함을 깨달았다. 그의 말에 따르면, 그 옷은 미국의 유명한 흑인 선수가 개인적으로 선물한 유니폼으로, 팔레스타인의 군모보다 진귀하고 사인이 들어간 스웨덴의 사진보다 더 영광스러울 뿐만 아니라, 자신의 사업에 대한 적극적인 지지를 보여 주는 것이라고 했다. 그렇다면 오늘 저녁이라도 당장 그 유니폼을 가져오는 수밖에 다른 해결 방법이 없었다. 400킬로미터 아니 천 리 또는 만 리 길이라 해도 모든 어려움을 불사하고라도 신속하고 정확하게 일을 처리해야만 했다.

샤오팅은 뜻밖에도 전혀 민감한 반응을 보이지 않았다.

"어휴, 지금 가지러 가면 제시간에 올 수 없어. 그러지 말고 나중에 내가 다시 커 아저씨에게 한 벌만 더 달라고 할게. 우리 내일 기차 타야 한다고……."

마타오가 그녀의 말을 끊으며 신경질적으로 물었다.

"뭐, 기차?"

"우리……."

샤오팅이 놀란 눈을 하며 다시 입을 열었다.

"우리? 당신이 뭔데 나 대신 일을 처리해? 내가 그러자고 했어? 동의했어? 내가 사인이라도 했냐고? 당신이 언제 나에게 의견 물어봤어?"

샤오팅은 순간 얼굴이 백지장처럼 창백해졌다.

"이미 얘기한 거 아니에요? 두 곳을 다녀온 후에 칭다오와 시안에 들렀다가 베이징으로 가자고……."

"기차를 탄다는 말은 안 했잖아?"

"그래요, 기차를 탄다는 말은 안 했어요. 하지만 비행기 표를 예약하지 않았잖아요. 그러니 당연히……."

"뭐가 '당연'해? 버스는 타면 안 돼? 배는? 아니면 며칠 뒤로 미뤘다가 갈 수도 있잖아? 샤오팅, 내가 제일 싫어하는 것이 바로 당신이 제멋대로 결정하고 잘난 체하는 거야. 미안하지만 당신은 내 보스가 아니야. 나는 당신 말에 복종하는 하인이 아니라고. 이 세상이 모두가 당신 옷 가게 같은 줄 알아?"

"당신, 지금 무슨 소리하는 거예요?"

"내가 기차 타고 간다는 데 찬성한 적 있어? 내가 저런 호텔에 묵자고 동의한 적 있냐고? 내가 오늘 저녁에 여기에서 밥 먹자고 말한 적 있어……? 내 말 잘 들어, 샤오 점장. 이번 여행 내내 내가 계속 참았던 건 괜히 사소한 일로 얼굴 붉히고 싶지 않았기 때문이야. 하지만 당신! 너무 지나쳐서는 안 돼. 인생은 평등한 거야. 당신이 설사 대통령이나 석유 재벌이라고 해도 큰소리를 칠 권리는 없어. 문명인의 가장 기본적인 원칙인 타인을 존중해야 한다는 것을 배워야 할 거야."

눈물이 찔끔 나올 정도로 한바탕 욕설을 퍼붓자 샤오팅은 눈자위가 벌겋게 물들었다. 그녀는 선글라스도 식탁 위에 그냥 내버려 둔 채 입을 삐죽거리고 문밖으로 뛰쳐나갔다.

이제 내가 나설 수밖에 없었다.

"됐어. 이제 그냥 밥 먹자. 할 말이 있으면 좋게 말로 풀어야지……."

"내가 좋게 말하지 않았어? 어떻게 말해야 좋게 말하는 건데? 한마디라도 틀린 말 했어?"

마타오가 젓가락으로 식탁을 내리치며 날카로운 눈빛으로 주위를 휙 둘러보고는 나를 째려봤다. 갑작스러운 그의 매서운 눈빛에 내 몸에 구멍이 뚫릴 것만 같았다.

"타오샤오부, 너한테 뭐라고 하는 게 아니야. 너 진짜 이번에도 사람을 놀라게 하네. 나도 알아. 네가 순풍에 돛 단 듯이 승승장구해서 필마온[150]이나 다를 바 없는 관직에 올랐다는

---

150) 弼馬溫. 『서유기(西游記)』에서 옥황상제가 손오공을 필마온으로 봉한

것, 그리고 그 체제 내에서 남이 던져 주는 음식이나 받아먹고 있다는 것 말이야. 그렇다고 그것을 탓할 생각은 없어. 모든 사람들에게 용감하게 책임을 지고, 대의명분에 따라 세속에 휩쓸리지 않고, 고결하게 살라고 요구할 수는 없는 일이지. 하지만 하잘 것 없는 이익에 목을 매단다는 것, 너무 가련하지 않니? 어물전에 들어가면 비린내가 진동하지만 계속 머물다 보면 그 냄새에 익숙해지기 마련이야. 너도 알아야 해. 편안하게 세월을 보내다 보면 인민대중과 멀어지고, 양심도 서서히 잃게 되며, 진리를 추구하는 용기도 천천히 마멸된다는 것을.”

그가 숨을 돌리며 다시 입을 열었다.

“물론 우리들 사이에는 이미 계급적으로 커다란 격차가 존재해. 귀에 거슬리니 그다지 귀담아 들을 것 같지는 않지만 말이야. 하지만 과거의 친구로서 내가 한마디만 할게. ‘너나 잘 해.’”

그가 왜 그렇게 화를 내는지 이해할 수가 없었다. 물론 그가 한 말은 한마디 한마디 모두 정확했다. 심지어 구두점까지 지혜와 진실 속에 수천 번 담근 것처럼 정확했다. 천지를 위하여 마음을 세우고, 모든 사람을 위하여 목숨을 세운다[151]라는 말처럼 탁월한 고견이었다. 하지만 나와 그 사이에 도대체 무슨 커다란 격차가 있단 말인가?

우리 사이에 존재한다는 격차란 것이 그는 스위트룸, 나는 일반 객실에서 잔 것을 의미하는가? 아니면 그는 값비싼 피부

것을 두고 하는 말로, 이는 전혀 내력이 없는 관직으로 조롱하는 뜻을 담고 있다. 나중에 손오공이 천상 세계를 쑥대밭으로 만든 것도 이것이 원인이다.
151) 天地立心爲生民立命. 북송 유학자 장재(張載)의 말이다.

미용실에서 피부 관리를 받고, 나는 그저 10위안짜리 이발소에 익숙해진 것을 말하는 건가? 혹시 그는 아부를 떨어 외국으로 나가지만 나는 그를 대신해 부모님을 봉양하고 그의 딸을 돌보다가 심지어 이제는 그를 극진히 대접까지 해야 하는 것을 말하는 것인가……? 맞다. 필마온은 한 푼의 가치도 없다. 하지만 여기 사람들이 자살도 하지 않고, 실성하지도 않으며, 오랫동안 감옥살이도 하지 않는 것이 무슨 대역무도한 죄이거나 치욕을 삼키는 구차한 삶이며 배반 행위라 말하는 것인가? 속세의 평범한 이들이 그를 추종하고 숭배하지 않는다면, 울고불고 소리 높여 그를 환호하지 않는다면, 그것이 사리사욕에 눈이 멀어 의리를 저버리고, 악습을 따르며 후회하지도 않고, 열악한 상황을 핑계삼아 완고하게 버티는 삶이란 말인가? 대인,[152] 마 대인, 정말 그래?

격분한 나는 이렇게 소리를 지르며 있는 힘껏 그의 얼굴을 내리쳤다.

물론 상상 속이었다.

사실 내가 한 말은 단 한마디뿐이었다.

"네 셔츠 가져다줄게."

왕복 400킬로미터를 갔다 오겠다고? 오늘 밤잠도 안 자고? 나는 차 키를 찾아 들고 주차장으로 나가 시동을 걸었다. 나는 잘 알고 있었다. 오늘이 마지막 밤이란 사실을. 생각해 봐. 입

---

152) 마타오의 오만을 비꼬기 위해 그에게 대인(大人)이라는 호칭을 쓰고 있다.

닥치고 다시 생각해 봐. 내일 그들은 기차를 탈 것이고, 우리는 헤어지게 되겠지. 아니 영원한 이별이 될 거야. 그렇다면 하늘 가득 별이 총총한 여름밤, 완전히 낯선 외지고 작은 도시에서 나는 그의 마지막 샌드백, 마지막 표적, 마지막 교훈과 모욕의 대상이 되는 것이니, 참으로 대단한 일 아니겠어? 그저 그의 마음이 흡족하기만 하다면 내가 마지막으로 시중을 들고 보답한 것이라고 치자. 어머니는 전에 내게 이렇게 말씀하셨지. 사람은 자기가 손해를 볼지언정 남에게 빚지지 않아야 한다. 평생 일을 하면서 자신을 연마해라. 자신의 가족에게서 독립하지 못한 사람은 결코 편안하게 죽을 수 없는 법이다.

어머니! 불쑥 눈물이 솟구쳤다.

누군가 조수석 차 문을 열고 들어와 앉았다. 고개를 돌려보니 샤오팅이었다. 그녀의 얼굴을 보니 아직 화장도 고치지 않은 상태였다.

"미안. 저이 원래 그런 사람이에요."

"괜찮아요."

"아주버님은 모를 거예요. 내 친구들은 거의 모두 저 사람을 정말 미워해요. 나도 얼마나 모욕을 당했는지 몰라요. 한번은 그냥 한마디 했을 뿐인데, 누가 몰래 듣고 있던 것도 아닌데 갑자기 내 휴대 전화를 빼앗더니 수영장에 내던졌어요……."

마음 아픈 일이 생각났는지 그녀가 훌쩍거리면서 핑크빛 손톱으로 티슈 한 장을 꺼내 눈가를 가볍게 찍었다.

"그리 멀지 않아요. 나 혼자 갔다 와도 돼요. 가서 쉬어요."

"어차피 잠도 오지 않는데요, 뭐."

"중국 면허증도 없잖아요."

"이런저런 이야기를 나누다 보면 아주버님도 심심하지 않을 거예요."

"마타오가 화를 낼 텐데."

"아니에요. 그이는 욕하다 보면 더 화를 내요. 욕할 사람이 없으면 오히려 좋아질 거예요."

전조등이 환하게 비추며 어두운 앞길을 갈랐다. 이정표가 어둠 속에서 끊임없이 나타났다 다시 사라졌다. 날것들이 전조등의 환한 불빛을 따라 날아와 유리창에 부딪히며 타닥타닥 소리를 냈다. 잠시 침묵이 흐른 후 나는 그녀에게 예전 이야기를 해 주었다.

시골에서 생활할 때 우리는 지독히 쓴 호로과[153]를 먹은 적이 있는데, 왜 그렇게 쓴지 도무지 이해가 가지 않았다. 분명 같은 덩굴에서 자랐거늘 다른 것들은 모두 달콤한데 유독 한 개만 독약이 들어 있는 것처럼 몹시 썼다. 현지 농민들도 그 이유를 전혀 몰랐다. 어쩌면 그 박은 꽃가루를 받거나 꽃 봉우리를 맺을 때 뭔가 잘못되어 세포나 유전자 변이가 일어났기 때문에 온몸 가득 비분에 쌓였을지도 모른다. 이런 상상을 해 볼 수도 있겠지. 달빛이 그윽하게 비출 때 다른 박들은 모두 잠이 들었지만 유독 그 박만 잠을 이루지 못했어. 아침에 닭이 울면 다른 박들은 잠에서 깨어나 햇살이나 빗물에 환호했지

---

153) 葫蘆瓜. 호로병처럼 생긴 조롱박.

만 그 녀석은 침묵 속에 칩거했을 뿐이지. 오로지 하는 일이라고는 아무도 모르게 거미독이며 모기, 전갈, 독사, 벌 등 온갖 독벌레들의 독을 수집하는 거야……. 자신을 들들 볶아 스스로 시한폭탄이 되는 거지. 그런 다음 주인의 식탁에 올랐을 때 펑하고 터지는 거야. 그도 달콤한 인생을 살고 싶다고 생각했을까? 당연히 아니야. 틀림없이 아니야. 절대 그럴 수 없지. 그의 비정은 아무도 알아주는 이가 없으니까…….

왜 그런 이야기를 해서 그녀를 당황하게 만들었는지 나 자신도 알 수 없었다.

"담배 피울래요? 피워요. 나는 괜찮으니까."

그녀는 혹시 내가 좀 이상하다고 생각했을지도 모른다.

"마타오가 교도소에 있을 때 허리 부상을 당했어요. 오래 앉아 있거나 서 있지 않도록 조심해요. 잠자는 침상도 조금 딱딱해야 되고요."

"나도 알아요."

"영지버섯이 면역력을 높이는 데 효력이 있다고 하던데. 암 환자들도 많이 먹는대요."

"알고 있어요."

"웃기는 이야기를 많이 해 주면 폐에 좋다던데."

"나도……."

"샤오팅도 몸조심하고."

차가운 그녀의 손이 슬며시 내 손을 잡았다.

망망한 대초원

386

길은 아득히 멀기만 한데

......

차에서 다시 러시아 테너의 목소리가 울려 퍼졌다. 전 세계의 평균 해수면이 쉬익 상승하다 말고 노랫소리에 묻혀 버릴 것만 같았다.

오래된 불면증

장차 교통 사고로 죽을 사람이 술잔을 부딪치며 건배를 하고, 암으로 죽을 사람이 쇼핑을 하고, 늙어 죽을 사람이 여자 친구에게 꽃을 바치며, 물이 오염되어 죽을 사람이 상사에게 아부를 떨고, 전쟁이나 지진으로 죽을 사람이 인터넷에서 죽음에 관한 사이트를 클릭하고 있다. ……조금 듣기 거북할지 모르지만 이런 말들은 모두 사실이다. 우리의 생활은 여러 가지 이유로 죽어 가는 이들로 이루어져 있으며, 대지에 잠시 머물다 가는 자들로 이루어져 있다고 말할 수도 있다. 죽음은 모든 개개인이 영원과 한 예약에 불과한 것으로, 생명은 일종의 카운트다운이다. 똑딱똑딱 시계 소리는 예외 없이 점점 크게 들린다.

그날이 아니라면 그날로 향하는 길에 있을 뿐이다.

그날은 어떤 광경일까? 오랫동안 우정을 나눈 친한 친구가 옆에 있을까? 만약 있다고 해도 나이가 들어 알아보기 힘들 정도는 아닐까? 슬픔에 겨워 일그러진 얼굴이 본래 모습을 완전히 잃은 것은 아닐까? 만약 그들이 없다면 이미 이 세상 사람이 아니거나 애초에 누구도 없었다면 당신 시야에 있는 것은 무엇일까? 낯선 간호사, 의사, 청소부, 장의사, 보험 회사 직원, 길거리에서 호기심을 보이거나 그저 무관심한 사람들……. 이런 낯선 사람들의 얼굴에서 당신은 자신이 잘못된 길로 접어들었다고 느끼며 길 잃은 자의 고립감을 실감하지 않을까?

창밖으로 가을의 따사로운 햇살이 내리쬐거나 봄비가 내리고 그윽한 산림이나 들쭉날쭉 솟구친 빌딩들이 보일 것이다. 세상일은 원래가 그렇다. 우리가 마지막으로 본 세상은 우리가 처음 본 세상이다. 사실 그렇게 많이 다르지 않다. 태양은 여전히 동쪽에서 떠오른다. 달은 여전히 서쪽으로 진다. 하늘 역시 그러하다. 뭇 산도 또한 그러하다. 흐르는 물도 마찬가지이다. 저녁 노을이 질 무렵 창문에 어른거리며 반짝이는 불빛들, 수십 년 동안 우리가 듣고 본 이러한 변화는 살아 있는 자들에게는 물론 중요하겠지만 이제 죽음을 앞둔 자들에게는 그다지 중요한 것이 아니다. 심지어 과거에 있었던 일들 축에도 끼지 못할 것이다.

중요한 것은 생명이 이미 다했다는 것이다. 중요한 것은 이전에 겪은 수많은 일들이 실제로 모두 마지막 한 번뿐이었다는 사실이다. 사람들은 누구나 부주의하기 마련이다. 마지막으로 정거장에서 친구와 악수로 이별하고, 마지막으로 길가에서 쇼윈도의 물건들을 구경하고, 마지막으로 도시 남쪽에서 하품을 하며, 마지막으로 지하철 4호선에서 나오고, 마지막으로 유통 회사의 전화를 받고, 마지막으로 손님을 태우고 아치형의 현수교로 차를 몰고…… 어쩌면 당신은 이런 일들이 다음에도 반복될 것이라고 생각할지도 모른다. 하지만 그건 잘못된 생각이다. 어린 시절 갖고 놀던 요지경이나 종이비행기, 숙제 베껴 쓰던 일, 사탕 사 먹던 일까지 모두 이번 생애에 마지막으로 했던 일이다. 다만 당시에 집행관이 흰 장갑을 낀 손을 높이 올리며 오늘의 사망을 선포하지 않았을 따름이다.

이런 의미에서 모든 사람은 이미 일찍부터 죽기 시작하거나 또는 부분적으로 죽었다고 말할 수 있으니, 수천수만을 헤아리는 최후의 한 번과 영원히 이별하고 있는 것이다. 이는 마치 나무에서 잎사귀들이 하나둘씩 떨어지는 것과 같다.

지금이 바로 그 마지막 한 번을 꺾은 순간이라고?

당신은 암흑에서 와서 다시 암흑으로 돌아가며 잠시 한 번의 소생을 경험한다. 당신은 부친이나 모친이 계신 곳으로 조부모나 외조부모가 계신 곳으로 돌아갈 것이고, 이미 고인이 된 친척들에게로 돌아가서 그들과 함께 모여 더 이상 헤어지지 않을 것이다. 당신은 귀가의 기쁨을 느낄 것인가?

영화의 플래시백[154] 기법처럼 중년 시절로 돌아가 다시 청년, 소년, 유년 시절로 돌아가고, 이윽고 포대기 안에서 지내던 어린 시절로 돌아가 당신이 날리던 종이비행기의 그림자

---

154) 영화나 텔레비전 따위에서 과거 회상 장면을 나타내는 데 쓰이는 기법.

에 초점을 맞추고, 부모가 있어 마음속에 기억하고 있는 당신의 작은 뒤통수에 초점을 맞춘다면 당신은 기쁜 나머지 울음을 터뜨릴까?

세상에 태어나기 전도 사망한 후와 다름없으니, 존재하지 않음, 즉 무(無)라고 할 수 있다. 생전의 어둠을 두려워하지 않는다고 한다면 왜 사후의 어둠을 두려워하는가? 다시 한 번 겪는 것 아니겠는가? 사람들은 수십 년 동안 분주하게 뛰어다니고도 그다지 만족하지 못한다. 그러나 호흡기를 떼는 것은 퇴근과 같은 것이며, 흰 천을 얼굴에 덮는 것은 둥지로 돌아가는 것과 마찬가지이니 노동자가 노래를 흥얼거리며 홀가분한 휴일을 맞이하는 것과 다를 바 없다. 이전 것은 돌볼 수 없지만 이후에는 모두 돌볼 수 있다. 이전에는 편안하지 않았지만 이후에는 충분한 수면으로 온몸을 쉬게 할 수 있다. 성공한 사람과 실패한 사람, 즐거운 사람이나 슬픈 사람, 부귀한 사람이나 빈한한 사람들 사이에 있는 가장 공평하고 긴 휴가, 그것은 삶의 만기가 다한 것, 바로 죽음이다. 누구도 이에 대해 울분을 터뜨릴 까닭이 없다.

물론 당신이 죽음을 두려워한다면 윤회와 관련된 상상을 해도 무방하다. 예컨대 무대에서 새로운 막을 기다리거나 새로운 배역과 줄거리를 시작하면서 이번 생에 못다 이룬 일들을 처리하고 미처 이루지 못하거나 잘못한 일, 또는 감히 상상조차 할 수 없었던 일들을 보충할 수도 있다. ……문제는 새로운 연극의 줄거리를 식별하려면 예전 줄거리를 알고 있어야 한다는 점이다. 새로 나온 2.0판을 알아보려면 1.0판과 대조해야 하는 것과 같다. 그러나 일단 이번 것과 이전 것, 두 개의 판본이 뒤섞이면 어떻게 취사선택할 수 있겠는가? 하나를 돌보면 다른 하나는 잃어버리는 상황이 생기지 않을까? 윤회설에서 이야기하고 있는 것처럼 전생의 육신이 생판 모르는 사람의 것으로 바뀌거나 한 마리 새가 되어 창가에서 지저귀고, 말로 변해 무리 지어 서로 몸을 비비고 있을지도 모르는데, 혹여 희미한 옛일이 당신의 마음을 아프게 하는 것은 아닐까?

이는 조금 보상이 될 수는 있지만 또한 부채도 그만큼 많아진다. 그렇다면 채무가 없는 신판, 즉 구판의 기억이 전혀 없는 신판은 그 자체가 비교 불가능한 유일한 판본이자 앞뒤가 없는 단막극이다. 여기서 보상이란 그 근거도 없고, 대상도 없으니 사실 아무런 의미가 없다. 윤회에 대한 허락 따위는 점점더 큰 빚만 지고 상환하지 않은 무뢰와 같고, 이윤만 계산할뿐 원가를 계산하지 않는 수전노와 다름 없다.

끝없는 어둠의 우주에서 조용히 배를 저어 가며 수많은 뭇별들과 벗하여 망망한 먼지와 더불어 춤을 추고, 무형의 걸음과 비상을 통해 시작도 없고 끝도 없는 광활하고 심원한 곳을 떠다닌다. 우리 즐겁게 단막극을 받아들이자. 유일한 판본을 받아들이고, 신체의 마지막 소멸을 받아들이자. 기억을 퇴출시킨다는 것은 깨어 있음을 퇴출시키는 것이자 불면증, 지나치게 오래된 불면증을 퇴출시키는 것이다. 새어나가면 우리의 몸은 대지의 일부분이 될 것이다. 증발하면 우리의 몸은 하늘의 일부분이 될 것이다. 우리가 공중에 흩어지면 기러기의 긴 울음소리의 일부분이 될 것이다. 우리가 썩어 냄새가 나면

꽃잎의 이슬 한 방울이나 흙속의 새로운 싹이 될 것이다. 이러한 불면의 끝은 무슨 대가라고 할 수는 없지만 이후 어느 곳, 어느 때가 존재하지 않음이 없는 상태로 전환이 가능하다. 이런 존재, 이런 최대의 존재는 당연히 하나님이다.

"…… 엄마 다리 좀 더 주물러 주렴."

하나님이 말한 최신의 표현이다.

바이마후 호

우주 대폭발 이론에 따르면, 공간은 지금도 끊임없이 확장해야 한다. 하지만 왜 유독 바이마후 호만 줄어드는 것일까? 내 기억 속 제방은 왜 이렇게 짧아지고 또 좁아진 걸까? 수면은 왜 이리 낮아진 것일까? 왜 마치 약간 큰 연못 몇 개를 대충 모아 놓은 것처럼 되고 말았을까?

내 기억이 잘못된 것일까?

기억 속의 바이마후 호는 산 언덕에 두 줄로 늘어선 흙집처럼 언제나 아무도 없는 텅 빈 모습으로 꿈의 세계에 도달했다. 기억 속의 바이마후 호는 자욱한 안개가 수면 가득 끝없이 펼쳐져 물결은 하늘가에 이르니 그 끝을 찾을 수가 없었다. 달이 떠오르는 그 순간 호수 가득 비늘처럼 반짝이는 물빛이 마치 천만 송이 금빛 화염이 활활 타오르며 불꽃을 휘날려 천지간의 모든 생각들을 용해하고 모든 이들의 꿈을 화려하게 장식하는 듯했다. 바람 소리, 파도 소리, 노 젓는 소리, 물고기들이 튀어 오르는 소리, 간혹 바람처럼 들려오는 하모니카 소리……. 어디로부터 와서 어디로 가는지 알 수 없었다. 여러 가지 소리가 깊은 밤에 흩어져 가라앉고 나면 뭇 산 아래 드넓은 호박색 가득한 잔불들을 따라 그곳은 인적이 끊기고 아무도 아는 이 없는 공간이 되었다.

그런 바이마후 호는 어디로 간 것일까?

그 시절 우리들이 횃불을 들고 들오리를 잡던 바이마후 호는 어디로 갔을까? 그 시절 우리들이 배를 타고 마름을 따던 바이마후 호는 어디로 갔을까? 그 시절 우리들이 새끼줄로 허리를 동여매고 헌 적삼을 머리에 뒤집어쓰고 갈대를 베던 바이마후 호는 어디로 갔을까? 그 시절 호숫가에 지쳐 쓰러져 다음 날 아침이 밝아 올 때까지 잠들어도 아무도 알지 못하던 바이마후 호는 어디로 갔을까? 그 시절 개미가 물어도 깨어나지 않고 모기에 물려도 깨어나지 않으며, 바람이 불어와도, 굶주려도 깨어나지 못하고 깊은 잠에 빠지고, 진흙 위에서 잠들고 진흙 위에서 깨어나던 그 거대한 여백, 정적, 허무가 내 불면의 시간에 다시 찾아올 수 있을까?

작은 배 흔들거리며 노 젓는 소리
수면에 반짝이는 달빛.
두 다리 진흙에 빠지고 온몸에 땀방울
하늘가 나그네는 고향 꿈을 꾸네.
……

당시 샤오안쯔가 부르던 노래이다. 가사는 그녀가 직접 썼고 한때 지식 청년들 사이에서 유행했다고 하나 나는 정확하게 기억나지 않는다.

다만 마지막으로 바이마후 호를 떠나던 날 이미 차 농장을 떠났던 슈야포가 내가 떠난다는 소식을 듣고 아침 일찍 마을에서 달려왔던 기억이 날 뿐이다. 그는 내 보따리에 깜짝 놀랄 만큼 큰 거위 알과 알밤을 넣어 주었으며, 멜대로 내 이불과 나무 상자를 메고 큰길까지 전송해 주었다.

"너희 도시 아이들은 이런 팔자가 아니니 애당초 오지 말았어야 해."

그가 한숨을 내쉬며 말했다.

"저기 저 비탈진 언덕에 차나무들이 몇 년 동안이나 너희 애를 먹였지, 너희 부모들도 오죽 애가 탔겠어."

"아니에요. 괜찮아요."

"남자들은 해야 할 일이 많으니 천지 사방으로 돌아다녀야지. 하지만 죽은 사람 뼈다귀를 먹는 일은 더 이상 하지 마라. 듣고 있는 거냐?"

"아직도 기억하고 계세요?"

"언제든지 자신의 두 손을 믿고 스스로 살아갈 수 있도록 해야 돼."

"물론이지요."

"너희는 배운 것이 많으니 큰일을 해야 할 사람들이야. 하지만 만에 하나 너희들이 밖에서 제대로 살기 힘들거든 언제라도 돌아오렴. 여기라고 뭐 좋은 것이 있겠느냐마는 그래도 우리가 함께 일하면 멀건 죽을 먹는 일은 없을 거야."

"저도 알아요."

"너도 알다시피 이제 우리도 양수기며, 얇은 비닐, 탄산수소암모늄[155], 분무기 같은 것도 있고, 다른 품종들끼리 교배도 가능하지……."

근자에 널리 보급되고 있는 우량종 교잡 벼에 관한 이야기였다. 나도 그가 무슨 말을 하는지 알았다. 이제는 좀 더 많은 곡식을 수확할 수 있게 되었으니 더 이상 우리가 굶주리는 일은 없을 것이라는 뜻이었다. 설사 나중에 내가 식구를 데리고 온다 해도 솥이 비는 일도 없을 것이고, 언제나 밥통 안에 밥이 있을 것이다.

문득 눈시울이 뜨거워지는 것 같아 시냇물로 내려가 얼굴을 씻었다. 이른 봄의 시냇물은 뼈가 시릴 정도로 차가워 물한 방울에도 손가락이 잘려 나갈 것만 같았다.

---

155) 진한 암모니아수에 이산화 탄소를 냉각하면서 충분히 작용하게 하여 밀폐해 두면 생기는 무색 결정을 일컫는다. 의약품 원료, 소화제, 중화제 따위로 쓴다.

마오 주석 만세

바이마후 호를 거의 잊고 지냈으니 우톈바오에 대해서는 말할 것도 없다. 지난번 마타오 부부와 고향을 방문했을 때 우씨 집안의 셋째 아들인 우량쿠를 만나서야 그의 입을 통해 우톈바오에 대한 이야기를 들을 수 있었다.

사실 그리 대단한 이야기는 아니었다. 우톈바오가 벼락부자가 된 것도 아니고, 그렇다고 중범죄를 저지른 것도 아니어서 기자나 작가들이 흥미를 지닐 만한 내용은 전혀 없었다. 그저 평범하고 일상적인 이야기뿐이었다. 차 농장을 사영 기업에 하청을 준 후 그는 시골로 돌아와 농사에 전념하면서 퇴직 간부들이 누릴 수 있는 대우도 받지 않았다. 이웃집에서 닭을 잃어버리면 그가 가서 종이 부적을 태웠으며, 이웃집에서 잔치를 하면 그가 가서 돼지를 잡았다. 이웃 아이가 병이라도 들면 그가 가서 꽹과리를 치며 혼령을 불렀다. 일을 하다가 허리가 쑤시고 다리가 아프면 의자를 뒤집어 놓은 후, 엉덩이를 의자 등받이에 올려놓고 의자에 등을 기댔는데, 그런 어색한 자세가 오히려 가장 편안하다고 말했다. '원숭이'의 빼죽한 엉덩이에는 특별한 장치가 필요한 것 같았다. 마을 여인들이 그를 '원숭이'라고 부른 것도 다 이유가 있던 모양이다.

"왜 회의를 안 열어? 내가 회의를 열면 하늘이라도 무너진대? 재치 있는 내 언변이 자네 향 정부의 밥그릇이라도 물고 늘어질까 봐 그러시나?"

향장에 대한 그의 불만은 날로 많아졌다.

"회의도 안 열고, 학습도 안 하고, 사상 교육도 없고, 한 담곡[156]에 당원 자격을 팔아 버릴까 보다."

그의 생활은 너무 평범해서 적막할 정도였다.

가만히 생각해 보면, 그에게 가장 체면이 서는 일은 국장을 훈계하는 일이었다. 그가 향 정부에 가서 회의를 열라고 했던 것은 미국의 어느 구석에서 쌍둥이 빌딩이 테러로 무너졌다는 것을 알았을 때였는데, 이런 엄청난 일이 벌어졌을 때는 반드시 회의를 열어야 한다는 것이 그의 믿음이었다. 하지만 그는 끝내 회의에 참가하지 못했으며, 향장이 현의 어느 국장을 대접하는 자리에서야 겨우 만날 수 있었다. 국장은 주량이 세고 자못 위세를 부리는 인물이었는데, 한시도 향장을 자리에 앉지 못하도록 했으며, 두 명의 부향장도 눈이 완전히 풀리도록 술을 들이부었다. 국장은 또한 입이 험하고 걸었다. 여기

---

156) 一擔穀. 담은 중량 단위로 50킬로그램에 해당하는 곡물을 말한다.

사람들은 왜 이렇게 술을 안 먹어? 겨우 오줌보 몇 개를 상에 올리면 안 되지. 돼지고기 껍질 몇 개로 연회를 마련해서는 안 된다고. 내가 세금 부분에서 자네들을 좀 봐주려고 해도 내 술잔조차 받지 않는데 어떻게 하는 게 좋겠소? 한번 말해 보시오. 여기 바이마후 호에는 정말 사람이 없군. 주귀[157]도 하나 없고 말이야…….

창밖을 지나던 우톈바오가 그의 욕설을 들었다. 속이 후련했다. 그런데 그 자가 바이마후 호를 들먹거리자 도저히 참을 수가 없어 문을 박차고 식당 안으로 들어갔다.

"말 잘 했네. 바이마후 호에는 주선[158]도 없고 주귀도 없지만 주정(酒精)은 있지. 어이, 넷째야"

그가 손짓을 하며 소리쳤다.

"여기, 술잔 걷어 가고 큰 그릇으로 가져와!"

말인 즉, 바이마후 호를 위해 그가 대작해 주겠다는 뜻이었다. 국장은 그의 옷에 묻은 진흙이며 덥수룩한 수염, 그리고 손에 든 멜대를 보고는 굳이 말을 섞을 이유가 없다는 생각이 들었다.

"나는 성이 우요. 우부다오[159], 우디둥[160]이라고 부르지. 뭐든지 당신 마음대로 불러도 좋소."

옆에 있던 부향장이 황급히 국장에게 그를 소개했다.

---

157) 酒鬼. 술 귀신이라는 뜻으로 술꾼을 비유한 표현.
158) 酒仙. 세속을 초월하여 술을 즐기는 사람.
159) 嗚不倒. 술을 먹어도 자빠지지 않는다는 뜻.
160) 無底洞. 영원히 메울 수 없는 구멍, 밑 빠진 독이라는 뜻.

"이전에 차 농장 책임자로 있던 사람입니다."

손님은 낯선 사람에게 별 흥미를 느끼지 못하고 시계를 보며 다시 입을 열었다.

"자, 여러분 시간이 늦었소. 오후 3시 반에 국에서 회의가 있어서……."

"어딜 가려고? 갈 수 없소이다. 술도 다 안 먹고 어찌 가려고 하시오."

우텐바오가 손바닥으로 상대를 눌러 앉혔다.

"우리 주귀 동네에는 나름 규칙이 있소이다. 들어올 때는 서서 들어오지만 나갈 때는 누워서 나가야 한다는 것이오. 넷째야!"

그가 다시 고함을 질렀다.

"가서 장 의원을 불러 링거 좀 준비하라고 해. 오늘 마시고 술병이 나지 않으면 미안해서 안 되지."

국장은 그제야 자신이 난감한 처지에 빠졌다는 것을 깨달았다. 하지만 이미 큰소리를 쳤으니 갑자기 태도를 바꿔 안 마시겠다고 할 수도 없고, 게다가 노인네가 두 손에 술이 가득한 대접을 받쳐 들고 허리까지 굽혀 가며 술을 권하는데 무례하게 대할 수도 없는 노릇이었다. 국장은 할 수 없이 울며 겨자 먹기로 술잔을 받아 들었다. 첫 번째 잔을 비웠을 때는 그래도 웃을 수 있었다. 하지만 두 번째 잔을 마신 후에는 울상을 지었고, 세 번째 잔을 벌컥벌컥 배 속으로 들이부은 후에는 얼굴이 뻣뻣하게 굳으면서 눈알이 사팔눈처럼 되더니 우텐바오에게 '향장'이라고 부르고, 향장을 '사돈'이라고 불렀다. 몸을 일으켜 화장실로 가겠다던 그가 갈지자로 주방을 향해 걸어가다가 결국 꽈당 하고 문밖에서 쓰러지고 말았다. 쓰고 있던 안경은 저만치 날아갔다. 과연 누워서 문밖으로 나간 꼴이었다. 그러면서 그는 계속 중얼거렸다.

"안 취했어. 안 취했다고. 링거는 필요 없어……."

"회의하러 가야지. 회의 하러. 잘 하시라고."

우톈바오가 그를 부축하면서 차에 태우고 떠나가는 차를 향해 손을 흔들었다.

그 일이 있은 후 사람들은 그날 현의 재세(財稅) 국장이 완전히 체면을 구기는 바람에 더 이상 거들먹거리지도 못한 채 바이마후 호에서만은 고개를 들고 다닐 수 없게 되었고, 바이마후 호의 찻잎도 예전처럼 그렇게 많이 요구하지 않으며 향의 세금 감면에도 동의했다고 말했다. 국장은 차이하이룬과 구샤오자 등 일부 원로 지식 청년들이 모금한 재난 구호기금에 대해서도 영업세 징수 범위에 집어넣지 않겠다고 했다.

향의 간부들은 우톈바오에게 감격하여 술 한 상자를 보냈고, 현성에서 연극 구경도 시켜 주었다. 그들은 '바오 어르신', '바오 어르신'이라고 존칭을 써 가며 호들갑을 떨었지만 미국 쌍둥이 빌딩과 관련한 회의 개최와 원로 혁명가들에 대한 대우 문제는 전혀 언급하지 않았다. 나중에 우톈바오는 이에 대해 화를 내며 이야기한 적이 있다. 흥, 나보고 연극을 보러 가자고 하기에 따라갔더니 그게 무슨 연극이야. 징과 북도 하나 없고, 소도구도 없던데. 게다가 노랫가락도 없지 뭐야. 그림자극이나 후희[161]만도 못해. 무대에 올라온 꼬락서니는 보아하니 무슨 작은 요정인가 하는 것들이 머리는 푸른색, 붉은색, 노란색 제각각인 데다 입만 열었다 하면 그저 '사랑'이네 '애정'이네 하면서 돼지기름에 설탕을 발랐는지 지겹지도 않는 모양이더라고. 너 나 할 것 없이 목욕탕에서 뛰쳐나온 것처럼 벌거벗은 몸에 천 몇 조각 걸친 채로 아무 때나 무대 아래로 내려와 색정적인 몸짓으로 이놈을 만나 손을 잡고 저년을 만나 손을 잡는데 시뻘건 입술을 보고 있자니 쥐 새끼를 잡아 먹은 것 같아 놀라 자빠지겠더라고. 허, 거참! 저 애들 부모는 반신불수인가? 식칼이라도 들고 저것들의 다리를 잘라 버리지 않고!

우톈바오는 분내 물씬 풍기는 여자들이 몸을 비비 꼬며 눈앞까지 다가와 허리 굽혀 절을 하고 안에 지폐가 흩어져 있는 밀짚모자를 흔드는 모양이 분명 돈을 달라는 뜻이라고 생각했다.

그는 아예 눈을 감아 버렸다.

"오빠, 긴장하지 마시고, 저를 봐 주세요."

그는 코 고는 소리를 낼 뻔했다.

"예쁜 꽃도 항상 피는 것은 아니고, 좋은 경치도 언제나 있는 것은 아니에요. 괜히 잠자는 척하지 마시고⋯⋯."

더 이상 버틸 수 없었다. 상대가 잡아당기니 계속 잠든 척하기가 힘들었다. 마침내 그는 더 이상 참지 못하고 발을 구르며 두 눈을 번쩍 뜨고 소리쳤다.

---

161) 猴戱. 손오공을 주인공으로 하는 중국 전통극을 말한다.

"마오 주석 만세!"

어린 아가씨는 별 미친놈을 하나 만났다고 생각했는지 깜짝 놀라 혀를 날름거리며 재빨리 그 자리를 피했다. 주위 사람들도 대경실색하여 너 나 할 것 없이 고개를 쭉 빼고 손가락질을 했다.

우텐바오는 나름 효과가 있었다고 만족하는 눈치였다. 그는 허공을 한 번 쳐다본 후 천천히 눈길을 아래로 내려 이쪽저쪽 돌아가며 고개를 끄덕였다. 영락없이 공연을 마치고 관중에게 인사를 하는 모습이었다. 그런 다음 그는 뒷짐을 지고 짐짓 거들먹거리며 극장을 나갔다. 아들 량쿠가 따라 나가며 박장대소했다.

"아버지, 아버지. 정말 촌스러워요. 형장으로 끌고 가는 것도 아닌데, 무슨 그런 구호를 외쳐요? 사람들도 아버지처럼 마오 주석을 사랑해요. 그게 지폐에 그려진 마오 주석이어서 그렇지."

"말도 안 되는 소리하고 있어! 적어도 성이면 성다워야지. 이게 무슨 성이야? 옛날이 더 좋았어. 기껏해야 바지를 헤치고 엉덩이를 보는 정도였는데, 지금은 이게 뭐야? 엉덩이를 헤치고 바지를 봐?"

"오락이잖아요! 시대가 달라졌다고요. 어떻게 그렇게 케케묵은 이야기를 하고 계세요?"

"오락이 무슨 맨몸뚱이 보는 것이냐?"

"왜요, 보기 좋잖아요."

"허구한 날 그 따위 것이나 보라고 하면 어떻게 하겠어? 너희들에게 확대경을 주면 꽃만 보고 있을래? 너희들 같은 멍청이들은 내가 본 적이 없다. 한 번 보고 돈을 내잖아."

말하자면 그는 밑지는 장사에 화를 낸 것이나 다를 바 없었다.

량쿠는 작은 광고 회사의 사장으로, 현성에 아파트도 한 채 가지고 있고 매끼 술과 고기를 먹고 있을 정도로 경제 사정이 좋은 데다 부친의 말년 허튼 짓에 헛돈을 쓸 필요도 없었다. 우톈바오 역시 마작에 능하지 않아 여자들에게 몇 번이나 돈을 잃은 적이 있기 때문에 마작기[162]를 싫어했다. 그는 언제나 중국이 일본과 한판 붙거나 좋기로는 미국과도 한판 붙어 미국 유도탄이 이 나라를 콩비지처럼 완전히 뭉개 봐야 정신을 차릴 거라고 말했다. 그 바람에 모두들 똥구멍을 바짝 조이고 팬티를 단단히 묶어 정신을 차리고 건설에 나서야 마작하는 시간을 줄일 수 있을 게야. 그러지 않으면 사람들이 한바탕 마작에 놀아나지 않겠어?

그는 집집마다 돌아다니며 이웃 사람들과 이러한 치국 책략을 상의할 생각이었다. 하지만 이웃들이 모두 현관문을 꼭 닫고 있는지라 아래위층으로 한참을 오르락내리락할 뿐, 쉽게 문을 두드리지 못했다. 그러다 겨우 용기를 내어 초인종을 누르면 집주인이 문을 조금 열고 무슨 도둑이라도 보는 양 위아래로 훑으며 무슨 일이냐고 묻기 일쑤였다. 일은 무슨 일? 그에게 무슨 일이 있겠는가? 하지만 구걸하는 것도 아니고 빚

---

162) 麻將機. 마작을 하는 테이블.

독촉을 하러 온 것도 아닌데 그냥 무조건 들어가서 차를 마시고 담배를 피워 가며 마작기를 없애는 문제에 대해 논의할 수는 없지 않겠는가? 이런 제기랄! 전국의 사악한 기풍을 없애 버리기가 이렇게 힘들다는 말인가?

말할 것도 없이 집주인은 후다닥 문을 닫았고, 그러면 그는 열통이 터져 또다시 발을 막 구르며 큰 소리를 내질렀다.

"마오 주석 만세!"

이웃집 사람은 더욱더 문을 꽉 닫고 열어 주지 않았다.

노인네는 평소 절약이 몸에 배었다. 헌 옷, 헌 구두, 빈 병, 빈 상자까지 버리기가 아까워 모두 모아 놓고, 행여 버리려고 하면 마치 자신의 목숨을 버리는 것처럼 아까워했다. 손님이 먹다 남기고 간 코카콜라도 모두 마셔 버리고, 손님이 남기고 간 티슈도 버리지 않고 모아 자신의 입을 닦았으며, 닦은 후에도 쓰레기통이 아닌 자신의 호주머니에 집어넣었다. 정신이 나간 사람처럼 길가의 쓰레기통을 아무리 봐도 질리지 않는 보석함을 바라보듯 유심히 쳐다봤다. 며느리가 그에게 이런 행동은 절약이 아니라 일부러 사서 고생하려고 작심한 것이거나 오히려 약값이 더 드는 골치 아픈 행동이나 다를 바 없다고 말했다. 아들의 반응은 더욱 시대적 조류를 담고 있었다. 그는 아버지의 행동은 내수 확대를 위한 정부 정책에 반항하여 시장 경제를 저해하는 것이자 기업가들을 굶어 죽게 만들고 만천하의 노동자 형제들도 굶어 죽게 만드는 것이나 다름없다고 말했다. 심지어 집 안에 있는 고양이 녀석까지 암암리에 음모를 꾸몄다. 고양이는 아마도 우톈바오가 생선 가시까

지 강탈해 가는 것에 원한이 맺혔는지 주인에게 온순하기는
커녕 언제나 털을 곤추세우고 '카악' 소리를 내며 날카로운 발
톱을 치켜세웠다. 한번은 고양이가 우텐바오의 가죽 신발에
똥을 싼 적도 있었다.

사람과 동물이 손을 잡고 전면적인 포위 공격을 펼치자 그
도 결국 막다른 골목에 이른 듯 두 눈을 감고 마지막 반격으로
냅다 소리를 질렀다.

"인민 해방군 만세!"

적어도 고양이만은 깜짝 놀랐는지 종적도 없이 사라지고
말았다.

그는 이전부터 변소에 가는 것이 습관이 되질 않았는데, 이
제는 아들네 수세식 변소가 영 마음에 들지 않았다. 미끄러운
변기에 쭈그리고 앉아 있다가 넘어져 골절을 당하거나 탈골
이 되는 불상사도 있었다. 그래서 어쩔 수 없이 인근 채마밭으
로 나가 어슬렁거리다가 틈을 보아 일을 보곤 했다. 하루는 양
조장 뒤편에 있는 풀숲에서 바지를 내리고 일을 보면서 도시
의 삭막함을 한탄하고 있는데, 문득 어린아이 몇 명이 공장 담
벼락에 붙어 구불구불 내려온 후, 냅다 도망치는 모습이 보였
다. 처음에는 좀도둑놈인 줄 알았는데, 알고 보니 '열등반' 학
생들로 '우등반' 학생들에게 놀림을 당해 큰길로 다니지 못
하고 담장 넘어 뒷길로 하교하는 중이었다. 이른바 우등반 학
생들은 주로 부유한 집안 자제들로 특별 교습비를 낼 수 있을
정도의 경제적인 능력이 있는 집안 아이들이었다. 그들은 휴
대 전화를 가지고 명품 옷을 입고 주머니에는 간식거리가 끊

일 날이 없었다. 물론 학교에서도 가장 좋은 선생들이 성심성 의껏 학생들을 가르쳤다. 그중에 몇몇 남학생들은 고지방에 고단백질 음식을 어찌나 먹어 댔는지 작은 거인처럼 보였다. 뚱뚱하고 장대한 모습이 완전히 초대형급이었다. 뒤룩거리 며 의기양양하게 걷는 모습은 사람들을 주눅 들게 하기 충분 했고, 롤러스케이트를 탈 때면 줄지어 소리를 치며 기차놀이 를 했기 때문에 다른 아이들이 움찔거리며 피하는 수밖에 없 었다. 얼마 전 집단 구타 사건이 일어나 열등반 아이들이 코가 시퍼렇게 멍들고 얼굴이 통통 붓도록 얻어터졌다. 또한 아이 들은 앞으로 영원히 큰길로 다니지 말라는 우등반의 명령을 받아들여야만 했을 뿐 아니라 우등반 여학생들에게 휘파람을 불거나 윙크를 할 수도 없게 되었다. 두꺼비가 백조 고기를 먹 는 것처럼 허욕을 부리지 말라는 뜻이었다.

"너희 선생님은? 선생은 도대체 뭘 했단 말이야?"

우텐바오가 놀라 소리쳤다.

"고발같은 건 못해요. 고발하면 강호(江湖)에서 살 생각을 아예 하지 말아야 하니까요."

한 꼬맹이가 콧물을 줄줄 흘리며 말했다.

"뭐, 강호? 네 엄마가 땅 파고 거시기 했단 말이냐? 쥐 새끼 들을 낳아 큰길조차 가지 못하게."

아이들은 의심의 눈초리로 그를 쳐다보며 고개를 숙이고 투덜거렸다. 콧물을 질질 흘리던 꼬맹이가 원망스럽다는 듯 중얼거렸다.

"우린 싸워 이길 수 없어요."

"싸울 수가 없다고? 이놈들아, 너희는 손톱이 없어, 발톱이 없어? 하루 세끼를 모두 똥구멍에다 처박기만 하는 거야? 사타구니 아래 불알 두 쪽을 매가 채어 가기라도 했냐?"

"우리는 싸울 줄 몰라요."

"싸울 줄 모른다고? 내가 가르쳐 주지. 사부께서 바로 여기 계시다."

우톈바오는 자신의 '우피린' 권법을 쓴 지가 오래되기는 했지만 그래도 나름 기본이 있는지라 아이들에게 몇 가지를 가르치는 것쯤은 그다지 어려운 일이 아니었다. 그는 주로 몸을 옆으로 돌려 가슴을 방어하는 기술을 반복해서 가르치고, 아울러 주먹을 쥐고 연속으로 타격하는 방법도 가르쳤다. 사실 싸움에서 가장 중요한 것은 기선을 제압하는 것이었다. 그의 주장에 따르면, 일단 싸움이 벌어지면 이것저것 따질 겨를이 없이 이빨로 물고 바지를 찢으며 침을 뱉고 흙이나 모래를 흩뿌려 이기기만 하면 된다. 그러면 아무리 형편없는 방법이라도 좋은 술수가 되는 법이다. 몇몇 아이들은 신이 나서 서로 시험 삼아 동작을 취해 본 후 한껏 용기백배하여 바지 끈을 동여매고 콧물을 훔치면서 열심히 따라했다. 아이들의 얼굴에 웃음꽃이 활짝 피었다. 다만 한 아이만은 별로 배울 생각이 없는지 뜬금없는 말을 해 대며 히죽거렸다.

"사부님, 이빨이 너무 새까매요."

우톈바오는 그냥 못들은 체하며 아이들에게 물었다.

"오늘이 무슨 날이지? 칠월 보름이니 귀문(鬼門)이 열리는 날이야. 오늘부터 너희들은 사람이 아니라 귀신이 되는 거야.

알겠지?"

"네, 알겠습니다."

"세상에 귀신을 두려워하는 사람은 있어도 사람을 두려워하는 귀신은 없는 법이야. 누구든 너희를 때리면 너희는 그놈들이 매일 밤마다 악몽을 꿀 정도로 박살을 내야 해. 알겠나?"

"네, 알겠습니다."

꼬맹이 녀석은 여전히 흰소리를 해 댔다.

"사부, 이빨이 너무 시커멓지 않아요?"

폭력에 대항하고 권리를 지키기 위해 기의한 대열이 처음으로 만들어졌다. 아이들도 처음에는 그저 놀라기만 했으나 계속 연습을 하다 보니 긴장하게 되고 마지막에는 흥분하여 환호성을 질렀다. 우텐바오는 어린 무사들을 데리고 이발소에 가서 모두 빡빡머리로 머리를 밀었다. 이렇게 해야 상처가 나도 싸매기가 좋다는 말을 어디선가 들었기 때문이다. 그런 다음 큰 만두를 몇 개 사다가 아이들에게 하나씩 먹였다.

"반드시 기억하고 있어야 해. 감히 때릴 수 없는 놈도 나는 때릴 수 있다! 그 자식 부모에게 밥도 주지 말라고 말해야 해!"

이것이 그의 마지막 전투 동원이었다.

"야……!"

한 무리의 빡빡머리들이 커다란 만두의 기세로, 당장이라도 두꺼비가 백조 고기를 먹으려 한다고 멸시를 받던 한을 풀려는 듯 큰길을 향해 달려 나갔다.

오후에 학교에서 돌아온 손녀가 깜짝 놀랄 만한 소식을 가지고 왔다. 손녀의 말에 따르면, 학교에 한바탕 난리가 나서 출동한 경찰들까지 깜짝 놀랄 정도였다고 한다.

"열등반 아이들 정말 멋졌어요. 농구장도 빼앗고 롤러스케이트장도 점령했다니까요. 아이들이 죄다 빡빡머리인데, 모두 금종조[163]인데다 무림 고수의 무술을 전수받은 우두머리들 같았어요. 우리 모두 봤어요. 도사들이 흰 머리에 흰 눈썹, 흰 두루마기를 입고 학교 앞에 있는 맥주 집에서 도포를 입고 법술을 부리는 것을 말이에요……."

애 아빠가 한 대 쥐어박은 후에야 이 '어린 참새'가 말을 멈추고 혀를 날름거린 후 숙제를 하러 갔다.

손녀의 말을 들은 우톈바오는 아무 말 없이 그저 술을 마시며 DVD를 감상했다. 영화에 나오는 인물은 어떤 장군이었는데, 그가 죽었을 때 우톈바오가 그의 시신을 묻는 장면에 참여한 적이 있기 때문에 비록 장군을 묻는 자신의 모습이 나오진 않았어도 언제 봐도 전혀 질리지 않고 짜릿한 스릴을 맛보기에 충분했다. 유일하게 아쉬운 점이라면 장군의 얼굴에 있는 마맛자국이나, 장군이 기르던 셰퍼드 한 마리가 어찌된 일인지 이 영화에는 나오지 않는다는 것이었다.

그해 겨울 그는 왼쪽 다리를 점점 절뚝거리기 시작했다. 다리 복사뼈 부근이 검푸르게 변했는데, 의사는 무슨 동맥염이라고 하면서 차라리 다리를 절단하여 괴사를 방지하는 것이 좋겠다고 말했다. 그는 한사코 이를 거부하며, 나중에 저세상

---

163) 金鐘罩. 무술에서 신체를 단련하는 강신술의 일종으로, 여기서는 남을 압도하는 위세를 말한다.

에 가서 어머니를 만났을 때 어머니가 두 다리를 주었는데 어쩌다 한 다리밖에 없느냐고 물으면 뭐라고 대답하느냐고 반문했다.

이렇게 연말까지 미적거리다가 그는 결국 지팡이를 짚는 신세가 되고 말았다. 하지만 여전히 지팡이를 짚고 쩔룩거리면서도 마을을 돌아다녔고, 심지어 상갓집 가서 노래를 듣기도 했다. 어느 날 술을 많이 마셔서 그런지 가슴께에 붉은 홍조가 들었다. 흥이 오르고 감정이 북받치자 그는 자신도 한 곡조 불러야겠다는 생각이 들었다. 하지만 상판[164]도 제대로 넘기지 못하고 그저 입만 벌린 채 허공만 쳐다보며 한참 동안 멍하니 있더니 돌연 고개를 뒤로 젖힌 상태에서 쓰러지고 말았다. 사람들은 나중에 너무 높은 소리를 지르려다 혈관이 터져 죽은 것이라고 말했다.

그가 생전에 당부한 대로 세 아들은 그를 위해 수륙도량[165]을 열고 신식은 물론이고 구식으로도 추모제를 지냈으며, 폭죽도 몇 광주리씩 넉넉하게 터뜨렸다. 그런데 장례가 끝나고 얼마 후 가족들이 환장할 만한 일이 벌어지고 말았다. 낯선 이들이 찾아와 채권자라고 하면서 빌려간 돈을 갚으라고 요구했기 때문이다. 차용증을 가져온 사람도 있고, 아무런 증거도 없이 그냥 온 사람도 있었는데, 너 나 할 것 없이 우톈바오가 자신들에게 빚을 졌다고 말했다. 상식적으로 생각한다면, 우

---

164) 上板. 중국 전통 곡조에서 첫 번째 박자를 일컫는 말.
165) 水陸道場. 불교에서 물과 육지의 여러 망령을 구원하기 위해 올리는 법회를 일컫는 말.

텐바오의 세 아들은 경제적으로 넉넉한 생활을 하고 게다가 효성이 지극했기 때문에 아버지에게 적지 않은 용돈을 주었을 것이 분명했다. 그런데 그가 왜 도처에서 돈을 빌리고, 심지어 잡화점이나 생선 장수에게 외상을 했는지 도무지 알 수가 없었다. 천벌을 받을 이놈의 수전노가 돈을 어디에 숨겨 놓은 거야? 온 식구가 동원되어 담장 벽돌을 젖혀 보고, 마루판을 뒤집어 보고, 닭장을 헐어 이곳저곳을 뒤져 보았으며 심지어 대문 앞이나 집 뒤뜰을 거의 석 자 깊이까지 파헤쳤다. 그러나 평소 입던 면 옷에서 나무 막대처럼 돌돌 말아 놓은 소액권 지폐가 발견되고, 질항아리 안의 기름 종이 봉투에서 약간의 동전을 발견한 것을 빼고는 다른 돈은 아무리 찾아도 오리무중이었다.

집안 식구들은 마침내 장작을 땔 때는 부뚜막 위에 매달린 대바구니 안에서 돈다발을 발견했다. 보기에는 분명 돈의 형태 그대로인데, 오랫동안 연기에 그을리는 바람에 종이 재처럼 바싹 메말라 훅하고 한 번 불면 금세 날아가 버릴 것만 같았다. 세 아들이 조심조심 바구니 채 들고 은행으로 갔지만 은행원은 그냥 한 번 힐끗 쳐다본 후 이게 잿더미지 무슨 돈이냐고 핀잔을 주었다.

노부인이 그의 영정 앞에서 치솟는 분노를 억누르지 못하고 신발 한 짝을 벗어 문지방을 쳐 대기 시작했다. 그녀는 있는 힘껏 내리칠 때마다 욕설을 퍼부었다.

"이 너절하고 비열한 영감태기! 요즘 세상은 배가 고파 이곳저곳을 헤매지 않아도 되고, 싸움이 벌어지는 것도 아니고,

무슨 공공식당[166]에 가서 밥을 먹거나 계급 투쟁을 하는 것도 아닌데, 어쩌자고 제 어미 배 속이며 창자, 폐 속에 꼭꼭 숨겨 평생 나를 힘들게 하는 거야? 죽은 귀신이 되어서도 나를 못 살게 할 거요? 도대체 어디에 숨긴 거야? 말해 봐! 빨리 말하라고! 말 안 할 거야? 내 앞에서 괜히 죽은 척하지 말고. 내가 저승까지 따라가 꽉 붙잡아 목 졸라 죽여 버릴 테니. 아주 엉덩이로 눌러 죽여 버리고 말겠어. 당신 불알 두 쪽을 발로 밟고 가운데를 짓이기고, 거꾸로 매달아 하루 종일 두들길 거야. 이 죽은 원숭이 놈아……!"

그저 몇몇 어린아이들이 호기심에 노부인이 퍼붓는 욕설을 들을 뿐이었다.

시간이 지나자 아이들도 보이지 않고 서너 마리 닭들이 멀리서 그녀의 욕설을 듣고 있었다.

---

166) 인민공사 시절 사원들이 함께 밥을 먹는 식당.

거짓말 노래

다시 소설의 큰 줄거리에서 잠시 벗어나 기억의 파편을 줍고자 한다. 예를 들어 '슈야포'라는 별명을 들으면 새롭게 생각이 떠오르는 사람이 있다.

하느님은 아마도 소설을 읽지 않을 것이라는 생각이 들곤 한다. 왜냐하면 내가 혼자 하느님 가까이 갈 때면(지금처럼 깊은 밤 컴퓨터 자판 앞에 앉아 멀리서 들려오는 낮은 뱃고동 소리를 들을 때) 마음속에 떠오르는 일들은 기승전결이 제대로 된 이야기들보다는 대부분 소소한 옛 이야기들, 생활의 잡다한 파편이나 감치지 않은 옷의 단처럼 미완의 일들뿐이기 때문이다.

아쉽게도 그럴 때면 나의 글쓰기는 자꾸만 머뭇거리며 혼란에 빠진다.

슈야포가 바로 지금, 내 앞에 앉아 결혼식에서 벌어졌던 소동에 대해 이야기를 하자 떠오르는 기억이 하나 있다. 결혼식이 끝나고 그다음 날 아직 여운이 남았는지 사람들이 모두 몰려가 법석을 떨었다. 야오다자는 그의 두 손에 사탕을 가득 쥔 채 혼수품으로 가져온 온 요강을 머리에 뒤집어쓰고 있으라는 벌칙이 주어졌다. 그러자 손을 쓰지 않고 요강을 벗으려고 애를 쓰면서 그가 소리를 질렀다. "아이고 답답해 죽겠어. 답답해 죽겠다고.……사람 살려……!" '웅웅' 울리는 소리에 사람들이 재미있어 죽겠다는 듯 까르르 웃음을 터뜨렸다.

야오다자가 잔뜩 신이 나서 그에게 신방에서 했던 짓거리에 대해 솔직하게 고해 바쳐야지 그러지 않으면 바지를 찢어버리겠다고 다그쳤다. 그는 죽을힘을 다해 바지를 움켜잡고 애걸복걸했다.

"그래 내가 말할게. 말한다고."

누군가 참지 못하고 소리쳤다.

"빨리 말해!"

그는 이리저리 두리번거리다 더 이상 도망칠 곳이 없다는 생각이 들었는지 그제야 떠듬거리며 입을 열었다. 새색시가 눈이 뒤집히고 온몸에 땀이 나는 바람에 혹시 그러다가 죽는 것은 아닌지 걱정했는데…… 나중에 알고 보니 그게, 그게 말이야, 좋아서 그런 거…….

그의 말에 모두들 박장대소했다.

그는 그 틈을 놓칠세라 악귀들 손을 벗어나 얼굴이 빨갛게 달아오른 채 멀찌감치 달아나 버렸다.

"이 개새끼들…… 포악하고 교활한 새끼들……."

갑자기 당한 일이라 다른 욕을 하고 싶어도 딱히 생각나는 것이 없었나 보다.

때마침 물을 길어 집으로 돌아오던 새색시는 신랑이 뭔가 계속 욕을 해 대고 여러 사람들이 크게 웃는 소리가 들리자 대충 눈치를 챘는지 부끄러움에 얼굴이 온통 벌겋게 물들었다. 그녀는 멜대를 놓고 달려가 애꿎은 청석판에 연신 물을 뿌려 댔다.

그 후의 이야기는 다른 사람을 통해 들었고, 그중 일부는 또 다른 사람이 일러 주어 오랫동안 잊고 있던 일들을 다시 되새겨 볼 수 있었다. 차 농장에 창고를 지었나, 아니면 기숙사를 지었나? 여하튼 무엇을 지었는지가 중요한 것은 아니다. 대장이 들보 위로 올라가 처마에 못을 박다가 발을 헛디디는 바람에 들보 위에서 곤두박질치며 벽돌 무더기에 처박히고 말았다. 들리는 말에 따르면, 그때 남자의 거시기가 그만 으스러지고 말았다고 한다. 이후로 그는 귀가하는 일이 점점 줄어들었다. 그러던 어느 날 집에 들어갔다가 마누라가 어떤 사내를 껴안고 침상에서 뒹굴고 있고, 벗어 놓은 옷가지가 사방에 흩어져 있는 꼴을 목격했다. 만약 개 짖는 소리에 침상에 있던 두 사람이 놀라 일어나지 않았다면 진퇴양난에 빠진 그는 그저 부끄럽고 분한 마음을 억누르느라 얼굴이 돼지 간처럼 벌겋게 달아올랐을 것이다. 그는 면 옷을 가지러 집에 돌아온 것이 못내 후회스러웠다.

그러나 그의 마누라는 오히려 당당했다. 그녀는 침상에서 내려와 주섬주섬 옷을 집어 입고 흐트러진 머리카락을 정리한 후 내연의 남자에게 옷을 가져다주었다. 그리고 그가 옷을 다 입을 때까지 기다렸다가 남편이 보는 앞에서 정부를 배웅했다. 다시 방 안으로 들어온 그녀는 아무 말도 하지 않고 밥상을 차린 후 자신은 한 술도 뜨지 않은 채 옷가지 몇 벌을 싼 다음 아이를 데리고 친정으로 가 버렸다.

마을 젊은이들이 그에게 당장 장모네 집으로 달려가 아내를 데려오라고 했다. 하지만 그는 눈만 벌겋게 달아올라 체념한 듯 이렇게 말했다.

"소용없어. 소용없다고. 몸은 돌아온다고 해도 마음은 여전히 딴 데 가 있을 테니까."

누군가 살기등등한 표정으로 그에게 가서 그 개 같은 마누라를 사정없이 패지 않고 뭘 하느냐고 말했다. 그는 얼굴을 쓱 한 번 훔치고는 이렇게 대답했다.

"그 사람을 탓할 수야 있나. 전부 내 탓인걸."

이후로 그는 말수가 줄면서 사람들과도 별로 말을 섞지 않았다. 오로지 아이 이야기가 나올 때만 신바람이 나서 이야기에 흠뻑 취해 두 눈을 반짝이며 수다스럽게 떠벌렸다. 그의 말에 따르면, 어린 녀석이 아직 두 살도 되지 않았는데 연필을 들고 글자를 쓴다는 것인데, 비록 종이 가득 천서[167]처럼 무슨 글자인지 알 수 없기는 하지만 네모 칸에 뭔가를 그린 것이 나름 체계가 있다고 했다.

그는 또한 늘 여동생 둘 때문에 전전긍긍이었다. 집안이 가난한 데다 큰 누이동생이 세 살, 작은 누이동생이 태어나던 해

---

167) 天書. 신선이 쓴 글로 난해한 글이나 알아보기 힘든 글을 일컫는 말.

에, 점쟁이가 두 누이동생이 남의 집 양녀로 들어갈 기구한 팔자라고 이야기하는 바람에 부모가 동생 둘을 다른 집으로 보내고 말았다. 부모가 돌아가신 후에도 그는 천 몇 자를 사고 먹을 것을 준비하여 다왕령 너머에 사는 동생들을 찾아가곤 했다. 두 누이동생은 그를 만나면 펑펑 울면서 끌어안은 손을 오래도록 놓지 않았다. 동생들은 시커멓고 비쩍 마른 얼굴에 삼끈처럼 어지럽게 뒤엉킨 머리카락을 되는대로 묶고, 손등은 동상에 걸려 온통 상처투성이였다. 또한 자꾸만 기워서 너덜너덜해진 면 잠뱅이는 몸에 걸치고 있긴 하지만 걸레나 다를 바 없었다. 이를 보는 오빠의 마음은 칼로 도려낸 듯 아팠다. 매번 동생들을 만나고 돌아올 때면 사람들의 이목을 피해 멀리 산등성이에 두 개의 검은 그림자가 저녁 노을에 묻힐 때까지 바라보다 펑펑 눈물을 흘리곤 했다.

서른 살 되던 해에 그는 부모님 산소에 가 성묘한 다음 두 누이동생의 양부모를 찾아가 무릎을 꿇고 앞이마가 땅에 닿도록 절을 했다.

"미안합니다. 이제 제가 누이들을 데려가고 싶습니다."

양부모는 서로 눈짓만 주고받을 뿐 아무 말도 하지 않다가 그에게 일어나라고 말했다.

"자네처럼 오빠로서 인정도 있고 의리도 있기가 참 어렵다는 것을 잘 아네. 하지만 지난 칠팔 년 함께 지내 오면서 우리 두 사람이 약조했던 식량은 그렇다 치고, 양 두 마리를 길렀다 해도 산더미만큼 사료를 먹어 치웠을 것이고, 닭 두 마리를 기른다고 해도 배 한 척 정도의 사료는 들지 않았겠어?"

"걱정하지 마십시오. 절대로 손해를 끼치지 않도록 하겠습니다. 얼마가 필요한지 말씀만 하십시오. 제가 다 드리겠습니다."

"적은 돈이 아닐 텐데. 다시 한번 생각해 보게."

"아닙니다. 오늘 답을 듣지 않으면 일어나지 않겠습니다."

쌍방이 상의한 결과 오빠가 집 두 칸을 떼어 주고 여기저기서 돈을 융통하여 스무 담곡에 해당하는 돈을 주고 나서야 겨우 두 누이동생을 집으로 데리고 올 수 있었다.

이 일로 인해 비록 아내가 바람이 난 사람이라는 굴욕적인 처지에도 불구하고 마을 사람 모두 그를 보면 엄지손가락을 치켜들었다. 그의 마누라가 아무리 상스럽고 음탕하여 마을의 풍속을 해칠지라도 마을 사람들은 그녀에게도 그다지 나쁜 말을 하지 않았다. 이는 그가 마누라와 함께 어린 누이동생들을 키우며 학교도 보내고 작은 누이의 머리에 잔뜩 난 기계총도 치료했으며, 도시까지 동생을 데리고 나가 안질도 치료했기 때문이다. 동생들이 성장하여 성인이 되자 오빠 부부는 각기 혼수를 마련해 주었다. 궤짝 큰 것 하나, 중간 것 하나, 상자 두 개, 그리고 자수를 놓은 이불보를 각기 하나씩 주었다. 그리고 거울 속 한 떨기 꽃처럼 예쁘게 치장해 근사하게 혼례식을 올려 주었다. 사람들의 말에 따르면, 두 자매는 시집을 갈 때 얼마나 울었던지 거의 혼절할 정도였으며, 배웅하던 여인들도 소매나 옷자락으로 눈물을 훔치지 않는 이가 없었다고 한다.

슈야포는 이로 인해 적지 않은 빚을 졌다. 그중에는 당숙에게 빌린 돈도 있었는데, 이자가 눈덩이처럼 불어나 삼 년 만에 거의 600여 위안이나 되었다. 친척들이 당숙을 비난했지만 슈야포는 빚을 그대로 인정하고 마지막 한 푼까지 모두 갚았다.

당숙은 자식이 없는 외로운 노인네로 죽은 후 장례식도 조카인 그가 맡아야만 했다. 결국 또다시 돈을 내고 쌀을 내놓으며 다른 사람들이 뭐라고 하든 당숙을 위해 칠일장을 하겠다고 말한 후 실제로 칠 일 동안 그럴 듯하게 장례식을 치렀다.

"한 식구도 아니고 한 집에서 같이 사는 것도 아니지만 여하튼 그분은 내 당숙 아니신가!"

장례식이 다 끝난 후 그가 친척들에게 했던 말이다.

얼마 전 그를 만났다. 세월이 흘러 많이 늙은 모습이었다. 여전히 다리를 절뚝거리고 이제는 더 이상 지붕 위에 올라가 일을 할 수도 없게 되자 아이들을 도와 가스 보급소를 관리하며 액화 가스통을 팔기도 했다. 장사가 신통치 않을 때면 집 뒤쪽 호숫가에 나가 낚싯대를 드리우곤 했다.

"초목일추, 인생일세[168]라고 하더니 참 시간 빨리 가네."

그가 담담한 목소리로 말했다.

"량 대장, 한평생 사시면서 참으로 쉽지 않으셨지요."

"뭘, 다른 사람들도 다 그렇지 뭐."

"그렇게 생각하지 않는 사람들도 있을 거예요."

"좋은 사람이 되려면 당연히 손해를 보기도 하는 거지."

"그 말이 맞아요."

---

168) 草木一秋, 人生一世. 『서유기(西遊記)』에 나오는 말로, 사람은 한평생, 초목은 한 계절이면 끝나니 짧은 인생을 허비하지 말라는 의미이다.

"때로 피곤하다고 느끼지만 별것 아니야."

"저도 그렇게 생각해요."

"하루하루 일을 하다 보면 언젠가 더 이상 일을 할 수 없다는 것을 알게 되지."

"사람 팔다리가 쇠로 만든 거겠어요? 무슨 신선도 아니고 누구나 더 이상 일을 할 수 없을 때가 오지요."

"자네 새우 잡을 줄 알아?"

그가 갑자기 화제를 바꾸었다.

"량 대장 생각나네요. 그때 대장이 내 짐을 짊어지고 큰길까지 배웅해 줬잖아요……."

"백로(白露)가 지나면 새우가 통통해지고 딱딱해지지."

그는 귀가 약간 어두운 것 같았다. 내 놀라움이나 흥분 같은 것은 전혀 눈치채지 못하고 그저 나를 보고 웃으며 다시 한 번 낚싯대를 획 하고 내던졌다.

나는 한참 동안 수면을 바라보면서, 물속에 비친 푸른 산 그림자, 흰 구름과 파란 하늘 그리고 소리 없이 날아가는 외로운 백로를 쳐다보았다.

돌멩이를 주워 불을 지피고
체에 손님 실어 강을 건넌다네.
배추는 언덕에 넝쿨 가득 잘 자라고
가지 하나가 낡은 광주리에 가득하네.
지렁이 두 마리 허벅지만 하고
이 세 마리 사람 귀만 하구나.

스님 네 명이 열심히 싸우는데

머리카락이 어찌 긴지 꿩이 둥지를 틀겠네.

우리 아빠 산달이 되어 내가 손님을 모시고

집에 가니 우리 엄마 외할머니를 낳았네.

띠풀 끊어 보니 세 아름드리 크기도 해라

태양 묶어 끌어오세.

흰 구름 잘라 배추절임에 담그고

별을 따다 기름 솥에 넣는다네.

왕모 어멈 와서 설거지하고

옥황상제 내 등을 밀어 주네.

……

　　이는 농민들이 물고기를 후릴 때 부르는 「차황가」[169]이다. 이전에 들어 보았는데, 량 대장도 부른 적이 있다. 가을이 되어 물고기가 통통하게 살이 올랐을 때 주로 이런 노래를 부르며 물고기를 후린다. 농민들은 한 번에 일고여덟 척의 배를 띄워 일종의 진세를 펼치고 배 위에서 나무 몽둥이를 가지고 뱃전을 두드린다. 낮이든 밤이든 계속해서 '둥둥둥', '펑펑펑' 몽둥이를 내리치면 놀란 물고기들이 호수 한쪽 구석, 다른 젊은 이들이 그물을 설치하고 기다리는 곳으로 도망을 친다. 뱃전을 치는 이들이 흥이 나면 박자를 타기 마련인데, 강약 2박으로 치기도 하고 강약약의 3박자, 강약약약의 4박자 등 다양하

---

169) 扯謊歌. 내용이 온통 거짓말인 노래.

게 박자를 맞췄다. 박자는 뱃전을 두드리는 이들이 취기가 오른 정도에 따라 달라지는 듯했고, 호숫가의 기복과 흐름, 가벼운 일렁임을 따라가기도 했다. 만판[170]이나 산판[171] 속에는 두드리는 이의 근심 어린 얼굴이며, 아련함과 끝없는 상상이 담겨 있는 듯했다. 사람들은 언제나 수면에 비치는 달빛을 둥둥당당 현란하게 두드리다 보면 세월이 가는 것도 잊을 정도였다.

량 대장은 물고기를 잡을 때 이렇게 노래를 부르면 고기들이 뒤죽박죽이 되어 멍해지기 때문에 굳이 손발을 고생시키지 않고 그물만 던지면 고기를 잡을 수 있다고 말한 적이 있다.

---

170) 慢板. 4분의 4박자로 중국의 지방극 중 하나인 예극(豫劇)의 주요 장단 가운데 하나.
171) 散板. 중국 경극(京劇)에서 장단이 자유로운 형식을 일컫는 말.

웃음이 부족하다

추도회에서 미소를 짓고 있는 궈유쥔의 영정 속 얼굴을 보고 있자니 약간 낯선 느낌이 들었다. 그제야 나는 그를 만나지 않은 지 꽤 되었다는 생각이 들었다.

이렇게 낯선 느낌이 들다니, 이런 내 감정에 슬픔을 느껴야 하는 것일까?

미안하지만, 마타오의 옥살이 사건이 없었다 하더라도 나는 그의 집에서 벌어졌던 마작판에도 잘 적응이 되지 않았다. 때로 한두 번, 심지어 서너 번씩 연달아 마작을 하는 경우도 있었다. 작은 집안에 여러 사람들이 모여 앉아 웅성거리고, 담배 연기가 자욱한 가운데 게임에 정신 팔린 이들이 와자지껄 떠들어 댔다. 그럴 때면 그는 대여섯 개의 빨래 집게로 귀를 집은 상태에서 시계나 열쇠고리를 풀고 게임에서 패배한 대가를 치르느라 나를 챙길 겨를이 없었다. 그는 그저 손을 들어 담배는 탁자 위에 있고, 찻잎은 상자에, 그리고 과쯔[172]는 쟁반에 있다고 알려 줄 뿐이었다. 말인즉 나더러 알아서 챙겨 먹으라는 뜻이었다.

그래서 나는 그곳에 가면 과쯔나 하나씩 까먹으며 바보처럼 앉아 있곤 했다.

마작판 옆에 한가롭게 앉은 나는 그들이 떠들어 대는 소리를 하염없이 들어야만 했다. 어떤 여가수의 입이 크다느니 작다느니 입씨름이 오가고, 복권에 당첨되는 숫자가 짝수인지 홀수인지 다투는 소리도 들렸으며, 그 옛날 학교에서 누가 시험지를 훔쳐 갔는지에 대한 논쟁도 벌어졌다. 심지어 올해 반에서 누구의 폐활량이 가장 크고 물수제비 뜨기를 누가 제일 많이 하는지에 대한 입씨름도 이어졌다. 무료하지 않을까? 물론 그들은 이를 즐기는 것 같았다. 안주 삼아 씹을 이야깃거리를 찾아내 분노가 치밀거나 신바람이 나는 주제로 논쟁을 벌이고, 엄숙하거나 또는 따분한 입씨름을 하지 않는다면 매일매일 그 긴 시간을 어떻게 메울 수 있겠는가?

지난번 그의 집에 갔을 때는 단단 혼자 빵을 씹어 먹으며 텔레비전을 보고 있었다. 내가 그에게 전화를 걸자 그는 곧 집에 갈 테니 절대로 가지 말라고 신신당부까지 했다. 하지만 그의 딸이 일본 애니메이션을 두 편이나 본 뒤에도 그는 돌아오지 않았다. 아무래도 비행기를 놓칠 것 같아 그의 집을 나설 수밖에 없었다. 그런데 집에서 나가던 나는 얼굴이 온통 땀으로 범

---

172) 瓜子. 수박씨, 해바라기 씨, 호박씨 등에 소금이나 향료를 넣어 볶은 것.

벽이 된 그를 마주쳤다. 그는 내 손에 비행기 표가 들려 있는 것을 보고 더 이상 붙잡을 이유가 없다고 느꼈는지 고개를 돌려 다시 자전거에 올라탔다.

"퇴근하는 것 아니었어요?"

"방금 전까지 운이 영 따라 주지 않아서 그런지 딸 기회가 없지 뭐야."

그가 머리를 긁적이며 말했다.

"오늘 원수를 갚고 원한을 풀지 않으면 안 돼. 내가 잃은 돈을 다시 따야 한다고."

그는 안으로 들어서지도 않고, 심지어 내가 온 이유도 묻지 않은 채 곧바로 어둠 속으로 사라져 버렸다. 등을 잔뜩 구부리고 다시 마작판을 향해 달려간 것이다.

그는 내가 마지막으로 한 번 더 그와 마타오를 화해시키기 위해 왔다는 사실을 전혀 알지 못했다.

그가 나중에 전화를 걸어왔다.

"샤오부?"

"누구세요?"

"나야 유쥔, 귀유쥔! 내 목소리도 못 알아듣겠어? 이 새끼 정말 재미없네."

나는 뭐라고 대답을 해야 할지 몰라 잠시 침묵했다.

"미안, 내가 방해한 것은 아니지? 너 왜 그렇게 오랫동안 안 놀러 왔어?"

"놀긴 뭘 놀아요? 마작도 할 줄 모르는데. 괜히 멍하니 거기 보초나 서라고?"

"놀러 와. 나도 이젠 안 해! 지난번에 너 기다리게 한 건 정말 내가 잘못했어. 그리고 널 가르쳐 줄 수도 있어. 그냥 작은 판으로 말이지. 우리도 뭐 그리 큰 판으로 노는 것은 아니야. 너한테 한몫 단단히 챙기려는 것도 아니고."

"미안한데, 무슨 일 있어요?"

"사실은 말이지. 그런데 말이야. 그게……."

그가 주저하며 괜히 실없이 웃더니 다시 머뭇머뭇 입을 열었다.

"마타오가 혹시 지금도 나를 의심하고 있는 것 아닌가……."

나는 잠시 멍해졌다. 최근에 또 무슨 이야기가 그의 귀에 들어간 것은 아닐까.

"다 쓸데없는 케케묵은 일을 가지고! 흘러간 일이잖아요. 그 이야기는 해서 뭐하려고요?"

"아니야. 내 입장은 달라! 반드시 말을 하고 넘어가야 해. 샤오부, 네가 나를 위해 중심을 잘 잡아 줘야 해. 내가 아무리 별 볼 일 없는 놈이라 해도 친구를 팔아 이득을 취했겠어? 내가 밥 먹고 할 일이 그렇게 없냐? 그때 그런 편지를 쓰게? 그게 가능한 일이기나 해? 이건 완전히 옌샤오메이가 고자질한 거라고."

"나도 믿어요, 정말, 형을 믿는다고."

"아니야. 너는 믿지 않아. 너는 예전부터 내게 선입견을 가지고 있었어."

"요 몇 년 동안 아예 물어본 적도 없어. 굳이 물을 필요도 없다고 생각한 거죠."

"아니야. 네가 만약 나를 믿었다면 틀림없이 나에게 물어봤을 거야. 너하고 마난이 묻지 않은 것은 틀림없이 너희들 마음속에 걸리는 것이 있었기 때문일 거야. 내 말이 틀렸어?"

이 문제는 얽히고설켜 간단한 문제가 아니었다. 과연 내가 질문을 해야 하나? 아니면 하지 말아? 내가 물어보면 그가 또 다른 의견을 내놓지 않을까?

"샤오부, 난 정말 고자질하지 않았어."

그의 목소리는 거의 흐느낌에 가까웠다.

"나도 인정해. 처음에는 마타오가 좀 무섭더라고. 나도 인정해. 그 뭐냐. 나도 확실히 내막을 알아, 확실히 참가했어. 경찰이 나중에 나를 찾아오니 나도 달리 방법이 없더라고. 그래서 조금이나마 똥물을 토해 낼 수밖에 없었어. 하지만 고자질은 나와 전혀 상관이 없어. 내가 지금 너에게 조금이라도 거짓말을 한다면, 내일 큰길에서 화물차에 치여 죽어도 싸. 그래 우리 단단도……."

"미안, 손님이 와 있어서. 다음에 다시 이야기해요."

나는 이렇게 말하며 전화를 끊었다.

손님이 온 것은 아니고, 다만 더 이상 듣고 싶지 않았기 때문인데, 특히 그가 자신의 딸까지 거론하며 맹세하는 것이 못마땅했다. 제발 부탁하건대, 그쯤에서 그만두길 바랐다. 정말로 그가 고자질을 하지 않았을 수도 있다. 하지만 이미 한참 지난 옛일인 데다 의심이 가는 또 한 명, 옌샤오메이는 이미 이 세상 사람이 아니다. 또한 당시 사건을 담당한 경찰의 수사 기록도 어디에 있는지 알 수 없으니 무엇으로 어떻게 진상을 밝힐 수 있겠는가? 정말 환장하겠는 것은 아무리 내가 수만 번 그를 믿는다고 말할지라도 과연 내가 믿는다는 것을 정말로 그 자신이 믿을 수 있겠느냐는 점이었다. 또한 설사 그가 한동안은 마음을 놓는다고 해도 다시 순간적으로 생각이 바뀌어 또다시 노심초사하며 투덜거리지 않는다는 보장도 없었다.

며칠 후 그로부터 몇 번 전화가 오긴 했지만 내 설명을 들으려 하지 않았다. 나는 너무 화가 나서 하마터면 전화통을 내동댕이치며 이렇게 말할 뻔했다. 궈 형, 내 말 잘 들어요. 난 차라리 밀고자는 받아들일 수 있지만 한도 끝도 없이 청렴하다고 주절거리는 망할 새끼는 참을 수가 없어요.

당시 그와 큰 소리로 말다툼을 한 것이 그의 병세 악화와 어떤 관련이 있는지, 또한 그가 나중에 공책에 쓴 유서에서 마타오에 대해 한 글자도 쓰지 않은 것과 무슨 관련이 있는지 정확히 알 수 없는 일이다.

언제부터인지 모르겠지만 그는 더 이상 변명을 하지 않았다. 맑고 깨끗해서 바랄 것이 없는 것인지 아니면 속으로 켕기는 것이 있어 묵인하는 것인지 알 수 없었다. 혹시 너무 피곤해서 말을 하고 싶어도 할 수 없는 것이었을까? 모르겠다.

마지막으로 그를 만난 것은 음력 정월 초나흗날 어느 모임에서였다. 그는 내가 신경이 쓰였는지 평상시와 다르게 마작도 하지 않고 장기도 두지 않았으며, 그저 내 옆에서 메마른 거짓 웃음을 지으며 나에게 새로운 얼굴들을 소개했다.

"다음에는 예전에 한 번 말한 적이 있는 나이든 대학생 셰

궁을 소개할게. 아마 너도 관심이 있을 거야……."

그는 천하의 영웅들은 서로 몰라서는 안 된다는 강박 관념이 있는 듯 친구를 소개하길 좋아했다. 그가 소개하는 사람들은 주로 청과물을 팔면서 또는 실내 장식을 하면서 새로 사귀게 된 이들이었다. 그는 특히 사람들의 학력이나 직함을 자랑하고 싶어했다. 만약 소개하는 사람이 박사가 아니라면 그의 친척 중에 석사가 있을 수 있고, 만약 그가 교수가 아니라면 나중에 또는 더 나중에 적어도 부교수는 될 수 있다는 식이었다. 아무리 부족해도 현장 부주임 정도는 되어야 하고, 한국이나 홍콩에 가서 남들이 하지 못한 경험을 하거나 심지어 자녀들이 시험에서 좋은 성적을 얻었다는 등의 소식을 덧붙여 각별히 장중하게 손님을 소개하는 이유를 대면서 친구들 사이에서 특별한 손님이 오셨다는 것을 뽐내며 함께 영광을 누리도록 했다.

"내가 지금부터 웃기는 이야기를 하나 할 테니 모두 한번 들어 봐……."

그는 영광스러운 단체를 만드는 데 그치지 않고, 단체 안의 분위기를 한껏 즐겁게 띄우고 싶어 했다. 모인 사람들은 어쩔 수 없이 즐거운 표정을 지을 준비를 해야 했다.

"정말 웃겨 죽겠다니까. 정말 재미있어요. 너무 웃느라 배가 아파 죽을 뻔했다니까. 어제 두 사람이 우리 집 문 앞을 이리저리 두리번거리고 있더라고. 그들이 뭘 하려는지 한번 알아맞혀 봐. 전혀 모르겠지? 나는 처음에 그들이 과일 파는 사람들인 줄 알았는데, 아니더라고. 나중에는 그들이 사복 형사들인 줄 알았어……."

주위 사람들이 채 반응을 보이며 웃기도 전에 그가 키들거리기 시작했다. 사람들은 이제 막 이야기보따리가 풀릴 거라고 생각하며 정신을 집중해 웃을 준비를 했다.

"한번 맞혀 봐. 그들이 도대체 누굴까? 못 맞히겠지? 모르겠지? 젠장! 나도 나중에야 겨우 알았지 뭐야. 알고 봤더니 막 노동꾼들이었는데, 뜨거운 솥에 올라가 있는 개미처럼 급했던 거지……."

일단 사람들의 흥미를 최고조로 끌어올려 청중들의 얼굴 표정에서 최후의 순간을 기다리는 팽팽한 긴장감이 연출되는 순간에 '짜잔' 하고 진상을 밝히려는 속셈이었다. 마침내 수수께끼의 답을 털어놓을 순간이 왔다.

"알고 봤더니 변소를 찾는 중이었더라고."

그는 이렇게 말하면서 또다시 배를 움켜잡고 무릎을 치면서 웃기 시작했다. 그리고 성공적으로 웃음의 대 바겐세일을 마친 자신의 모습에 득의양양했다. 그러나 불쌍하게도 주위 사람들은 어안이 벙벙하여 아무리 낯가죽을 움직여 웃어 보려고 해도 웃어지지가 않았다.

"재미있는 이야기가 끝났는데 왜 안 웃지?"

오히려 그 말이 우스꽝스러웠는지 잠시 후 장내가 떠들썩하도록 사람들이 웃기 시작했다.

"이건 아닌데. 모두 내 이야기를 듣고 웃은 것이 아니라 나를 보고 웃는 것 같은데. 그렇지 않아?"

"아니, 정말 아니야. 귀 형, 오늘 정말 우리들을 화끈하게 웃겼어…….”

“그래? 그렇다면 내가 하나 더 이야기 해 줄게. 날 막지 마! 끼어들지 말라고. 내가 다시 재미있는 이야기를 해 줄 테니. 자네들이 눈물을 쏙 빼 낼 정도로 재미있는 이야기야. 내가 보증해…….”

그가 작은 공책 한 권을 꺼내더니 급히 훑어보기 시작했다. 아마도 자신의 우스갯소리 모음이 적혀 있는 모양이었다. 이미 양병(養兵)을 위해 천일 동안 군량을 준비해 왔는데 드디어 결전의 날이 왔으니 어찌 사람들을 놀라게 하지 않을 수 있겠는가? 그런데 공교롭게도 손님 몇 명이 새롭게 방문하여 서로 인사를 나누느라 그의 후속 프로그램에 지장을 주었다. 그럼에도 그는 몇 번이나 입을 열려고 애썼다. 사실 첫마디는 이미 한 상태였다.

“내가 들었는데 말이지…….”

“내가 말이야…….”

하지만 그는 결국 대화에 끼어들지 못한 채 하는 수 없이 손님들에게 찻물을 따라 주거나 과일을 깎아 주며, 아이들을 위해 풍선을 불어 주었다.

혹시 이 때문에 크게 섭섭하게 생각한 것은 아닐까?

이제 초사흗날이 되어도 더 이상 그를 만날 수 없다. 그의 초조함이나 분주함도 없고, 즐거움을 예고하는 일도 더 이상 없다. 내가 그에게 빚을 진 것은 아닐까? 약속도 빚지고 전화도 빚지고, 어쩌면 함께 실컷 이야기를 나눌 수 있는 그 비 오던 날도 나에겐 빚인지도 모른다. 적어도 그에게 큰 웃음을 빚진 것만은 분명한 것이 아닐까?

추도회에서 그의 유해 옆으로 다가가 장례 미용사가 화장해 준 얼굴, 붉은 뺨과 짙은 눈썹을 보았다. 장례 악대의 몇몇 노인네들이 절차에 따라 연주하는 음악 소리를 들었다. 그는 이미 두 눈을 꼭 감고 아무것도 보지 않았다. 하지만 그의 귀는 여전히 열려 있었고, 여전히 쫑긋 세운 채였으며, 여전히 꽃 봉우리처럼 터져 있었다. 그렇다면 우리 모든 친구들은 마땅히 지난번에 제대로 해 주지 못했던 큰 웃음소리를 들려주어야 하는 것 아닐까?

"귀 형, 형은 정말 우리 형제들에게 화끈한 웃음을 선사해 주었어⋯⋯."

우리는 정말로 몸을 부들부들 떨고 데굴데굴 이리저리 나뒹굴며, 눈물을 흩뿌리고, 숨이 턱에 닿도록 웃어 대야 하는 것 아닐까? 그래야 구천에 계신 이가 소망을 이루어 비로소 편안한 영원의 안식을 얻게 될 수 있지 않을까?

높은 산 저편

샤오안쯔가 귀국하여 곧바로 남편의 장례식에 참가했다. 하지만 친구들 몇 명이 분노에 가까운 비난을 쏟아부었던 이유는 그녀가 장례식 때 사용한 상장(喪章)을 떼기도 전에 놀랍게도 러시아 출신의 멋진 사내를 집안에 끌어들였기 때문이다. 그 사내는 언제나 둥근 털모자를 쓰고 큰 체크무늬 셔츠를 입었고, 할 일이 없을 때는 다르륵거리며 큐브를 가지고 놀았다. 샤오안쯔의 말에 따르면, 딸아이 방을 직접 새롭게 꾸미고 싶었지만 방법을 찾지 못하던 중 어찌 알았는지 '이반'이 도와주겠다고 자청했다고 한다.

과연 그녀의 말대로 러시아 미남은 능력이 넘쳤다. 한번 씩 하고 웃으면 어느새 벽에 칠을 다 끝내고, 또 한번 씩 하고 웃으면 변기와 온수기 설치가 끝났다. 그리고 다시 한 번 웃음을 지으며 이번에는 단단에게 사 준 컴퓨터 조립을 끝냈다. 세상에 그가 할 수 없는 일은 없는 듯했다. 그는 중국어를 몇 마디 못했지만 그래도 제법 알아들었다. 주로 그는 고개를 내젓거나 끄덕이며 다른 사람들의 말에 응대했다.

단단은 오히려 개방적이어서 엄마의 남자 친구를 거부하지 않았다. 그가 러시아에서 왔다는 것을 알고 책에서 읽은 지식을 꺼내 물어보기도 했다. 예를 들면 그녀가 톨스토이를 숭배한다는 등의 이야기였다.

"사기꾼!"

이반은 책에 나오는 톨스토이의 사진을 손가락으로 가리키며 이렇게 말했다.

단단이 놀란 얼굴로 멍하니 그를 쳐다보다가 이번에는 투르게네프 사진을 보여 주었다.

"사기꾼!"

단단이 이번에는 조지프 브로드스키를 가리켰다.

"사기꾼!"

"왜요?"

이반은 어깨를 으쓱하면서 샤오안쯔에게 뭐라고 중얼거렸다. 샤오안쯔가 그에게 통역을 해 달라고 하자 그가 말했다.

"러시아는 그런 사기꾼들 때문에 곤경에 빠진 거야."

"당신이야말로 사기꾼이야. 간덩이가 부었네. 감히 나의 우상을 욕하다니……."

단단이 참지 못하고 웃음을 터뜨리며 그에게 책을 내던졌다. 두 사람은 중국어와 러시아어를 섞어 가며 한바탕 시끄럽게 말싸움을 했다.

샤오안쯔는 두 사람을 상대하기가 귀찮은지 그저 혼자 문에 기대어 맥주를 마셨다. 간혹 귀밑머리가 흘러내리면 입술을 옆으로 벌리며 입 바람으로 머리를 불어 올렸다. 귀국한 이후 샤오안쯔는 고향 음식에 적응이 되지 않아 밥은 거의 먹지 않고 그저 맥주만 마셔 댔다. 그녀가 인편에 돌려보낸 일기를 보니, 무엇보다 고향의 습한 날씨에 적응이 되지 않아 마치 하루 종일 찜통에 있는 것처럼 느꼈다고 한다. 그녀는 또한 지저분한 길거리나 골목 광경을 도저히 참을 수가 없었다. 하루 종일 쓰레기통에서 생활하는 것만 같아 이곳에서 더 살다가는 틀림없이 병이 날 것 같았다.

샤오안쯔는 예나 다름없이 잘 아는 사람들(특히 남자)에게 지나치게 트집을 잡았다. 나는 크게 실망했다. 내가 손을 내밀며 악수를 청하는 모습에 그녀는 영 습관이 되지 않았던 모양이다. 그녀가 일기에 다음과 같이 날 조롱했다. 타오샤오부 간부, 타오샤오부 간부 선생, "최근 일이나 학습이 어떠십니까?"라고 왜 한마디 덧붙이지 않으시나? 그날 그녀는 휴대 전화 배터리가 완전히 방전되는 바람에 나에게 휴대 전화를 빌려 달라고 했다. 그런데 그녀가 전화를 걸어 금방 끊을 생각은 하지 않고 계속 이야기를 주절대기에 내가 참지 못하고 한마디 했다.

"국제 전화는 비싸니 좀 빨리 말해."

이게 또 그녀의 화를 돋우었던 것 같다. 일기에서 그녀는 이렇게 독설을 날렸다. 저 자식은 세속을 초월한 도사처럼 행동하더니만 이제 보니 지독한 속물이야, 속물! 몇 년 동안 보지 못했는데 어떻게 계속 그 모양이야? 내가 전화로 몇 마디 더 하면 아마도 초조해서 뇌출혈을 일으키고 말지 않겠어?

사실 그녀가 일기에 적은 이야기는 거의 기억이 나지 않는다. 그래 좋다. 그렇다고 치자. 내가 소인배처럼 굴었다고 치자. 하지만 그렇다고 무슨 큰 잘못을 저지른 것은 아니지 않는가? 그녀가 꽁하고 가슴 깊이 묻어 두고 악담을 늘어놓을 정도로 나쁜 짓을 한 것은 아니지 않는가 말이다. 뭣도 아닌 것이 스스로 대단하다고 여기고 있나? 자신의 속눈썹으로 이 세상을 뒤집어 엎을 수 있다고 생각하나? 천하의 남자들이 귀유쥐처럼 그저 열심히 일만 하고 아무런 불평도 안 할 거라고 생각하나? 모든 남자들이 이반처럼 부르면 언제든지 즉시 달려와 아무런 대가도 없이 무조건 봉사하는 기계나 다를 바 없다고 여기나? 도대체 그녀는 뭘 믿고 이런 내용이 적힌 일기를 나에게 보내 짜증이 나게 하는 걸까?

아무리 생각해 봐도 내가 그처럼 어리석은 말을 들을 정도는 아니었다. 내가 그렇게 쩨쩨한 사람일 리가 없다. 하지만 억울한 누명을 속 시원하게 풀 곳이 아무 데도 없는 것 또한 사실이었다.

어쩔 수 없지 않겠는가! 그래, 말린 오리처럼 날이 갈수록 말라 가는 여편네가 무슨 말을 하든 개의치 말자.

그녀와 이반은 국내에서 두 달 정도 머물렀다. 들리는 말에 따르면, 비단이나 찻잎, 공예품 등을 수출할 수 있는 공급처를 찾아다닌 후에 다시 외국으로 나갔다고 한다. 나중에 그녀가 인편으로 보낸 일기를 보니 그때가 그녀의 마지막 귀국이었다. 그녀는 이후 남은 인생을 십여 개국을 돌아다니며 살았다. 취업 비자가 아니었으므로 불법으로 여러 가지 일들, 예를 들어 이발소나 개 훈련소에서 일하기도 했고, 재봉사나 보모 역할을 맡기도 했으며, 식당에서 손님을 받거나 비디오 대여업, 심지어 꽃집을 열기도 했다. 그녀가 '세기의 빛'과 같은 사교 조직에 참가한 것은 아닌지 의심되지만 구체적인 증거는 찾을 수 없었다. 그녀가 콜롬비아 반정부 유격대에 참가한 적이 있다거나 교통 사고를 당했다는 소문도 확실한 증거가 없었다.

"내가 가장 하고 싶은 일이 뭔지 알아? 그냥 기타 하나 둘러메고 검은색 긴 치마 차림으로 전 세계 여기저기를 떠돌며 높고 높은 거대한 산 너머 저쪽에 있을 내 사랑을 찾아가는 거야."

몇 년 전에 그녀는 나에게 이런 말을 한 적이 있다.

하지만 '이반'이라는 이름은 그녀가 높고 큰 산에서 찾고자 했던 마지막 남자는 아닌 것 같았다. 그녀의 일기 후반부에서 그 이름이 사라졌기 때문이다. 대신 'D'라고 적힌 누군가가 그를 대신한 것이 분명했다. 도대체 그가 누구일까? 동거남? 그냥 친구인가? 혹시 고객이나 회사 주인인가? 정확히 알 수 없다. 외국에서 그녀를 두 차례 만난 적이 있다는 야오다자도 D가 누구의 약자인지 전혀 모르고 있었다.

D가 중국 사람이라는 것만은 의심할 여지가 없다. 또한 그녀보다 나이가 훨씬 위라는 것도 분명했다. 그녀의 일기에 적힌 것을 보니 그가 예전에 국민당 군대의 사병이었기 때문이다. 전쟁 막바지에 국민당이 대륙을 떠나 타이완으로 갈 때 소년병이었다면 아마도 지금은 아저씨뻘이니, 샤오안쯔보다 나

이가 열 살 정도 많을 것이다. 그의 기억에 따르면, 싼야[173] 항에서 철수할 때 해안에서 철수 선박을 향해 포화가 작렬하여 하마터면 목숨을 잃어버릴 뻔했다고 한다. 대포를 쏜 것은 공산당이 아니라 국민당 군인들 가운데 철수하는 선박에 오르지 못한 이들이었다. 아마도 자신들을 내팽개쳤다는 사실에 분개하여 아군을 향해 포문을 열고 냅다 포를 쏘아 댄 것 같다.

그는 나중에 남아프리카 공화국으로 건너가서 몇 년 동안 유화를 가르치기도 하고, 원예를 한 적도 있으며, 장사를 하기도 했다. 이렇게 그는 떠돌이 생활을 하면서도 고향에 대한 그리움에서 벗어나지 못했다. 당시 남아프리카 공화국은 인종 차별이 여전하여 버스를 탈 때도 앞뒤를 구분해 백인 전용 구역을 만들어 놓았다. 때로 백인 전용 구역에 자리가 비어도 유색 인종은 감히 그곳에 앉을 수 없었다. 어느 날 예전과 마찬가지로 차 뒤편으로 올라타 흑인들 틈에 끼는 바람에 거의 육젓이 될 뻔했던 적이 있다. 그런데 갑자기 어떤 백인이 만면에 웃음을 띤 채로 걸어오더니 그의 어깨를 툭 치면서 이렇게 말했다.

"안녕하세요? 앞에 자리가 있는데 그곳에 앉으시지요."

영문을 몰라 어리둥절하고 있자 그가 친절하게 설명을 해주었다.

"오늘 신문 못 보셨어요?"

---

173) 三亞. 중국 하이난 성 남부에 있는 도시로 3개의 강이 합류하여 바다로 흘러간다고 해서 붙여진 이름.

상대방이 들고 있던 신문을 그에게 건네주었다. 그제야 그는 신문 국제면에 큰 활자로 적힌 글자를 확인할 수 있었다.

"중국 첫 번째 원자 폭탄 실험 성공!"

버스 기사와 백인 손님 몇 명도 그를 바라보며 앞에 와서 앉으라는 듯이 눈썹을 치켜 뜨며 고개를 끄덕였다.

그는 그제야 원자탄 실험 폭발에 성공하여 중국이 핵으로 무장한 강대국이 되었으니 지금부터 누런 얼굴도 고등 승객이 되고, 이후 모든 화교들도 높이 평가받게 될 것이라는 뜻임을 알았다. 세상의 논리는 어찌 이리 단순하고 고지식하며 또한 이렇듯 이해타산에 밝다는 말인가? 미소를 지으며 자리를 권하는 자들은 원자탄 실험을 감행한 붉은 중국이 그와 전혀 관계가 없으며, 심지어 한때 그의 적이었다는 사실을 알 리 없었다. 그들은 서로 다른 중국인을 구별할 수 없었다.

"그건 내 나라가 아니오!"

그가 다급하게 소리쳤다.

차에 가득 찬 승객들이 너 나 할 것 없이 놀란 눈으로 그를 쳐다보았다.

"중국인 아니시오?"

누군가 물었다.

"내려야겠소. 하차!"

그는 앞쪽으로 가서 앉는 대신 그대로 버스에서 내렸다. 진퇴양난에 빠져 몸 둘 바를 모르던 버스에서, 그가 감당할 수 없는 좌석 선택의 상황에서 벗어난 것이다.

신문을 들고 있던 그의 손이 덜덜 떨렸다. 알 수 없는 눈물이 자기도 모르게 주르륵 흘러내렸다. 중국인으로서의 굴욕감뿐만 아니라 실패한 자신에 대해서도 굴욕감을 느꼈다. 케이프타운 해안가 큰길을 걷는 그의 두 다리가 쇳덩이처럼 무겁게 느껴졌다. 순간 어디로 가야 할지 알 수 없었다.

오래된 사진

귀유쿤의 모습이 사라진 후 바이마후 호의 지식 청년 모임도 줄어들었다. 이전에는 오래된 관습처럼 음력 정월 초사흗날에 모임이 열렸다. 여러 사람들이 교실이나 회의실을 빌려 각자 먹을 것을 싸 가지고 와서 간만에 담소도 나누고 함께 음식을 먹고 마시며 얼마나 주름살이 늘었는지 일종의 정기점검을 하곤 했다. 물론 여자들의 화제는 아이들이 학교를 선택하는 데 들어가는 비용에 대한 이야기부터 시작하여 생필품 가격이 올랐다는 이야기로 넘어가기 일쑤여서 표정이 점점 어두워지곤 했다.

이 모임은 처음 시작할 때부터 거의 수십 년 동안 끊임없이 계속되었다. 이는 정말 기적과 같은 일이었다. 동학들이나 전우, 동향 사람이나 동료들과의 모임이 이처럼 오래 지속되는 경우는 거의 없었다.

"야, 이 잡것들아 어디서 뭘 하고 자빠졌어?"

"망할 것! 너도 알고 있어?"

"널 만나면 당장이라도……."

그들은 만났다 하면 먼저 욕부터 시작하며 친숙함을 표시했다. 독사에게 물릴 때처럼 날카로운 비명소리는 아마도 여인네들이 미칠 듯이 기뻐할 때 나오는 소리일 것이다.

그들은 귀유췬을 통해 함께 어울리게 되었다. 귀유췬은 문화 대혁명 기간에 하방되어 농촌 생산대에서 일했던 시간이 상당히 짧았는데, 어떻게 해서 지식 청년들의 사무총장을 맡게 되었는지 알 수 없다. 현성에서 살던 몇 년 동안 그의 집은 지식 청년들이 모여드는 초대소나 다를 바 없었으며, 오가는 식객들도 상당히 많았다. 성성[174]으로 이사한 후에도 그는 지식 청년들의 중심 연락처가 되어 누가 병이 들었고, 누가 이사를 했으며, 누가 결혼 또는 이혼하고, 누구의 부모나 자녀가 일이 생겼다는 등의 시시콜콜한 일까지 모두 간여했다. 마치 이 모든 것이 그의 업무 범위에 들어 있는 듯 했다. 그는 낡은 자전거를 타고 이리저리 오가면서 도처의 상황을 손바닥 보듯이 꿰뚫었다. 몇몇 나이든 여자들은 그의 집에 가는 것을 좋아했다고 하는데, 소문에 따르면, 부인병과 같은 은밀한 이야기까지 그에게 허물없이 이야기했다고 한다.

그들 역시 바이마후 호와 떼려야 뗄 수 없는 관계였다. 바이마후 호가 뭐 그리 특별한가?

---

174) 省城. 중국 행정 단위인 성 정부가 있는 소재지.

그들의 표정이나 말하는 내용으로 보면, 과거의 세월은 빛 하나 없는 암담함 그 자체였다. 굳이 말을 하자면 그야말로 피눈물이 났다. 배불리 먹어 본 적도 없고, 그렇다고 잠을 제대로 자 본 적도 없고, 모기는 왜 그리 많은지 떼로 몰려다니는 모기 등쌀에 견뎌 낼 수가 없었다. ……바이마후 호는 이렇듯 그들에겐 원망의 대상이자 통한의 대상이었으며, 그쪽을 향해 고개조차 돌리고 싶지 않은 곳, 이를 부득부득 갈 정도로 화를 돋우는 곳이기도 했다. 그들이 지금 직장에서 쫓겨나 실업자가 되어 다시 돌아갈 희망조차 없고, 가정 파탄으로 인해 아이들조차 제대로 교육을 받지 못하게 된 근본적인 원인은 다름 아닌 바로 극악무도한 바이마후 호가 자신들의 청춘 시절을 몽땅 빼앗아 버렸기 때문이다. 그런데도 그들은 전혀 아랑곳하지 않고 손아랫사람들(그들도 때로 이런 모임에 끼어들었다.)에게 말할 때마다 아무 거리낌 없이 이렇게 말했다.

　"우리가 그때 말이야, 어디 너희들처럼 낭비하고 살았는 줄 알아?"

　"우리는 그때 말이야, 백팔십 근 한 짐을 지고도 언덕을 올라갔어. 넌 울고 싶어도 울 수도 없을 거야."

　"너희들처럼 꿀단지에서 나고 자란 애들은 근본적으로 뭐가 힘든 건지 몰라."

　"너희들만 했을 때 나는 하루에 예닐곱 마리 뱀을 잡는 것도 그리 희한한 일이 아니었어."

　"우리는 그 시절에 돼지기름 한 종지도 모두 나눠 먹었지, 감히 혼자 먹는 이가 없었어."

"닭에게 페니실린 맞힐 줄 알아? 모르지?"

이런 말은 좀 주의할 필요가 있었다. 말투에서 알 수 있다시피 어딘가 자랑하는 느낌이 들어 있기 때문이다. 주사를 맞히고(지식), 돼지기름을 나눠 먹으며(인정), 뱀을 잡고(용감), 한 짐 메는 것(육체 노동) 등, 이런 것들이 자랑하는 것이 아니고 무엇이겠는가? 만약 그렇다면 또 다른 바이마후 호가 앞서 말한 바이마후 호와 뒤섞이게 된다.

상대적으로 말하자면, 손아랫사람들을 계몽하는 것도 좋고, 나라를 보위하는 노병도 좋다. 옛날을 회고하는 태도는 주로 단색조로, 자부심만 있을 뿐 후회나 원망은 거의 없었으며 위풍당당한 한마음, 한뜻인 경우가 대부분이었다. 그러나 바이마후 호를 헤쳐 나온 이들은 모호하게 두 마음, 세 뜻을 지닌 경우가 많았다. 그들은 회한만 가득하다고 단정적으로 잘라 말하면서도 은연중에 때로 자랑스러운 모습을 보이거나 자기도 모르게 감정을 억제하지 못하고 얼떨결에 자부심을 드러내기도 했다. 그러다가 잠시 다시 생각을 가다듬고 나면 뼈저린 후회를 털어놓았다. 여하간 그들은 병아리 떼들이 암탉의 날갯죽지에 몰려드는 것처럼 귀유췐의 비호 아래에서 오래된 옛 노래를 함께 부르고 지난 일들을 흥미진진하게 이야기하며 함께 무리 지어 옛 추억이 머물러 있는 곳을 찾아가 당시 살았던 곳의 집주인이나 이웃들을 만나기도 했다. 그들은 현지 관리들의 환영과 찬사를 받았으며, 심지어 사진집을 만들고 방송 프로그램에 참가하거나 전람회를 열고, 기념비를 세우기도 했다……. 과거를 회고하는 영웅의 겉모습을 모두 갖춘 셈이다. 하지만 그들의 표정은 시종일관 그리 밝지 않았으며, 말투 역시 변덕스럽게 이리저리 흔들거리는 것이 억지 춘향의 느낌이 들었다. 마치 장사에 손해를 봤는데도 크게 떠벌리지 못하고 그렇다고 다 걷어치우고 떠나지도 못하는 어정쩡한 상태처럼 보였다. 그들은 긍지와 회한이 뒤섞인 상태에서 그 얼어 죽을 놈의 바이마후 호로 인해 마음의 평정을 잃고 말았다.

어떤 이들은 이런 옛 추억을 회상하는 일에 동참하지 않았다. 외지에 살거나 또는 연락이 끊어졌기 때문이기도 하고, 아예 이런 일에 흥미가 없어 처음부터 초사흗날의 모임에 참석하지 않은 이들도 있었다.

'황'은 제6생산대 출신이었다. 그는 자신의 이름을 '무산계급 혁명을 철저하게 완수할 것을 맹세한다.'라는 뜻인 '서장무산계급혁명진행도저[175]'로 개명하겠다고 강력하게 요구한 적이 있다. 하지만 영도자가 동의하지 않았다. '서'를 성(姓)으로 하는 것이 너무 괴상하기도 하고 이름이 너무 길다는 이유에서였다. 게다가 그처럼 좋은 말로 이름을 지었다가 만에 하나 잘못을 범할 경우 사람들이 비난과 욕설을 퍼붓고 그를 타도하자고 외쳐야 하는데, 그의 이름에 '타도'를 붙이면 영 어색하지 않겠는가? 그는 나중에 돼지를 키우며 살았는데, 돼지들을 비누로 닦아 주고 빗질을 하며 아주 깨끗하게 길러 농민들의 찬사를 받은 것과 동시에 그들을 곤혹스럽게 했다. 마오 주

---

175) 한자 표기는 '誓將無産階級革命進行到底.'와 같다.

석의 저서를 읽은 사람은 역시 뭔가 달라도 달라. 돼지를 키우는 데도 이렇게 정성을 다하니 말이야. 그러나저러나 저 돼지 새끼들을 저렇게 주인집 자식을 키우듯 하니 저러다가 나중에 침상에 올려놓고 같이 자려고 하는 것 아니야?

'구'는 제3생산대에서 일했다. 얼굴빛이 푸르죽죽하고 거의 말을 하지 않아 벙어리나 다를 바 없었고, 유령처럼 있는 듯 없는 듯 전혀 존재감이 없었다. 어렸을 때부터 안경 너머로 사람을 쳐다보는 것이 습관이 되었는데, 나중에 문예 선전대에서 단역을 맡아 회계 선생 역으로 출연했을 때 대사는 한마디도 없었지만 사람들로부터 신통하게 완전히 빼닮았다는 말을 들었다. 한번은 닭 몇 마리가 농약을 친 낟알을 먹고 중독되어 밭에 널브러진 적이 있다. 그가 어디에서 배웠는지 알 수 없으나 여하간 가위를 찾아 불에 소독한 후 닭의 가슴을 갈라 모이주머니를 꺼내 비눗물로 깨끗하게 씻어 다시 넣고 상처를 꿰맸다. 그랬더니 기적처럼 농약에 중독된 닭들이 살아 움직이기 시작했다. 사람들이 놀라고 기뻐한 것은 당연한 일이다. 그는 생산대 생활을 끝내고 도시로 돌아갔으나 생활이 여의치 않았는지 채소 회사를 일찌감치 때려치우고 다시 시골로 내려와 닭을 키웠다. 한 십여 년 동안 그렇게 살았다. 그가 다시 시골로 내려간 것은 그때 탁월한 수완으로 닭을 살려 낸 것과 전혀 관련이 없는 것은 아닐 것이다.

'정'은 제1생산대 출신이다. 멀쑥하게 큰 키에 깡마른 몸매로 휘청휘청 걷는 모습이 마치 중심을 잡지 못해 흔들거리는 것 같아 특히 인상적이었다. 누군가 그가 물건을 훔쳤다고 했지만 또 누군가는 그가 훔친 것이 아니라고 했다. 어떤 여자와 연애를 했다고 말하는 사람도 있었고, 그렇지 않다고 주장하는 이도 있었다. 어떤 이는 그가 시골에서 삼 년 동안 일했다고 했으나 누군가는 오 년이라고 말했다. 어떤 이는 그가 5중학[176]을 졸업했다고 했는데, 또 어떤 이는 18중학을 다녔으며, 단지 누이를 따라 5중학 사람들과 어울렸을 뿐이라고 말했다. 결론적으로 그와 관련된 일들은 이러쿵저러쿵 말들이 제각각이어서 종잡을 수가 없었다. 이게 또 하나의 특징이라면 특징이었다. 굳이 말하자면, 사람들은 그보다 오히려 그의 아버지에게 흥미를 느꼈다고 말하는 편이 맞다. 그 노인네는 매번 편지를 신문지에 써서 보냈다. 편지를 보내는 것이 곧 신문을 보내는 것이나 마찬가지였다. 좋은 것은 신문지가 인쇄물에 속하기 때문에 우편 요금이 3전이어서 편지를 보내는 것보다 5푼 싸다는 점이다. 게다가 편지글 외에도 신문을 볼 수 있으니 글자 연습도 겸할 수 있었다. 노인네의 방식이 효과를 보았는지 여부는 알 수 없지만 나중에 그의 아들은 대학에 붙어 대서북[177]의 어느 석유 기지로 발령이 났다.

시간이 지나면서 점점 결석자들이 늘어났다. 그러다 보니 사실과 관계없이 이러저러한 이야기가 속출했다. 예를 들면, '아직 살았나?', '이미 죽었나?', '정말 살아 있기는 한 거야?', '정말 죽었어?' 같은 이야기들이었다.

---

176) 중국의 '중학'에는 우리의 중학교, 고등학교가 모두 포함된다.
177) 大西北. 중국의 광활한 서북부 지역을 일컫는 말.

사람들은 말하니, 자네가 곧 마을을 떠나면
우린 자네의 미소를 그리워할 것이라고.
……

아주 오랫동안 이런 노랫말을 듣지 못했으며 그 이후에 이런 노래를 들을 수 있었는지도 정확히 알 수가 없다. 국유기업[178] 과 집체기업[179]이 연달아 도산하면서 그곳에서 일하던 대다수 사람들도 노래에 대한 흥미를 잃고 말았다. 그들은 모일 때마다 마작을 하거나 작은 병에 든 술을 마시고 농담을 하며 서로 웃기는 대신 원망과 비난의 말을 쏟아 내기 시작했다. '지옥', '노동 개조', '대박해(大迫害)', '대사기극', '수심화열[180]', '암무천일[181]', '구사일생', '만겁불복[182]'……. 이런 말들이 방송이나 신문 매체에서 유행하기 시작했다. 그들에게 이러한 말은 가장 속 시원하고 귀에 쏙쏙 들어오며, 무엇보다 똑똑히 기억할 수 있는 것들이었다. 그들은 거의 확신했으며, 굳이 고민할 필요도 없었다.

말 한번 잘했어! 상황이 정말 그렇지 않아?

만약 당시의 하향 운동 때문이 아니라면, 그래서 바이마후호에 내려오지 않았다면 그들이 어찌하여 지금과 같은 처지

---

178) 주로 국가가 자본을 투자하고 이를 기업이 소유하는 구조를 지닌 기업.
179) 공유적 성격을 띠며, 일정한 범위의 노동자들이 공동으로 소유하는 기업.
180) 水深火熱. 모진 고통을 의미한다.
181) 暗無天日. 극도로 암담한 사회를 의미한다.
182) 萬劫不復. 영원히 돌아오지 않음을 의미한다.

가 되어 허덕이고 있겠는가? 그들도 베이징대학교나 칭화대학교처럼 좋은 대학을 들락거리며 살지 않았을까? 그들도 다이아몬드 박힌 금장 시계를 차고 오픈카를 타고 다니는 성공한 사람들과 어깨를 나란히 할 수 있지 않았을까?

나도 그런 원망의 대열에 끼어들었다.

하지만 자칫 그냥 지나칠 수 있는 문제가 하나 있었다. 과연 바이마후 호의 농민들도 마찬가지 말을 할 것인가라는 문제였다. 그들도 당연히 지식 청년들의 고생이 심했다는 것은 알고 있었다. 집을 떠나 타향살이를 하는 젊은 것들이 가련하기도 했다. 하지만 아무리 고생을 했다 한들 불과 몇 년에 불과하지 않았는가? 기껏해야 몇 년 군대 다녀온 셈 치면 될 일이 아닌가. 하지만 농민들은 바이마후 호에서 대대로 지식 청년들보다 훨씬 고되고 힘든 삶을 살아왔으며, 앞으로도 계속 그렇게 살아갈 것이다. 그런 그들이 무슨 말을 할 수 있단 말인가?

그들은 지식 청년들에게 주어졌던 '병퇴[183]'나 '곤퇴[184]' 정책의 혜택도 누리지 못했을 뿐더러 취업이나 진학에서 특혜를 받지도 못했다. 하지만 잠시 살펴보면 농촌에서 태어나고 자란 이들 가운데 수많은 이들이 훌륭한 기업가나 발명가, 예술가, 스포츠 스타, 기술 명장, 연예인은 물론이고, 짧은 바지를 입고 해외에 나가 전 세계를 상대로 비즈니스를 하는 이가 얼마나 많은가? 그런데 겨우 삼사 년, 기껏해야 오 년 동안 농

---

183) 病退. 질병으로 인해 원래 거주지로 돌아가는 것을 말한다.
184) 困退. 빈곤 퇴출의 준말로 경제적 어려움으로 인해 원래 거주지로 돌아가는 것을 말한다.

촌에서 생활했다고 무슨 근거로 인생이 곤경에 빠졌다고 말할 수 있겠는가?

이와 반대로 '도시 호구'라는 바람막이, '국유 기업'이라는 안식처가 당신들을 나태하게 만들고, 당신들의 공적을 무력화시킨 것은 아닌가? '국[185]'자 간판과 '성[186]'자 간판을 내건 홍색 파락호[187], 이류 팔기자제[188], 국가가 길러 낸 약골들이 일단 자신들을 보호하는 바람막이나 안식처를 잃게 되자 마작이나 하고 술독에 빠져 헤어나지 못하고 있는 것 아닌가? 넋두리를 늘어놓는 것도 좋지만 복수를 하려면 원수를 찾아야 하고, 빚을 받으려면 빚쟁이를 찾아야 한다는 말처럼, 문제가 있다면 당사자가 책임지고 해결해야지 도시 사람 티를 내면서 자기 몸에 가짜 흉터를 만들려 하다니 우습지도 않을 일 아닌가?

짐작건대 적잖은 시골 사람들 역시 말을 하지 않아서 그렇지 아마도 그렇게 생각하고 있을 것이다. 설사 말을 한다고 할지라도 매스컴에서 크게 취급할 리가 만무하다. 방송이나 신문 매체를 차지하고 있는 사람들이 모두 도시 사람들이기 때문이다.

나도 입이 열리지 않는다. 운 좋게 대학에 진학하여 부교수 직함을 차지하고, 과장이나 처장, 청장 등과 어울리면서 시답

---

185) 國. 국유 기업을 의미한다.
186) 城. 도시 호구를 의미한다.
187) 破落戶. 재산이나 세력이 있는 집안의 자손으로서 집안의 재산을 몽땅 털어먹는 난봉꾼을 의미한다.
188) 八旗子弟. 청조 왕족인 팔기의 자제로 패가(敗家)를 상징한다.

지 않은 사람이 그럴듯하게 차려입고 다닌다는 의혹의 눈초리 속에 이것저것 작을 일들을 처리하고, 친구들 모임에서 한두 번 밥값을 계산하며, 물질적 우월감과 동시에 정신적 우월감까지 누리면서 물질적으로나 정신적으로 만족하고 있기 때문이다.(이런 사람은 남의 입장은 생각하지 않고 쓸데없는 말만 하기 십상이다.) 더욱 중요한 점은 나 자신이 입을 열 수 없는 이유가 며칠 전에 길가에서 우연히 구질구질하고, 초췌하며, 겉늙어 보이는 여자 동창생을 보고 경악한 나머지 뒷걸음을 치며 내 눈을 의심한 적이 있기 때문이다. 내가 입을 열지 못하는 이유는, 나와 친분이 두터운 친구가 아들이 다니는 학교에 찬조할 돈이 없어 아들에게 욕을 처먹고 몰래 자신의 따귀를 때렸기 때문이다. 내가 입을 열지 못하는 이유는, 나와 함께 무대에서 연기를 했던 누이가 직장을 잃은 후 다단계에 빠져 만나는 사람들마다 정수기를 판매하여 돈을 긁어모으는 하부 조직의 판매원이 되어 끊임없이 주절주절, 온갖 감언이설로 상대를 잡고 늘어지며 염치라곤 아예 사라져 버렸기 때문이다. 내가 입을 열지 못하는 이유는, 내가 수레를 끌 때 도와주던 옛 학우가 너무 가난하여 학교에서 쓰레기를 줍던 중 운동화와 운동복을 훔치다가 현장에서 발각되어 대학생들에게 정의로운 폭력의 희생자가 되었기 때문이다. 나는 말할 수 없었다. 매번 말하고 싶었지만 끝내 말할 수 없었다. 내가 입을 열지 못하는 이유는, 귀유췬의 추도식에서 만난 낯익은 얼굴들은 늙수그레한 모습에 이가 빠지거나 아니면 대머리가 되었음에도 마치 작은 동물처럼 눈을 깜빡이며 온순하고 당황스러운 표정으로 내일에 대한 공포 앞에서 어찌할 바를 몰랐기 때문이다. 그들은 일부 지식 엘리트들에 의해 어제는 반드시 퇴출시켜야 할 사람이었으며(들리는 말에 따르면, 효율을 위해서), 또한 똑같은 한 무리의 엘리트들에 의해 시끄럽게 길거리에 내몰리는 사람이기도 하였고(들리는 말에 따르면, 공평을 위하여), 유행하는 이론에 따라 수시로 혐오의 대상이 되었다가 다시 총애를 받는 그런 그림자들이었기 때문이다.

그들은 사실 그림자가 아니라 사람이다. 그들은 직장을 나갈 생각도 없고, 길거리로 나설 생각도 하지 않았다. 단지 한 가지 이유, 자신을 조금이라도 위로하고, 홀가분한 마음으로 용기를 가지고 살아갈 수 있는 그런 이유 하나가 필요한 사람들이었다. 설사 그 이유가 가짜 흉터라 해도 말이다.

이것이 뭐 그리 지나친 일인가?

바로 이런 이유 때문에 그들은 초사흗날이 되면 사방팔방에서 모여들고, 한 장의 우정 어린 낡은 사진을 향해 달려갔으며, 입체적이고 살아 움직이는 사진 속에서, 누렇게 퇴색한 단체 사진 속에서, 매년 한 번 정기적으로 출연하는 따사로운 정지 화면 안에서 자신의 통증을 가라앉혔다. 그들의 원망은 서로를 따스하게 만들어 주는 일부분이었다.

확실히 그들에게 거짓말은 반드시 필요한 진통제이다. 그럴 때 거짓말은 또 다른 형식의 진리이며, 진실이 아닌 것이 진실의 일부분이 된다. 진실 역시 거짓말의 일부분이 될 수 있는 것처럼 말이다.

나는 이 한마디 말도 입 밖에 낼 수가 없었다.

얼마 전 초사흗날, 그들은 두 대의 대형 버스를 대절해 바이마후 호로 가서 향 정부로부터 술과 식사 대접을 받았다. 각자차 농장에서 재배한 찻잎 두 봉지씩 선물로 받기도 했다. 기념비 건립 사업에 관한 논의가 길어지자 나름 견식도 있고 행정경험이 풍부한 몇몇 남자들이 각자 주장을 펼쳤으니 옛 친구들의 주목을 받는 것은 당연했다. 이에 결국 비석을 세울 장소와 비문 내용에 관해 각자의 의견을 고집하며 팽팽히 맞서는바람에 사람들이 돌아갈 시간이 늦어져 하는 수 없이 임시로길가에 있는 음식점에 들어가 저녁을 먹기로 했다. 궈유췐은영상을 녹화하느라 바빠 다른 친구에게 식대로 1인당 20위안씩 거두라고 주문했다. 사람들이 입을 닦고 이빨을 쑤시면서음식점 문을 나서는데 예상 외로 음식 값이 많이 나와 거둔 돈이 크게 부족했다.

"우리가 흘린 피땀이 얼만데, 밥값을 내야 돼?"

전혀 이치에 맞지 않는 말이었다. 식당 주인은 차 농장과 전혀 관계가 없으니 하는 말이다.

"여기 주방장 영 못쓰겠네. 도대체 어떻게 밥도 설었어."

이 역시 해서는 안 될 말이다. 아무리 밥이 설었다 해도 이미 먹지 않았는가? 마지막에 가서는 몇몇 사람들이 두 눈을 동그랗게 뜨고 무고한 사람의 표정을 하고서 이렇게 말하기도했다.

"어? 돈은 안 걷는다고 말하지 않았어? 맞아, 그런데 누가지금 엉터리 소식을 전달한 거야?"

누가 돈을 안 걷는다고 했는데? 장 아무개는 리 아무개가 말했다고 하고, 리 아무개는 우 아무개가, 우 아무개는 또 싱 아무개가, 싱 아무개는 홍 아무개가 말했다고 했다. 하지만 홍 아무개는 누가 말했는지 모르겠다고 말했다. 이렇듯 출처를 찾을 수 없는 유언비어를 여러 사람들이 철썩같이 믿고 열심히 퍼트렸고, 몇몇 뜬소문을 철통같이 믿고 있는 이들은 와자지껄하게 떠들면서 다시 한 번 그 말이 사실이라고 강변했다. 오히려 궈유쿼의 반박은 사람들의 의심을 샀다. 마치 그만 상황을 모르고 괜한 걱정을 하고 있는 듯했다.

별다른 방법이 있을 리 없었다. 주인장이 씩씩거리며 문밖까지 쫓아 나온 상황에서 궈유쿼은 하는 수 없이 자신의 신분증을 맡기고 며칠 내에 빚을 갚겠다는 말과 함께 차용 증서까지 한 장 써 주었다.

버스가 출발했다. 궈유쿼은 올 때처럼 버스 안을 앞뒤로 오가며 사진을 찍거나 사람들을 웃기려고 농담을 하지 않았다. 그저 맨 앞자리에 앉아 턱을 받쳐 든 채 아무 말도 하지 않았다. 잠이 든 것 같았다.

올 때 떠들썩하게 웃고 즐기던 모습과 완전히 딴판으로, 이상하게 느껴질 정도로 침묵이 흘렀으며 사람들도 한참 동안 아무 말도 하지 않았다.

더러운 흉터쟁이

　단단과 샤오웨는 부모들의 모임 자리에서 서로 알게 되었다. 그들은 과자를 가지고 다투기도 하고, 서로 화장을 해 주기도 하면서 친구가 되었다. 단단은 뜻밖에도 의리가 있었다. 그 애는 대학 2학년 때 변장한 모습으로 샤오웨를 위해 대리 시험을 치다가 감독관에게 현장에서 발각되었다. 그럴 듯하게 대성통곡을 해서 감독관의 동정을 얻어 그냥 넘어가지 않았더라면 아마도 결과는 훨씬 더 심각했을 것이다.

　샤오웨의 성적으로는 대학에 진학할 수 없었다. 허이민이 아이들 교육에 일가견이 있어 명문 대학에 입학시킨 학생도 있다는 이야기를 듣고 나도 가르침을 청한 적이 있다. 그의 작은 회사에 들린 김에 그에게 샤오웨의 교육 문제를 물어보았다. 나는 이번에도 샤오웨가 대학에 떨어지면 회사에서 도면을 베끼거나 모형을 만드는 일도 좋으니 그저 자기 밥값이나 하면서 기술도 배울 수 있도록 아이를 맡아 달라고 부탁했다. 나는 무엇보다 아이가 사회에 나가 하는 일 없이 싸돌아다닐까 봐 걱정이 태산 같았다. 그러다가 나쁜 길로 빠져 마약에 손을 대기라도 한다면 정말 큰일이 아닐 수 없었다.

그런데 허이민이 상스럽게 웃으며 이렇게 말했다.

"나에게 보내도 마음 놓을 수 있겠어? 만에 하나 그 애가 나를 좋아하기라도 하면 어쩌려고 그래? 나중에 우리가 자칫 잘못하여 친척이 되면 어떻게 하지?"

"이 더러운 흉터쟁이! 입이 있다고 아무 말이나 지껄여?"

"어쩔 수가 없어. 난 원래 도화살이 있거든. 의지도 박약하고 그저 여자를 끔찍이 위할 뿐이라니까."

"이 새끼가! 너 지옥에 떨어져도 무섭지 않지?"

그는 여전히 실실 웃으며 괜히 끼어들고 싶지 않은 듯했다. 그가 서랍을 열더니 현금 다발 두 개를 꺼내들었다. 가정 교사 비용을 보태 줄 테니 어디 괜찮은 선생을 찾아다가 샤오웨에게 과외를 시키라는 뜻이었다.

예전만 해도 난쟁이 똥자루처럼 작은 키에 쓰레기 같은 녀석이었는데, 지금은 그럴 듯한 차림으로 현금을 기와 조각 마냥 내던지며 사무실 책상에 앉아 있으니 나 역시 눈을 비비고 다시 볼 수밖에 없었다. 당시 친구들은 그의 성도 제대로 몰랐으며, 그의 아버지가 귀씨라는 것도 전혀 몰랐다. 그래서 그의 오른쪽 귀 아래 흉터가 있었기 때문에 그냥 습관적으로 '흉터쟁이'라고 불렀다.

키가 작은 까닭에 그가 같은 아이들과 함께 서 있는 자리는 움푹 꺼진 것처럼 구덩이가 되었고, 매일 수업을 빼먹고 땡땡이를 치는 바람에 그의 자리는 아이들 눈에 흠집이 되었다. 그의 말에 따르면, 친구가 전혀 없었기 때문에 그는 거의 투명인간이나 마찬가지였다. 나중에 어른이 되어 말하기를, 거의 매일 매를 맞았는데, 맞지 않은 날은 두 가지 이유 때문이라고 했다. 하나는 아버지가 아팠을 때이고, 다른 하나는 그 자신이 아팠을 때였다.

그의 아버지는 그의 작은 키에 대해 불만이 많았다. 게다가 생김새가 다른 그를 보며 자신의 혈육이라고 믿지 않는 눈치였다. 아버지는 그를 그저 치욕처럼 여기며 불길한 놈이자 신발바닥으로 짓이겨 버릴 더러운 잡종이라고 여겼다. 그렇기 때문에 어느 날이든 아버지가 그를 때리는 것을 잊을 경우(아버지가 공장에서 상을 받거나, 입당 또는 도박에서 이기는 등의 일이 생겼을 때) 흉터쟁이는 조건 반사처럼 괜히 열이 나고 기침을 하고, 배가 아프거나 어지러워야 했다. 그러지 않을 경우 그날은 이상한 날이 틀림없었기 때문이다.

그는 어려서부터 새 옷을 입어 본 적이 없다. 언제나 형이 입다가 덩치가 커지는 바람에 더 이상 입을 수 없게 된 낡은 옷을 물려받아 입어야만 했다. 그래서 걸어 다니는 그의 모습은 헝겊 뭉텅이가 뒹굴뒹굴 굴러다니는 것 같았다. 한 번은 반 학생들이 모두 무대에 올라 노래를 부를 일이 있었는데, 규정에 따라 모두 흰 옷에 남색 바지를 입어야 했다. 남색 홑바지가 없었던 그는 남색 솜바지를 입고 무대에 올랐다. 선생님도 그리 나무라지 않았다. 노래를 부를 시간이 되었을 때 그는 너무 더워 온 얼굴에 땀을 삐질삐질 흘리기 시작했다. 결국 그는 여름 뙤약볕이 작열하는 가운데 더위를 먹어 눈앞이 깜깜해지면서 그만 졸도하고 말았다. 그는 우아한 「아름다운 아바나[189]」를 부르다가 쓰러졌다. 하지만 그는 쉬지도 못하고 깨어나기가 무섭게 잽싸게 집으로 돌아가 아버지가 시킨 생산 임무에 몰두했다. 선탈[190]이라고 부르는 약재의 머리와 꼬리 부분을 떼어 내는 일이었는데, 한 냥을 가공하면 3푼을 벌 수 있었다. 당시 약 공장에 다니는 직공들 대부분이 일거리를 집으로 가지고 가서 약간의 생활비를 보태는 데 썼다.

이렇듯 그는 여가 시간에 학교를 다닌 것이나 다를 바 없었다. 숙제장은 한 장 한 장 찢겨 나가 주로 똥 닦는 데 쓰였고, 학교에서는 선생님의 눈 밖에 난 지 오래였다. 학교 친구들이 단체로 교육용 과학 영화를 보러 가기 위해 한 사람당 3푼씩 돈을 냈다. 그는 이틀 내내 울며불며 졸랐지만 아버지로부터 한 푼도 얻을 수 없었다. 선생님은 그런 사실도 모르고 그저 공부하기 싫어 부모에게 받은 돈으로 군것질을 했을 것이라고 단정했다. 같은 반 친구들도 선생님의 기민한 눈빛을 그대로 닮았다. 한 번은 반장이 그에게 10전을 거두면서, 길거리에서 주웠다는 말을 듣고는 칭찬은 못 할망정 차갑게 그를 비웃었다.

"겨우 10전? 누굴 속이려고 해. 모두 내놔!"

그 소리에 그가 울음을 터뜨리자 꼬맹이 간부는 그의 어깨

---

189) 쿠바의 수도로 멕시코 만에 접한 서인도 제도 최대의 항구 도시.
190) 蟬脫. 매미의 허물.

를 두드리며 이렇게 말했다.

"흉터쟁이, 울지 마. 그냥 잘못한 것을 인정하기만 하면 처벌하지도 않고 비난하지도 않을게. 홍링진[191]을 매게 해 줄 수도 있고."

흉터쟁이는 자신이 아무리 지껄여도 알아주지 않을 것이라는 생각이 들어 조급한 나머지 담벼락에 머리를 박았다. 피가 철철 흐르자 같은 반 아이들이 소리를 지르고 난리가 났다. 결국 귀유쿼이 소식을 듣고 부리나케 달려와 그를 데리고 집으로 갔다.

이는 철저한 고독이자 치욕이었다. 물론 반에 가난한 아이들도 있었다. 하지만 그들은 적어도 나름의 생존 방식을 확보하고 있었다. 쌀국수 노점상을 하는 집 아이는 배추절임을 몰래 훔치기 일쑤였는데, 이는 쌀국수의 좋은 조미료가 되기 때문이었다. 때로 그는 득의양양하게 이를 여러 친구들에게 나눠 주기도 했다. 석탄을 배달하는 집 아이는 반 아이들이 쓰레기를 나를 때 집에서 고무 타이어가 달린 수레를 가지고 와 영광스러운 노동 주력군이 될 수 있었다. 또한 언제나 손바닥에 진땀이 흐르고 방귀 냄새가 지독했으며, 엄마가 신는 붉은 색 여자 신발을 신고 다닌 친구가 있었는데 싸움을 할 때면 큰 덩치가 눈에 확 띄기 때문에 나름 체면을 살릴 수 있었다. 오직 귀이민, 아니 허이민(그는 집요하게 모친의 성을 고집했다.)만은

191) 紅領巾. 중국 소년 선봉대가 목에 거는 붉은 삼각 손수건이다. 지금은 모든 소학교 학생들이 학교에 갈 때 착용한다.

썩을 대로 썩고 망가질 대로 망가졌으며, 가장 쓸모없는 아이였다. 그래서 나쁜 짓거리를 할 때도 그를 끼워 주는 법이 없었다. 남자아이들의 패거리인 굴렁쇠파, 고무총파, 폭죽파, 물총파, 기마전파 등도 그에게 눈길 한 번 주지 않았다. 그를 상대해 주는 사람은 오직 궈유췐뿐이었다. 때로 집에서 만두를 훔쳐다가 그에게 먹이기도 하고, 비가 올 때면 우산을 보내 주기도 했다.

그는 중학교 입학 시험에 떨어졌지만 오히려 부친의 소원을 성취해 준 꼴이 되고 말았다. 아마도 그의 부친은 어린 잡놈이 시험에 떨어져 자기 돈을 아끼게 되었다고 생각했는지 그를 때리지도 않았다. 아들은 오히려 이 때문에 크게 실망했다. 맞고 싶을 때 때려 주는 사람이 없으니 그저 다른 낙방생들이 부러울 뿐이었다. 매를 맞아 코가 시퍼렇게 되고 퉁퉁 부은 얼굴로 엉엉 울지언정 얻어맞을 때의 묘한 따뜻함이 있었기 때문이다. 그는 체면이 말이 아니었다.

"저 늙은이가 칼만 안 들었지 날 잡아 죽일 작정인가 봐!"

그는 심지어 이렇게 또 다른 낙방생에게 자신이 엄청나게 비참한 것처럼 허풍을 떨기도 했다.

하지만 궈유췐은 그를 잡아다 강가로 끌고 가서 그의 머리통을 물 속에 처박으며 억지로 더러운 강물을 마시게 했다.

"너, 이렇게 살다가는 깡패 새끼밖에 되지 못해!"

"상관하지 마……."

"수학이 겨우 18점이라니, 내 동생이라고 하기에 부끄럽지도 않아?"

"누가 네 동생이래? 너는 궈 씨이지만 나는 궈 씨가 아니야. 그래 아예 물에 빠뜨려 죽이지!"

"내가 못 할 것 같아?"

"내가 너에게 날 빠뜨려 죽이라고 했는데, 날 빠뜨려 죽이지 못하면 넌 사람 새끼도 아니야!"

궈유쥔이 주먹을 쥐고 얼굴이며 엉덩이며 닥치는 대로 치기 시작했다. 그는 치고 또 치고 급기야는 자기 몸까지 치며 울음을 터뜨렸다. 그렇게 한참 시간이 지난 후 그들 두 사람은 강가에 멍하니 앉아 주말 오후를 흘려보냈다. 돛단배가 미끄러지듯 다가오더니 다시 흔들흔들 멀리 사라졌다. 또 다른 돛단배가 다가오는 듯 하더니 다시 멀리 하늘가로 사라지고⋯⋯. 따사로운 햇살 아래 썩은 나무가 파도를 따라 강가로 밀려왔다. 그 위에 작은 새 한 마리가 두리번두리번 좌우를 살피며 짙어 가는 황혼 속에 울음으로 침묵의 고별식을 끝냈다. (그중 하나는 학교를 떠나 더 이상 학교를 마치고 돌아가는 무리 속에서 볼 수 없었다.)

그 후 어느 날, 퇴근하고 집에 돌아온 아버지는 쌍놈의 새끼가 아직도 집 안에 웅크리고 앉아 흙을 파거나 넝마를 줍지도 않고, 언덕을 오르는 수레를 밀지도 않은 채(한 번 밀어 줄 때마다 20전을 받을 수 있었다.) 되바라지게 책을 끼고 앉아 있는 모습을 발견했다. 아버지는 그의 책을 낚아채 멀리 던졌다. 책은 포물선을 그리며 날아가 하수구 진흙탕에 빠졌다.

"돈은?"

아버지가 말하는 것은 그가 매일 벌어서 바쳐야 하는 50전을 내놓으라는 뜻이었다.

하수구에 처박힌 『소학생 우수 작문』은 귀유퀀이 그에게 준 책으로 지금까지 살아오면서 처음으로 받은 선물이었다. 사실 그날 그는 하늘이 우중충한 모습이 비가 올 것만 같아 수레를 밀 일도 없으리라 여기고 그저 책을 뒤적거렸을 뿐이었다. 일부러 일을 하러 가지 않은 것은 아니었다.

"돈도 안 내고 밥을 먹으려고 해? 내가 분명히 말하는데, 한 푼이라도 부족하면 안 돼!"

하수구에 내팽개쳐져 찢겨진 책뚜껑을 얼핏 바라보니 자기도 모르게 눈물이 났다.

"귀가 멀었나? 빨리 안 가면 60전이야!"

하지만 그는 미동도 하지 않았다.

"그래도 이놈이! 그럼 70전!"

이어진 상황은 그도 설명할 길이 없었다. 그는 자신이 왜 그렇게 개망나니처럼 제멋대로 굴었는지, 왜 그처럼 악랄하게 주먹질을 했는지 알 수 없었다. 좌우지간 그는 갑자기 긴 나무 의자를 들어 책을 빼앗아 내던진 사람의 뒷그림자를 향해 냅다 내리쳤다. '헉' 하는 소리가 들리더니 몸뚱이가 조금 기울다가 다시 더 많이 기울면서 마침내 땅바닥으로 쓰러지고 말았다.

그는 외마디 소리를 지르며 여러 가구가 모여 사는 마당을 지나 길거리로 향하며 다시 소리 높여 외쳤다.

"궈자푸, 지옥이나 가라."

그의 아버지의 이름이었다.

그는 귀유쥔이 있는 중학교로 한걸음에 달려갔다. 자신의 폭행에 대해 해명해야 할 것 같았다. 그리고 선물로 받은 책을 자신이 내던진 것이 아니라는 사실을, 책뚜껑을 찢은 것이 자기가 아니라는 사실을 설명해 줘야만 할 것 같았다……. 그는 교문 앞에서 한참을 기다리다가 마침내 멀리서 귀유쥔이 농구공을 치면서 내의까지 흠뻑 땀에 절은 몇몇 친구들과 함께 이야기꽃을 피우며 교문을 나서는 모습을 발견했다. 경쾌하게 휘파람을 불면서 신이 난 듯 책가방을 빙글빙글 돌리며 걸어오고 있었다. 남자 선생님을 만나자 그들은 격의 없이 선생님과 어깨동무를 하고 왁자지껄 떠들다가 한바탕 웃음을 터뜨렸다. 허이민은 문득 자신이 이미 학교에서 너무 멀어졌다는 느낌과 함께 그들 앞에 나설 용기가 나질 않았다. 괜히 나섰다가 망신을 당하거나 헤진 헝겊 뭉텅이를 훑어보는 눈길에 사정없이 갈기갈기 마음이 찢기지나 않을까 두려웠다.

그는 코를 한 번 크게 푼 다음 길가 골목에 숨어 조용히 그들이 지나가기를 기다렸다.

"이런 개새끼! 말똥구리 같은 새끼! 넌 원래 형 따윈 없었어……."

그는 마음속으로 자신에게 이렇게 소리치며 소방전을 세차게 걷어차기 시작했다. 고무신이 터져 발가락에서 피가 날 때까지. 이렇게 차고 또 차면서 머리가 어지러울 때까지 멈추지 않고 있을 때 돌연 차 한 대가 그를 향해 돌진하며 날카로운 브레이크 소리를 냈다.

"얘야? 집이 어디니? 내 말 들리니……?"

어렴풋이 들리는 소리에 눈을 뜨니 중년 여성의 얼굴이 보였다. 희미한 역광 속에서 귓가에 머리카락 한 가닥이 흩날리는, 목이 아름다운 여인이었다.

그는 문득 낯설기만 한 두 글자, 아니 설사 망설여지더라도 그렇게 단 한 글자, 아니 얼버무리며 단 반 글자만이라도 크게 외치고 싶은 마음이 간절했다.

"엄마……."

강호의 왕

떠돌이 생활은 그날, 그의 찢어진 고무신으로부터 시작되었다. 그는 차부나 공원, 방공호에서 잠을 자고 물건들을 훔치기 시작했다. 당시 흔히 볼 수 있던 '대통루'는 여러 가구가 한 층에 거주하면서 주방을 공동으로 사용하거나 아예 복도에서 취사를 했다. 보통 집주인들은 낮에 일을 하러 나가기 때문에 집 안이 텅 비는 날이 많았다. 그는 그럴 때마다 기회를 엿보다 남의 물건을 슬쩍하곤 했는데, 때로 뜻하지 않게 횡재를 할 때도 있었다. 푹 삶은 닭을 건져 내어 입가에 잔뜩 기름을 묻히게 되거나 알루미늄 솥을 훔쳐다가 80전에 내다 파는 경우가 그러했다.

그는 도둑질한 물건을 팔아 담배를 샀는데, 그 덕분에 여러 명의 담배 친구를 사귀게 되어 떼를 지어 길거리에 모여 앉아 담배 연기를 내뿜어 댔다.

그 가운데 형뻘인 한 친구가 있었는데, 집안에 어른이 없기 때문에 들고나기가 편해 자연스럽게 그 집은 천연의 도적 소굴이자 도박장이 되었다. 그는 그곳에서 포커나 마작, 골패 등을 하면서 형님을 스승 삼아 도박할 때 속임수를 쓰는 방법을 배웠다. 사실 속임수는 간단했다. 예를 들어 딱딱한 종이 한 장을 술잔에 끼워 넣어 술잔에 이층 공간을 만드는 것도 속임수의 일종이었다. 술잔에 주사위를 넣고 흔들면 위쪽에 있는 주사위는 핑글핑글 돌아다니지만 아래층에 주인이 몰래 넣어둔 주사위는 전혀 움직이지 않았다. 그렇기 때문에 술잔을 뒤집어 보일 때 주사위 면을 마음대로 결정할 수 있었다. 이런 방법으로 그와 형님은 어수룩한 늙은이들을 갈팡질팡하게 만들어 몇 번이나 돈을 따먹었다. 시계 수리공이나 석탄 수레를 끄는 이나 홍위병의 강압에 못 이겨 환속한 스님도 그들과 도박을 하다가 완전히 탈탈 털리고 말았다. 여럿이 모여 노름하는 것만으로 건달들의 욕구를 만족시킬 수는 없었다. 갈수록 점점 대담해진 그는 얼마 후 마침내 큰길 시내로 진출하더니 급기야 소매치기 왕으로 등극했다. 한창 위세가 대단할 당시 그는 작은 선글라스를 끼고 팔자걸음으로 거리를 휘저으며 돌아다녀도 전혀 무서울 것이 없었다. 휘하에 20여 명의 똘마니들을 데리고 오일로 거리와 남교장 광장 일대를 돌아다니면 행인들이 놀란 얼굴로 피하기 일쑤였다. 그렇다고 크게 힘을 쓸 것도 없었다. 그저 일할 곳을 도심 공원에 설치한 다음, 시원한 나무 그늘을 택해 늘어지게 잠을 자면서 느긋하게 똘마니들이 세금을 바치러 올 때까지 기다리면 그 뿐이었다. 아래 똘마니가 정중하게 나지막한 목소리로 그를 깨우면, 입이 찢어지게 하품을 한 번 하고 돈 주머니를 열어 대충 큰돈만 챙기고 푼돈은 내던져 주면 끝이었다. 때로 똘마니가 생리대 지갑을 낚아챌 경우도 있었는데, 그럴 때면 화를 참지 못하고 그의 얼굴에 생리대 지갑을 내던지며 꽥하고 소리를 질러 댔다.

"너, 그 쓸데없는 족발은 잘라 내 버리지 왜 달고 다녀?"

그럴 때면 똘마니는 연신 고개를 조아리고 허리를 굽실거리다 급기야 혼비백산하여 방귀가 나오고 오줌을 쌀 지경이 되면 재빨리 그 자리를 피해 달려 나가 더욱 힘들고 어려운 전쟁에 투입되었다.

왕이라고 해서 그저 맨입으로 먹고 마시는 것은 아니었다. 도시의 소매치기들은 구역마다 다른 패거리가 있었는데, 불문율에 따라 상호간에 각기 다른 구역을 차지하고 서로 간섭하지 않았다. 그러다가 누가 경계를 넘게 되면, 마치 다른 사람의 밥을 훔치거나 국가 간의 주권에 개입한 것과 마찬가지여서 전쟁을 피할 수 없었다.

이런 상황에서 속임수보다 더 중요한 것은 역시 싸움이었다. 소매치기 패거리의 두목으로 살아가려면 반드시 자신의 밑에 있는 신민들을 제대로 보호할 수 있어야만 했다. 그렇기 때문에 맨주먹이든 돌멩이든, 아니면 쇠몽둥이를 닥치는 대로 들고 휘두르든 상대와 맞서 싸우는 것이 왕의 신성한 책임이었다. '오방(오일로 거리의 패거리)'과 '팔방(팔각루 건물의 패거리)'의 집단 패싸움이 벌어진 것은 바로 이 때문이었다. 흙터쟁이 허이민은 '오방'의 두목으로 싸움이 벌어질 때마다 맨 먼저 달려 나가 악다구니를 쳤다.

"오늘 네 놈들을 완전히 작살내 버리겠어!"

"이 어르신이 네 놈들을 완전히 후려 죽일 테다."

그는 이렇게 악랄한 욕지거리를 내뱉는 것으로 강호에 악명이 자자했다. 그러나 나중에 그가 말한 것을 들어 보면 나름 이유가 있었다. 그의 말에 따르면, 싸움을 붙기 전에 일단 상대를 선제 공격하는 것이 무엇보다 중요한데, 온갖 욕을 퍼부으며 기세등등하고 흉포하게 굴어야 상대에게 강한 인상을 남기면서 명성이 멀리까지 전해진다는 것이었다. 실제로 싸움이 벌어지면 그야말로 혼전이 벌어져 누가 누구를 돌볼 여유가 없기 때문에 설사 이긴다고 해도 참혹하기는 마찬가지였다. 제일 좋기로는 발바닥에 돼지기름을 발라 두는 것인데, 슬그머니 도망치는 것이 최상책이기 때문이다.

강호에 명성이 자자한 것도 사실 그리 좋은 것만 아니다. 성가신 일이 적지 않기 때문이다. 어느 날 남북 양대 파벌이 아직 싸우기도 전인데, 사방에서 사이렌 소리가 요란하게 울리고 손전등 불빛이 어지럽게 움직였다. 매복한 경찰과 민병이 주위를 포위하고 있었던 것이다.

"짭새 떴방아다!"

흉터쟁이가 큰 소리로 후퇴하라는 암호를 내뱉고는 재빨리 작은 골목으로 내빼기 시작했다. 마침 골목에 내놓은 대나무 평상 쪽으로 달려가 곤히 잠든 아이를 두 팔로 감싸고 눈을 감은 채 거친 숨소리를 애써 참았다. 잠시 후 구둣발 소리가 요란하게 들리더니 누군가 그가 누운 평상에 손전등을 비추는 느낌이 들었다. 손전등 불빛이 잠시 이리저리 요란하게 흔들리더니 곧 사라졌다. 체포조가 평상에 누군가 잠든 모습을 보기는 했지만 진짜로 잠든 사람으로 착각했거나 아니면 작은 몸집 때문에 어린아이인 줄 오인했기 때문일 것이다. 여하간 그는 이렇게 해서 무사히 도망칠 수 있었다.

하지만 그의 부하들은 모두 그물에 걸리고 말았다. 그 소식을 들은 그는 영 체면이 서지 않았다. 이건 사내로서 말이 되지 않았다. 그는 그 길로 경민연방[192]의 치안 지휘부로 달려갔다.

"당신이 흉터쟁이 두목이란 말이오?"

민병이 놀라 물었다.

"자수하러 왔단 말이야?"

"자수는 개뿔! 나는 죄를 짓지 않았어."

"죄를 짓지 않았다고? 모든 정황을 우리가 다 알고 있는데. 매번 당신이 제일 먼저 선수를 치고 매번 가장 악랄하게 싸웠잖아. 당신 아버지가 당신과 부자 관계를 단절하겠다고 자그마치 세 번씩이나 신문에 낸 것도 당연한 일이군!"

"그냥 나쁜 놈들을 때려 준 것일 뿐이오. 시민들을 위해 해로운 것들을 없애려는 거지."

"그래도 어디서 터진 입이라고 교활하게!"

"내가 당신들을 대신해 사회 치안을 보호했단 말이오."

"여기가 어디라고. 제멋대로 아가리를 놀려? 꿇어앉아!"

그는 꿇어앉지 않기 위해 등받이 의자를 붙잡은 채 완강히

---

192) 警民聯防. 경찰과 민병 연합 방범단.

버텼다. 네 명의 민병이 마구 두들겨 패면서 의자를 돌려 놓으면 다시 의자 바깥쪽으로 뱅글 돌아 죽을힘을 다해 의자를 잡고 늘어졌다. 사람과 의자가 찰싹 달라붙어 마치 나무 뿌리가 휘감기고 줄기가 뒤얽혀 있는 듯했다. 자르면 돌돌 말리는 고기처럼 막무가내로 달라붙어 있으니 다루기가 결코 쉽지 않았다. 사내들이 숨을 헐떡거리며 자신의 손을 만지작거릴 뿐 더 이상 때리지 못했다.

"때려! 더 때려, 멈추지 말고! 제발 이렇게 빌게. 오늘 나를 때려죽이지 않으면 안 돼. 제발 때려죽여 줘."

그가 피 묻은 침을 내뱉으며 말했다.

"너희가 나를 때려죽이지 않으면 곤란할 거야. 내가 살아서 나간다면 바로 한 놈씩 찾아다가 죽여 버릴 테니까. 철도국 8동부터 시작해서."

사실 그는 누가 철도국에서 나온 사람인지 잘 몰랐다. 다만 조금 전까지 두들겨 맞아 정신이 혼미할 때 누군가 철도국 기숙사 8동에서 무슨 전화가 걸려 왔다고 말하는 것을 들은 기억이 떠올라 그냥 말했을 뿐이었다.

그런데 뜻밖에도 그 방법은 매우 효과적이었다. 네 명의 민병이 서로 눈짓을 교환하더니 더 이상 그를 때리지 않았다. 밤이 깊어 가자 누군가 모기향을 피우고 만두 두 개와 물병을 가져왔다. 분명 철도국 운운한 것과 관련이 있는 듯했다.

당시 징벌 규정에 따라 흉터쟁이와 그의 휘하 이십여 명의 똘마니들은 민병 무장대에 의해 압송된 후에 검은 팻말을 목에 걸고 시내에서 두 번씩 조리돌림을 당하고, 이십 일 동안 방공호를 팠으며, 당의 신문에 실린 범죄 관련 사설을 삼백 번씩 읽은 후에 비로소 석방되었다. 석방된 날 어떤 사내(아마도 철도국 기숙사에 사는 사람인 것 같았는데, 흉터쟁이는 그제야 그가 누구고 어디에 사는지 알았다.)가 다가와 그에게 담배 한 갑을 찔러 주면서 그날 밤 일은 공적인 일인지라 어쩔 수 없었다며 사적인 감정은 없다고 말했다.

흉터쟁이가 담배 한 모금을 깊이 빨고 내뿜으며 냉소적으로 말했다.

"형씨, 나라는 사람은 뒤가 없는 사람이외다. 하지만 이후에 만약 철도국에 부탁할 일이 있거들랑 좀 도와주시오."

"문제없으니, 걱정 마시오."

상대는 연신 고개를 끄덕였다.

신체의 수수께끼

사람은 자신의 몸에서만 살아갈 수 있다. 얼핏 논리적으로 맞지 않는 말 같지만, 내가 하고 싶은 말은 사람의 마음이 아무리 크다고 할지라도 신체 즉 자신의 육신에 갇혀 있을 수밖에 없다는 뜻이다. 루치아노 파바로티가 조던의 허벅지와 먼로의 큰 가슴을 동시에 가질 수는 없다. 한 사람이 자신의 눈은 당나라 왕조에 두고, 귀는 민국 시기에, 수족과 내장은 미래에 남겨 줄 수는 없다.

사람의 신체는 일회성, 개인성을 지닐 뿐만 아니라 보편성도 함께 지닌다. 말인즉, 안정된 유전 인자가 오랜 세월 유전되면서 온 인류의 형체를 대체적으로 비슷하게 만들었기 때문에 피부색의 차이는 있을지언정 뜬금없이 소처럼 뿔이 나거나 양처럼 꼬리가 있는 사람은 없다는 뜻이다.

이건 정말 신기한 일이 아닐 수 없다.

하지만 유전자는 대체적으로 안정된 상태에서도 엄청난 차이와 변화가 잠복하고 있다. 누구는 키가 크고 또 누구는 키가 작으며, 음치가 있는가 하면 색맹도 있다. 고소 공포증을 가진 사람도 있고, 그런가 하면 개미를 무서워하기도 한다. 누구는 가슴이 크지만 누구는 작다. 누구는 육식을 좋아하나 또 누구는 채식주의자이다. 꽃가루에 민감한 사람이 있는가 하면, 마른 과일에 민감한 사람도 있다. 이는 대체적으로 천성적인 것으로 아직 구체적인 이유는 밝혀지지 않았다. 그냥 지나치기 쉬운 문제 가운데 하나는 과연 성녀 테레사와 악마 히틀러의 유전자 지도 즉 게놈 지도가 과연 서로 같을 것인가 여부이다. 만약 다르다면 이런 차이는 선천적인 것인가 아니면 후천적인 것인가? 무엇으로 결정되는 것일까? 다시 말해 그들의 조상이 책임져야 하는가? 아니면 그들 자신이 책임져야 하는가?

2012년 3월 11일 영국 《선데이 타임스》에 실린 기사에 따르면, 많은 과학자들은 "서양의 개인주의와 아시아의 집단주의는…… 근본적으로 유전자 차이에 기인하며", "문화 가치관은 세로토닌[193] 운반 유전자와 밀접한 관련이 있다."라고 보고 있다. 이는 놀랄 만한 주장이다. 미국 심리학회의 학술지인 《아메리칸 사이콜로지스트》를 읽어 보면, 적지 않은 심리학 전문가들이 극단적인 행동이나 나태, 악독함, 심지어 공화당의 정치적 입장을 모두 유전자의 산물로 여기고 있음을 알 수 있다. 만약 이러한 주장이 모두 사실이라면 지금까지 정치, 도

193) 뇌에서 분비되는 신경 전달 물질의 일종.

덕, 문화 방면의 온갖 혁신 운동도 공연한 생트집일 뿐 와자지 껄 떠들어 대기만 하는 아마추어들의 월권으로 유전자 전문 가들의 냉소만 살 뿐이다.

그러나 유전자 전문가들에게 이런 질문을 할 수 있다.

세계에 과연 불변하는 유전자가 있을까? 만약 유전자가 영 구불변의 정태적인 것이 아니라 동태적인 것이어서 다시 쓰 는 것이 가능하다면 그것 역시 '유전자'라고 할 수 있을까? 아 니면 그저 실험실의 문제일 뿐인가? 생존 환경이나 역사 과정 에 의해 끊임없이 새로 쓰이는 유전자, 예를 들어 테레사나 히 틀러와 같은 이들에 의해 완전히 다시 쓰인 세로토닌과 같은 것이 있다면, 시각을 바꾸어 중국어로 유전자라는 뜻인 '기인 (基因)'에서 원인을 의미하는 '인' 대신에 '과'를 넣어 '기과(基 果)'라고 칭해야 하지 않을까?

어쩌면 그럴 수도 있을 것이다.

기인은 또한 기과이다. 사람들은 누구나 인과 과를 가지고 있다. 유전자를 이어받은 이는 동시에 유전자를 새로 쓰는 이 다. 다시 말해 다음 단계의 유전자 변천 과정의 모호한 발원 지라는 뜻이다. 생존 환경과 역사 과정은 더욱 막강해진 일종 의 실험실이 되어 각종 유전자 변형 프로젝트를 은밀히 시행 하고 있으며, 한 개인, 다시 말해 집단적이고 안정적이며 또한 다변하는 개인의 생리적인 미완성 원고를 엮어 나가고 있는 것이다. 이렇게 말하고 보니 또다시 논리적으로 말이 되지 않 는 것 같다. 이런 의미로 문학에서 '몸으로 돌아가자.'와 같은 구호는 확실히 춘궁기나 홍등 따위의 통속적인 화제에서 그칠 것이 아니라 개개인의 신체의 미묘한 차이, 개인성의 풍부한 무대로 전향해야만 한다.

허이민의 유전자 역시 아직 미완이니 이를 예로 삼아 이야기해 보는 것도 좋을 듯하다.

다리와 허리에 관하여

중국 남방 사람들은 보편적으로 왜소한 편이다. 일부 키가 큰 사람들도 있지만 그들 역시 허리가 길 뿐 다리는 짧다. 허리가 길어 수천 년에 걸친 농경 생활에 비교적 적합하다. 허리를 굽히거나 상체를 수그려 땅에서 일을 하는 것이 편하기 때문이다. 허이민의 불행은 키가 작은 이들 중에서도 특히 작다는 데 있었다. 위 세대가 어느 때 어느 곳에서 난자와 정자가 만났는지는 알 수 없지만 격세 유전 또는 직접 유전으로 인해 키가 160센티미터 평균에 훨씬 모자란다.

이런 추측도 가능하다. 북방 또는 그보다 더 북쪽에 사는 유목민들은 광활한 유라시아 대륙에서 살면서 소나 양을 기르고 지키기 위해 큰 키가 필요했으며, 멀리 구름 너머로 적들이 쳐들어올지도 모르니 이를 경계하느라 키가 크고, 또한 덩치가 큰 말을 타기 위해서도 키가 커야만 했다. 그들은 몸을 굽혀 땅에서 일하는 경우가 비교적 적었다. 그래서 의식적으로나 무의식적으로 키가 커야겠다는 심리적 기대감이 유전적 선택이 되어 후대에 길고 쭉 빠진 다리를 남겨 주었다. 이민과 전쟁을 통해 개인이 원했든 그렇지 않든 간에 상호 교배를 통해 이러한 긴 다리가 점차 농경 지역에 출현하여 지금 허 흉터쟁이의 왼쪽에 숫돌로 칼을 갈고 있는 산둥 사내 랴오거와 같은 이들이 태어나기에 이르렀다.

랴오거는 고등학생으로 지역에서 운영하는 철공소에서 최고 학벌의 소유자이다. 그는 수학이나 물리학, 화학 등에 대해 이야기하는 것을 가장 좋아했으며, 다른 이들이 자신을 보고 '랴오궁[194]'이라고 불러 주는 것을 특히 좋아했다. 허이민은 그에게 라디오의 원리가 뭐냐고 물어보기도 하고, 소학교 산수 실력으로 방정식을 풀어 거의 근사치를 얻기도 했다. 하지만 랴오거는 머리를 한 번 쓰다듬어 사람들이 폭소를 터뜨리게 만들기만 했을 뿐 칭찬은 한마디도 하지 않았다. 그의 괴상한 계산법을 진지하게 생각하는 이는 한 사람도 없었다.

어느 날 그는 랴오거가 밥도 먹지 않고 머리카락을 이마 아래까지 길게 늘어뜨린 채로 그저 계속 한숨만 내쉬고 있는 것을 발견했다. 물어보니 실연을 했다는 것이었다. 상대는 바로 전기 공작반에서 일하는 창화[195]로 손풍금을 잘 타기로 소문난 단지부[196] 서기였다. 랴오거가 그녀에게 남들 몰래 연애편지를 건넸는데, 뜻밖에도 그녀가 편지를 짓구겨 기계 수리반 쪽으로 내던졌다는 것이다.

"완전히 눈먼 장님이네."

---

194) 랴오궁의 '궁'은 공(工)의 중국어 발음으로, 그를 기술자로 높여 부르는 표현이다.
195) 廠花. 공장의 꽃이란 의미이다.
196) 團支部. 공산주의 청년단의 활동을 위한 기본 조직.

허이민이 랴오거 대신 분풀이라도 하려는 듯이 이렇게 말했다.

"여시 같은 년, 그런 여자한테 뭘 바래요? 난 거저 준다고 그래도 싫겠다!"

"야, 흉터쟁이 새끼야. 괜히 뻥치지 마."

어떤 직공이 이렇게 말하면서 그를 나무랐다.

"괜히 더 이상 우리 랴오거 자극하지 마."

"내가 뻥이라고? 내가 원하기만 하면 손가락만 까닥해도 예쁜 여자들이 무더기로 달려들어 아무리 발길질을 해도 가려고 하질 않는다고."

"무슨 모기 암컷을 꼬시는 건 줄 알아?"

"날 무시하는 거야? 그러면 너 오늘 나랑 내기할래?"

직공들이 일제히 환호성을 질렀다. 네가 만약 꼬시지 못하면 매일매일 우리에게 만두를 사 주고, 성공하면 우리가 삼 개월 동안 대신 일해 줄 테니, 푹 쉬라고.

흉터쟁이 허이민은 자신의 뻥이 조금 지나쳤다는 생각이 들기는 했지만 울며 겨자 먹기로 계속 나갈 수밖에 없었다. 그는 자전거를 타고 이웃집으로 가서 『홍루몽』[197]을 포함해서 문학책 서너 권을 빌려다가 디젤 엔진 옆에 놓았다. 우아한 미끼를 뿌려 놓은 셈이다. 이어서 그는 대형 개폐기를 전기공이 수리해야 하는 상태로 조작해 놓았다. 당연히 수리를 신청하

---

197) 紅樓夢. 중국 청나라 때의 장편 통속 소설로 남녀 간의 애정과 비련 그리고 가문의 영화와 몰락을 그린 작품이다.

는 시간은 밤으로 설정했다. '공장의 꽃'이 당직을 서는, 희미한 달빛이 몽롱하게 배경이 되어야 했기 때문이다.

공구 가방을 들쳐 맨 창화는 이렇게 미리 쳐 놓은 올가미 속으로 들어왔다. 그녀는 개폐기를 점검하다가 『홍루몽』, 지식과 예술의 하이라이트를 발견했다. 자연스럽게 허이민의 수작도 순조롭게 진행되었다. 이후 그의 공구함에는 한 권 또 한 권 이른바 명저들이 자리했다. 중국 책은 물론이고 러시아, 프랑스, 영국 등 여러 나라의 문학 작품들이었다. 사실 그는 그런 책들이 무슨 내용인지 알지도 못했다. 그러나 매번 돈이나 담배를 들고 이웃집에 사는 중학교 교사에게 달려가 속성 과외를 받았다. 교사는 그에게 각 책의 요점을 정리해서 이야기해 주었고, 그는 그것을 외우느라 진땀을 흘렸다.

"책을 이렇게나 빨리 읽어? 한 눈에 열 줄씩 읽나 보네?"

창화가 놀라면서 재고팔두[198]의 문예 청년을 숭배하는 듯 쳐다보았다.

"이 정도 책이야 뭐 문제겠어? 거의 하루에 두세 번씩 읽을 수 있지."

"난 당신이 번체자를 모르는 줄 알았어."

"참, 쑥스럽지만 나는 원래 갑골문을 연구할 생각이었어."

"난 당신이 싸움만 하는 줄 알았어."

"책을 읽지 않을 때 싸움을 하지 않으면 뭘 해?"

---

198) 才高八斗. 문인의 재질이 뛰어남을 일컫는 것으로 남조 시대 사령운(謝靈運)이 조식(曹植)의 문재를 칭찬하며 한 말이다.

"당신처럼 똑똑한 사람은 대학에 가서 좀 더 깊이 있게 연구를 해야지. 베이징대학교도 있고, 칭화대학교, 아니면 조도전[199]대학교도 좋아. 우리 외가 쪽 사촌 언니가 그곳에 다니고 있거든."

허이민은 사실 '조도전'이 먼 시골 어딘가에 있는 줄 알았다. 그래서 자기는 밭에 나가 일하는 것[200]을 제일 싫어하기 때문에 절대로 시골로 가서 지식 청년이 될 생각이 없다고 말했다. 다행히 그는 애매모호하게 말을 했기 때문에 상대방이 이상하게 생각할 정도는 아니었다. 그는 나중에야 '조도전'이 일본에 있는 유명한 대학이라는 것을 알고 놀라 온몸에 식은 땀이 쫙 났다.

그들이 처음으로 함께 극장의 어두운 관객석에 앉았다. 허이민은 사전에 직공들에게 이런 사실을 알려 직접 극장에 와서 사실을 확인하라고 말했다. 고기 만두를 준비하라는 소리와 함께. 그런데 전혀 예상치 못한 일이 벌어지고 말았다. 어두컴컴한 관객석에서 잠시 은막을 쳐다보던 눈길을 돌려 옆에 앉은 창화를 바라보았는데, 문득 자신의 전리품이 여시처럼 간사하고 교활한 여자가 아니라는 느낌이 들었기 때문이다. 초롱초롱한 눈, 오뚝한 콧날, 얼굴에 있는 듯 없는 듯한 약간의 주근깨, 특히 때로 말을 하다 실수할 경우 입을 가리거나 혀를 살짝 내미는 모습을 볼 때마다 자기도 모르게 마음이

---

199) 早稲田. '와세다'를 의미한다.
200) 조도전의 '전(田)'이 밭을 의미한다고 오해하여 한 말이다.

두근거렸다. 아뿔싸. 이거 좋아하게 된 것인가? 우정 대신 사랑을 택하게 된 거야? 불쌍한 랴오거는 지금 어딘가에서 미친 듯이 가슴을 두드리고 발을 동동 구르면서 시뻘건 피를 토하고 있는 건 아닐까?

그가 그녀의 손을 잡으려고 했는데, 손가락이 닿는 순간 그녀가 마치 감전이라도 된 양 손을 움츠렸다. 두 사람은 아무 일도 없었다는 듯 그저 영화에만 몰두했다.

공장 부근에 있던 두 대의 고음 확성기가 사라져 보이지 않았다. 경찰들은 그리 힘들이지 않고 허이민의 집에서 장물을 발견하고 그를 파출소로 연행하여 보름 동안 구금했다. 공장에서도 그에게 벌로 매일 변소를 청소하라고 시켰다. 창화를 다시 만났을 때 그는 그 나팔이 얼마나 원망스러운지 말을 꺼내기도 전에, 또한 그녀에게 손풍금을 사 주고 싶어 확성기에 손을 댔다는 말을 채 꺼내기도 전에, 그저 따귀 한 대를 얻어맞기만 했다.

"내가 말하는 것 좀 들어 봐. 미안해……."

"싫어, 듣고 싶지 않아!"

"내가 너를 위해서……."

"누굴 속이려고 해? 나도 알아. 네가 만두를 얻어먹으려고 한 짓이라는 걸."

그녀는 한 무더기 책을 매섭게 그에게 내던진 후 훌쩍이며 당장이라도 쓰러질 것처럼 비틀비틀 멀리 달려가 버렸다. 그는 그저 흩어진 책 몇 권을 주섬주섬 거두어 집으로 돌아올 수밖에 없었다. 자신의 공구함을 정리하면서 그는 쪽지 한 장을 발견했다. 종이 위에 익숙한 글씨체가 눈에 들어왔다.

"더러운 난쟁이, 넌 구제불능의 개새끼야!"

이후로 그는 더 이상 그들을 보지 못했다. 들리는 말에 따르면, 랴오거가 일을 그만 두고 창화와 다른 공장으로 가기로 약속했다고 한다. 동료들은 허이민이 우울해하는 것을 보고 두꺼비가 백조 고기를 먹는 것처럼 자기 분수도 모르고 여전히 자신이 대단한 사람인 것처럼 여기는 모양이라고 비웃었다. 그들의 분석에 따르면, 그저 두어 번 같이 영화를 본 것 가지고 결혼하려고 했으니 겨우 세 치나 될까 말까 한 남생이 다리로 장모가 쳐 놓은 관문을 넘어설 수 있겠어? 다른 사람들은 그냥 가만히 있고? 단지부 서기에다 기술자 집안의 금쪽 같은 딸인데, 제아무리 문학에 눈이 멀었다고 할지라도 어느 날 재채기를 하다 잠에서 깨어나는 것처럼 정신이 돌아오면 마통201)을 들고 길거리로 나서기야 하겠어? 나중에 작은 마통처럼 작은 자식을 낳고 싶어 하겠냐고? 어이, 대가리가 문짝에 끼어 어떻게 됐나? 손풍금은 무슨 손풍금, 차라리 형제들에게 만두나 사 주는 게 낫지.

허이민은 얼굴을 만지작거리며 아무 말도 하지 않다가 다시 종이 쪽지를 바라보았다.

'더러운 난쟁이'

그 말이 그를 슬프게 했다. 예전에 랴오거도 공장에서 타이어(고음 확성기보다 비싸다.)를 훔치다가 걸려서 처분(단지부 명

---

201) 馬桶. 대소변을 받아 두는 통.

부에서 제적되는 처분을 받았으니 변소 청소보다 엄중한 처벌이었다.)을 받은 적이 있다. 만약 창화가 랴오거는 용서하고 자신은 용서하지 않는다면, 틀림없이 또 다른 이유가 있을 것인데, 그건 『홍루몽』인가 뭔가 하는 책으로 설명할 수 있는 것이 절대로 아니다.

손에 관하여

일찍이 구치소에 들락날락할 당시 흉터쟁이는 전기 기술자가 가장 편하고 폼나는 직업이라는 것을 알게 되었다. 비록 감방에 쭈그리고 앉더라도 수시로 경찰이 선풍기를 수선하거나 가로등을 고치기 위해 호출하기 때문에 옥살이를 하면서 힘든 일을 하지 않아도 되기 때문이었다. 이처럼 수감자들 중에서도 고급스러운 수인은 때로 부속품을 사러 간다는 이유로 자전거를 타고 외출하여 담배를 피울 수도 있었다. 모르는 사람들은 사복 경찰이 무슨 비밀 임무를 수행하는 것으로 착각할 수도 있었을 것이다.

그는 절름발이를 스승으로 모시고, 누가 뭐라고 하든지 간에 전기 기술자가 되기 위해 사부의 집에 있는 브라운관 텔레비전을 조립하겠다고 마음먹었다. 하지만 그가 스승에게 석탄 덩어리를 숱하게 가져다주고, 우물물을 길어다 주며, 배추나 무를 아무리 가져다주어도 상대는 그에게 만능 측정기를 만져 보는 것조차 허락하지 않고 그저 중학생 물리 책 몇 권을 던져 줄 뿐이었다.

그는 아니꼽고 더러워 이전에 데리고 다니던 똘마니와 만능 측정기를 훔치기로 작정했다. 목표는 이미 정해졌다. 바로 인근에 있는 전기 공장이었다. 그는 현장을 몇 번 답사하면서 공장 옆문에 허점이 있다는 것을 발견했다. 그래서 그는 문에 자물쇠 대신 감아 놓은 철사를 자른 다음 마치 그대로 연결되어 있는 것처럼 조작했다. 출입구의 경비가 정상인 것처럼 해 놓고 밤에 몰래 들어가기 위함이었다. 그러나 사람의 셈이 자연의 이치보다 못하다고 했던가. 아무리 노력을 해도 운이 따라 주지 않으면 일을 그르치기 마련이다. 그가 야밤에 마대 자루를 들고 옆문으로 갔을 때 문에 감아 놓은 철사는 보이지 않고 새로운 자물쇠가 떡하니 걸려 있었다. 하지만 일단 화살이 시위를 떠났으니 주워 담을 수도 없는 상황이었다. 그는 똘마니의 어깨를 밟고 담장을 뛰어넘어, 서까래를 밟고 간 다음 기와를 뜯어 내고 아래로 들어갔다.(이전에 미장공을 할 때의 실력을 발휘했다.) 일단 공구방으로 잠입한 후 펜치와 활톱으로 캐비닛을 연 후(이전에 조립공 시절의 지식을 활용했다.) 닥치는 대로 쓸어 담기 시작했다.

그런데 성냥을 다 쓸 때까지 만능 측정기와 전기 용접기만 찾았을 뿐 변압기와 삼극관, 가변 축전기 등은 도대체 어디에 있는지 알 수가 없었다. 정말이지 예상 밖의 일이었다.

"누가 와요, 누가……."

똘마니가 화급하게 말하자 놀란 그는 황망히 현장을 떠날 수밖에 없었다. 서둘러 도망치면서 발을 헛디디는 바람에 와르르 기와 몇 장이 아래로 떨어졌다. 그때 에나멜 피복 전선

두 묶음이 같이 떨어졌는데 나중에 그는 정말 그 때문에 가슴이 아팠다.

　그의 호화롭고 사치스러우며, 또한 파괴적인 전기 기술자 학습은 이렇게 시작되었다. 그는 우선 마대에 담아 온 기기와 중요 부품을 펼쳐 놓고 분해를 시작했다. 분해를 하다 안 되면 억지로 비틀어 떼어 내고, 그것도 안 되면 잘라 버렸다. 전기 기술자가 되려는 것이 아니라 닭을 잡고 물고기를 너덜너덜해질 때까지 해부하는 것처럼 보였다. 모든 실험은 굳이 자본금이나 원가를 계산할 필요가 없었다. 물론 소학교밖에 나오질 않았으니 가장 힘들고 어려운 것은 책을 읽는 것이었다. 책을 읽어야 닭이든 물고기든 전후 내력이나 상황 등을 분명히 알 수 있기 때문이다. 그렇다면 남들이 하루에 열 장을 읽을 때 자신은 열흘에 한 장을 읽으면 될 것이고, 남들이 중문이나 영문을 읽는다면 좀 모자란 대로 '허문[202]'을 읽는 것도 무방하지 않겠는가? '허문'은 그가 잘못 쓴 글자로 자기만 아는 그런 개뼈다귀 같은 것들이다. 그러더니 나중에는 '절연[203]'을 '절록[204]'으로 읽고, '고빈[205]'을 '고혈[206]'로 읽으며, A와 J를 포커를 칠 때처럼 '뾰족한 것', '갈고리'로 읽기에 이르렀다.

　그는 참혹하게 전기 쇼크를 당하는 일도 무수하게 많았으

---

202) 賀文. 허씨의 글이란 뜻이다.
203) 絶緣. 전기가 통하지 않게 함을 의미한다.
204) 絶綠. 록(綠)의 글자 모양이 '연(緣)'과 유사하여 오독한 것이다.
205) 高頻. 고주파.
206) 高頁. 혈(頁)의 글자 모양이 '빈(頻)'과 유사하여 오독한 것이다.

며, 전기 충격으로 몸이 마비되거나 졸도하는 일도 다반사였다. 그런데 기이하게도 그의 두 손이 점차 변화하여 전기와 접촉해도 감각이 없어지기 시작했다. 220볼트인 가정용 전기를 직접 만질 때도 그저 약간 따뜻하다는 느낌만 들 뿐이었다. 동료 직공들은 그가 신체적으로 뭔가 특별한 것이 있다는 것을 전혀 몰랐다. 작은 마통처럼 난쟁이 똥자루만 한 키에 수염도 없고 머리털도 별로 없는 작자가 무슨 무쇠 팔뚝을 지닌 것도 아니고 강철을 씹어 먹는 것을 보여 준 적도 없으며, 기껏해야 거친 살가죽과 단단한 뼈만 있을 뿐인데, 뭘 믿고 절연 장갑도 끼지 않고 전기 펜치도 없이 일을 한다고 그래? 도대체 뭘 믿고 활선[207] 작업을 한다는 사람이 스위치를 내려 전력 공급을 차단하지도 않고 무식하게 조작하는 거야? 한 번은 그 자신도 호기심이 생겨 한 손으로 전류가 흐르지 않는 접지선을 잡고 다른 한 손으로 전류가 흐르는 전선을 잡아 보았다. 두 손으로 전선을 꽉 잡으면 잡을수록 그가 입에 물고 있는 검전기가 점점 더 밝아지기 시작했다. 옆에서 이를 바라보던 동료들이 깜짝 놀란 것은 말할 것도 없다. 도대체 어째서 그의 두 손은 연기도 나지 않고 번쩍번쩍 불꽃이 튀면서 타는 것도 보이지 않지?

동료들이 그의 옷을 펼쳐 놓고 혹시라도 무슨 기기나 장치가 설치된 것은 아닌지 살펴보았지만 아무것도 찾을 수 없었다. 누군가 만능 측정기로 그의 몸을 검사해 보니 코의 전압

207) 活線. 전기가 통하는 선.

이 110볼트를 넘어서고, 배꼽 부근은 전압이 90볼트에 달했으며, 더욱 놀랍게도 그의 거시기는 130볼트를 넘어섰다……. 이건 완전히 전등이나 다를 바 없어 전구를 밝힐 수 있으니 그대로 길가에 꽂아 두면 가로등이 될 정도였다.

한 번은 어떤 교수가 와서 그를 대상으로 세세하게 대전[208] 실험을 한 적이 있는데, 그의 말에 따르면 그의 손에 비밀이 있을지도 모른다고 했다. 흉터가 가득하고 굳은살이 박인 그의 손이 고무장갑을 낀 것처럼 전기를 절연하는 효과를 발휘하기 때문에 전압을 높여도 전류의 강도를 크게 약화시켜 몸을 보호한다는 것이었다.

하지만 흉터쟁이는 오히려 그 교수의 해석을 그다지 신뢰하지 않았다. 대신 그는 자신이 마술을 부릴 수 있는 운세를 타고났기 때문이라고 생각했다. 그는 나중에 전기를 때려치우고 전자 쪽으로 방향을 틀어 삼극관 같은 것을 교체하는 작업을 했다. 혹시라도 자신의 운세가 다하여 전류가 자신을 알아보지 못할 경우 졸지에 새카만 숯덩이로 변할 수도 있다고 걱정했기 때문이다. 그는 자신에게 저런 녀석들하고는 아무래도 멀리 떨어져 있는 게 좋을 것이라고 일러 주었다.

뇌에 관하여

허 기술자는 공장 지도부의 추천을 받아 노동자 기술 대학

---

208)帶電. 전기를 띠는 것.

에 다니게 되었다. 당시 고급 기술자들 가운데 이런 학교를 나온 이들이 많았다. 하지만 그는 생산 현장을 떠나 학업에 전념할 수 있는 삼 년의 시간을 귀하게 여기기는커녕 수업을 빼먹고 부업으로 돈을 버는 데 혈안이 되었다. 손님 앞에서 원자탄이나 핵 잠수함 주문까지 수주하겠다고 장담하지 않았을 뿐이지, 아무런 조리나 순서도 없이 이런 일 저런 일 가리지 않고 무슨 일이든 다 맡았으며, 무슨 공사든 가리지 않고 집적거렸다.

그래도 졸업장은 땄는데, 그의 말을 빌리자면 붉은색 졸업 증서 케이스는 자기 것이지만 증서의 알맹이는 동지들 것이다. 이십여 개의 학과목 시험 대부분이 형제들의 도움으로 부정행위를 저지르며 겨우겨우 통과했기 때문이다. 나 역시 적어도 두 번은 그를 위해 대리 시험을 쳐 준 적이 있다. 아마도 그가 써먹은 짓거리를 한데 모으면 『부정행위 대전』을 쓰고도 남을 것이다.

어쩌면 이처럼 정규 학업을 마치기보다 여기저기 뒹굴면서 전기공, 조립공, 선반 기능공, 밀링 머신공, 전기 도금공, 주물공, 목공, 미장공, 연마공, 재봉공 등 온갖 일을 거쳤기 때문에 그의 기술이나 견식은 기이할 정도로 괴상하고 조악했으며, 뇌 구조도 일반 사람들과 다른 것처럼 보였다. 어깨 위에 솟아 있는 그의 머리통에는 단지에 가득 담긴 쭈글쭈글한 배추 조림이나 두부가 가득 찼다.(그가 가장 많이 먹는 음식이다.) 만약 그것이 일종의 전기 장치라고 한다면, 쇼트 회로가 셀 수 없이 많지만 또한 비정상적인 병렬 또는 직렬 회로가 어지럽게 이어져 있는 집적 회로로 되어 있어 그야말로 엉망진창임에도 동시에 남들이 떠올리지 못하는 영감이 끊임없이 분출한다.

이런 두뇌는 매우 중요한 과학 공식은 집어넣을 수 없고, 중학생 정도의 어법도 들어가지 않는다. 심지어 소학생이면 누구나 외울 수 있는 구구단도 설치할 수 없다. 그는 아무 생각 없이 입에서 나오는 대로 '사칠은 이십육'이라거나 '팔육은 사십이'라고 하는 바람에 사람들이 비웃으면 그제야 아닌 줄 알고 고친다는 것이 또 다시 '사칠은 삼십팔'로 틀리게 말하거나 '육팔은 사십육'이라고 겨우 맞힐 뿐이었다. 그는 무엇보다 그들이 전혀 거리낌 없이 구구단을 줄줄 외워 대는 것이 도무지 이해가 되지 않았다. 눈을 껌뻑이고 머리를 긁적이며 그저 탄복할 따름이었다.

하지만 그의 두뇌 속에는 가지각색의 기이하고 다양한 것들이 실려 있었다. 예를 들어 그는 어떤 공구든지 간에 상표를 보지 않는 것은 물론이고 그저 만져 보거나 심지어 냄새만 한 번 맡아 보고 그것이 독일제(그는 독일에 대해 기술 수준이 가장 높긴 하지만 나치 개새끼들이 사람을 못살게 군 나라라고 생각했다.)인지 아니면 미국제나 일본제인지, 또는 중국제인지 쉽게 알아맞혔다. 또한 그는 말로 전할 수 없는 추측 독법을 통해 중학교 영어 책도 못 읽는 사람이 인터넷에서 영어나 독일어를 대충 추측하여 세계 최신 기술을 따라가고 있었다. 한 번은 내가 미국에 간다는 소식을 듣고 나에게 실리콘 밸리에 가서 마이크로칩 하나를 사 달라고 부탁하면서 자신이 인터넷에서 찾아낸 것이라고 말했다. 나는 실리콘 밸리를 경유하면서 이곳저곳 골목까지 샅샅이 뒤지며 돌아다니다 겨우 지하실에 자리한 회사의 SMR[209]을 찾을 수 있었다. 양코배기 지배인은 주문서를 보더니 크게 놀라 SMR은 이제 막 자신들이 개발한 신제품으로 미국에서도 전혀 알려져 있지 않은 것이라고 하면서 현지 동종 업계 사람들도 잘 모르는 제품이 어찌 이렇게 빨리 중국인의 눈에 띄었는지 모르겠다고 덧붙였다.

중국에 있는 지음[210]은 도대체 어디에서 오신 신성한 분이십니까?

지배인은 다시 한 번 여권을 보고는 아마도 대만에서 왔을 것이라고 생각했다. 내가 한참 설명해 준 후에야 그도 '민국'과 '인민공화국' 사이의 영역 차이를 깨달았다.

사실 그게 뭐 대단한 것이라고 신성이라는 말까지 하고 난리인가? 그럴 듯한 직함이나 직위는 물론이고 학위도 없고 회사도 없는 자영업자에 불과한 기술 마귀에 불과한 것을. 그의 말에 따르면, 물리라는 것도 알고 보면 그렇게 간단할 수가 없다고 한다. 그저 소리와 빛, 전기, 자석, 핵 등 몇 가지 해결 수단에 지나지 않는다. 그러니 괜히 지레 겁먹고 걱정할 필요가 없다. 어디 오줌이 마렵다고 죽기야 하겠는가? 남들이 소리를 쓰면 너는 빛을 쓰면 그뿐이고, 남들이 빛을 쓴다면 너는 자석을 쓰면 되지 않겠는가? 남이 자석을 사용한다면 너는 핵을 사용하면 되지 않을까……? 아무리 큰 문제에 직면할지라도 급

---

209) Sample Mate Register. 대응 회로 제어 레지스터.

210) 知音. 마음이 통하는 친구.

선회만 잘하면 남들이 생각하지 못한 독특한 것을 창안하여 일거에 본전을 뽑을 수도 있다. 그는 전 세계에서 최초로 K형 수량계를 발명했다. 전문가들이 그저 날개 바퀴의 마찰을 낮추려고 날개 바퀴의 중량만 신경을 쓰는 것을 보고 그는 곁가지로 빠져 다른 길을 찾았다. 장기판에서 말을 움직일 때처럼 자기 부상 방식으로 날개 바퀴의 중량과 마찰을 급격히 제로로 만들어 동종 업계 사람들이 크게 술렁였다.

몇몇 대학 박사들이 그의 경험을 배우러 왔는데, 그는 더듬거리며 제대로 답변하지 못하고 변소에서 한나절 내내 숨어 있다가 나오더니 이렇게 한마디를 내뱉었다.

"당신들은 그저 책만 많이 읽었어."

무슨 말인지 쉽게 납득이 가지 않았다.

잠시 생각하더니 그가 다시 입을 열었다.

"문제를 해결하려면 때로 경시 철근을 길게 하고, 뭐시냐, 가로 철근이랑 반근도 길게 해야 하지."

박사들은 그저 멍하니 서로 쳐다보기만 할 뿐이었다. 그들의 얼굴에 곤혹스러움이 잔뜩 묻어났다.

그의 말은 오늘날 대학의 학문 분야가 너무 세세하게 구분되어 박사들이 두루두루 아는 것이 아니라 '착사[211]'가 되어 다른 학문과 쉽게 교류할 수 있겠느냐는 뜻이 아닐까? 어쩌면 내가 틀릴 수도 있다. 여하간 그는 육십여 개의 발명 특허를 소유하고 있었는데, 과연 어떤 사상에서 출발한 파격과 기술

---

211) 窄士. 자기 전공만 아는 학자.

적 무모함에서 나온 것인지 전혀 이해할 수 없었다. 그가 후에 말한 바에 따르면, 오이나 채소를 자르듯 산뜻하고 시원시원한 그의 발명사는 최초의 놀라운 발견에서 시작되었다고 한다. 그가 처음 전기 기술자로 일한 지 얼마 되지 않았을 때 전력 계량기를 분해한 적이 있는데, 전혀 의도치 않게 세상의 모든 전력 계량기에 중대한 결함이 있다는 것을 발견했다. 과연 이게 가능한 일인가? 일개 전기공이 무심코 그의 발아래로 굴러 떨어진 경천동지할 만한 천하의 비밀을 주웠을 뿐이란 말인가? 대대로 사람들이 혼신의 힘을 기울여 기술을 개선해 왔는데, 뜻밖에도 솜털 보송보송한 애송이 앞에서 그 기술이 엉덩이를 깠다는 말인가?

그는 뭔가 의심스러워 전력 계량기에 암호를 집어넣었더니 정말로 전력 계량기가 더 이상 움직이지 않거나 오직 그의 명령에 따라서만 움직였다. 놀라움을 금할 수 없었던 그는 그 즉시 길가로 나가 큰 소리로 자신의 전기난로를 개방하겠노라고 외쳤다.

"사회주의의 전기난로는 공짜이니 안 쓰면 손해다."

노인네들은 한약을 달이고, 여공들은 옷을 말리며, 청년들은 고기를 굽기 위해 신바람이 나서 그의 방으로 찾아왔다. 얼마나 많이 왔던지 하마터면 그의 좁은 집이 폭발해 버릴 것만 같았다. 허 기술자는 아예 열쇠를 몇 개 더 복사해서 여기저기 마구잡이로 나눠 주었다. 이튿날 전력 공급소의 검침원이 와서 전력 계량기를 검사했다. 분명 전기난로에서 불이 활활 잘 타오르고 있는데, 계단 사이에 있는 전력 계량기의 바늘은 전혀 움직이지 않았다.

"전기를 몰래 훔치는 것은 국가 재산을 훔치는 것이나 마찬가지야. 나라의 전력법을 위반하는 것이라고. 알기나 해?"

허이민이 일하는 곳으로 그를 찾아온 검침원이 침을 사방으로 튀기면서 큰 소리로 외쳤다.

"당신이 전기를 훔쳤다고 말하면 훔친 거야?"

허이민이 그를 제대로 쳐다보지도 않은 채 다시 입을 열었다.

"어디 증거 있어? 비록 학력은 딸리지만 법이라면 나도 조금은 알아!"

"전기난로가 저기 있는데 무슨 증거가 필요해? 전기난로로 고기를 굽고 있는데 전력 계량기 눈금이 전혀 움직이지 않으니 도대체 어떻게 된 일이야?"

"마술을 부리는 거지!"

공장에 있던 직공들이 깔깔거리며 크게 웃어 댔다. 하지만 검침원은 화가 나서 얼굴이 붉으락푸르락했다.

"좋아, 한번 그런 식으로 나와 보시지. 공안국에서 널 찾아왔을 때도 그렇게 한 번 장난해 보라고."

전력 공급소에서 경찰을 대동하고 나타나 주위를 두리번거리며 한참을 살펴보았지만 전혀 진전이 없었다. 이어서 시 당국에서 파견한 선임 기술자가 다른 기술자 몇 명과 각종 설비를 가지고 와서 공장과 기숙사를 샅샅이 조사했다. 우선 공장 전체 지역의 전기를 끊어 조사한 후 다시 각 동마다 전기를 끊어 조사하고, 마지막으로 각 층마다 전기를 끊어 조사했다. 그러나 어디에도 몰래 전선을 숨겨 놓은 곳은 없었다. 전선 몰딩과 전체 전력을 공급하는 배전반 등을 들쑤셔 놓고, 도처에 벽을 허물거나 담을 파헤쳤기 때문에 사방에 돌가루며 먼지가 가득하여 마치 한바탕 시가전이라도 벌어진 것 같았다. 전력 계량기를 십여 대나 바꾸고 각종 측정 도구를 번갈아 사용해 보았지만 그럴듯한 의견은 전혀 나오지 않았다.

선임 기술자가 술 두 병과 점심 도시락을 꺼내 놓으면서 전기공 앞에서 만면에 미소를 띠며 말했다.

"동지, 당국에서 협의를 한 바 있지만, 당신이 우리들에게 전기를 훔치는 방법에 대해 이야기해 준다면 우리도 더 이상 과거의 잘못은 묻지 않고 가볍게 처리하겠소. 이전에 미납한 요금도 전부 면제해 줄 것이오. 당신 생각은 어떻소?"

"아이고. 도대체 뭘 도둑질했단 말이오? 물증도 없고, 통계 수치도 없는데, 명색이 선임 기술자가 입만 열면 거짓말을 해 대니, 이거 되겠소?"

"좋소. 좋아요. 훔친 것이 아니라 그냥 사용했다고 합시다. 그럼 되겠소?"

"당신네 전기 요금이 너무 비싸요. 내 한 달 봉급이 많아야 30위안인데, 이걸 가지고 마누라도 먹여 살리고 애새끼도 길러야 하니 마술이라도 하지 않으면 어쩌겠소. 당신네 전력 공사에서 밥을 먹여 줄 거요? 아니면 기저귀라도 대 줄 거요?"

"나도 깊이 동감하오. 충분히 이해한단 말이오. 이렇게 합시다. 내가 영도 동지와 다시 한 번 잘 말해서 만약 당신이 협조만 한다면 앞으로 전기를 얼마나 사용하든 모두 공짜로 해 주겠소. 어떻소?"

"만약 당신네 영도자가 바뀌면 그때 가서 나는 누구를 찾아야 하오?"

"자 됐소."

선임기술자가 짐짓 미소를 지으며 아부를 떨었다.

"보아하니, 내가 당신보다 스물하고도 대여섯 살은 많은 것 같은데."

"서문경[212]은 나보다 수백 살은 많을 거요."

"이민 동지, 이렇게 한번 말해 봅시다." 지금 국가가 이처럼 힘든 상황에서 당장 해야 할 일이 산더미처럼 많은데도 전력만큼은 최우선으로 관리하고 있으니 모든 공민(公民)들도 마땅히 약간의 책임을 져야하지 않겠소. 모든 이들이 한 걸음씩 양보하면 그럭저럭 살아갈 수 있으니 좋지 않겠소? 내가 알기로 당신은 책임감이 있는 훌륭한 청년인 데다 공장에서는 기술 혁신에 탁월한 재주꾼이니 나도 보고 배울 만하다고 생각하오. 우리의 공동 목표는 바로 국가를 위해 전기를 잘 사용하고 잘 관리하는 것이라고 보는데, 그렇지 않소?"

허이민은 상대가 자신의 비위를 맞추고 뜻대로 따라 주어야 말을 듣는 사람이지 그저 부드럽게 말한다고 순순히 따르는 사람이 아니었다. 결국 술과 점심을 대접받은 후에야 그는 향후 전기료로 2위안씩 내는 것에 동의했다.

그달부터 그는 아무리 전기를 사용해도 그저 한 달에 2위안

---

212) 西門慶. 소설『수호전(水滸傳)』,『금병매(金甁梅)』의 주인공. 중국 신흥 상인의 전형이다. 그는 건달이자 색마, 관료인 동시에 뛰어난 상인이었다.

만 냈을 뿐이다. 그러다가 몇 년 후 가정 형편이 좋아지고 밤낮을 가리지 않고 중앙 집중식 냉난방 시설을 가동하면서 자발적으로 매달 100위안을 납부했다. 역대 전기 공사의 영도자들은 거의 횡포나 다를 바 없는 터무니없는 전기료를 그대로 인정했을 뿐만 아니라 매번 그의 집을 방문하여 선물을 주면서 감사의 뜻을 전했다. 틀림없이 그가 입을 다물기로 약조한 덕분에 전기를 훔쳐 쓰는 기술이 확산되어 재앙에 이르는 것을 막았기 때문일 것이다. 만약 그러지 않았다면 전기 공급소는 무참하게 망하고 말 것이 분명했다. 다행히도 사정을 봐주어 목숨을 살려 주었으니 그야말로 황은이 망극하지 않을 수 없었다.

그들이 들은 바에 따르면, 국내외 몇몇 업체에서 7자리 수 내지 8자리 수의 가격을 제시하면서 그의 비밀을 구매하여 전 세계 전력 계량기 시장을 독점하기를 원했지만 그가 모두 거절했다고 한다.

"걱정 마시고 마음 놓으시오."

그가 신임 국장의 어깨를 툭툭 치면서 말했다.

"설령 당신이 내 장인으로 세 명의 딸을 나에게 시집보냈다고 할지라도 당신에게 말하지 않을 거요."

국장은 어찌나 감동했는지 금방이라도 눈물이 쏟아질 것만 같았다.

"정말 선생님은 우리 전기업 계통에서 의식(衣食)을 제공해 주는 분, 아니 전 세계의 위대한 영웅이시자 은인이시지요. 암 그렇고 말고요."

이리하여 '전기 기술의 신'의 명성이 강호에 자자하기에 이르렀다. 적지 않은 이들이 보러 왔지만 그가 발견했다는 비밀을 푸는 사람이 없었으며, 여러 방면의 전문가들도 도무지 어찌할 수 없었으니 그야말로 신통하다는 말이 절로 나왔다.(나는 그의 친구로서 그 오묘한 비밀을 탐지했지만 여기서는 엄격하게 보안을 유지하지 않을 수 없다.)

거의 8자리 수에 달하는 거액 앞에서도 눈 하나 깜빡하지 않더니 겨우 몇 마디 아첨에 넘어가다니 정신 이상이 아닌지 의아했다. 사람의 '신[213]'과 '신경[214]'은 차이가 그리 크지 않은 것 같다. 많은 이들이 이야기하는 것처럼 반걸음 뒤처진 '신'이 바로 '신경'이며, 반걸음 앞선 '신경'이 바로 '신'이다.

혀에 관하여

전하는 말에 따르면, 토비[215]들은 자신은 가진 게 하나도 없다고 울며 불며 호소하는 재수없는 인간들 가운데 누가 부자고 누가 가난뱅이인지 살피기 위해 밥상을 차려 주고 먹는 모습을 본다고 한다. 일반적으로 짜게 먹는 사람은 가난뱅이이고, 싱겁게 먹는 사람은 부자라고 하는데, 나름 일리가 있다. 가난한 사람은 땀을 많이 흘려 염분을 많이 섭취해야 하는 데다 먹는 음식에 염분이 상대적으로 많아 농도가 높아질 수밖에 없기 때문이다. 그렇다면 음식 맛과 신분의 관계를 처음으

---

213) 神. 정신을 의미한다.
214) 神經. 정신 이상을 의미한다.
215) 土匪. 산적이나 비적.

로 간파한 이들이 바로 토비들이 아닌가 싶다.

허 기술자의 혀는 거의 비천한 신분의 지표로, 그의 부인인 위옌핑과 전혀 맞지 않았다. 결혼하기 전 가난하던 시절에 그는 다음 두 가지로 인해 입맛이 달라졌다. 하나는 너무 많이 먹어 싫어진 것이고, 다른 하나는 너무 많이 먹어 습관이 든 것이다. 전자의 경우 죽이 그러한데, 얼마나 죽을 많이 먹었는지 나중에는 죽만 보면 구역질이 날 정도여서 밥알이 딱딱할수록 좋아했다. 후자의 경우는 음식을 짜게 먹는 것이었다. 소금을 많이 넣고 기름기가 많기만 하면 무엇이든 잘 먹었으며, 엄청나게 시고 매운 맛은 절대 빠지지 않는 요소였다.

그는 집 안 가득 자신이 직접 만든 신기한 전기 제품과 몇 가지 특허품으로 여경찰의 정신을 쏙 빼 놓았는데, 그녀를 꼬드겨 차지한 후 같이 살면서 한 번도 함께 밥을 먹을 수 없었다. 빼어난 미모를 자랑하는 여경이었던 그의 아내는 과학적으로 식품 영양학에 근거하여 음식을 만들었지만 남편 눈에는 그저 여물에 맹물을 섞어 놓은 것과 같아 아예 다른 여자를 만나 바람을 피우라고 하는 것과 다를 바 없었다.

밥상을 차리면 그는 언제나 이웃집에 가지고 가서 먹었다. 이러저러한 여자들이 그곳에서 그와 함께 즐겁게 식사를 했다. 남녀의 웃음소리는 언제나 그의 집이 아니라 이웃집에서 들려왔다.

그럴 때마다 그의 부인은 얼굴이 퍼렇게 질릴 정도로 화가 치솟았다.

허이민은 특허로 번 돈으로 홍콩 사람과 합자하여 선전에 회사를 하나 차렸다. 집안의 밥상 전쟁에서 벗어나기 위함이었다. 그는 부회장이라는 직함도 마음에 들었다. 별다른 일 없이 하루 종일 찻집에 가서 차를 마시고 영화를 보거나 게임을 했고, 목욕탕에 가서 안마를 받으며 여종업원과 시시덕거리면서 농담을 주고받았다. 그러면서 예전 친구들을 모두 불러 비싼 해산물 요리를 대접하는 등 아까운 줄 모르고 돈을 물 쓰듯 뿌려 댔다. 초대할 사람이 없으면 그냥 어디론가 전화를 걸어 불러내기도 했는데, 자신이 다니던 공장의 공장장도 이렇게 해서 초대했다. 그는 당시 포상금을 제대로 받지 못해 그 사람 집으로 가서 버티고 앉아 먹고 마셨던 일이 있어 미안한 마음이 든다고 말했다. 상대방은 예전 일이라고 일소에 부치며 과거의 일은 모두 지나갔다고 말했다. 그러자 허이민이 자기만 믿으라는 듯 가슴을 텅텅 두드렸다.

"내가 사업이 잘 되면 우선 공장에서 빚지고 있는 전기료와 재료비를 깨끗이 청산하고 당신들을 위해 건물을 두 채 지어 주겠소."

공장장이 감격하여 연신 고맙다고 인사했다.

"그러면 좋지요. 정말로 그러면 좋지요. 부귀해져도 서로 잊지 않는구려."

샤오위[216]도 남편을 찾아 선전으로 왔다. 선전은 예전 외국의 조계지처럼 차량이 홍수를 이루고 유흥가의 밤 풍경이 환락을 부르는 곳으로 각지에서 모여든 재계의 호걸들이 어디

---

216) 샤오(小)는 성이나 이름 앞에 붙여 친근함을 나타내는 말로 여기서는 위옌핑을 지칭한다.

서 왔는지 모를 상대를 파악하느라 은연중에 서로 탐색하고 수지 타산을 꼼꼼하게 따지며 서로를 경계했다. 부자들이 수두룩한 곳에서 샤오위는 또다시 남편 때문에 걱정이 이만저만이 아니었다. 그래서 누차 당부하길, 명색이 부회장 겸 발명가인 사람이 툭하면 상소리나 해 대고 걸핏하면 바짓단을 무릎 위까지 걷어 올리며, 넥타이를 마치 목매다는 밧줄처럼 끌어당겨 매고 사람들이 보는 앞에서 발가락 사이나 후비고 있는 것 아니냐고 걱정했다. 더욱 복장을 찌르는 일은 고급 레스토랑에 갔을 때 냉동 커스터드나 냉동 스무디, 과일 소스, 오렌지 주스를 넣은 연어 요리는 익숙지 않아 그렇다고 치더라도 전복을 넣은 비빔밥조차 먹지 못하는 모습이었다. 젓가락만 들면 그저 홍사오러우나 소금에 절인 생선요리, 심지어 고약한 냄새가 나는 푸루[217]만 시켜 종업원들을 난처하게 만들기 일쑤였다. 당신은 명색이 사장인데, 왜 그렇게 지금 막 탈옥하여 도망친 밀매업자처럼 행동하는 거야? 주변 손님들이 힐끗힐끗 쳐다보며 서로 눈짓을 주고받았지만 허이민은 전혀 눈치채지 못했다. 하지만 그녀는 이런 모습이 한눈에 들어 와 창피해서 죽을 지경이었다. 결국 집으로 돌아온 샤오위가 참을 수 없다는 듯이 집문을 닫기가 무섭게 소리쳤다.

"아니, 별 다섯 개 고급 레스토랑에서 썩은 두부를 시키다니 뼛속까지 가난뱅이 티를 내요, 티를! 정말 그런 생각을! 참 대단하네, 대단해."

---

217) 腐乳. 중국에서 삭힌 두부를 이르는 말.

"뭐라고?"

"푸루를 먹지 못하면 죽기라도 한대?"

"내가 돈 내는데 뭘 못 해? 고객은 왕인데, 자기들이 뭘 믿고 안 가져와?"

"아예 소금 한 종지를 갖다 바쳤으면 더 좋았겠구려?"

"그 집 음식이 너무 싱거워 먹을 수가 없더라고."

"정말 당신이란 사람은 매너가 없어. 신문에 난 것도 못 봤어? 영국 과학자들이 연구한 것에 따르면, 사람이 하루에 먹는 소금의 양은 아무리 많아도 6그램을 넘어서는 안 된다고 하잖아. 아주 과학적이지 뭐야. 그래야만 심장이나 대뇌, 간이나 신장에도 좋다고 하던데. 당신은 그런 것도 모르면서 무슨 부사장이라고. 그냥 길거리에서 명함 몇 장 주워다가 여기저기 뿌리고 다니는 것 아냐? 난 당신 옆에 앉아 있기만 해도 너무너무 부끄러워. 완전히 망신만 당하니 그럴 수밖에……."

"헤이, 신경질은! 쪽팔리지 않으려면 아예 오지 마. 말쑥하게 멀쩡한 것들 길거리에 나가면 깔려 있지. 긴 것, 짧은 것, 둥근 것, 넓적한 것 형태 별로 다 있으니 어서 가서 아무거나 하나 꿰차시든지!"

두 사람은 한바탕 입씨름을 하다 급기야 치고 박고 싸웠다. 그녀는 펑펑 눈물을 쏟으며 옷가지를 주섬주섬 챙기고 집을 나왔다. 아쉽게도 치파오,[218] 튜브 톱 드레스, 민소매 원피스

---

218) 旗袍. 중국 여성이 입는 원피스 모양의 의복으로 원래 만주족 여인들이 입었으나 후에 여성복으로 대중화되었다.

등 이제 막 걸어 놓은 화려한 옷들을 한 번도 입어 보지 못하고 그대로 캐리어에 집어넣고 말았다.

일 년 후 회사가 파산하면서 허 부회장은 무일푼이 되어 풀이 죽은 상태로 귀향하고 말았다. 도대체 왜 파산한 것인지 그는 이해할 수 없었다. 다만 회사가 가전 제품을 만들다 뜬금없이 옥돌에 투자하기도 했으며, 나중에는 택지 개발에 손을 댔다는 것만 알 뿐이었다. 그는 재무 구조표가 뭔지도 모를 정도로 경영에 무관심했으며, 다른 사람에게 파산했다는 말을 들은 후에야 정말로 파산했나 보다 생각할 정도였다. 낯선 사람이 와서 자신이 타고 다니던 차에 딱지를 붙이자 어쩔 수 없이 걸어 다니는 수밖에 없었다. 현금 지급기가 신용 카드를 다시 토해 내는 것을 보고 라면으로 한 끼를 때우는 수밖에 없었다.

그는 마누라가 자신에게 냉담하다는 느낌이 들었다. 하지만 그녀의 화장대에는 향수며 피부 보호용 화장품을 비롯한 다양한 화장품이 여전히 많았다. 그러던 어느 날 처형이 그를 만나자고 하여 나갔다. 처형은 레스토랑에서 몇 가지 음식과 와인 한 병을 시켰다. 잠시 후 그녀가 그에게 큰 종이 봉투를 건넸는데, 새로운 스타일의 와이셔츠 두 벌이 들어 있었다.

"두 사람 사는 모습을 보니 생고생이 따로 없네. 그냥 좋은 말로 헤어지는 것만 못해. 이번 일은 나도 끝까지 책임지지 않을 수 없어."

예전에 그와 그의 아내의 중매를 섰던 큰 처형이 종이 몇 장을 식탁 위에 꺼내 놓았다.

"두 사람 모두 너무 잇속을 챙기려 하지마. 이번에는 내가 확실히 할 테니까, 다만 자네들이 믿고 따라 줘야 해⋯⋯."

"내가 처형에게 언제 이혼에 대해 말한 적 있어요? 그리고 돈 얘기는 또 뭐예요? 떠도는 이야기만 믿고 내가 어떤 사람인지 속단하지 마요. 나는 정말 순수하다고요."

"내가 그 말을 믿을 것 같아?"

"내가 손가락을 잘라 맹세를 하지요. 다시는 그녀를 때리지 않을 거요."

"예전에도 그렇게 말하지 않았나?"

"흥, 그 사람이 정말 이혼하겠대? 대갈통이 나귀한테 짓밟혀 어떻게 됐나? 가서 말해 줘요. 지금 중년의 독신남이 완전히 보물단지인지도 모르고. 전국을 한 번 훑었다 하면 적어도 1억 정도는 내 선택 범위에 있다고요. 하지만 아내는 어떨 것 같아요?"

"그래, 행운을 빌어! 우리 샤오위 일은, 고맙지만 신경 끄고."

거의 한 시간 넘게 말씨름을 했지만 결국 입만 아플 뿐 처형의 마음을 돌릴 수 없었다. 문서에 이미 샤오위의 서명이 있는 것을 보고 화가 치솟아 펜을 들고 수차례 내리찍어 하마터면 종이에 구멍을 낼 뻔했다. 그가 벌떡 일어나더니 계산서를 들고 뒤도 돌아보지 않고 계산대로 갔다.

"재산 분할에 관한 사항도 있는데, 왜 자세히 살펴보지도 않아?"

처형이 마지막으로 한마디 덧붙였다.

그가 고개를 돌리며 말했다.

"마누라한테 쫓겨나 낯짝이 궁둥이처럼 된 놈이 무슨 재산을 바라겠소? 걷어차려거든 철저하게 걷어차고 물건도 죄다 가지고 모든 재산을 빼앗고 내쫓으시구려. 화근을 뿌리째 뽑아야지!"

귀에 대하여

어렸을 때 딱 한 번 「아름다운 아바나」를 불렀을 뿐 허이민은 그 후로 노래를 부른 적이 없다. 노래를 부르는 데 별로 흥미가 없었기 때문이다. 그래서 샤오위가 낳은 아들은 학업 성적은 그런대로 나쁘지 않았지만 애석하게도 심한 음치여서 입만 열면 수박 껍질을 밟아 이리저리 자빠지는 것처럼 음정이 고르지 못해 음 이탈이 나기 일쑤였다. 격정이 넘칠 때는 목을 매거나 육포를 뜨는 것처럼 아슬아슬해서 그 소리를 듣고 있으면 마치 소름을 돋게 하려고 작정한 것 같았다.

하지만 허이민은 아이고, 노래 잘 한다라며 몇 번이고 칭찬을 멈추지 않았다.

샤오위가 화가 끝까지 나서 소리쳤다.

"아이고, 저게 잘 하는 거야? 돼지 귀를 가졌나? 다른 집 아이들은 피아노 5급을 따거나 바이올린 8급을 땄다고 하는데, 어떻게 된 아비가 자식이 표준어를 잘하니 더 이상 바랄 것이 없다고 조상님에게 향불을 올리고 있으니······."

샤오위는 이것이 유전 때문이라고 확신하고 있었다. 그래서 그녀는 피아노를 들여놓고 음악 가정 교사를 초빙해 아이가 후천적으로나마 음치를 면할 수 있도록 애썼다. 하지만 허이민은 집을 방문한 음악 대학 부교수의 노래가 별로라고 생각했다.

"아, 에, 이⋯⋯."

발성 연습을 하는 모습이 아무리 들어 봐도 영 하마가 노래를 부르는 것 같았다. 그런데 왜 마누라가 그 곱슬머리를 보면서 싱글벙글 눈웃음을 치며 과일을 깎아 오고 국을 끓여 주며 원터치 캔의 음료를 대접하는지, 왜 번번이 문밖까지 나가 배웅을 하는지 도무지 이해가 가지 않았다. 마누라 말에 따르면 그 작자의 '미성'은 무슨 '끌어당기는 힘'이니 '꿰뚫는 힘'이니 하는 것이 있다고 하는데, 그가 듣기에는 입에 뜨거운 무를 집어넣었는지 우물우물, 흐리멍덩하게 소리치기는 하는데 도대체 무슨 말인지 알아들을 수가 없었다. 이런 솥단지에 가득 든 뜨거운 무 같은 놈한테 어떻게 넘어갔기에 쥐새끼처럼 꼼짝 못 하는 것일까?

무슨 약을 잘못 먹어 저렇게 즐거워하지?

그는 몰래 전화기를 조작하여 전원선을 반송파 전화선으로 바꾸어 놓았다. 그렇게 하면 수백 보 이내에 있는 콘센트에 전화기를 꽂으면 집에서 거는 전화를 마음대로 도청할 수 있었다. 이웃집에서 마누라와 그 부교수란 작자의 통화 내용을 도청해 보니 과연 그가 추측한대로 이미 무슨 '끌어당기는 힘'이나 '꿰뚫는 힘'을 벗어나 더없이 달콤한 내용 일색이었다. 무슨 "명월송간조[219]"라느니 "춘래강수녹여람[220]"이라고 하니, 이게 웬 순커우류[221]란 말인가? 게다가 무슨 지중해, 북해도는 또 뭐고 유럽인들이 동물 가죽 사용을 반대하는 녹색 운동이야기는 왜 나오는 것인가? 도대체 저 작자는 음악 선생이야 아니면 여행 업자야? 어찌 된 게 입만 열면 먼 나라 이야기를 들먹여?

"우주는 이렇게 큰데 사람은 이렇게 작고, 세월은 이렇게 긴데, 생명은 이렇게 짧구나……. 하도 듣다 보니 나까지 줄줄 외우겠네. 지겹지도 않아?"

허이민이 그날은 도저히 참을 수 없었는지 몰래 도청을 하다 말고 끼어들어 벌였다.

"여보세요? 여보세요? 왜 혼선이 되지?"

남자 목소리가 다급한 것이 당황한 기색이 역력했다.

"잠자리를 하려면 그냥 자면 되지. 잠자리에는 음도[222]밖에 없어. 북해도는 무슨 얼어 죽을 북해도야?"

"여보세요? 당신 누구야?"

"침상에 올라가면 그냥 피스톤 운동만 하면 되지, 무슨 녹색 운동을 지껄여?"

그때 마누라의 날카로운 소리가 들려왔다.

"허이민, 이 형편없는 깡패 같으니라고."

---

219) 明月松間照. 밝은 달이 소나무 사이로 비친다는 뜻으로 왕유(王維)의 「산거추명(山居秋暝)」에 나오는 구절이다.

220) 春來江水綠如藍. 봄이 오니 강물이 쪽빛처럼 푸르다는 뜻으로 백거이(白居易)의 시 「억강남(憶江南)」에 나오는 구절이다."

221) 順口溜. 읽기에 매우 재미있고 감칠맛 나는 문구를 외우는 일종의 놀이.

222) 陰道. 여성의 생식 통로.

생식기에 관하여

허이민은 '설점[223]'과 '취점[224]'이라는 개념을 창조하고 퍼뜨렸다. 그의 주장에 따르면, 두 가지 모두 오르가슴의 상태를 말하는 것이긴 하나 서로 크게 다르다. 전자는 음식을 먹을 때 '배부르게 먹는 것'과 같다. 모든 동물이 마찬가지이니, 정상적인 사람이라면 당연히 추구하는 것으로 그리 기이할 것이 없다. 하지만 후자는 음식을 '맛있게 먹는 것'을 말한다. 설령 미식가라고 할지라도 쉽게 구할 수 있는 것이 아니다.

그는 죽기 살기로 '취'해야만 진정한 행복, 또는 성애의 행복이라고 여겼다.

그의 생각을 추측하건대, 정욕이란 생물의 성행위이거나 침상에서 벌어지는 동영상이 아니다. 취한 듯 홀린 듯, 온몸이 부서지고 당장이라도 죽을 것만 같으며 하늘이 무너지고 땅이 꺼질 것만 같은 절정의 기적에 이르려면 언제나 특정한 조건, 특별한 모종의 심리 소프트웨어, 문화 암호가 필요하다. 그래야만 겨우 당첨될 수 있는 복권과 같다. 예를 들어 그는 두 번째 아내와 그럭저럭 살 만했다. 비록 열정적인 감정이 점차 줄어들기는 했지만 잠자리만큼은 여전히 정상적이었다. 다만 예외적으로 인상적인 상황이 두 번 있었다.

첫 번째는 아내가 전처가 경찰복을 입은 사진을 침상에 두

---

223) 泄點. '(욕정 등을) 발산하다.'라는 의미의 '설(泄)' 자를 차용하여 만든 표현이다.
224) 醉點. '취하다.'라는 의미의 '취(醉)' 자를 차용하여 만든 표현이다.

자고 고집을 부리고, 그를 한사코 '남편'이 아닌 '매부'라고 부르겠다고 떼를 썼던 일이다. 그렇게 또 다른 여자가 마치 옆에 있는 것처럼 가정하고 남편을 다른 여자의 남편인 것처럼 생각하면 기이하게도 평소와 달리 극도로 흥분하여 낯선 이와 잠자리를 하는 것처럼 교성을 지르고 음탕한 몸짓을 그치지 않았다.

두 번째는 아내가 한밤중에 상사의 전화를 받고 유엔 차관 프로젝트에 관해 통화할 때였다. 참 기이하게도 한창 공무를 보고 있는 여자, 상사와 통화를 하고 있는 여자, 무슨 강재, 항운, 감리, 청사진 등 무미건조한 공무로 한참 이야기 중인 여자를 껴안고 있자니 문득 기묘한 느낌이 들면서 마치 무의식적으로 신비한 황무지로 뛰어든 것같이 새로운 것을 탐험하는 듯 온몸에 격정이 솟구쳤다. 그럴 때면 아내가 완전히 다른 모습의 또 낯선 여인, 청사(廳舍), 대규모 프로젝트, 국가 십일오[225] 계획 등과 밀접한 관련이 있는 장엄하고 권위적인 여인, 심지어 여왕이나 여신과 같이 신성한 느낌, 일종의 터부와 같은 느낌이 드는 여인으로 돌변했다. 그는 절로 뜨거운 피가 솟구치며 아내의 얼굴이 고통으로 일그러질 때까지 거세게 아내를 밀어붙였다. 아내는 책상에 비스듬히 기대 겨우 전화통을 붙든 채 다른 한 손을 휘둘러 그의 입을 막으며 얼굴을 밀어냈다. 입을 막을수록 그는 소리를 지르고 싶었고 그렇게 한

---

225) 2006년부터 2010년까지 5년 동안 실시한 제11차 경제 개발 5개년 계획을 말하는 것으로, 줄여서 '십일오(十一五) 계획'이라고도 한다.

바탕 소동이 벌어지는 순간, 바로 그 순간이 쌍방이 '취점' 하는 순간일 것이다.

그는 또 이렇게 말하기도 했다. 나중에 발견한 사실인데, 자신이 차안이나 버스, 회의실, 사무실 등에서 행위를 하거나(작업 환경에서), 상대가 컴퓨터를 치거나 도면을 베끼고 문건에 서명하고 전화를 걸 때 하는 경우(작업 상태에서), 자기보다 센 사람(예를 들어 키가 크거나 능력이 있는 사람 또는 경찰, 부국장 등)이나 또는 배경이 월등한 사람이 등장하여 한바탕 소동이 벌어질 경우(앞서 나열한 조건과 이러저러한 관련이 있다.) 이상할 정도로 욕정이 활활 타올라 양물이 늠름하고 당당해지면서 점점 더 수습할 수 없는 지경이 되어 자신도 깜짝 놀란다는 것이다.

경찰복을 입은 위옌핑은 끝내 그를 감당할 수 없었다. 이유 가운데 하나는 그를 변태라고 생각했기 때문이다. 이게 왜 변태인가? 작업하는 동영상을 그대로 따라 하는 것이 병적인 상태인가? 신분을 정복하거나 신분과 관련된 상상, 역사적이거나 사회적인 일종의 유토피아를 꿈꾸는 것은 인류의 은밀한 특권인지도 모른다.

다만 곤란한 것은 이러한 환상, 유토피아가 도대체 얼마나 되며, 각기 어느 곳에 숨어 있는지 아는 사람이 없다는 점이었다.

마음(또는 엑스 X)에 관하여

근세에 들어와 사람들이 해부학을 배우게 되었을 때에야

비로소 '심²²⁶⁾'이 심장과 다르다는 것을 알게 되었다. '양심', '선심', '따뜻한 마음', '좋은 마음', '측은지심' 등은 그저 대신 지칭하는 것일 뿐 '심' 자와 완전히 부합하지 않는다. 옛날 사람들은 펑펑 뛰는 심장에서 '선함'을 묘사할 최초의 근거를 발견했다고 생각했을지 모르나 선하다는 것이 피를 펌프질하는 기관보다 훨씬 복잡하다는 것을 몰랐다.

거짓말 탐지기는 그들의 주장을 약간 지지하는 것처럼 보인다. 탐지기는 심장 박동, 혈압, 땀샘, 눈물 주머니 등에서 '선함'이 소생할 때의 이상 상태를 측정하는데, 이는 마치 인체 안에 몸을 숨기고 있는 하느님을 접촉하는 것과 같다. 사람의 몸이 같으면 사람의 마음도 같다. 사람의 몸이 약간 같으면 사람의 마음도 약간 같다. 기본적으로 말하자면 위장이 식욕을 주문하고 생식기가 성욕을 주문하며, 심장 박동, 혈압, 땀샘, 눈물 주머니 등의 이상한 움직임, 즉 개개인이 하느님과 만나는 것처럼 일종의 엑스(X) 염색체, 다시 말해 사람의 육신에 내재하는 영혼이 자기도 모르게 반짝 나타나거나 폭발하여 사람의 의식 가장 깊은 곳을 불러내고 도덕의 생리적 발동이 이루어진다. 이러한 발동은 때로 이성의 통제 밖에서 당사자들도 눈치 채지 못하는 경우가 있다.

이런 의미에서 볼 때 인간의 육신, 신체는 욕망을 감추고 있을 뿐만 아니라 사람들이 흔히 말하는 하느님 엑스는 성스러운 산 위나 먼 서역의 하늘에 있는 것이 아니라 이른바 '이기

---

226) 心. '마음'을 의미한다.

적 유전자' 안에 존재한다.

초보적인 측정 수단인 거짓말 탐지기도 당연히 그다지 신통하지 않을 때가 있다. 허이민이 소매치기 두목으로 있을 때 경찰이나 민병 앞에서 거짓말을 늘어놓는 것이 습관처럼 되어 입만 열만 줄줄 이야기를 지어냈는데, 거짓말이 아니면 거의 입을 열 수 없을 정도였다. 만약 당시에 허이민을 거짓말 탐지기로 측정했다면 심장 박동이 정상일 때 했던 말이 오히려 가장 거짓말일 수 있으며, 얼굴이 빨개지고 눈을 깜빡이며 식은땀을 흘리면서 말을 더듬을 때가 오히려 진실을 말할 때였을 것이다.

거짓말 탐지기도 사람들의 짜증, 혐오, 놀람 등의 상황이 서로 다르다는 난제를 해결하기 힘들다. 허이민에게 짜증 나는 일이 위엔펑에게도 짜증 나는 것이 아니며, 허이민이나 위엔펑에게 짜증 나는 일이라고 하여 다른 사람들도 짜증 나는 것이 아니다. 민족, 종교, 성별, 직업, 개성 등 여러 가지 면에서 수많은 변수가 존재하기 때문에 거짓말 탐지기를 이용하는 사람이 보다 주의 깊게 변별하고 수정하는 것이 필요하다.

어느 날 이런 일이 있었다. 아들의 열 번째 생일에 세 식구가 모여 케이크를 먹었다. 그때 아비인 자가 헛기침을 한 번 하더니 재차 개소리를 내뱉었다.

"아들, 이제 여덟 번만 더 생일을 맞이하면 열여덟 살이 된다. 명심해라! 그 이후로는 계속 공부할 수 있는 능력이 있다면 모를까 한 푼도 너에게 주지 않을 것이야. 너는 너고, 나는 나이니, 각자 밥줄을 찾아 살도록 해."

아들이 놀라 안색이 창백해졌다.

"만약 나중에 네가 길거리에서 빌어먹고 있는 모습을 보면 나는 한 푼도 주지 않고 고개를 돌려 가 버릴 거야. 모르지! 냅다 발길질을 할지도. 마찬가지로 내가 나중에 밥을 구걸하고 있는 것을 보거든 돈을 줄 생각은 아예 말고 그냥 가 버려. 좋기로는 호되게 발길질을 한 번 하는 것도 괜찮지. 알겠어?"

아내가 거의 뛸 듯이 놀라며 소리쳤다.

"야, 이 허가야, 세상에 당신 같은 아비가 어디에 있어?"

허이민이 눈을 끔뻑거리며 말했다.

"내가 왜?"

"빌어먹는다니, 그런 말이 어디 있어?"

"사람이 일을 하지 않으면 빌어먹는 거 아니야? 남들에게 구걸이나 하는 자식이 무슨 자식이야? 아비라는 작자가 남에게 구걸이나 한다면 그게 아버지 자격이 있겠어?"

허이민이 생각하기에 자신의 말은 이치에 딱 들어맞았다. 이와는 달리 자상한 선생님들은 무슨 '자아'니 '성공'이니 하면서 "꿈을 좇아라.", "인생을 날려 보내라.", "자유롭게 발전해라.", "즐거움을 끝까지 이어 가라."라고 하는데…… 그가 듣기에 이는 완전히 웃기는 말로 그가 예전에 경찰들을 속이려고 뺑칠 때 했던 말이나 다를 바 없었다. 그렇지 않아? 그의 선배인 궈유췐네 딸내미 단단을 보면 알 수 있다. 그 아이는 무슨 애완동물처럼 아주 성가실 정도로 사랑을 독차지하면서 세상이 온통 자신의 낙원이나 다를 바 없었으며, 하루 종일 사랑이 듬뿍 담긴 젖병을 입에 물고, 토끼 같은 엄마, 사슴 같은 이모, 거위 같은 언니가 함박웃음을 웃으며 먹여 주기를 기다렸으니 앞으로 제 앞가림도 못하는 변변치 않은 사람이 되지 않겠어? 귀유췬, 그 자라 대가리는 간장에 완전히 절어 가지고 딸내미의 행복이 죽어라고 애써야 이루어지는 것이 아니라 그저 사랑만 하면 된다고 생각하는 것 아냐?

귀유췬이 그를 찾아왔을 때 나름 큰 결심을 한 것 같았다. 작은 식당에 앉은 후 그는 얼굴이 벌겋게 달아올라 손을 비비고 말도 더듬거렸다. 그가 허이민에게 말했다. 자신이 운영하던 국영 공장이 완전히 결단 났다는 것이었다. 정말 알 수 없어, 납득할 수 없다고! 버스며 발전기, 보일러, 선반 등 빚을 갚기 위해 모두 내다 팔고, 일부 거래처 사람들은 빚을 갚겠다고 사과며 대파 등을 가지고 왔어. 직공들은 돈 대신 한 사람 당 두 광주리씩 대파를 가져가서 주구장창 대파만 먹어 대니 거의 보기만 해도 토할 지경이었어. 공중변소가 아주 그냥 대파 냄새로 진동을 했다니까. 공장에서 무지막지하고 가장 제멋대로이며, 가장 숙련된 젊은 여공들을 보내 빚을 독촉하도록 했지. 채무자에게 가서 길길이 날뛰고 욕지거리를 퍼부으며 땅에서 대굴대굴 구르거나 그것도 안되면 고개를 땅에 처박고 애걸복걸하거나 아예 밧줄을 목에 걸고 자살하겠다고 위협하라고 말하기도 했어. 심지어 차를 나르거나 청소를 하고 세탁까지 해 주면서 임시로라도 그 집 하녀처럼 굴라고 했어……. 그러나 아무 소용이 없었다니까. 그저 몇 푼 받아 온 것이 전부야. 직공들이 공장으로 달려와 월급을 달라고 난리를 피웠어. 공장장은 부임한 지 채 일 년도 되지 않은 상태에서 이런 일이 벌어졌으니 완전히 불운아지 뭐. 시계며 자전거는 물론이고 양복이나 구두까지 몽땅 직공들에게 빼앗기고 말았어. 집안 식구들에게 미안하다고 철길에 누워 자살하려는 생각을 떨칠 수가 없었다고 하니, 어찌 참혹하다는 말로 다할 수 있겠나.

"동생, 너는 그래도 제법 살고 발도 넓으니 이 형에게 살 길 좀 마련해 줘."

궈유췐은 비통한 나머지 코가 시큰거렸지만 이내 고개를 가로저으며 다시 입을 열었다.

"나는 여하간 어떤 고통도 참을 수 있어. 기력은 여전히 충분해. 내가 요리할 때 칼 좀 쓰잖아. 재봉도 한 가닥 하고 말이야. 너도 알잖아? 내가 자그마치 오 년 동안 선진 노동자였는데, 게으른 사람이었다면 가당키나 하겠어? 화물을 운반해도 좋아. 예전에 우리 작업장에서 공장에 하역비를 줄여 주려고 사람들이 모두 의무적으로 하역 작업을 했잖아. 석탄이든 모래든, 시멘트나 생철, 환강[227]까지 짊어지지 못할 것이 뭐 있겠어? 삼복더위에 양철로 만든 객차가 화덕처럼 벌겋게 달아올라 사람들은 땀띠로 고생하면서 땅바닥에 자빠져 기어 다닐 기운조차 없었지만 누가 보너스라도 요구한 적 있나?"

"나도 망했어. 이제 누가 나에게 일이나 시켜 줄지 모르겠다고."

허이민이 말했다.

"나에게 돈 좀 빌려줄 수 없겠나?"

---

227) 丸鋼. 둥근 쇠막대기.

"돈 없어."

"한 삼 개월만 빌려줘. 길어 봤자, 반년이면 충분해. 최근에 네 형수가 미국에서 그런대로 잘살고 있어. 때가 되어 운수가 터진 거지. 보장할게. 그녀가 돈을 보내오면 금방……."

"형, 그런 뜻이 아니야. 내 말은 설사 돈이 있다고 해도 빌려 줄 이유가 있어야지. 형이 밖에서 허세를 부리다 돌아와 나에 게 살을 베어 내라고 하니, 무슨 개뼈다귀 뜯는 소리요?"

"다음에는 이런 일이 없을 거야. 이번에 한 번만 융통해 주렴. 응? 우리 형제의 정분을 봐서라도. 우리 아버지는 그렇다 고 치더라도 엄마의 체면을 봐서라도. 이번에 고비만 넘기게 도와주렴……."

"천천히 좀 진정하시고."

동생이 손을 들며 말했다.

"귀유쥔 동지, 귀유쥔 선생, 귀유쥔 노형 각하. 괜히 삼천포로 빠지지 좀 마시오. 내 말은 팔도 없고 다리도 없는데 뭘 믿고 돈 을 빌려주라는 말이냐, 이 말이오. 형한테 돈을 빌려주고 싶어도 무슨 이유가 있어야지. 법률이든 정책이든 말이지. 아니면 내가 무슨 빈민 구제 사업을 책임지라는 규정이라도 있다는 거야?"

귀유쥔은 넋을 잃은 듯 멍하니 동생을 쳐다보더니 갑자기 자기 뺨을 후려치고는 마치 복통을 참을 수 없다는 듯이 눈을 꼭 감고 이를 악물었다.

"그래 좋다. 말하지 않은 것으로 치자. 부탁이고 나발이고 없던 것으로 치자고. 너도 분명 쉽지는 않을 거야……."

동생은 오히려 아무 일도 없다는 듯 평온한 얼굴로 계산하기 위해 몸을 일으켰다. 다만 여자 주인이 그가 낸 돈 가운데 한 장이 찢어졌다고 받지 않자 벌컥 화를 내며 입씨름을 하다가 하마터면 서로 치고받으며 대판 싸움이 일어날 뻔했다. 다행히 궈유췬이 끼어들어 손에 식칼을 들고 달려드는 주방장을 말리면서 사과를 하고 음식값을 지불한 다음 동생을 문밖으로 내보냈다.

형제는 이렇게 헤어진 후 한참 동안 왕래는 물론이고 전화조차 하지 않았다. 그들은 몇 년 동안 이렇게 형제간에 인정머리 없이 지냈다. 그러던 어느 날 허이민이 낡은 오토바이를 타고 향장로 거리를 지나 이리교 다리 쪽으로 중고 전기 부품을 사러가다가 오랜 고객을 만났다. 날씨가 청명하여 산들바람이 불고 햇살이 따사로운 가운데 시내는 예전과 다를 바가 없이 출근하는 사람은 출근하고, 학교에 가는 아이들은 학교로 향하며, 물건을 사러 가는 이들도 각기 물건을 사기 위해 바쁜 발걸음을 재촉하여 언뜻 보기에 전혀 이상한 점이 없었다. 아이들이 연을 날리거나 소녀들이 데이트 날짜를 잡는다면 아마도 이런 날을 택했을 것이고, 삶의 의미를 논할 때도 이런 날이 제격이었다. 흉터쟁이 허이민도 이런 날이 굳이 싫거나 난처할 까닭이 없었다. 건널목에 이르러 길을 건널 때 그저 아무 생각 없이 오른쪽을 바라보았는데, 몇몇 도시 관리원들이 무슨 일인지 소란을 피우고 있었다. 아마도 법을 집행하는 모양인데, 챙이 큰 모자228)를 쓴 이들 사이로 어디선가 많이 본

---

228) 경찰이나 보안 대원들이 쓰는 모자.

듯한 얼굴이 눈에 들어왔다.

분명 궈유췐이었다. 자신의 과일 좌판을 보호하기 위해 관리원들에게 뭔가 이야기를 하고 있는 듯했다. 챙이 큰 모자를 쓴 관리원 한 사람이 그의 저울을 빼앗고 화학 섬유로 만든 부대를 집어 들었고, 다른 관리원 한 사람은 그의 삼륜차를 끌어당기다가 제대로 움직이지 않자 칸막이를 발로 차 와장창 깨부숴 버렸다. 궈유췐은 관리원을 향해 연신 웃음을 보내며 담배를 권하고 있었다. 하지만 상대방이 손을 뿌리쳐 담뱃갑까지 날아가 버리고 말았다. 궈유췐은 덩치가 제법 컸지만 상대가 밀치는 대로 이리저리 끌려 다니고 머리통도 용수철처럼 마구 흔들리다가 쓰고 있던 면 모자까지 굴러 떨어졌다.

"이러면 안 됩니다. 이러면 안 돼요……."

그의 목소리는 이빨 다 빠진 할망구가 내는 소리처럼 날카롭기만 할 뿐 매가리가 없었다.

"내가 더 이상 안 팔면 되겠습니까? 좌판만 거두면 안 되겠냐구요?"

이렇게 애걸하더니 급기야 방향을 선회하여 위협을 가하기 시작했다.

"너 잘 들어. 내가 그렇게 호락호락한 사람이 아니야! 한 번 붙어 볼래? 싸워 보겠냐고? 좋아 내가 너희 왕 서기의 스승을 안다고. 내가 신문사 허 주임에게 전화를 걸어야겠군. 당신들은 알아보지도 못할 거야. 이공대학의 치 박사며, 참 황 교수도 있고, 유 교수도 있지. 다들 나하고 말이지……."

하지만 상대방은 그의 문화계 인맥을 전혀 무서워하는 것 같지 않았으며, 그를 놔줄 생각도 없는 것 같았다. 오히려 그를 막무가내로 쓰러뜨리더니 발로 과일 광주리를 짓밟는 통에 사과가 땅바닥에 떨어져 나뒹굴었다.

그 꼴을 보고 있자니 허이민은 온몸에 피가 솟구치면서 머릿속이 회로가 합선된 것처럼 허옇게 변했다. 그는 냅다 오토바이에서 뛰어내려 길가 벽돌을 주워 들고 달려가서 땅딸보의 등을 내리찍었다. 물론 그도 놀라지 않은 것은 아니나 이미 벽돌을 높이 들었으니 멈출 수도 손을 거둘 수도 없었다.

벽돌 부스러기가 사방으로 흩어지고 신음 소리가 들렸다.

그런 다음 잠시 정적이 흘렀다. 주변에 서 있던 모든 이들의 눈길이 챙이 큰 모자를 쓴 관리원을 향했다. 그는 아무런 움직임도 없이 그저 두 팔을 뻗은 채 뻣뻣하게 경직된 상태에서 천천히 허리를 돌려 뒤를 돌아보려다가 곧 두 눈을 까뒤집고 입가가 일그러지면서 쾅하고 자빠지고 말았다. 주변에 있던 사람들이 놀라 소리쳤다.

"살인이다!"

"사람이 죽었다!"

하지만 아무도 달려드는 사람이 없었다. 오히려 사람들이 사방으로 흩어지면서 허이민 혼자 넓은 거리에 남아 마치 어느 프로그램 사회자가 거대한 무대를 독차지하고 있는 듯했다. 그는 아무런 간섭도 받지 않고 자신이 들고 있던 벽돌을 버리고 손이며 옷에 묻은 먼지를 툭툭 털며 조용히 자신의 오토바이로 가서 천천히 시동을 걸었다. 그가 오토바이를 타고 떠날 때 역시 단 한 사람도 그를 막거나 따라가는 이가 없었다. 그저 왜앵 하는 시끄러운 엔진 소리와 함께 경적소리만 길게 울려 퍼질 뿐이었다. 천지간에 홀로 자유로운 모습이 방탕하고 거들먹거리는 듯한 느낌마저 들었다.

집으로 돌아온 후 휴대 전화를 열어 보니 스크린에 경찰에서 보낸 지명 수배 안내가 들어와 있었다.

범죄 용의자는 사십오 세 전후의 남성으로 키는 165센티미터를 넘지 않고 가르마를 탄 얼굴이 넓적하며 선글라스를 끼고 회색 재킷을 입었는데 번호판 없는 검은 색 쟈링[229] 오토바이를 타고 오늘 향장로에서 공무를 집행 중인 관리원에게 폭력을 가한 후 연강대로 방향으로 도주하여…….

전화가 울렸다. 발신자 번호를 보니 바보 멍청이 귀유쥔이 건 전화였다. 그는 받고 싶은 생각이 없어 그냥 이불을 끌어당겨 잠을 청했다.

그는 자신의 충동적인 행동, 자신의 주먹질에 마음이 산란하고 짜증이 났다.

---

229) 嘉陵. 중국산 오토바이 회사명.

매형

나와 마난은 이곳 북방 도시에 온 뒤로 도로 표지판은 많은데 택시 기사 대부분이 도로명 대신 기관이나 부서 명칭을 주로 사용한다는 사실을 알게 되었다. 아마도 도로명보다 기관 명칭으로 말하는 데 익숙하기 때문인 듯했다. 예를 들어 '설비부', '유정 측정 회사'라든지 '석유 채굴 5국', '건축 공정 8처' 등이 그러했다. 만약 내가 조양로로 가달라고 말하면 그 즉시 "건축 공정 8처요?" 또는 "석유 채굴 5국을 말씀하시는 거지요?"라고 되묻기 일쑤였다.

그래서 나는 때로 내 자신이 어떤 도시에 있는 것이 아니라 무슨 광장이나 육교, 주점이나 공원, 경찰, 터미널, 공항 등 회사 제국에 있다는 생각이 들곤 했다.

그렇게 며칠을 살다 보니, 나 역시 이곳 직원 같다는 느낌이 들었다. 호텔을 출입하는 것은 출퇴근하는 것이고, 설령 주점이나 무도장에 가도 공무를 처리하거나 다른 부서와 협업을 하는 것 같았다. 술자리는 업그레이드된 식당밥, 디스코장은 업그레이드된 현장의 중간 체조인 것 같았고, 특급 호텔 역시 업그레이드된 작업 현장의 휴게실……. 유전에서 계속 머리를 조아리며 석유를 끌어올리는 채유기가 갑자기 내 옆에 나타나 커튼 쪽에서 위아래로 고개를 끄덕였다.

멍 형을 찾아갔다. 그는 지구 물리학과 출신으로 전국 규모의 업계 회의에서 나와 만난 적이 있다. 이후 그는 유전으로 가서 부사장직을 맡았고, 나는 몇 번이나 그를 초청해 프로젝트 심의를 맡긴 적이 있다.

흉터쟁이 허는 이런 내 인맥을 알고 내게 그를 소개해 줄 것을 요구했다. 딱히 거절하기가 난감했다. 그가 샤오웨에게 구원의 손길을 내밀어 주진 않았지만 다른 일에는 제법 의리가 있었다. 루슈에원이 날 궁지에 몰아넣었다는 소리를 듣자 인터넷에 비방 글을 올리거나 도청을 하기도 하고 그런가 하면 정사의 현장을 덮치려고 술집 여자를 구해 함정을 파기도 하고……. 물론 모두 유치한 수단으로 악당 패거리들이 서로 물고 뜯는 것이나 다를 바 없었다.

사실 나는 나중에야 그가 굳이 나를 끌어들일 필요가 없다는 것을 알게 되었다. 그는 유전에서 이미 유명한 인물이었기 때문이다. 호텔 종업원들조차 그를 잘 알고 있었으며, 담배 가게 주인조차 때로 담뱃값을 받지 않을 때도 있었고, 택시기사들도 차비를 받지 않을 정도였다. 그들은 모두 게시판이나 신문을 통해 여러 사장들이 공항에서 붉은 카펫을 깔아 놓고 그를 영접하는 사진을 본 적이 있다. 그들은 '다공예[230]', '전기왕', '발병 황제' 등 그에게 붙은 별명이 모두 낯설지 않았다.

내가 그와 음식점에 들어가 식사를 할 때면 낯선 사람들이 다가와 술을 권하기도 했다. 어느 날, 식당 문 쪽으로 둥근 식탁에 앉아 있던 사내들, 아마도 시추 작업팀이었던 것 같은데, 여하간 그들이 한껏 술기운이 올라 탁자를 두드리고 양푼을 치며 신나게 발장난과 함께 노래를 부르고 있었다. 옛 노래가 마치 함성이 물결치듯 계속해서 이어지자 문밖을 지나던 이들이 고개를 쭉 빼고 들여다보기도 했다. 그중 덩치 좋은 남자 두 사람이 윗도리를 벗고 손가락을 튕겨 박자를 맞추면서 즉흥적으로 춤을 추기 시작했다. 등을 닦거나 밀가루를 반죽하는 것 같은 동작도 있고, 요강에 쪼그리고 앉거나 칼로 목을 베는 듯한 동작도 있었다. 그들은 사발과 젓가락을 펑링[231] 삼고, 냅킨을 한삼, 작업모를 탬버린 삼아 괴상망측한 동작을 선보였다. 압축기나 진동 롤러 같은 리듬이 사방 천지를 다 뒤엎을 기세로 절정에 이르렀다.

우리 노동자의 힘, 헤이!
매일매일 바쁘게 일하네, 헤이!
높은 빌딩도 짓고
철도, 탄광도 만들고

---

230) 打工爺. 나이 50세 이상의 농민 출신 노동자를 일컫는다.
231) 碰鈴. 작은 동으로 만든 종을 마주쳐서 소리를 내는 민간 타악기의 일종.

세상을 완전히 바꾸어 보세!

……

노래 가사를 들어 보니 출토된 유물처럼 완전히 구시대의
가락인데도 기이하게 여기에서는 기세등등하게 힘이 솟구쳤
다. 그 때 한 사람이 일어나 술을 권하며, 이는 '발명왕 형님'
에게 바치는 노래라고 선포했다.

"형제들, 우리 매형, 허이민은 비록 배운 것 없고, 온몸에 기
름땀이 범벅이 되고, 피부가 당나귀 가죽처럼 거칠어도 한껏
우리의 체면을 살려 주셨소."

"매형은 원하는 대로 드시고 내가 먼저 건배하리다!"

"매형, 한 잔 하세요!"

"매형의 건강을 위하여!"

그들은 계속해서 난쟁이 허이민에게 다가와 술을 먹였다.
허이민은 얼굴이 온통 빨개져서 그저 낄낄거리고 웃기만 할
뿐 한 마디도 하지 못하는 꼴이 마치 성인들 틈에 낀 나이만
많은 어린애 같았다.

'형님'이 아니라 '매형'이라고 부른 것은 아마도 그들이 새
롭게 창안한 것이거나 이곳의 최신 유행에 따른 것 같은데 무
슨 특별한 의도가 있는지는 알 수 없었다. 자신과 상대의 관계
에 한 단계 간격을 두는 것은 어쩌면 자신의 목소리를 낮추고
겸손한 태도를 취한다는 의미일 수도 있다. '매형'이라는 호칭
을 통해 자신들 사이에 보이지 않는 여성을 매개로 하여 더욱
친근한 느낌이 더해지도록 의도한 것 같았다.

"야, 흉터쟁이. 매형인 너도 감당 못 하면서 왜 날 끌어들여?

"넌 몰라. 저 미친놈들은 그저 술이나 권할 줄 알지 허가를 하거나 결재할 권리가 없어."

"장관도 너한테 잘해 주던데? 하루가 멀다 하고 작은 연회, 큰 연회 돌아가며 열어 주던데. 자희 태후[232]를 모시듯이 거의 매일 만한전석[233]이더구만."

"흥, 그게 다 홍문연[234]이야."

나는 나중에야 그의 말뜻을 이해할 수 있었다.

그는 우연한 일로 유전에서 기술 지원군 노릇을 하게 되었다. 'K형 수도 계량기'가 업계의 정기 간행물에 소개된 후 그의 발명품이 유량계에 활용되면서 유전에서 가장 큰 난제 가운데 하나를 해결했기 때문이다. 이후 그는 유전의 또 다른 기술적 난관을 극복하기 위한 모임에 초청되면서 크게 명성을 떨쳤다. 그는 눈을 감고도 전기 회로도를 그리는 신출귀몰한 솜씨를 보이며 휴대용 전류 전압계를 사용하지 않고 정확한 데이터를 산출하여 단번에 미담의 주인공이 되었다.

---

232) 慈禧太后. 1835~1908. 중국 청나라 함풍제의 황후로 '서태후'라고도 불린다.

233) 滿漢全席. 청나라 궁중 요리로 최소 108가지에서 수백 가지에 이르는 만족과 한족의 최고급 요리를 제공한다.

234) 鴻門宴. 기원전 206년 유방(劉邦)이 함양(咸陽)을 선점한 후 곧 바로 들이닥친 항우(項羽)가 홍문에 주연을 베풀고 유방을 초대했다. 항우는 항장(項莊)에게 검무를 추면서 유방을 죽이도록 했으나 유방은 장수 번쾌(樊噲)의 도움으로 위기를 모면했다. 이 고사에서 유래하여 초청한 자를 모해할 목적으로 차린 주연을 뜻한다.

물론 그의 학력을 트집 삼아 무시하는 사람도 있고, 그의 괴
상하고 알기 힘든 표준말이나 건달들이나 쓰는 말투가 귀에
거슬리는 사람들도 있었다. 제2측정원의 선임 기술자인 마오
야리는 마난의 옛 동창의 누이동생으로 영국에서 돌아온 지
얼마 되지 않는 박사 출신의 재원이다. 그녀는 그에게 친절한
것도 아니고 그렇다고 냉담하지도 않았다. 그를 바라보는 눈
빛이 음식 배달원이나 퀵서비스 청년을 바라볼 때와 다를 바
가 없었다. 주제 토론에 앞선 짧은 회의에서 그녀는 심층 석유
갱에 관한 데이터를 위로 전달하는 속도에 대해 이야기하면
서 가장 좋은 회사인 'HD'는 이미 초속 100K바이트에 도달
했는데, 우리는 겨우 30K바이트에 불과하여 정말 골치가 아
프다고 말했다.

　회의 참석자들이 'HD'가 기술 판매를 하지 않을까 고민하
는 모습을 지켜보던 허이민이 식사할 시간이 되자 불쑥 한마
디를 거들었다.

　"남의 도움을 바라느니 직접 하는 게 낫다고 안 했나요. 그
냥 우리가 만들고 말지!"

　하지만 그녀는 그의 말에 전혀 아랑곳하지 않고 다시 입을
열었다.

　"루 기술자님, 팀을 조직해서 다시 한 번 공략해 볼 수 있겠
어요?"

　기술자가 난색을 표했다.

　"내가 보기에 1조도 문제가 없을 것 같은데."

　허이민이 다시 끼어들었다.

하지만 이공학 박사 출신의 그녀는 웬 미치광이의 발언에 신경을 쓸 까닭이 없었다. 1조라고? 1조라면 HD 회사에서 자랑하는 속도의 10배인데, 세계 제일을 자랑하는 측정기 업계 거두의 특허권을 '즉결 처형'하는 거나 마찬가지인데!

"사실을 말한 거야. 하려면 1조 정도는 해야지. 양 한 마리를 놓아기르는 것도 방목이고, 여러 마리를 놓아기르는 것도 방목 아닌가? 한번 판을 펼치기가 어려워서 그렇지. 한번 마음먹고 파내려면 죽어라고 파야지. 난 농담하는 것 아니야."

그가 섭섭하다는 듯이 볼멘소리를 했다.

회의장 곳곳에서 나지막이 낄낄거리는 소리가 퍼지면서 더 이상 회의를 계속할 수 없는 분위기가 되었다. 그녀는 어쩔 수 없이 산회를 선포하고 복도로 나가 몇몇 선임 기술자들을 붙잡고 미국이나 러시아, 일본 등지에서 합작 회사를 찾을 수 없겠느냐고 물었다.

허이민은 그들의 뒤편을 지나 혼자 식당으로 갈 수밖에 없었다.

그가 유전을 떠날 때 송별회는커녕 배웅하는 관리조차 보이지 않았다. 그저 낯선 운전기사가 동풍대화[235]를 몰고 왔는데, 보아하니 짐을 실으러 공항으로 가는 길에 미친놈을 태우자 내쫓으려는 것 같았다. 그는 아무 말도 하지 않고 그냥 떠났다. 그리고 삼 개월 후 선임 기술자인 마오야리에게 전화를 걸어 데이터 전송을 위한 새로운 견본용 기계를 설계했는데,

---

235) 東風大貨. 트럭의 명칭.

일부는 외주를 주고 몇 개는 자체 제작하여 완성품으로 조립을 끝냈다고 말했다.

"15예요? 아니면 50? 좀 더 정확하게 말해 보세요."

상대방은 그가 아무 말이나 지껄인다고 여기고 있는 것이 틀림없었다.

"내가 아무리 무식하다고 해도 15랑 50도 분간하지 못하겠어? 잘 들어! 15도 아니고, 50도 아니고, 500도 아니고 5000이야! 5000! 5000이라고!"

"뭐라구요? 그럼 5조란 말이에요? 지금 5000K바이트라고 말한 거예요?"

"귀가 먹었나!"

상대방이 전화를 끊었다. 미친놈이 말도 안 되는 소리를 지껄인다는 생각이 들었기 때문일 것이다.

미친놈은 전화를 다시 걸어 통명스럽게 말했다.

"여보쇼, 왜 전화를 끊은 거야?"

"또 무슨 말을 하려고요?"

"먼저 쏘리[236]부터 하쇼. 여보쇼 여 동지, 서양 물 좀 마셨다고 걸핏하면 전화를 끊어도 돼? 어떻게 이리도 예의가 없으신가? 시장 바닥에서 마늘 파는 사람이요, 아니면 족발 파는 사람이요?"

"좋아요. 쏘오리, 미스터 허."

"그럼 됐고."

---

236) 영어로 '미안합니다.'라는 뜻의 'Sorry'를 의미한다.

허이민은 화를 푼 셈 쳤다.

"이렇게 합시다. 당신이 내일 사람을 데리고 비행기를 타고 와 시제품을 보시오."

"허 선생님. 우린 바빠요. 정말 바쁘다고요. 게다가 과학 기술 연구는 대단히 엄격하고 엄숙한 일이에요. 대충 적당히 경솔하게 넘어가는 일은 조금도 용납할 수 없어요. 모든 것은 사실에 입각하고 수치에 따라 말해야지요. 선생께서 상당히 똑똑하시고 발명품도 많으며 독학으로 뛰어난 업적을 남긴 기술자라는 것 알고 있어요. 하지만 심층 석유갱이 지면에 있는 것이 아니니 주로 지상에서 사용하는 기술은 전혀 도움이 안 된다는 것은 모르실 거예요. 광케이블도 쓸 수 없고, 구멍 지름이 큰 대구경 동케이블도 전혀 쓸모가 없어요. 이런 난제는 전 세계적으로……."

"마오 아줌마. 내가 부탁하는데 제발 혀 좀 굴리지 말고 이야기하시오. 당신 말인즉 믿지 못하겠다? 그러니 '검증 보고서가 필요하다.' 이 말 아니오?"

"물론이지요. 검증이야 반드시 넘어야 할 문턱이지요."

"그렇다면 한번 말해 보시오. 어느 기관에서 검사할까? 기술 감독국? 중국 석유 위원회? 국가 과학 위원회?"

"아니, 선생님을 믿지 못하겠다는 뜻이 아니에요. 다만 이전에 우리가 사기를 당한 적이 좀 있거든요. 어떤 검사는 나중에 보니 권전교역237)도 있고 말이지요."

---

237) 權錢交易. 국가 간부가 직권을 이용하여 뇌물을 받거나 사기 또는 협박

"당신네가 직접 검사하면 안 되나? 당신들이 직접 가지고 가서 석유갱에서 직접 해 보면 안 되냐고? 마오 아줌마, 마오 아주머니, 마오 마님! 만약에 검사에 통과하지 않으면 내가 당신이 보는 앞에서 그걸 먹어 버리겠소!"

마오야리가 잠시 머뭇거리더니 웃음 섞인 목소리로 좋다고 하면서 먼저 자료를 보내 달라고 말했다. 하지만 허이민은 언제 그 자료를 다 보겠냐는 식으로, 벌떡 일어나 그날 저녁 비행기를 타고 가 그다음 날 아침 선임 기술자의 사무실 앞에 모습을 드러냈다. 큰 나무 상자 두 개에 나누어 실은 시제품도 제때에 도착했다. 마오야리가 깜짝 놀란 것은 당연한 일이었다. 그러나 그녀의 태도는 이미 크게 달라진 상태였다. 우편물을 보고 상대방의 사고방식을 대략 알았기 때문이다. 간단하게 말하자면, 예전 사고방식은 도로를 하나만 만들어 놓고 어떻게 해서든지 차량의 속도와 적재량을 높이려고 한 것인데 반해 미치광이 허의 방법은 동시에 수십 개의 도로를 개설하는 방식이었다.(당연히 한 개의 광케이블을 사용한다.) 이렇게 하면 기점에서 뭉쳐 있는 정보를 분산시켜 순조롭게 전달하되, 모든 정보에 서로 다른 주파 표시가 달린 다중 계정을 입히고, 종점에 도달하면 다시 식별하고 재편성하여 순서에 따라 자리를 배치한 후 분산된 것을 다시 한군데로 모을 수 있었다.

이렇게 '분산'과 '집중 확대'의 방식을 시도하면 근본적으

을 통해 재물을 강탈하는 부정부패를 말한다.

로 도로가 막히는 난관을 돌아갈 수 있다.

과연 석유갱 현장에서 실험한 결과 거의 6조에 달하는 속도가 나왔다. 세계 제일이라는 해외 기업 HD가 기록한 수치의 60배, 유전 현재 수치의 200배에 달하는 속도였다. 마오야리는 얼마나 놀랐는지 얼굴이 다 창백해졌다. 노동자들은 앞다투어 달려와 기기의 화면을 쳐다보았다. 그들은 마치 의사들이 청진기 대신 위내시경, 장내시경, 흉강경, 캡슐 내시경을 통해 처음으로 하느님의 배 속에서 일어나는 드라마를 본 것처럼 신선한 느낌을 받았다. 천지가 진동하는 듯 기묘하기 이를 데 없는 화면은 아무리 보아도 질리지 않을 만큼 짜릿했다. 현장에 모인 모든 노동자들이 환호성을 지르며 허 매형에게 달려들어 그를 하늘 높이 헹가래 치고, 그의 가죽 모자를 빼앗고, 목도리를 당기며 기름 찌꺼기를 한 줌 집어다가 그의 얼굴에 바르더니 연신 그의 등을 두들겼다.

"매형!"

"매형!"

"매형!"

……

사람들은 너 나 할 것 없이 이렇게 외치며 마술사이자 재물신인 그를 들쳐 업고 석유갱 울타리를 몇 번이고 뱅뱅 돌아다녔다. 어찌나 열심히 돌아다녔는지 허이민은 그날 이후 며칠 내내 허리가 시큰거리고 등이 아파 고생했다. 그러면서 그 미친놈들 장난이 얼마나 심한지 하마터면 정형외과에 입원할 뻔했다고 말했다.

마오야리는 가장 값비싼 어원[238]으로 그를 초대하여 식사 대접을 했다. 그녀는 귀걸이를 달고, 입술에 립스틱을 바르고, 남색 시폰 숄을 두른 채 우아하게 나타났다. 평소와 달리 담배를 한 대 피우고 싱글벙글 희색이 만면한 채로 그에게 술을 따르면서 마치 친한 친구에게 당부하는 것처럼 허이민에게 컴퓨터를 잘 보관하라며 말했다. 변호사에게 지적 재산권에 대해 상세하게 물어볼까요? 아니면 외국어를 잘하는 아가씨를 찾아서 정보 보조원으로 삼는 것은……? 그녀의 목소리는 마치 한 집안 사람을 대하는 것 같았다.

"아니, 아니! 필요 없소."

허이민이 연신 고개를 저으며 말했다.

"원숭이는 옥수수를 먹어야지. 한 건을 했으면 그것으로 끝나는 거요. 자료는 당신네들이 모두 가져가시오. 나는 무슨 직함도 필요 없고, 지금까지 논문이란 것도 써 본 적이 없으니까."

그녀의 두 눈이 휘둥그레졌다. 하마터면 괴성이 터져 나오려고 했는지 곧바로 손으로 입을 가렸다.

"아니, 논문은 왜 안 써요?"

"내가 그런 공부 벌레들인 줄 아시오? 내가 소화시킬 수 있는 것은 그저 구체적인 문제를 해결하는 것뿐이오. 첫째, 방법을 생각해 내고, 둘째, 도면을 그려서, 셋째, 만드는 것이지. 그럼 끝이오."

"어머나, 우리가…… 정말 어떻게 감사드려야 할지 모르겠

---

238) 御苑. 황제의 정원이란 뜻으로 고급 음식점을 비유한다.

어요."

그들은 유전에서 200만 위안을 포상금으로 주기로 결정했다는 이야기며 새로운 기술을 더욱 확장하여 다른 업종에 이식하는 문제 등에 대해 이야기를 나누었다. 흙터쟁이는 흥미진진하게 이야기를 하다가 상대가 또 다른 요구가 없느냐는 질문에 더 이상 빼지 않고 말했다.

"정말 내가 요구해도 되겠소? 당신이 들어줄 거요? 그렇다면…… 포상금 같은 건 필요 없고, 나랑 하룻밤 잡시다."

그녀가 놀라 들고 있던 포크를 떨어뜨리며 멍하니 그를 쳐다보았다.

"뭐라고…… 했어요?"

그가 껄껄 웃음을 터뜨렸다. 그의 모습이 마치 돈 많은 갑부가 여자를 꼬드기려고 자신의 휴대 전화를 열어 다른 거래처에서 최고가로 물건을 구매하겠다는 내용의 문자 메시지 몇 개를 보여 주며 확실하게 사기를 칠 힘을 과시하는 것 같았다. 마치 막강한 권세를 배경으로 남을 괴롭히는 건달같은 모습이 여지없이 드러났다. 막다른 골목에 몰린 상대가 허둥대며 말도 제대로 하지 못하는 모습을 즐기는 듯했다. 유학파 엘리트이자 기술 여제인 마오야리가 온통 땀으로 범벅이 된 채 꽃다운 얼굴이 새파랗게 질려 토끼 새끼처럼 쩔쩔매는 모습을 보고 있으려니 속이 다 시원하게 느껴졌다.

그녀는 잠시 멍하여 말까지 더듬었다.

"방금 나에게 나쁜 짓을 하지는 않겠다고 말한 거죠? 그렇죠? 그냥 말이나 하고 잡담이나 나누자, 뭐 이런 말이지요?"

그녀는 상대가 방금 전에 했던 '잠을 자자.'라는 말을 그냥 순수하게 해석한 셈이다.

"물론이지."

그녀가 다시 얼굴이 발개졌다.

"그러면 좋아요. 나한테 약속해 줘요. 나는 옷도 안 벗고 신발도 안 벗을 거예요. 그리고 또 몸에 지닌 물건들도⋯⋯."

흉터쟁이가 낮은 목소리로 말했다.

"당신이 기관총을 메고 있다고 해도 괜찮아. 남편만 데리고 오지 않으면."

"점잖지 못하게, 정말 말도 안 돼! 뭐 못 할 말이라고, 꼭 그렇게 말을 해야⋯⋯ 좀 지나친 거죠?"

그녀는 재차 승낙을 얻었지만 여전히 두 손을 떨며 거친 숨을 몰아쉬면서, 답답한 듯 가슴을 치며 천장을 쳐다보았다. 정의를 위해 용감하게 희생을 감내하는 것 같은 모습이었다.

그녀는 밖으로 나가 주변을 한 바퀴 돌았다. 가위 같은 날카로운 무기를 산 것처럼, 자신의 행동이 학술적으로 자신의 장래나 회사의 이익을 위한 것인지 자꾸만 고민을 했다. 상대가 처마 밑에 있으니 고개를 숙이지 않을 수 없는 것 아닌가. 아쉬운 사람이 고개를 숙이고 들어가야지 어쩌겠는가? 결국 그녀는 마음을 모질게 먹고 과감하게 불구덩이를 향해 그를 따라 한 걸음씩 위층으로 올라갈 수밖에 없었다.

흉터쟁이는 방으로 가면서 내심 그녀를 비웃었다. 방 안으로 들어간 후 그는 일부러 양치질을 한다, 샤워를 한다며 수선을 떨었다. 커튼도 내리고 문을 잠근 후 다시 도어체인까지 채

우면서 온갖 음탕한 신호를 다 보냈다. 하지만 사실 그는 영어로 '집으로 돌아가다.'를 어떻게 말하는지, '가라.'라는 말은 또 어떻게 써야 하는지 고심하고 있었다. 때가 되면 사용할 고상한 한마디를 준비하고 있었던 것이다.

"달링! You can go back home now.[239]"

언제인지 알 수 없지만 여하간 그가 겨우 이 한마디를 내뱉었는데 뜻밖에도 아무런 대답이 들리지 않았다. 그녀는 침대 머리맡에 앉아 꼼짝하지 않은 채 두 손으로 얼굴을 가리고 있었다. 조금 이상한 느낌이 들었다.

그가 다시 한 번 말했지만 여전히 아무런 답이 없었다. 다가가서 그녀의 두 손을 벌려 보니 그녀는 창백한 얼굴에 이를 악문 채 이미 혼절한 상태였다.

"마오 사장! 마오 사장! 마오야리! 죽은 척 하지 말고……."

그는 그녀의 얼굴을 가볍게 치면서 허둥지둥 침대에서 내려와 전화기를 들고 120번[240]으로 다이얼을 돌렸다.

---

239) 영어로 '이제 집으로 돌아가도 좋다.'라는 의미이다.
240) 중국의 응급 구조 번호.

건달의 사생활

허이민은 너무 멀찌감치 한 걸음을 내딛는 바람에 성가신 일에 빠져들고 말았다. 멍 형이 나중에 나에게 몰래 말해 주었다. 그가 대충 이해한 바에 따르면, 이 '고깃덩어리'는 당승육[241]과 다를 바 없기 때문에 많은 이들이 천천히 먹어야 한다고 주장하고 있다. 높이뛰기 선수가 기존 기록에서 1밀리미터 더 높이 뛰어도 신기록으로 인정되고, 5밀리미터를 높이 뛰어도 신기록이 된다. 그렇다면 5밀리미터를 더 높이 뛰면 금메달을 다섯 개 받을 수 있는데, 왜 한 개만 받지?

한번 생각해 보자. 돼지 곱창을 N분의 1로 나누어 조금씩 잘게 씹어 천천히 삼키면 국가에서 제공하는 과학 연구비나

---

241) 唐僧肉.『서유기(西游記)』에서 먹으면 장생불사한다고 하여 온갖 마귀들이 눈독을 들이는 고기를 말한다.

기술 개혁 자금을 몇 번씩 챙길 수 있고, 시장에서도 고객의 허리춤에 있는 지갑을 몇 번이고 낚아챌 수 있다. 바보 멍청이나 이런 이치를 모를 뿐이다. 성가신 일이라는 것은 이것뿐만이 아니었다.

또 다음과 같이 말하는 이도 있었다. 당승육을 아예 만두에 넣는 고기소로 삼아 큰 프로젝트 아래 작은 프로젝트를 구상하자고 했다. 고기소로 만들어 만두피도 곁들이고, 육류에 야채도 섞어 이후 커다란 덩어리로 만들자는 이야기였다. 그러면 상을 받거나 승진, 월급 인상, 경비 수익 등 이익을 얻는 범위가 훨씬 넓어지게 된다.

수백을 헤아리는 전문가들이 모두 형제와 같으니, 심혈을 기울이지 않는 이가 없고, 노고를 마다하지 않고 원망을 감내할 각오로 힘들게 일한다. 다만 대부분의 사람들이 운이 좋지 않아 황금을 캐내지 못할 따름이다. 이런 조합을 갖추어 그들도 편승하도록 하여 당신네 제2측정원이나 허이민이 가난한 사람들을 구제했다거나 전반적인 대국을 고려했다고 생각하면 지나친 처사라고는 말할 수 없지 않은가? 수십 년 동안 온갖 역경을 헤쳐 왔는데 모두 한 솥에 둘러앉아 밥을 먹으면 이런 것을 일컬어 온갖 비바람 속에서 한 배를 탄 이들이라고 말하지 않겠는가?

더욱더 공개적으로 내밀기 힘든 미묘한 뜻(멍 형은 반복해서 이것이 자신의 추측일 뿐이라고 말했다.)은 이런 식으로 프로젝트를 통합한 후 전체 사업의 책임자는 틀림없이 허이민이 아니라 최고 영도자를 초청하여 그에게 지휘봉을 안길 것이라는 점이다. 설사 영도자가 이런 달콤한 제안을 받을 생각이 없다고 해도 아랫사람들이 자신들의 우두머리를 위해 그렇게 구상을 해야 하는 것 아닌가? 최고 지도자도 사람이고, 고생을 했고 참여하여 공헌한 바도 있는데 보너스를 좀 받고 싶지 않겠는가? 전문 분야, 예를 들어 원사242)라도 하고 싶어 하지 않을까?

이런 문제는 물론 심사숙고해야 한다.

자영업자는 당연히 이런 깊은 물의 이치를 헤아리기 어려울 것이다. 허이민은 내가 전하는 말을 듣고는 반신반의한 눈초리로 나를 흘겨보더니 아무 말 없이 후루룩거리며 라면을 먹었다. 그럴 리가 없어? 돈이 궁해서 그러나? 그가 씩씩거리며 두말없이 인정했다. 프로젝트가 제때에 검토되지도 않고, 결제도 되지 않으며, 제대로 운용도 되지 않고, 공표되지도 않은 채 그저 멀쩡하게 자료함에 처박혀 있는 까닭은 다른 데 이유가 있는 게 아니야.

"화 머시기라는 좆같은 놈 때문이지 뭐."

그가 도대체 누구에게 욕을 퍼붓는지 알 수 없었다.

"그놈은 틀림없이 HD에서 쳐들어온 첩자야!"

그의 상상력이 점점 풍부해졌다.

"그자의 전처는 밀수품 장사나 했다고 하니 좋은 년일 리가 없어. 둘째 외삼촌인가 하는 작자는 외국에서 20년이나 굴러먹었다고 하는데 한 번도 자신이 뭘 하는지 분명하게 말한 적이

---

242) 院士. 과학원이나 학술원 회원.

없다니까. 형부란 자는 아주 피도 없는 술주정뱅이지⋯⋯."

　이렇게 주제와 관계없이 다른 이야기만 하다가는 이처럼 파출소 수준의 내외부 조사 정도밖에는 진전이 없을 것 같았다.

　석유 도시[243]의 시간은 그에게 너무 더디게 흘렀다. 그는 매번 이곳에 올 때마다 연회에 참가하거나 잠자는 것 이외에 달리 하는 일이 없어서 그저 위장만 바쁠 뿐 구체적인 안건이나 사안에 대해 통쾌하게 들어 본 적이 없다. 무료한 나머지 다른 프로젝트를 괜히 거들 뿐이어서 내심 걱정이 태산 같았다. 그는 어디까지나 편제 밖에 있는 '고문'일 뿐이기 때문에 내부 사정을 자세하게 알지 못했다. 신분적으로나 관습적으로 그는 닭장 속의 한 마리 닭에 불과했던 것이다. 일부 전문가들은 그를 존경하고 감탄해 마지않았지만 이론이나 외국어에 관한 내용은 아예 끼어들지 못하게 했기 때문에 쉽게 접근할 수 없었다. 어떤 사람들은 무슨 지적 재산권을 지나치게 의식하여 걸핏하면 보안을 유지한답시고 허이민만 봤다 하면 읽던 것을 클립에 끼워 넣고, 캐비닛을 닫으며, 방문을 틀어 잠그는 등 마치 도둑을 방비하는 것처럼 긴급 행동을 취해 상스러운 욕설이 절로 나올 정도였다. 그러던 어느 날 기생오라비처럼 곱상하게 생긴 젊은 애가 와서 가르침을 청했다. 그런데 어찌 된 일인지 해결할 문제에 대한 이야기만 꺼냈다 하면 웃을 듯 말 듯한 표정으로 말을 할 듯 할 듯하다가 끝내 얼버무리고 말았다. 말인즉 기밀 사항에 속하기 때문이라는 것이었다.

---

243) 석유가 기간 산업인 도시를 말한다.

"고문님, 제가 믿지 못해서 그러는 것이 아니라 프로젝트 팀에는 확실한 규정이 있거든요. 그래서 제가 자료도 보여 드리지 못하고 수치에 대해서도 말씀드릴 수가 없습니다……. 고문님도 이런 규정을 잘 아시지요? 그렇죠? 미안합니다. 정말 죄송해요. 양해하시기 바랍니다."

"대가리가 완전히 멍청하구만."

화가 치민 허이민의 얼굴이 일그러지며 그에게 한마디 쏘아붙였다.

"네? 그게 무슨 뜻이지요?"

"고쳐야 할 사람은 바로 너지, 내가 아니란 말이야. 그렇지? 혀도 보여 주지 않고 맥도 짚을 수 없는데, 내가 그냥 공기 한 줌 쥐어다가 주무르고 문지르면 네 부인병이 좋아지겠니?"

"허 고문, 왜 그런 말을 하세요?"

"오늘 네가 병원에 안 가면 내가 가야겠다."

그가 이렇게 말하고 벌떡 일어나 구두 한 짝을 밟아 짓이겼다. 놀란 청년이 경황없이 줄행랑을 쳤다.

그의 성질이 날이 갈수록 더러워지면서 여러 사람들의 미움을 사게 되자 상황이 더욱 복잡해졌다. 마오야리 사장조차 난색을 표명하는 일이 많아졌다. 이전에 그는 그녀를 호칭할 때 앞에서는 '셋째 마누라', 뒤에서는 '셋째 부인'이라고 말하곤 했다. 물론 웃자고 하는 소리였으며, 상대방도 그리 화를 내지 않았다. 그런데 마오야리가 어느 날 정중하게 다음과 같이 말했다.

"이민 동지, 그런 농담은 더 이상 하지 않았으면 좋겠어요. 저를 난처하게 만들지 마세요."

이런 변화 후에 어떤 일이 생겼는지에 대해서는 아는 바가 없다.

그는 아무 영문도 모른 채 제대로 보이지도 않고 만질 수도 없으며, 생각조차 할 수 없는 십면매복[244]의 상황에 빠지고 말았으니 그저 술자리를 여기 저기 옮겨 다니는 처지가 되고 말았다. 산을 기어오르는 것이야 두려울 것이 없었지만 연이은 술자리로 만들어진 스폰지 산은 근본적으로 오를 수 있는 것이 아니었다. 그저 그는 자신이 한 걸음 한 걸음 수렁 속으로 빠져들다 결국 '무(無)'가 되어 사라지는 것을 보고 있을 수밖에 없었다. 그의 술친구 가운데 처장 한 사람이 있는데, 영도자를 위한 술상무 역할이 그의 장기였다. 그는 휴대 전화에 사륙문구[245]로 문자를 써 가며 유전에 대한 찬사를 늘어놓는 일을 가장 즐겼지만 뭔가 거동이 무척 수상쩍었다.

그는 한참 전에 중국이나 외국의 몇 군데 회사에 대해 우물쭈물 이야기한 적이 있다. 그에게 좀 더 나은 곳을 택하라고 권하는 것이 분명했으며, 자신이 중간에서 줄을 놓겠다는 뜻 또한 분명했다. 술친구 중에는 개인 사업자들도 적지 않았다. 그 가운데 광둥에서 사업을 하는 녀석은 아예 상자에 가득 돈을 싣고 와서 그에게 내밀며 이건 그저 인사치례에 불과하며 전체 기술을 넘길 경우 사례비는 별도로 계산하겠노라고 장담했다. 또 어떤 상하이 놈은 직접 맞대고 일을 복잡하게 만들

244) 十面埋伏. 겹겹으로 매복 포위된 상황을 말한다.
245) 四六文句. 사륙변려문의 형식으로 쓰는 것을 말한다. 수식이 많고 내용은 별로 없는 글을 비유한다.

기도 했다.

"겨우 50만 위안 가지고 내놓을 만하다고? 우리 허궁[246]을 뭘로 보고 그래?"

이런 아첨 떠는 말에 기분이 좋기는 하면서도 왠지 시달림을 당하는 것 같아 뭐라고 말해야 좋을지 알 수 없었다. 나와 통화하면서 그는 자기가 2년 동안 이제나저제나 기다리고 있기만 하지만 그렇다고 유전에서 신망을 잃고 싶지는 않다고 말했다. 허이민, 그는 당원이나 단원[247]도 아니고, 홍링진조차 만져 본 적도 없는 건달이지만 사실 국가를 위해 한몫 거들고자 작정한 사람이었다. 국영 기업이야말로 그의 마음속에 가장 구체적이고 실제적이며, 또한 가장 촉감적인 국가가 아니겠는가? 그가 있는 석유 도시가 그가 꿈꿔 온 아득한 동화가 아니겠는가 말이다. 그는 많은 일을 포기하고 커다란 꿈을 향해 돌진했다. 자신의 운명을 향해 도전장을 내던지고, 입 밖에 내기 부끄러운 비밀, 건달이라는 사적인 비밀을 단단히 지켰다. 하지만 이런 말을 어떻게 내뱉을 수 있겠는가? 지금과 같은 시대는 건달들의 말은 할 수 있을지언정 오히려 '애국'이란 말이 오히려 진부한 말이 되고, '충성'이네 '정의'네 하는 말이 미친 소리, 정신 나간 소리로 간주되어 대다수 사람들에게 혀가 마비되고 이에 씹히며, 목에 걸리는 말이 되어 버리니 아무리해도 목구멍에서 쉽게 나오지 않는다. 그렇다면 이런 관료

---

246) 허이민을 가리킨다. 허궁의 '궁'은 공(工)의 중국어 발음으로, 그를 기술자로 높여 부르는 표현이다.
247) 團員. 공산주의 청년 동맹의 단원을 의미한다.

적인 말투로 이제 그가 말할 차례인가? 하지만 그는 유홍가의 화려한 불빛 아래서 입만 열면 거짓말을 하고, 부자들 앞에서 말만 하면 입이 시려서 그저 도둑이 제 발 저리다고 입단속을 철저하게 했다. 자, 술잔 들고 마시자!

두꺼비처럼 생긴 얼굴이 실실 웃어 대자 그는 술을 강권하며 대강 마무리했다.

자오 사장은 그와 술을 가장 많이 마신 사람이다. 그는 전원 관련 일을 하는 것 같기도 하고 공작 기계나 항공 기기와 관련된 일을 하는 것 같기도 한데, 사실 정확한 직업은 알 수 없었다. 허이민이 재혼할 때 그는 10만 위안을 축의금으로 냈는데, 축하한다며 작은 성의니 받아 달라고 했다. 흉터쟁이는 그 돈이 인정을 빌미로 거래를 하기 위함이라고 여겼다. 그런데 기이하게도 거의 10여 년이 지나도록 자오 사장은 그 자신이 말한 대로 사내대장부를 좋아하여 강호의 친구들을 사귈 뿐 본업에 관계되는 일은 한마디도 하지 않았다. 게다가 형제[248]가 유전에서 무료하게 시간만 죽친다는 말을 듣고는 먼 길을 마다하지 않고 이틀 밤낮을 달려와 우직하게 술 상대가 되어주었다. 술을 많이 먹자 말다툼이 벌어졌다. 사실 그리 대단한 일도 아니었다. 국산 위상 단열 레이더의 결함이 어디에 있는가라는 문제였는데, 이처럼 사소한 일로 시작하여 서로 조상까지 들먹이며 목소리를 높이고, 탁자를 치며 목에 핏대를 세우는 것이 당장이라도 주먹질을 할 기세였다. 허이민은 다른

---

248) 허이민을 가리킨다.

사람들과 말다툼을 한 적이 별로 없기 때문에 딱히 화를 어떻게 풀어야 할지 답답했다. 그래서 그냥 잡히는 대로 옆에 있던 자전거를 집어 들어 길가에 있는 유리 진열창을 깨부쉈다. 와장창 소리와 함께 유리 파편이 사방으로 흩어졌다. 그것도 모자랐는지 다시 입간판을 들고는 미친 듯이 또 다른 유리창을 향해 내던졌다……. 자오 사장은 확실히 주량이 더 센 것이 분명했다. 그 역시 술을 많이 먹기는 했지만 지금 눈앞에서 벌어진 일이 어떤 사태를 야기할 것인지 잘 알고 있었다. 그는 그 즉시 지갑에서 현금 다발을 꺼내 달려오는 보안 요원들을 향해 흔들어 댔다.

"이 사람은 완전히 정신 병자야. 몸에 폭탄을 묶고 있으니 당신들도 괜히 건들지 마! 상관하지 말고 그냥 가도록 내버려 둬! 손해 본 것은 내가 다 배상할 테니……."

보안 요원들과 업주들은 그의 말에 놀라 뒷걸음질 치고, 허이민은 속 시원하게 화를 풀고 자오 사장이 속인 레이더(술에 취해 확실히 잘못 본 것이다.)를 완전히 박살을 내 사방에 난잡하게 어질러 놓았다.

다음 날 두 사람은 더 이상 술을 마실 수 없어 대신 나이트클럽으로 갔다. 자오 사장이 한 서양 아가씨에게 춤을 청해 춤을 추는데, 한 곡이 끝날 때쯤 술도 마시지 않았는데 자기 스스로 취해 손이 슬슬 아래로 내려가더니 상대의 엉덩이에 이르렀다.

"Bitch."[249]

---

249) 영어로 암캐라는 뜻의 욕설.

흉터쟁이는 누군지 잘 모르겠지만 여하간 덩치가 우람한 자와 부딪쳐 비틀거렸다. 덩치는 그와 부딪친 후 무도장을 가로질러 곧 바로 자오 사장에게 달려가 멱살을 잡았다.

무도장은 순식간에 엉망이 되고 보안 요원들이 황급히 달려와 엉겨 붙은 쌍방을 양쪽으로 갈라 놓고 최대한 멀리 떨어지도록 했다.

"저 사람이 말하길 당신이 엉덩이를 만졌다는데……."

여행단의 가이드가 자오 사장에게 덩치의 말을 통역한 후에야 전후 사정을 알 수 있었다.

"내가 만졌다고? 언제 만졌는데?"

자오 사장이 옷매무새를 고치며 누르락붉으락하면서 소리쳤다.

"설사 만졌다고 한들 그래서 어쨌다고? 이런 개새끼들이 어떻게 이럴 수가 있어. 조금 전에 지는 중국 엉덩이를 만지지 않았나?"

주위 사람들이 웃음을 참지 못하고 낄낄댔다. 어두컴컴한 한 구석에서 휘파람 소리가 들려오자 마치 기다리기라도 한 것처럼 사람들이 이곳저곳에서 소리쳤다.

잘 만졌어, 잘 만졌어. 다시 한 번 만져…….

매형도 대담하게 앞으로 나가 만져요.

앞으로 나가 만져 보라고요.

……

웅성거리는 소리가 합창이 되어 사방으로 울려 퍼졌다.

노랫소리와 웃음소리가 한데 섞이면서 분위기가 누그러졌다. 가이드의 설명을 듣고 가슴에 털이 무성한 건장한 남자도 자오 사장을 놓아 주며 여자를 데리고 자신들의 자리로 향했다. 그런데 누군가 '중국 돼지 새끼'라고 말하는 소리가 들렸다. 영어인 데다 아주 낮은 목소리로 중얼거리다시피 한 말이었지만 허이민은 오히려 분명하게 알아들을 수 있었다. 순간 그가 고개를 갸우뚱하며 목을 삐딱하게 세우더니 화가 치밀어 목이 굳은 것만 같았다.

"야, 너!"

그가 맥주병을 들고 덩치 큰 대머리를 가리키며 말했다.

대머리가 그를 쳐다보고는 다시 다른 이들을 바라보았다. 누구에게 욕을 하는지 모르는 눈치였다.

"야 임마, 너! 대머리! 손자 새끼![250] 너 방금 무슨 헛소리를 한 거야?"

대머리는 중국어를 알아듣지 못했지만 상대가 분명 적의를 띠고 있음을 직감하고 그 즉시 허리를 굽히고 주먹을 쥔 채 권투 선수처럼 앞뒤로 스텝을 밟으며 싸울 준비를 했다.

"싸우고 싶어? 그럼 싸우자!"

그와 함께 모여 있던 몇 명의 양코배기들도 벌떡 일어나 각자 자리를 잡고 술병이나 의자를 들고 싸움 자세를 취했다.

상황이 좋지 않자 보안 요원들이 다시 벌떼처럼 몰려들어

---

250) 손자는 베이징 속어로 소인 또는 타지 사람을 욕하는 말이다.

대치하고 있는 쌍방 사이로 인간 장막을 치는 한편 허스푸[251]가 들고 있는 술병을 빼앗으려고 이리저리 밀고 당기며 애를 썼다. 어르고 달래는 소리가 뒤섞이는 가운데 목이 비뚤어진 환자 양반을 겨우 무도장 밖으로 끌어냈다.

"아이고, 어르신. 화를 내시는 거야 괜찮지만, 우리 밥줄이 끊깁니다요."

젊은 보안 요원이 애걸하면서 다시 말했다.

"그냥 헛소리를 하는가 보다 생각하세요."

그러자 옆에 있던 다른 보안 요원이 입을 열었다.

"여행단 사람들은 버스 기사들이라고 하니 아무래도 무식하지요."

"무식하기는 이 어른도 마찬가지야!"

흉터쟁이가 손으로 땅바닥을 가리키며 말했다.

"여기서 기다릴 거야. 오늘 내가 그 녀석들하고 한판 붙지 않고는 절대로 돌아가지 않을 거야."

자오 사장이 와서 아무리 달래도 그를 데리고 갈 수 없었다. 그러던 차에 호텔 주방장의 아들로 허스푸에게 종종 담배 한 개비를 얻어 피우던 바보 녀석이 다가왔다. 마치 당장이라도 싸울 듯이 주먹을 문지르고 손을 비비면서 이리저리 바쁘게 오가더니 뜬금없이 큰 벽돌을 찾아 오고 다시 굵은 몽둥이를 어디선가 구해 왔다.

"싸워요! 싸워! 왜 안 싸워요?"

---

251) 허이민에 대한 존칭으로 쓰푸(師傅)는 '사부'를 의미한다.

바보는 신이 났는지 연신 콧물을 훔치며 무도장을 서너 번씩 오가더니 마지막에는 와 하고 크게 외쳐 댔다.

말인즉 가이드가 그자들을 옆문으로 데리고 나갔다는 것이었다.

이 사건 역시 마난이 나에게 말해 준 것이다.

"그 사람은 언젠가 살인을 저지르든 큰 사고를 저지르든 할 거야."

그녀는 샤오웨에게 모자를 건네주며 매섭게 일침을 가했다.

"그는 애당초 북쪽으로 오지 말았어야 했어. 어떤 유전이든 가지 말았어야 했다고. 그런데도 그가 한사코 간 것이지. 그래서 결국 모든 것을 다 잃었잖아? 그는 진짜로 자신이 대단한 줄 알았나 봐, 진짜로 자신이 하늘에라도 올라갈 줄 알았나? 내가 보기에 그는 능력이 제아무리 크다고 해도 이번에는 허난 지방 마누라에게 돌아갈 수만 있다면 그나마 다행이지."

"허난……."

나는 그녀의 생각을 따라잡을 수 없었다.

"왜 하필이면 허난 지방 마누라야? 산시 지방 마누라는 아니고……."

"그는 허난 아가씨가 어울려."

그녀는 마치 자기 혼자만 중대한 비밀을 깨달은 것처럼 자신감이 넘쳤다.

"그럼 한 번 말해 봐. 구체적으로 허난 어느 지방 사람이 어울리겠어?"

"어느 지방? 더우바 현이든 과바 현이든 다 좋아."

아마 이런 현 이름은 하늘도 모를 것이다.

하지만 그녀가 확신하는 방향, 그저 나오는 대로 말한 지명은 굳이 지도를 통해 증명할 필요가 없다. 그녀가 보기에 바보들에게나 지도나 사전이 필요할 것이다.

높은 담장 아래

끝내 박살을 내지 못한 술병이 여전히 그의 가슴속을 꽉 막고 있기 때문인지 알 수 없으나 허이민은 나중에 자신의 아이디를 '중국 돼지'로 정했다.

따분한 시간이 많아지면서 그는 하루 종일 자신이 선택한 오성홍기[252] 아이콘을 바라보며 인터넷에만 몰두했다. 왕징웨이에 대한 판결 번복을 요구하거나, 8개국 연합군의 공로를 늘어놓으며 중국의 '양탄일성[253]'에 반대하는 자들, 관청의 검은 돈과 첩을 몰래 국외로 빼돌리는 자들은 '중국 돼지'의 신랄한 비난을 벗어날 수 없었다. 이렇게 해서 나이 지긋한 'Angry Young Men'[254]이 등장했다.

---

252) 중화 인민 공화국의 국기.
253) 兩彈一星. 원자 폭탄, 수소 폭탄, 인공 위성을 의미한다.
254) '성난 젊은이들'이란 뜻으로 1950년대 영국의 전후 세대 젊은 작가들

그런데 애석하게도 그는 글자를 틀리게 쓰는 경우가 허다하고 특히 문장 부호를 잘못 쓰는 일이 많아, 오랫동안 참고 참다가 피를 토하듯이 써 내려간 한 편의 철혈 문장, 마치 포효하는 듯한 서한, 어금니를 드러내고 발톱을 휘두르는 듯 살벌하게 역적 토벌을 알리는 포고문을 줄줄이 터뜨려도 댓글은 거의 달리지 않아 썰렁하기 이를 데가 없었다. 나중에 가까스로 댓글이 몇 개 달리기는 했지만 대부분 그의 틀린 글자, 특히 문장 부호를 지적하는 내용들이었다.

다른 사람들이 맞다고 인정하는 글자는 틀린 것 같고, 틀리다고 하는 글자는 오히려 맞다는 생각이 들어, 시정(時政)에 관한 화제가 때로 어법을 둘러싸고 벌어지는 살벌한 대결의 장이 되어버린 것 같았다.

네티즌 중에는 그의 머리가 굳었다고 생각하는 이들도 있었다. 이들은 그를 가리켜 머크레이커[255] 주제에 입으로는 애국을 지껄이면서 그토록 관리, 부자, 교수들을 증오하며 욕을 퍼붓다니 이 모든 것이 나라에 먹칠을 하는 것이 아닌가, 하고 말했다.

"타오샤오부, 너 나 도와줘야 해. 이건 문장 부호 모두 맞았을 거야."

을 지칭하는 말이다. 공통적으로 기성 제도에 도전하는 성격을 지녔다.

255) Muckraker. 1906년 4월 미국의 시어도어 루스벨트(Theodore Roosevelt) 대통령이 추문 폭로 저널리즘을 향해 경멸적인 의미로 사용하였으나 이후 사회에 대한 관심과 폭로라는 긍정적인 의미로 변모하기도 하였다. 주로 선정적인 언론을 비판할때 사용한다.

그는 한밤중이라도 아랑곳없이 장거리 전화를 걸어 곤히 자고 있는 나를 이불 속에서 끄집어 냈다.

"너 너무 한가한 거 아니야? 그런 설전을 벌인다고 무슨 의미가 있어?"

"솔직하게 말하면 여기 생활은 완전히 감옥살이야. 인터넷 게시판에 글을 올리거나 욕설을 해 대지 않으면 그냥 포르노 사이트만 볼 뿐이야."

나는 전화에 대고 리눅스[256]에 대해, 그리고 그것을 창시한 리누스, 그러니까 핀란드 출신의 오픈 소스 소프트웨어 개발자로 마이크로 소프트와 인텔을 비롯한 모든 시장 규칙에 도전장을 내민 IT업계의 호걸에 대해 이야기했다. 내가 그에게 이런 이야기를 한 것은 만약 흥터쟁이가 돈에 구애받지 않는다면 물고기도 죽고 어망도 터진 것처럼 쌍방 모두 손해를 보게 하는 것도 한 방법이니, 유전 측에 당장 프로젝트에 관해 결론을 내려 줄 것을 재촉하라는 뜻이었다. 그런데 뜻밖에도 그는 단호하게 반대 의사를 표했다. 그의 말인즉, 기술을 공개할 경우 기술료야 그저 빈민 구제에 쓴 것으로 치면 그 뿐이니 별 문제 아니지만 서방의 회사들은 개처럼 냄새도 잘 맡고 행동도 빠르며, 규모가 크기 때문에 득달같이 달려들어 유전에서 나온 이득으로 자신들 배만 불릴 것이라고 했다. 그럴 경우 과연 단자[257]에서 여전히 살아남을 수 있을까? 아마도 네티즌

---

256) Linux. 1991년 11월에 리누스 토르발즈(Linus Torvalds)가 버전 0.02을 공개한 유닉스 기반 개인 컴퓨터용 공개 운영 체제.

257) 壇子. 원래는 단지, 항아리의 뜻이나 여기서는 온라인 커뮤니티 공간을

이 돌려가며 미친 듯이 짓밟고 껍질을 벗기고 힘줄을 발라 내어 '중국 돼지'를 호물호물한 고기 절임으로 만들지 않을까?

'단자'는 그가 즐겨 찾는 인터넷 게시판을 말한다.

그런데 뜻밖에도 그런 날이 오고야 말았다. 물론 나중에 알게 된 사실이다. 어느 날인가 지독히도 추운 날 그는 석유 기술 학원에서 특강을 요청받았다. 그는 시작부터 어딘가 심상치 않은 느낌이 들었는지 왼쪽 눈꺼풀이 자신도 모르게 자꾸만 씰룩대고 강의실 문 앞에서 아무런 이유 없이 넘어지기도 했다. 뭔가에 걸려 넘어진 것도 아니고, 그렇다고 미끄러진 것도 아닌데 좌우지간 전기에 닿은 것처럼 이유를 알 수 없는 충격에 개가 진흙에 처박힌 꼴이 되고 말았다. 언제나 그의 꽁무니를 따라 다니는 바보가 좋다고 박장대소하면서 그를 따라 두 번씩이나 넘어지며 눈길에서 데굴데굴 굴렀다.

허이민은 나중에 이러한 불길한 징조들이 당시 강연장에 와 있던 세 명과 관련이 있다고 굳게 믿었다.

그는 당시 그들 세 명이 강연장에 와 있다는 사실을 전혀 모른 채 간간히 턱과 손목(넘어져 아픈 곳)을 주무르기도 하면서 자신의 쾌속 충전 방안에 대해 설명했다. 그의 이야기는 두서가 없어 학술 보고라고 하기보다 신톈유[258]나 스바처[259]와 같

의미한다.

258) 信天游. 산시(陝西)성 북부의 민가 곡조의 총칭. 때에 따라 약간의 변화가 있기는 하지만 주로 같은 곡조로 반복해서 노래한다.

259) 十八扯. 예극(豫劇)과 경극(京劇)에 나오는 가곡의 명칭.

은 느낌이 들었다. 맥동전류[260]와 재료 피로의 관계에 대한 이야기를 더듬거리며 이어가다가 갑자기 독일 민수품과 미국의 군수 사업이 기술적으로 볼 때 진짜 호랑이라는 말을 꺼냈고 (주제를 이탈한 것 같다.), 후왕[261]을 어떻게 왕으로 칭할 수 있느냐고 물었으며(의미가 명확하지 않다.) 삼십여 년 전에 나온 『농촌 전기 기술자 편람』이 아주 좋은 책이라고 하면서 20전짜리 보배라고 말하기도 했다.(옛날을 회상한 것이거나 현재 전문 서적이란 것이 내용은 보잘 것 없으면서도 특허 지식에 관한 비밀만 너무 많은 것에 대해 불만을 표시한 것 같다.) 또한 돈은 개자식이나 다를 바 없어 중국인들의 생각을 어지럽힌다고 말하기도 했다.(지극히 편파적인 발언이다.) 또한 많은 이들이 기술을 연구한다고 말하기는 하지만 사실은 돈을 좋아하는 것이지 기술을 좋아하는 것이 아니어서 마치 연인 대신 창녀를 좋아하는 것이나 다를 바 없다고 말하기도 했다.(너무 저속한 발언이다.)

"어이, 이보시오. 국가가 당신을 이렇게 희고 포동포동하게 길러 주고 살찐 돼지처럼 투실투실하게 길러 준 것 아니오. 당신이 넥타이를 매고 자가용을 타고 다니며 네모난 모자를 썼는데도 어찌하여 완다[262]한 이상과 보다[263]한 포부가 없느냐

---

260) 脈動電流. 직류 전류에 교류 전류가 중첩되어 맥동하는 전류.

261) 猴王. 말 그대로 하면 원숭이 왕이란 뜻이나 손오공을 지칭한다.

262) 碗大. '원대하다'라는 뜻의 '위안다(遠大)'를 잘못 발음한 것으로 완(碗)은 사발을 의미한다.

263) 鉢大. '넓다'라는 뜻의 '보다(博大)'를 잘못 발음한 것으로 보(鉢)는 사발을 의미한다.

는 말이오…….”

그는 다급해지면 표준어가 제대로 나오지를 않아 어쩔 수 없이 손짓으로 보완을 해야만 했기에 팔을 펼치고 가슴을 내미는 등의 동작을 통해 자신의 '보(博)'가 이만큼 크니 아주 작은 '보(鉢)'로 오해하지 말라는 뜻을 전했다.

“특히 당신들, 정부나 국영 기업에 있는 나리들은…….”

그는 맨 앞좌석에 앉은 넓죽한 얼굴에 귀가 큰[264] 중년들에게 눈길을 보내며 말을 이었다.

“사무실에서 큰 엉덩이나 죽치고 앉아 있고, 음식점에서 배 터지도록 좋은 음식만 먹어 치우면서 한 번만이라도 국가를 사랑하는 것이 그렇게 어려운가? 지금이야 당신들에게 토치카를 깨부수라고 하지도 않고 기관총 공격을 막으라고 하는 일도 없으며, 그저 매일 출근해서 여덟 시간만 일하면 되는데, 그저 한 시간만이라도 애국하면 안 되는가 말이오? 그저 반 시간만이라도 올바른 일을 하면 죽기라도 한대……?”

청중들이 곤혹스러운 표정을 지으며 낮은 목소리로 웅성거리더니 급기야 여기저기서 떠들썩한 소리가 들리기 시작했다. 사회자가 급히 쪽지를 보내 용어를 예의에 맞게 사용해 줄 것과 본래 주제로 돌아가 줄 것을 요청했다.

그가 헛기침을 한번 하고 얼굴을 한 번 문지르는 사이에 퇴장하는 사람들이 더욱 늘어나 남색 빈자리가 점점 확대되고 있었다. 쌍쌍의 남녀 학생들은 서로 손을 잡거나 허리를 끼고

---

264) 고대 귀인의 상으로 알려져 있다.

사랑을 키우기에 더 적합한 장소를 찾았다. 심지어 어떤 젊은 이는 자리에서 일어나 휴대 전화를 들고 큰 소리로 대화를 하여 주위의 시선을 한 몸에 받기도 했다.

그는 자신이 일을 그르쳐 더는 강연을 할 수 없다는 생각에 땀으로 범벅이 된 얼굴로 강단에서 내려와 귀빈실로 향했다. 그곳에서 세 명의 사복 경찰이 그를 기다리다가 그가 다가오자 신분증을 내밀며 말했다.

"당신이 허이민이요?"

"응, 내가 맞는데."

"우리가 왜 당신을 찾아왔는지 알겠지?"

"당신들…… 사람을 잘못 찾았어."

사실 상대방이 남방 사투리를 쓸 때부터 그는 눈치를 챘다. 분명 포르노 사이트를 본 일 때문은 아니고 그렇다고 관리들에게 독설을 퍼부은 일 때문도 아니었다. 필시 몇 년 전에 우물에 처박은 오토바이가 뜻밖에도 다시 햇빛을 보게 되어 개코 형사들이 여기까지 온 것이 분명했다.

"우리를 따라 갑시다."

"뭘 믿고 당신들을 따라가?"

"괜히 잔꾀 부리지 말고 고분고분히 따라오는 것이 좋을 거야!"

"나는 고혈압도 있고 심장병도 있는데…… 여기서 사람 죽는 꼴을 보고 싶어 이래? 여기는 대학이야. 나는 저 사람들이 초청해서 온 교수란 말이야."

상대방은 잠시 머뭇거렸으나 이내 인상을 쓰면서 말했다.

"협박이야? 설사 암 말기라고 해도 우리랑 가 줘야겠는데."

"내 변호사에게 연락해야겠어……."

"안 돼. 당신은 아무것도 할 수 없어. 무엇이든 경찰국에 가서 말하지."

허이민은 휴대 전화와 노트북을 빼앗기고 자신의 손에 수갑이 채워지려는 다급한 순간에 돌연 이런 말이 떠올랐다.

"당신들 「공안 6조」 위반이야!"

"공……?"

상대는 허를 찔린 듯 잠시 멍하니 그를 쳐다보았다.

사실 허이민도 6조인가 뭔가에 대해 아는 것이 없었다. 그저 예전에 구치소에 쭈그리고 앉아 있을 때 남들이 하는 이야기를 들은 것으로 무슨 반혁명 진압에 관한 문건인 것 같았다. 하지만 이를 알 리 없는 상대가 잠시 주저하는 사이에 기회를 잡아 제멋대로 한 말이 강력한 위력을 발휘하고 있음을 눈치챘다.

"들어 본 적도 없소? 어쩐지 당신들이 하는 꼴이 마구잡이로 우악스럽기만 하더라니. 인권 관념이 아예 없구만. 내가 분명히 말하겠는데 말이지. 공안부에서 바로 당신 같은 자들을 바로잡겠다는 것 아니오. 내 변호사도 틀림없이 당신들을 고발할 것이고……."

상대방은 무슨 최신 법률이 정식으로 시행되어 자신들에게 불리할 것 같다는 생각이 들었다. 키가 큰 형사가 얼굴이 벌게진 상태에서 그에게 말했다.

"무슨 꿍꿍이야? 「공안 6조」는 우리도 배웠어. 당신만 알고 있는 줄 알아? 6조가 아니라 60조, 아니 600조라고 해도 당신을 보호할 수 없어!"

말은 이렇게 했지만 상대방의 어투나 표정이 많이 부드러워지고 당장 수갑을 채우려고 하지도 않았으며, 그가 휴대 전화를 다시 빼앗으려고 해도 막지 않았다. 아마도 변호사에게 연락하는 것도 허락할 것 같았다.

이것으로 이미 충분하다.

허이민은 즉각 휴대 전화를 통해 인터넷에 접속하여 민첩하게 클릭 한 번으로 이미 완성되었거나 아직 미완성인 몇 가지 발명품에 관한 자료를 문건 파일로 만들어 전부 온라인에 올리는 한편 접속 암호를 모두 취소했다. 「공안 6조」에서 보장하고 있는 권리에 따라 그는 부인에게 문자 메시지를 보낸 후 나에게도 짧은 메시지를 보냈다.

난 인간 폭탄이 될 수밖에 없어 매형 그리고 멍 매형에게도 감사하오.

나는 그가 보낸 문자가 무엇을 뜻하는지 잘 알았다.

하지만 나는 오랫동안 말을 할 수 없었다. 나는 그의 휴대 전화, 유선 전화, 블로그, 트위터, 메일 등의 침묵 또는 공백을 대하면서도 아무런 말도 할 수 없었다. 과연 내가 소학교 동창생인 그를 위해 깊이 탄식해야 하는지도 알 수 없었다. 술에 취해 깨어나지 못하고 큰비가 내리는 가운데 멀리 소풍을 갔다가 집으로 돌아오지 못해 모든 친구들의 집 대문을 두들기면서도 내가 왜 이런 짓을 하고 있는지 무슨 말을 해야만 하는지 알 수 없었다. 클릭 한 번으로 모든 것이 끝났다. 그는 마침내 중국의 리누스가 되었으며, 공산주의 기술 폭탄이 되었다. 사실 그는 자신이 맡게 된 배역을 스스로 원한 것이 아니었다. 그곳 석유 도시에서 그는 가족을 부양하고 모친을 그리워하는 아이와 다를 바 없이, 생화를 꺾어 모친에게 드리려고 한참 동안 집 대문을 두드렸으나 끝내 대문이 열리지 않아 어쩔 수 없이 다시 유랑의 길을 떠날 수밖에 없었다. 꽃잎은 제멋대로 바람에 날려 사방으로 흩어지고.

나는 그가 수갑을 차고 죄수 호송차에 오르는 모습을 상상했다. 주위에 익숙한 얼굴도 없고 배웅하는 친구들도 없이 그저 언제나 그와 어울리던 바보 녀석만 가슴을 두드리고 발을 동동 구르면서 정신없이 우느라 콧물을 질질 흘리며 수송차가 떠난 후에도 한참을 따라가는 모습을.

"담배 한 대 줘, 담배……."

바보는 이렇게 외치며 계속 따라가고 있을 것이다.

하늘에는 함박눈이 가득 내리고 있을 것이다. 하늘은 일 하나를 끝내고 마음이 황량해진 것처럼 용솟음 치는 포말을 분출하여 족적을 지우고 바퀴 자국도 지우며, 온갖 냄새와 소리까지 모두 날려 버려 새하얀 대지, 깨끗한 인간 세상을 만들고 지난 세월의 어떤 물증도 남기지 않는다. 아마도 그는 덜컹거리며 어두운 죄수 호송차 한구석에 쭈그리고 앉아 온몸을 덜덜 떨면서 버스 천장에 시선을 고정시킨 채 천장의 얇은 철판을 뚫어져라 쳐다보며, 뜨거운 눈물을 흘리고 있을지도 모른다. 마치 천장의 얇은 철판이 뚫어져라, 부서져라, 망가져라, 닳아 없어져라, 눈빛에 뿌리가 내리도록 마냥 쳐다보고 있을지도 모른다. 원망과 분노로 가득한 그의 얼굴을 바라보면서 경찰들도 기이한 느낌이 들 것이다. 나는 그때 그가 자신의 인생을 돌아보다 문득 발을 구르며 이렇게 외쳤을 것만 같다.

"궈자푸, 너 들어라. 나는 아직 기회가 남았어."

추워서 코끝이 빨개진 경찰들은 그가 한 말의 의미를 알지 못했을 것이다.

후기

궈단단은 법학원을 졸업한 후 미국 유학을 후원하겠다는 어머니 외국 친구의 제안을 받아들이지 않았다. 국내에서 그녀가 처음 맡게 된 사건은 바로 작은아버지의 살인 사건이었다. 그녀의 친구들도 돕겠다고 나서서 변호인단을 구성했다. 그들이 내세운 중요 변론 내용은 이러했다.

첫째, 사망자가 원래 심장병 발작이라는 병력을 가진 사람이기 때문에 외부의 타격이 유일한 사인이 아니다. 둘째, 본 사건 피의자는 형인 궈유췬이 치욕을 당하는 상황에서 저지른 일로 우발적인 범죄에 속하며, 사건 발생에 원인이 있으므로 마땅히 형량을 감해야 한다.

그들은 동시에 민사 사건까지 대리했다. 제2유전 측은 허이민이 자신들이 제공한 보조금과 장려금을 받았기 때문에 성과물 역시 직무와 관련이 있고, 개인적으로 지적 재산권을 확보하지 못한 상황에서 일방적으로 성과물을 공개한 것은 자신들에게 심각한 권리 침해라고 주장했다. 유전은 약간의 이익을 얻을 수 있었으나 상업적으로 큰 손실을 보았기 때문에 마땅히 법에 따라 배상을 요구한다는 것이었다.

단단은 또한 그녀의 할아버지도 설득해야만 했다. 두 눈을 실명한 칠순 노인네가 자꾸만 아들을 대신해서 자신이 벌을 받겠다고 우겼기 때문이다. 죄는 아무도 대신할 수 없으니, 감옥을 가든 아니면 총살형을 당하든 간에 아버지라고 해도 아들을 대신할 수는 없었다.

그녀는 얼마나 이야기했는지 알 수 없을 정도로 세상에 이처럼 황당한 일은 있을 수 없다고 말하고 또 말해야만 했다.

재후기

원래 이 내용은 별도의 장을 마련하여 하려고 했던 이야기로, 마타오가 샤 선생과 연루되어 '국가 안전죄 위해' 혐의로 구속되었다가 변호사의 진상 규명과 교섭을 통해 이 개월 만에 석방된 일에 관한 것이다. 그는 구치소에 있을 당시 공교롭게도 허이민과 같은 방에서 생활하게 되었다. 두 사람은 그리 친숙한 관계는 아니지만 우연한 기회에 다시 만나 동병상련하게 된 셈이다. 허이민은 식판을 차지하거나 싸울 때 도움을 주었고, 마타오는 그에게 문장 부호나 브리지 게임 등을 가르쳐 주었다. 주로 이런 내용이다.

다음 이어지는 이야기는 허구이다.

허이민은 예전에 마타오를 감옥으로 보낸 한 통의 밀고장은 옌샤오메이도 아니고 궈유쥔도 아닌 바로 자신이 직접 쓴 것이라고 솔직히 인정했다.

"그 이야기는 별로 재미없는데……."

마타오가 싱긋 웃으며 말했다.

"그게 나야, 정말이라니까. 궈유쥔 그치하고는 정말 관계가 없어."

"도대체 무슨 뜻이야?"

"그냥 그 뜻이지 뭐."

"네 차례야."

마타오가 다시 고개를 숙이고 그의 손안에 든 포커 카드를 보았다.

"나는 아무래도 이번에는 죽음을 면치 못할 것 같아. 어제 생각해 봤는데, 이렇게 너를 만난 것도 하늘의 뜻인 것 같아. 일처리를 어영부영 뒤끝을 흐리지 말고 깔끔하게 처리하라는 하늘의 뜻이겠지."

"내가 믿을 것 같아?"

"믿고 안 믿고는 네 마음이지. 당초에 네가 나에게 긴급 서신을 보내라고 해 앞잡이로 삼았잖아. 기억하지 못하나 보네. 탕샤쯔가 너희들 비밀 회의에 참가하지 않았잖아. 그것도 까먹었나 보네. 장웨이궈가 이 문을 나설 때 하마터면 나와 싸울 뻔했지. 그 일은 분명 기억하지 못할 거야……. 좋아. 어쨌든 오늘 나는 다 이야기했어."

허이민이 사람 이름과 세세한 내용을 거론하자 비로소 마타오도 어렴풋이 기억이 난다는 표정을 지었다.

"너처럼 작은 벌레나 다를 바 없는 녀석이 밀고할 자격이나 있어?"

"나도 그럴 자격이 없다고 생각해. 미안해……."

"논리적으로 말해서, 아니 여하튼 근본적으로 너는 그런 작자가 될 수 없어."

마타오가 하마터면 소리를 내지를 뻔했다.

"내가 계산해 보니 가능한 원인이 대충 열한 가지야. 그런데 어떻게 실수할 수 있겠어. 수십 년이나 지났어, 수십 년. 너는 내가 그저 아무렇게나 속일 수 있는 사람이라고 생각하니? 도대체 네가 뭔데?"

"하지만 사실은 정말 그래. 나도 왜 그런지 잘 몰라."

두 사람은 서로 얼굴을 쳐다보며 한참동안 멍하니 서 있었다. 마타오가 돌연 피식 웃더니 이내 큰 소리로 웃다가 다시 길게 한숨을 내뱉고는 이렇게 말했다.

"야, 허이민, 허이민! 네가 하는 짓이 재미있냐? 말해 봐. 그들이 너에게 무슨 도움이라도 주었어? 게다가 그게 무슨 대단한 뉴스거리라고 내뱉는 거야? 그들이 내 꼬투리를 찾으려고 너에게 붙어 물을 흐려 놓고 덫을 놓느라 힘이 빠지고 그나마 쥐꼬리만 한 재주마저 바닥이 나고 말았잖아. 능력이 있다면 그 해에 총기 사건이나 폭발 사건도 있었으니 거기에 갖다 붙이든지 아니면 나에게 마약 판매, 성폭행, 아동 성폭력, 탈세, 간첩 등 온갖 지저분한 죄명을 갖다 붙일 수도 있잖아? 하하하……."

이번에는 허이민이 오히려 전혀 무슨 뜻인지 알지 못해 멍해졌다. 그때 쇠창문 밖에서 폭죽 터지는 소리가 크게 울리더니 예광탄처럼 화약 불꽃이 두세 번 길게 창밖으로 지나갔다. 멀리서 간수 두세 명이 웃고 떠드는 소리가 들려왔다. 알고 보니 구치소에서도 신년을 축하하는 행사를 했다고 한다.

한 가지 수수께끼는 아직도 풀리지 않았다. 허이민은 마타오가 전혀 생각하지 못한 열두 번째 가능성에 대해 확인해 줄 수 있는 증거가 없기 때문이다. 생활은 사실 뭔가 불완전하고 산만하게 흩어져 통상 거둘 수 없는 찢어진 그물과 같다. 필자가 망설이는 이유는 이러한 온전치 못함과 산만함이 작가의 강력하고 인위적인 조작을 통해 스토리의 완전성과 확정성을 확보할 필요가 있는가 여부인데, 이는 결코 작은 문제가 아니다. 그렇기 때문에 지금부터 쓰는 사천여 자는 최종적으로 삭제해도 무방하다. 물론 삭제가 반드시 좋은 것만은 아니다. 하지만 중간에 흐지부지 그만두는 것도 결코 좋은 일이 아니다. 일반적인 소설 양식을 좋아하는 독자라면 필자의 망설임을 건너뛰고 유치장 밖 신년 맞이 경축 불꽃 놀이만 받아들이고 그 선을 따라 아래로 쭉 내려가서 자연스럽게 몇 쪽 또는 수십 쪽의 문자를 써 넣어 마타오와 허이민의 주장 가운데 어느 것이 사실인지 판단해도 괜찮을 듯하다.

허이민은 당시 왜 밀고를 했을까? 어떤 이유가 있었던 것일까? 이런 가능성을 생각해 볼 수 있다.

첫째, 국가나 사람들에게 해만 끼치는 망나니였던 그는 당시 학교에서 자전거와 군용 외투를 훔쳤다가 여러 차례 홍위병들에게 뭇매질을 당한 적이 있다. 그렇기 때문에 일단 기회가 있으면 보복을 하려고 마음먹고 있었다. 특히 비밀 모임에 참여한 개새끼(장 씨나 탕 씨), 그가 정확하게 얼굴을 기억하고 있는 자들에게 반드시 보복해야만 했다.

둘째, 어쩌면 이런 사정이 있었을지도 모른다. 그는 머리가 멍청해서 정치에 대해 전혀 알지 못하고 나중에 얼마나 심각한 결과가 닥칠지 몰랐다. 나중에 석유갱 측정 기술을 만들 당시 석유갱이 얼마나 깊은지 몰랐던 것과 같다. 그는 그것이 그저 작은 정보에 불과하기 때문에 경찰에게 가지고 가서 그들과 교섭하면 그와 형제들이 방공호를 파는 데 사흘 정도 기간을 줄여 주는 은혜를 베풀 것이라고 생각했다.

셋째, 어쩌면 지금 또다시 입에서 나오는 대로 허튼소리를 하는 것일 수도 있다. 당연히 가능한 일이다. 그는 자신의 형이 밀고자로 의심을 받아 반평생 억울하게 살았다는 것을 동정했으며, 죽어서도 여전히 해결되지 않고 애매모호하게 남아 그의 꿈속에서 끊임없이 재잘거렸기 때문에 차라리 자신이 똥바가지를 뒤집어쓰는 것이 낫다고 생각했을지도 모른다. 그는 여하튼 악명을 떨치고 있으니 설사 똥바가지를 한두 번 더 뒤집어쓴다고 한들 상관없었다.

또 다른 가능성이 있을까? 가장 사실에 가까운 진상은 도대체 무엇인가? 공백으로 남겨 독자들의 상상에 맡기는 수밖에 없을 듯하다. 이 이야기는 독자 여러분이 최종적으로 완성해 주기를 바라면서.

당신은 찾을 수 없어

나는 이번 사건이 꿈일 것이라고 스스로를 설득하려 애썼다. 꿈속 주인공은 나의 조카, 가련한 샤오웨이다. 그녀는 골절상이 완치된 후 전문 대학에 입학했는데, 졸업 후 아버지가 있는 외국으로 나가지 않고 차라리 베이징에서 눌러앉아 살겠다고 했다. 그때 마난이 베이징으로 가서 그녀를 데리고 온 것은 맞선을 주선하기 위해서였다. 들리는 말에 따르면, 맞선 볼 남자는 박사인데, 나이가 조금 많기는 하지만 생김새나 체격, 성격 등은 나무랄 데가 없었다고 한다. 고모가 이미 그의 회사를 방문하여 파파라치처럼 정면, 측면, 원경, 근경 등 수많은 사진을 찍어 왔으며, 다만 사립 탐정을 고용하여 핸섬한 상대의 연애사를 조사하지 않았을 뿐이었다.

나는 이것도 꿈이라고 믿고 싶은데, 박사는 어디선가 본 듯한 인물이지만 오히려 조카인 샤오웨이의 모습이 도무지 분간이 되지 않을 정도였기 때문이다. 이렇듯 처음부터 어딘가 수상쩍은 데가 있었다. 그녀는 얼마나 말랐는지 온몸에 뼈가 드러날 정도였고, 귀에는 삼각형 모양의 큰 귀고리를 달고 있었다. 청바지는 양쪽 모두 찢어져 무릎이 그대로 드러났고, 신고 있는 신발은 신발 앞코가 뒤집혀져 마치 고대 페르시아 해적선처럼 생긴 데다 아무리 보아도 기이한 것이 한두 가지가 아니었다. 더욱더 이상한 일은 그녀가 말을 하기는 하는데 나는 그녀의 목소리를 전혀 들을 수 없었고, 그녀가 감기가 걸렸을 때 그녀의 이마에서 체온을 전혀 감지할 수 없었으며 심지어 커피를 타거나 향수를 뿌려도 나는 전혀 냄새를 맡을 수 없었고…… 적어도 나의 기억에서는 그러했다. 그렇다면 이런 기억이 어떻게 진실이 될 수 있을까? 분명 팔팔하게 살아 있는 사람이 종이 인간도 아니고, 레이저를 투사하여 만든 가상 인물도 아닌데, 어떻게 소리도 없고, 체온도 없으며, 냄새마저 없을 수가 있단 말인가? 만약 그녀가 과도에 손을 벤다면 과연 피가 나올까?

그녀의 방은 예전과 마찬가지로 서가에 꽂힌 만화책도 가지런히 배열되어 있고, 벽에 붙여 놓은 종이꽃도 그대로 남아 있었다. 그녀가 가장 아끼는 융털로 만든 토끼 인형과 큰 곰 인형도 그 애 고모가 깨끗하게 세탁하여 항상 있던 침대 머리 맡에 그대로 놓아두었으며, 인형들 손에 '웨웨[265]의 귀가를 환영합니다.' '웨웨 언니 맛있게 밥 먹어요!'라고 적힌 붉은 깃발

---

265) 샤오웨를 가리킨다.

을 꽂아 두었다. 하지만 샤오웨는 고모가 정성껏 그녀를 보호하고자 하는 마음으로 만들어 놓은 동화의 세계에 전혀 반응하지 않았으며, 처음부터 끝까지 한 번도 웃지 않았다. 이것이 어떻게 가능하지?

그녀는 마치 유령처럼 왔다가 바람처럼 사라졌다. 그렇다고 자신의 규방에 매일 처박혀 있는 것도 아니고 외출을 하면 밤이 늦어서야 집으로 돌아왔다. 하루에 겨우 몇 마디도 하지 않았는데, 기껏해야 애매모호하게 그저 '응' 또는 '아니'라고 하면 그뿐이었다. 이것이 어떻게 가능한가?

"내 몸속에는 유태인의 피가 흐르나?"

뜬금없이 그녀가 나에게 물었다. 괴이하기 짝이 없는 질문이었다. 이외에도 비슷한 질문이 또 있었다.

"내일 지진이 일어날까?"

"고모네는 왜 아일랜드에서 살지 않지?"

"나중에 유전자 기술이 발전하면 가수들은 입이 여덟 개가 될 수 있지 않나? 가슴에 네 개, 등에 네 개 말이야. 한 사람이 여덟 화성으로 모두 노래할 수는 없나?"

이처럼 밑도 끝도 없는 말을 듣고 있자니 그저 멍하니 어떻게 반응해야 좋을지 알 수 없었다. 마치 겸용할 수 없는 소프트웨어가 서로 충돌하여 결국 하드웨어 자체를 망가뜨리는 결과를 낳은 것 같았다. 당연히 대화를 잇기 위해 재부팅하는 것조차 힘들었다.

이렇게 하면 어떨까? 내 기억 속에 내력이 불분명한 소리를 뽑아 내고, 남아 있는 인상의 파편을 가능한 한 최선을 다해 끼워 맞춰 대략의 스토리를 전개시켜 보자. 마침내 나에게 그녀와 지난 이야기를 할 기회가 왔다. 그래서 나는 당시 내가 그녀에게 텔레비전 방송국에 가지 못하도록 했던 이유를 설명하고, 그곳이 상당히 위험한 함정일 뿐이라고 말한 이유에 대해서도 말해 주었다. 방송국 내부 비리 사건이 백일하에 드러나면서 내 추측이 맞았다는 사실이 대충 실증되었다.

그녀는 그저 잠자코 있다가 나중에서야 입을 열고 한마디 말을 건넸다.

"고모부, 나는 고모부를 탓하지 않아요."

"너 앞으로 어쩔 생각이니? 여전히 집밖에서 떠돌아다닐 생각이야? 하오즈화라고, 너도 알지. 그쪽에서 요즘 조수가 한 명 필요하다고 하던데, 내 생각에⋯⋯."

"고모부, 나는 정말 고모부를 탓한 적이 없어요."

그녀가 눈을 찡긋거리며 눈꺼풀을 조금 과장스럽게 내려뜨렸지만 그럴 생각이 있다는 말은 하지 않았다.

맞선도 그리 순조롭지 않았다. 박사 쪽에서도 끝내 회신이 없었다. 마난이 어린 조카를 잘 설득하여 페르시아 해적선 같던 신발도 갈아 신게 하고, 큰 귀고리도 작은 것으로 바꾸게 했으며, 청바지도 꽃무늬 긴치마로 바꿔 입게 하고 검은색 립스틱도 붉은색으로 바꾸어 허리띠가 달린 오렌지색 바바리코트를 입혀 놓으니 달콤하면서도 따뜻한 느낌과 함께 점차 숙녀 티가 나기 시작했다. 하지만 이후에도 두 번씩이나 맞선을 보았지만 별다른 진척이 없었다. 샤오웨는 방문을 닫고 나오지 않을 때가 점점 많아졌다. 게다가 당뇨병이 심해져 사흘에 두 번씩 인슐린 주사를 직접 맞았다. 당뇨병 환자는 대부분 입맛이 좋아 식욕이 대단하다고 하는데, 나는 그런 사실을 몰랐기 때문에 그녀가 식욕이 없는 것이 그저 당뇨병 때문인 줄 알았다. 또한 그녀가 식은땀을 많이 흘리고 늘 하품을 하며 온몸이 가려워 자주 긁어 대는 것도 그저 병 때문에 그러려니 생각했다.

마난은 조급해져서 나에게 아이를 밖으로 데리고 나가 기분 전환이라도 해 주라고 말했다. 때마침 C시에 가서 토론회에 참가하는 김에 차를 몰고 서남쪽을 경유하여 최근에 조성된 관광지를 둘러볼 생각이었다.

가는 길에 샤오웨는 이것저것 불만이 많았다. 여기 음식점의 탕은 너무 맵다, 이곳 여관 이불은 너무 축축하다, 내가 타고 다니는 낡은 '폭스바겐 제타'는 손에 익숙하지 않아 운전하기 불편하다, 차의 음향 설비가 쥐라기 시대의 것과 같아 거의 쓰레기나 다를 바 없다 등……. 여하튼 그녀는 한 번도 기분 좋은 일이 없었다. 그나마 그녀가 흥미를 보이던 악어 공원을 어렵사리 찾아갔더니 이번에는 관객이 너무 많다, 주위가 너무 더럽다고 하면서 공원에 들어가자마자 더 이상 가지 않겠다고 버텼다. 그러면서 나보고 혼자 가서 보고 오라고 했다. 나 혼자라도 들어가지 않으면 굳이 100킬로미터나 우회하면서 온 까닭이 없지 않겠는가? 게다가 두 장의 입장권은 사랑의 마음으로 기부하는 셈이 되고 말지 않겠는가?

입구로 돌아왔을 때 그녀는 양쪽 귀에 이어폰을 끼고 나무 그늘에 앉아 작은 구두로 박자를 맞추면서 음악에 따라 온몸

을 흔들고 있었다. 무슨 곡인지 알 수 없었지만 소리는 되게
컸다. 나는 그녀가 기분이 좋아졌다는 것을 보여 주기 위해,
낙담하고 있는 고모부 앞에서 만족스럽다는 것을 과시하기
위해 일부러 머리를 흔들고 손발을 까딱이면서 노래에 맞춰
춤을 추고 있다는 생각이 들었다.

"악어 보러 갈래요!"

내가 공원에서 나오자 그녀가 신이 나서 자신도 보러 가겠
다고 했다.

나는 차 운전석에 앉아 잠시 낮잠을 잤다. 그런데 얼마 되지
않아 그녀가 황급히 달려오더니 차 문을 열고 뒷좌석에 있던
휴대 전화를 낚아챘다.

"지금 내 휴대 전화 열어 봤어요?"

"전화가 두 번 왔는데, 받지는 않았어."

"분명히 열어 봤잖아!"

그녀가 거의 발악을 하듯이 소리쳤다.

"나는 그냥 걸려 온 전화번호만 봤어. 네 고모가 전화한 것
이 아닌가 싶어서."

"미워!"

"샤오웨, 너 괜찮니?"

그녀는 멀지 않은 곳으로 가서 휴대 전화를 검사하더니 한
참 동안 전화를 걸었다.

나는 상황이 이렇게 끝나는 줄 알았다. 나는 그저 이전에 내
가 가장 많이 안아 준 아이가 성격이 좋지 않거나 마음에 응어
리가 많은 것일 뿐이라고 생각했다. 또한 세상의 수많은 상처

처럼 세월이 흐르면 자연스럽게 치유되고 원래 상태로 돌아올 것이라고 믿었다. 이튿날 우리는 인근에 있는 천갱[266]을 찾아갔다. 그녀가 인터넷에서 찾은 곳으로 그리 유명한 관광지는 아니었다. 땅의 갈라진 틈은 수백 미터가 족히 되는 것 같았으며, 너비는 대략 30~40미터 정도였는데 깊은 산 어두침침한 곳에 자리하여 그 깊이가 어느 정도인지 전혀 알 수 없었다. 돌을 던져 보았지만 한참 후에도 바닥에 부딪치는 소리가 들리지 않아 모골이 송연해지는 느낌이었다. 천갱 근처로 다가서니 차가운 바람이 물결처럼 일렁이듯 불어오면서 음습한 기운이 온몸을 감쌌다.

관광객이 적은 까닭인지 돌길에는 이끼가 잔뜩 끼었고, 낡고 엉성한 두 개의 표지판은 한쪽으로 기울어져 당장이라도 쓰러질 것만 같았다. 진흙과 모래가 반쯤 담긴 빈 병 몇 개와 포장지가 나뒹굴었지만 아무도 치우는 이가 없었다.

나는 오래된 나무가 해를 가릴 정도로 무성한 경치 좋은 곳을 찾아 사진을 찍기 위해 역광 속에 있는 샤오웨에게 초점을 맞추었다.

나는 돌연 검은 점 같은 것이 카메라 파인더에서 점점 또렷해지고 있음을 발견했다. 그 물체는 점점 더 기이하고 점점 더 가까이 다가오면서 커져만 갔다. 마침내 초점을 맞추자 그제야 분명하게 알 수 있다. 그것은 바로 시커먼 총구였다.

"너……."

---

266) 天坑. 용암 지형이 함몰되어 밖으로 드러난 일종의 자연 동굴.

카메라 파인더에서 눈을 떼면서 내가 말했다.

"고모부, 미안해요."

그녀의 목소리가 약간 떨리는 듯했다.

"너, 총 어디서 났어?"

"괜히 참견할 필요 없어요."

"너, 미쳤니? 이게 농담할 일이 아니잖아?"

"어쩔 수 없어요. 고모부에게 위협을 받았으니까. 당신이 로저를 죽음으로 모는 것보다 당신을 먼저 보내는 것이 나으니까. 나에게도 잔혹한 선택이기는 하지만 달리 선택할 방법이 없어요. 미안해요."

"로저? 로저가 누구야? 난 전혀 못 알아듣겠는데?"

"모른 척? 정말 그럴듯하게 모르는 척하네. 내가 바보인 줄 알아요?"

나는 갑자기 한 가지 생각이 떠올랐다.

"샤오웨, 어저께 정말로 네 휴대 전화를 열어 본 적 없어. 나는 네가 말하는 로저가 도대체 누구인지 정말 몰라. 너희들에게 어떤 비밀이 있는지도 모른다고. 나를 믿어 주렴. 제아무리 심각한 일이라 해도 고모부는 너를 도와주고 싶어. 우리 이야기로 풀자꾸나. 좋게 이야기를 해 보자고."

"나를 돕겠다고?"

그녀가 냉소를 보이며 다시 입을 열었다.

"당신, 기억나? 팔 년 전에도 나를 도운 적이 있지 않나? 나는 당신 같은 사람을 누구보다 잘 알아. 돕겠다고 하지 않았어? 결정적인 순간에 당신이 한 짓을 보면 정말 악독해. 내 첫 사랑을 망치고, 나의 미래를 엉망으로 만들어 강가에서 밤이 깊도록 울다가 결국 네 명의 깡패에게 숲속으로 끌려가 윤간을 당하게 만들었잖아. 윤간…… 쓰레기 더미에서 쓰레기 봉투를 베개 삼아. ……당신도 알지?"

그녀가 이를 바득바득 갈면서 큰 소리로 외쳤다.

폭탄이 떨어진 듯 머릿속이 크게 울렸다.

"미안해……."

"사실 윤간은 별거 아니었어."

그녀가 크게 웃으면서 다시 입을 열었다.

"그냥 놀이라고 생각하면 돼. 윤간해 본 적 있어? 미안. 당신은 나를 강간하고 싶다는 생각하지 않았어?"

"샤오웨, 무슨 허튼소리를 하고 있어! 말 같은 말을 할 수는 없겠니?"

"말 같은 말?"

그녀의 얼굴이 흉악하게 일그러지더니 점점 검게 변했다.

"당신 지금 나보고 말 같은 말을 하라고 한 거야? 당신이나 내 아버지나 모두 이 세상에서 가장 나쁜 사기꾼, 거짓말쟁이야. 수십 년 동안 당신들이 무슨 말 같은 말을 지껄였다고 그래? 자유, 도덕, 과학과 예술? 흥, 듣기야 좋지. 당신 같은 작자들은 선수를 치는 데 능해서 모든 자리를 먼저 차지하고 영원히 높은 곳에 군림하지. 마치 곤륜산에서 비바람을 부르고, 히말라야 산에서 서커스를 즐기는 것처럼 만면에 웃음을 띠고 후세에 관심을 베푸는 척하고 있어. 결국 우리는 당신네 그림자 안에서 남보다 못한 자신을 탓하고 부끄러워하며 더 이상 살아갈 이유를 찾지 못하고 있어."

"샤오웨, 오해하는 것이 너무 많구나……."

"움직이지 마! 뒤로 물러서, 뒤로 물러서라니까!"

검은 얼굴이 총구로 나를 지휘하고 있었다.

"당신들은 위로 천문을 알고 아래로 지리를 알며 못하는 것도, 할 수 없는 것도 없을 정도로 무소불위한 작자들이니 살아가는 게 만족스럽겠지, 그렇지 않아? 당신들은 만사가 태평이어서 흉측한 몰골로 엘리트라고 자처하니 기분이 좋을 거야, 그렇지? 하지만 분명히 말하건대, 너희들도 인간쓰레기들이야, 그저 운이 좋았을 뿐이지. 너희들은 눈알이 노래지도록 굶어 본 적이 없기 때문에 살인을 모면하고, 슈퍼마켓에서 빵을 훔칠 필요도 없고, 나이트클럽에서 남에게 따귀를 맞을 일도 없지. 너희들은 고리대금업자가 보낸 깡패의 칼에 살해 위협을 당한 적이 없으니 마약 밀매를 하지 않았을 뿐이야. 너희들은 아빠도 있고 엄마도 있고 친구도 있어 모든 일이 춘풍에 돛단 듯 순조로우니 사람을 죽여도 눈 한 번 깜짝하지 않는 것처럼 잔인하기 이를 데 없는 대학 입시 시험도 마주친 적이 없어. 너희들은 심지어 한 번도 침몰한 배를 만난 적이 없고, 엉덩이를 치켜들고 자기 혼자 살려고 애쓴 적도 없고, 노모를 내팽개쳐 본 적도 없으며, 자기 마누라까지 발길질을 해 대면서 마지막 남은 나무 판때기를 빼앗은 적도 없지. 그렇지? 그렇지 않아?"

"샤오웨, 정말 몰랐구나. 네 마음속에 그렇게 커다란 응어리가 꽉 차 있는 줄 정말 몰랐어. 천천히 이야기해도 된다. 나도 인정하마. 너의 신랄한 이야기에 나름 이치가 없는 것은 아니야. 사실 모든 이들이 나름 나약한 점이 없지 않단다……."

"이 세상은 너무 불공평해."

"이 세상은 그 어느 때든 공평한 적이 없어. 하지만 그렇다고 언제나 사람들이 타락하거나 자신을 파멸시킬 이유가 있는 것은 아니야. 네가 우리를 인간쓰레기라고 말해도 관계 없어. 하지만 분명 너는 인간쓰레기들을 증오하고 있지 않니? 이는 마음속으로 인간쓰레기가 되고 싶지 않다는 생각을 하고 있음을 설명하는 거야. 이게 너의 뜻이지?"

"인간쓰레기든 아니든 나는 근본적으로 개의치 않아."

"샤오웨, 그건 네 뜻이 아니야. 절대로. 네가 그렇게 말해서 나는 정말 놀랐다. 나는 네 고모와 마찬가지로 너를 내 자식처럼 생각해 왔어. 물론 우리가 가장 좋은 부모는 아니라고 할지라도……."

"걱정 마. 이후에 문득 어떤 생각이 떠오를지 나도 장담할 수 없어. 당신들이 그리울 수도 있겠지. 당신들이 케타민²⁶⁷⁾에 익숙하지 않으니 아쉬워, 그렇지 않다면 내가 성묘하러 갈 때 조금 가져갈 수도 있지……."

"생각 잘해야 돼. 지금 네가 무엇을 하고 있는지 말이야."

"고모부, 쓸데없는 말 하지 마. 안녕!"

"이번 일이 어떤 결과를 가져올지 너도 잘 알잖니."

"고모부, 나도 고모부를 사랑해."

---

267) Ketamine. 가벼운 수술, 분만, 화상 치료에 쓰는 전신 마취제.

"샤오웨……."

"올라오지 마. 올라오지 마. 올라오지 말라고."

빵! 총소리가 울렸다.

나는 총소리가 진짜가 아니라는 생각이 들었다. 있는 듯 없는 듯 작은 꽃봉오리가 벙긋 벌어지듯, 작은 이슬 방울이 굴러 떨어져 조그마한 진흙 구덩이가 생겨나고, 오래된 나무가 해를 가리고 있는 풍경에서 전혀 아무 것도 아닌 듯했다. 녹음이 우거져 농담(濃淡)이 서로 겹치는 가운데 녹색의 세상은 전혀 움직임이 없었다. 농담이 겹치는 녹색의 세상은 평상시처럼 정지된 상태 그대로였다. 농담이 겹치는 녹색은 하늘과 땅이 변하지 않는 것처럼 영원토록 지속될 것만 같았다. 다만 점점 초점을 잃어가고 있을 뿐이었다.

하지만 나는 초점이 여전히 또렷하고, 쓰러지지도 않았으며 오히려 검은 얼굴의 여자아이가 손을 덴 것처럼 권총을 땅에 떨어뜨리고 얼굴을 가린 채 양 무릎을 구부리고 몸을 흐느적거리고 있는 것을 발견했다. 내 발자국 소리를 듣더니 그녀가 갑자기 벌떡 일어나 실성한 것처럼 두 눈을 크게 뜨고 몸을 돌려 기를 쓰고 뛰기 시작했다.

나는 도무지 알 수 없었기 때문에 그녀를 뒤쫓거나 그녀의 이름을 크게 부를 수도 없었다. 나는 이런 긴장감이 그녀의 심란함을 부채질하고 그녀의 머릿속을 텅 비게 만들어 거의 무의식적으로 앞을 향해 달려가게 만들었다는 것을 몰랐다. 걸핏하면 자해하여 피를 흘리고 조금이라도 여의치 않으면 창문으로 달려가 뛰어내리려고 하는 아이인지라 바로 눈앞에서 무슨 일을 벌일지 어찌 알겠는가? 그녀는 조금도 주저하지 않고 난간을 뛰어넘어 자신이 가장 안전하다고 생각하는 곳, 끝을 알 수 없는 천갱, 아주 쉽게 그녀를 집어삼킬 수 있는 거대한 입 속으로 곧바로 달려갔다.

"샤오웨⋯⋯."

나는 소리치고 또 소리쳤다. 온몸이 무너지고 가루가 되도록 소리치고, 황혼의 하늘이 검게 물들 때까지 또 소리쳤다.

한순간에 이런 일이 벌어졌다. 이미 끝난 상황에서 더 이상 아무것도 만회할 수 없었다. 단지 한순간 난간의 저 편으로 오렌지색 예광이 바로 내 눈앞에 있는 컴퓨터 키보드 앞에서 빠르게 줄어들고, 독자들의 눈빛에서 눈 깜빡할 사이에 사라졌으며, 이후 서가나 서고에서 돌연 떠나고 말았다. 이제 오랫동안 방치되었던 낡은 종이와 부글거리며 용솟음치는 펄프 속에서 아무런 흔적도 없이 사라져 영원히 그 어떤 소리도 들리지 않을 것이다. 어떤 소리, 그 어떤 소리도 없는⋯⋯ 그저 두세 마리 박쥐가 놀라 천갱 밖으로 날아오르고 오랫동안 움직이지 않는 나의 마우스 주위를 선회할 뿐이었다.

천갱 주변의 관목에 오렌지색 천 조각이 걸려 있었다. 마치 거대한 나비가 나뭇가지에 잠시 쉬고 있는 것처럼. 아마도 그녀의 바바리코트가 나뭇가지에 걸려 찢어진 조각인 듯했다.

인간 세상에 남긴 마지막 미소처럼.

엄마, 우리 숨바꼭질해요

엄마, 크게 눈을 뜨고 나를 찾아보세요.

나는 동쪽 비누 거품 속에 숨을 거야.

나는 서쪽 무지개다리에 숨을 거야.

못 찾겠지. 엄마는 나를 못 찾을 거야.

엄마, 우리 숨바꼭질해요.

엄마, 두 눈 크게 뜨고 나를 찾아보세요.

나는 남쪽 종달새에 숨을 거야.

나는 북쪽 작은 꽃봉오리에 숨을 거야.

못 찾겠지. 엄마는 나를 못 찾을 거야.

이제 오랫동안 방치되었던 낡은 종이와 부글거리며 용솟음치는 펄프 속에서 샤오웨가 즐겨 부르던 노래도 흔적조차 없이 사라지고, 더 이상 내 창문 앞에서 종알거리는 일도 없을 것이다.

용서하렴, 아이야.

용서해 주렴, 나는 그게 너인지도 몰랐어.

나는 여러 번 손가락을 아프게 깨물었다. 이 참혹한 악몽에서 깨어나고 싶었기 때문이다. 하지만 나뭇가지에 걸려 멈춰 서 버린 오렌지색 나비만 보일 뿐이었다.

미안하다, 아이야.

태양을 심다

샤오웨는 어려서부터 그림 그리기를 좋아했다. 아주 간단한 그림으로, 해를 그린다고 붉은 펜으로 제 마음대로 색칠을 하여 종이 가득 진분홍 전병을 그려 넣는 식이었다. 이렇게 순식간에 커다란 태양이 그려졌다. 그녀는 나에게 자신이 그린 태양을 땅에 심자고 졸라 댔다.

"왜 해님을 땅에 심으려고 하니?"

"어른들이 말했잖아요. 사과를 심으면 사과 나무가 자라고, 복숭아 나무를 심으면 복숭아 나무가 자란다고."

"우리 꼬맹이가 하고 싶은 말은, 해님 나무를 많이 자라게 했으면 좋겠다는 거구나. 그렇지?"

"응."

그녀는 작은 손바닥을 마주치고 얼굴 가득 함박웃음을 지으며 풍성한 해님 나무를 동경하는 표정이었다.

"나중에 해님 나무가 자라서 해님이 많이 생기겠지. 그러면 불이 나갔을 때 우리가 해님을 집마다 보내면 되겠네."

사람들이 모두 웃으며, 우리 꼬맹이가 정전에 대처하는 좋은 방법을 고안해 냈다고 하면서 집집마다 절전할 수 있게 도와 주는 천재적인 발상이라고 우스개를 던졌다.

야오다자 삼촌이 그녀를 데리고 정원으로 가서 정말로 땅을 파 붉은 태양을 몇 개 심었다. 그녀가 시키는 대로 다자는 땅을 파고 물을 주었으며, 흙을 북돋고 비료를 주었다. 사실 비료는 다른 것이 아니라 아이가 쪼그리고 앉아 오줌을 눈 것이기는 하지만. 다자는 한술 더 떠 이것이 바로 '행위 예술'이라고 떠벌렸다. 그날부터 아이는 매일 아침 눈을 뜨기가 무섭게 창문으로 기어올라 해님 나무가 자라고 있는지 살펴보았다.

"고모부, 해님 나무가 싹이 났나요?"

"해님 나무는 언제 해님 꽃을 피우지요?"

"물을 더 주어야 하는 거 아니에요?"

아이는 작은 입으로 이렇게 종알거리며 실망스러운 눈으로 멀리 창문 밖 풍경을 쳐다보고 있었다.

천당

나는 사실 지금 막 탄생했다. 얼마나 오랫동안 살아 왔든지 간에 아득히 멀고 광활한 별이 총총한 하늘을 바라보며, 나는 내 자신이 이제 막 도착했음을 깨닫는다.

나는 미세한 가루에 불과한 고깃덩어리로 제대로 서지도 못하니 걸음걸이는 말할 것도 없다. 하지만 이미 두 눈을 뜨고 서서히 열리는 광명을 바라보며 만물이 한꺼번에 등장하는 눈부신 아침을 맞이하고 있다.

이 낯선 세상은 정말로 기묘하다. 꽃은 분명 붉은 색인데, 다른 꽃은 남색이고, 또 다른 꽃들은 노란색, 보라색, 분홍색, 오렌지색으로 너무 많아 다 볼 수 없을 정도이다. 잎사귀는 분명 삼각형인데, 확실히 팔각형도 있고, 또 다른 잎사귀들은 말발굽이나 칼처럼 생긴 것도 있고, 부채나 선처럼 생긴 것은 물론이고 표주박처럼 생긴 것도 있다. 오, 하늘이여. 동물은 재

빠르게 움직이는 꼬리를 가지고 있고, 또 다른 동물은 신기한 날개를 가지고 있기도 하다. 그런가 하면 어떤 녀석은 바다에서 잠수하거나 초원에서 뛰어 놀며 진흙을 파서 살기도 한다. 이처럼 기이하고 다양한 온갖 형태는 그 어떤 정교한 설계에서 나온 것일 테다. 자세히 보면 하늘에는 뜻밖에도 찬란하게 빛나는, 인간들이 태양이라고 부르는 발광체가 자리하여 사람들이 한낮에 일을 하고 돌아다니기에 편하게 해 준다. 하늘에는 또 하나의 온유한, 사람들이 달이라고 부르는 발광체가 있어 사람들이 밤이 되어 휴식하고 편안히 노닥거리며 자유로운 상상을 즐기게 해 준다.

정말 기이하게도 나는 아직 이런 곳을 본 적이 없다. 한 줄기 강물이 햇빛에 반짝이며 흘러가고 토지와 곡식을 넉넉하게 적셔 준다. 나는 아직까지 이런 곳을 본 적이 없다. 봄바람이 때에 맞춰 얼음을 녹이고 가을 이슬이 때에 맞춰 혹서의 더위를 몰아낸다. 생명 속의 가장 진귀하고 아름다우며, 가장 온유한 공기는 투명하고 형체가 없으며 아무런 대가도 바라지 않고 바람을 따라 호호탕탕, 공평하게 모든 어린 새싹과 모든 어린아이를 달래 준다.

그것은 무엇인가? 직립으로 보행하는 살아 있는 저 것이 인간인가? 저 천진하고 사랑스러우며, 강인하면서도 자상한 것, 또한 유일하게 울 수 있는 동물, 그것이 바로 인류라고 부르는 물건인가? 띠따따, 따띠띠, 땅다라당당땅……. 어쩐지 아이들이 이처럼 뜻을 알 수 없는 아리송한 목소리로 놀람을 드러내더라니. 그러기에 아이들이 인류의 화려하고 얇은 조각(옷이라고 부르는)에 몰두하고, 따스한 상자(집이라고 부르는)에 매혹되고, 땅에 길게 누워 소리를 지르며 달려갈 수 있는 거대한 쇠사슬(기차라고 부르는)에 홀딱 빠지고, 하늘을 나는 은색의 거대한 새(비행기라고 부르는)를 보고 놀라움을 금치 못하는 것이리라.

심히 당혹스러우니 완전히 불가사의한 느낌이 가득하다.

이것이 바로 전설로 전해지는 천당일까?

물론 당신들의 천당.

얼마나 아름다운가.

감사의 말

본서는 샤오안쯔의 일기에서 부분적으로 도움을 받았으며, 녜융페이, 타오둥민, 전보, 샤오웨이 등 여러 친구들의 기억을 책에 나오는 일부 이야기의 원형으로 삼았다. 집필하면서 때로 여러 가지 이야기가 섞인 경우도 있는데, 이 점 친구들의 양해를 바란다.

이야기를 끝내며 모두에게 감사의 뜻을 전한다.

작품 해설

『일야서』, 제목도 알쏭달쏭하여 접근하기 쉽지 않은 이 책은 중국 현대 작가 한사오궁이 2013년 세상에 내놓은 세 번째 장편 소설이다. 중국에서 1950년대 출생한 세대를 일컫는 말인 '우링허우(五零後)'가 문화 혁명 당시 '상산하향'[268]을 직접 경험하고 혁명이 끝난 후 전환기의 새로운 사회를 살아가야만 했던 인생 궤적을 서술하고 있다. 이는 곧 지식 청년(이하 지청)의 정신사이자 중국 사회의 변천사이다. 우선 중화 인민 공화국 건립 이후 시대 상황에 대한 간단한 소개와 함께 이 책의 주인공인 '지청'에 대한 이야기부터 시작하는 것이 좋을 듯하다.

---

268) 上山下鄉. 마오쩌둥의 주도하에 전개된 운동으로, 도시의 학생이나 지식인들이 농촌으로 들어가 농민들로부터 재교육을 받으며 인민 대중을 위한 문화 건설에 힘쓰는 것을 목적으로 시행되었다.

중화 인민 공화국이 우리들에게 중국이 된 것은 1992년 한중 수교 이후이다. 그 전까지 우리에게 중국은 중화민국(지금의 타이완)이고, 중화 인민 공화국은 중공이었다. 중공은 중국 공산당의 약자이니 국명이 아예 없었던 셈이다. 중화 인민 공화국은 1949년 10월 1일 건국했다. 마오쩌둥은 천안문 위에 올라 이렇게 말했다.

"동포 여러분! 중화 인민 공화국 중앙 인민 정부가 오늘 성립되었습니다."

이후 중국은 토지 개혁을 실시하고 공무원과 민간인에 대한 일종의 숙청 작업인 삼반(三反), 오반(五反) 운동을 시행했으며, 소련의 절대적인 지원 하에 1953년부터 제1차 5개년 경제 계획을 수립했다. 이를 성공리에 마친 후 크게 고양된 중국은 1957년부터 반우파 투쟁과 더불어 정풍 운동[269]을 펼쳐 나가는 한편 1958년 경제 대약진을 부르짖기 시작한다. 중공 제8차 전국 대표자 대회 제2차 회의에서 '사회주의 건설의 총노선'이 채택되어 대약진 운동이 시작되면서, 제2차 5개년 경제 계획은 농촌 부흥을 강조하기에 이르렀다. 하지만 소련과 중국이 교조주의, 수정주의로 서로를 비난하며 양국의 관계가 깨지고 소련의 경제 원조가 무산되자 자력갱생으로 난국을 타파할 수밖에 없던 중국은 '삼면홍기'[270]를 내세운다. 동시에

---

269) 整風運動. 중국 공산당의 당내 투쟁을 효과적으로 전개하기 위해 마오쩌둥이 주창한 당원 활동 쇄신 운동으로, 당원을 교육하고, 당 조직을 정돈하며, 당의 기풍을 쇄신한다는 내용을 담고 있다.
270) 三面紅旗. 붉은 깃발을 높이 들고 사회주의 건설을 앞당기기 위한 운동

마오쩌둥은 향후 십오 년 내에 영국의 철강 산업을 따라잡을 수 있다고 자신하면서 전국 각지에 소형 용광로를 설치하고 강철을 생산하도록 했다. 그러나 철광석이 없어 고철을 집어넣고, 석유나 석탄이 없어 나무를 때고 대형 풍로를 돌려야 하는 재래식 용광로에서 강철이 나올 리 없었다. 또한 사유 재산을 인민공사에 귀속시킨 후 노동의 성과에 따라 이를 분배하는 비효율적인 생산 방식으로 농공업의 발전을 꾀하기란 그리 쉬운 일이 아니었다. 결국 대약진 운동이 실패로 돌아간 후 마오쩌둥이 국가 주석에서 물러나고 류사오치가 주석에 선출되었지만 대약진 운동은 여전히 계속되었다. 그러나 이번에는 자연 재해가 삼 년간 지속되어 공식적으로 2000만, 비공식적으로 4000만의 인민이 기아에 허덕이다 죽음에 이르는 끔찍한 사태가 벌어지고 말았다. 1950년대에 태어난 '우링허우'들은 이렇듯 격변하는 사회 속에서 참혹한 기아와 죽음까지 경험한 세대라고 할 수 있다.

비극은 여기서 끝난 것이 아니었다. 먹고사는 문제를 해결하기 위한 당 중앙의 노력은 마오쩌둥에 의해 주자파[271]에 대한 비판으로 이어졌다. 그리고 마침내 1966년 8월 1일 중공 제8기 11중전회에서 「프롤레타리아 문화 대혁명에 관한 결정 16조」가 채택되며 문화 혁명이 본격적으로 전개된다.

"사령부를 폭격하라."라는 지시하에 류사오치는 차가운 감

으로 총노선, 대약진, 인민공사를 주요 내용으로 한다.

271) 走資派. 자본주의 노선을 걷는 당내 실권파.

방에서 살해되고, 덩샤오핑은 트랙터 공장으로 쫓겨났으며, 비난과 치욕을 견딜 수 없었던 문인 라오서는 태평호에 몸을 던졌다. 그리고 천안문 광장에서 한 손에 「마오쩌둥 어록」을 들고 마오쩌둥을 향해 환호성을 보내던 붉은 근위대, 홍위병은 인민 해방군이 문화 혁명의 주축이 되면서 '상산하향'의 길을 떠나야만 했다. '상산하향'이 처음 있는 일은 아니었다. 이는 일찍이 1955년에 북경의 청년들이 변방 오지로 자원하여 떠나면서 시작되었으며, 그 이듬해 중공 중앙 정치국 문건에서 처음으로 '상산하향'이란 용어가 등장했다. 당시 마오쩌둥은 지청들이 농촌으로 가서 가난한 하층의 농민들로부터 재교육을 받아야 한다고 말했다. 지청들은 공업과 농업, 도시와 시골, 육체와 지적 노동의 차별을 없앤다는 지극히 이상적인 목표를 품고 변방으로 떠나갔다. 이것은 19세기 후반 러시아의 귀족 청년과 학생들에 의해 전개된 농촌 운동인 '브나로드(V narod) 운동'의 중국판이었다. 다만 전자가 농촌을 계몽의 대상으로 삼은 것과 달리 중국의 '상산하향'은 사상성을 강화하기 위해 농민들로부터 배우자는 것이었다. '상산하향'의 현실이 그리 이상적인 것이 아니었음에도 불구하고 아직 성년의 나이가 되지 않은 홍위병들은 알 수 없는 희망과 뜨거운 격정 속에서 삽대[272] 대열에 끼어들었다.

그리고 본서에 나오는 것처럼 고된 노동과 척박한 환경에

---

272) 揷隊. 문화 혁명 기간 중에 인민공사의 생산대에 들어가 노동에 종사하거나 혹은 그곳에 정착해서 사는 것.

서 지청들은 짧게는 수년 길게는 십수 년을 보내야만 했다. 한사오궁 역시 한 명의 지청으로서 1968년 12월부터 1974년 12월까지 육 년간 후난 성 미뤄 현 톈징 공사에서 생활했다. 그러던 중 1976년 1월 8일 만년 총리 저우언라이가 사망했다. 그를 추모하기 위해 천안문 광장에 모인 이들의 시위(제1차 천안문 사건)가 일어났고, 그 배후로 지목된 덩샤오핑은 또 다시 쫓겨난다. 7월 6일 주더가 사망했고, 그해 9월 9일 마오쩌둥이 사망했다. 공산당의 원로 당원이자 영도자 세 명이 같은 해에 세상을 떠난 것이다. 10월 6일 정권 탈취를 기도했다는 혐의로 장칭을 비롯한 사인방[273]이 체포되고, 그 이듬해 8월 12일 중공 11중전회에서 문화 혁명의 종결을 선언했다. 1978년 실사구시를 모토로 삼은 덩샤오핑을 중심으로 중공 제11기 3중전회는 4개 현대화 노선[274]을 채택하고 본격적인 대외 개방을 천명하는데, 중국에 개혁·개방의 시대가 도래한 것이다. 대외 개방과 경제특구 건설을 통해 중국은 전대미문의 독특한 사회주의를 시작했다. 1987년 10월 중공 제13차 전국 대표 대회에서 자오쯔양은 '중국적 특색을 지닌 사회주의 노선을 따라 전진하자.'라는 내용의 보고를 통해 중국이 사회주의 초급 단계에 있다고 주장하며 개혁 정책의 이론적 토대로 사회주의 초급 단계론을 제시했다. 사회주의 초급 단계란, 이미 사회주의

---

273) 四人幫. 장칭(江青,) 장춘차오(張春橋), 야오원위안(姚文元), 왕훙원(王洪文) 네 명을 의미한다.
274) 1975년 저우언라이가 처음 제기한 것으로 농업, 공업, 국방, 과학 기술 분야의 현대화 정책을 의미한다.

적 개조가 완성된 가운데 사회주의를 바탕으로 하는 사회를 본격적으로 건설하기 위한 물적 기반을 조성하는 시기를 말한다. 이는 중국의 개혁·개방 정책을 합리화하는 이론적 근거가 되었다. 하지만 이른바 중국식 사회주의는 자본주의보다 더욱 자본이 중심이 되는 사회로 전진하고 있었다. 덩샤오핑은 1978년 '선부론'을 제시하여 먼저 부자가 된 자들이 축적한 재산을 함께 부유해질 수 있는 수단으로 삼자고 주장했다. 국가는 선부론과 더불어 삼보주[275]에 더욱 열을 올렸다. 하지만 이것은 인간의 욕망이 무한하다는 점을 간과한 것이었다. 먼저 부자가 된 자들은 원로 공산당원의 자식들이었고, '족벌'과 '관시[276]'를 통해 막대한 부를 얻은 이들은 단 한 푼도 내놓을 생각이 없었다. 자신의 능력을 통해 부를 쌓은 사람들도 마찬가지였다. 대도시마다 빌딩은 높아져 갔지만 국가 소유의 땅에서 쫓겨난 사람들은 주변인이 되었고, 농촌의 빈민들은 대도시의 호구(戶口) 없는 '농민공'이 되어 힘들고 어려운 일을 도맡아야만 했다. 그사이 시골의 아이들은 대도시로 떠난 부모를 대신해 조부모의 손에 맡겨지는 신세가 되었다.

중국은 이렇게 1978년을 전후로 극명하게 구분된다. 사람들은 개혁·개방 이후의 시대를 '전환 시대'라고 불렀다. 전환 시대에 중국은 정치, 경제, 사회, 문화 전반에 걸친 커다란 변화를 이루었다. 변화하지 않은 유일한 것은 공산당일지도 모

---

275) 三步走. 세 배로 달려 GDP를 십 년마다 배로 늘린다는 의미이다.
276) 關係. 중국어로 관계, 연줄을 의미한다.

른다. 아니 공산당도 변화했다. 2002년 장쩌민은 3개 대표 사상[277])에 근거해 자본가를 공산당에 수용했다. 노동자와 농민 그리고 군대를 위한 공산당이 이제 자본가까지 포용하는 '중국식 공산당'으로 변화한 것이다. 2012년 공산당 17기 7중전회에서 마오쩌둥 사상을 축소하고 덩샤오핑 이론을 강화하는 당헌 개정이 이루어진 것도 그 연장선에 있다. 중국이 개방되고 세계의 여러 나라와 협력하는 사회로 변화하면서, 기존의 공동체 개념인 단위(單位)는 주식 회사를 비롯한 개별 회사나 업종별 직명으로 바뀌었고, 국가에서 모든 것을 분배하는 시대에서 제각기 살아 나가야만 하는 시대가 되었다. 이념이 선도하는 사회에서 금전이 만능인 사회가 되었으며, 계층이나 당성 대신 소비가 모든 것을 대신하기에 이르렀다. 소비 문화는 사람들을 자본주의 경제의 노예로 만들었고, 사회적 지위나 문화 수준, 심지어 신분까지 대신했다. 이전과는 전혀 다른 사회와 문화 속에 지청은 속절없이 나이를 먹고 있었다.

지청은 '지식 청년'의 준말이다. 하지만 중국 사회에서 지청은 단순히 지식인을 의미하지 않는다. 오히려 문화 혁명 기간에 모든 학교가 문을 닫아 그들은 제때에 정규 교육을 받지 못했으니 '지식'이란 말이 어울리지 않는다. 사실 그들에게는 '청년'이란 말도 어울리지 않는다. 문화 혁명의 도화선이 된

---

277) 중국 공산당이 선진 생산력(자본가), 선진 문화 발전(지식인), 광대한 인민(노동자, 농민)의 근본 이익을 대표해야 한다는 이론.

칭화대학교 부속 중학의 학생들은 청소년이지 청년이 아니었다. 다만 농민들이 볼 때 그들은 도시에서 농촌으로 '하방[278)]' 당한 '학생'이라는 점에서 '지식 청년'이라고 불렸을 뿐이다. 혹자는 1차 세계대전 무렵 환멸과 회의에 가득 찬 미국의 젊은 세대를 칭하는 '로스트 제너레이션(Lost Generation)'과 비교하기도 하지만 결코 같지 않다. 무엇보다 지청들은 가치관을 잃은 세대가 아니라 오히려 사회주의 가치관에 몰두하기로 작심한 세대이기 때문이다. 이렇듯 지청은 중국에서 특수한 정치적 상황이 낳은 독특한 역사 현상이자 한 세대의 젊은 이들이 자의든 타의든 감내해야만 했던 현실의 모습이었다. 젊은, 또는 어린 지청들은 자신의 청춘과 열정을 바치고자 마음먹었지만 실제로 그들에게 닥친 현실은 그리 낭만적인 것이 아니었으며, 그들이 꿈꾸었던 이상도 마음먹은 대로 펼칠 수 있는 것이 아니었다. 물론 수많은 지청들이 처한 상황이나 그들이 가졌던 태도는 서로 다를 수 있다. 누군가는 현실에 순응했을 것이고, 또 누군가는 어렵고 힘든 환경에서 자신을 단련시켰을 것이며, 자신이 추구했던 문화 혁명의 이상에 대해 의문을 품은 이도 있었을 것이다. 그러나 그들 모두는 황량하고 빈한한 삶의 현장에서 먹고사는 문제의 심각성을 실감할수밖에 없었고, 언제 끝날지 알 수 없는 농촌 생활 속에서 점차 희망을 잃어 가고 있었음에 틀림없다.

---

278) 1950년대 후반에 정부, 군 간부를 농촌으로 파견하여 노동에 종사하게 함으로써 관료주의를 막고자 하는 목적으로 실시되었다.

이렇게 지청들이 겪어야만 했던 고통은 그들의 인생에서 결코 지울 수 없는 트라우마가 되었다. 1976년 문화 혁명이 끝나고 도시로 돌아온 지청들은 대학 입시가 부활하면서 대학에 입학하거나 일부는 그대로 농촌에 남아 고단한 삶을 살았다. 지청들은 개혁·개방이라는 새로운 시대를 맞이하여 한편으로 이전에 경험해 보지 못한 새로운 삶을 개척하였고, 다른 한편으로 문학이나 영화 등을 통해 지난 삶을 반추하기 시작했다. 사실 지청 문학은 '상산하향'이 1955년부터 시작되었기 때문에 그 시기의 지청 생활을 주제로 삼은 문학 작품까지 모두 포함한다. 예를 들어 마펑의 『한매매(韓梅梅)』, 덩푸의 『군대의 여아(軍隊的女兒)』, 황톈밍의 『변방의 새벽 노래(邊疆曉歌)』, 펑진탕의 『붉은 아가씨(紅姑娘)』 등이 초기 지청 작품이다. 그러나 이러한 작품들은 혁명적 이상과 이념에 대한 찬양이 주가 된다는 점에서 국가 정책을 대변한 것에 불과하다는 평가를 받고 있다. 이것은 문화 혁명 기간 또는 문화 혁명이 끝난 후에 도도하게 쏟아져 나오기 시작한 이른바 '후(後) 지청 문학'과 구분되는 지점이다. 1973년 전후가 되자 조금씩 지청 생활을 소재로 하는 소설들이 등장했다. 예를 들어 장캉캉의 『분계선(分界線)』, 왕레이의 『검하랑(劍河浪)』, 왕스메이의 『철선풍(鐵旋風)』 등은 비록 상투적인 스타일로 개성이 없고 문학성이 그리 높지 않다는 평가를 받고 있으나 당시 지청의 생활을 처음으로 조망했다는 점에서 의미가 있다.

본격적인 지청 문학을 선도한 것은 상흔 문학[279]이다. 류신우가 『담임 선생(班主任)』을 통해 문화 혁명이 젊은이들에게 끼친 정신적 상처를 폭로했으며, 루신화는 『상흔(傷痕)』에서 문화 혁명으로 인해 파탄에 이른 젊은이의 삶과 가정의 비극을 고발했다. 이후 수많은 이들이 상흔 문학 대열에 합류하면서 다양한 작품을 쏟아 냈는데, 문화 혁명 이후 가장 먼저 '문화 혁명'을 철저하게 부정한 것이었다. 하지만 상흔 문학이 곧 지청 문학은 아니다. 홍쯔청의 『현대문학사(現代文學史)』에 따르면, 지청 문학은 작가가 문화 혁명 기간에 '상산하향'을 경험한 장본인이거나 작품의 내용이 주로 문화 혁명 기간에 지청이 겪은 일과 관련이 있는 작품, 혹은 지청이 도시로 돌아온 후의 생활상을 그린 작품을 의미한다. 물론 소설 외에도 구술사나 기록물, 회고록, 탐방기도 포함된다.

　반면 상흔 문학에 속하는 작가들 중에는 지청 생활을 경험한 이들도 있지만 주요 작가 중 한 명인 류신우는 지청 생활을 한 적이 없으며, 루신화 역시 중학교를 졸업한 후 삽대하였으나 1972년 군대에 들어가 인민 해방군 전사가 되었다. 상흔 문학은 주로 지식인, 또는 전문 작가의 입장에서 문화 혁명이 남긴 상처를 관찰하고 이를 재구성한 것으로 문화 혁명을 정면으로 응시하며 비판하지 못하고, 과거에 대한 반성도 철저하지 못하다는 부정적인 평가를 받았다. 본서의 작가인 한사오궁 역시 '철학적 빈곤과 심미적 졸렬함'이라는 표현으로 상흔 문학의 한계를 비판한 바 있다. 이후 상흔 문학이 문단에서

---

279) 傷痕文學. 문화 혁명이 끝난 1970년대 후반, 혁명이 남긴 상처를 폭로하는 내용으로 중국 문단의 큰 반향을 일으킨 문예 사조.

사라지고 이른바 '반사 문학[280]', '심근 문학[281]'이 뒤를 이어 문학 조류를 이어 나갔다. 당연히 반사 문학이나 심근 문학에 지청 문학이 다수 포함된다. 예를 들어 지청의 '상산하향' 정책을 부정하는 콩제성의 『작은 강가에서(在小河那邊)』나 예신의 『덧없는 세월(蹉跎歲月)』 등은 지청 문학이면서 또한 반사 문학에 속하고, 한사오궁의 『마교 사전(馬橋詞典)』, 장청즈의 『북방의 강(北方的河)』, 아청의 『장기왕(棋王)』, 왕안이의 『소포장(小鮑莊)』 등은 지청 문학이면서 심근 문학에 속한다. 하지만 모든 반사 문학이나 심근 문학이 곧 지청 문학은 아니다. 근본적으로 전자는 문예 사조에 따른 것이고 후자는 작가와 내용에 따른 분류이기 때문이다. 이렇듯 지청 문학은 중국 문학사에서 아니 세계 문학사에서 보기 드문 정치적 질곡과 왜곡의 산물이자 고통스러운 기억의 회고록이며, 이상과 환멸의 중층 구조를 가진 지청의 정신사이고, 한 세대의 인생사이다.

한사오궁은 중국 현대 문학에서 심근 문학을 제창한 문학가이자 대표적인 지청 작가이다. 1953년에 태어난 그는 열다섯 살 때인 1968년 후난에서 육 년간 지청 생활을 직접 겪은 후 도시로 돌아왔다. "나는 지도의 작은 점에서 살며 육 년간 지청 생활을 했다. 문화 혁명이 끝난 후 또 다른 작은 점, 예를

---

280) 反思文學. 문화 혁명이 남긴 상처를 폭로하는 데 그치지 않고, 그 상처가 생겨나게 된 역사적 원인을 탐구한 문예 사조.
281) 尋根文學. 문화 혁명 이후 흔들린 정신적 근원을 되찾고자 중국의 전통과 문화 심리를 발굴하고 탐색했던 문예 사조.

들면 대학과 도시로 진입했다."(『산남수북(山南水北)』) 가장 기본적인 본성인 식색(食色)조차 제대로 만족시킬 수 없는 생활 환경, 전혀 경험해 보지 못한 새로운 삶의 형태가 주는 낯섦, 힘겨운 노동과 집단 생활의 어려움, 도시와 친족에 대한 그리움, 그리고 무엇보다도 그곳에서 희망을 찾을 수 없다는 절망감이 그들을 피폐하게 만들었다. 그리고 당시 그가 겪었던 지청 생활은 작품 속에 투사되었다. 1996년에 출간된 그의 첫 번째 장편『마교 사전』에서 작가는 자신이 삽대했던 후난 성미뤄 현에 있는 '마차오'라는 마을의 사람들이 일상적으로 사용하는 말 115개를 사전 형식으로 배열했다. 이 독특한 서술 구조를 통해 지청과 '마차오' 사람들의 생활 모습을 여실히 그려 내 문단의 호평을 받았다. 또한 2002년에 세상에 내놓은 장편 필기 소설『암시(暗示)』역시 지청 문학에 속하는 작품이며 세 번째 장편인『일야서』는 그 정수를 보여 준다고 할 수 있다.

『일야서』라는 제목의 '일야'는 말 그대로 낮과 밤이다. 낮과 밤은 끊임없이 이어지는 시간을 의미하며, 시간의 흐름에 따라 변해 가는, 인간의 삶을 포함한 모든 것에 대한 은유이기도 하다. 보다 구체적으로 말하자면, 지청의 삶이 시간의 흐름에 따라 어떻게 변화하는지를 추적해 간 글이라고 볼 수 있다. 이런 점에서 시간은『일야서』의 대주제 가운데 하나이다. 하지만 또 다른 의미도 부여할 수 있다. 낮과 밤이 양과 음, 좌와 우, 과거와 현재, 밝음과 어둠, 앞면과 뒷면, 현실과 이상 등의 상반된 의미를 상징하기 때문이다. 예를 들어, 처음 '상산하향'했을 당시 그들이 꿈꾸었던 혁명적 이상은 참으로 숭고했다. 모든 이들이 배부르게 먹고 따뜻하게 입을 수 있는 사회주의 이상을 실현하겠다는 포부야말로 진정 숭고했지만, 이상저편의 현실은 달랐다.

또한 작품 속에 등장하는 지청에 대한 묘사 역시 밝은 면과 어두운 면이 존재한다. 기존의 지청 문학은 지청의 아픔, 고난, 절망, 회한, 원망, 이상, 분투 등에 주목하여 많은 지면을 할애했다. 고통스럽고 힘든 삶을 강요당한 지청들을 위로하고 감싸 안아 치유하는 일이 필요했기 때문이다. 하지만 지청들이 오로지 정의롭고 선하며, 긍정적이고 이상적이었던 것은 아니다. 오히려 식색에 대한 욕망에 속절없이 굴복하고, 제대로 교육을 받지 못해 덜 성숙된 모습을 보이기도 했으며, 그로인해 근본적인 가치관조차 흔들리기도 했다. 그것은 문명이 아니라 야만이고, 질서가 아닌 혼돈이었다. 한사오궁은 낮과 밤을 통해 지청의 밝은 면과 어두운 면을 조금도 숨기지 않고 그대로 드러내며 그들의 삶을 구성했던 객관적 요소들을 보다 극명하게 대조하고 조망할 수 있었다. 어쩌면 그런 까닭에 이 소설은 지극히 비극적이면서도 낙관을 잃지 않고 있는지도 모르겠다. 소설 마지막 부분에서 어린아이의 순수한 시각으로 세계를 바라보는 모습을 그린 것은 환멸 속에 사라진 유토피아를 향한 일말의 희망을 전하고 싶은 작가의 뜻인 것 같다.

『일야서』에는 한 무리의 지청이 등장한다. 화자 역할을 하는 타오샤오부를 비롯하여 마타오, 야오다자, 궈유췬, 허이민, 안옌 등 열두 명의 청년들은 모두 바이마후 호라는 척박하고 빈곤한 시골에 하방된 이들로 동시대에 같은 지역에서 생활한 전형적인 환경의 전형적인 인물들이다. 한사오궁은 그들 열두 명의 단편적인 기억을 통해 당시 지청의 삶을 재구성하는 한편 문화 혁명이 끝나고 도시로 돌아온 이후의 삶을 주변 인물(특히 자녀들)과 관련시켜 서술하고 있다. 그들은 문화 혁명이 끝난 후 관리, 노동자, 기업가, 예술가, 건달 등이 되어 다양한 형태의 삶을 살아간다. 하지만 그들은 도시로 되돌아온 후에도 현실에 제대로 적응하지 못하고, 후유증을 경험하며, 일반 사람들이 이해하기 힘든 행동을 하기도 한다. 그들은 유달리 고집스럽고, 편집증에 시달리며, 무엇보다 수구적이다. '상산하향'의 트라우마에서 벗어나지 못한 그들의 모습은 마치 정신병자와 같은데, 농촌으로 하방되었다가 도시로 돌아온 후 농촌이 자신의 고향인 것처럼 느꼈던 것은 바로 이런 이유 때문이다. 이것은 어디에서도 마음 편히 살 수 없는, 고향을 잃은 자들의 모습이다. 그도 그럴 것이 고통이 사람을 단련시킬 것이라 확신하고 자원하여 '상산하향'했던 이들은 현실 속에서 자신들의 이상이 어떻게 작아지는가를 직접 목도하였다. 또한 그토록 동경하는 도시로 돌아온 후에도 이미 그들이 경험했던 사회가 아닌, 소비가 모든 것을 우선하는 시대, 사회주의적 가치관이 상실된 시대, 그리고 자신이 더 이상 필요 없는 시대가 도래했다는 것을 알게 되었기 때문이다. 작가는 이렇듯 정신적 후유증을 앓는 지청의 모습을 몇 가지 주선율을 통해 그리고 있는데, 하나는 식색이고 다른 하나는 가족과 친구를 포함한 사람 사이의 애정이다.

인간의 본성이란 무엇인가? 음식남녀, 즉 식욕과 색욕이 아니겠는가? 전자는 삶을 유지하는 데 반드시 필요하고 다른 하나 역시 종족 번식을 위해 꼭 필요하다. 독자들은 책을 읽으며 당시 지청들에게 가장 큰 유혹이자 고통이 바로 음식이었음을 알게 될 것이다. 또한 그들을 괴롭혔던 것은 바로 남녀의 문제이다. 이는 도시로 돌아온 지청들의 삶에서도 큰 문젯거리가 되는데, 비정상적인 섹스(궈유췐과 샤오안쯔), 외설적인 표현(특히 생식기와 관련된), 원만하지 못한 부부 관계 등은 모두 남녀 간의 문제, 즉 색의 문제와 관련된다.

다른 하나는 사람과 사람의 관계이다. 지청은 하방 당시 집단 생활을 하면서 힘들고 어려운 현실 속에서도 같이 고통을 분담하고 이상을 공유하며 서로 끈끈한 우정를 나누었다. 하지만 도시로 돌아온 후 그들의 관계는 점점 소원해지고 그들의 가족 관계 역시 기형적인 면모를 보이며, 친족 간의 사랑이나 친구 간의 우정이 더 이상 그들의 삶에 위안이 되지 못한다. 힘들고 고통스러운 삶, 외롭고 허무한 삶에서 유일한 치유의 힘이 사라져 버린 것이다. 소설에 나오는 마타오의 딸 샤오웨나 안옌의 딸 단단은 모두 이른바 문제아로 묘사된다. 이는 단순히 가정 교육이 잘못되어서가 아니라 부모의 미성숙으로 인한 것이다. 다시 말해 사회에 적응하지 못하고 미성숙한 성인으로 자란 지청들의 삶이 결국 자녀들에게까지 영향을 끼쳤다는 뜻이다. 가족의 애정으로도 치유되지 않는 고독과 허무, 경제적인 어려움과 정신적인 고통의 전형적인 형태를 보여 주는 인물은 바이마후 호의 지청들 중에서도 가장 모범적인 만형이자 우상으로 불렸던 마타오와 궈유쥔이다. 마타오는 훗날 반혁명범으로 지목되어 감옥에 수감되었다가 출소한 후에도 여전히 정치적 환각 속에서 극단적으로 자기중심적인 인물로 살아간다. 궈유쥔은 대학 대신 국영 기업에 들어가지만 얼마 후 강제로 쫓겨나 경제적인 어려움과 병환에 시달리다 자살로 삶을 마감한다. 이렇듯 『일야서』는 단순히 지청의 생활을 배경으로 문화 혁명 이후 그들의 삶을 관찰하고 묘사한 것뿐만 아니라 독자들에게 인성이란 무엇이고, 인성이 어그러지고 억압되었을 때 어떤 비극을 초래하게 되는지를 여실히 보여 주고 있다. 이런 점에서 이 작품은 기존의 지청 문학이 다루지 못했던 보편적 의의를 지니고 있다. 혹자는 이를 '인성'에 대한 심근, 즉 '인성의 뿌리 찾기'라고 말한 바 있는데, 이에 동의한다.

한사오궁은 독특한 서술 형식으로 유명하다. 앞서 말한 『마교 사전』은 사전식으로 서술되었고, 『암시』는 필기 소설 형태이며, 『산남수북』은 산문 형식이다. 『일야서』역시 전형적인 소설의 서사 구조에서 벗어나 있다. 우선 서술 시간이 과거와 현재를 자유롭게 드나들며 서술 논리에 따라 변화한다. 그래서 책을 읽다 보면 바이마후 호의 지청 시절에서 어느새 현대로 넘어와 혼동을 일으킬 때도 있다. 시간도 정확한 것이 아니어서 그저 '그해', '몇 년 후'로 모호하게 표현된다. 서술 시간이 일관되지 않으니 사건의 흐름도 질서 정연하지 않다. 시간의 흐름에 따라 일목요연하게 전개되는 다른 소설들의 서술 체계와 크게 다른 점이다. 하지만 작가가 의도한 흐름이 존재하지 않는 것은 아니다. 앞서 밝힌 것처럼 그의 주선율은 인성의 기본인 식색과 가족 간의 애정 문제로 이어지며, 열두 명의 지청과 관련된 인물들이 등장하여 과거와 현재를 오가면서 그들의 삶을 입체적으로 보여 주고 있다. 이외에도 이 작품에는 유독 후난 방언이 많이 사용되고, 생식기와 관련된 욕설 등 외설적인 언어가 상당히 많이 나온다. 그런가 하면 현대의 유행어가 툭툭 튀어나오기도 하고 철학적인 담론이나 감성적인 서술도 적지 않게 등장한다. 또한 한사오궁의 특기이기도 한 평론적인 문장도 많이 쓰였다. 이렇듯 한사오궁은 끊임없이 문학을 통해 언어를 개발하고 확장하며 실험한다. 그의 책을 읽는 묘미 가운데 하나는 바로 여기에 있다.

『일야서』의 우리말 번역을 이제야 세상에 내놓는다. 시간이 제법 흘렀지만 한 번도 잊은 적이 없다. 번역 내내 곤혹스러웠던 것은 난감한 욕설이나 후난 사투리를 번역하는 것, 혹은 종잡을 수 없는 서술 방식을 풀어내는 것이 아니었다. 그렇다고 지청의 일그러진 삶에 대한 짙은 동감도 아니었다. 오히려 해와 달처럼, 낮과 밤처럼 끊임없이 이어지는 삶의 질곡과 왜곡, 그리고 이로 인한 미망(迷妄)이 지금 우리의 삶과 우리의 현실, 우리의 현재에도 계속되고 있다는 점 때문이었다. 어쩌면 이것이 인생이라고 말할 수도 있다. 그렇지 않은 삶도 있다고 말할 수도 있다. 적어도 나는 그렇지 않다고 말할 수도 있다. 하지만 삶은 그물처럼 서로가 서로를 지탱하고, 견주면서 이어져 있다. 또한 인생은 지속적인 도발을 통해 전진한다는 믿음이 있어야만 한다. 언젠가는 우리를 에워싸고 있는 미망이 사라질 것이라는 믿음, 적어도 조금씩 나아질 것이라는 믿음, 나뿐만 아니라 너도 그리고 그도 함께 자유롭고 행복해질 수 있다는 믿음 말이다.

한사오궁이 『일야서』를 쓰고 역자들이 이를 번역한 이유도, 민음사에서 이를 출간한 목적도, 그리고 독자들이 이 책을 읽는 까닭도 바로 이런 믿음 때문이 아닐까. 제주 함덕 겨울 바다에 파란 바닷물이 따사롭다.

2016년 11월

심규호

작가 연보

1953년　　후난 창사 출생.

1966년　　문화 혁명에 참가.

1968년　　상산하향 운동에 참여하여 농촌으로 감.

1968~1974년　　후난 성 미뤄 현 톈징 공사에서 지청 생활을 함.

1974~1978년　　후난 성 미뤄 현 문화관 간사로 역임.

1978년　　후난사범대학교 중문과에 입학. 《인민문학》에 『칠월홍봉(七月洪峰)』 발표.

1979년　　《인민문학》에 「월란(月蘭)」 발표. 중국 작가 협회에 가입. 「푸른 하늘로 날아오르다(飛過藍天)」로 전국 단편소설상 수상.

1981년　　광둥인민출판사에서 『월란』 출판

1982~1984년　　《주인옹(主人翁)》 편집자로 근무.

1982년	「바람이 부는 수르나이 소리 (風吹嗩吶聲)」영화화.
1983년	후난 성 인민 정치 협상 회의에서 상임 위원으로 선출.
1985년	후난 성 작가 협회로 이관 후 우한대학교 영문과에서 수학.《작가》에「문학의 뿌리(文學的根)」를 기고하여 '심근 문학' 제창.「아빠, 아빠, 아빠(爸爸爸)」,「여자, 여자, 여자(女女女)」,「귀거래(歸去來)」등 발표. 후난 성 청년 연합회 부주석에 당선.
1986년	후난문예출판사에서『유혹(誘惑)』, 저장문예출판사에서『신비하고 드넓은 세계를 향해(面對神秘而空闊的世界)』출간.
1987년	밀란 쿤데라의『참을 수 없는 존재의 가벼움 (L'insoutenable légèreté de l'être)』공역.
1988년	《하이난 기실(海南紀記實)》편집장 역임.
1990~1995년	하이난성 작가 협회 부주석 역임.
1993년	하이난성 정치 협상 회의 차기 위원 및 상임 위원으로 선출.
1995~2000년	하이난성 작가 협회 주석 및 하이난성 문학 예술 연합회 부주석 역임.
1995년	《천애(天涯)》공동 창립 및 잡지사 사장 역임.
1996년	작가출판사에서『마교 사전(馬橋詞典)』발표.
2000년	하이난성 문학 예술 연합회 차기 주석으로 선출.
2002년	프랑스 문화 예술 기사 훈장 수상.《종산(鐘山)》에『암시(暗示)』를 발표, 인민문학출판사에서 출판하

여 소설 부문 '중국어 언론 매체 문학 대상' 수상.

2003년   쿤룬출판사에서『완벽한 가정 (完美的假定)』출간.

2004년   주저우출판사에서『열람의 연륜(閱讀的年輪)』, 상하이사회과학원출판부에서『한사오궁 중편소설선(韩少功中篇小说选)』, 하이난출판사에서『한사오궁선집(韩少功选集)』, 윈난인민출판사에서『공원잔월(空院殘月)』출간.

2005년   후난문예출판사에서『대제소작(大題小作)』, 작가출판사에서『보고정부(報告政府)』출간.

2006년   《소설계(小说界)》와《종산》에 장편 산문『산남수북(山南水北)』발표.

2007년   『산남수북』이 제5회 중국어 문학 미디어 대상인 걸출작가상 및 제4회 루쉰 문학상을 수상. 네덜란드 Muziektheater De Helling 극단에서『아빠, 아빠, 아빠』와『여자, 여자, 여자』를 각색하여 공연.

2008년   하이난성 문화 예술 작가 협회 당 서기 겸임. 인민문학출판사에서『중국당대작가 — 한사오궁 작품시리즈(中国当代作家 — 韩少功系列)》(9권) 출간.

2010년   『노목금강(怒目金剛)』으로 제1회 마오타이배《소설선간 (小說選刊)》상 수상.『말 모는 라오싼(赶馬的老三)』으로《인민문학》우수작품상 수상.『마교사전』으로 제2회 미국 뉴만 중국 문학상 수상.

2011년   『노목금강(怒目金剛)』으로《베이징 문학》우수 작품상 및《소설월보》백화상 수상.

2013년   잡지《수확(收穫)》에『일야서(日夜書)』발표, 상하이문예출판사에서 출간.

2014년   홍콩 옥스퍼드대학출판부에서『혁명후기(革命後記)』출간.

2016년   중국 작가 협회 제9회 전국 위원회 위원으로 선출.

세계문학전집 **346**

일야서

1판 1쇄 펴냄   2016년 11월 30일
1판 4쇄 펴냄   2023년 10월 17일

지은이   한사오궁
옮긴이   심규호, 유소영
발행인   박근섭, 박상준
펴낸곳   (주)민음사

출판등록   1966. 5. 19. (제 16-490호)
서울특별시 강남구 도산대로1길 62(신사동) 강남출판문화센터 5층 (우편번호 06027)
대표전화 02-515-2000   팩시밀리 02-515-2007
www.minumsa.com

한국어 판 © (주)민음사, 2016. Printed in Seoul, Korea

ISBN 978-89-374-6346-4 04800
ISBN 978-89-374-6000-5 (세트)

세계문학전집 목록

세계문학전집은 계속 간행됩니다.